insel taschenbuch 4370
Miranda Beverly-Whittemore
Bittersweet

MIRANDA BEVERLY-WHITTEMORE

Bittersweet

ROMAN

Aus dem amerikanischen Englisch
von Anke Caroline Burger

Insel Verlag

Die Originalausgabe erschien erstmals 2014
unter dem Titel *Bittersweet*
bei der Crown Publishing Group,
a division of Random House, Inc., New York.

Umschlagfoto: Justin Carrasquillo/Gallery Stock

insel taschenbuch 4370
Deutsche Erstausgabe
Erste Auflage 2015
© der deutschen Ausgabe Insel Verlag Berlin 2015
© Miranda Beverly-Whittemore 2014
Vertrieb durch den Suhrkamp Taschenbuch Verlag
Umschlaggestaltung: ZERO Werbeagentur, München
Satz: Satz-Offizin Hümmer GmbH, Waldbüttelbrunn
Druck: CPI – Ebner & Spiegel, Ulm
Printed in Germany
ISBN 978-3-458-36070-4

*Für Ba und Fa, dankbar für ihre Gastfreundschaft,
und für Q, der mir die Welt schenkte*

FEBRUAR

KAPITEL EINS

Die Mitbewohnerin

Bevor sie mich hasste, bevor sie mich liebte, wusste Genevra Katherine Winslow nicht, dass ich überhaupt existierte. Das ist natürlich leicht übertrieben; das Studentenwerk hatte uns in einem kleinen, stickigen Wohnheimzimmer zusammengesteckt, das wir im Februar schon seit fast einem halben Jahr gemeinsam bewohnten. Insofern muss sie mitbekommen haben, dass es mich gab (und sei es auch nur, weil ich jedes Mal, wenn sie ihre Kools oben auf dem Stockbett rauchte, zu husten anfing). Aber bis zu dem Tag, an dem Genevra – Ev – mich fragte, ob ich mit nach Winloch kommen wollte, betrachtete sie mich wie einen scheußlich bezogenen Sessel – etwas, das im Weg stand und im äußersten Notfall sogar benutzt werden konnte, aber nichts, was sie sich jemals selbst ausgesucht hätte.

Jener Winter war kälter, als ich es jemals für möglich gehalten hätte, auch wenn das Mädchen aus Minnesota auf unserem Flur meinte, das wäre »noch gar nichts«. Bei uns in Oregon war Schnee ein Geschenk, zwei Tage Puderzucker, die wir uns mit endlosen Monaten grauem, tropfendem Himmel verdienen mussten. Mir ging der eisige, über den Hudson heranpeitschende Wind durch Mark und Bein. Jeden Morgen das gleiche Spiel: Ich wagte kaum, die Nase unter meiner Daunendecke herauszustrecken, und wusste nicht, wie ich es bei dieser Kälte hinüber zu meinem Lateinkurs um neun Uhr schaffen sollte. Aus den Wolken rieselte es endlos weiß, Ev schlief tief und fest.

Sie schlief immer lang, mit Ausnahme des ersten Tags, an dem die Temperatur unter minus fünfzehn Grad rutschte. An diesem Morgen schlug sie ein Auge halb auf und sah mir zu, wie ich die dünnen Gummigaloschen überzog, die meine Mutter im Value Village ergattert hatte, sprang ohne ein Wort oben aus dem Stockbett, riss ihren Schrank auf und ließ ein brandneues Paar wasserdichte, fellgefütterte L. L. Bean-Boots vor meine Füße fallen. »Da, nimm«, befahl sie, während sie im seidenen Nachthemd vor mir stand. Wie sollte ich diese generöse Geste auffassen? Ich berührte das Leder – es war so herrlich geschmeidig wie es aussah. »Das meine ich ernst.« Sie kletterte zurück ins Bett. »Bei so einem Scheißwetter gehe ich sowieso nicht raus.«

Von ihrer Großzügigkeit und dem Glauben, dass die Stiefel sowieso eingelaufen werden mussten, beschwingt (und angetrieben von der Angst, die mich immer begleitete, dass ich, die ärmliche Schmarotzerin, für unwürdig befunden und nach Hause geschickt werden könnte) wagte ich mich hinaus auf das Campusgelände. Zitternd trotzte ich gefrierendem Regen, Hagel und Schneegestöber, obwohl ich es mit meinen kurzen Beinen und ein paar Kilos zu viel nicht leicht hatte, voranzukommen. Ich warf einen schnellen Blick hoch zu Evs gertenschlanker Silhouette, die rauchend an unserem Fenster zu sehen war, und dankte dem Himmel, dass sie nicht zu mir hinunterblickte.

Ev trug einen Kamelhaarmantel, trank Absinth in Undergroundclubs in Manhattan und tanzte einmal nackt auf dem Eingangstor, weil sie eine Wette verloren hatte. Sie war in Internaten und Entzugskliniken aufgewachsen. Ihre perfekt geschminkten Freundinnen durchwehten unser stickiges Wohnheimzimmer wie die Ahnung eines besseren Lebens; wenn ich unter Leute kommen wollte, ging ich zu einem von der Wohnheimsprecherin organisierten Pfannkuchenessen und machte es mir danach mit *Jane Eyre* gemütlich. Manchmal vergingen ganze Wochen, in denen ich Ev überhaupt nicht zu Gesicht bekam. Durchkreuzte garstiges Wetter ausnahmsweise einmal ihre Pläne, erklärte sie mir, wie man durchs Leben kam: (1.) Trink bei Partys nur Hochprozentiges, davon wird man nicht fett (sie schürzte zwar die Lippen, wenn sie das Wort mir gegenüber aussprach, scheute sich aber nicht davor) und (2.) Mach die Augen zu, wenn du einen Penis in den Mund nehmen musst.

»Erwarte nicht, dass deine Zimmergenossin automatisch deine beste Freundin wird«, hatte meine Mutter mich kurz vor meinem Abflug an die Ostküste mit der forschen Stimme gewarnt, die sie einzig für mich reserviert hatte. Als ich im August zugesehen hatte, wie der Sicherheitsbeamte meine ausgeleierten Baumwollunterhosen durchwühlte, während meine Mutter mir zum Abschied panisch winkte, hatte ich ihren Kommentar unter »beleidigend« abgehakt. Ich wusste genau, dass es meinen Eltern nichts ausmachen würde, wenn ich im College versagte und zu ihnen zurückkehren musste, wo ich dann den Rest meines Lebens die Kleider anderer Leute reinigen durfte. Das war das Schicksal, das ich mir – zumindest in den Augen meines Vaters – sechs Jahre zuvor selbst eingehandelt hatte. Aber Anfang Februar verstand ich recht gut, was meine Mutter damit gemeint hatte: Mittellose Mädchen, die dank eines Stipendiums ein teures Privatcollege besuchen können, sollten nicht neben den Sprösslingen der amerikanischen Superreichen schlummern, weil so etwas unersättlichen Hunger weckte.

Das Semesterende war in Sicht und ich überzeugt, dass unsere Rollen fest verteilt waren: Ev tolerierte mich, während ich so tat, als würde ich alles, wofür sie stand, prinzipiell ablehnen. Insofern war es ein Schock, als ich in der ersten Februarwoche einen eleganten, elfenbeinfarbenen Umschlag in meinem Postfach fand, auf dem mein Name in geschwungenem Tintenblau stand. Es war eine Einladung zum Empfang der Collegepräsidentin aus Anlass von Evs achtzehntem Geburtstag, der Ende des Monats im Campusmuseum stattfinden sollte. Wie der Einladung zu entnehmen war, schenkte Genevra Katherine Winslow dem Museum einen Degas.

Hätte jemand beobachtet, wie ich den Umschlag im wuseligen Postraum schnell in der Tasche meines Parkas verschwinden ließ, hätte er wahrscheinlich vermutet, dass die bescheidene Mabel Dagmar sich der protzigen Dekadenz des Ganzen schämte; dabei war das Gegenteil der Fall – ich wollte das süße Gefühl der exklusiven

Einladung ganz für mich haben und nicht plötzlich feststellen müssen, dass es sich um ein Versehen handelte oder in jedem Postfach eine lag. Das elegant strukturierte Büttenpapier wärmte mir den ganzen Tag lang die Hand, sobald ich in die Tasche fasste. Als ich in unser Zimmer zurückkam, ließ ich den Umschlag sehr offensichtlich auf meinem Schreibtisch liegen, wo Ev ihren Aschenbecher abzustellen pflegte, direkt unterhalb des einzigen Bilds, das sie aufgehängt hatte – eine Fotografie von mehr als sechzig Menschen, jung und alt, allesamt fast so schön und naturblond wie Ev und alle ganz in Weiß gekleidet, vor einem ausladenden Ferienhaus. Die weißen Kleider der Winslows waren leger, auch wenn Freizeitlook in meiner Familie anders aussah (Disneyland-T-Shirts, Bierbäuche, Heineken aus der Dose). Evs Verwandtschaft war schlank, gebräunt, lächelnd. Polohemden, gebügelte Baumwollkleider, kleine Mädchen mit weißen Häkelstrümpfen und süßen Flechtfrisuren. Zum Glück hatte sie das Bild über meinen Schreibtisch gehängt, da hatte ich ausgiebig Zeit, es voller Bewunderung zu betrachten.

Drei Tage vergingen, bevor sie den Umschlag bemerkte. Sie rauchte oben auf dem Stockbett – das Zimmer füllte sich mit beißendem Rauch, und ich musste, während ich direkt unter ihr meine Matheaufgaben machte, meinen Inhalator zum Atmen zu Hilfe nehmen –, als sie laut aufstöhnte, vom Bett sprang und sich die Einladung schnappte.»Du willst ja nicht etwa kommen, oder?«, fragte sie, mit dem Umschlag wedelnd. Allein die Vorstellung schien sie derart anzuwidern, dass sich die Winkel ihres Rosenknospenmündchens nach unten verzogen; bei jeder anderen hätte das hässlich ausgesehen, doch Ev war, selbst schlecht gelaunt und gerade aus dem Bett, ein ziemlich überwältigender Anblick.

»Vielleicht schon«, antwortete ich kleinlaut, ohne zu erkennen zu geben, mit wie viel Begeisterung und Angst mich die Frage erfüllte, was ich zu einem solchen Anlass anziehen sollte, ganz zu schweigen davon, wie ich etwas aus meinen schlaffen Haaren machen würde.

Ihre langen Finger warfen die Einladung zurück auf den Schreibtisch. »Es wird garantiert fürchterlich. Mom und Daddy sind sauer, weil ich keine Schenkung ans Met mache, deswegen darf ich natürlich auch niemanden von meinen Freunden einladen.«

»Klar.« Ich versuchte, nicht allzu verletzt zu klingen.

»So habe ich das nicht gemeint«, schnappte sie, wobei sie sich auf meinen Schreibtischstuhl fallen ließ und ihr Alabastergesicht stirnrunzelnd der Decke zuwandte, an der sie einen Riss im Putz musterte.

»Aber hast du mich denn nicht eingeladen?«, wagte ich zu fragen.

»Nein.« Sie kicherte, als sei das eine charmante, aber komplette Fehleinschätzung. »Mom lädt immer meine Mitbewohnerinnen ein. Das soll dem Ganzen einen ... demokratischen Touch geben.« Sie sah den Ausdruck auf meinem Gesicht und fügte hinzu: »Ich will ja selbst nicht hingehen; es gibt keinen Grund, warum du dich verpflichtet fühlen solltest.« Sie fasste nach ihrer Mason-Pearson-Bürste, deren Wildschweinborsten ihr goldenes Haar mit einem satten Geräusch zum Glänzen brachten.

»Dann komme ich halt nicht«, sagte ich, aber die Enttäuschung in meiner Stimme verriet mich. Ich wandte mich wieder meinen Matheaufgaben zu. Es war sowieso besser, nicht hinzugehen – ich hätte mich garantiert lächerlich gemacht. Aber mittlerweile fixierte Ev mich, ohne den Blick abzuwenden, sie starrte mich geradezu an, bis ich es nicht mehr ertragen konnte. »Was?«, fragte ich mit etwas Verärgerung in der Stimme (aber nicht zu viel; ich konnte es ihr kaum übelnehmen, dass sie mich bei so einem eleganten Ereignis nicht dabeihaben wollte).

»Du kennst dich doch mit Kunst aus, oder?«, wollte sie mit plötzlicher Liebenswürdigkeit in der Stimme wissen. »Wolltest du nicht Kunstgeschichte als Hauptfach studieren?«

Ich war erstaunt – ich hätte nicht gedacht, dass Ev irgendeine Ahnung von meinen Interessen hatte. Und auch wenn ich in Wirklichkeit den Gedanken, Kunstgeschichte als Hauptfach zu wählen, schon aufgegeben hatte – zu viele Stunden Mitschreiben in dunklen

Seminarräumen, Auswendiglernen fiel mir nicht leicht, und ich hatte mich gerade in Shakespeare und Milton verliebt –, in diesem Augenblick war mir klar, dass mein Interesse an Kunst mir diese Tür öffnen würde.

»Ich glaube schon.«

Ev lächelte wie ein Sonnenstrahl, der zwischen Gewitterwolken hindurchbricht. »Wir lassen dir ein Kleid machen«, klatschte sie in die Hände. »Blau steht dir.«

Das war ihr also aufgefallen.

KAPITEL ZWEI

Die Soiree

Und so stand ich also drei Wochen später in der großen verglasten Eingangshalle des Museums unseres Colleges, ein Seidenkleid in der Farbe des Meeres derart geschickt um mich drapiert, dass ich zehn Kilo leichter wirkte. Ev hatte sich bei mir untergehakt, statuengleich in champagnerfarbene Schantungseide gewandet. Sie sah aus wie eine Prinzessin, und für eine Prinzessin galt das Mindestalter für Alkoholkonsum natürlich nicht: Wir hielten volle Weingläser in der Hand, und keine der an uns vorbeiparadierenden Kuratorinnen, Professoren und älteren Studentinnen der Kunstgeschichte zuckte mit der Wimper, als sie uns beim Weintrinken sahen, alle darauf bedacht, Evs Lächeln zu gewinnen. Eine einzelne Geigerin entlockte ihrem Instrument in einer Ecke der Halle klagende Töne. Die Collegepräsidentin – eine Furcht einflößende Person, die ihre Haare in einer grauen Helmfrisur trug, ihre Lippen umspielt von einem Lächeln, das darin geübt war, Gelder für die Universität einzuwerben – in unserer Nähe. Um sich selbst ihrer Aufmerksamkeit zu entziehen, stellte Ev mich ihr vor, und ich war sehr geschmeichelt vom Interesse der Präsidentin an meinem Studium (»Ich bin mir sicher, wir können Sie in dem Milton-Oberseminar unterbringen«), versuchte aber trotzdem, von ihr loszukommen, um wieder neben Ev stehen zu können.

Ev flüsterte mir die Namen sämtlicher Gäste ins Ohr – woher sie die alle kannte, ist mir nach wie vor ein Rätsel, es lag wohl einfach daran, dass sie für so was geboren war –, und mir wurde bewusst, dass ich unerklärlicherweise der Ehrengast des Ehrengastes zu sein schien. Ev betörte jeden der Anwesenden mit ihrem Lächeln, aber nur mit mir teilte sie ihre geheimen Bemerkungen (»Juniorprofessor Oakley – der treibt's mit allen«, »Amanda Wyn – krasse Essstörung«). Während ich das Treiben beobachtete, konnte ich partout nicht begreifen, was Ev daran missfiel: der Degas (eine am Bühnenrand über ihre Spitzenschuhe gebeugte Ballerina), die uns schmeichelnden Erwachsenen, die Feier ihres Geburtstags und zugleich der Tradition. Sosehr sie darauf beharrte, sie könne es nicht abwarten, dass der Abend vorbei war, so sehr saugte ich das Ganze mit jeder Faser auf; ich wusste nur zu gut, dass ich morgen wieder in ihren Winterstiefeln durch den Schneeregen stapfen und beten würde, dass mein Stipendien-Scheck endlich eintraf, damit ich mir ein Paar Fäustlinge kaufen konnte.

Die Türen zum Eingangsportal öffneten sich erneut und die Präsidentin eilte hin, um die letzten, wichtigsten Gäste zu begrüßen, vor denen sich die Menge nun teilte. Weil ich so klein bin, musste ich den Kopf recken, um zu sehen, wer da kommen mochte – ein Filmstar? Eine berühmte Künstlerin? – Es musste jedenfalls jemand sehr Wichtiges sein, der bei dieser akademischen Elite für eine derartige Reaktion sorgte.

»Wer ist das?«, flüsterte ich auf Zehenspitzen stehend.

Ev leerte ihren zweiten Gin Tonic. »Meine Eltern.«

Birch und Tilde Winslow waren das glamouröseste Paar, das ich je gesehen hatte: Sie wirkten poliert und glänzend, als seien sie aus einem gänzlich anderen Stoff gemacht als ich.

Tilde war jung – sie sah zumindest viel jünger aus als meine Mutter. Sie hatte denselben Schwanenhals wie Ev, auf dem ein kantigeres, weniger anmutiges Gesicht als bei Ev saß, doch es stand außer Zweifel: Tilde Winslow war eine echte Schönheit. Sie war dünn, zu dünn, und obwohl ihr das jahrelange Kalorienzählen anzusehen war, gebe ich zu, dass ich nur bewundern konnte, wie sich die Entsagungen bei ihr ausgewirkt hatten: straffe Oberarme, faltenfreies Kinn. Die Wangenknochen zeichneten sich konturiert unter ihrer Haut ab. Sie trug ein Kleid aus smaragdgrüner Dupionseide, das in der Taille von einer Saphirbrosche in Größe einer Kinderhand zusammengehalten wurde. Ihr weißblondes Haar trug sie in einem Chignon.

Birch musste mehr als zwanzig Jahre älter sein als Tilde, er hatte den Spitzbauch des Übersiebzigjährigen, ansonsten war er jedoch in ausgezeichneter Verfassung. Sein Gesicht wirkte ganz und gar nicht großväterlich; er sah auf eine jugendliche Art gut aus, und seine kristallblauen Augen funkelten wie Juwelen unter den langen, dunklen Wimpern hervor, die Ev von ihm geerbt hatte. Während Tilde und er mit bestimmtem Schritt auf uns zukamen, schüttelte er rechts und links Hände wie ein Politiker und gab dazu launige Bemerkungen zum Besten, die bei der Menge für Erheiterung sorgten. Die Frau an seiner Seite war das komplette Gegenteil. Tilde verzog die Lippen kaum zu einem Lächeln, und als sie endlich bei uns waren, musterte sie mich, als sei ich ein zum Pflügen herbeigebrachter Ackergaul.

»Genevra«, begrüßte sie ihre Tochter, als sie sich überzeugt hatte, dass ich nichts zu bieten hatte.

»Mom.« Ich bemerkte die Anspannung in Evs Stimme, die dahinschmolz, sobald ihr Vater den Arm um ihre Schultern legte.

»Herzlichen Glückwunsch, Stupsnase«, flüsterte er in Evs perfektes Öhrchen und tippte ihr auf die Nasenspitze. Ev errötete. »Und wen haben wir hier?«, fragte er und streckte mir die Hand hin.

»Das ist Mabel.«

»Die Zimmergenossin!«, rief er aus. »Miss Dagmar, was für eine Freude.« Er verschluckte das scheußliche G in der Mitte meines Nachnamens und rollte das R am Ende ein klein wenig, sodass die Betonung auf der letzten Silbe lag. Zum ersten Mal klang mein Name wie etwas Besonderes. Er küsste mir die Hand.

Tilde schenkte mir ein halbes Lächeln. »Vielleicht kannst du uns ja sagen, Mabel, wo unsere Tochter in den Weihnachtsferien war.« Ihre Stimme klang nasal und dünn und hatte die Andeutung eines Akzents, ob Oberschicht oder ausländisch, war nicht herauszuhören.

Auf Evs Gesicht zeichnete sich ein Moment lang Panik ab.

»Ev war bei mir«, antwortete ich.

»Bei dir?«, fragte Tilde zurück, eine Vorstellung, die sie mit echter Belustigung zu erfüllen schien. »Und was hat sie da gemacht, wenn ich fragen darf?«

»Wir haben meine Tante in Baltimore besucht.«

»Baltimore! Das wird ja immer schöner!«

»Es war wirklich schön, Mom. Ich hab's dir doch gesagt, ich bin sehr gut versorgt worden.«

Tilde zog eine Augenbraue hoch und bedachte uns beide mit einem langen Blick, bevor sie sich der Kuratorin an ihrer Seite zuwandte und fragte, ob die Rodins derzeit zu sehen seien. Ev drückte mir die Schulter.

Ich hatte keinen Schimmer, wo Ev in den Weihnachtsferien gewesen war – mit mir zusammen jedenfalls nicht. Aber meine Antwort war nicht komplett gelogen – ich war in Baltimore gewesen und hatte die eine unglückselige Woche, in der das College-Wohnheim geschlossen war, bei meiner Tante Jeanne ausharren müssen. Mit zwölf war der Besuch bei Tante Jeanne – fünf Tage an der Ostküste, die einzige Reise, die meine Mutter und ich je zusammen unternommen hatten – der Höhepunkt meiner frühen Jugend gewesen. Meine Erinnerungen an den Besuch waren nicht sehr deutlich, da sie aus der Zeit Bevor-alles-anders-wurde stammten, aber schön. Tante Jeanne war mir extravagant erschienen, ein sorgenfreies Gegenstück zu meiner pflichtversessenen Mutter. Wir hatten Maryland-Krebse gegessen und uns im Diner Eisbecher gegönnt.

Aber entweder hatten sich Tante Jeanne oder meine Wahrnehmung in den Jahren seitdem verändert – jedenfalls stellte ich im Dezember meines ersten Studienjahres fest, dass ich mir lieber die Kugel geben würde, als wie sie zu werden. Sie wohnte in einer nach Katzen stinkenden Eigentumswohnung und wirkte irritiert, als ich fragte, ob wir nicht ins Smithsonian Museum gehen könnten. Sie aß Fertiggerichte vor der Glotze und döste über den mitternächtlichen Infomercials ein. Als Tilde sich von uns abwandte, fiel mir voller Grauen das Versprechen ein, das meine Tante mir am Ende meines Aufenthalts abgenommen hatte (und dazu brauchte sie bloß meine Mutter zu erwähnen, die ich so schmählich verlassen hatte): zwei ewig lange Wochen im Mai, bevor ich zurück nach Oregon flog. Ich träumte, Ev würde mich begleiten. Mit ihr könnte ich *Der*

Preis ist heiß und das Kitzeln von Katzenhaaren im Rachen über-
stehen.

»Mabel studiert Kunstgeschichte.« Ev schob mich ein wenig ihrem Vater entgegen. »Sie liebt unseren Degas.«

»Wirklich?«, fragte Birch. »Du kannst ruhig näher rangehen. Noch
gehört er uns.«

Ich betrachtete das auf einer einfachen Stafette stehende, gut aus-
geleuchtete Gemälde. Wenige Schritte trennten mich von ihm, aber
es hätten auch eine Million sein können. »Danke schön«, sagte ich
zögernd.

»Und dein Hauptfach ist also Kunstgeschichte?«

»Und ich dachte, Sie wollten Englisch im Hauptfach belegen«,
unterbrach die Präsidentin, die plötzlich neben mir auftauchte.

Derart im Mittelpunkt der Aufmerksamkeit stehend lief ich rot
an, als sei ich gerade beim Lügen ertappt worden. »Ach«, stammelte
ich, »ich finde beide Fächer sehr interessant – wirklich –, aber ich
bin ja erst im zweiten Semester, wissen Sie, und da …«

»Tja, ohne Kunst keine Literatur, was?«, kam Birch mir zu Hilfe
und ließ ein paar von Evs Bewunderern in unseren Kreis. Er legte
seiner Tochter die Hand auf die Schulter. »Als diese junge Dame hier
gerade mal fünf war, sind wir mit den Kindern nach Florenz geflo-
gen, und sie war völlig hingerissen vom Haupt der Medusa in den
Uffizien. Und Judith und Holofernes! Kinder lieben dieses grausli-
che Zeug.« Alle lachten. Und ich war wieder unsichtbar. Für einen
Sekundenbruchteil sah Birch mir in die Augen und zwinkerte. Ich
merkte, wie ich dankbar errötete.

Nach der Ansprache der Präsidentin, den Horsd'œuvres, bei denen
wir nicht zugriffen, und den Geburtstagsmuffins, die in der Farbe
meines Kleides verziert waren, nach Evs kleiner Rede, wie zu Hause
sie sich hier im College fühlte und hoffte, Degas' Ballerina würde
viele Jahre glücklich und zufrieden hier im Museum leben, erhob
Birch das Glas und forderte die Aufmerksamkeit im Raum für sich.

»Bei uns Winslows ist es gute Sitte«, hob er an, als seien wir alle
Teil seiner Familie, »dass jedes der Kinder mit dem Eintritt ins Er-

wachsenenalter der Institution seiner Wahl ein Gemälde schenkt. Meine Söhne haben sich für das Metropolitan Museum entschieden. Meine Tochter hat eine ehemalige Frauenhochschule gewählt.« Das wurde mit lautem Lachen quittiert. Entschuldigend neigte Birch sein Glas der Präsidentin zu. Er räusperte sich, wobei das trockene Lächeln von seinen Lippen schwand. »Vielleicht entspringt diese Tradition dem Wunsch, jedem Kind bei seiner ersten Steuererklärung einen ordentlichen Steuerabzug mitzugeben« – wieder erntete er Lacher –, »doch der tiefere Sinn liegt in dem Wunsch begründet, durch unser praktisches Vorbild zu lehren, dass wir das, was wirklich eine Rolle spielt, nicht besitzen können. Land, Kultur, und, so schwer das Loslassen auch fallen mag, ein großes Kunstwerk. Die Winslows stehen für Philanthropie. *Phila*, Liebe. *Anthro*, Mensch. Die Liebe zum Menschen, die Liebe zum Mitmenschen.« Und damit wandte er sich Ev zu und erhob sein Champagnerglas. »Wir lieben dich, Ev. Und denke immer daran: Wir geben, nicht, weil wir es *können*, sondern weil wir *müssen*.«

KAPITEL DREI

Die Einladung

Ein Glas Champagner zu viel, ein paar Häppchen zu wenig, und eine Stunde später verschwamm mir alles in der überheizten Eingangshalle vor Augen. Ich brauchte Luft, Wasser, irgendwas, sonst würden meine Knöchel auf den schmalen High Heels, die ich mir auf Evs Geheiß bei ihr geliehen hatte, jeden Moment unter mir wegknicken. »Ich bin gleich wieder da«, flüsterte ich ihr zu, während sie der Anekdote eines Kurators über dessen missglückten Urlaub in Cancún wie betäubt lauschte. Ich stöckelte den langen gläsernen Gang hinüber zum neogotischen Flügel des Museums und spritzte mir im Waschraum kaltes Wasser ins Gesicht. Erst dann fiel mir wieder ein, dass ich geschminkt war. Aber es war zu spät – mein ganzes Gesicht war verschmiert, Clownsmund, Waschbärenaugen. Ich zog bergeweise Papierhandtücher aus dem Spender und wischte so lange an meinem Gesicht herum, bis ich wenigstens nicht mehr wie eine gefährliche Geistesgestörte aussah, sondern nur noch, als hätte ich auf einer Parkbank übernachtet. Es war ja nicht so schlimm – wir wollten sowieso bald zurück auf unser Zimmer gehen. Vielleicht konnten wir uns eine Pizza kommen lassen.

Langsam eierte ich durch den Gang zurück, fühlte mich allerdings schon beim Gedanken an Schlafanzug und Salamipizza wieder wie ein neuer Mensch. Verblüfft sah ich, dass sich die große Halle vollständig geleert hatte – abgesehen von der Geigerin, die ihr Instrument einpackte, und den Kellnern, die die nackten Banketttische zusammenklappten, waren alle weg – Ev, die Präsidentin, Birch, Tilde.

»Entschuldigung«, sagte ich zu einem der Kellner, »wissen Sie zufällig, wo die Leute hin sind?«

Sein Augenbrauenring glitzerte im Licht, als er die Brauen mit einem *Was kümmert's mich* hochzog, das ich von meinen eigenen späten Abenden in unserer chemischen Reinigung nur zu gut kannte. Ich ging auf die Damentoilette und spähte unter den Türen hindurch, ob da jemand war. Tränen brannten mir in den Augen, aber ich kämpfte dagegen an. Albern. Ev war bestimmt auf dem Heimweg und suchte nach mir.

»Ja, aber, Kind, was machen Sie denn hier?«, rügte mich eine Kuratorin, die mich dort überraschte. »Das Museum ist geschlossen.« Wäre Ev bei mir gewesen, hätte sie nicht so mit mir geredet und ich mich nicht so pflichtschuldig verzogen. Ich nahm meinen Mantel, den letzten, vom Metallhaken im Foyer und trat hinaus in die Kälte.

Da standen in Sichtweite der Eingangstür mit dem Rücken zu mir Ev und ihre Mutter. »Ev!«, rief ich. Sie drehte sich nicht zu mir um. Der Wind musste meine Stimme verweht haben. Deswegen ging ich zu ihnen hin, wobei ich mich ganz auf meine Schritte konzentrierte, damit ich mir nicht noch den Fuß vertrat. »Ev«, sagte ich, als ich in ihrer Nähe war. »Da bist du ja. Ich habe dich schon gesucht.«

Beim Klang meiner Stimme schnellte Tildes Kopf nach oben, als sei ich eine lästige Fliege.

»Hey, Ev«, sagte ich zögerlich. Sie gab keine Antwort. Ich streckte die Hand nach ihrem Ärmel aus.

»Nicht jetzt«, zischte Ev.

»Ich dachte, wir könnten …«

»Was an *nicht jetzt* verstehst du nicht, hm?« Mit zornigem Gesicht fuhr sie zu mir herum.

Ich wusste, wann man wegzutreten hatte. Und ich kannte Ev gut genug, um zu wissen, dass sie ihr Leben lang hatte wegtreten lassen. Aber es passte so überhaupt nicht zu dem Abend, den wir gerade gemeinsam verlebt hatten – nachdem ich sie mit meiner Lüge gerettet und sie sich zum ersten Mal wie eine Freundin verhalten hatte –, und so blieb ich wie versteinert stehen, während Tilde Ev am Arm nahm und zu dem Lexus führte, mit dem Birch gerade vorfuhr.

An diesem Abend kam sie nicht nach Hause. Das war nicht weiter schlimm. Normal sogar. Ich hatte monatelang mit Ev in einem Zimmer gehaust, ohne das Geringste von ihr zu erwarten – keine Freundschaft, keine Unterstützung –, doch am nächsten Tag rieb mich ihre Zurückweisung so wund wie die hohen Schuhe, die sie mir geliehen hatte: Ich hätte die Blessuren vorhersehen, ihnen vorbeugen müssen.

Obwohl ich ihre Stiefel anzog und meine Füße von ihnen wärmen ließ, obwohl ich mir gestattete, mit jedem Schritt zu wünschen, dass die Kränkung des vergangenen Abends ein Ausrutscher gewesen war, wurde im Laufe des Tages alles nur noch schlimmer. Sechs Seminare, fünf Aufsätze, vier bevorstehende Mittsemesterprüfungen, ein Dreizehn-Kilo-Rucksack auf dem Rücken, erste Anzeichen von Halsschmerzen, von geschmolzenem Schnee durchweichte Hosenbeine und in mir eine dumpfe, nagende Einsamkeit. Als ich mich mit Einbruch des Abends durch unseren Flur schleppte, roch ich schon vor der Tür den Zigarettenrauch, dachte an die Bemerkung der Studentinnenvertreterin, dass sie uns das nächste Mal fünfzig Dollar Strafe aufbrummen würde, und gestattete mir ein Gefühl der Wut. Ev war wieder da, na und? Ich hatte Asthma. Ich konnte nicht in einem verrauchten Zimmer leben – sie wollte mich wohl buchstäblich ersticken. Der einzige positive Nebeneffekt meines Asthmamedikaments – nämlich die Entschuldigung für die Extrapfunde, die ich mit mir herumschleppte – würde mir auch nicht mehr helfen, wenn ich tot war.

Ich biss die Zähne zusammen und ermahnte mich, stark zu sein. Ich brauchte ihre verdammten Stiefel nicht. Ich konnte meinem Vater einfach einen Brief schreiben und ihn um ein Paar bitten (warum hatte ich das eigentlich nicht schon längst getan?). Ich brauchte keinen Degas-verschenkenden Snob, der wie ein Supermodel in meinem Zimmer herumlungerte und mich ständig daran erinnerte, was für ein Nichts ich war. Ich umfasste den Türknauf, ermahnte mich, meine Kritik so vorzubringen, wie Ev das tun würde: »Mensch, Ev, kannst du deine stinkenden Kippen vielleicht woanders rauchen?«(Meine Stimme würde ich ganz beiläufig klingen lassen, als ginge es um das Rauchen an sich und nicht die fünfzig Dollar), und stürmte ins Zimmer.

Meistens saß sie zum Rauchen auf ihrem Schreibtisch am Fenster, Zigarette im Mundwinkel hängend, oder im Schneidersitz oben auf dem Stockbett, wo sie in eine leere Colaflasche aschte. Aber sie war nicht da.

Als ich meinen Rucksack fallen ließ, stellte ich mir fast schadenfroh vor, dass sie eine brennende Zigarette, die gerade das Laken in Brand setzte, im Bett liegen gelassen hatte, bevor sie zu einem glamourösen Ziel entschwand – dem Russian Tea Room, einer privaten Dachterrasse in Tribeca. Das gesamte Wohnheim würde in Flammen aufgehen, und ich mit ihm. Sie würde gezwungen sein, den Rest ihres Lebens an mich zu denken.

Und dann hörte ich es: Ein Schniefen. Ich warf einen Blick hinauf zum oberen Etagenbett. Die Bettdecke bebte.

»Ev?«

Leises Weinen wurde hörbar.

Ich ging näher hin. Ich hatte immer noch die durchnässten Jeans an, war aber wie festgewurzelt.

Ich stand in einem ungünstigen Blickwinkel da und verdrehte den Hals nach oben. Sie hatte sich tatsächlich unter der Decke verkrochen. Ich fragte mich, was ich tun sollte, als ein lautes, aus tiefstem Herzen kommendes Schluchzen darunter hervorkam. »Was ist denn los?«, fragte ich und stieg ein paar Sprossen hoch.

Ich erwartete keine Antwort. Und ich hatte auf keinen Fall beabsichtigt, ihr die Hand auf den Rücken zu legen. Hätte ich überlegt gehandelt, hätte ich mich das nie getraut – ich war zu stolz und zu verletzt, die Geste zu intim. Aber auf meine sanfte Berührung folgte eine unerwartete Reaktion. Erst weinte Ev noch stärker. Dann drehte sie den Kopf herum, sodass ihr Gesicht und meines sich mit einem Mal näher waren als je zuvor und ich jeden Millimeter ihrer überlaufenden hellblauen Augen sah, ihrer tränenverquollenen rosigen Wangen, ihrer fettigen blonden Haare, die zum ersten Mal, seit ich sie kannte, schlaff herunterhingen. Ihr Mund mühte sich, brachte aber nichts heraus, und ich konnte nicht anders: Ich legte ihr die Hand auf die heiße Stirn. Wie viel menschlicher Ev aus der Nähe wirkte.

»Was ist denn los?«, fragte ich, als sie sich endlich etwas beruhigt hatte.

Erst schien es, als würde sie wieder zu schluchzen anfangen. Doch dann angelte sie sich eine neue Zigarette aus der Packung und zündete sie an. »Mein Cousin«, schniefte sie, als sagte das schon alles.

»Wie heißt dein Cousin?« Ich glaubte, unbedingt wissen zu müssen, was Ev das Herz gebrochen hatte.

»Jackson«, flüsterte sie, wobei sich ihre Mundwinkel wieder nach unten verzogen. »Er ist Soldat. War Soldat«, korrigierte sie sich, und die Tränen fingen von Neuem an zu fließen.

»Ist er gefallen?«

Sie schüttelte den Kopf. »Er ist letzten Sommer nach Hause zurückgekehrt. Etwas seltsam hat er sich schon verhalten und so, aber ich hätte nie gedacht …« Und sie weinte. Sie weinte so sehr, dass ich schnell Parka und Jeans abstreifte, mich neben sie ins Bett legte und ihren bebenden Körper festhielt.

»Er hat sich erschossen. In den Mund. Letzte Woche«, brachte sie schließlich, Stunden später, wie es schien, heraus, als wir nebeneinander unter ihrem dicken, roten Kaschmirplaid lagen und gemeinsam an die Zimmerdecke starrten, als würden wir das ständig tun. Trotz der schrecklichen Nachricht war ich erleichtert zu hören, was vorgefallen war; ich hatte mir alles Mögliche ausgemalt, dass der Cousin vielleicht eine Post gestürmt und alle Anwesenden erschossen hatte.

»Letzte Woche?«, fragte ich.

Sie drehte das Gesicht zu mir, so dass ihre Stirn meine berührte. »Mom hat es mir erst gestern Abend erzählt. Nach dem Empfang.« Ihre Nase und Augen liefen in Vorwarnung einer weiteren Runde Tränen rosa an. »Sie wollte nicht, dass ich mich aufrege und alles ›ruiniere‹.«

»Oh, Ev.« Mitgefühl und Vergebung erfüllten mich. Deswegen

hatte sie mich also draußen so angefahren – sie war außer sich gewesen.

»Wie war Jackson denn so?«, drängte ich, und sie schluchzte wieder. Es war so seltsam und wunderbar, dort neben ihr zu liegen, ihre flachsblonden Strähnen an meiner Wange zu spüren, zuzusehen, wie große Tropfen über ihr zartes Gesicht kullerten – ich wollte nicht, dass es vorbeiging. Ich wusste, dass ich sie wieder verlieren würde, wenn wir nicht weiterredeten.

»Er war ein guter Mensch, irgendwie. Letzten Sommer, weißt du? Da lief der Hund seiner Mutter, Flip, hinaus auf die Schotterstraße, und dieser Idiot von einem Handwerker kam mit, was weiß ich, neunzig Sachen um die Kurve gebrettert und fuhr den Hund an und das machte ein fürchterliches Geräusch« – sie schauderte – »und Jackson, der ging hin und hat Flip auf den Arm genommen – ich meine, alle anderen haben geschrien und geheult, es waren nämlich ganz viele kleine Kinder mit dabei –, aber er hat den Hund genommen und auf den Rasen getragen und ihm die Ohren gestreichelt.« Sie kniff die Augen wieder zu. »Und hinterher hat er eine Decke über ihn gebreitet.«

Ich betrachtete das Bild der versammelten Winslows über meinem Schreibtisch, auch wenn das ungefähr so albern war, wie die Speisekarte eines Diners aufzuklappen, in dem man schon sein Leben lang einkehrt; ich kannte jeden blonden Kopf, jede schlanke Wade, als sei ihre Familie meine eigene. »Das Foto, das ist bei eurem Ferienhaus, oder?«

Sie sprach den Namen aus, als sage sie ihn mir zum ersten Mal. »Winloch.«

Ich merkte, wie ihre Augen sich von der Seite her in mein Gesicht bohrten. Den nächsten Satz sagte sie mit Bedacht. Mein Herz setzte zwar kurz aus, aber ich unterdrückte jede Vorfreude und redete mir ein, dass ich nie wieder etwas von der Sache hören würde:

»Komm doch auch.«

JUNI

KAPITEL VIER
Der Anruf

»Wissen sie denn, dass wir kommen?«, fragte ich, als Ev mir den Rest des Kitkat, das ich im Speisewagen gekauft hatte, zurückgab. Der Zug hatte schon vor Ewigkeiten zweimal gepfiffen und war nach Norden weitergefahren. Zurück blieben nur der verwaiste Bahnsteig und wir.

»Natürlich«, gab Ev verstimmt, aber mit einer Spur von Zweifel zurück, als sie sich wieder auf ihrem Koffer niederließ, der unter dem Vordach des Bahnhofsgebäudes lag. Sie warf einen herablassenden Blick auf meinen orangegebundenen Klassiker, Miltons *Das Verlorene Paradies*, und sah dann zum zwanzigsten Mal auf ihrem Handy nach, ob es immer noch keinen Empfang hatte. »Und jetzt haben wir nur noch sechs Tage bis zur Inspektion.«

»Wie, Inspektion?«

»Von unserem Ferienhaus.«

»Und von wem wird es inspiziert?«

An der Art, wie sie geradeaus an mir vorbeiguckte, merkte ich, dass meine Fragen sie nervten. »Von Daddy natürlich.«

Ich versuchte, meine Stimme so liebenswürdig wie möglich klingen zu lassen. »Du klingst irgendwie besorgt.«

»Na logisch bin ich besorgt«, antwortete sie mit einem Schmollmund, »weil ich die alte Bruchbude nicht erbe, wenn wir sie nicht innerhalb einer Woche tipptopp auf Vordermann bringen. Und dann darfst du nach Hause fahren und ich muss wieder mit meiner Mutter unter einem Dach leben.«

Es war abzusehen, dass sie mich anschnauzen würde, egal, was ich von mir gab, und so behielt ich sämtliche Fragen, die mir im Kopf herumspukten –»Das soll heißen, ich muss vielleicht trotz allem nach Hause? Du meinst, ausgerechnet *du* sollst Großputz in einer alten Hütte machen?« – für mich und richtete den Blick lieber auf einen Schwarm Meisen, der im Gebüsch hinter den Gleisen von einem Zweig zum nächsten hüpfte, und atmete die frische Luft des Nordens tief ein.

Mit einer Einladung beginnt etwas; im Grunde ist sie aber eher eine Geste als ein wirklicher Anfang. Eine Tür geht auf und steht offen, aber man darf noch nicht eintreten. Heute weiß ich das, aber damals glaubte ich, alles hätte schon angefangen; mit allem meine ich die Freundschaft, die, nachdem sie in der Nacht, in der Ev mir von Jacksons Tod erzählt hatte, Funken gefangen, den ganzen Frühling über gelodert hatte und nun heiß und anhaltend zwischen mir und Ev brannte. Ev hatte mir beigebracht, wie man tanzt, mit wem man redet und wie man sich anzieht, während ich ihr Nachhilfe in Chemie gab und sie davon überzeugte, dass sie keine Fünfen mehr kassieren würde, wenn sie sich bloß ein bisschen anstrengte. »Sie ist mein Superhirn«, gab sie warmherzig mit mir an, und mich freute der Satz, weil wir darin als Zweiergespann vorkamen, das Arm in Arm über den Campus spazierte, Wodka Tonic auf Erwachsenenpartys trank und sich lieber zusammen die halbe Nacht Bogart-Filme reinzog, als mit ihren Kifferfreunden abzuhängen. Von der Juni-Perspektive aus betrachtet kam es mir vor, als hätte sich das Gefühl der Zusammengehörigkeit an jenem Februartag festgesetzt, an dem Ev die drei verheißungsvollen Worte gesagt hatte: »Komm doch auch.«

Im Laufe des Frühjahrs hatte meine Mutter in zahlreichen, auf die Rückseite alter Reinigungsquittungen gekritzelten Briefen und verstohlenen Anrufen bei uns im Wohnheim immer wieder angedeutet, dass ich der neu gewonnenen Großzügigkeit des Lebens gegenüber misstrauisch bleiben sollte. Wie praktisch alles, was von ihr kam, fand ich ihre Warnungen deprimierend, beleidigend und vorhersehbar – sie war davon überzeugt, dass Ev mich nur benutzte (»Aber wozu denn bloß?«, fragte ich ungläubig. »Wozu sollte jemand wie

Ev um Himmels willen jemanden wie mich benutzen?«). Aber ich vermutete auch, dass meine Mutter das sein lassen würde, sobald mein Vater unseren Sommerplänen zugestimmt hätte – widerstrebend, aber immerhin. Als Ev Mitte Mai ihr Winloch-Foto abnahm und ich den Großteil meiner Sachen in einer Holzkiste auf den Dachboden im fünften Stock des Wohnheims geschafft hatte, waren unsere Sommerpläne in Stein gemeißelt, jedenfalls, was mich anging.

Insofern überraschte mich der Anruf, der an dem Juniabend, bevor Ev und ich den Zug nach Norden nehmen wollten, in der Wohnung der Winslows an der Upper East Side einging. Ev und ich gabelten uns, auf dem antiken Himmelbett in ihrem Zimmer liegend, Thaihäppchen aus Asia-Boxen in den Mund, in dem Apartment, wo ich seit zwei glückseligen Wochen schlafen durfte, alle störenden Geräusche, die von der 73. Straße heraufkamen, durch Doppelfenster und dicke lila Vorhänge ausgesperrt (was für ein Unterschied zu Tante Jeannes grässlichem Alte-Jungfern-Kabuff, in dem ich gezwungenermaßen die letzten zwei Maiwochen verbracht und jeden Tag bis zu meinem Aufenthalt in Manhattan gezählt hatte). Mein Koffer lag aufgeklappt auf dem Boden. Auf dem Orientteppich standen bunte Einkaufstüten herum: Prada, Burberry, Chanel. Unsere halbe Stunde joggen hatten wir schon auf den beiden nebeneinander stehenden Laufbändern in der Suite ihrer Mutter absolviert und unterhielten uns gerade darüber, welchen Film wir uns heute im Vorführraum anschauen sollten. An diesem Abend waren wir besonders müde, weil wir kurz vor Schluss noch ins Met gedüst waren, damit Ev mir die Schenkungen ihrer Familie zeigen konnte, wie sie es ihrem Vater versprochen hatte. Ich hatte vor zwei Gauguins mit dunkelhäutigen Schönheiten gestanden, und mir fiel nichts Blöderes ein als: »Aber ich dachte, du hättest *drei* Brüder.«

Ev drohte mir lachend mit dem Finger. »Da hast du recht, aber der Dritte ist ein Vollidiot, der seins versteigert und den Ertrag an Amnesty International gespendet hat. Mom und Daddy hätten ihn am liebsten von der Dachterrasse geschmissen.« Besagte Dachterrasse befand sich über dem siebten Stock, der vollständig vom 370-Quadratmeter-Apartment der Winslows eingenommen wurde. Ich war zwar naiv, was das Vermögen der Winslows anbelangte, aber mir war mittlerweile klar, dass sich ihr Status nicht in der Mahagonieinrichtung oder den unbezahlbaren Kunstgegenständen manifestierte, sondern im Blick aus dem Apartmentgebäude auf den Central Park, den man aus fast allen Fenstern der Wohnung genoss: ein grünes, unglaubliches und voller Leichtigkeit lebendiges Idyll inmitten einer überbevölkerten Metropole.

Wie luxuriös der Sommersitz der Familie erst sein musste, konnte ich mir nur ausmalen.

Beim zweiten Läuten des Telefons ging Ev mit einer Stimme wie poliertes Kristallglas dran: »Bei Winslow, was kann ich für Sie tun?«, schaute einen Augenblick verwirrt drein, fing sich dann aber wieder. »Mrs. Dagmar«, tönte sie mit ihrer Erwachsenen vorbehaltenen Stimme. »Wie schön, dass Sie anrufen. Sie wollen sicher mit Ihrer Tochter sprechen?« Sie hielt mir das Telefon hin, ließ sich zurück aufs Bett fallen und widmete sich der neuesten *Vanity Fair*.

»Mom?« Ich drückte den Hörer ans Ohr.

»Zuckermaus.«

Auf der Stelle roch ich den süßen Pistazienatem meiner Mutter, doch jede Art Heimweh wurde umgehend von der Erinnerung daran unterdrückt, wie diese Telefonate zu enden pflegten.

»Vater hat erzählt, morgen wäre es soweit.«

»Ja.«

»Zuckermaus«, wiederholte sie. »Dein Vater hat das Ganze mit Mr. Winslow arrangiert, und ich brauche dich vermutlich nicht daran zu erinnern, wie großzügig sie sind.«

»Nein, brauchst du nicht«, gab ich zurück und merkte, wie sich in mir die Stacheln aufstellten. Keine Ahnung, wie Birch meinen unfreundlichen Vater davon überzeugt hatte, dass ich meine drei Monate Frondienst im Geschäft nicht abzuleisten brauchte, jedenfalls hatte es funktioniert, wofür ich unendlich dankbar war. Trotzdem fand ich die Andeutung, mein Vater wäre es gewesen, der »das Ganze arrangiert« hatte, an der Grenze zur Beleidigung, da er nur sehr widerstrebend zugestimmt hatte. Augenblicklich wurde ich wieder daran erinnert, dass meine Mutter sich immer auf seine Seite schlug, sogar wenn (besonders wenn) ihr noch der rosa Abdruck seiner Hand im Gesicht brannte. Meine Augen folgten dem verschlungenen Muster von Evs Teppich.

»Hast du ein Mitbringsel für die Gastgeberin? Kerzen vielleicht? Seife?«

»Mom.«

Als sie die Schärfe meiner Stimme hörte, blickte Ev auf. Lächelnd schüttelte sie den Kopf und wandte sich wieder der Zeitschrift zu.

»Mr. Winslow hat deinem Vater gesagt, da oben gäbe es keine Verbindung.«

»Was für eine Verbindung?«

»Na, du weißt schon, kein Handy und kein Internet.« Meine Mutter wirkte ein wenig aufgebracht. »Das ist ja wohl eine der Regeln in unserer Familie.«

»Okay«, sagte ich. »Du, Mom, ich muss jetzt –«

»Wir müssen uns also schreiben.«

»Gut. Tschüss, Mom.«

»Warte.« Ihre Stimme klang auf einmal bestimmt. »Es gibt noch etwas, was ich dir sagen muss.«

Gedankenverloren fiel mein Blick auf einen kräftigen Riegel, der innen an Evs Schlafzimmertür angebracht war. In den zwei Wochen, seit ich in diesem Zimmer schlief, war er mir nicht weiter aufgefallen, aber jetzt fing ich doch an, mich darüber zu wundern, wie stabil er aussah: Warum in aller Welt konnte ein Mädchen wie Ev Interesse daran haben, irgendeinen Aspekt ihres perfekten Lebens auszusperren? »Ja?«

»Noch ist es nicht zu spät.«

»Wie meinst du das?«

»Du kannst deine Meinung noch ändern. Wir würden uns sehr freuen, dich zu Hause zu haben. Das weißt du ja, oder?«

Ich prustete beinahe laut los. Aber dann dachte ich an ihren angebrannten Hackbraten, der einsam und allein in der Tischmitte stand, und nur mein Vater war da, um ihn mit ihr zu essen. Schlaffe grüne Bohnen in braunem Saft aus der Mikrowelle. Rum und Cola. Es brachte nichts, ihr meine neu gewonnene Freiheit auf die Nase zu binden. »Ich muss jetzt Schluss machen.«

»Eine Sache noch.«

Ich musste mich sehr beherrschen, das Gespräch nicht wutentbrannt zu beenden. Ich war ja wohl liebenswürdig zu ihr gewesen, oder etwa nicht? Ich hatte ihr jetzt lang genug zugehört. Wie sollte ich ihr jemals klarmachen, dass mir Winloch ohne Handy und Internet im Vergleich zu diesem Gespräch mit ihr, das mit allem beladen war, dem ich zu entkommen versuchte, geradezu paradiesisch vorkam?

Ich merkte, wie sie nach den richtigen Worten suchte, während nur ihr lauter Atem in der Leitung zu hören war. »Sei lieb«, sagte sie schließlich.

»Lieb?« Ich spürte, wie sich ein Kloß in meiner Kehle bildete. Ich wandte Ev den Rücken zu.

»Sei du selbst, meine ich. Du bist ein lieber Mensch, Zuckermaus. Das hat Mr. Winslow auch zu deinem Vater gesagt. Du bist ein ›Juwel‹, hat er gesagt. Und, na ja …« Sie machte eine Pause; ich merkte, wie ich gegen meinen Willen nach ihren Worten gierte. »… ich wollte nur, dass du weißt, dass ich das auch denke.«

Wie schaffte sie es bloß, bei mir in Sekundenschnelle Selbsthass auszulösen? Mich daran zu erinnern, dass ich das, was ich getan hatte, nie ungeschehen machen konnte? Der Kloß, den ich in der Kehle hatte, drohte mir die Luft abzuschnüren. »Ich muss jetzt wirklich Schluss machen.« Ich legte auf, bevor sie protestieren konnte.

Aber es war zu spät, ich konnte nichts dagegen tun, und die Tränen flossen heiß und zornig.

»Mütter sind einfach miese Zicken«, sagte Ev einen Augenblick später.

Ich drehte ihr den Rücken zu und versuchte, mich wieder zu fassen.

34

»Weinst du etwa?« Sie klang entsetzt.

Ich schüttelte den Kopf, aber sie merkte es trotzdem.

»Armes Mäuschen«, tröstete sie mich mit samtweicher Stimme, und bevor ich wusste, wie mir geschah, hielt sie mich in den Armen und drückte mich an sich. »Ist schon gut. Vergiss den ganzen Mist, den sie zu dir gesagt hat. Scheiß drauf.«

Ich hatte mich Ev bisher noch nie verletzlich gezeigt, weil ich mir sicher gewesen war, dass sie mich nicht würde trösten können. Doch sie hielt mich ganz fest und redete besänftigend auf mich ein, bis meine Tränen versiegten.

»Sie ist einfach – sie ist nicht –, ich habe einfach nur Angst, so zu werden wie sie«, brachte ich schließlich heraus, etwas, das ich noch nie laut ausgesprochen hatte.

»So gesehen haben deine und meine Mutter etwas gemeinsam, auch wenn es absolut das Einzige ist.« Ev lachte, hielt mir ein Taschentuch hin und dann einen Pullover aus einer der Tüten auf dem Boden, azurblau und kuschelig weich: »Zieh den an, Süße. In Kaschmir sieht die Welt gleich anders aus.«

Jetzt blickte ich über den verlassenen Bahnhof von Plattsburgh hinweg und war trotz Evs schlechter Laune von nachsichtiger Liebe erfüllt.

»Sei lieb«, hatte meine Mutter mich ermahnt.

Ein Befehl.

Eine Warnung.

Ein Versprechen.

Lieb sein konnte ich. Jahrelang war ich das sanftmütige, unschuldige Mädchen mit den großen Augen gewesen, und wenn ich ganz ehrlich sein soll, war das oft weniger anstrengend als die Alternative. Sogar wenn ich jetzt daran dachte, wie die Freundschaft zwischen Ev und mir entstanden war, war mir natürlich klar, dass mein Liebsein den Grundstein dafür gelegt hatte – wäre ich nicht lieb gewesen, hätte ich nie die Hand nach der schluchzenden Ev ausgestreckt.

Es gab keinerlei Anzeichen dafür, dass irgendjemand auf dem

Weg war, um uns abzuholen. Evs Groll hatte sich in völlige Passivität verwandelt. Es würde bald dunkel werden. Ich ging ein Stück die Gleise entlang in Richtung eines stetig wiederkehrenden metallischen Hämmerns, das ich die letzte halbe Stunde über gehört hatte.

»Wo willst du hin?«, rief Ev mir hinterher.

Ich kam mit einem zahnlosen, mürrischen Bahnarbeiter in schmierigen Arbeitshosen wieder. Er ließ uns in die kleine Bahnhofsvorsteherstube, bevor er sich wieder trollte.

»Hier ist wenigstens ein Telefon«, sagte ich.

»In ganz Winloch gibt es nur im Speisesaal ein Telefon, und da ist um diese Uhrzeit niemand«, fauchte sie, aber sie wählte die Nummer trotzdem. Es klingelte immer und immer wieder, und gerade als ich die Hoffnung aufgeben wollte, sah ich durch das spinnwebverhangene Fenster einen roten Ford-Pick-up vorfahren, auf dessen Pritsche ein schwanzwedelnder gelber Labrador stand.

»Evie!« Ich hörte die Stimme, bevor ich den Mann selbst sah. Er klang jung und enthusiastisch. Als wir aus der Stube traten, kam er, die gebräunten Arme ausgebreitet – »Evie!« –, um die Ecke. »Ich bin so froh, dass ihr da seid!«

»Ich bin nur froh, dass du endlich da bist«, kanzelte sie ihn ab und stürmte an ihm vorbei. Er war groß und braungebrannt, seine Hautfarbe das Gegenteil von Evs, und sah nur ein paar Jahre älter aus. Dennoch hatte er etwas Erwachsenes an sich, als hätte er schon mehr erlebt als wir beide zusammen.

»Du bist ihre Freundin?«, fragte er, spielte mit seinem Basecap und sah ihr grinsend hinterher, während sie ihren Koffer zum Parkplatz schleppte.

Ich schob *Das verlorene Paradies* in meinen ausgebleichten Leinenbeutel. »Mabel.«

Er streckte mir seine raue, warme Hand entgegen. »John.« Ich vermutete, dass er ihr Bruder war.

KAPITEL FÜNF

Die Fahrt

Johns viertüriger Pick-up war alt, aber offensichtlich sein ganzer Stolz, übertroffen nur von der Liebe zu seinem gelben Labrador, der bei unserem Anblick triumphierend von der Ladefläche herunterbellte. Ev mühte sich ab, ihren Koffer hinaufzuwuchten, bis John ihn mit einer Hand auf die Pritsche hob – in der anderen hatte er meinen Koffer. Er stellte beide neben den übermütigen Hund, der mittlerweile Evs Ohr leckte. »Abby, sitz«, befahl er, während er das Gepäck mit Riemen festzurrte. Der Hund gehorchte.

Ev stieg mit nach wie vor finster zusammengezogenen Brauen auf der Beifahrerseite ein. »Hier drin stinkt's.« Sie kurbelte das Fenster herunter, aber ich hatte trotzdem bemerkt, dass Abbys schlabbernde Liebkosung sie zum Lächeln gebracht hatte.

Ich drehte mich auf dem Rücksitz nach der Hündin um. »Das macht ihr nichts da draußen?«

John drehte den Schlüssel im Zündschloss um. »Hier drin würde sie anfangen zu jaulen.« Als der Motor grummelnd ansprang, zögerte seine Hand über dem Radio und fiel dann zurück aufs Lenkrad. Ich hätte gern Radio gehört, aber Ev hatte weiterhin auf Kaltfront geschaltet.

Die ersten zwanzig Kilometer fuhren wir schweigend über die von leuchtendem Grün beschirmte Landstraße. Ich drückte die Stirn an die Scheibe, um die frischen Ahornblättchen zu betrachten, die in der Brise schwankten. An jeder Biegung bot sich ein verlockender Ausblick auf die aufgewühlte Wasseroberfläche des riesigen Lake Champlain. Ich überlegte, welcher Bruder John wohl sein mochte. Er kam mir nicht unbedingt wie jemand vor, der dem Met ein Bild gestiftet hatte, und musste also der »Vollidiot« sein, den Ev erwähnt hatte – sie konnte ganz offensichtlich nichts an ihm leiden, nur Abby war eine Ausnahme.

»Willst du dich gar nicht entschuldigen?«, fragte Ev John, als wir uns in die Warteschlange an der Fähre einreihten, die uns von New York State hinüber nach Vermont bringen würde. Von einer Überfahrt hatte ich nichts geahnt und musste mich schwer zurückhalten, meine Begeisterung nicht zu zeigen, als der Schlickgeruch des Sees zu uns hochwehte. Hinaus aufs offene Wasser, das kam mir in diesem Augenblick genau wie das Richtige vor.

John lachte. »Wofür?«

»Wir haben zwei Stunden am Bahnhof rumgesessen.«

»Und ich habe zwei Stunden gebraucht, um herzukommen«, gab er sehr freundlich zurück und stellte Elvis an. Bisher hatte ich nur Männer kennengelernt, die angesichts von Evs Schmollmündchen sehr kleinlaut wurden.

Auf der Fähre stieg ich hinauf zum Passagierdeck. Es war ein klarer Abend. Der Himmel verfärbte sich orange und die Wolken loderten wie Feuer.

Ich war froh, dass ich John und Ev im Pick-up zurücklassen konnte, weil ich davon ausging, dass sie ein wenig Zeit für sich brauchten, um ihre Geschwisterstreitigkeiten auszubügeln. Ich schlug *Das verlorene Paradies* auf. Mein Gespräch mit der Collegepräsidentin bei Evs Geburtstagsfeier hatte mir einen Platz im eigentlich für ältere Studierende reservierten Milton-Seminar gesichert, und ich wollte das Buch bis Semesterbeginn einmal durchhaben, damit ich es dann unter Anleitung der Professorin, die mir hoffentlich sagen würde, was eigentlich genau drin stand, noch einmal lesen konnte. Der Text hätte allerdings genauso gut auf Chinesisch geschrieben sein können; die Blankverse enthielten Unmengen kursiv gesetzter Worte und ewige Endlossätze, aber ich wusste, dass es ein bedeutendes Buch war. Den Gedanken, etwas zu lesen, das so profund wie der Kampf zwischen Gut und Böse war, fand ich toll. Und ich konnte mich mit John Miltons Tochter identifizieren, die dem Diktat ihres blinden, brillanten Vaters folgen und alles für ihn niederschreiben musste. Das war meine Kindheit, nur glamouröser: Bei mir waren es statt kostbarer Worte anderer Leute schmutzige Kleider gewesen.

Doch gerade, als ich die erste Zeile wieder las – »Des Menschen erste Schuld und jene Frucht/Des strengverbotnen Baums« –, hörte ich es bellen, hob den Blick und sah John und Abby, die zu mir aufs Passagierdeck stiegen. Auf einem Schild neben ihnen stand HUNDE VERBOTEN, aber ein auf der Fähre arbeitender Mann tätschelte Abby den Kopf und schüttelte John die Hand, bevor er unter Deck verschwand. John trat hinaus in den böigen Fahrtwind und kam, eine Hand an Abbys Halsband, auf mich zu.

»Woher kommst du?«, überschrie er den tosenden Wind.

»Oregon.« Eine Möwe ließ sich an uns vorbeitragen. Die Haare wurden mir ins Gesicht gepeitscht. »Ev und ich kennen uns vom College.« Wir blickten zusammen hinaus aufs Wasser. Der See war so groß wie ein kleines Meer. Ich nahm den Finger aus dem Buch und sah den Seiten zu, die heftig flatterten, bevor sie von allein zuklappten.

»Hat Ev irgendwas?«, fragte ich.

Er ließ Abby los, die sich zu seinen Füßen hinlegte.

»Hat sie schlechte Laune wegen der Inspektion?«, angelte ich nach Informationen.

»Inspektion?«

»Die Inspektion von ihrem Ferienhaus, in sechs Tagen.«

John machte den Mund auf, um etwas zu sagen, schloss ihn dann aber wieder.

»Was?«, fragte ich.

»An deiner Stelle würde ich mich aus dem ganzen Familienkram raushalten«, sagte er nach langem Zögern. »Versuch einfach, deinen Urlaub zu genießen.«

Ich war noch nie im Urlaub gewesen. Aus seinem Mund klang es wie ein schmutziges Wort.

»Du bist anders als die Mädchen, die Ev bisher mitgebracht hat«, fügte er hinzu.

»Wie meinst du das?«

Sein Blick folgte der Möwe. »Weniger Koffer.«

In dem Augenblick erschien Ev mit drei Domino-Eis in der Hand. Vermutlich ihre Version einer Entschuldigung.

Als wir wieder an Land und Winloch endlich nahe waren, vergaß ich sämtliche Sorgen um die Inspektion. Die Hot Dogs vom Imbiss waren fettig, die Moskitos blutdurstig und Ev immer noch verstimmt, aber wir waren zusammen in Vermont, auf einer Landstraße, die sich durch offenes Farmland schlängelte. Zwielicht umhüllte die Welt.

Wir tankten an der einzigen Tankstelle seit vielen, vielen Kilometern, und die windzerzauste Abby gesellte sich zu mir auf den Rücksitz, wo sie sofort ihren schweren Kopf auf mein Knie bettete und einschlief. Wir fuhren weiter, an einem verbarrikadierten Pferdestall, Schildern zu einem Weingut und einem verlassenen Eisenbahnwaggon vorbei, und als das letzte Licht schließlich von der Nacht geschluckt wurde, bogen wir auf einen zweispurigen Highway, der sich unter dem Sternenhimmel nach Süden entrollte. Irgendwann passierten wir einen langen, über offenes Wasser führenden Fahrdamm, so, wie ich mir die Florida Keys vorstellte, gleichzeitig rissen die Wolken auf. Der Mond erleuchtete ein gelbes Band auf dem See und ließ die Umrisse der Adirondacks dunkel vor dem lilaschwarzen Himmel hervortreten.

»Wie geht es deiner Mutter?«, fragte Ev. Erst dachte ich, sie spräche mit mir, aber sie wusste ja, wie es meiner Mutter ging und hatte mich noch am Vorabend ihretwegen trösten müssen.

John antwortete, während meine Gedanken sich noch überschlugen. »Wie immer.«

Aha, dachte ich. Er ist wohl doch nicht Evs Bruder.

Ich wollte, dass sie weiterredeten. Aber Ev stellte keine weiteren Fragen und wir überquerten den Damm schweigend.

Auf der anderen Seite des glitzernden Wassers empfing uns wieder völlige Finsternis. Die Straße, die bald zur Schotterpiste wurde, verschwand mit einem Mal im Wald. Birkenstämme leuchteten geisterhaft auf. Johns Scheinwerfer erhellten momenthafte Ausschnitte von Scheunen und Bauernhäusern. Er bretterte mit dem Wahnsinnstempo von jemandem, der die Strecke in- und auswendig kennt, um die Kurven. Ev kurbelte ihr Fenster wieder herunter, um die duftende Nacht hereinzulassen, und das sanfte Zirpen von Grillen umfing uns und wurde überwältigend laut, als wir auf eine riesengroße Lichtung im Wald kamen. Die milchige Laterne des Mondes begrüßte uns wieder.

Nach einer besonders rasanten Kurve – ich hörte, wie der Schotter unter den Reifen wegspritzte – verlangsamten wir das Tempo. »Wir sind da!«, jubelte Ev. Um uns war dichter Wald. An einen Stamm genagelt war ein kleines Schild, auf dem in handgemalten Lettern WINLOCH und PRIVAT stand. Unser Scheinwerferlicht fiel auf eine gefährlich aussehende, mit Warnhinweisen gepflasterte Piste: BETRETEN VERBOTEN! JAGEN VERBOTEN – ZUWIDERHANDLUNGEN WERDEN STRAFRECHTLICH VERFOLGT! MÜLL ABLADEN VERBOTEN. Das sah überhaupt nicht wie das großartige Anwesen aus, das Ev mir geschildert hatte. Das Rascheln des Laubs erinnerte mich an einen Vampirfilm, den ich einmal gesehen hatte. Ein Schauder lief mir den Rücken herunter.

Mit einem Schlag kam mir der Gedanke, dass meine Mutter wahrscheinlich recht gehabt hatte: Ev hatte mich nur hierher in die Einöde gebracht, um mich jetzt am Straßenrand abzuladen und mir einen grausamen Streich zu spielen, so ähnlich wie damals Sarah Templeton in der sechsten Klasse, die mich zu ihrem Geburtstag eingeladen hatte, nur um mich dann in dem Augenblick, als ich bei ihr vor der Tür stand, wieder auszuladen – vor den Augen unserer Klassenkameradinnen –, ich sei »zu dick, um in die Achterbahnsitze zu passen«. Der Zweifel, den meine Mutter in mir gesät hatte, begann in mir zu wachsen – ich war eine Närrin, dass ich geglaubt hatte, Ev hatte mich wirklich für einen vergnügten Sommerurlaub zum Feriensitz ihrer Eltern gebracht.

Aber Ev lachte befreiend, als hätte sie meine Gedanken gelesen.

»Gott sei Dank bist du da«, sagte sie, und die Wärme ihrer Stimme und die Weichheit des azurblauen Kaschmirpullis brachten mich wieder zu Sinnen.

John stellte wieder das Radio an. Country. Der Wald schluckte uns, während ein Mann sein gebrochenes Herz beweinte.

Einmal bremsten wir unvermittelt. Ein Waschbär stand mit erhobenen Vorderpfoten und im Scheinwerferlicht gleißenden Augen mitten auf dem Weg und wartete darauf, dass wir ihn anfuhren. Aber John stellte Licht und Radio aus, und wir saßen mit leise grollendem Motor da, während das Tier mit seinem kurios gemusterten Fell im Unterholz verschwand.

Wir kamen an einem Grüppchen unbeleuchteter Ferienhäuser vorbei, dann an Tennisplätzen und schließlich einem großen, imposanten Gebäude, das weiß im Mondlicht leuchtete. Wir bogen rechts auf eine Seitenstraße ab – eigentlich müsste man sie richtiger als Waldweg bezeichnen –, auf der wir uns noch vierhundert Meter hielten, bevor an ihrem Ende ein kleines Häuschen in Sicht kam.

»Hunde sind verboten, aber für Abby mache ich eine Ausnahme«, bot Ev an, als John vor dem Cottage anhielt.

»Abby braucht keine Extrawurst.«

»Ist keine Extrawurst«, gab sie zurück, wobei sie John in die Augen sah.

Er führte Abby zum Pinkeln in den Wald. Die Nacht überwältigte uns: das rhythmisch dröhnende Zirpen der Grillen, das Plätschern der unsichtbaren Wellen. Der Mond versteckte sich hinter einer Wolke. Hinter uns spürte ich eine große Fläche, die der See sein musste.

»Was müssen wir denn bis zur Inspektion alles machen?«, fragte ich Ev leise.

»Das Häuschen bewohnbar machen. Jetzt haben wir nur noch sechs Tage, bis meine Eltern kommen, und ich weiß noch nicht mal, in was für einem Zustand die Bruchbude ist.«

»Und was ist, wenn wir das so schnell nicht schaffen?«, bohrte ich.

Ev legte den Kopf schief. »Keine Sorge, Miss Mabel.« Sie sah mir in die Augen. »Wir müssen nur ein bisschen saubermachen. Damit alles wieder tipptopp aussieht.«

Der Mond trat hinter den Wolken hervor. Ich betrachtete das alte Cottage vor uns – ein nicht zu entzifferndes Schild war daran genagelt, das mit dem Buchstaben B begann. Im fahlen Licht wirkte das Holzhäuschen heruntergekommen und altersschwach. Ich hatte das Gefühl, dass wir mit sechs Tagen lange nicht hinkommen würden. »Und wenn wir das nicht schaffen?«

»Dann ziehe ich zu meiner Mutter, der Hexe, und du kannst den Sommer in Oregon verbringen.«

Meine Lunge zog sich bei der Erinnerung an chemischen Reinigungsmittelgestank zusammen. Die Füße taten mir schon allein bei dem Gedanken an einen ganzen Tag hinterm Ladentisch weh. Ich konnte nicht nach Hause – ausgeschlossen. Wie sollte ich ihr bloß klarmachen, in was für einer verzweifelten Situation ich mich befand? Doch dann machte ich einen Schritt hinaus in die Nacht, und da stand Ev vor mir, leibhaftig und nach Teerosen duftend. Sie breitete die Arme aus.

»Willkommen daheim«, murmelte sie. »Willkommen in Bittersweet.«

KAPITEL SECHS

Das Fenster

Als ich meine Augen an jenem ersten Morgen in dem Häuschen aufschlug, das den seltsamen Namen Bittersweet trug, tanzten die Schatten von Zweigen zum Takt des Gluckerns unten aus der Bucht über
die weiße Holzdecke. Aus dem Fenster sah ich einen Kleiber am
Stamm einer Rotkiefer hinauflaufen und vor Freude über sein Wür-
merfrühstück zwitschern. Die Luft von Vermont war kühl und ich
war allein.

Die Ankunft in völliger Dunkelheit hatte für einen enttäuschen-
den ersten Eindruck gesorgt, der durch die drohende Inspektion
und mein Schicksal im Falle unseres Versagens noch weiter getrübt
wurde. Im Haus selbst hatte ich auf den ersten Blick nur tropfende
Wasserhähne und schäbige, bunt zusammengewürfelte Möbel gesehen; über allem hing ein modriger Schimmelgeruch. Es hatte nach
viel Arbeit ausgesehen.

Doch jetzt am Morgen, als ich die glänzenden Messingbetten, ge-
stärkten Bettbezüge und den Duft von Kaffee aus der Küche wahr-
nahm, sah alles ganz anders aus. Ich war an einem friedlichen, ländlichen Ort gelandet, einem Ort mit Baguettes und rosa Grapefruits
und tropfenden Honigwaben auf dem Brötchen, idyllisch und sonnen-
durchflutet auf eine Art, die ich noch nie kennengelernt, mir aber
seit Ewigkeiten erträumt hatte.

Evs Bett, das genau wie meines aussah, war leer und die zerwühlte
Daunendecke zur Seite geschoben. Sonnenstand und Vogelgesang
nach zu schließen konnte es nicht später als acht Uhr sein. In den
neun Monaten, die ich nun mit Ev zusammenwohnte, hatte ich sie
noch nie vor zehn aufstehen sehen. Ich rief zweimal nach ihr, erhielt
aber keine Antwort. Ich fragte mich, wo sie sein mochte, bevor ich

44

mich wieder in die Federn sinken ließ, die Augen zumachte und erfolglos den süßen Schlaf zurückzulocken versuchte.

Wohlige Gefühle durchströmten meinen Körper. Ich lauschte eingehend ins Haus. Ich war völlig allein. Und deswegen legte ich (schüchtern, mutig) eine Hand zwischen meine Beine und merkte, wie ich feucht wurde. Ich wusste, dass Ev jede Sekunde zur Tür hereinplatzen konnte, weswegen ich mich ermahnte, still zu sein, nur einen Finger zu bewegen und ansonsten so zu tun, als würde ich schlafen. Es ist seltsam, wie solche Einschränkungen das Lustempfinden nur noch steigern. Und wenig später waren meine Finger tief in mir vergraben und ich war in einer anderen Welt.

Ich versuchte, daran zu denken, dass ich eigentlich lauschen sollte. Aber es gab ein paar Augenblicke, in denen ich völlig vergaß, dass ich vorsichtig sein musste. Ich warf die Bettdecke von mir, spürte, wie sich ein wildes Glücksgefühl in mir ausbreitete und mich über einen großen, zitternden Abgrund trug – die einzige hemmungslose Lust, die ich kannte.

Es dauerte etwas, bis ich mich wieder gesammelt hatte. Ich lag genüsslich mit gespreizten Beinen und geschlossenen Augen da, dankbar für die Wärme in mir, bis mich das starke Gefühl überkam, dass ich beobachtet wurde. Ich blickte hinüber zum Fenster neben Evs Bett.

Und blickte, eingerahmt von Holz und Glas, in das Gesicht eines Mannes.

Seine Augen glänzten selig.

Sein Mund stand offen.

Ich schrie. Er tauchte weg. Ich warf das Federbett über mich. Entsetzt lachend lag ich unter der Bettdecke, die mich halb erstickte, brach dann beinah in Tränen aus, streckte die Nase wieder unter der Decke hervor. Das Fenster war leer. War da wirklich jemand gewesen? Oh Gott. Ein neuer Grad der Demütigung. Den Ausdruck auf seinem Gesicht würde ich nie vergessen – eine Mischung aus Lust (hoffte ich) und Grauen (wahrscheinlicher). Er hatte Sommersprossen. Strähnige blonde Haare. Ich merkte, wie ich bis unter die

Haarwurzeln errötete. Als ich meinen Mut zusammengenommen hatte, ging ich, in die Bettdecke gewickelt, ans Fenster und ließ die klemmende, staubige Jalousie mit Gewalt herunter, bevor ich in klösterlich unauffällige Klamotten stieg. Vielleicht würde ich schon von Winloch verbannt werden, bevor es überhaupt zur Inspektion kam.

Ev kehrte eine Stunde später mit Moos in den Haaren zurück. Sie roch wie ein Kind, das im Wald gespielt hatte, und aus ihrem Gesicht strahlte ein Glück, das sie geflissentlich zu verbergen versuchte. Ich gierte nach Ablenkung und bot an, das Frühstück zu machen, aber sie bestand darauf, dass ich mich an den wachstuchbedeckten Küchentisch setzen und ausnahmsweise einmal sie alles machen lassen sollte. Das war allerdings eine zweifelhafte Ehre, da ich wusste, dass Ev kaum in der Lage war, auch nur Wasser zu erhitzen, ohne dass der Kessel in Brand geriet. Während sie an den weißen Metallschränken und dem Art-déco-Kühlschrank mit dem schweren Türgriff, der bei jedem Öffnen ein *Pfonk!* von sich gab, zugange war, betrachtete ich das schmutzige, seegrüne Linoleum und fuhr mit den Fingern die einstmals leuchtend bunten Brombeerranken- und Bauernkaromuster nach, die den Tisch bei Frühstück, Mittag- und Abendessen der Vorbewohner geschützt hatten.

Die Küche war früher einmal das kurze Ende der L-förmigen Veranda gewesen, dann eine verglaste Loggia. Da man aus den großen, hüft- bis bodentiefen Fenstern hinaus auf die Bucht von Bittersweet blickte, war der winzige Raum alles andere als bedrückend – er war der glitzernde Höhepunkt des ganzen Häuschens. Aber ich wollte nichts davon wissen und drehte Wald und Wasser den Rücken zu, als ich mit erneuter Beschämung daran dachte, wie ich den Blick des jungen Mannes auf mir gespürt hatte. Er war irgendwo da draußen. Was war, wenn er über mich redete? Die Haare in meinem Nacken standen mir zu Berge.

»Galway hat gesagt, er hätte dich heute Morgen kennengelernt«, meinte Ev beiläufig, während sie die Zündflamme der hinteren Kochstelle klickend anstellte und in einer grünen Emaillekanne Kaffeewasser aufsetzte. Mein Herz schlug wie verrückt. Der Mann am Fenster war der einzige Mensch, den ich bisher gesehen hatte. Wusste sie Bescheid? Hatte er mich verpetzt? Konnte sie meine Gedanken lesen?

»Er ist ein komischer Typ«, sagte sie entschuldigend. Sie warf mir einen Blick zu und bemerkte den Ausdruck auf meinem Gesicht. »War er blöd zu dir?«

»Und was hat er gesagt?«, brachte ich mit gepresster Stimme heraus.

Ev verdrehte die Augen. »Galway sagt gar nichts, wenn es nicht seinen politischen Zielen dient.« Ich stieß einen Seufzer der Erleichterung aus, während sie weiterredete. »Keine Bange, er ist nur am Wochenende hier.« Sie zog verschwörerisch die Augenbrauen hoch, als müsste mir klar sein, wovon sie redete. »Jetzt weißt du ja selbst, warum er kein Glück mit den Frauen hat«, sagte sie leichthin, während ich beschloss, diesen Galway – wer immer das sein mochte – einfach fortan zu meiden, während Ev weiter erzählte, wie liebesunfähig ihre Brüder seien, auch wenn zwei der drei es geschafft hatten, sich eine Frau zu angeln. Aber Galway würde garantiert nie jemanden finden, auch wenn sie sich fast hundertprozentig sicher war, dass er nicht schwul war, er ihr sogar extrem hetero vorkam, größtenteils, weil er so ein Vollidiot war, und wenn sie hätte tippen sollen, wer von den dreien schwul sein könnte, hätte sie Athol gesagt, so etepetete wie er war; andererseits war Banning ein unglaublicher Hedonist (daraus leitete ich voller Grauen ab, dass es sich bei Galway um Evs Bruder handelte) – und damit setzte sie mir ein angebranntes Rührei und einen lauwarmen Kaffee vor, der so bitter war, dass ich ihn erst mit einem ordentlichen Schuss Kondensmilch aus einer verbeulten Dose, die ich auf einem Regal über der Spüle fand, trinken konnte, und diktierte mir eine Einkaufsliste der Dinge, die John in der Stadt für unseren Großputz besorgen sollte.

Doch selbst in diesem Augenblick war ich noch froh, dass ich hierher gekommen war.

KAPITEL SIEBEN

Der Hausputz

Das Ferienhaus, das Ev erben sollte, war von ihrer Großtante Antonia Winslow bewohnt worden, bis diese im vorangegangenen Sommer verstarb. Auch wenn Ev darauf beharrte, die alte Frau sei nicht im Haus selbst gestorben, konnte man sich doch gut vorstellen, dass die vergilbten Papierstapel in sämtlichen Zimmern, der durchdringende Geruch nach Katzen und Schimmel, der von jedem Möbelstück verströmt wurde, und der Geruch nach faulen Eiern, der aus den Wasserleitungen stieg, sobald man einen Hahn aufdrehte, zu ihrem Ableben beigetragen haben mochten.

Ich erwartete, dass Ev angesichts solch überwältigender Baufälligkeit von vornherein die Flinte ins Korn werfen würde, aber die Aufgabe schien sie zu beflügeln. Ich brauchte ihr auch nicht beizubringen, dass man Fenster am besten mit Zeitungspapier und einem Schuss Essig im Wasser putzte und den Bodenreiniger verdünnen musste, denn sie hatte in den langen Jahren als aufsässige Internatsschülerin eine Menge über gründliches Putzen und porentiefe Reinheit gelernt. Als wir nach drei Stunden Sortieren und Zusammenbinden der Papierstapel aus dem Wohnzimmer beide mit Staub bedeckt waren, fragte ich sie: »Warum musst du das Häuschen eigentlich selbst saubermachen?« Es war ja nicht so, als könnten sich die Winslows keine Putzfrau leisten; die Plackerei erschien mir wie ein kompletter Widerspruch zu allem, was das Foto über meinem Schreibtisch verheißen hatte.

»Wir glauben an harte Arbeit«, sagte Ev und schob eine Haarsträhne zurück unter das Tuch, das sie sich um den Kopf gebunden hatte. »Das ist eine unserer Traditionen: Wenn wir achtzehn werden, wird jedem von uns eines der Häuschen zur Verfügung gestellt –

meistens das älteste, heruntergekommenste, das gerade frei ist. Und dann ist es unsere Aufgabe, es bewohnbar zu machen. Um uns zu beweisen.« Sie runzelte die Stirn. »Es war immer ein Running Gag in der Familie, dass ich's nicht schaffen werde, wenn ich dran bin.« Sie sah mir in die Augen. »Aber da haben sie sich geschnitten, was?«

Ihre Verletzlichkeit berührte mich. Ich wusste haargenau, wie man sich fühlte, wenn andere nicht an einen glaubten. Wenn man sich beweisen musste. »Natürlich schaffen wir das.« Und deswegen machten wir uns beide die nächsten sechs Tage mit einem Feuereifer über das Holzhaus und seine fünf kleinen Zimmer her – Schlafzimmer, Bad, Wohnzimmer, Küche, Veranda –, fast, als stünde nicht nur unser Sommer auf dem Spiel, sondern unser Leben.

Als wir erst einmal die Berge alten Krempels weggeschafft hatten, stellte sich heraus, dass Bittersweet ein anständiges altes Häuschen war, das selbst nach den hundert Jahren, die es schon auf dem Buckel hatte, noch solide Knochen besaß, wenn die Haut auch etwas zu wünschen übrig ließ. In zugigen Nächten pfiff der Wind durch die unsichtbaren Spalten zwischen Fenstern und Rahmen. Die naturweißen Holzwände waren mindestens ein Dutzend Mal überstrichen worden, sodass von den Nuten zwischen den Federn kaum noch etwas zu sehen war. Die paar Möbelstücke, die wir retten konnten, waren wild zusammengewürfelt: In einer Wohnzimmerecke wartete ein Holzstuhl mit ausgefranster Strohbespannung demütig vor einem angestoßenen Mahagoni-Schreibpult, der einmal zu einem eleganteren Haushalt gehört haben musste, während in der anderen Ecke ein durchgesessener roter Sessel, bei dem die Baumwollpolsterung aus dem abgeschabten Cordbezug quoll, den ehrenvollen Platz als beste Sitzgelegenheit im Haus einnahm.

An unserem zweiten Nachmittag erschien John mit den Lebensmitteln, die wir bestellt hatten. Unseren Karton mit Putzmitteln hatte er schon am Vortag mürrisch schweigend abgeliefert; als ich Ev danach fragte, antwortete sie: »Das ist sein Job«, wodurch ich herausfand, dass er ein Angestellter der Winslows war.

Damit Ev mich nicht mit einem Dienstmädchen verwechselte, ließ ich John und sie die Einkäufe allein ausladen, während ich mich mit einem Glas Limonade in den roten Sessel sinken ließ. Ich beobachtete Abby, die einen abgewetzten alten Tennisball auf die krummen, in abgetretenem Delfter Blau lackierten Bodendielen fallen ließ. Der Ball rollte erst auf den gemauerten Kamin mit dem schwarz angelaufenen Kaminbock zu, wo er unerklärlicherweise am Rand eines alten Flickenteppichs um die Ecke und auf das funzlig beleuchtete Badezimmer zurollte, das ebenfalls Holzwände, ein fleckiges Waschbecken und ein Klosett mit Spülkasten und Zugkette besaß.

Abbys Ohren zuckten vor Begeisterung, während sie dem Ball hinterherblickte. Sie hechelte aufgeregt, als sei er ein Tier, aber ich hielt sie zurück, weil ich unbedingt sehen wollte, wo der scheinbar mit einem Eigenleben ausgestattete Ball hinrollen würde. Und tatsächlich: Der Ball traf auf ein Astloch, wurde in östliche Richtung katapultiert und wäre beinahe im Schlafzimmer gelandet, wenn er nicht von einer tiefer liegenden Diele abgelenkt geradewegs in südlicher Richtung seewärts und zu mir zurückgerollt wäre, wo er das Wohnzimmer durchquerte und in unserem Juwel von einer Küche landete. Ich sprang auf und folgte ihm. Der alte Tennisball knallte gegen das Metallschränkchen, in dem die tiefe Keramikspüle steckte, und hüpfte zurück über die Schwelle, die Küche und Wohnzimmer trennte. Auf diesem neuen, nordwestlichen Kurs eierte der Ball auf die mit Fliegengitter geschützte Veranda, auf der ein durchgesessenes Rattansofa stand. Durch das an vielen Stellen eingerissene Fliegengitter pfiff der Wind herein, aber wir genossen einen einmaligen Blick auf Wasser und Bucht unter uns.

Der Ball landete vor Johns Füßen, der gerade durch die offenstehende Fliegengittertür hereinkam. Er hob ihn hoch und pfefferte ihn nach draußen, wo ihm Abby hinterherjagte. »Warum hast du sie reingelassen?«, fragte er missgelaunt.

Hatte ich gar nicht.

John knallte die letzte Tüte auf den Küchentisch und ging zurück hinaus auf die Veranda, als Ev zur Tür hereinkam und ihm spielerisch mit der Hüfte den Weg versperrte. Er tat so, als wolle er nichts mit ihr zu tun haben, schlug einen Bogen um sie und griff nach einem Brief, der zwischen den vielen nassgeregneten, verschimmelten Stapeln Zeitungspapier auf der Veranda lag.

»Antonia Winslow« las er mit hochnäsig klingender Stimme, dann ließ er den Brief wieder auf den Stapel fallen und wollte zur Tür gehen, da klopfte er auf seine Jackentasche. »Ach, richtig. Hätte ich beinah vergessen.« Er holte drei Türriegel heraus, die denen ähnelten, die ich an Evs Schlafzimmertür in Manhattan gesehen hatte.

Evs Gesicht verdüsterte sich. »Das ist nicht dein Ernst.«

»Willst du, dass ich rausfliege?«

Ev seufzte. John ging sein Werkzeug aus dem Wagen holen.

»Wofür sind die?«, fragte ich, sobald er weg war.

Ev verdrehte die Augen. »Meine Mutter hat Panik vor Bären.«

John kam wieder, bohrte Löcher in die Türrahmen und drehte Schrauben hinein. Beim Arbeiten spielten die Muskeln in seinen Armen, und Ev und ich starrten ihn beide voll unverhohlener Bewunderung an. Der verzückte Ausdruck auf Evs Gesicht erinnerte mich an Galway, als ich ihn hinter der Scheibe gesehen hatte, und ich verzog mich schnell in die Küche, weil ich schon wieder puterrot anlief.

Erst sehr viel später an diesem Abend, lang, nachdem John nach Abby gepfiffen hatte und mit aufheulendem Motor davongebraust war, merkte ich, dass zwei der neuen Riegel innen an der Schlafzimmer- und der Badezimmertür angebracht worden waren. Bären? Wirklich?

Mit jedem Zentimeter Bittersweet, den ich säuberte, wurde es ein Stück weit meins. Ich versenkte bergeweise Dokumente von Antonia Winslow in schwarzen Müllsäcken, in denen schon Unmengen andere, jahrzehntealte Überbleibsel lagen: Kalender, Einkaufslisten, Zeitungen. Die Zeitschriften sortierte ich auf einen eigenen Stapel und freute mich schon auf den Tag, an dem ich in ihnen würde blättern können. Ich schleppte die Müllsäcke in den Kriechkeller unter der Veranda, wo wir sie aufbewahrten, bis wir Zeit fanden, zum Recyclingcenter zu fahren.

»Und wenn wir beide mal alte Schachteln sind …«, sagte Ev, während sie mit blutenden Knöcheln den Schimmel im Kitt rund um die Spüle wegschrubbte, »… dann sitzen wir zwei zusammen auf der Veranda und trinken Martinis.« Mein Herz machte einen Satz, als ich das darin enthaltene Versprechen hörte – Winloch, ein Leben lang. Und deswegen machte ich alles mit. Während ich die von den Fensterbrettern bröselnde Lackfarbe abkratzte, bewunderte ich unseren Blick aus den verformten alten Fensterscheiben: Die geraden Baumstämme knicksten und verbeugten sich mit jeder Bewegung meines Kopfes. Ich wagte mich auf wackelige Stühle, um den jahrzehntealten Spinnweben, die über den Bücherregalen rund um den offenen Kamin hingen, mit einem lumpenbedeckten Besenstiel zu Leibe zu rücken. Ich kroch in den Badezimmerschrank unter dem Waschbecken, wo ich Fläschchen und Blechdosen mit eingetrockneter Hautcreme und Noxzema-Waschpaste mit Mottenkugelgeruch aussortierte. Als wir die gesamte Bettwäsche bündelten und zur Wäscherei schickten und uns seltsame Gerichte ausdachten, mit denen wir Dosenerbsen, Büchsenfleisch und Pilzsuppe aufbrauchen konnten, die schon so lange auf den Holzregalen der Küche standen, dass sich eine dicke Staubschicht auf ihnen angesammelt hatte, fühlten wir uns, als lebten wir wieder im neunzehnten Jahrhundert. Ev genoss die Lebensmittel, deren Haltbarkeitsdauer abgelaufen war, als sei es Kaviar. Bei mir riefen solche Gerichte schlechte Erinnerungen wach, aber Ev verzehrte sie voller Stolz – zum ersten Mal in ihrem Leben aß sie, was sie sich selbst verdient hatte.

KAPITEL ACHT
Der Spaziergang

Am vierten Tag regnete es. Das beruhigende Plappern der Tropfen war für mich die schönste Erinnerung an mein Zuhause, die regnerische Pazifikküste. Das Holzhaus ächzte zwar ein wenig unter den Windstößen, die von der Bucht her hochwehten, aber das Dach hielt (abgesehen von einer undichten Stelle im Bad, unter die wir einfach eine angerostete Kaffeedose stellten, in die der Regen platschend tropfte), und die feuchte Luft, die von der Veranda hereinkam, gab uns das Gefühl, dass unsere Bemühungen besonders gewürdigt wurden.

Es tat mir gut, die Ärmel hochzukrempeln und Ergebnisse zu sehen. Aber mir war auch klar, dass ich zum Teil – abgesehen von der Zeit allein mit Ev und dem, wozu meine Arbeitskraft mir möglicherweise verhelfen würde – auch deshalb so willig beim Putzmarathon mitmachte, weil ich mich dadurch im Haus verstecken konnte. Jedes Mal, wenn ich an das Gesicht von Evs Bruder am Fenster dachte, überkam mich das Gefühl der Demütigung von Neuem. Der Samstag, an dem Evs Vater eintreffen und uns für den Rest des Sommers grünes oder rotes Licht signalisieren würde, stand direkt bevor. Während die Woche dem Ende zu ging, tröstete ich mich mit dem Gedanken, dass ich die schützenden Wände von Bittersweet erst dann verlassen musste, wenn unser Inspektor eintraf.

Doch am fünften Tag kam Ev von ihrem Morgenspaziergang zurück und verkündete: »Mir ist klar geworden, dass ich morgens am produktivsten bin und nicht zur Nachteule tauge. Von jetzt an gehe ich Punkt zehn Uhr ins Bett.« (Dass das eine Lüge war, wussten wir beide, nickten aber trotzdem eifrig). Sie fuhr fort: »Und ich werde die Veranda heute allein saubermachen, du hast also den ganzen Tag frei!« Mir war klar, dass sie mir auf ihre Art sagte, dass sie das Häuschen heute für sich haben wollte; darüber war ich alles andere als begeistert, aber ich hatte von vornherein gewusst, dass ich mich nicht ewig in Bittersweet verkriechen konnte. Es war Freitagmorgen. Wenn es stimmte, dass Galway nur am Wochenende hier war, wie Ev gesagt hatte, dann war er ja noch nicht in Winloch. Ein Waldspaziergang würde mir nicht schaden, und ich konnte endlich das erforschen, wovon ich monatelang geträumt – und worüber ich mir sogar einiges angelesen hatte.

Vermont ist zwar im Winter extrem kalt, im Sommer aber von herrlichem Wetter gesegnet. Jeder, der Neuengland kennt, weiß das natürlich, aber für mich war das alles völlig neu. Die Schneeschmelze, die im März anfängt und bis in den Mai hinein dauert, dämpft die Erinnerungen an den grausamen Winter, und wenn sich endlich die ersten grünen Blättchen an den Bäumen zeigen, denkt man kaum noch an die bitterkalten Februarwinde, die in eisigen Böen vom See heraufkommen. Der riesige Lake Champlain friert jedes Jahr an den Ufern zu, und das Eis ächzt und knackt unter den Schneestürmen, die darüber hinwegfegen. In den hundert Jahren seit der Gründung Winlochs haben allerdings nur die Angestellten den Winter dort erlebt, die Männer, die den Schnee von den Straßen pflügen oder zugefrorene Rohre reparieren und das raue Klima im frankokanadischen Blut haben. Winloch war praktisch eine nur aus Kiefernholz und Fliegengitter erbaute Sommerfrische und die Winslows ihre einzigen, exklusiven Bewohner.

Seit über einem Jahrhundert war das so. Evs Ururgroßvater Samson Winslow, 1850-1931, Pater Familias – auf alten Schwarzweißfotos hatte er die Arme in die Hüfte gestemmt, stand auf dem Deck einer Schaluppe, vor einer Bank, neben seiner jungen Braut –, wirkte wie ein Dinosaurier und ein moderner Mann zugleich. Eigentlich verriet ihn nur seine Kleidung; aus seinem Gesicht mit den hohen Wangenknochen und dem trockenen Lächeln sprühte der Elan des zwanzigsten Jahrhunderts. Seine Mutter war Schottin, sein Vater Engländer, und das Geld kam aus Eisenerz, das in Kohle investiert wurde, das wiederum in Öl investiert wurde. Als Samson ein ansehnliches Vermögen beisammen hatte, zog er mit seiner jungen Familie in eine hochherrschaftliche Villa in Burlington, wusch sich im sauberen Seewasser den Kohlenstaub und das Öl von den Händen und erwarb ein großes Stück Ackerland am Ufer des Lake Champlain. Der am Fuß der Green Mountains – von denen Vermont seinen Namen hat – gelegene See erinnerte ihn an die Lochs in der schottischen Heimat seiner Mutter; das verband er mit seinem Namen und nannte sein Paradies »Winloch«.

Auch wenn das von Samson erworbene Ackerland nur fünfundzwanzig Kilometer von der Stadt entfernt lag – was für uns heutzutage mit dem Auto ein Katzensprung ist –, glich die Anreise damals einer halben Völkerwanderung. Der weiße Winter wurde in den Bankgebäuden Burlingtons und Bostons verbracht, die friedvollen Sommermonate über den See gleitend auf einem Segelboot. Und dazwischen lag zweimal pro Jahr der Treck, erst in Kutschen, dann in Ford Model Ts, mit Frauen, Söhnen, Töchtern, Hunden, Kleidern, Daunendecken, Äpfeln, Kartoffeln, Romanen, Tennisschlägern und zweimal pro Woche einer Lieferung Lebensmittel.

Samson stand das Bild eines mit Winslows bevölkerten Dorfes vor Augen. Viele Hundert Hektar Waldland und Wiesen standen ihm zur Verfügung, und er begann mit dem Speisesaal, den er eigenhändig erbaute (mit Hilfe von Arbeitern, die sich zudem auf die Dächer trauten und die kaputten Regenrinnen erneuerten, die zu erwähnen aber gegen die Winloch-Legendenbildung verstieß). Die Cottages sprossen rund um das Hauptgebäude aus dem Boden wie die Wildblumen, nach denen sie benannt waren – Trillium und Queen's Anne Lace und Bittersweet und Goldenrod und Chicory –, und wurden schon bald von Samsons Nachkommen und ihren treuen Begleitern bevölkert: einer endlosen Parade sabbernder Labradore, Neufundländer, Jack Russells und einigen unvergesslich trübsinnigen Basset Hounds mit vom täglichen Baden ewig nassen Schlappohren.

Überall lagen bunte Boote auf den flachen Sandsteinfelsen und kiesigen Stränden. Sobald neues Land zum Verkauf angeboten wur-

de, vergrößerte man Winloch stetig. Zu der Zeit, als Samsons Ururur-
urenkel auf den Anlegern, die wie Finger von den über dreißig Ferienhäusern hinaus ins Wasser reichten, schwimmen lernten, erstreckte sich das Anwesen mehr als drei Kilometer lang am Ufer
des Lake Champlain in der geschützten Winslow Bay, ein bei den
aus Kanada kommenden Yachten beliebter Ankerplatz.

Bruchstücke dieser Fakten hatte ich von Ev und ihren coolen Freundinnen aus dem Internat mitbekommen, die im Frühjahr bei uns
im College zu Besuch gewesen waren, aber die Gespräche hatten sich
meist darum gedreht, welcher von Evs Cousins am süßesten war
oder wo man hinfahren konnte, um sich als Minderjähriger Alkohol
zu besorgen. Sobald ich das Gefühl hatte, dass Evs Einladung tatsächlich ernst gemeint war, führte ich insgeheim selbst Recherchen
durch. Meine Freundin Janice aus der Bibliothek half mir, die Bücher *Samson Winslow: Der Mann, der Traum, die Vision* und *Die
Burlingtoner Winslows* per Fernleihe aus Vermonts Bibliotheken
zu besorgen. Ich verbrachte ein nasskaltes Märzwochenende im neogotischen Lesesaal unserer Unibibliothek und betrachtete, während
der Regen besänftigend gegen die Scheiben trommelte, Fotos von
Winloch zu Beginn des zwanzigsten Jahrhunderts. Samson machte
seinem Namen alle Ehre: Gegen Ende seines Lebens hatte er eine
solch imposante Mähne auf dem Kopf, dass man sich augenblicklich fragen musste, ob ihm sein Idyll wohl unter den Fingern zer-
ronnen wäre, wenn er seine Locken hätte abschneiden lassen. Ich
stellte ihn mir als jemanden vor, von dem Unmengen abenteuer-
licher Geschichten in der Familie kursierten, aber die wenigen Male,
die ich versuchte, eine Samson-Anekdote aus Ev herauszukitzeln, verdrehte sie nur die Augen und brummte: »Du bist echt komisch!«

Mittlerweile regnete es nicht mehr, aber ich schlüpfte an unserer
Hintertür in Evs schlammige Gummistiefel und stapfte den schmalen Pfad entlang, der hinunter zur Bittersweetbucht führte, unserem
höchsteigenen Stückchen See. Es war eine kleine Bucht, die auf drei

Seiten von dicht bewaldetem, felsigem Ufer eingerahmt wurde. Eine Treppe führte hinunter zu dem kleinen Strand, der direkt unterhalb unserer Küche lag, oder man konnte einen anderen, unbefestigten Weg einschlagen – wenn man dem Ufer links herum folgte, konnte man auf glatten Kiefernnadeln (und, nach starkem Regen, kleinen Schlammlawinen) den Hang hinunterrutschen und so auf einen flachen Felsen gelangen, der nur knapp aus dem Wasser herausragte und einen atemberaubenden Blick auf die größere Bucht bot. Dahin wollte ich, aber als ich fluchend den Hang hinunter schlitterte, auf dem mir die Gummistiefel keinerlei Halt boten, erblickte ich auf einmal einen wunderschönen schlanken Vogel, der knapp über die Wasseroberfläche hinwegflog und dann lautlos haargenau an der Stelle landete, die ich ebenfalls angesteuert hatte.

Die Kreatur stand reglos da. Ein majestätischer Kanadareiher. In Oregon hatte es sie am Fluss auch gegeben, aber da hatten sie immer zerrupft gewirkt. Dieser Reiher gehörte hierher. Schlanke Silhouette, gelassener Blick, elegant – ein Winslow. Der Reiher beäugte mich abweisend, was mich an Ev denken ließ, die meine Gegenwart in unserem gemeinsamen Zimmer in den ersten Monaten auch nur toleriert hatte, bevor Jacksons Tod uns zusammenbrachte. Ich beobachtete den Vogel, bis er die großen Flügel ausbreitete und lautlos abhob. Ich grub mich mit den Stiefelspitzen in den Schlamm und kletterte den Hang wieder hoch, mit fast jedem Schritt ein Stück zurückrutschend.

Ich beschloss, das nächste Mal erst wieder hinunterzuklettern, wenn der Boden trocken war. Sobald der Wind ein wenig wärmer blies und nicht mehr für Gänsehaut sorgte, würde ich vom Reiherfelsen aus ins Wasser springen. Noch schien es schwer vorstellbar, dass es je so heiß sein würde, dass man schwimmen gehen wollte – der Sommer hatte gerade erst begonnen –, aber unser gemeinsames Joggen in New York und die frisch dazugewonnene Kraft in meinen Beinen hatten mir Spaß gemacht. Ich brauchte einen Badeanzug und den Mut, meinen Körper, der praktisch noch nie die Sonne gesehen hatte, darin zu zeigen. Dies war ein Ort, an dem täglich und ausgiebig geschwommen wurde und eine Figur möglich schien, die ich noch nie gehabt hatte.

Ich ging den Waldweg entlang, auf dem uns John am ersten Abend hergebracht hatte. Er beschrieb mehr Kurven, als ich in Erinnerung hatte, sodass Bittersweet schnell außer Sichtweite geriet und nur noch Ahornbäume, Kiefern und Himmel zu sehen waren. Die frischen Blättchen ließen kleine Tropfenschauer auf mich fallen, Krähen krächzten einander aus den Baumwipfeln zu – ein hässliches, komisches Geräusch, das für einen so schönen Ort zu alltäglich schien. Ich hatte den Kaschmirpulli übergezogen, knotete ihn mir aber bald schon um die Taille. Die Welt war vom Regen saubergewaschen. Frisch geschnittene Grashalme wehten mir auf dem Weg entgegen, gefolgt vom Klang eines Rasenmähers.

Mit dem Speisesaal, dem großen weißen Gebäude an der Kreuzung der Zufahrt zu Bittersweet und dem Hauptweg von Winloch, tauchte zugleich eine ganze Reihe von Arbeitern auf, die die Tennisplätze kehrten, Netze aufspannten, den Rasen mähten und lose Planken in den breiten Holzstufen, die hinauf zum Gebäude führten, wieder festnagelten. Neben dem Weg parkten zwei kleine weiße Pritschenwagen, deren Ladeflächen mit Werkzeug und abgeschnittenen Zweigen gefüllt waren. Auf ihren Türen prangte dasselbe Logo: ein gelber Drache mit einem Bündel Pfeilen in den Adlerklauen. Dasselbe Wappen war auch auf der Flagge zu sehen, die einer der Männer gerade am Fahnenmast vor dem Speisesaal hisste. Ich stand mitten auf dem Fahrweg und sah ihm zu.

Ich überlegte mir gerade, ob ich mich hinter dem Speisesaal wieder in den Wald schlagen sollte, als aus dem Unterholz auf der anderen Straßenseite drei wie verrückt kläffende Dackel herausgeschossen kamen. In einem eher lächerlich wirkenden Überfall kesselten sie mich ein. Als ich weiterzugehen versuchte, knurrten sie und bildeten einen neuen Kreis um mich. Sie waren klein und ich hatte keine Angst vor ihnen, aber weg konnte ich trotzdem nicht.

»Kommt sofort her, ihr blöden Köter!« Eine große knochige Frau tauchte aus dem Wald auf, die wie eine reifere Ausgabe von Ev wirkte. Die gut fünfzig Jahre ältere Frau war keine ausgeprägte Schönheit wie Ev und trug einen fürchterlichen handgehäkelten Poncho, in dem Ev sich nicht einmal tot hätte blicken lassen, aber verwandt waren die beiden ganz offensichtlich.

»Herr im Himmel!«, tobte sie und kam wie eine Dampfwalze auf mich zu, bückte sich und zog den Anführer der Rasselbande am Halsband weg. »Fritz, wirst du das Mädchen wohl in Ruhe lassen, du blöde Töle!«, schimpfte sie, und Fritz stellte das Kläffen augenblicklich ein, woraufhin sich auch die beiden anderen Hunde beruhigten. Kurz darauf schnoberten die Hunde im frischgemähten Gras herum, als gäbe es mich gar nicht.

Die Frau fing laut an zu lachen. »Die müssen dich ja halb zu Tode erschreckt haben.«

»Ich hatte gedacht, außer Ev und mir wäre noch niemand da.«

»Ich bin gestern Abend gekommen«, erzählte sie und hakte mich unter. »Lass uns einen Tee trinken.«

KAPITEL NEUN

Die Tante

Evs Tante Linden – die darauf bestand, dass ich sie Indo nannte – wohnte rechts hinter einem Hügel, in einem Teil Winlochs, von dessen Existenz ich bisher nichts geahnt hatte, auf einer langen, wohlgepflegten Wiese, auf der die vier ältesten Cottages in einer Reihe standen. Ganz am Ende der Wiese befand sich das größte Haus, das ich bisher in Winloch zu sehen bekommen hatte: weiß, mehrstöckig und rundum von Veranden umgeben. Ich kannte es von dem Bild, das bei uns im Wohnheim an der Wand gehangen hatte. Die anderen drei Ferienhäuser waren Bittersweet-Geschwister, kleine, einstöckige Holzhäuser. Geschmackvoll gesetzte Weymouthskiefern kaschierten die Strommasten, von denen die Häuser mit Strom versorgt wurden.

Es war nicht schwer zu raten, welches der Häuser Indo gehörte. Die erste der Hütten war knallrot angestrichen, hatte ein moosbewachsenes Dach und neigte sich auf ihrem Fundament nach links. Eine mit Fleißigen Lieschen bepflanzte Badewanne stand auf dem kleinen Rasenstück, einem gemähten Fleckchen Wiese, vor dem Haus. In der verglasten Türöffnung klebte ein verblichenes Schild mit dem Namen: Clover.

»Stell die Schuhe da hin«, wies Indo mich an, als sie mich in die nach Sandelholz und Cayenne riechende Küche führte. Fritz und Kumpanen trotteten ohne einen Mucks an mir vorbei und schienen sich ganz auf die Einschätzung ihres Frauchens zu verlassen, dass mir zu trauen sei. Ich zog Evs Stiefel aus und stellte sie zu einem Haufen bunt durcheinanderliegender Clogs in der Ecke.

Von der bis zum Giebel offenen Decke über mir baumelte ein Dutzend staubbedeckter Körbe. Ein verglaster Geschirrschrank, unter dessen einer Seite mehrere Holzkeile klemmten, war überladen mit Porzellan. Oben am Schrank klemmte die einzige Beleuchtung des Zimmers, eine nackte Birne in einem Aluminiumtrichter, wie man sie sich als Beleuchtung einer Baustelle vorstellen konnte. Die Kücheneinrichtung schien willkürlich zusammengewürfelt zu sein, als sei Indo mit einer Handsäge bewaffnet in verschiedene Häuser eingedrungen und hätte sich hier eine Zwanziger-Jahre-Porzellanspüle, da ein Pressspanregal unter den Nagel gerissen. Und die Öffnung über der Spüle zwischen Küche und Wohnzimmer, die andere Leute als Durchreiche benutzt hätten, diente hier als Aufbewahrungsort für noch mehr Zeug – zwei Dutzend Kochlöffel, ein gefährlich schiefer Turm taubenblauer Töpferschalen und ein großer, grüner, viereckiger Tiegel mit Eutercreme.

Ich folgte der älteren Frau ins Wohnzimmer, wobei ich den langen, grauen Zopf auf ihrem Rücken bewunderte. »Schrecklich beeindruckend ist mein Häuschen nicht«, sagte sie, »aber es ist alles, was ich habe. Das klingt für ein hübsches junges Ding wie dich wahrscheinlich ganz schön deprimierend. Aber so ist es leider nun mal. Diese Bruchbude bedeutet mir alles. Und wer weiß, wie lange noch; irgendwann wird mir auch das hier genommen. Wie sagt man doch so schön: ›Die Frage ist nicht, wann man im nächsten Misthaufen landet, sondern ob man seinen Spaß dabei hat.‹ So in der Art, nur noch ein bisschen drastischer.«

Sie redete mit mir, als würden wir uns schon ein Leben lang kennen, und ich verbarg, wie peinlich mir diese unerwartete Vertrauensseligkeit war, indem ich mir den Rest ihres Hauses ansah. Die Wände bestanden in Clover genau wie in Bittersweet aus Nut-und-Federbrettern, doch während bei Ev alles in angegrautem Weiß gestrichen war, liebte Indo es bunt: Zinnoberrote Wände, ein indigoblaues Batiktuch über dem Sofa, dessen viertes Bein aus einem Stoß gewellter Taschenbücher bestand, ein Sessel mit einem orangefarbenen Blumenbezug aus den Siebzigerjahren. Durch zwei große Glastüren gelangte man vom Wohnzimmer auf die mit Fliegengitter geschützte Veranda mit Blick hinaus auf den See.

»Aber was soll das, da rede ich die ganze Zeit von mir selbst. Ich will von dir hören! Du siehst aus, als hättest du jede Menge Energie. Das gefällt mir an dir. Musst du eigentlich mal aufs Klo? Kein Problem. Da links die Tür.«

Ich folgte ihrem ausgestreckten Finger in einen kurzen Flur, von dem zwei kleine Schlafkammern abgingen. Auf der Suche nach der Toilette warf ich in beide einen Blick und stellte voller Überraschung fest, dass Indos in Pastelltönen gehaltenes Schlafzimmer im Gegensatz zum jugendlich-alternativen Rest des Hauses aussah, als sei er von der älteren Dame eingerichtet worden, die Indo auf keinen Fall zu werden wollen schien. Ein Moskitonetz verhüllte züchtig das mit einem Chenilleüberwurf bedeckte Bett. An den altrosa Wänden hingen gerahmte Lithographien einheimischer Blumen.

Ich fand das einzige Bad des Hauses, das in einem glänzenden Purpurrot gestrichen war, und stellte fest, dass es primitiv war, mit einem gesprungenen, zu hoch hängenden Spiegel und zwei Waschbecken – an dem funktionierenden wurde der Wasserhahn mit einer permanent angebrachten Zange betätigt; die bunt gemusterte Klobrille schwankte beunruhigend, wenn man sich darauf niederließ.

Überall in Clover hingen Schwarzweißfotos an den Holzwänden, manche gerahmt, andere schief angepinnt und mit eingerollten Ecken. Auf einigen Fotografien waren Landschaften zu sehen (von denen ich einige direkt vor dem Fenster wiedererkannte), aber meist waren Kinder abgebildet: blond, sehnig, muskulös. Ich musterte die Gesichter, erkannte Indo als junges Mädchen und einen großen stolzen Jungen, der Augen hatte wie Birch.

»Gefallen dir meine Bilder?«, schmunzelte Indo hinter der Durchreiche in der Küche, wo sie am Herd beschäftigt war.

»Hast du die gemacht?« Ich musterte die durchtrainierten Körper, die sich in altmodischen Badeanzügen sonnten.

»Meine Mutter hat mir zum zehnten Geburtstag eine Kamera geschenkt. Ich war Hobbyfotografin.«

»Und jetzt?«, fragte ich, als ich ein neueres Foto von einem strahlenden Kleinkind entdeckte, das Ev hätte sein können.

»Kunst ist etwas für die Jugend«, erklärte Indo. Zum ersten Mal breitete sich Schweigen zwischen uns aus.

Jeder Winkel in Indos Wohnzimmer war vollgestopft: Bücher, Masken und kleine geschnitzte Kästchen aus aller Welt. Eine Kollektion Vogelnester lag auf ihrer »Etagere«, wie sie es nannte, einem aus Treibholz und toten Ästen selbst gebauten Regal. Die schiere Menge angesammelter Dinge erinnerte mich an die Hummelfiguren und die Salz- und Pfefferstreuer-Sammlung meiner Mutter. Im zugigen Bittersweet fühlte ich mich wie in einem fremden Land, aber hier in Clover mit seinen grauenhaft knarrenden Dielen, dem leichten Schimmelgeruch und den unzähligen Sammlerobjekten bekam ich zum ersten Mal Heimweh.

Indo kam mit einem klirrenden Tablett aus der Küche. Sie befahl den Hunden, sich auf ihr Gammelkissen vor dem kalten Holzofen zu verziehen, und führte mich auf die Seitenveranda, wo uns ein langer Tisch und morsche Korbstühle erwarteten. Hier draußen war es viel heller, und ich kniff die Augen zusammen, bis ich mich an das Glitzern der Sonne auf dem See gewöhnt hatte. Indo schenkte uns einen starken Lapsang Souchong ein, dazu gab es Roggentoast mit geschmolzener Margarine; wären wir nicht erst seit fünf Minuten befreundet, hätte ich sie damit aufgezogen, dass sie für die Zubereitung eines solch einfachen Imbisses so lange gebraucht hatte.

Sie schien meine Gedanken zu lesen. »Ich kann es kaum noch erwarten, bis der verdammte Speisesaal endlich aufmacht – ich bin keine große Köchin. Außerdem kostet das Essen im Speisesaal nichts. Das einzig Gute an der Satzung von Winloch – man darf so viel essen, wie man will. Ach, du Arme, was rede ich da. Du siehst ganz bedrückt aus. Ich will bestimmt nicht diejenige sein, die dir unter die Nase reibt, dass Winloch etwas anderes als der Himmel auf Erden ist.«

»Warum kommst du nicht zu uns zum Essen?«, lud ich sie ein.

»Na, da fragst du lieber erstmal Ev«, warnte sie mich, und ich wurde rot, als mir wieder einfiel, welche Stellung ich hier bekleidete. Indo war zum ersten Mal um Worte verlegen. »Ich meine – es tut mir leid.« Sie legte ihre Hand auf meine, als würden wir uns seit

Jahren kennen. »Ich wollte damit nur sagen, dass Ev mich nicht besonders mag.«

Das konnte ich mir kaum vorstellen. Indo war schon sehr eigen, das sah man an den zwei verschiedenfarbigen Socken und dem mottenlöchrigen Männerpulli, die sie trug, das schon, aber sie war respektlos und ehrlich, Eigenschaften, die Ev eigentlich an anderen zu schätzen wusste. Sobald sich herausstellte, dass wir beide wahnsinnig gerne lasen, wollte Indo über Bücher reden, und als sie die Gänsehaut sah, die ich bei dem kräftigen, von der Bucht heraufwehenden Südwind bekam, brachte sie mir eine Wolldecke vom Sofa. Wir verbrachten den Nachmittag mit Emily Brontës *Sturmhöhe* und Virginia Woolfs *Zum Leuchtturm*, meine Beine in die kratzige Wolldecke gehüllt. Ich erzählte ihr, dass meine Mutter gern Squaredance tanzte – viel war es nicht, aber mehr, als ich Ev je offenbart hatte –, und sie schilderte mir ihr Jahr als Austauschstudentin in Paris und die Romanze, die mit einem Kuss an der Seine geendet hatte. Ich merkte, dass sie einsam war und ihr Einzelgängerdasein wie viele, die den Anschluss an die Welt verpasst haben, mit Zähnen und Klauen verteidigte, zugleich aber der Welt – und ihrer Familie – die Schuld an ihrer Einsamkeit gab. Und ich genoss ihre Gesellschaft. Nach einer Woche als Evs Putzhilfe war es wohltuend, ohne die ständige Bedrohung eines eventuellen Rausschmisses einfach nur mit jemandem zusammenzusitzen. Wir tranken viele Kannen Tee und ich verschwand viele Male in dem ungewöhnlichen Badezimmer auf Indos Toilette und merkte erst, als ich die langen Schatten auf dem Rasen sah, dass der Tag fast vorbei war.

»Ich habe den Eindruck, wir sind Freundinnen geworden«, sagte Indo, als ich ihr sagte, dass ich gehen musste. »Was meinst du?«

»Natürlich«, erwiderte ich.

»Du findest das vielleicht natürlich, aber ich habe nicht viele Freunde. Versteh mich nicht falsch, es ist meine eigene Schuld. Es heißt nur, dass ich leider Gottes nicht allzu häufig Gelegenheit habe, mich mit Menschen wie dir auszutauschen. Menschen, die vertrauenswürdig und liebenswert sind und …«

»Danke.« Ich merkte, wie ich vor Verlegenheit rot anlief.

Aber sie redete weiter. »Wenn man niemanden hat, dem man vertrauen kann, dann wird man gierig, weißt du. Ich habe mich hier in meinem kleinen Rattenloch hinter meinen Sachen verschanzt und weiß trotzdem, dass mir jemand früher oder später alles wegnehmen wird –«

»Aber wer sollte dir das denn wegnehmen? Es ist dein Zuhause.«

»Wer würde so eine Bruchbude wollen, stimmt's?« Sie lachte und zeigte mit ausladender Geste auf das Chaos um sie herum. »Wer schon? Vielleicht hast du recht. Oder vielleicht wird ja eine Freundin aus dem Wald auftauchen und bei mir anklopfen, mir zu Hilfe eilen, wenn ich Hilfe brauche, wenn das Schicksal zuschlägt und mich niederknüppelt. Eine Freundin wie du: stark und mutig.«

Ich rutschte auf meinem Stuhl herum, während sich ihre Augen in mich bohrten. »Ich bin nichts von alledem. Wirklich nicht.«

Aber Indo ließ sich nicht beirren. »Eins verspreche ich dir: Wenn du erst einmal auf die Probe gestellt wirst, wirst du erstaunt sein. Ungemein erstaunt, wie viel in dir steckt, garantiert.« Sie lehnte sich zurück. Der Korbstuhl knarrte unter ihr. »Und vielleicht wird es dich ja auch überraschen, was dabei für dich abfällt, wenn du jemandem wie der armen alten Indo hilfst, weißt du.«

Ich wusste, dass sie mich zu manipulieren versuchte, aber ich konnte nicht anders – ich fragte trotzdem. »Was denn zum Beispiel?«

Sie lächelte. Sie breitete die Arme aus und zeigte auf ihre Besitztümer und das Haus. »Das hier zum Beispiel.«

»Dein Haus?«, fragte ich ungläubig.

Sie nickte.

»Aber das Haus gehört dir! Du sagtest doch gerade, du befürchtest, dass es dir von jemandem weggenommen wird. Außerdem kennst du mich gar nicht. Und wobei brauchst du überhaupt Hilfe?« Mir war klar, dass ich nicht sehr freundlich klang, aber mich überkam langsam das Gefühl, dass sie mich mit ihren Worten in eine Falle zu locken versuchte.

»Nach diesem gemeinsamen Nachmittag kenne ich dich weitaus

besser als alle meine Nichten. Ich weiß, dass du geistig rege bist, und das bewundere ich an dir. Und du weißt, wann man den Mund halten sollte.«

»Du schmeichelst mir«, sagte ich und schob meinen Stuhl zurück, damit ich aufstehen konnte. Mir war so schwindlig, als wäre ich gerade verhext worden.

»Das ist keine Schmeichelei. Das ist die Wahrheit.«

»Wirklich«, protestierte ich, wobei meine Stimme gegen meinen Willen höher und lauter wurde, »ich bin nicht der Mensch, für den du mich hältst. Wirklich nicht. Ich bin nicht mutig. Ich bin schon auf die Probe gestellt worden, das kannst du mir glauben.« Ich verbot mir weiterzureden und biss mir auf die Zunge.

Aber Indo reichte das schon. Sie lehnte sich im Sessel zurück und betrachtete mich mit zusammengekniffenen Augen. »Aha.«

»Es war ein wunderschöner Nachmittag.« Ich stellte das Geschirr zusammen. »Ich hoffe, wir sehen uns bald wieder.«

Sie schüttelte den Kopf. »Ich hätte nicht gedacht, dass du ein Mädchen bist, das an sich selbst zweifelt.« Vor sich hin murmelnd stand sie auf. »Na, vielleicht ist es besser so – ja, es ist besser, wenn du es selbst herausfindest.«

»Vielen Dank für deine Gastfreundschaft«, sagte ich so förmlich wie möglich und ging nach drinnen.

Sie holte mich in der Küche ein, als ich Evs Stiefel anzog. »Mutter hat mich immer ermahnt, ich soll nichts erzwingen, sondern den Dingen ihren Lauf lassen.« Sie hielt mich am Arm fest. Ihre Finger besaßen eine Kraft, die ich nie vermutet hätte. Erst in diesem Augenblick bemerkte ich sechs Schlösser, die an ihrer Hintertür übereinander angebracht waren, herunterhängende Ketten, zurückgeschobene Riegel, offene Vorhängeschlösser. Ich hätte sie Indos exzentrischem Wesen zugeschrieben, wenn ich nicht miterlebt hätte, wie John die vielen Riegel in Bittersweet anbrachte.

Indo bemerkte meinen Blick und sah die Schlösser an, als bemerke auch sie diese zum ersten Mal. Schnell riss sie die Tür ganz auf und schob mich hinaus.

»Ich suche schon eine Weile nach einer Freundin wie dir.« Sie ließ immer noch nicht locker. »Jemand, der Geschichten liebt. Du magst doch interessante Geschichten, oder? Ich suche nämlich einen braunen Aktenordner ... Du weißt ja sicherlich, dass wir hier in der Familie eine Kunstsammlung besitzen ...«

»Ja«, antwortete ich, erleichtert, wieder an der frischen Luft zu sein. Sie redete immer noch weiter, aber ich war abgelenkt vom weichen Licht des späten Nachmittags. Das Dröhnen des Rasenmähers drang wieder von der anderen Hügelseite herüber – die Gärtner waren nach wie vor bei der Arbeit.

»Bei den Winslows gibt es ziemlich unglaubliche Geschichten«, erzählte sie weiter. »Und die warten oben auf dem Dachboden des Speisesaals, da stehen sie einfach in Kisten herum. Samsons Unterlagen, und die von seinem Sohn, wirklich hochinteressant. Du könntest die Augen nach dem Aktenordner offenhalten, den ich brauche, und dabei vielleicht die ein oder andere interessante Geschichte für dich an Land ziehen.«

»Warum nicht«, sagte ich, nur um endlich wegzukommen, wobei ich ihr zum Abschied winkte, auch wenn ich keine Ahnung hatte, was mit »dem Aktenordner« gemeint war. Ich konnte jetzt nur noch an Ev denken, die sich bestimmt schon Sorgen um mich machte. Vor unserer Inspektion am nächsten Tag gab es noch so viel zu tun.

Auf unserem Waldweg kam mir die nasse Abby mit glücklich heraushängender Zunge nach einem Tag im Wasser entgegen. Sie leckte mir freudig die Hand, aber erst als ich bei Bittersweet ankam, bemerkte ich Johns Pick-up, der hinter dem Häuschen versteckt geparkt war.

»Hallo?«, rief ich.

Die Fliegentür ging auf, und John kam mir im Eilschritt von der Veranda herunter entgegen. »Ihr hattet einen Rohrbruch«, sagte er, ohne mir in die Augen zu sehen, rief Abby zu sich, sprang in den Wagen und warf den Motor an. In Sekundenschnelle war er verschwunden.

»Was war das denn?«, fragte ich, als ich Ev auf Händen und Knien beim Scheuern der Veranda vor mir sah, die Haare mit einem Kopftuch zurückgebunden.

»Was?«, fragte sie verträumt.

Ich zeigte in Johns Richtung, wobei ich voller Enttäuschung bemerkte, dass sich die Veranda noch in genau demselben Zustand befand, in dem ich sie heute Morgen zurückgelassen hatte.

»Ach so. Wir hatten einen Rohrbruch.«

KAPITEL ZEHN

Die Inspektion

Die Winslows kamen an diesem dritten Junisamstag in Winloch eingeschwirrt wie die Bienen im Stock. Als Tilde und Birch schließlich bei uns an der Tür erschienen, stand die Sonne schon hoch am Himmel. Ev und ich streckten auf dem Verandasofa erschöpft alle viere von uns – wir waren um drei Uhr morgens mit dem Wischen fertig geworden und hatten uns nur ein paar Stunden Schlaf gegönnt, um das Klopfen an der Tür ja nicht zu verpassen. Beim Klang sich nähernder Schritte war Ev schlagartig hellwach, schnappte sich den *Fänger im Roggen* und widmete sich einer wahllos aufgeschlagenen Seite mit völliger Hingabe. Ich ließ mein *Verlorenes Paradies* sinken und steckte das Lesezeichen zwischen die zwei Seiten, die ich seit über einer Stunde zu enträtseln versuchte. Das Herz klopfte mir bis in den Hals.

Als ich ihn kennenlernte, hatte Birch jovial gewirkt. Es war schwer, sich ihn als gnadenlosen Kritiker vorzustellen, aber aufgeregt war ich trotzdem, wenn auch nur, weil Ev so nervös wirkte. »Guten Morgen, Mr. Winslow«, begrüßte ich ihn förmlich, als er sich die Segelschuhe am Türrahmen abklopfte. Ich vermutete, dass er sich nicht mehr an mich erinnern würde, aber er kam sofort auf mich zu und umarmte mich, ermahnte mich, sie beide mit dem Vornamen anzusprechen und schwärmte Tilde schon von meinem Notendurchschnitt vor, bevor er auch nur in Evs Richtung sah. Miteinander allein gelassen umarmten Ev und Tilde sich flüchtig, als hätten sie Angst, ihre Körper könnten sich berühren. Bei Tildes schnellem Blick auf die ungebürsteten Haare ihrer Tochter war ich froh, dass ich mich ordentlich angezogen hatte.

»Du riechst nach Hund«, sagte Ev und wich naserümpfend einen Schritt vor ihrer Mutter zurück.

Ich zuckte zusammen. Wenn mein Vater provoziert wurde, spuckte er Gift und Galle. Ich hielt die Luft an, weil ich Gleiches von Tilde erwartete. Doch statt zurückzuschlagen wirkte Tilde belustigt. An Birch gewandt fragte sie:»Kann man Indo nicht dazu bringen, diese scheußlichen Köter anzuleinen?«

Birch ging schnellen Schrittes in die Küche. Das ganze Ferienhäuschen schien unter seinen schweren Schritten zu ächzen. Ich hielt die Luft an, als ich ihm hinterhersah und betete, dass ihn die blankpolierten Fenster und die Ordnung beeindrucken würden.»Ich glaube nicht, dass man Indo zu irgendetwas bringen kann«, antwortete er, als er mit einer Tasse Kaffee zurückkehrte. Ich war froh, dass ich an diesem Morgen den Kaffee gekocht hatte.

Ich lächelte beim Gedanken an Fritz und die beiden anderen, die mich umzingelt hatten.

»Wie ich sehe, hast du meine Schwester schon kennengelernt.«

»Sie ist wirklich ein Original«, antwortete ich, wobei mir mein spöttischer Ton ein wenig wie Verrat vorkam.

»So schwierig ist es ja wohl nicht, seine Hunde richtig zu erziehen«, bemerkte Tilde säuerlich.»Madeira und Harvey gehorchen, wenn man sie ruft, und wenn unsere Engelchen auf den Felsen sind, dann leinen wir die armen Kerle an. Außerdem ist es reine Tierquälerei, einen Hund hierher zu bringen, der nicht schwimmen kann. Ich verstehe das nicht. Diese Unmengen von Dackeln und Corgis und Greyhounds! Ich möchte gern mal wissen, was gegen einen guten alten Spaniel einzuwenden ist.«

Birch schüttelte den Kopf.»Ich werde nicht mein nächstes Lebensjahr darauf verschwenden, einen Leinenzwang durchzusetzen, der dann sowieso von der Hälfte des Vorstands bekämpft wird.«

»Jedenfalls«, warf Ev ein,»freuen sich immer alle, wenn Abby zu Besuch kommt – wir wollen ja nicht, dass sie angeleint werden muss.«

Tilde zog eine Augenbraue hoch.

»Abby ist der gelbe Labrador unseres Angestellten«, erläuterte

Birch mir, der mich unwissend glaubte. »Im Grunde genommen ihrem Besitzer gar nicht unähnlich – John ist treu …«

»Einfältig«, fügte Tilde hinzu.

»Mom!«, rief Ev missbilligend.

»Mäßige dich«, rügte Tilde und sah an die Decke. Ihre Augen verengten sich. Ich folgte ihrem Blick – sie hatte die einzige Spinnwebe gefunden, die wir übersehen hatten. Während Ev innerlich kochte, sah ich Tilde zu, wie sie die Veranda musterte – Fenster, Boden, Decke –, und verstand, dass nicht Birch derjenige war, der das Haus inspizierte. Natürlich war er anwesend und würde am Ende das Urteil verkünden. Aber Tilde hatte das Heft in der Hand. Sie nickte befriedigt, als sie den bereits installierten Riegel sah, und ich dankte John insgeheim, dass er die Sache in die Hand genommen hatte. Doch dann stieß sie mit dem Fuß gegen eine lose Bodenlatte und runzelte die Stirn.

»Möchten Sie nicht vielleicht die Küche sehen?«, fragte ich und zeigte nach drinnen.

»Ein Glück weiß wenigstens eine von euch, wie man sich benimmt«, schnaubte Tilde, und ich warf Ev einen bösen Blick zu, als ich ihrer Mutter ins Haus folgte: Jetzt reiß dich endlich zusammen und fang an zu lächeln!

Tilde deklamierte: Die Küche brauchte neue Geräte und einen neuen Boden, und »schmeißt bitte um Himmels willen diesen unmöglichen Tisch weg.« Die Wohnzimmereinrichtung war »unbenutzbar«, in den Betten tummelte sich »Gott weiß was für Ungeziefer«, das Badezimmer war einfach nur »scheußlich«. Als die Liste notwendiger Reparaturen länger als eine Seite war, merkte ich, wie Ev innerlich abschaltete. Als wir zurück im Wohnzimmer waren, erwartete ich beim niedergeschlagenen Ausdruck in Evs Augen fast, dass sie ihrem Vater den Schlüssel hinüberwerfen und Bittersweet freiwillig aufgeben würde. Birch nahm das Ganze mit einem geistesabwesenden Lächeln hin, nickte auf Aufforderung, stimmte Tilde zu, die den Kopf über den traurigen Zustand des Hauses schüttelte und tätschelte Ev mitfühlend die Schulter, bevor er im Bad verschwand.

»Wollt ihr uns nicht vielleicht ein Getränk anbieten?«, fragte Tilde, als sie jeden Quadratzentimeter des Hauses inspiziert hatte. Dankbar, dass ich mich absetzen durfte, verschwand ich in der Küche. Im Vergleich zu dieser Frau war meine Mutter geradezu der Inbegriff von Entspanntheit.

»Und wart ihr schon im Wasser? Ist es noch sehr kalt?«, fragte sie mich, als ich ein Tablett mit Limonade und Ritz-Kräckern hereinbrachte und auf der wackeligen Bank absetzte, die wir neben dem Haus gefunden hatten. Wir hatten nicht ausreichend Sitzgelegenheiten und Tilde hatte sich auf dem Sessel niedergelassen, weswegen ich mich neben das Tablett setzte. Die Bank neigte sich bedenklich. Birch war schon seit einer Weile im Bad verschwunden, erleichtert, stellte ich mir vor, den weiblichen Machtspielen zu entkommen.

»Ich war schon schwimmen«, antwortete Ev. »Ich glaube, Mabel schwimmt nicht so schrecklich gern.« Ich machte den Mund auf, um zu protestieren – ich war bei einem von Evs frühmorgendlichen Ausflügen immerhin zitternd bis zur Taille drin gewesen –, doch bevor ich etwas sagen konnte, fragte Ev mich: »Hast du dir eigentlich schon mal überlegt, deinen Namen zu ändern? Und wenn es nur Maybelle wäre, dann könnten wir dich May nennen. Das passt so viel besser zu ihr, findest du nicht auch, Mom?«

Nur ein einziger Mensch hatte mich je Maybelle genannt. Die Tränen traten mir in die Augen. Ich stopfte mir einen Kräcker in den Mund. Salz. Butter.

»Wir sind hier in Winloch«, hörte ich Tilde antworten. »Sie kann tun und lassen, was sie will.«

Ich musste mich zusammenreißen. Kauen. Schlucken. Aufrecht hinsetzen. Lieb sein.

Ev trank einen Schluck Kaffee. »Wann kommt Lu?«

»Unser Baby«, erklärte Birch, der gerade aus dem Bad auftauchte.

»Sie haben ein Baby?«, fragte ich ungläubig. Bisher war nur von großen Brüdern die Rede gewesen.

Tilde lachte laut auf. »Na, ein Ding der Unmöglichkeit wäre das ja nicht.«

»Meine Güte, Mom«, sagte Ev, »nicht alles dreht sich um dein Alter.«

»Sie ist in der Schweiz, Kind«, erwiderte Tilde gereizt. »Im Tenniscamp.«

»Das, in das ihr mich auch geschickt habt?«, fragte Ev mit unschuldiger Stimme. »Wo mich der Fünfundzwanzigjährige entjungfert hat?«

Ich verschluckte mich an meiner Limonade. Birch klopfte mir auf den Rücken, und als ich endlich wieder Luft bekam, war Tilde schon, die Fliegentür zuhaltend, verschwunden, und Ev hatte sich im Schlafzimmer verbarrikadiert.

»Kommt ihr Mädchen heute Abend zum Essen?«, fragte Birch munter und schob sich einen Kräcker in den Mund. »Wir veranstalten eine kleine Wiedersehensfeier, ganz informell.«

»Haben wir bestanden?«, platzte ich heraus. Ich konnte nicht anders, obwohl ich damit bestimmt alles noch schlimmer machte. Er gab mir keine Antwort. Er klopfte mir nur zweimal freundschaftlich auf die Schulter und folgte seiner Frau nach draußen.

Zwanzig Minuten später erschien Ev mit tränenverquollenem Gesicht aus dem Schlafzimmer. Ich sah zu, wie sie unsere Haustür verriegelte. Dann verschwand sie wieder im Schlafzimmer. Ich hörte, wie auch da der Riegel vorgeschoben wurde. Sie sagte kein einziges Wort.

KAPITEL ELF

Die Brüder

»Siehst du?«, tobte Ev später am Nachmittag. »Siehst du? Die Frau ist die reinste Psychopathin!«

Wir liefen gerade die *Boys' Lane* entlang, einen Seitenweg, der in der Nähe des Speisesaals vom Hauptweg abzweigte und zu drei nebeneinanderliegenden der unzähligen Winloch-Cottages führte.

»Aber wann sagen sie uns denn endlich, ob wir Bittersweet behalten dürfen?«, fragte ich. Bei dem Gedanken an den Hackbraten auf Toast, den meine Mutter mir zur Begrüßung machen würde, wenn ich nach Hause geschickt wurde, war mir jetzt schon übel.

»Aus meiner Mutter ist nie irgendwas Wichtiges rauszukriegen.« Ev seufzte. Ich kaute auf einem Fingernagel. Sie zog mir die Hand vom Mund weg. »Jetzt mach dich nicht so verrückt deswegen!«, ermahnte sie mich wieder. »Morgen hat sie sich irgendwas Neues in den Kopf gesetzt und vergisst, dass wir überhaupt existieren.« Sie legte mir den Arm um die Schulter und stupste mir mit der Nase ans Ohr, bis ich lächelte. Evs Gedankengang konnte ich nur zu gut nachvollziehen: Die Hoffnung, dass die eigene Mutter mal vergisst, dass es einen gibt. Es war das Einzige, was Ev und ich wirklich gemeinsam hatten. Das dafür in höchstem Maße.

Wir gelangten an das erste Ferienhaus, das kleinste und am weitesten vom Wasser entfernt gelegene. »Das ist Queen Anne's Lace«, sagte Ev und verzog das Gesicht. »Gehört Galway.« Sofort fing mein Herz wie verrückt an zu pochen, und ich war dankbar, als sich herausstellte, dass es kein Zeichen von Leben darin gab. Ich hatte überhaupt nur gewagt, Ev in diesen Teil des Grundstücks zu begleiten, weil sie gesagt hatte, er sei nicht da.

Ich begutachtete das Häuschen – es war ungestrichen, das Holz grau und verwittert. »Ich dachte, er würde an den Wochenenden herkommen.«

Ev verdrehte die Augen. »Der ist zu beschäftigt damit, die Welt zu retten. Keine Bange, du wirst ihn noch bald genug wiedersehen, zum Mittsommernachtsfest schafft er es bestimmt.« Doch bevor ich sie weiter ausfragen konnte, lästerte sie: »Kannst du es glauben, dass er sich diese Bruchbude ausgesucht hat? Was für ein alter Schuppen. Er hätte das von Banning haben können« – sie zeigte auf das am linken Ende des Wegs stehende Haus –, »er ist ja immerhin der Zweitälteste, aber scheinbar weiß er die Schönheit der Natur nicht zu schätzen. Die Aussicht von dieser Seite ist zum Niederknien.«

Kurz darauf standen wir vor Goldenrod und Chicory. Das Haus zu unserer Rechten stand unerschütterlich und in blütenreinem Weiß vor uns, das linke mit seiner schmutzigen Teefarbe neigte sich etwas zur Seite. Hinter den Ferienhäusern eröffnete sich zwischen den sorgfältig ausgedünnten Bäumen hindurch eine weite Aussicht auf Winslow Bay – vielleicht nicht ganz so beeindruckend wie von Indos Veranda aus, aber auch sehr schön. Vor den Häusern parkten zwei baugleiche, teure Allradlimousinen mit offenstehender Heckklappe. Zwei kleine Blondschöpfe, ein Mädchen und ein etwas größerer Junge, rannten schreiend im Kreis herum, verfolgt von zwei verspielten Golden Retrievern.

Ein großer, gut aussehender Mann, der den Türrahmen fast ausfüllte, tauchte aus Chicory auf. »Hey, Schwesterherz.« Er kam auf uns zu, gab Ev ein Küsschen auf die Wange und stellte sich mir als Athol vor.

»Das ist May«, platzte sie heraus. Ich war eingeschüchtert. Athol, der Älteste, sah blendend aus, was ich nicht erwartet hatte, vielleicht, weil Ev ihn mir immer nur als steifen Geschäftsmann geschildert hatte. Samsons Wangenknochen, kristallblaue Augen, Ein-Meter-Achtzig-Statur – wie aus einem Werbefoto für Naturkost oder die Teilnahme am Ironman. Als er mir die Hand hinstreckte, bemerkte ich, dass er Birch wie aus dem Gesicht geschnitten war, nur jünger und schlanker, besaß allerdings nicht das Charisma seines Vaters.

Athol schnappte sich seinen Sohn und warf ihn hoch in die Luft; der Vierjährige quietschte vor Begeisterung. Zu dem rundlichen Kleinkind zu seinen Füßen sagte er sehr liebenswürdig: »Und du? Wissen deine Eltern überhaupt, wo du bist?« Die Kleine zockelte schmollend zum anderen Haus zurück. Bald erschienen alle anderen, um uns ebenfalls zu begrüßen: Athols ähnlich große, ähnlich gebräunte Frau Emily, die erklärte, das Baby schlafe gerade; der kleine Junge, Ricky, wurde von seinem braunhaarigen ausländischen Au-pair-Mädchen zu einem ersten Badeausflug abgeholt, egal, wie kalt das Wasser war; Evs anderer Bruder, Banning, rundlich und mit beginnender Glatze, zog Ev in eine nachlässige Umarmung. Seine Frau Annie mit den Korkenzieherlocken und dem Vollmondgesicht wirkte ein wenig nachlässig, auf der Hüfte hatte sie das dralle kleine Mädchen, Madison. Sie fragte das Au-pair, ob sie nicht vielleicht auch noch Maddy mit hinunter zum Wasser nehmen könnte. Überall liefen Hunde herum – mir wurde allmählich klar, dass Hunde in Winloch allgegenwärtig waren: Bannings und Annies etwas dümmlich dreinschauende Golden Retrievers (sie hießen Dum und Di, wurden aber immer in einem Atemzug nur Dumdi genannt) und Quicksilver, ein ältlicher Greyhound, der dicht an Emilys Seite blieb, bis er ein unglückseliges Eichhörnchen bemerkte und den Weg in Richtung Queen Anne's Lace hochsprintete.

»Passt bloß auf«, sagte Ev, während sie dem Hund hinterherblickte. »Mom hat's schon wieder mit dem Anleinen.«

»Die hat gut reden«, schnappte Athol. »Sie hat keinen Greyhound.«

»Da brauchst du ja wohl nicht mich anzublaffen«, schnappte Ev im gleichen Ton wie ihr ältester Bruder zurück.

Einige der Gräben, die sich zwischen den Geschwistern auftaten, waren bereits überdeutlich, aber ich verspürte trotzdem einen Anflug von Neid. Unmöglich sich vorzustellen, dass einen jemand so selbstverständlich kannte. Und Ev würde mich nie fragen, wie ich mit meinem Bruder auskam, weil sie glaubte, ich sei ein Einzelkind.

Athols und Emilys Sommerhaus war wesentlich schicker als das Ganzjahreshaus, in dem ich aufgewachsen war, und Emily führte mich voller Stolz herum, erläuterte mir, wie das ganze Fundament im Laufe des Winters durch Stahlträger ersetzt worden war, und sie danach alles neu hatten streichen und dann gleich die Küche mit Sub-Zero- und Wolf-Geräten neu hatten einrichten lassen. Alles im Haus war mit jeder erdenklichen Extravaganz modernisiert, auch wenn Athol und Emily den verchromten Mülleimer, der sich auf Handbewegung hin öffnete, oder den Flachbildfernseher, der die Wand in der »Bibliothek« einnahm, natürlich nicht so nennen würden. Nirgendwo war ein Stäubchen zu sehen, und als das Baby aufwachte, zeigte sich, dass es ebenfalls ein perfektes, sauberes kleines Wesen war, das wie ein dauniges Küken vom Arm seiner Mutter herunterlächelte. Emily war mir im Grunde nicht unsympathisch, aber sie war einer dieser großen athletischen Menschen, die in einer anderen Stratosphäre leben und den Blick nur selten unter ihre Schulterhöhe senken. Ob sie mich beim nächsten Zusammentreffen überhaupt erkennen würde?

Wir traten hinaus auf die weiße, mit Fliegengitter geschützte Veranda, um eine Flasche Prosecco und den Blick auf das Wasser und das andere Haus zu genießen. Im Vergleich zu dem straffen, makellosen Athol führte Banning ein geradezu liederliches Leben, und Goldenrod wirkte wie ein verrutschtes Abziehbild des Feriendomizils seines großen Bruders. Die Farbe an Bannings Haus und Veranda blätterte ab, die überalterten Fliegengitter hingen durch. Großes Plastikspielzeug ergoss sich jetzt schon über den Rasen hinter dem Haus, und Annie rannte umher, mit fliegendem Haar, das aussah, als führte es ein Eigenleben, und war um Schadensbegrenzung bemüht. Ich konnte mir gut vorstellen, wie Athol und Emily darüber dachten, die Sommermonate so dicht an Frau und Leben seines Bruders zu verbringen, und fragte mich, wie Banning um Himmels willen bloß die Inspektion seiner Mutter bestanden hatte.

Unter uns versuchte das arme Au-pair, Rickys und Maddys am Ufer herumwieselnde kleine Gestalten vom Ertrinken abzuhalten.

Alle paar Augenblicke war begeistertes Spritzen oder lautes Auf-
schreien zu hören, aber keiner der Erwachsenen schenkte den Geräuschen irgendeine Beachtung. Sie halfen dem Mädchen auch nicht,
als sie mit zappelnden Kindern und nassen Handtüchern beladen
durch den Wald zurück zu uns hochstapfte. Erst als Quicksilver,
Abby und Dumdi die bewaldete Böschung im Höchsttempo herunter und auf das bereits überbeanspruchte Au-pair zurasten, stand
Emily auf und brüllte: »Stopp. Fuß!« Annie blickte auf der Terrasse
gegenüber folgsam auf, als sei sie einer der Hunde. Quicksilver trottete mit hängendem Kopf zurück, aber die Rettung des Au-pairs
und der Kinder vor den restlichen übermütigen Hunden fiel Annie
zu, die einen großen Gummiball unter dem Arm klemmen hatte.

Athol, der nichts von dem Familienwirbel mitzubekommen
schien, führte Ev und mich in das Elternschlafzimmer, um uns die
letzten Renovierungsarbeiten vorzuführen. Mit skeptisch verschränk-
ten Armen musterte er den ordentlichen, kompakten Raum. »Wir
hätten gern angebaut«, sagte er, »aber die Grundrisse sind geschützt.
Erweiterungen sind nicht erlaubt.«

»Mom will nicht, dass irgendjemand ein Haus hat, das so groß
ist wie ihres«, sagte Ev spitz.

»Na, nun sei mal nicht kleinlich, Genevra, das steht dir nicht«,
meinte Athol. Mit schräg gelegtem Kopf musterte er den Fußboden. »Er ist schief.« Er wandte sich mir zu. »Sieht der Fußboden
nicht uneben aus?«

»Nein, tut er nicht«, fuhr Ev dazwischen.

Draußen lief Abby allein vorbei. Athol folgte dem vor dem Fenster vorbeilaufenden Hund mit den Augen. »Es gefällt mir wirklich
gar nicht, dass ich John für mich arbeiten lassen muss.«

»Er arbeitet hart«, entgegnete Ev gelassen.

»Ich verstehe nicht, warum Vater ihn nicht einfach entlässt.
Wenn ich hier erstmal das Sagen habe, dann gibt's so etwas nicht
mehr – veraltete Traditionen aufrechterhalten, nur aus angeblicher
Loyalität«, knurrte Athol mit verbissenem Gesichtsausdruck.

Zurück auf dem Heimweg explodierte Ev. »Jedes Jahr das Gleiche! Immer glaube ich, dass ich hier glücklich sein werde, und dann komme ich wieder, und meine Familie ist genau wie immer – arrogant und rücksichtslos und geldgeil.« Ich nickte zustimmend und sagte nicht, dass mir der Fußboden tatsächlich etwas uneben vorgekommen war.

KAPITEL ZWÖLF

Das Gemälde

Das Dinner fand an diesem Abend in Trillium statt, der weißen, mehrstöckigen Villa, die Samson an Winlochs höchstem Punkt errichtet hatte, hinter Indos Häuschen, auf der Landzunge, die sich zwischen der großen, offenen Bucht und Winslow Bay in den See erstreckte und praktisch einen Rundumblick aufs Wasser bot. Wenn man auf der strahlend weißen Veranda stand, fühlte man sich wie auf einem Schiff, das auf ewig seinem Südkurs entgegensteuerte. Trillium war in jeder Hinsicht beeindruckender als die anderen Häuser von Winloch – es besaß nicht nur drei Stockwerke und den besten Blick, sondern auch noch eine hochherrschaftliche, ordentlich gemähte Rasenfläche. Es ging von einer Generation auf die nächste über, immer vom Vater an den erstgeborenen Sohn: von Samson an Banning den Ersten, an Bard, dann an Birch. Eines Tages würde es Athol gehören und dann dem kleinen Ricky. Wie enttäuscht die Winslows wohl gewesen wären, hätten sie nur Töchter gehabt.

Tilde stand an der Tür und begrüßte uns. Bei ihrem Anblick bekam ich eine trockene Kehle – ich wusste nicht, ob ich es wagen würde, eine so Furcht einflößende Gestalt nach meinem Schicksal zu fragen. Sie war makellos gekleidet – eine cremeweiße Bluse, gebügelte Caprihose aus fantastischer türkisblauer Rohseide, schimmernde Perlen um den Hals. »Wie wär's, wenn du dir einen Pulli überziehst, Schatz?«, sagte sie, als sie Evs tief ausgeschnittenes Dekolleté in dem korallenroten Trägerkleid sichtete.

»Mensch, Mom«, schnaubte Ev und lief einfach an ihrer Mutter vorbei nach drinnen, wo sich bereits eine Menge Verwandtschaft versammelt hatte. Ich überreichte Tilde die Maismuffins, die ich gebacken und jeweils mit einem selbstgepflückten Gänseblümchen verziert hatte. Tilde nahm mir die Platte aus der Hand, als sei es ein unbekanntes Flugobjekt.

»Wie … aufmerksam«, sagte sie und blickte hinunter auf die Muffins.

Mein Mund war wie ausgedörrt – von meiner Mutter hatte ich gelernt, dass es nie falsch war, etwas zu einer Abendeinladung mitzubringen, und Birch hatte etwas von *informell* geäußert. Außerdem hätte Ev ja wohl etwas sagen und mir diesen Fauxpas ersparen können. Fast hätte ich angeboten, die Muffins wieder mitzunehmen, doch in dem Augenblick löste sich Birch aus der Menge und klatschte in die Hände, als sei er über meinen Anblick begeistert.

»Tilde! Sie hat Cupcakes mitgebracht!«, rief er aus, griff nach einem und biss kräftig hinein.

»Die Blumen sind eigentlich nicht zum Mitessen«, stotterte ich entschuldigend, als ich ein Blütenblatt in seinem Mund verschwinden sah.

Er lachte herzlich und schlug Tilde auf den Rücken, deren Lächeln mechanisch zurückkehrte, als sei sie eine stehengebliebene Aufziehpuppe. Mir war ganz schwach zumute – ich wusste, dass ich sie geradeheraus fragen musste, ob wir Bittersweet den Sommer über behalten durften oder nicht. Ich hatte das Gefühl, kein weiteres Winloch-Haus betreten zu können, so lange ich das nicht wusste.

Ich räusperte mich. »Äh, ich wollte Sie fragen …« Meine Stimme klang dünn und zittrig. »Ich meine nur, falls ich ein Flugticket nach Hause kaufen muss …«

»Du willst uns doch nicht etwa verlassen?« Birch wirkte betroffen.

»Nein, nein«, antwortete ich, »ich will natürlich nicht, nur, falls ich muss oder so.«

»Warum sollte sie uns verlassen müssen?«, fragte Tilde, als sei ich gar nicht da.

Birch machte eine wegwerfende Handbewegung. »Unfug.«

Tilde drückte Birch die Platte in die Hand, wandte sich der Aus-

sicht zu und nahm ein Fernglas zur Hand, das auf einem Beistelltisch neben der Tür lag. Die Veranda bevölkerten zierliche, weiß an-
gemalte Rattanmöbel, ein auffallender Kontrast zu den edelstein-
bunten Adirondack-Gartensesseln, die dekorativ über den Rasen
unter uns verteilt waren. Am anderen Ende der Veranda stand eine
einladende, mit marineblauem Drillich bezogene und geschmackvoll mit vielen pfirsichfarbenen Kissen ausstaffierte Hollywoodschaukel. Sie sah wie das ideale Plätzchen aus, um es sich mit einem
Buch gemütlich zu machen und ein Nickerchen zu halten, während
die Sonnenflecken über einem tanzten. Aber nein, ich durfte mich
nicht in sie verlieben, bis ich nicht Bescheid wusste.

»Sie waren also zufrieden«, beharrte ich. »Wir haben die Inspektion bestanden.«

Birchs Blick ruhte einen seltsam langen Augenblick auf mir. Er
runzelte wegwerfend die Stirn, bevor er sich wieder zum Wasser
umdrehte. »Und, wie viele haben wir?«, fragte er. Ich folgte seinem
Blick hinaus auf die Winslow Bay, während Tilde laut zählte; ich
bemerkte zum ersten Mal ein Mastgewirr, das wie ein auf dem Wasser tanzender Wald aussah.

»Kennst du dich mit Yachten aus?«, fragte er.

Ich schüttelte den Kopf, wobei sich meine Gedanken überschlugen. Sie hatten mir nicht gesagt, dass ich abreisen musste. Was bedeutete, dass ich bleiben durfte. Vor Erleichterung hätte ich beinah
laut losgelacht, wäre da nicht der ernste Tonfall gewesen, mit dem
Birch hinaus auf ein ankerndes Boot mit zwei Masten wies. »Das ist
eine Yawl – der Besanmast, das ist der zweite Mast da, steht achtern
hinterm Ruder. Und das« – er bewegte die Hand nach rechts – »ist
eine Ketsch – der Besanmast steht vor der Ruderachse. Die anderen
sind alles Einmaster.«

»Sechsundzwanzig«, verkündete Tilde spitz.

»Lass sie auch mal gucken«, sagte er, und sie händigte mir das
schwere Fernglas aus. Ich war mir nicht ganz sicher, wonach ich suchen sollte, drückte das Glas aber an die Augen. Die Vergrößerung
der plötzlich nahen Landschaft war so stark, dass mir ganz schwind-

lig wurde. Schließlich fand ich die Flotte ankernder Boote im Wasser direkt vor uns. Ich erspähte eine neben einer Yacht im goldenen Licht schwimmende Familie. Auf dem Deck einer anderen nippte ein Paar an Martinigläsern.

»Kanadier«, sagte Birch mit abfälligem Tonfall.

»Die kommen nur fürs Wochenende hier heruntergesegelt?«, fragte ich, verblüfft, wie viele Menschen solch ein Luxusleben führten.

»Sechsundzwanzig sind viel zu viele«, sagte Tilde. »Die werden uns die halbe Nacht lang wachhalten.« Dann huschte ein schadenfreudiger Ausdruck über ihr Gesicht. »Vielleicht läuft ja eine davon auf den Felsen auf.«

»Na, das wollen wir ja auch wieder nicht – dann müssen wir sie retten.« Birch lachte und Tilde schloss sich ihm zu meiner großen Überraschung an. Ich hatte sie noch nicht lachen hören, und es klang wesentlich leichter und heller, als ich mir das vorgestellt hätte. Birch wandte sich wieder mir zu, und Tildes Lachen versiegte von einer Sekunde auf die nächste. Er schien nichts zu merken, aber ich spürte ihre Ablehnung.

»Ich verfluche die Krähen, wenn sie mich aus dem Schlaf reißen«, verkündete er, »aber wenn sie die elenden Kanadier aufwecken, freut es mich.« Er hielt die Muffins hoch. »Sollen wir schauen, ob wir irgendwo ein Plätzchen dafür finden?« Ich war dankbar, dass er so nett zu mir war und wir Tilde endlich stehen lassen konnten.

Birch führte mich in den an die Veranda anschließenden Raum, das Eleganteste, was ich bisher in Winloch gesehen hatte; wenn das hier nur das Sommerzimmer war, dann wollte ich nicht wissen, wie der Rest des Hauses eingerichtet war. Auf dem honigblonden Holzboden standen antike Vitrinen und ein großer Mahagonitisch. Ein hinreißender burgunderroter Orientteppich bildete den Mittelpunkt und endete vor einem riesigen Kamin mit einem Messinggitter und passenden Kaminböcken. Auf handbemalten Serviertellern waren Canapés in farblich abgestimmten Formationen angeordnet: Krabbenküchlein und Minibrötchen mit Hummerfleisch und Espressotässchen mit kalter Erbsensuppe. Nie in meinem Leben war ich bei einer »informellen kleinen Familienfeier« dieses Kalibers gewesen – jetzt war mir natürlich augenblicklich klar, warum meine Maismuffins ein Fehler gewesen waren. Birch fand ein Eckchen für sie, das ich mit fortschreitendem Abend im Auge behielt, immer in der Hoffnung, jemand würde die blöden Dinger aufessen, damit der Schnitzer ausgebügelt war.

Ich nahm mir einen Porzellanteller, füllte ihn mit Köstlichkeiten, stellte mich hinten an die Wand und beobachtete von da aus, wie immer mehr eintreffende Winslows an mir vorbeizogen – eine ältere Dame, ein kleiner Junge, elegant gekleidete Mütter, wie aus Stein gemeißelte Männer –, alle mit einer von Schmutz und Unreinheiten sauber geschrubbten Alabasterhaut. Sie waren von einem edlen, ganz besonderen Schlag und erinnerten mit den schlanken Fesseln und dem glänzenden Fell an Rennpferde oder Windhunde. Wir nicht zu den Blutsverwandten Gehörenden waren auf den ersten Blick zu erkennen – wir waren fast alle kleiner, dunkelhaariger und: Wir hielten uns im Hintergrund.

Die elegante Ev schaute mehrmals bei mir vorbei, die bemühte Annie wollte sich mit mir unterhalten, der stolpernde Banning schüttete mir den Apfelsaft seiner Tochter über die Sandale, sodass mein linker Fuß den ganzen Abend lang feucht und klebrig war. Ansonsten wurde ich in Ruhe gelassen. Im Laufe des Abends donnerte immer wieder einmal eine Herde blonder Kinder durchs Zimmer und räumte Käse und Kräcker ab. Manchmal wurden sie von einer besorgten Mutter wieder hinaus auf die Veranda gescheucht, und mehr als einmal wäre ich ihnen am liebsten gefolgt, weil ich mich nach ihrer Aufrichtigkeit sehnte. Als das Sommerzimmer zu klein für die Masse anwesender Winslows wurde, verlagerte sich die Abendgesellschaft auch auf die Veranda, und ich verzog mich ans andere Ende des Raumes und beschloss, mich auf die Suche nach einer Toilette zu machen. Mein Blick blieb an einem in die Wand eingelassenen Alkoven hängen, der von meinem vorherigen Posten aus nicht sichtbar gewesen war. In diesem Alkoven hing das schönste Gemälde, das ich je gesehen hatte.

Zugegeben, ich hatte noch nicht sehr viele Gemälde in meinem Leben gesehen. Die Abbildungen in den Kunstbüchern der Bibliothek waren bestenfalls farblose Andeutungen der Originale. Evs Degas hatte mich beeindruckt; wenn man das Bild anschaute, wusste man, dass es bedeutsam war. Das kleine, relativ konventionelle Kunstwerk hatte mich allerdings nicht sehr stark berührt, doch als ich jetzt das Bild vor mir an der Wand betrachtete, erfüllte mich beglücktes Staunen.

Es war ein Gemälde Vincent van Goghs.

Aus meiner Erinnerung war mir das Bild nicht bekannt, vermutlich hatte ich noch nie eine Reproduktion davon gesehen. Aber es war unmissverständlich eines seiner Bilder, wenn auch größer, als ich es je bei einem van Gogh vermutet hätte.

Eine Landschaft – die typischen Zypressen in dunklen Grün- und Blautönen, die sich dem Nachthimmel entgegenreckten. Darüber Sterne. Darunter gelbes und grünes Gras, das in der Ferne lila wurde. Wenn es eine Ferne gab: es war schwierig, eine einzige Perspektive zu wahren, denn sobald sich das Auge auf eine Horizontlinie einstellte, gewann das Ganze mit jedem Blick zur Seite neue Sichtachsen, die den ersten Eindruck in Frage stellten. Doch ich empfand das nicht als irritierend, wie das bei einem weniger begabten Künstler leicht der Fall sein könnte, sondern als so beglückend, dass mir das Herz schneller zu schlagen begann. Das Bild verstärkte alle Gefühle, wie nur große Kunst das vermag.

Zum ersten Mal an diesem Abend vergaß ich die Winslows. Ich bewegte mich langsam auf die fiebrigen Pinselschwünge zu, als riefen sie mich, bis ich nur noch wenige Zentimeter entfernt war. Hätte dasselbe Werk bei meinen Eltern an der Wand gehangen (so lachhaft solch ein Gedanke auch war), hätte ich sofort angenommen, dass es ein billiger Kunstdruck war, den sie in der Shopping Mall erstanden und in einen Sprühlackrahmen gehängt hatten. Doch hier, im gedämpften Abendlicht von der Bucht, erfüllte mich Stolz, als hätte ich irgendwie bereits etwas aus meinem Leben gemacht, weil ich vor diesem Stück Geschichte stand.

»Großartig, oder?«

Ich drehte mich um und sah Indo direkt neben mir stehen. Völlig verzaubert konnte ich nur nicken. »Ist das wirklich …?«

Sie nickte mit einem Lächeln auf den Lippen. »Meine Mutter hat Kunst geliebt.«

»War sie eine Sammlerin?«

Sie ließ sich Zeit mit der Antwort. »Es gehört mir.«

»Oh?«

»Mein Erbe fiel kleiner aus«, sagte sie und zeigte auf das herrschaftliche Haus um uns, »weil ich eine Frau bin. Deswegen hat Mutter mir das Gemälde geschenkt. Ich war die Einzige, die es so liebte, wie große Kunst geliebt werden muss. Doch dann entdeckte mein werter Herr Bruder einen bisher unbekannten Paragraphen in unserer Satzung, der ihm angeblich das Recht gibt, wie ein Diktator bei anderen ins Haus einzudringen und persönliches Eigentum zu konfiszieren. Und hier hängt das Bild nun, dabei wollte ich nur tun, was richtig gewesen wäre, und – «

»Kann ich den Damen etwas bringen?«

Ich drehte mich überrascht um und sah dicht neben mir Tilde, ein falsches Lächeln auf dem Gesicht und ein Glas Sherry in der Hand.

»Wir haben uns gerade darüber unterhalten …« Ich zeigte auf das Gemälde.

»Sie hat gefragt«, sagte Indo.

»Ach, Indo, ich glaube kaum, dass das arme Ding auf so eine Idee gekommen wäre.«

Ich machte einen Schritt zurück und entwand mich dem Schraubstock, in den die beiden mich eingespannt hatten. Etwas ging hier vor sich, das ich nicht verstand. Natürlich verbreitete Indo Familientratsch, aber sie war ein guter Mensch, und Tilde kam mir einfach nur gemein vor.

»Es ist so schön.« Ich versuchte die Wogen zu glätten, aber dafür schien die Animosität zwischen den beiden Frauen zu stark zu sein.

Ein kleines Mädchen kam angerannt und zog Tilde am Arm.

»Auntie T., dürfen wir jetzt Wunderkerzen auf den Felsen anzünden?«

»Ja, natürlich, ich bringe sie euch gleich.« Das Mädchen kreischte vor Entzücken und rannte wieder zurück in das Geknäuel von Erwachsenen. Tilde wandte sich uns zu. »Entschuldigt mich bitte, die Engelchen rufen.«

»Es ist fürchterlich, Kinder Engelchen zu nennen.« Indo blickte sie finster an.

»Da bist du ja natürlich mit deiner weitreichenden Erfahrung in Sachen Kindererziehung die Expertin«, schnappte Tilde.

Indo ließ den Kopf sinken, und Tilde registrierte befriedigt, dass sie ihr einen Schlag versetzt hatte.

»Du hast natürlich recht«, sagte Indo, »ich sollte bei meiner Rolle als verbitterte Außenseiterin bleiben.« Aber Tilde war schon weg.

Leise fluchend leerte Indo ihr Weinglas, bevor sie in die Gegenrichtung stürmte, die Tür zu einem Nebenzimmer öffnete und hinter sich zuknallte.

Ich wandte mich wieder dem Gemälde zu und wollte mich nicht so leicht ablenken lassen. Doch was sich da eben zwischen den beiden Frauen abgespielt hatte – auch wenn ich es nicht richtig benennen konnte –, machte es mir unmöglich, mich darauf zu konzentrieren. Das Besondere, das Vincent van Gogh in meinem Kopf hatte entstehen lassen, die Vorfreude auf einen ganzen Sommer in Winloch, beides wurde von dem hohlen Geschnatter um mich herum zunichte gemacht: über den traurigen Zustand der Landungsstege am anderen Ende des Grundstücks und die beste Jagdhundrasse und den Namen des fähigsten Handwerkers für die Hausrenovierung. Selbst wenn ich versuchte, die Augen nicht vom Gemälde abzuwenden, zog mich die Lärmkulisse weg von dem Kunstwerk, das mir nicht länger freundlich gesonnen schien.

Und schon bald ließ ich mich unbemerkt auf die laternenerleuchtete Veranda und hinaus in die Nacht treiben, wo sich die Wunderkerzen der Kinder in funkelnden, eiernden Kreisen über dem Rasen drehten. Hinter ihnen tanzten die Positionslichter auf den sechsundzwanzig Bootsmasten wie Elfen und spiegelten sich im samtig-schwarzen Wasser. In diesem Augenblick erinnerte ich mich an die Stimme meines Bruders, genauer, an den Klang seiner Stimme, die wie der Vorbote eines Gewitters vom warmen Nachtwind heran-getragen wurde.

KAPITEL DREIZEHN
Das Unvermeidliche

Ich erhielt das Päckchen meiner Mutter an jenem Montagmorgen. Dem Knistern nach zu schließen war das Kuvert innen mit Blisterfolie gefüttert. John überreichte mir mein Mitbringsel höchstpersönlich, zusammen mit einer Tüte Donuts mit Apfelglasur.

»Du hast dran gedacht!« Ev klatschte in die Hände und sprang ihm einfach in die Arme, als er mit den Geschenken in der Tür stand. Er wirkte besorgt über diesen ungehemmten Gefühlsausbruch, weswegen ich mich schnell ins Bad verzog, wo ich noch breiter grinste, ein wenig schwindlig bei der Vorstellung, dass es John war, zu dem Ev sich in den frühen Morgenstunden stahl.

Zurück im Wohnzimmer, standen die beiden aufgeregt wie Kinder im Ferienlager vor mir, als ich das Päckchen meiner Mutter öffnete. Ich merkte, wie er seine Finger kurz mit ihren verschränkte, als sie laut auf Süßigkeiten hoffte. Ich hingegen brauchte nicht nachzusehen, um zu wissen, was in dem Kuvert war: Ein Stapel frankierter Umschläge mit der Adresse meiner Eltern darauf, die zurück nach Oregon gehen sollten.

»M.«, fing der Brief an, »Jeanne hat mir erzählt, dass ihr es schön miteinander hattet. Ich habe ganz vergessen, dich bei unserem Telefonat danach zu fragen. Bitte ruf doch an, wenn sich eine Gelegenheit ergibt. Wir möchten gern deine Stimme hören. Bitte richte Mr. und Mrs. Winslow nochmals Dank und alles Gute aus. Dein Vater lässt dich auch schön grüßen.«

Sechs Sätze. Leicht zu beantworten. Die Umschläge hatte ich ja nun. Aber es kam mir immer verlogen vor, wenn ich meiner Mutter im selben Ton antwortete. Sie spielte ihre Rolle so gut; ich versagte völlig bei dem Part, der mir zugedacht war. Die Alternative, nämlich das zu schreiben, was ich wirklich dachte, war unmöglich, wenn auch als Vorstellung ungemein witzig:

Mom,
ich bin froh, dass ich praktisch so weit von dir weg bin, wie das in unserem Land möglich ist. Die Winslows sind schön und reich, reicher, als du es dir vermutlich überhaupt vorstellen kannst. Ich weiß, dass du sicherlich goldene Kerzen und elegante Pools vor Augen hast, aber dieses Paradies, das sie sich hier geschaffen haben, ist nicht dekadent, nein, es ist rustikal auf eine Art, wie das nur bei reichen Leuten möglich ist, bei denen das Geld unsichtbar im Hintergrund fließt, damit sie so tun können, als wären sie genau wie alle anderen. Sie sind alle etwas exzentrisch, und ich bin mir sicher, dass es hinter verschlossenen Türen zwischen ihnen kracht, aber hier läuft niemand mit dem Abdruck eines Rings auf der Wange herum. Komisch eigentlich. Sie sind allesamt attraktiv, haben keinen Körpergeruch und nicht das geringste Interesse an mir. Ihre Heerscharen von Kindern (alle biologisch einwandfrei mit einem einzigen adoptierten chinesischen Kleinkind als Dreingabe dazwischen) sind altklug. Die Hunde ignorieren mich auf die nonchalante Art und Weise, die nur verwöhnte Vierbeiner hinbekommen. Alle – sogar die Hunde – nehmen ausschließlich Biolebensmittel zu sich.
Ev hat drei Brüder. Der Dicke, Banning, hat ein Haus aus Stroh; der Geschniegelte, Athol, hat ein Haus aus Stahl, und der dritte Bruder ist vermutlich der große böse Wolf. Evs Eltern, Birch und Tilde (diese Leute haben Namen, die sich auch nur Reiche leisten können), sind rätselhaft und liebenswürdig zugleich.
Birch hat fünf lebende Geschwister, die zusammen mit ihrer Brut den Großteil des Clans stellen, der auf dem Grundstück residiert. Die meisten Winslows, mit Ausnahme von Birchs exzentrischer Schwester Indo (die sapphischer Neigung sein könnte, wie ich mittlerweile fast vermute), haben Kinder und Enkel. Birchs älteste Schwester, Greta, hat einen Mann, asexuelle Töch-

ter, einen unscheinbaren Sohn und drei teutonische Enkel: Arthur Jr., Victoria und Samson. Ihr Jack Russell heißt Skippy und ihr Golden Retriever Absalom.

Birchs jüngere Schwester Stockard (Ev nennt sie Trinkart) hat einen verfetteten Mann namens Pinky, einen geschiedenen Sohn, PJ, und Enkel im Teenageralter, die gerne Fußball spielen. Die Gerüchte besagen, dass PJ und seine Frau durch den Tod ihrer kleinen Tochter Fiona auseinandergebracht wurden; nach diesem Verlust sind sie scheinbar zu deprimiert für Haustiere.

Birchs jüngste Schwester Mhairie ist eine Möchtegern-Bohemienne und hat, abgesehen von ihrem jüdischen Schwiegersohn David, eine stinknormale Familie. Die Tatsache, dass er »jüd-isch« ist, wie sie das aussprechen, kommt häufiger zur Erwähnung, obwohl natürlich niemand etwas dagegen einzuwenden hat. Seine Kinder sind insofern auch jüd-isch: die clevere Ramona, der vorsichtige Leo und der alberne Eli. Sie haben ihrer Allergien wegen auch keine Haustiere.

Dann wäre da noch Birchs Schwester CeCe. Sie ist diejenige, deren Sohn Jackson Selbstmord begangen hat. Sie hat sich bisher noch nicht blicken lassen.

Alle Familienangehörigen, die ich bisher kennengelernt habe, wollen über den Selbstmord von Cousin Jackson sprechen, aber ganz diskret (sie tun das genauso hinter vorgehaltener Hand wie die Erwähnung von Davids jüd-ischer Herkunft), sie lehnen voll großer Anteilnahme an ihrem Verandageländer und fragen Ev – manchmal fragen sie sogar mich, wenn sie vergessen, dass ich ein Niemand bin: »Und habt ihr gehört, wie es CeCe geht?« »Gibt es nicht Medikamente, die einem da helfen können?« »Glaubt ihr, man hätte etwas tun können?« Ich frage mich, ob Jackson wohl geahnt hat, dass er derart im Zentrum der Gespräche stehen würde und ob er es vielleicht zum Teil auch deswegen getan hat. Ist mir eigentlich klar, dass ein Junge, der sich das Hirn weggepustet hat, der Hauptgrund ist, warum ich mich Genevra Winslows Gastfreundschaft in diesem sonnendurchfluteten Eden, in dem sie jeden Sommer ihres Lebens verbringt, erfreuen darf? Absolut. Ich bin zu der Auffassung gelangt, dass Jacksons Tod ein Opfer war, das den Göttern der Freundschaft gebracht werden musste (»Er starb, damit ich leben konnte«) und ich rede mir ein, dass das nicht egoistisch gedacht ist. Immerhin wurde er in diesen Überfluss hineingeboren. Dass ihm das nicht gereicht hat, ist sein Problem.

Grüß Dad von mir, wenn du es wagst.

Schön, geschrieben habe ich den Brief. Aber abgeschickt habe ich ihn nicht.

Nach einem einzigen Wochenende inmitten des Winslow-Clans hatte ich bereits einen sehr hilfreichen Trick heraus – wenn man nichts sagte, vergaßen sie, dass man da war und die Ohren spitzte. So hatte ich in Erfahrung gebracht, dass nur eine Handvoll Winslows zu Jacksons Beerdigung im Februar erschienen war und Zeuge der peinlich wirkenden Untröstlichkeit seiner Mutter CeCe wurde. Bei den ersten kerzenerleuchteten Dinners der Saison wurde immer wieder angeregt durchgehechelt, wie merkwürdig Jackson, der heimkehrende Soldat, im vergangenen Sommer, als alle ihn das letzte Mal gesehen hatten, gewesen war.

Er war zu mager.

Hat kaum gesprochen.

Hat sich immer in ein Buch vergraben.

Ist ausgerastet, als die Kittering-Jungen sich das Kanu borgten.

Aber als Flip von dem Gärtnerlaster totgefahren wurde, da machte Jackson einen völlig gefühllosen Eindruck, weißt du noch, hat nicht mit der Wimper gezuckt, hat den übel zugerichteten Hund einfach aufgehoben und auf den Rasen gelegt.

War da nicht eine Verlobung, die in die Brüche gegangen war, mit einem Mädchen aus Boston?

Hatte er nicht sogar Gammy Pippa im Speisesaal angeschrien?

Während ganz Winloch seinen stammelnden Tonfall und das

leichte Zittern seiner Hände – von dem es vor Falludschah keine Anzeichen gegeben hatte – wieder aufleben ließ, gipfelte die allgemeine Aufregung in Winslow Bay Gott sei Dank in dem Fazit, auf das sich alle einigen konnten:

Der Krieg war schuld. Es war eine Erleichterung, brachte jemand hervor, wenn man zumindest wusste, warum.

Darüber hinaus konnte man niemandem im Speziellen die Schuld in die Schuhe schieben, aber es entging mir auf meinem unsichtbaren Lauschposten nicht, dass diejenigen Familienmitglieder, die in Burlington wohnten und es als Einzige trotz Neuschnees zur Beerdigung geschafft hatten, sich mit ganzer Kraft bemühten, CeCes schrilles, leicht wahnsinnig klingendes Wehklagen aus ihrem Gedächtnis zu verbannen, ganz zu schweigen von der geschmacklosen Art, wie sie neben dem Sarg ihres Sohnes auf die Knie gefallen war (das war nun wirklich zu viel!), während vor der Grabkapelle der Schnee rieselte und die Stadt mit einem frischen, reinen Weiß zudeckte.

In Zeiten wie diesen war man dankbar, dass man sich auf Traditionen stützen konnte. So begann Birch zumindest seine Ansprache am ersten Sommerabend, einem Montag, an dem er ein Glas in Vermont gebrauten Biers auf das Wohl von Winloch erhob. Es war der einundzwanzigste Juni, das Mittsommernachtsfest, das in der kürzesten Nacht des Jahres alljährlich vor den Tennisplätzen auf dem Rasen des Speisesaals gefeiert wurde; dieser Brauch war den Winslows derart in Fleisch und Blut übergegangen, dass Ev geschockt war, als ich sie fragte, worum es dabei ging. Um die hundert von uns lagerten auf Decken und Klappstühlen im sanft abnehmenden Licht; die Speisen, die wir alle zur Tafel beigesteuert hatten (das verstand die Elite offensichtlich unter einem Picknick, wie ich herausgefunden hatte, aufgebaut war es auf sich biegenden Tischlerplatten und Böcken), waren bereits stark dezimiert. Stockards roter Kartoffelsalat, Annies gebratene Hühnerschenkel und mein selbstgebackener Blaubeerkuchen waren alle längst aufgegessen.

»Einer der Unsrigen fehlt«, fuhr Birch fort, und ein betroffenes Schweigen senkte sich auf die Versammelten, sogar der wilde kleine Ricky hörte auf herumzuzappeln. »Und dieser Verlust reißt ein Loch in unsere Runde, das nicht wieder zu füllen ist.« Er erwähnte nicht einmal Jacksons Namen, auch dessen Familie war abwesend. Den Gerüchten zufolge hatte Mr. Booth CeCe im April endgültig verlassen, und sie und ihre Kinder würden nicht mehr nach Winloch kommen. Aber Birch verlor keine Worte darüber. Wir erhoben unsere Humpen Hausbier, während das Winslowbanner über uns im Wind knatterte.

Der Tradition zufolge war der Höhepunkt des Fests eine Theateraufführung; die Rickys und Maddys der Familie, die noch zu klein waren, um Texte auswendig zu lernen, wurden als Kobolde und Elfen verkleidet und mit durchscheinenden Flügeln, Peter-Pan-Schwertern und Zauberstäben ausgestattet, die Gesichter mit türkisen Glitzerstrudeln bemalt. Die jungen Männer (und die, die sich dafür hielten) spielten die Handwerker in Shakespeares *Sommernachtstraum*. Seit fast einem Jahrhundert hatten die unglücklich Liebenden Pyramus und Thisbe einander durch die widerwillige Wand umworben, und die Winslows fanden es immer noch zum Schreien komisch.

»O Nacht, so schwarz von Farb, o grimmerfüllte Nacht!/ O Nacht, die immer ist, sobald der Tag vorbei. / O Nacht! O Nacht! O Nacht! Ach! Ach! Ach! Himmel! Ach!«(Pyramus wurde von Banning, bekleidet mit einem Hosenrock seiner Frau, gespielt, und das Publikum jubelte bei seinem Anblick. Sein Vortrag war erstaunlich gut, als sei er nur im Nebenberuf Geschäftsmann und Familienvater und seine wahre Berufung sei das Theater. Er sprühte nur so vor arrogantem Gepolter – ein Esel, verkleidet als Mann.

Kaum war Pyramus' Vorstellung vorbei und der Prolog abgetreten, scheuchte mich die aufgelöste Annie von Evs und meiner Decke, packte mich mit kräftigen Händen am Unterarm und flehte mich panisch flüsternd um Hilfe an. Ev bedachte uns mit einem strafenden Blick, bis ich mich von der Wiese schlich und Annie zu Maddy folgte, die auf der Eingangstreppe zum Speisesaal saß und ihr süßes rosa Mündchen mit den Überresten eines Backblechs Brownies vollstopfte. »Sie hat Walnüsse gegessen! Walnüsse!« Annie bekam vor lauter Panik Schluckauf, und ich konnte mehr als zehn Minuten mit dem zappelnden, zuckerberauschten kleinen Mädchen im Bad zubringen, wo ich ihrer Mutter beim Abwischen der Schokolade half und die Kleine auf Anzeichen eines anaphylaktischen Schocks im Auge behielt.

Als die Krise ausgestanden war, kehrte ich zu unserer Decke zurück. Ich hatte mir einen herrlich bierseligen Abend zusammen mit Ev ausgemalt, aber an der Stelle, an der sie gesessen hatte, döste jetzt Abby. Die Winslows waren in das Stück vertieft. Ich legte meine Hand auf den heißen Hundekopf, lachte über Banning Winslow und konnte nicht glauben, was für ein Glück ich hatte, dass diese Leute Shakespeare liebten.

Auftritt von Thisbe.

Ja, es war gar nicht einfach, »sie« zu erkennen – rote Perücke, Fifties-Kleid –, aber die Sommersprossen auf den Wangen, die vollen rosa Lippen waren nicht zu verkennen. Meine Beschämung ließ jede Einzelheit überdeutlich hervortreten.

Wie er herumstolzierte und seine Zeilen mit Falsettstimme vortrug, sorgte für ungestümes Gelächter. Ja, er war in der Rolle der Geliebten seines Bruders durch und durch albern. Aber er war hinreißend. Alle Blicke waren auf ihn gerichtet.

Wenn ich aufgestanden wäre, hätte ich die Aufmerksamkeit auf mich gezogen. Das sagte ich mir jedenfalls, als ich jede seiner Bewegungen gebannt verfolgte, bis er sich erdolchte und auf der Leiche seines Bruders landete, was Banning zu einem Schmerzensschrei veranlasste und das Publikum zu stehenden Ovationen.

Nach dem Stück flüchtete ich mich in das Gestöber von Elfenkindern. Sie waren endlich frei, von der Schule, von den vielen Verboten, unter denen Stadtkinder zu leben haben, konnten mit dem Gesicht voran in den Frühsommerwind rennen und sich hemmungslos

Sonne, Schweiß und Schmutz überlassen. Mit Kindern machte es einfach mehr Spaß. Kinder waren entweder anhänglich oder kleine Monster, und der Unterschied war leicht herauszufinden. Wir warfen Stöckchen für die Hunde, klaubten Tennisbälle aus den Hecken, während es ganz allmählich dunkel wurde, das Festmahl für die Mücken begann und die Engelchen eins nach dem anderen eingesammelt und ins Bett gebracht wurden.

Die Menge zerstreute sich, und es schien mir kein zu großes Risiko, hinüber zum Speisesaal zu schlendern. Die treue Abby lag träumend auf unserer Decke, die einzige, die noch auf dem großen Rasen übrig war. Ich brachte es nicht übers Herz, das schlafende Tier zu wecken, obwohl auch die Sägeböcke schon weggeräumt und die Tischlerplatten an die Wände des Speisesaals gelehnt worden waren.

Allein stand ich vor dem scheunenartigen Gebäude und seiner breiten Eingangstreppe. Leise Gitarrenklänge drangen zur doppelten Fliegengittertür heraus. Ich fragte mich, wo Ev geblieben sein mochte – sollte ich in Bittersweet nach ihr sehen? Stattdessen stieg ich die Treppe hoch, dem einladenden Schein entgegen, und warf einen Blick hinein in den großen Saal.

Auf dem gebohnerten Dielenboden, dessen breite Planken noch die Originale sein mussten, standen runde Tische verteilt. Mir gegenüber führte eine weitere Doppeltür hinaus auf Winlochs Hauptweg. Zu meiner Rechten befand sich die riesige Gastronomieküche, die vom Speisesaal durch eine Wand mit Durchreiche, in die das Essen gestellt wurde, getrennt war. Links führte eine Treppe hoch zu einem Obergeschoss, flankiert von mehreren langen graubraunen Sofas, auf denen ein paar Leute zusammensaßen. Ich befürchtete, irgendeine heilige Winslow-Tradition zu stören, aber es waren nur Indo und ein paar Teenager – Arlo und Jeffrey und Owen, alle mehrere Jahre jünger als ich –, die den größten Teil des Abends auf der anderen Seite der Tennisplätze mit dem Bau einer Flaschenrakete verbracht hatten.

Neben den Jungen saß ein Mann mit dem Rücken zur Tür und spielte Gitarre. Es klang wunderschön – Triller, Flageoletts an den

Bundstegen, eine betörend schöne Melodie. Es war Musik, die aus einem wärmeren Land stammte, einem Land mit Tanz und Strand, und sie zog mich magisch an, der Rhythmus pulsierte in meiner Hüfte, meinen Schultern. Ich wagte es, ganz einzutreten. Die Fliegentür ging mit wesentlich mehr Krach auf, als ich hatte veranstalten wollen.

Beim Quietschen der Türangeln blickte Indo auf. »Mabel!«, rief sie.

Die Teenager blickten auf.

Die Musik endete mitten im Akkord.

Indo eilte durch den Saal und schloss mich in eine patschuliduftende Umarmung.

Der Mann drehte sich um. Über Indos Schulter hinweg erkannte ich die Sommersprossen und strähnigen blonden Haare sofort. Es war Galway.

»Ich … ich suche Ev«, stammelte ich und versuchte mich loszumachen. Aber Indo hielt mich fest und zog mich geradewegs auf den einzigen Mann an der gesamten amerikanischen Ostküste zu, den ich nicht treffen wollte.

»Hast du meinen Neffen schon kennengelernt?«

Galway lächelte. Stand auf. Sein Blick tanzte verspielt über mich. »Ja.«

KAPITEL VIERZEHN
Die Collage

Ein, wie ich vermute, tiefes Dunkelrot überlief mich unter Galways durchdringendem Blick. »Ich muss wirklich gehen.« »Unfug.« Indo nahm meinen Arm. »Das ist doch die ideale Gelegenheit – ich zeige dir die Archive, über die wir geredet haben. Wollen wir doch mal sehen, wie viel Mumm in dir steckt. Jetzt guck nicht so entsetzt, so meine ich das doch nicht. Na ja, vielleicht ein bisschen. Aber nun mal ehrlich, wie kannst du so etwas widerstehen? Da oben stehen die ganzen Unterlagen und warten nur darauf, dass jemand etwas damit anfängt und ihnen ihre Geheimnisse entlockt. Galway hat mir vor ein paar Jahren geholfen, alles in Kisten zu verpacken, und da wir uns mittlerweile so gut angefreundet haben und ich mit meinem armen Rücken nichts mehr heben kann … werdet bloß nicht alt, ihr schönen jungen Leute …« Und so plapperte sie weiter und zog mich einfach hinter sich her die ausgetretenen Stufen hinauf.

Zu meinem Entsetzen folgte Galway uns.

Indo knipste das Deckenlicht an und zeigte begeistert auf die von Mäusen angenagten Pappkartons, die in der Mitte des großen stickigen Dachbodens aufgestapelt waren. »Das ist wirklich wunderbar!« Sie klatschte in die Hände. »Galway ist mir eine große Hilfe in diesen Dingen, und ich weiß genau, dass ihr beiden euren Spaß daran haben werdet, euch das zusammen vorzuknöpfen.«

Es war mir derart peinlich, in der Nähe dieses Mannes zu sein, dass ich keinen klaren Gedanken fassen konnte. Ich hielt den Kopf gesenkt und versuchte, mich auf Indos Stimme zu konzentrieren.

Vor uns standen Dutzende von Kisten, die mit Zeitungsausschnitten, persönlichen Papieren und geschäftlichen Unterlagen gefüllt

waren. Der enorme Umfang der Aufgabe, zu der ich an jenem frös-
teligen Nachmittag in der Vorwoche so unbekümmert ja gesagt hatte, überwältigte mich – Indo glaubte, dass ich in diesem Chaos etwas für sie finden konnte? Und wenn ich es fand, dann würde sie
mir – ihr Haus schenken? Nie im Leben.

»Und nach was genau suchst du eigentlich?«, fragte ich, als ich
endlich zu Wort kam.

»Ganz oben auf der Liste«, erläuterte sie, »steht der braune Ordner. Darin ist alles über mein Gemälde zu finden, und ich will, dass
du den aufspürst. Ja, Galway, ich habe ihr erzählt, dass deine Eltern
mir mein Bild weggenommen haben – du kennst mich ja, ich kann
den Mund nicht halten. Näher beschreiben kann ich den Ordner
leider nicht, du musst also ein bisschen herumsuchen, aber das macht
doch auch Spaß, oder etwa nicht? Und halte die Augen offen nach
interessanten Geschichten – man weiß ja nie, wo man gutes Mate-
rial aufspürt. Sie ist eine angehende junge Schriftstellerin, wusstest
du das, Galway? Kombinationsfähigkeit wie eine Detektivin. Und
wenn du besonders darauf achten könntest, meine Liebe, ob … ach,
was soll das, am besten, du findest es selbst heraus.«

Und damit hob sie zu einer längeren Abhandlung über ihre sa-
genumwobenen Vorfahren an – »Das waren Visionäre! Führend
auf ihrem Gebiet!« –, bis Galway mich etwas spitz fragte: »Sag mal,
warst du nicht eigentlich auf der Suche nach Ev?« Für mich war er
der Feind, aber er bot mir damit ein gutes Stichwort zum Rückzug,
und ich entschuldigte mich mit der Behauptung, Ev habe beim
Picknick Bauchschmerzen bekommen und ich müsse nach ihr
sehen.

»Oh nein!«, rief Indo und ließ mich los. »Hättest du doch was
gesagt.« Ich eilte die Dachbodentreppe hinunter, während sie mir
hinterherrief: »Wenn es Monatsbeschwerden sind, dann sag ihr,
sie soll zu mir kommen, ich habe ein fantastisches Mittel von meinem Kräuterladen in Boston!«

In Sekundenschnelle stand ich wieder draußen in der mondlo-
sen Nacht und verfluchte mich, dass ich je einen Fuß in das Gebäu-

de gesetzt hatte, verfluchte Galway für sein Gitarrenspiel, und erst, als ich den Speisesaal lange hinter mir gelassen hatte, wurde mir klar, dass ich keine Taschenlampe und nur eine vage Vorstellung davon hatte, in welche Richtung ich gehen musste. »Abby!«, rief ich, doch selbst der Hund hatte mich verlassen. Ich untersagte mir jeden Gedanken an Vampire. Das Knirschen von Schotter unter meinen Füßen war schon mal ein gutes Zeichen: vielleicht ging ich sogar in die richtige Richtung. Als ich das Licht sah, war der Speisesaal schon außer Sichtweite. Der Strahl einer Taschenlampe streifte mich ein paar Mal, und ich blieb wie ein Reh im Scheinwerferlicht stehen, dankbar für jede Art von Beleuchtung, wenn auch besorgt, in wessen Hand sie sich befinden mochte. Und es kam genau wie befürchtet – Galway, allein. Er war außer Atem.

Wortlos reichte er mir die Taschenlampe, und ich war gezwungen, mich bei ihm zu bedanken. Wir waren zu zweit und hatten nur eine Lampe. Einer musste den anderen heimbegleiten. Da wir schon auf halbem Weg zu Bittersweet waren, gingen wir in meine Richtung weiter.

Er räusperte sich. Ich dankte dem Himmel für die Dunkelheit. Wir liefen nebeneinander durch die Nacht. Schließlich sagte er: »Ich verrate es keinem.«

Ich sagte nichts.

»Eigentlich ist es ziemlich witzig, wenn man sich's überlegt«, fuhr er fort. Es klang, als würde er in sich hinein grinsen.

Ich hielt die Augen auf den Lichtschein gerichtet und hoffte, damit hätte sich das Thema erledigt.

»Ich habe an dem Morgen nur nach Ev gesucht«, erklärte er, »und ich dachte, sie schläft vielleicht noch und –«

»Ist ja gut.« Ich fuhr zu ihm herum und leuchtete ihm mit der Lampe ins Gesicht.

Er riss die Hand hoch, um seine Augen vor dem blendenden Licht zu schützen. »Ich wollte doch nur sagen –«

»Ich hab's kapiert.« Ich hielt die Taschenlampe weiter direkt in sein Gesicht gerichtet; ich konnte in meinem Zorn über die gedankenlose, unbekümmerte Art, mit der diese Leute auf anderen herumtrampelten, einfach nicht mehr an mich halten. »Ich versteh schon: Wirklich unglaublich lustig, und jetzt kannst du mich damit demütigen, wie du willst, nur weil du mich beobachtet hast ... dabei bist du ja wohl derjenige, der hier den Leuten hinterherspioniert, du du ...« Ich suchte nach dem richtigen Ausdruck. »... du perverser Spanner.« Und damit ließ ich ihn einfach stehen. Es war mir egal, dass ich die einzige Taschenlampe in der Hand hielt und er sie mir gebracht hatte.

Abby kam mir ein paar Schritte vor dem stockdusteren Bittersweet entgegen und füllte die Nacht mit klirrenden Hundemarken und Hecheln. Freudig leckte sie mir die Hand. Ich kroch geradewegs in den Zwischenraum unter der Veranda, wo der Sack mit alten Zeitschriften, den ich beiseitegestellt hatte, leicht zu finden war; ich griff nach den obersten drei Illustrierten. Ich lauschte auf Galways Schritte, hörte aber nichts als die Nachtgeräusche.

Abby und ich schlichen uns in das schlafende Haus. Die Schlafzimmertür war geschlossen, was mir nur recht sein konnte, da ich Ev, die mich so kläglich hatte sitzen lassen, momentan nicht sehen wollte. Ich schaltete das Licht im Wohnzimmer an, holte die Nagelschere aus dem Medizinschränkchen, einen Notizblock und eine Rolle Tesafilm aus dem Grabbelkorb und setzte mich vor dem kalten Kamin auf den Boden. Ich schlug das *Life*-Heft vom 1. September 1961 auf, einen L. L. Bean-Katalog von 1987 und eine *Town and Country* von 1947. Ich wusste auf den ersten Blick, welche Seiten ich wollte, riss sie gekonnt heraus und wurde bei dem Gedanken an die vielen anderen Illustrierten, die unter der Veranda auf mich warteten, schon ein wenig ruhiger. Das hier war nur der Anfang. Ich riss alles heraus, was mir gefiel: das gemalte *Town and Country*-Titelbild einer Frau im langen Kleid, die sich über eine Balustrade einem Segelboot entgegenlehnt, ein Foto einer strahlenden Jacqueline Kennedy aus der *Life* und die lachende blonde Familie aus dem Katalog, auf die ich mich schon freute, seit ich sie zum ersten Mal bemerkt hatte. Die Feinarbeit würde ich mit der Schere machen.

Meine Wut verflog. Ich machte weiter, schnippelte und klebte, bis ich ein fertiges Bild vor mir hatte. Erst dann lehnte ich mich zurück gegen den roten Sessel. Abby legte ihren Kopf auf meinen Schoß. Ich musste eingenickt sein, weil ich als nächstes unbekannte Motorengeräusche eines davonbrausenden Autos und die hinter Evs Hacken zufallende Fliegentür hörte. Ich richtete mich auf, sah das unordentliche Zimmer, war verwirrt und sauer, weil Ev anders als vermutet gar nicht zu Hause gewesen war. Sie stand über mir, bevor ich Gelegenheit hatte, aufzuräumen.

»War das John?«, fragte ich.

Ihre Pupillen waren riesig, ihre Haare wirr, der Lippenstift verschmiert. »Warum um Gottes willen sollte John mich um diese Uhrzeit heimbringen?« Sie stieß Abby mit dem Fuß. »Er sollte sie abends wirklich mit nach Hause nehmen.« Das war der Augenblick, in dem sie meine Collage bemerkte. Ich wollte, dass sie ihre Geheimnisse offenbarte, aber stattdessen griff sie sich mein Werk aus dem Durcheinander und studierte es.

Blonde Familie. Der See. Polohemden. Sonnenbrillen. Insignien. Ruderboote. Schöne Menschen. Wohlstand.

»Sind wir das?«, fragte sie begeistert. Bevor ich antworten konnte, zog sie zwei Reißzwecken aus der Wand. Sie hielt die Collage mittig über den Kamin und pinnte sie an den Ecken fest. Dann trat sie stirnrunzelnd zurück. »Oder hast du das für deine Mutter gemacht?«

»Warum sollte ich wohl ein Bild für meine Mutter machen?«, fauchte ich.

Sie blinzelte mich an. »Weil sie dir das Päckchen geschickt hat vielleicht?«

Ich schnaubte. »Ich bitte dich. Ich bastele nichts für meine Mutter.«

Sie trat ein Stückchen auf mich zu. »Warum nicht? Ich meine, ich weiß, dass du ihretwegen weinen musstest, bevor wir hergekommen sind. Aber mir kommt sie eigentlich … ganz nett vor.«

»Mütter machen doch immer einen netten Eindruck, wenn sie nicht deine eigenen sind.«

»Meine nicht!« Sie lachte schallend los und ließ sich neben mir auf den Boden fallen. Ich lachte mit ihr.

»Meine Mutter ist nur deswegen nett zu mir, um mir unter die Nase zu reiben, dass ich es nicht bin«, war mein Kommentar, als wir uns wieder beruhigt hatten. Augenblicklich überkamen mich Schuldgefühle – meine Mutter hatte mich immerhin gebeten, »lieb« zu sein. Vielleicht war sie tatsächlich so nett, wie Ev dachte, und es war meine eigene grausame Wahrnehmung, in der sich diese Nettigkeit in Bosheit verwandelte.

Ev fing an, mir einen Zopf zu flechten. Schweigen legte sich auf uns. »Du meinst also …« Sie fing zum dritten Mal meinen Zopf an. »… du meinst also, es wäre besser gewesen, wenn ich mit John ausgegangen wäre?«

»Aber seid ihr denn nicht … zusammen?«

»Man wird ja wohl trotzdem noch seinen Spaß haben dürfen.« Ihre Stimme klang deprimiert, als sei sogar sie selbst enttäuscht von sich.

»Aber ich dachte …« Evs Finger folgten den Strängen, die sie flocht. Ich merkte, dass mich seit Längerem niemand mehr berührt hatte. Es klang so naiv, so albern, aber die Worte kamen einfach heraus, ich konnte nichts dagegen tun: »Ich dachte, du liebst John.«

Sie überdachte meine Frage. »Das stimmt.«

»Aber er liebt dich nicht?«

Sie lächelte stolz. »John LaChance will mich heiraten, seit ich sechs Jahre alt bin.«

»Ja, aber wo liegt denn dann das Problem?« Allmählich nervte mich das Herumgefummel an meinen Haaren.

»Es ist kompliziert.« Es ziepte schmerzhaft an meiner Kopfhaut. »Er … er kann mir nicht das geben, was ich brauche. Nicht alles. Nicht jetzt.«

»Ja, aber das ist doch keine Liebe.« Es kam mir egoistisch vor. »Liebe ist, sich für den anderen zu opfern. Ihn mehr zu lieben als sich selbst.«

»Haargenau«, erwiderte Ev, »das habe ich ihm auch gesagt. Ich verlange ja gar nicht viel, nur dass er sein Wort hält, weißt du?« Sie lehnte sich zurück, hielt meinen Zopf in der Hand und sah ihn befriedigt an. »Du bist so gutherzig, Mabel.« Sie ließ den Zopf los. »Tut mir leid, dass ich dich enttäusche.«

Ich öffnete den Mund, um zu widersprechen, dass ich nicht an Märchen glaubte, sondern an die zärtliche Art, wie John nach ihrer Hand gefasst hatte.

Aber sie war schon wieder beim nächsten Thema und nickte in Richtung Collage. »Morgen kannst du deine Familie machen.«

Ich sah zu, wie sie den Riegel an der Tür vorschob. Wir putzten uns zusammen die Zähne, drehten das Licht aus und machten die Schlafzimmertür hinter uns zu. Auch dort legte er den Riegel vor.

Ich hörte zu, wie sie einschlief. Es war am besten, wenn ich sie in dem Glauben ließ, meine Collage sei ein spontaner Einfall gewesen. Dass ich nicht schon hunderte davon angefertigt hatte. Ich war stolz auf meine Selbstbeherrschung. Dass ich nicht geantwortet hatte: »Nein, Ev, meine Familie mache ich niemals.«

KAPITEL FÜNFZEHN

Das Mädchen

Ich hatte keine Ahnung, wohin Ev bei ihren geheimen Ausflügen verschwand – oder wer der mysteriöse »Andere« sein mochte –, doch je weiter der Juni fortschritt, desto weniger Zeit verbrachte sie in Bittersweet. Auch John schien sich auffällig von uns fernzuhalten. Sein scheuer Charme, die summend durch die Küche tanzende Ev, wenn sie wusste, dass er kommen würde, das Kitzeln von Abbys Zunge an meinen Fingerspitzen fehlte mir. Doch jedes Mal, wenn ich nach ihm fragte, gab Ev keine Antwort, sondern nahm sich einen Empire-Apfel aus dem vollen Obstkorb auf dem Küchentisch und verschwand irgendwohin. Erst am Abend, manchmal auch nach Mitternacht kam sie zurück und schwieg sich darüber aus, wo sie gewesen war. Ich hielt die Ohren nach dem unbekannten knatternden Motor offen, den ich in der einen Nacht gehört hatte, aber seitdem glitt Ev immer lautlos herein.

Liebe Mom,
ich habe allmählich das Gefühl, das ich ein Mensch bin, der von Einsamkeit verfolgt wird. Vermutlich ist es mein Wesen, dass ich so isoliert bin und mich fühle, als wäre ich eine einsame Insel. Aber ich schwöre es dir: Diesmal dachte ich wirklich, dass es anders laufen würde! Es würde mir nicht das Geringste ausmachen, wenn ich nur Evs rechte Hand wäre, sozusagen, aber wie es scheint, ist sie jetzt schon abgrundtief von mir gelangweilt – was sagt das über meine Bedürfnisse? Sind sie unstillbar? Bin ich nicht in der Lage, den Wink mit dem Zaunpfahl zu verstehen? Dir kann ich die Schuld dafür nicht in die Schuhe schieben, Mom, bei Dad sieht es allerdings anders aus.

Warte – ich hatte ganz vergessen, dass wir ja über nichts Echtes miteinander reden können. Also vielleicht so:

Das Schwimmen macht viel Spaß. Ich habe mir einen Badeanzug mit Evs L. L. Bean-Karte bestellt – keine Sorge, ich gebe ihr das Geld zurück – und kann schon gute zwei Minuten lang Wasser treten, bevor ich mich irgendwo festhalten muss. Tut mir leid, dass ich den Brief nicht abschicke, aber es ist für uns beide besser so. Ich glaube, du würdest mir wahrscheinlich zustimmen.

Wenn ich genug hatte vom Verfassen unabsendbarer Briefe, Ausschneiden von Bildern aus Zeitschriften, Halb-Ertrinken-und-es-Schwimmen-nennen oder so tun, als würde ich Milton lesen, dann ging ich auf den Dachboden des Speisesaals und krempelte die Ärmel hoch. Indos Schatzsuche bot mir Ablenkung und die Möglichkeit, ab und an ein paar Stunden totzuschlagen, in denen ich meine Einsamkeit vergessen konnte. Aber sie bot mir noch mehr. Es mag albern klingen, aber Indo hatte mich auf den Geschmack gebracht. Die Aussicht, etwas über das Innenleben des Winslow-Clans herauszufinden, war einfach zu verlockend – immerhin hatte ich schon im Frühjahr per Fernleihe mit den Forschungen begonnen.

Hatte ich vergessen, wie vehement Tilde Indo abzulehnen schien, besonders im Hinblick auf das Van-Gogh-Gemälde? Glaubte ich, Tilde wäre damit einverstanden, dass ich das Familienarchiv durchwühlte? Natürlich nicht. Aber sie hatte sich Ev und Indo gegenüber fies verhalten. Und außerdem bestand dieses sogenannte Archiv nur aus Bergen alter Papiere, für die sich sowieso niemand mehr interessierte, und ich sah mich ja einfach nur ein bisschen um.

Und es gab noch einen Aspekt – etwas, wovon ich eigentlich nie hätte träumen dürfen, es aber trotzdem tat: Indos beiläufige Bemerkung, dass ihr Haus keinen Erben hatte. Selbst heute treibt mir die Erinnerung an diesen Traum die Röte ins Gesicht – wer konnte so närrisch sein, dem zu glauben, was eine exzentrische ältere Dame von sich gab? Außerdem wusste ich noch nicht mal genau, wonach sie suchte. Und hatte Ev mir nicht sowieso schon die verlockende Zukunftsvision von uns als alten Schachteln zusammen auf der Veranda in Aussicht gestellt? Hatte sie. Aber mich überkamen mittlerweile starke Zweifel an der Beständigkeit ihrer Gefühle, und ich hätte mir zu gern einen anderen, eigenen Zugang zu Winloch geschaffen. Wie dem auch sein mag: Ich kenne mich gut genug, um zuzugeben, dass meine Fantasie gern mit mir durchgeht, wenn mir erst einmal jemand einen Floh ins Ohr gesetzt hat … sagen wir es einfach so: Am ersten Tag, an dem ich mich dem Familienarchiv widmete, dachte ich bereits darüber nach, wie viel die Erneuerung der Toilette von Clover wohl kosten würde.

Der Staub auf den mottenzerfressenen, mausbekoteten Winslow-Papieren brachte mich zum Niesen. An vielen der hauchdünnen Seiten waren die Ecken und Kanten seit Jahrzehnten abgeknickt und rieselten nun herunter wie Schneeflocken. Nach den vielen Jahren und Temperaturschwankungen auf dem Dachboden rochen die Unterlagen, als seien sie uralt. Manche der Schriftstücke bestanden aus dickem, haltbarem Papier, das mit verblassender Tinte beschrieben war. Die Siebenen in den ältesten Dokumenten hatten einen Querstrich, wie in Europa, und waren mit Schreibmaschine beschrieben; auf der Rückseite spürte man die Erhöhungen und Vertiefungen der vor hundert Jahren eingeprägten Worte unter den Fingerspitzen. Das neuere Papier war dünn wie Pergament und schon stark vergilbt. Die lila Hektografien verströmten immer noch ihren widerlich süßlichen Geruch; andere Unterlagen waren von Hand geschrieben, in eine Klaue, die auf das neuere pädagogische Versagen in der Vermittlung von Schönschrift hindeuteten.

Doch unabhängig vom Alter der Winslow-Papiere war die Sammlung als solche eine einzige Katastrophe. Nirgendwo war eine Ordnung zu erkennen. Ich brauchte schon mehrere halbe Tage allein dafür, um die Schriftstücke in eine halbwegs chronologische Reihenfolge zu bringen. Ich heuerte die über zu viele Kräfte verfügenden Arlo, Jeffrey und Owen dazu an, ein paar unbenutzte Esstische aus dem Speisesaal die ächzende Treppe hochzuschleppen, und wir stapelten die Unterlagen nach Jahrzehnten geordnet darauf auf, bis die Jungs auf der Suche nach spannenderen Abenteuern wieder davonstürmten.

Aus Samsons Tagen waren nur sehr wenige Unterlagen erhalten – eine Abschrift des ursprünglichen Kaufvertrags des Winloch-Grundstücks, ein halbes Dutzend Urkunden seiner diversen Firmen; aus der Ära nach Samsons Tod, als Banning der Erste erwachsen wurde, gab es einen schlanken Stapel Schreiben über Kriegsanleihen, seine Erbschaft, eine Kiste privater Briefe und einige Zeitungsausschnitte über seine Schwester Esther, die Ärztin geworden war. Jemand hatte sich die Mühe gemacht, diese Artikel aufzuheben, und ich las bewundernd von ihrer mutigen Entschlossenheit.

In dem Stapel gab es auch einige Unterlagen über ein Konkursverfahren in den Dreißigerjahren – die letzte Jahreszahl war verwischt, entweder eine »2« oder eine »9«; es erschien mir allerdings unwahrscheinlich, dass die Winslows Pleite gemacht und trotzdem dieses Paradies behalten haben sollten, weswegen ich sie zurück auf den Stapel legte. Ein großes Fragezeichen blieb dennoch in meinem Kopf zurück.

Erst als Bard – Birchs Vater, Evs Großvater – Mitte der Dreißiger zum Familienoberhaupt wurde, nahm der Umfang der hinterlassenen Dokumente stark zu. Aus dieser Zeit gab es Arbeitsaufträge, Urkunden, Zeitungsausschnitte, viele Pfund Papier, auf denen sich noch mehr Pfund Staub angesammelt hatten. An mehr als einem Juninachmittag spürte ich einem neu dazu gekauften Stück Land nach – Bard schien sich wie eine Art Großgrundbesitzer gebärdet zu haben –, verfolgte die Fährte mehrere Jahre lang, bis sie sich verlor und ich den Kopf über die Vagheit meiner Aufgabe schüttelte. Und wie gut ausgerechnet Indo mich zu kennen schien. Ich sollte doch nur nach einem braunen Ordner gucken. Aber sie hatte natürlich Recht gehabt: Ich konnte interessanten Geschichten einfach nicht widerstehen.

Ich riss mich los und machte mich auf den Weg nach unten, wo ich mich von Mascha verabschiedete, Winlochs aus Russland stammender, molliger, weißhaariger Köchin. Sie unterbrach das Rühren der Minestrone einen Augenblick lang und antwortete mir mit einem eher barschen Nicken.

Mein liebstes Fleckchen in ganz Winloch war der glatte, flache Felsen am Rand unserer Bucht, auf dem der Fischreiher gestanden hatte, als ich mich zum ersten Mal aus Bittersweet herausgetraut hatte. Der Felsen war gerade groß genug, dass ein Körper sich bequem darauf ausstrecken konnte, schwimmend leicht zu erreichen, oder, wenn einem ein wenig Klettern nichts ausmachte, rutschend den steilen Hang durch das kratzige Unterholz hinunter. Mir gefiel es, dass der Felsen an der Grenze zwischen Privatgelände und Öffentlichkeit lag. Wenn ich mich auf dem warmen Stein sonnte, konnte ich den Kopf zur Seite wenden und die Bewegung auf dem nahen offenen See beobachten, wo Motorboote in die Winslow Bay rasten und in der Ferne die Anleger eines Yachtclubs silbern und weiß aufblitzten, wenn die Sonne direkt darauf schien; oder ich konnte den Kopf Bittersweet zudrehen, unserem kleinen Sandstrand, auch wenn die Treppe, unser Haus und das restliche Winloch nicht zu sehen waren. Hier fühlte ich mich am meisten in meinem Element – versteckt, aber auf Beobachtungsposten.

Ich hielt mich für die Einzige, die diese Stelle kannte, was natürlich kompletter Schwachsinn war – die Winslows waren seit über einem Jahrhundert in Winloch und ich gerade mal seit drei Wochen. Doch als ich eines Morgens mit einem Rucksack voller Bücher und Verpflegung durch den Wald hinunterkraxelte, innerlich auf stille Zurückgezogenheit eingestellt, sah ich, dass schon jemand auf meinem Stein lag. Sie lag auf dem Bauch, die langen blonden Haare ergossen sich über ihren bloßen Rücken bis zur apricotfarbenen Bikinihose. Wie ein Selkie erschien sie mir, eine Sagenfigur der Kelten, eine junge Frau, die ihre Seehundhaut abgeworfen hatte und Mensch geworden war. Als sie mich hörte, hob sie den Kopf,

109

und ich sah, dass es ein junges Mädchen war. Sie sah Ev und Indo gleichermaßen ähnlich, war aber noch ein Kind – schlaksig, unbeholfen, auf bestem Weg zur angehenden Schönheit.

Sie hielt die Hand hoch, um die Augen gegen die Sonne zu schützen. »Bist du Evs Freundin?«

Ich hockte mich neben sie, und sie richtete sich auf. »May.«

»Lu.« Sie fasste in ihre Tasche und zog zwei Zigaretten heraus. Sie konnte auf keinen Fall älter als vierzehn sein.

»Nein!« Ich muss sie entgeistert angesehen haben. Sie steckte sie zurück in die Schachtel und holte stattdessen zwei Lutscher heraus.

»Bist du Evs Schwester?«, fragte ich neugierig. Es fiel mir schwer, sie nicht anzustarren – im einen Augenblick wirkte ihr Gesicht betörend schön, dann war sie wieder ganz Kind. Auf der rechten Wange hatte sie einen Leberfleck – der einzige offensichtliche Makel, wenn er denn überhaupt so genannt werden konnte. »Ich dachte, du wärst im Tenniscamp.« Ich setzte mich neben sie.

Sie schnaubte. »Ja, weil ich so unglaublich sportlich bin.«

»Bei mir auf der Schule waren Sit-ups Pflicht; du kannst dir vorstellen, wie toll ich darin war.«

Sie musterte mich von Kopf bis Fuß – meine dicken Oberschenkel, meinen schwabbeligen Bauch – und kicherte los, aber bevor das Ganze sich zu einem richtigen Lachen auswachsen konnte, biss sie sich schnell auf die Zunge und zog die Schultern lausbübisch zu den Ohren hoch. Ein begeisterter Ausdruck huschte über ihr Gesicht, als sie über meine Schulter hinweg in Richtung Bucht zeigte und mit der anderen Hand einen Finger an die Lippen legte. »Wir sind nicht allein«, flüsterte sie.

In Erwartung eines größeren Lebewesens drehte ich mich um – ein Mensch oder ein Hund vielleicht –, doch ich konnte nichts sehen. Lus Finger zeigte auf etwas, das für mich wie ein totes Stück Holz im Wasser auf seinem langsamen Weg hinunter auf den Seegrund aussah.

»Eine Schildkröte«, flüsterte sie, und als ich mich verblüfft vorbeugte, verschwand der Stock unter Wasser. Lu stieß einen beglückten Seufzer aus. Wir suchten die Wasseroberfläche nach einem auftauchenden Kopf ab. Endlich ließ er sich wieder blicken, weit links von der Stelle, an der ich gesucht hatte. Lu bemerkte ihn zuerst. »Sie können viel schneller schwimmen als laufen«, erklärte sie.

»Was ist das für eine?«

»Wahrscheinlich eine Zierschildkröte, eine wilde natürlich. Könnte auch eine Schnappschildkröte sein, aber da müsste ich den Panzer sehen, um ganz sicherzugehen. Keine Angst«, sagte sie, als sie mein erschrecktes Gesicht sah, »die haben viel mehr Angst vor uns als wir vor ihnen.«

»Und was gibt es hier noch für Tiere?«, fragte ich.

Ihr Gesicht fing an zu leuchten. »Früher hatten wir hier Otter – das konnte man daran sehen, dass im Frühling viele aufgeknackte Muscheln am Ufer lagen. Und Bisamratten – die haben ihr Nest immer in der kleinen Vertiefung da zwischen den Felsen gebaut. Weiter im Inland wohnen Bieber – die Leute regen sich immer schrecklich über die Dämme auf, die sie an den Bächen bauen, weil dadurch der Grundwasserspiegel steigt. Und was noch … Fischadler. Sie wohnen nicht direkt hier bei uns in der Bucht, aber sie fischen an den Felsvorsprüngen da. Erst sieht man sie morgens und abends ganz hoch oben ihre Kreise ziehen, und dann kommen sie heruntergezischt wie ein Pfeil und holen sich kleine Fische aus dem Wasser. Ach, und die Walddrossel natürlich!« Sie schloss die Augen und hielt den Fuß ins Wasser. »Sie singt im Morgengrauen und in der Abenddämmerung. Klingt total schön.«

Lu unterbrach sich mit einem Ruck und blickte mit sorgenvoll gerunzelter Stirn zu mir hoch. Ich erkannte in dem Blick ein Kind mit unbequem scharfer Auffassungsgabe, die es zu verstecken gelernt hatte. Ich nickte, woraufhin ein glückliches Lächeln ihr Gesicht erhellte und sie ihr erstaunliches Wissen über die Natur weiter mit mir teilte, als hätte ich ihr mit diesem einen Lächeln ein Geschenk gemacht.

»Lass mich nachdenken … der Weißwedelhirsch? Manchmal sieht man auch einen roten Fuchs über die Wiese rennen, ein paar

Sekunden, dann ist er weg. Und Bären! Angeblich. Ich hab noch nie einen gesehen. Und die Wachtelfamilien. Fasanen im Wald, auch ganze Familien. Wachteln sind ziemlich scheu, aber du musst mal versuchen, welche zu beobachten, ihre Küken sind total süß, kleine Flaumbällchen, die so schnell wetzen, als hätten sie kleine Rädchen unter den Füßen. Und halt die Augen offen nach dem Helmspecht.«

»Wie sieht der aus?«

»Wie ein Dinosaurier.«

Ich lachte. »Nein, ganz ehrlich.«

Sie nickte wissend. »Wenn du ihn siehst, weißt du, was ich meine.« Wir sahen beide nach dem auf dem Wasser schaukelnden Schildkrötenkopf. »Daddy sagt, es würde hier Berglöwen geben – das kann man daran ablesen, dass manchmal in der Nähe der Winloch Road tote Rehe liegen.«

»Was ist ein Berglöwe?«

»Na, ein Puma.« Sie schüttelte beruhigend den Kopf. »Aber so ein Vieh habe ich auch noch nie gesehen.« Wir saßen schweigend da und sahen hinaus zu den kleinen Wirbeln, die der Wind auf dem glatten See tanzen ließ. »Dir scheint's ja wirklich zu gefallen hier«, bemerkte sie, wickelte ihren Lolli aus und steckte ihn sich in den Mund.

Ich ließ den Blick über das Wasser gleiten und dachte an das sich darüber und darunter tummelnde Leben. Ich wollte sagen, wie glücklich sie sich schätzen konnte, dass all das ihr gehörte. Aber stattdessen sagte ich: »Es ist himmlisch hier.«

KAPITEL SECHZEHN

Die Felsen

Luvinia Winslow war der erste Mensch, den ich in Winloch kennenlernte, mit dem ich mich auch anderswo angefreundet hätte. Sie war nicht so cool wie Ev, aber ob das an ihrem Charakter oder den letzten kindlichen Überresten lag, war schwer zu sagen. Sie war schlau und hatte keine Angst, sich damit zu brüsten – Klassenbeste in Mathe (»Und zwar von den Jungs *und* den Mädchen«, wie sie sofort hinzufügte) –, und zugleich unschuldig auf eine Art, wie ich es noch nie bei einem Internatszögling kennengelernt hatte. Und sie war ein ungemein großzügiger Mensch; in den ersten vierundzwanzig Stunden, die wir uns kannten, pflückte Lu Wiesenblumen für den Küchentisch von Bittersweet, setzte mir einen Weizensauerteig an und brachte mir das Kraulen bei. Die wenigen Male, die ich Ev und Lu miteinander erlebte, bekam ich den Eindruck, dass Ev Lu sehr ähnlich behandelte wie mich – zuckersüß in der einen Minute, blind in der nächsten; das machte mich allerdings nicht eifersüchtig, sondern eher froh, dass ich in der Kategorie »kleine Schwester« angesiedelt war.

»Und wart ihr schon am Badefelsen schwimmen?«, fragte Lu, als wir zusammen in der Bucht unterhalb von Bittersweet saßen, wo wir uns in den drei Tagen, seit wir uns kannten, täglich getroffen hatten. Es war ein Gefühl, als würden wir uns schon sehr viel länger kennen.

»Nein.« Der Sandsteinfelsen direkt am unteren Ende des Trillium-Rasens war die beliebteste Badestelle, an der sich alle Winslows aalten und tummelten – ein zentral gelegener, ebener Felsen, der vom Ufer her waagerecht ins Wasser hinausragte und gut und gern zwei Dutzend Menschen Platz bot, die von dort eine fantastische

Aussicht auf Mount Mansfield, die Adirondacks und Winslow Bay genießen konnten. Praktisch jeder Winslow, mit dem ich bisher zu tun gehabt hatte, erwähnte die Badestelle – von den Jungs, die dorthin gingen, um Kopfsprung von der Schwimminsel zu üben, bis hin zu Emily und Annie und anderen jungen Müttern, die mit ihrer Kinderschar, Schwimmflügeln, Sonnenhüten und vielen Tuben Sonnencreme bepackt über den Hügel dorthin zogen –, doch keiner hatte mich bisher dazugebeten. Es wäre ein Einfaches gewesen, mir mein Handtuch zu schnappen und allein die Trillium-Stufen hinunter zu der Sandsteinplatte zu gehen, aber ich hatte den deutlichen Eindruck, dass die versammelten Winslows ein wenig zu lang zu mir hochgeblickt hätten, und errötete bei der Vorstellung, im Zentrum ihrer kollektiven Aufmerksamkeit zu stehen, bis unter die Haarwurzeln.

Lu bestand darauf, dass wir sofort hingingen. Wir schauten bei Ev vorbei, die noch im Bett lag. Sie wirkte unwirsch, weil ich sie aufgeweckt hatte, zum Mitkommen einlud, und weil Lu und ich uns offensichtlich nähergekommen waren. »Ich war noch nie auf dem Badefelsen.« Ich kitzelte sie an den Zehen. »Und weiß Gott, wo du dich die ganze Woche rumgetrieben hast. Einen Tag musst du auch mal mit mir verbringen.«

»Ich muss überhaupt nichts«, giftete Ev.

»Was ist denn los?«, fragte ich. Ich war fest entschlossen, sie nicht nach ihrer Dreiecksbeziehung zu fragen, und wusste, dass sie in Lus Anwesenheit sowieso nichts verraten würde.

Sie seufzte nur.

»Na komm«, beharrte ich, nahm mir *Das verlorene Paradies* vom Nachttisch und unterdrückte den Ärger über ihr mangelndes Interesse an mir. Eigentlich hätte Ev mich auf den Badefelsen einladen müssen. Schließlich schleppte sie sich aus dem Haus und schlurfte selbstmitleidig hinter uns her, bis Lu und ich ihr drohten, wir würden sie in den See werfen, was ein schwaches Lächeln auf ihr Gesicht zauberte, und sie zeigte sich, wenn auch nur kurz, von ihrer besten Seite.

Wir gingen die Holztreppe am Fuß des Trillium-Rasens hinunter, als die Sonne gerade den Zenit überschritt. Wir waren mit feinen Sachen beladen, unter anderem Putenbrust-Sandwiches, die Mascha auf unsere Bitte hin schnell für uns fertig gemacht hatte. In der Hinsicht ähnelten Lu und ich uns gar nicht: Ich wäre nie auf die Idee gekommen, jemanden zu bitten, mir etwas zu Mittag zuzubereiten, während Lu sich das gar nicht anders vorstellen konnte.

Ein paar Leute lagerten auf den Felsen verteilt, aber wir waren so früh, dass die Jugendlichen und Kinderlosen noch nicht da waren, und spät genug, dass die Eltern der Kleinkinder bereits wieder weg waren, weil Essenszeit und Mittagsschlaf riefen. Wir hatten reichlich Platz zum Ausbreiten unserer Handtücher. Ich trug den Sunblocker in dicken Klecksen auf und beobachtete Lu, die eine dünne Schicht Creme auf ihrer goldbraunen Haut verrieb. Sie kicherte, als sie mein verunstaltetes Gesicht sah, und verteilte die Sonnencreme mit ihren schlanken Fingern. Ev verdrehte die Augen, als sie uns zusah, und legte sich zum Weiterschlafen auf die warmen Felsen.

Ich setzte die Sonnenbrille auf, nahm mir *Das Verlorene Paradies* vor und steckte die nicht abgeschickten Briefe an meine Mutter wieder hinten ins Buch. Lu belächelte meine Lektüre, während sie ihre *People* aufschlug. »Gleich schläfst du ein«, flötete sie.

Die offizielle Version – für den Fall, dass mich jemand fragen sollte – war, dass ich den Dritten Gesang las. Aber Lu kannte mich besser, als ich gedacht hätte. In Wahrheit war es nämlich so, dass ich nie mehr als eine Seite schaffte ohne einzuschlafen. Insofern hatte ich der Sache zwar zusammengenommen viele Stunden gewidmet, aber trotzdem keinen blassen Schimmer, was in dem blöden Buch eigentlich vor sich ging, weil es erstens intelligenter war als ich und ich mich zweitens nicht an das erinnern konnte, was ich am Tag zuvor gelesen hatte.

Mit leichtem Grauen blätterte ich bis zu meinem Lesezeichen vor und begann:

Die Jahreszeiten kehren jedes Jahr,
Mir aber kehrt der Tag nicht, noch der süße
Anblick des Morgens und des Abends wieder;
Die Schönheit nicht der holden Frühlingsblumen,
Der Sommerrosen und der Heerden nicht,
Noch auch das göttliche Gesicht der Menschen.
Dafür umziehn mich Wolken ew'ger Nacht.

Eine *US Weekly* fiel über den Buchrücken hinweg auf mein Gesicht. »Kannst dich später bedanken«, frotzelte Lu.

Ich hatte noch nie besonders gern oder häufig am Strand herumgelegen und brauchte insofern ein paar Stunden, bis ich verstand, dass wir heute tatsächlich nichts weiter tun würden als schwimmen, lesen, plaudern und in der Sonne liegen. Immer wieder überkam mich der Drang aufzustehen und etwas zu tun, ich dachte an das Winslow-Archiv, das auf dem Dachboden auf mich wartete, aber jedes Mal, wenn ich unruhig wurde, legte Lu mir die Hand auf den Arm und sagte, ich sollte mich entspannen. »Wenn du willst, können wir ein bisschen Schlauchboot fahren«, sagte sie, fügte allerdings geringschätzig hinzu: »Das ist aber eigentlich eher was für Jungs.«

Nachdem wir unsere Sandwiches verspeist hatten, meinte Ev, sie hätte schon zu viel Sonne gekriegt, suchte ihre Sachen zusammen und machte sich auf den Weg zurück nach Bittersweet. Ich wusste nicht, ob ich mitkommen sollte – nur eine Woche zuvor hätte ich das auf jeden Fall getan –, aber Lu sah mich mit einem schnellen Blick an, der besagte: Jetzt zeig halt mal ein bisschen Rückgrat. Und so blieb ich.

Die Jungs trafen ein. Arlo, Jeffrey und ein paar andere stürzten sich sofort ins Wasser, tauchten spritzend unter und kraulten hinaus zur zwanzig Meter entfernten Schwimminsel. Ich beobachtete Owen, der sein Handtuch sorgfältig neben den von den anderen achtlos hingeworfenen Sachen ausbreitete und dann über die Schulter hinweg in unsere Richtung schaute. Er blickte uns verstohlen an, als würde er ganz beiläufig die Felsen in der Gegend betrachten, aber ich sah genau, dass sein Blick an Lu hängen blieb, die derart in ihre Zeitschrift vertieft war, dass sie nichts davon mitbekam.

»Wie ist der mit dir verwandt?« Ich sah ihm hinterher, als er ins Wasser watete.

»Wer?«

»Owen.«

»Gar nicht«, sagte Lu, ohne den Blick von der Seite zu heben. »Er ist Arlos bester Freund von der Schule.«

Er kam also in Betracht. »Scheint nett zu sein.«

»Kann sein.«

»Hast du dich schon mal mit ihm unterhalten?«

»Ein- oder zweimal.«

»Lu«, sagte ich scharf. »Ich glaube, du gefällst ihm.«

Das interessierte sie dann doch. Sie setzte sich auf. Sah ihm zu, wie er gemächlich zum Ponton schwamm, von dem Arlo und Jeffrey sprangen und nach ihm riefen. »Er ist siebzehn«, flüsterte Lu andächtig.

»Süß ist er auch.« Er war jemand, in den ich mich als Schulmädchen sofort verknallt hätte – zurückhaltend, mager und braun gebrannt. Jemand, der keinen einzigen Blick auf mich verschwendet hätte. Er sah sehr gut aus, aber anders als die reinrassigen Winslows: Seine Vorfahren waren bestimmt Arbeiter, genau wie meine.

Lu hielt sich wieder die Zeitschrift vors Gesicht. Aber an ihren leuchtenden Wangen konnte ich ablesen, dass ihr der Gedanke nicht unangenehm war, Owen könnte sich für sie interessieren.

Die vielen Nachmittage, die ich in jenem Sommer auf dem Badefelsen verbrachte, sind mir noch lange in Erinnerung geblieben; die schöne Erinnerung hatte etwas mit dem beruhigenden Gefühl zu tun, dass sich dort nie etwas veränderte, und dem Glauben, dass es auch immer so bleiben würde. Je länger der Nachmittag wurde, desto mehr Winslows kamen die Treppe herunter und riefen einander fröhlich zu. Ich fing an zu verstehen, dass es nicht so sehr um Verwandtschaft, sondern um das Vertrautsein miteinander ging. Ein Winslow zu sein, hieß, auf den Felsen zu sitzen und die Welt an sich vorbeiziehen zu lassen.

Die Winslows liebten Boote: hölzerne Kanadier, Ruderboote, Skiffs, Schlauchboote, Kajaks. Wenn die Kleinen wieder wach waren, fuhr jemand – ein Onkel, ein Cousin – mit ein paar Kindern auf dem Sunfish hinaus und brachte ihnen das Segeln bei. Birch war Besitzer eines Chris-Crafts, eines hölzernen Motorboots mit Teakholzdeck aus den Dreißigerjahren. Jeden Winter musste das gesamte Boot abgezogen und neu lackiert, der Chrom poliert werden, damit es wieder wie neu glänzte. Nachmittags erfreute er die Jugendlichen gern damit, sie auf Wasserskiern hinter sich her zu ziehen, und einer nach dem anderen sauste in großen Bögen an uns vorbei.

Fast genauso wichtig wie das Bootsfahren selbst war den Winslows das Sprechen darüber: was für einen Krach die Boston Whalers machten, was für eine fürchterliche Lärmbelästigung Jet Skis darstellten und wie unglaublich laut die neureichen Frankokanadier auf ihren viel zu nahe liegenden Yachten waren. Jedermann im Clan bewunderte den schlanken Rumpf einer Friendship Sloop und die leuchtenden Primärfarben der Spinnaker, wenn die Segelboote donnerstagabends bei der Regatta vom Yachthafen kommend an den Felsen vorbeisegelten.

Und dann war da der ständige Wirbel um die Hunde: Wer sich in Rehlosung gewälzt hatte, wer beim Spaziergang ausgebüxt und wer ein feiner Kerl war, wen man mit den Kindern allein lassen durfte, wer zurück ins Haus gebracht werden sollte. Über dem gesamten Felsen – im Grunde sogar über ganz Winloch – hing ständig der Geruch nasser, im Wasser herumspringender Hunde – nie hätte ich mir vorstellen können, dass ich diesen Geruch erträglich finden könnte, aber im Laufe des Sommers lernte ich ihn sogar lieben.

Und schließlich waren da noch Winlochs zehn oder zwölf Engelchen: Gießkannen schwenkend, die Zehen ins Wasser haltend hockten sie am Strand. Die Jüngsten waren nackt, die ältesten trugen Badeanzüge, die Fünf- und Sechsjährigen Schwimmflügel oder Schwimmwesten, damit die Mütter ein bisschen entspannt plaudern und ihre Aluminium-Klappstühle so lange über das Gestein ziehen konnten, bis sie eine ebene Stelle zum Sitzen gefunden hatten. Der Nachwuchs trug Hütchen über den mit Sunblocker dick eingeschmierten Körpern und wurde hin und wieder in nicht mehr ganz trockene Handtücher verpackt, die schon bald unweigerlich schmutzig braun über den Boden schleiften. Wenn ich beobachtete, mit wie viel Begeisterung Lu mit den Kleinen unten am Wasser spielte, wurde mir klar, dass sie vor sehr Kurzem noch dazugehört hatte. Sie war nur einen Kopf größer als das älteste Kind, würde aber nie mehr eins von ihnen sein. Zugleich war es nicht schwer, sie sich nur wenige Jahre zuvor am Strand tobend vorzustellen.

Wenn der Nachmittag allmählich dem Abend wich, riefen die wachsamen Mütter ihre Engel nach Hause, und eine Cocktailatmosphäre senkte sich über den Felsen, auf dem es nach Bourbon, Sauvignon Blanc und Camembert zu duften begann, ein loses Glücksgefühl breitete sich kurzzeitig aus, das unweigerlich und immer zu früh mit den lästigen Abendritualen von Essen, Duschen, Schlafen sein Ende fand.

Wenn das Licht zu schwinden begann, rafften Lu und ich unsere Habseligkeiten zusammen und trotteten zum Speisesaal, wo Indo und ihre Hunde sämtliche Mahlzeiten einnahmen. Tagsüber schauten die Jugendlichen dort auf ein zweites Mittagessen vorbei, und man traf meist auch ein paar der anderen Verwandten – ein Kind, das später vom Mittagsschlaf aufgewacht war, in Begleitung, ein ältlicher Onkel, der Winloch nur ein paar Tage lang besuchte. Doch abends, wenn nur eine Handvoll Esser versammelt war, beschlich mich immer ein leichtes Gefühl der Traurigkeit angesichts der riesengroßen Saals, der zur Speisung von hundert Winslows gebaut worden war; jetzt hallten unsere Gespräche von den leeren Wänden.

»Alle haben heutzutage ihre eigene Küche«, klagte Indo eines nebligen Juniabends. Es war spät und wir wärmten uns an unseren

Teetassen. »Früher war der Speisesaal Winlochs Herzstück.« Indo unterhielt uns mit Erinnerungen an allabendliche Gelage für Hundert, der Talentschau am Freitagabend, den heimlichen Romanzen mit der Bedienung. Zwei Tische weiter weg diskutierten Arlo, Jeffrey und Owen, ob es möglich war, ein Motorboot kurzzuschließen. Owen warf wiederholt einen Blick in unsere Richtung, der an Lu hängen blieb. »Meine Mutter war Deutsche«, erzählte Indo weiter, »da musste es natürlich Abende wie im Hofbräuhaus geben, mit Wiener Schnitzel, alle Kellner trugen Lederhosen, und ich sag's euch, so eine Lederhose in der Hitze des Gefechts aufzukriegen, ist gar nicht so einfach!«

Ich wäre viel lieber einen Augenblick mit Lu allein gewesen – hatte sie ein Wort mit Owen gewechselt, seit wir ihn auf den Felsen bemerkt hatten? –, aber sie wurde zum Essen im kleinen Familienkreis nach Trillium abkommandiert.

»Lass uns ein wenig in deine Richtung spazieren«, drängte Indo, sobald Lu weg war. »Fritz hat heute noch nicht genug Auslauf gehabt.« Wir schlichen im Dackeltempo Bittersweet entgegen. »Und?«, fragte sie. »Hast du nochmal über mein Angebot nachgedacht?«

»Welches Angebot?« Ich tat unwissend, falls sie es anders in Erinnerung haben sollte als ich.

»Mein Haus natürlich. Die Chance, es zu erben …«

»Natürlich habe ich darüber nachgedacht«, unterbrach ich sie, erleichtert, dass ich endlich ein paar Fragen loswerden konnte, »aber ich verstehe das einfach nicht. Warum willst du mir dein Haus schenken? Es ist dein Haus. Darfst du das denn überhaupt? In der Satzung ist doch bestimmt geregelt, dass man sein Haus nicht einfach an irgendeinen Fremden verschenken darf? Außerdem habe ich deinen Ordner noch gar nicht gefunden und …«

»Ruhig Blut, Kind, nun lass mal die Kirche im Dorf!« Indo schmunzelte über meine Fragen. »Eins nach dem anderen.« Sie blieb stehen und blickte den Weg entlang, als halte sie Ausschau nach Lauschern. Als sie sich versichert hatte, dass wir allein waren, legte sie beide Hände schwer auf meine Schultern und sah mir in die Augen. »Ich brauche nicht nur den Ordner. Ich brauche alles, was es an handfesten Beweisen für zwielichtige Machenschaften gibt.«

Als ob ich mir darunter etwas vorstellen könnte. »Aber woher soll ich denn wissen –«

Sie hielt einen Finger mahnend hoch. »Ich sage ja nicht, dass es morgen sein muss.«

»Ja, aber ›zwielichtige Machenschaften‹? Was soll das denn heißen? Und ›handfeste Beweise‹? Ich weiß nicht, was –«

In diesem Augenblick kam Ev um die Kurve gestürmt. Indo nahm augenblicklich die Hände von meinen Schultern, und mir wurde klar, dass meine Recherchen ein Geheimnis bleiben sollten.

»Ich habe schon überall nach dir gesucht!« Ev schlang die Arme um mich, als sei ich diejenige, die sie die ganze Woche über ignoriert hätte. »Wir stechen morgen in See, und du musst mitkommen.«

»Stechen in See?!«

»Auf einem Segelboot.«

Mein früheres Ich wäre bei dem Gedanken, zum ersten Mal im Leben segeln zu gehen, in Panik ausgebrochen, aber Ev schien mich zu brauchen. Aber ich hatte mich schon am Nachmittag mit Lu zum Schwimmen verabredet. »Lu kann auch mitkommen, oder?« Ich überstrapazierte mein Glück ein wenig, weil ich Lu gern verkuppeln wollte. »Und die Jungs auch?«

Ev wirkte genervt.

»Wie viele Leute sind denn dabei?« Ich ließ noch nicht locker. »Wie groß ist das Boot? Ich will nicht, dass sie sich ausgeschlossen fühlt.«

»Wir könnten noch ein paar Fockaffen gebrauchen«, gab Ev widerstrebend zu.

Indo war ein paar Schritte weitergegangen und sammelte Kletten aus Fritzens Fell.

»Sorry, Indo«, sagte Ev herablassend, »der Ausflug ist nur was für junge Leute.«

Der verletzte Ausdruck, der in Indos Augen aufflackerte, war mir so vertraut, dass ich am liebsten direkt wieder aus der Sache ausgestiegen wäre.

KAPITEL SIEBZEHN

Der Segeltörn

Doch stattdessen stand ich am nächsten Morgen putzmunter auf Winlochs schwankendem Anleger, auf der einen Seite Ev, auf der anderen Lu und die Jungs, und hielt Ausschau nach dem weißen Segel und Spinnaker, mit dem sich unser Gefährt ankündigen würde. Auf den Wellen ritten Schaumkronen. Ich fröstelte in der vom Wasser kommenden steifen Brise. Ich war schon im Morgengrauen aufgestanden, lange vor Ev und Lu (die, leichtgewichtig wie sie war, problemlos auf unserem durchhängenden Sofa geschlafen hatte), und hatte stolz unser Picknick zubereitet: Sandwiches mit Hühnersalat darauf.

»Mensch, was glaubst du, warum wir auf diesen Segeltörn gehen?«, frotzelte Ev, als sie mit zwanzigminütiger Verspätung aus dem Bad auftauchte und wir eigentlich längst auf dem Anleger hätten sein müssen.

Ich runzelte verständnislos die Stirn.

»Wir fahren zum Mittagessen«, kicherte sie und zog mich in einer Umarmung an sich. »Immer so vernünftig, Frau Dagmar.« Ich hörte den Spott in ihrer Stimme, bemühte mich aber mitzulachen, weil wir nun endlich einmal den Tag zusammen verbringen würden.

Ich hatte noch nie den Fuß auf ein Segelboot gesetzt und war überzeugt, dass ich etwas Katastrophales anstellen und uns zum Kentern bringen würde. Lu schmiegte sich auf dem Anleger wie ein Schmusekätzchen an mich. »Mach dir keine Sorgen, die Jungs werden uns sowieso nicht an die Pinne lassen«, sagte sie. Arlo und Jeffrey warfen Stöckchen ins Wasser, während Owen schweigend neben ihr saß. Soweit ich wusste, hatten die zwei nach wie vor kein Wort miteinander gewechselt, aber andererseits war Lu ja auch erst vierzehn, und ich hatte es in dem Alter auch nicht besser gemacht.

»Da sind sie!«, rief Ev und winkte einem weißen Punkt am Horizont zu. Ich hatte nach wie vor keinen blassen Schimmer, wer uns zum Segeln eingeladen hatte. Als aus dem Punkt langsam ein Boot wurde, waren zwei Männer an Deck zu sehen, der eine groß und breitschultrig, der andere untersetzt und bärtig, die ich nicht erkannte.

Ich hielt den Blick auf das näherkommende Segelboot gerichtet, während Lu mir erklärte, was die Männer an Bord machten. »Sie kommen auf einem Vorwindkurs an, sie werden aber noch eine Wende fahren, und dazu muss der Spinnaker eingeholt werden.« Ich meinte zu verstehen, was sie damit sagen wollte: Das Boot kam von weit weg in gerader Linie auf uns zugesegelt, aber in dem Winkel, in dem sie jetzt fuhren, würden sie niemals hier am Anleger ankommen, weswegen sie eine abrupte Kurve machen würden – wenden – und vorher das große weiße Ballonding vorn am Boot herunternehmen. »Siehst du?« Sie zeigte auf eine der Gestalten, die jetzt nach vorn sprang. »Er klettert gerade aufs Vordeck. Da kommt der Spinnaker herunter« – die Gestalt raffte das große, weiße, sich majestätisch blähende Segel zusammen, während das Boot im gleichen Augenblick eine Wende in unsere Richtung machte –, »da, schau mal, er zieht es mit einem Arm herunter, und mit der anderen Hand macht er das Fall oben an der Fock fest.« Ich vermutete, mit »Fock« war das kleinere Segel gemeint, das jetzt an dem Tau befestigt wurde, wo vorher der Spinnaker gehangen hatte. »Sie werden ganz schön krangen, wenn sie gleich die Wende machen.« Bevor ich nachfragen konnte, was krängen wohl bedeuten mochte, verstand ich es schon: Sobald die Fock hochgezogen und festgemacht war, ging das Boot mit einem Mal in eine dramatische Schräglage. Ich schrie auf. »Es kentert nicht«, beruhigte Lu mich.

Ungefähr fünfzig Meter vom Landungssteg entfernt machte das Boot eine weitere Wende und kam dann schnell auf uns zu. Die Segel knatterten laut, als sie auf die andere Seite herumgerissen wurden. Ich sprang zurück, als das Boot auf uns zuschoss. Wie bei einer Choreografie ließen die Männer die Leinen in ihren Händen los

(»Auf dem Boot nennt man die Dinger Schoten«, schrie Lu), die Segel flatterten wie wild, während das Boot parallel zum Anleger auf uns zu glitt, Ev und Arlo nach dem Tau vorn am Boot fassten und ich an Bord gezogen wurde.

Ich kauerte mich mit den Händen überm Kopf zusammen, um mich vor dem erschreckenden Segelflattern und dem Gebrüll um mich herum zu verstecken, bis sämtliche Schoten um mich herum dichtgeholt worden waren. Augenblicklich beruhigten sich die Stoffbahnen über uns. Wir legten in einem erschreckenden Tempo ab; als ich es wagte, den Kopf zu heben, waren wir schon mehr als zwanzig Meter vom Anleger entfernt. Ich konnte nicht glauben, dass alle so gelassen blieben.

»Das hast du ganz bald raus«, tröstete Lu mich, aber ich schwor mir jetzt schon, dass ich so schnell keinen Fuß mehr auf ein Segelboot setzen würde.

Schließlich ließ ich mich von Ev zu einem Ausflug nach hinten zum Steuerrad überreden, wo die beiden Segler standen. Als ich einen Blick nach unten wagte, sah es aus, als würden wir mit hundert Sachen durchs Wasser pflügen. Ev zerrte mich richtiggehend zu den Männern hin, und mir wurde klar, dass sie das die ganze Zeit geplant hatte.

Die beiden waren erwachsen. Der eine, Eric, war groß, blond und attraktiv, und, von der Art, wie Ev ihn ansah, offensichtlich für sie bestimmt. Der andere hieß Murray. Er war grobschlächtig, hatte ein rotes Gesicht und den Kragen seines Polohemds in seinem haarigen Nacken hochgeklappt. Er trug die alberne Gesichtsbehaarung von jemandem, der Wochen braucht, um sich einen Bart wachsen zu lassen – kratzig und zottelig. Befriedigt, dass sie einen Mann für mich organisiert hatte, fing Ev an, mit Eric herumzuknutschen.

»Bist du von hier aus der Gegend, May?«, fragte Murray, als er mir ein Glas Sekt in die Hand drückte.

Ich schüttelte den Kopf und hielt Ausschau nach Lu, die saß aber bereits am Bug Seite an Seite mit Owen, wo sie schweigend in die Zukunft blickten. Mich überkam der egoistische Wunsch, ich hätte ihn nicht mit eingeladen.

»Eine echte Schönheit«, verkündete Murray. Erst dachte ich, dass er Lu meinte, aber er klopfte an die Bootswand. »Erics Dad hat sie damals, dreiundsiebzig, gekauft, aber das sieht man ihr wirklich nicht an. Wunderbar gepflegt, die Schöne, wirklich tipptopp in Schuss.« Er zeigte auf die aus Holz gearbeiteten Details. »Guck dir nur diese Verzierungen da an.« Ich beobachtete die Bewegungen seiner dicken rosa Lippen, während er weiterquasselte, wodurch ich erfuhr, dass er und Eric Söhne wichtiger Burlingtoner Familien waren. »Aber natürlich nicht wie die Winslows«, erklärte er voller Bewunderung. Ganz offensichtlich vergötterte er den tollen Eric, der aussah wie ein Zeichentrickheld aus einem Disneyfilm. Armer Murray, dachte ich, während ich an meinem Sekt nippte und zusah, wie Eric ihn ans Steuerruder winkte, damit er mit Ev unter Deck verschwinden konnte.

»Ich glaube, sie haben sich heimlich getroffen«, murmelte ich, als ich an das Aufheulen des unbekannten Motors in der Nacht dachte. Die Kajütentür schloss sich hinter Ev.

»Würde mich nicht überraschen.« Murray rülpste und zwinkerte mir zu. »Eric weiß, wie man die Puppen tanzen lässt.«

Die Minuten zogen sich wie Kaugummi, während Murray mit der Columbia Business School angab und ich einen Essensrest anstarrte, der in seinem Schnurrbärtchen hängengeblieben war (nach langen Überlegungen gelangte ich zum Ergebnis, dass es weichgekochtes Ei sein musste). Lu kam mit einer Flasche Bier in der Hand vorbei.

»Was, du trinkst Bier?« Ich klang wie eine Oberlehrerin. Über ihre Schulter hinweg sah ich den wartenden Owen.

Sie nahm einen kräftigen Schluck aus der Flasche und prostete mir zwinkernd zu. »Ist in Ordnung.« Nachdem sie mich wieder stehen gelassen hatte, konnte ich nur noch an Ev denken, die direkt unter meinen Füßen Gott weiß was mit Mr. Disney trieb. So musste man sich fühlen, wenn man seekrank war.

»Land in Sicht!«, schrie Murray, als das Ufer vor uns größer wurde. Die Jungs nahmen seine Befehle entgegen, bis dann auch Eric, sehr mit sich zufrieden wirkend, wieder an Deck erschien. Ev tauchte ein paar Minuten später mit zerzausten Haaren auf und rieb sich die Nase. »Du siehst heute so süß aus!«, quietschte sie aufgedreht und grabschte nach meiner Hand.

Ich wollte nur weg von ihr, zum ersten Mal seit langem, so weit weg wie möglich.

Wir gingen von Bord. Lu hakte sich bei mir unter. Ich war dankbar für die nette Geste. »Und?«, flüsterte ich so munter wie möglich, weil ich niemandem die Laune verderben wollte. Vor uns jagten Owen, Murray und die Teenager dem Mittagessen entgegen, während Ev und Eric noch auf dem Schiff waren.

»Er hat meine Hand gehalten«, vertraute Lu mir an. Ich nahm ihre zitternden Finger und drückte sie beruhigend – als ob ich schon mal jemanden geküsst hätte.

Am Pool des Mansfield Clubs saß eine Handvoll untersetzter Golfer und süffelte Whiskey – Murray in fünfundzwanzig Jahren. Wir waren mit Abstand die Jüngsten im Club und fielen auf wie bunte Hunde – am meisten natürlich dadurch, dass drei von uns Mädchen waren. Eric kam unter das Sonnendach stolziert, als sei er der Chef des ganzen Ladens, bestellte an der Terrassentheke eine Runde Cola für alle, die er dann für sich und Ev mit Rum aus einem Flachmann aufbesserte. Wir ließen uns am türkisblauen Pool nieder.

»Und, jetzt zufrieden, Baby?«, fragte Eric Ev. Mir prahlte er vor: »Sie hat ständig von dem Schuppen hier geredet, und da mein Vater Mitglied ist …«

»Ich nehme den Caesar Salad«, verkündete Ev. Sie hatte einen ziemlich irren Blick. Ich hatte sie schon auf Drogen gesehen, aber nie mitten am Tag. Ihr Anblick erinnerte mich an einen Verkehrsunfall auf der I-5, an dem ich mal vorbeigefahren war: grauenhaft und unwiderstehlich zugleich. Ich schlug Lu vor, einen Spaziergang zu machen, aber ihr schien Evs Zustand nicht das Geringste auszumachen – entweder war sie so unschuldig, dass sie wirklich nichts bemerkte, oder sie war derart an Drogen gewöhnt, dass sie es nicht weiter schlimm fand.

»Warum ist es so leer hier?«, fragte ich.

»Am Wochenende ist der Laden rappelvoll«, tönte Eric. »Freitagnachmittags haben nur Erwachsene Zutritt.« Er zeigte auf Ev. »Zum Glück haben wir unser Sahneschnittchen hier dabei, sonst hätten die euch Kids nie reingelassen.«

Ev kicherte und vergrub das Gesicht an seinem Hals.

»Dann könnte den Erwachsenen ja auch ein bisschen mehr geboten werden. Die sollen mal ein paar Stripperinnen hier reinschaffen, was, Jungs?« Murray hielt die Hand hoch für High Fives mit den Jungs, die laut lachten. Owen nicht. Der Junge gefiel mir.

»Ich nehme den Burger«, sagte ich im Aufstehen. »Mit Käsefritten.« Ev zuckte nicht mit der Wimper, als sie meine Kalorienbombe von einer Bestellung hörte.

Im Clubhaus war es düster, überall lag Teppichboden. Ich hatte mir Adirondack-Schick vorgestellt, aber im Texas der Siebziger hätte der Laden nicht wesentlich anders ausgesehen. Ich ging einen langen Flur entlang auf eine Doppeltür zu, hinter der sich Eingangsbereich und Toiletten befanden, wie mir der Kellner mitgeteilt hatte; ich fragte mich, ob Evs Badelatschen, in die ich heute Morgen geschlüpft war, dem Dresscode entsprachen. Ein Hilfskellner stieß die Tür auf und kam direkt auf mich zu. Er balancierte ein mit Schmutzgeschirr beladenes Tablett auf der Schulter, und ich wäre beinah an ihm vorbeigegangen, ohne ihm ins Gesicht zu schauen, doch dann blickte ich hoch.

»John?«, rief ich und blieb wie angewurzelt stehen, so freudig überrascht war ich, ihn zu sehen.

Mit schreckensstarrem Gesicht erkannte er mich. »Was machst du denn hier?«, wollte er wissen. Mir wurde klar, dass ich ihn bisher immer nur seelenruhig erlebt hatte.

»Wir … wir sind rübergesegelt«, stammelte ich, während John den Blick durch den Flur wandern ließ.

»Du darfst niemandem sagen, dass du mich gesehen hast«, sagte er.

»Okay.«

»Wenn die Winslows rausfinden, dass ich hier arbeite … das wäre die totale Katastrophe.«

»Schon kapiert.« Ich schlappte weiter durch den Flur Richtung Eingang. Ich merkte, wie er mir hinterhersah. An der Schwingtür drehte ich mich zu ihm um. »Ev ist mit Eric hier, falls du's wissen willst.«

Unwillkürlich biss er die Zähne zusammen. Es stimmte also: Er liebte sie.

Ich dachte daran, wie sehnsüchtig sie an dem Abend über ihn gesprochen hatte, als sie meine Collage betrachtet hatte. Liebe war stärker als alle Mächte, die sie auseinanderbringen wollten – wenn die zwei das nicht selbst kapierten, dann musste ihnen wohl jemand auf die Sprünge helfen. »Du solltest um sie kämpfen«, hörte ich mich selbst sagen. »Sie hat was Besseres verdient als diesen Typen.«

Beschämt senkte er den Blick, als sei er ein kleiner Junge. Er nickte, drehte sich um und eilte dann mit seinem Tablett voll klappernden Geschirrs den Gang entlang.

KAPITEL ACHTZEHN

Die Rettung

Nachdem wir stundenlang frierend um den windgepeitschten Pool herumgesessen hatten, segelten wir auf einem Südwind zurück. Auf dem Heimweg beobachtete ich Owen und Lu. Etwas war zwischen ihnen passiert; sie berührten einander zwar nicht, gehörten aber ganz offensichtlich einem gemeinsamen Orbit an: zwei Magneten, die nicht mehr voneinander zu trennen waren. Ein wenig Stolz erfüllte mich, wie gut ich im Verkuppeln war, doch dann gingen wir in einiger Entfernung zu Winloch vor Anker, und Eric köpfte die nächste Flasche Sekt.

»Kinderstunde ist vorbei, Leute«, verkündete Ev und zeigte aufs Wasser. Ich erwartete, dass Lu protestieren würde, aber sie zog T-Shirt und Shorts aus, unter denen ein noch feuchter Bikini zum Vorschein kam, und machte einen Kopfsprung in den See. Owen sah ihr mit unverhohlener Bewunderung nach und sprang voll bekleidet hinterher. Arlo und Jeffrey ließen sich ebenfalls nicht lang bitten und rührten mit ihrem spritzenden Gelärme das Wasser auf, das Lu mit langen, eleganten Schwimmzügen auf dem Weg nach Hause durchmaß.

»Ganz schon weit bis zum Ufer.« Murray sah mich mit einer übermütig hochgezogenen Augenbraue an. Das wusste ich natürlich nur zu gut; ich hatte mir bereits ausgerechnet, dass ich diesem Boot nur entkommen konnte, wenn ich mir eine Schwimmweste klaute und mich damit ins Wasser stürzte. Doch selbst wenn ich hätte flüchten können: Ich würde Ev nicht allein zurücklassen.

»Party!«, johlte sie und reckte die Faust in die Luft, bis Eric sie mit einem züngelnden Kuss zum Schweigen brachte. Sie legte ihm die Arme um den Hals und erwiderte den Kuss, ein solches Gesabbere, dass sich mir der Magen umdrehte.

Murray beugte sich mir entgegen.

»Äh, nein danke«, sagte ich so höflich wie möglich. Er nahm beide Hände hoch, machte einen Schritt zurück, ging zum Heck und baute sich da einen fetten Joint. Ich konnte den Abend also entweder damit verbringen, mir Murray vom Leib zu halten oder Anstandswauwau des sich windenden Doppelwesens Eric und Ev zu spielen. In der Ferne sah ich, wie Lu und die Jungs sich hoch auf die Schwimminsel zogen. Der Himmel bezog sich, es wurde allmählich dunkel.

Ich rückte Ev auf die Pelle, bis sie endlich zu mir aufblickte.

»Darf ich sie mal kurz ausleihen?«, fragte ich Eric mit gespielter Fröhlichkeit. »Geht um was für Mädchen.«

Er ließ sie mit denselben erhobenen Händen los, mit denen auch Murray auf meine Abfuhr reagiert hatte, eine Da-bitte-da-hast-du-sie-du-verrücktes-Weibsstück-Geste, die mich fuchsteufelswild machte; aber immerhin hatte ich erreicht, was ich wollte. Eric gesellte sich zu Murray am Heck und zog an seinem Joint.

»Was?«, fragte Ev herausfordernd.

»Findest du nicht, dass wir zurückfahren sollten?«

Sie verdrehte die Augen. »Mensch, sei nicht kindisch, Mabel. Amüsier dich endlich mal.«

Ich warf einen Blick nach hinten zu Murray. »Mit so was kann ich mich nicht amüsieren.«

»Ich schon«, lallte sie und schwankte. Sie versuchte, Eric zuzuwinken, vergaß aber mittendrin, was sie mit ihrer Hand vorgehabt hatte. Sie war wesentlich zugedröhnter, als ich gedacht hatte.

»Was hast du genommen?«, fragte ich. Sie streckte mir zur Antwort die Zunge heraus.

»Okay. Wir bitten sie jetzt einfach, dass sie uns an Land bringen«, redete ich auf sie ein, »und dann essen wir was Schönes und …«

Sie hechtete an mir vorbei, fiel, schaffte es irgendwie, sich wieder aufzurappeln und torkelte auf Eric zu. Wie ein echter Disneyheld eilte er zu ihrer Rettung, und diesmal hielt sie sich mit aller Macht an ihm fest, umklammerte seine muskulöse Brust und lächelte zu ihm hoch. Er strich ihr die Haare aus dem Gesicht, fasste nach ihrem Handgelenk und zog sie zur Kajütentür. Ich eilte ebenfalls darauf zu, um mich ihnen in den Weg zu stellen, aber Eric drängte sich einfach an mir vorbei.

»Wir waren nur im Club, um John eifersüchtig zu machen«, sagte ich.

Evs Augen blitzten auf, ganz kurz schien sie wieder zu Sinnen zu kommen. Aber die Worte kamen ihr nur schwer über die Lippen. »Ich hab keine Ahnung, wovon du redest.«

»Ev.« Ich versuchte, sie am Arm festzuhalten.

»He, was soll das? Bist du lesbisch oder was?«, fauchte sie mich an und verschwand unter Deck.

Verletzt und sprachlos sah ich ihr hinterher, und im nächsten Augenblick legte sich eine Hand wie ein Schraubstock auf meine Schulter, die zweite umfasste meine Taille. »Hey hey hey«, flüsterte Murray mir von hinten ins Ohr, »endlich sind wir mal allein.« Ich versuchte mich zu befreien, konnte aber nirgendwohin; er drückte mich von hinten gegen die Kajütentür.

»Ev«, rief ich, aber Murrays kräftige Hand legte sich von der Schulter auf meinen Mund und drückte mir die Luft ab. Ich versuchte, ihn zu treten, mich irgendwie loszumachen, war aber zwischen ihm und der geschlossenen Tür hilflos eingeklemmt. Sein Atem roch scheußlich nach Lakritz und Marihuana, und ich spürte seine Erektion, die sich wie ein ekliges Nagetier durch die Kleidung in mein Bein bohrte; er summte mir grummelnd ins Ohr, während er sich an mir rieb.

»Murray.« Die Stimme klang bekannt und kam von hinter uns.

Augenblicklich ließ Murray die Hände sinken und ließ mich lachend frei, wie ein kleiner Junge, der gerade auf frischer Tat ertappt worden ist. Nach Luft und Freiheit gierend drehte ich mich um und sah Galway vor mir stehen. Langsam kam er über das Bootsdeck auf uns zu. Ich fragte mich, ob er die ganze Zeit als blinder Passagier an Bord gewesen war. »Wie ich höre, soll hier bei euch ne kleine Party steigen«, sagte er drohend.

»Wir amüsieren uns, stimmt's?« Murray glaubte allen Ernstes, ich würde ihm beipflichten.

Galway hielt mir die Hand hin. Erst als ich sie nahm, merkte ich, wie ich zitterte. »So«, sagte er zu Murray, »du gehst jetzt nach unten und holst Ev da raus.«

Murray schob die Hände in die Taschen und sah zu Boden. Für den Bruchteil einer Sekunde tat er mir richtig leid. Bis ich wieder daran dachte, wie er sich von hinten gegen mich gedrückt hatte.

»Geh runter und hol sie«, befahl Galway. Sein Lächeln war verschwunden. »Sonst erzähle ich deiner Mutter, wer das Familienvermögen wirklich durchgebracht hat.«

Murray keuchte und verschwand in der Kajüte. Sobald er weg war, wandte Galway sich mir zu. »Hat er dir weh getan? Hat er dir irgendetwas getan?«

Ich konnte nichts sagen. Galway zeigte aufs Heck. »Da hinten ist mein Ruderboot angebunden. Glaubst du, dass du allein hineinklettern kannst, während ich auf Ev warte?«

Ich nickte schwach. Kletterte über das Geländer am Heck der Yacht, stieg die Badeleiter hinunter und ins Beiboot.

»Murray?«, hörte ich ihn mit autoritärer Stimme sagen. Dann ertönte urplötzlich Geschrei, als Ev Murray und Galway verfluchend aus der Kajüte gestürzt kam, sie als Arschlöcher und Schlimmeres beschimpfte, und kaum dass ich's mich versah, zerrte Galway sie hinunter zum Ruderboot, bis wir die Leine losmachten und wunderbarerweise frei waren. Hinter uns war das metallische Klirren der Ankerkette zu hören, die hochgezogen wurde, der stotternd anspringende Motor der Yacht, während wir zurück zum Ufer ruderten – Ev vor Wut schnaubend, ich zitternd, Galway stark und schweigend.

KAPITEL NEUNZEHN

Die Entdeckung

Kurz nach Sonnenaufgang tauchte ich zornerfüllt und klaren Kopfes aus dem noch stillen Schlafzimmer auf. Ev lag wie hingegossen in derselben Haltung da, in der sie einige Stunden zuvor umgefallen war, aber mich hatten altvertraute Alpträume viel zu früh geweckt – das fürchterliche Tosen des eisigen Flusses, die ins Nichts greifende Hand. Gegen die Bilder in meinem Kopf ankämpfend knallte ich den Kessel auf den Herd und verfluchte die Zündflamme, bis der Herd endlich anging. Trat wutentbrannt gegen den Küchenschrank, als sich keine Frühstücksflocken darin finden ließen.

Hinter mir waren Schritte zu hören, und ich nahm all meine Kraft für die Dinge zusammen, die ich Ev an den Kopf werfen wollte. Wie bescheuert sie war und wie unglaublich egoistisch. Vielleicht würde ich sogar das Wort Schlampe in den Mund nehmen.

»Alles okay?«

Ich drehte mich um und sah den völlig verschlafenen Galway, der mit wirrem Haar und übernächtigtem Blick, den Couchüberwurf um die Schultern geschlungen, vor mir stand. »Du hast hier geschlafen?«, fragte ich fassungslos. Ich klang nicht gerade freundlich.

Er rieb sich die Augen. Nickte. Allein bei der Vorstellung, dass jemand, der mehr wog als die elfenhafte Lu, die ganze Nacht auf der durchhängenden, gammligen Rattancouch verbracht hatte, tat mir schon der Rücken weh. Ich drehte mich wieder zum Küchenschrank um. Wir mussten doch Brot, Haferflocken, irgendwas haben.

»Musst du nicht zur Arbeit?«, fragte ich ihn ungehalten und knallte die Metalltüren zu, als diese Schränke auch nichts Essbares zutage förderten.

Ich merkte, dass er mich beobachtete. »Heute ist Samstag.«
Wir hatten definitiv nichts im Haus. Schließlich drehte ich mich um und sah ihn an.

»Hat er dir etwas getan?«, fragte Galway drohend. Der Zorn in seiner Stimme überraschte mich. Ich wusste nicht mehr, wann jemand das letzte Mal meinetwegen zornig geworden war. Ich schüttelte den Kopf, rieb mir aber dabei das Handgelenk und merkte, wie mir die Tränen in die Augen traten. Ich beschwor mich, nicht loszuheulen.

»Ganz sicher?«, fragte er und kam einen Schritt auf mich zu.
Ich horchte in mich hinein, wie sich meine Muskeln, Haut, alles wirklich anfühlte. Ich hatte Glück gehabt, dachte ich; ob es mir nun gefiel oder nicht: Galway war mein Retter gewesen. »Es war schrecklich«, gab ich zu. »Aber mir ist nichts passiert.«

»Als wir Kinder waren, ist Murray oft nach Winloch rübergekommen. Er wollte immer, dass wir zusammen Frösche umbringen. Einmal sogar ein Kaninchen.«

»Was Jungs halt so machen«, entgegnete ich.
Galway schüttelte den Kopf. »Die sind krank, diese Typen.«
Der Wasserkessel pfiff. Ich nahm ihn vom Gas, klappte die Tülle auf und brachte ihn zum Schweigen. Ja, ich hatte Ev aufwecken wollen, aber jetzt wollte ich lieber, dass sie den ganzen Tag verschlief. Ich hatte keine Lust auf ihren Kater, ihre bescheuerte Dreiecksbeziehung und noch weniger auf die hilflose Wut, die die ganze Nacht in mir gekocht hatte und nun mit einem bitteren Nachgeschmack ganz allmählich verpuffte.

In diesem Augenblick ertönte Vogelgesang aus dem Wald. Galway und ich rührten uns nicht, sondern lauschten der Melodie, die noch viermal erklang. Das beglückende Zwitschern erinnerte mich wieder an all das Schöne in Winloch, das Lu mir so begeistert geschildert hatte. Sonnenaufgang. Die Walddrossel.

Galway lächelte mich vorsichtig, liebenswürdig an. »Hunger?«

Mascha briet uns Omeletts, Bratkartoffeln und dicke Speckscheiben. Der salzig-fettige Duft, der den leeren Speisesaal erfüllte, löste ungeahnte Glücksgefühle in mir aus. Mascha bereitete offensichtlich schon seit Galways Kindheit herzhafte Mahlzeiten für ihn zu. Die beiden waren völlig miteinander vertraut, wie eine Tante, die ihren Lieblingsneffen verwöhnt, wobei natürlich immer klar blieb, dass sie die Hausangestellte war und er ein Winslow. Galway forderte sie auf, die Füße kurz hochzulegen, als sie fertiggebrutzelt hatte. Sie zeigte uns Bilder ihrer pausbäckigen Enkel in New Jersey und erzählte ein paar peinliche Anekdoten aus Galways Kindheit. Ich merkte, wie ich auftaute, lachte, mir nachnahm und die Gedanken an den aufdringlichen Murray allmählich etwas verblassten.

Doch als ich alles aufgegessen und Mascha zum Zubereiten des Mittags-Chilis wieder in der Küche verschwunden war, wussten wir beide nichts mehr zu sagen, bis ich meinte: »Ich geh dann mal zurück.« Sofort befiel mich Verzweiflung angesichts des grauen Tags, der hinter der offenen Tür heraufzog, und konnte mir schon so richtig den einsamen Morgen auf der kalten Veranda von Bittersweet vorstellen, wo ich *Das verlorene Paradies* zu lesen versuchte, meiner Mutter mal wieder keinen Brief schrieb und darauf wartete, dass Ev aufwachte. Mit vollem Bauch konnte ich es auf einmal nicht mehr ertragen, was Galway von mir denken musste. Erst das, was er durch das Fenster hindurch in Bittersweet gesehen hatte, und jetzt das, wovor er mich auf der Yacht gerettet hatte. Er war ein guter Mensch, das war mir mittlerweile klar geworden, was den Gedanken, dass er mich bemitleidete, noch unerträglicher machte.

»Indo hat erzählt, du hättest Fortschritte mit den Unterlagen gemacht«, verkündete Galway überschwänglich. Entweder bekam er nichts von meinen Stimmungsschwankungen mit oder war willens, großzügig darüber hinwegzusehen.

»Kommt drauf an, wie man Fortschritt definiert.«

»Vor ein paar Jahren habe ich mich auch mal länger mit dem Archiv beschäftigt«, sagte er. »Ich muss zugeben, dass ich es perverserweise sogar ziemlich interessant fand.«

»Indos Ordner habe ich leider nicht entdeckt«, erwiderte ich kläglich, dachte daran, dass sie mir aufgetragen hatte, nach noch mehr zu suchen, und verfluchte mich dafür, dass ich diesem Auftrag so pflichteifrig nachkam. Es tat weh, dass Evs Familie mich in derselben Kategorie wie Mascha zu sehen schien – aber war das nicht genau die Rolle, die ich willig spielte? Indo brauchte nur »Allez hopp!« zu sagen, und schon sprang ich.

Andererseits war da natürlich Indos Versprechen, dass sie ihren Reichtum mit mir teilen würde; dass ich mir mit den Forschungen im Archiv die Chance erkaufen konnte, nächstes Jahr zurückzukommen. Außerdem wollte Galway mich nur auf andere Gedanken bringen, und der Konfrontation mit Ev konnte ich auch aus dem Weg gehen. Vielleicht hatte er ja sogar eine Vorstellung davon, womit sich Indos Wissensdurst stillen ließ. Wir stiegen die Treppe zum Dachboden hinauf. Selbst so früh am Morgen war es stickig dort oben; unter den Dachsparren hatte sich die Hitze eines ganzen Monats gestaut, und Galway schob die Fenster an beiden Enden des großen Raums ein Stückchen auf, damit Luft hereinkam. Er machte sich an die Arbeit, während ich mich im Hintergrund hielt. Mit konzentriertem Gesichtsausdruck ging er die von mir sortierten Papierstapel durch. Ich war es nicht gewöhnt, dass andere Leute ähnlich wissenshungrig waren wie ich und reagierte mit Argwohn: Die Art, wie er sich in die Unterlagen vertiefte, erinnerte mich derart so an mich selbst, dass ich einen paranoiden Augenblick lang glaubte, er mache sich über mich lustig.

»Esther«, sagte er voller Bewunderung und zog ein Stück Zeitungspapier aus dem Stoß heraus, auf dem ich alles aufgestapelt hatte, was ich aus der Generation seines Urgroßvaters finden konnte. »Ein echtes Schlachtross.« Grinsend las er den brüchigen, völlig vergilbten Zeitungsausschnitt in seiner Hand vor: »»Dr. Esther Winslow hielt vergangenen Donnerstag eine Ansprache vor der Gesellschaft für Wissenschaft und Medizin des Smith College. Gegenstand ihres Vortrags war die Hysterie und das weibliche Temperament: »Ich rate den anwesenden Damen, der irrigen Ansicht, das weibliche Gehirn sei in irgendeiner Weise dem des anderen Geschlechts unterlegen, mit Skepsis zu begegnen. Die Erfahrung hat gezeigt, dass sich das weibliche Geschlecht viel seltener von den Organen unterhalb der Gürtellinie beeinflussen lässt, als die Herren der Schöpfung immer behaupten, und sicherlich viel seltener, als das bei diesen selbst der Fall ist.«‹«

Ich schmunzelte. Galway nickte. »Sie war ein echter Rebell. Das typische zweite Kind.«

»Aber nicht deine direkte Vorfahrin?«

Galway kramte einen handgemalten Stammbaum hervor, der vermutlich um die dreißig Jahre zuvor angefertigt worden war, da in unserer Generation nur Athol verzeichnet war. Galway trat neben mich und zeigte auf Esthers Namen. Sein Arm war dem meinen so nahe, dass ich die Wärme seiner Haut spürte. »Sie war die zweite der fünf Töchter von Samson und Bryndis. Banning war der einzige Sohn und kam erst nach ihr auf die Welt. Ungefähr achtzehnhundertachtzig.«

»Und Banning war dein Urgroßvater.«

Galway nickte.

»Und warum sind dann keine Nachkommen von Bannings Schwestern hier in Winloch?«, wollte ich wissen und ließ den Finger über die Namen von Urgroßvater Bannings Schwestern gleiten: Abigail, Esther, Katherine, Margaret und Victoria. »Hat Samson es nicht für euch alle erbaut?«

»Schon. Esther hatte keine Kinder und wollte nicht, dass ihr Leben von den ›Organen unterhalb der Gürtellinie‹ bestimmt wurde. Ich glaube, sie ging völlig in ihrer Karriere auf und machte eigentlich nie eine Pause. Abigail hat geheiratet und ist weggezogen – vielleicht nach Maine, was weiß ich –, wo sie sicher selbst genug Sommerresidenzen hatte. Katherine hat die Sommer hier verbracht, aber sie war eine alte Jungfer.« Ich verzog das Gesicht. »Ich weiß«, sagte er. »Blödes Wort. Margaret …« – er grinste –, »Indo hat mir mal erzählt, Margaret sei eine Lesbe gewesen und nach San Francisco gezogen.«

»Nicht dein Ernst!« Ich tat entsetzt.

»Kann sich allerdings auch um Wunschdenken von Indo handeln. Und Victoria?« Er blickte hinauf zu den Dachsparren, als könnten die ihm eine Antwort geben. »Boston vielleicht?«

»Du weißt aber echt viel über deinen Urgroßvater«, sagte ich und grübelte darüber nach, ob es einen unausgesprochenen Grund geben mochte, warum all diese Frauen, Bannings fünf Schwestern, Winloch den Rücken gekehrt hatten oder ob das einfach den Gepflogenheiten der Ära zuzurechnen war, in der die Männer erbten und Frauen Teil der Familien wurden, in die sie einheirateten.

Über diese Geheimnisse nachsinnend folgte ich Galway zurück zum Tisch. »Woher weißt du das mit Murray?«, fragte ich zögerlich. »Dass er das Geld durchgebracht hat?«

Er zog die Augenbrauen hoch. »Das Ding mit unseren Familien, Murrays und meiner, ist, dass man nur lang genug mit ihnen zu tun haben und sich merken muss, was man gehört hat, dann kann man sich früher oder später die Wahrheit über quasi jeden selbst zusammenreimen. Es wird alles durch die Blume gesagt, meistens geht es um Boote oder Hunde oder Steuern. Man muss die Informationsquelle hinterfragen und den Grund, warum derjenige es ausgeplaudert hat, und aus alldem kann man dann logisch ableiten, um was es wirklich geht.«

Er holte zwei staubige Stühle unter den Dachschrägen des Riesenraums hervor und nahm vor den Unterlagen Platz. Ich machte mich neben ihm am Tisch an Bards Papieren zu schaffen, Galways Großvater, Familienoberhaupt in der auf Banning Winslow und seine Schwestern folgenden Generation.

»Hast du deinen Großvater gekannt?«, fragte ich nach einem weiteren Blick auf den Stammbaum.

»Bard? Der hatte es nicht so mit Kindern. Geld hat ihn mehr interessiert. Das Familienerbe. Solche Sachen. Er starb, als ich zehn war. Aber seine Schwester, die lebt noch. Gammy Pippa.«

»Hier?«, fragte ich erstaunt.

»Sie kommt meistens ein paar Wochen im Jahr her. Sie ist fünfundneunzig. Unverwüstlich. Jackson und ich durften früher bei ihr hinterm Haus auf der Veranda Bier trinken, wo uns keiner gesehen hat. Ich glaube, sie hat ganz gern mit uns zusammengesessen.«

Das Gespenst seines Cousins meldete sich wieder. »Hast du dich gut mit Jackson verstanden?«, fragte ich.

Galway legte die Papiere hin, die er in der Hand hielt. »Er war kein einfacher Mensch. Sogar als wir klein waren, hat er sich schon immer alles zu Herzen genommen. Und dass sich dann so jemand bei den Marines verpflichtet. Ich glaube, er wollte sich unbedingt beweisen.«

»Warum?«

»Na, weil er ein Winslow ist natürlich.« Beinah hätte ich gefragt, ob das hieß, dass Galway selbst sich ebenfalls beweisen musste, aber er erzählte weiter. »Weißt du was. Ich wette, sie kommt zu der Hochzeit. Gammy Pippa.«

»Was für einer Hochzeit?«

»Na morgen. Die Hochzeit.«

Ich lachte. »Hier findet morgen eine Hochzeit statt?«

»Auf dem Trillium-Rasen. Mein Cousin Philip heiratet seine Collegeliebe. Ich gebe ihnen zwei Jahre.«

»Das klingt aber sehr zynisch – ist das deine generelle Einstellung zur Ehe?«

Er räusperte sich. Ich spürte seinen forschenden Blick. »Ich habe das Gefühl, ich habe mich noch nicht richtig dafür entschuldigt, dass ich dich beobachtet habe.«

»Bitte – nicht.«

»Es tut mir wirklich leid. Aber ich habe es jetzt kapiert – ich werde nie wieder einfach so bei anderen Leuten zum Fenster reingucken.«

Ich musste trotz allem lächeln, obwohl ich merkte, wie ich vor Scham von Kopf bis Fuß rot anlief.

»Und dann diese Sache mit Murray. Ich bin nicht wie er, ich hoffe, das weißt du. Ich will nur, dass du weißt, dass ich normalerweise nicht, äh … äh … unschuldigen Frauen nachstelle.«

Ich nickte. Mein Herz pochte wie verrückt.

Nervös knetete er seine Hand. »Aber ich will auch, dass du weißt – und bitte versteh mich jetzt nicht falsch –, aber es hat mir gefallen, was ich gesehen habe.« Und er sah mir ganz offen und direkt ins Gesicht, und ich sah, wie ein warmer, verträumter Ausdruck in seine Augen trat, das Glänzen, das ich auch hinter der Scheibe gesehen hatte; sein Mund öffnete sich, sein Gesicht wurde weich, und ich hatte das Gefühl, keine Luft mehr zu bekommen. »Es war – es war nicht unerfreulich, okay?«

Ich stieß ein unwillkürliches Lachen aus, kurz und nervös, und entzog mich seinem einladenden Blick. Ich hielt die Augen auf das Papier gerichtet, aber in dem Schweigen, das sich jetzt auf uns senkte, sprühten Funken.

Die Unterlagen, die Samsons Enkel Bard Winslow, seine Frau Kitty, seine älteren Schwestern Pippa und Antonia und seinen jüngeren Bruder Samuel (der nur sechs Jahre alt geworden war) betrafen, waren umfangreich, aber nicht sonderlich privater Natur. Das war nichts fürs Familienalbum, es waren eher rechtliche Dinge und Finanzunterlagen. Bilanzen, Verträge, Steuererklärungen.

Die Augen wollten mir schon fast zufallen, da rückte Galway seinen Stuhl neben meinen. Umgehend war ich wieder hellwach. Wir arbeiteten eine Weile schweigend, reichten einander Dokumente, fast berührten sich unsere Finger. Ich fragte ihn, wie Winloch eigentlich verwaltet wurde.

»Winloch ist im Grunde ein Zwergstaat.« Er lachte, als ich die Augenbrauen hochzog, aber er erläuterte mir seine Wortwahl: »In Samsons direkter Linie wird der erstgeborene Sohn jedes erstgeborenen Sohns ›König‹, sobald der Vater stirbt. Außerdem gibt es den Vorstand, eine Art Parlament. Und die normalen Bewohner.«

»Dein Vater ist also ein Diktator.«

Er grinste. »Nicht direkt. Es gibt eine Gewaltenteilung. Er braucht eine Zweidrittelmehrheit im Vorstand, um irgendwas durchzusetzen.«

»Und wie häufig wird er überstimmt?«

In dem Punkt musste Galway mir Recht geben. »Mein Vater kann sehr überzeugend sein.«

»Könnte er einfach zu jemandem ins Haus gehen und da mitnehmen, was er will?«

Galway seufzte. »Du glaubst doch nicht im Ernst, dass er Indo ihr Gemälde geklaut hat?«

Erst als er mich das so direkt fragte, merkte ich, dass ich das tatsächlich irgendwie glaubte.

»Indo ist ein reizender, allerdings sehr emotionaler Mensch und liegt seit Ewigkeiten mit meinem Vater im Clinch«, erklärte er mir. »Das Gemälde hat meiner Großmutter nie gehört, sie konnte es also gar nicht an Indo verschenken. Es gehört der Winloch-Familienstiftung.«

»Einer Stiftung, die dein Vater – oder die erstgeborenen Söhne, die nach ihm diesen kleinen Feudalstaat regieren werden – als Vorwand nehmen kann, um sich den Besitz anderer Leute unter den Nagel zu reißen.«

»So läuft es nicht«, beharrte er.

»Wie läuft es denn dann?«

»Es stimmt, theoretisch gehört alles in Winloch der Familienstiftung. Und theoretisch heißt das auch, dass nichts davon wirklich uns persönlich gehört, und auf dem Papier ist mein Vater derjenige, der die wichtigen Entscheidungen trifft, und theoretisch könnte er sich natürlich mit einem Handstreich alles hier unter den Nagel reißen. Ich ›besitze‹ Queen Anne's Lace nicht und Ev ›besitzt‹ Bittersweet auch nicht. Aber dafür ist mein Vater auch genauso wenig ›Besitzer‹ von Trillium. Das System wurde erdacht, damit in diesem Anwesen alles stabil bleibt und es nicht durch irgendwelche missglückten sozialistischen Experimente den Bach runtergeht. Kein Winslow würde jemals ungerechtfertigt etwas bei einem anderen Winslow beschlagnahmen. Das ist eine Frage der Ehre.«

»Erben Kinder die Ferienhäuser ihrer Eltern?«

»Häufig ja, sie sind aber rechtlich gesehen nicht die Besitzer. Traditionen spielen eine größere Rolle als die rechtlichen Vorschriften.«

»Und wer bekommt den Vorzug, wenn's ans Erben geht? Söhne oder Töchter?«

Er seufzte. »Söhne.«

Mir wurde langsam ein wenig klarer, warum Bannings Schwestern aus Winloch geflüchtet waren. Meine Nerven flatterten, aber ich musste die Frage einfach stellen. »Und sagen wir mal, jemand will sein Haus an jemanden außerhalb der Familie verschenken. Einen – Freund sagen wir mal. Wie würde das funktionieren?«

Galway schüttelte den Kopf. »Das ginge wahrscheinlich nur, wenn es vom Familienvorstand genehmigt würde. Wo hast du das –«

»Ach, das habe ich irgendwo da in den Unterlagen gelesen.« Ich machte eine vage Handbewegung in Richtung der halbvollen Kartons, damit ich ein Alibi hatte. »Irgendein Cousin oder so. Es ist schwierig, bei so vielen Winslows den Überblick zu behalten.«

»Ganz ehrlich« – er schüttelte den Kopf –, »eigentlich ausgeschlossen, außer der Erbende heiratet in die Familie ein. Sonst würde das nie durchgehen, außer derjenige hätte sehr gute Argumente.« Er schmunzelte. »Oder er würde eine Menge Druck ausüben.«

Die Haare auf meinen Unterarmen standen mir zu Berge. »Zum Beispiel, indem er Beweise eines Verbrechens aufdeckt?« Indo hatte mir aufgetragen, »handfeste Beweise für zwielichtige Machenschaften« zu finden. Wollte sie etwa, dass ich mir durch Erpressung einen Platz in Winloch sicherte?

Galway runzelte die Stirn. »Das würde ich gern mal sehen. Weißt du, wo das Schriftstück ist? Von so was habe ich noch nie gehört.«

Ich rieb mir die Augen. »Da drüben vielleicht?«, sagte ich so unverbindlich wie möglich. »Ehrlich gesagt bringe ich mittlerweile wahrscheinlich alles durcheinander.« Er fing an, in dem Karton herumzuwühlen, auf den ich gezeigt hatte. Währenddessen nahm ich mir noch mal die Konkurspapiere vor, die ich früher entdeckt hatte. Damit wollte ich ihn nicht nur ablenken. Ich sah das Dokument auf einmal mit anderen Augen.

»Winloch wird also treuhänderisch verwaltet«, wiederholte ich.

»Ja, das war Samsons Vision.«

»Hier, hast du das schon mal gesehen?« Ich zeigte ihm die Unterlagen, in denen es um Insolvenz und Konkurs ging. Stirnrunzelnd sah er sie sich an und blickte dann fragend zu mir hoch.

»Ich gehe davon aus, dass das im Jahr 1932 war«, sagte ich, wobei ich ihm über die Schulter blickte. »Drei Jahre nach dem Ausbruch der Weltwirtschaftskrise.«

Er nickte.

»Und das hier …« Ich reichte ihm eine Aufstellung, aus der hervorging, dass die Winslows ein Gesamtvermögen von vielen hunderttausend Dollar besaßen. »…ist aus dem Jahr 1934, nur zwei Jahre später.«

Er studierte das Dokument.

»Unmengen von Familien mussten damals Konkurs anmelden und verloren alles, was sie besaßen«, fuhr ich fort. »Aber ich wette mit dir, dass nicht allzu viele Familien nach dem Börsenkrach immer noch im Besitz von einem Anwesen wie Winloch waren und obendrein noch vermögender als zuvor.«

Er sah mich nachdenklich an. Ich bemerkte das eigentümlich rauchige Grün seiner Augen, das mich an die Ponderosa-Kiefern in Oregon erinnerte. »Und?«, fragte er.

»Bist du gar nicht neugierig?«

»Neugierig worauf?«

»Was dein Großvater – dritter König von Winloch – getan hat, um seinen Zwergstaat nicht zu verlieren.« Ich hoffte im Grunde nicht, damit etwas zu entdecken, was Indo vom Hocker reißen würde. Aber mein Grips hatte endlich eine Nuss entdeckt, die sich zu knacken lohnte, und die würde ich nicht wieder loslassen. Ich merkte, wie er zögerte. »Ach, komm schon, du glaubst doch nicht etwa, dass ich irgendeinen teuflischen Plan aushecke, um die Winslows zu Fall zu bringen, oder?«

Auf seinem Gesicht breitete sich ein Lächeln aus. »Natürlich nicht.«

»Dann lass es uns herausfinden.« Ich beugte mich zu seinem Ohr hinunter und spürte, wie sich mein heißer Atem dort sammelte. So wenige Zentimeter von seiner Haut entfernt fühlte ich mich stark. »Wir werden Spaß dabei haben.«

KAPITEL ZWANZIG
Die Hochzeit

Es war nach zwanzig Uhr, als Ev an diesem Abend endlich mit hängenden Schultern, dünn und verletzlich aussehend, aus dem Schlafzimmer geschlurft kam. Sie wirkte in jeder Hinsicht ernüchtert. Es ging mir zwar sehr gegen den Strich, sie nicht sofort zur Rede zu stellen, in was für eine schlimme Lage sie mich mit Murray gebracht hatte, aber ich konnte nicht anders – ich hatte Mitleid mit ihr, als sie so erbärmlich und hohlwangig vor mir stand. Ich setzte ihr die Reste von Maschas Mittags-Chili vor, leistete ihr am Küchentisch Gesellschaft und blickte hinunter auf unsere düster daliegende Bucht, vor der die Fledermäuse auf Mückenjagd durch die Luft flatterten.

Schweigend aß sie ihren Teller leer. »Mehr?«, fragte ich.

Sie schüttelte den Kopf. Tränen standen ihr in den Augen. Ich fasste über den Tisch hinweg nach ihrer verkrampften Hand, aber sie zog sie weg. »Sei nicht so nett zu mir«, schluchzte sie.

»Dir wäre es also lieber, wenn ich dir an den Kopf werfe, dass Murray ein widerlicher Dreckskerl ist und du eine schön beschissene Freundin, dass du mich dem überlassen hast?«

Sie nickte unter Tränen, aufschluchzend wie ein kleines Kind.

»Was hast du mit Eric gemacht?«

Ihre Lippen verzogen sich zu einem zynischen Lächeln. »Alles, was er wollte.«

»Für so was bist du zu gut.«

Sie schüttelte den Kopf. »Es ist, als ob ich eine ansteckende Krankheit hätte, und alles und jeder, mit dem ich in Berührung komme, kriegt sie auch. Es wäre besser für dich … du solltest dich von mir fernhalten, Mabel. Wirklich. Geh zurück zu deiner Familie. Geh nach Hause.«

Ich wollte auf sie einschreien. Aber ich tat es nicht. Ich wusste genau, wie Ev sich gerade fühlte. Zu glauben, dass man die Aussätzige ist. Gift. Jemand, der alles kaputtmacht. Und sofort hatte ich wieder die Stimme meiner Mutter im Ohr: »Sei lieb.« Ich stand auf. Legte Ev die Arme um die Schultern. Drückte sie an mich, bis ihre Tränen versiegten.

In der Nacht krochen wir wie kleine Mädchen ins selbe Bett, bürsteten einander die Haare und ließen Schattenfiguren über die Decke tanzen. Die Jugendstil-Affenlampe auf dem antiken Tischchen zwischen unseren Betten warf einen heimeligen, gelben Schein auf uns. Ev flüsterte mir ins Ohr, wie schrecklich leid ihr alles tat und dass sie mir schenken würde, was ich wollte, damit ich den grässlichen Murray mit den grässlichen Grapschern vergaß. Ihre Füße fanden meine. Ich wärmte ihre eisigen Zehen.

»Mabel Mabel Mabel«, murmelte sie beim Einschlafen, »du brauchst nichts an dir zu verändern, ich mag dich genau so, wie du bist.«

Der nächste Tag war wie geschaffen für eine Hochzeit. Ev, Lu und ich pflückten Wiesenblumen, wie von Tilde mit einem verkniffenen Lächeln aufgetragen, und kehrten mit zerkratzten, beladenen Armen von den Winloch-Wiesen zurück – schwarzäugige Susannen, Leopardenlilien, Margeriten, die wir in Trillium abluden, wo wir beim Arrangieren der Blumen halfen, die am Weg zum Hochzeitszelt aufgestellt werden sollten (»Warum sie sich dafür in Gottes Namen keinen Floristen nehmen konnten, ist mir unbegreiflich«, monierte Tilde). Wir waren alle guter Stimmung – Ev vermutlich, weil sie das Eric-Drama hinter sich hatte, Lu wegen Owen und ich wegen dem, was ich auf dem Dachboden entdeckt hatte, und mit wem. An und für sich waren die Konkursunterlagen nichts Atemberaubendes, aber wenn man an den beachtlichen Reichtum dachte, den die Winslows nur zwei Jahre später wieder ihr Eigen nennen konnten, war meiner Meinung nach einfach sonnenklar, dass sich dahinter eine Geschichte verbergen musste, ein Geheimnis – vielleicht sogar zwielichtige Machenschaften. Bei dem Gedanken, dass ich diese Geschichte nicht allein zu entdecken bräuchte, machte mein Herz einen Hüpfer. Cousin Philips Braut war zuckersüß. Ich konnte es ihr einfach nicht übelnehmen, dass sie mich für eine Hausangestellte hielt und bat, ihr eine heile Strumpfhose zu besorgen; es war unmöglich, den Überblick über das Geschwader der Winslow-Angestellten zu behalten. Im anderen Gästezimmer schwankte die Schwiegermutter der Braut verzweifelt zwischen verschiedenen Kleidern, während Tilde auf dem Rasen unter uns mit Nachdruck verlangte, dass die Verleihfirma auf der Stelle zurückkam und das Zelt drei Meter nach links versetzte, damit die Blickachse bei der feierlichen Handlung stimmte, während der durchdringende Geruch von Sandelholz-Räucherstäbchen die offene Rasenfläche einnebelte, bis jemand zu Indos Veranda geschickt wurde, um sie auszumachen. Ev und Lu machten sich über diesen Zirkus nur lustig, verhielten sich aber Philips Verlobter gegenüber, genau wie gegenüber den anderen Cousinen, viele davon angeheiratet, sehr warmherzig. Ich schaffte es, meinen Neid im Zaum zu halten, auch wenn heute ein Tag war, an dem ein anderes Mädchen eine Winslow wurde.

Die Hochzeit war für siebzehn Uhr angesetzt, auf die ein Cocktail am Badefelsen und Tanz unter den Sternen folgen sollten. Nachdem ich mich in Bittersweet umgezogen hatte, schaute ich kurz bei Indo herein, um dort auf die Toilette zu gehen.

»Ich habe übrigens was gefunden«, sagte ich beiläufig zu ihr. »Unterlagen über einen Konkurs in den Dreißigern. Hast du danach vielleicht gesucht?«

Sie lag mit einem Morgenmantel bekleidet auf dem Sofa, einen feuchten Waschlappen auf der Stirn. Sie hielt einen Finger an die Lippen.

Ich kam auf sie zu. »Warum sagst du mir nicht einfach, was ich für dich finden soll? Das würde uns beiden eine Menge Zeit ersparen.«

Sie zog sich hoch in eine sitzende Haltung, was ihr nicht leichtzufallen schien. »Du sollst wissen, aus welchem Holz wir geschnitzt sind, meine Liebe. Wie wir zu Winslows geworden sind.«

Ich setzte mich zu ihr. »Ja, das hast du mir schon mal gesagt. Ich glaube, ich kapiere es: Ihr seid alle sehr mysteriös und etwas ganz Besonderes und glaubt, ihr lebt hier in eurem eigenen kleinen Land, in das sonst keiner reinkommt. Ich weiß mittlerweile, dass ihr Winslows Außenstehenden gegenüber nicht besonders freundlich gesinnt seid. Ich vermute, dein Bruder würde gar nichts davon halten, dass ich meine Nase in eure Angelegenheiten stecke.«

Sie tätschelte mir das Knie. »Zu schade, dass ich sonst niemandem trauen kann.«

»Und warum glaubst du, dass du mir trauen kannst?«

Sie stand auf und verschwand irgendwohin.

»Ich muss dir nämlich nicht helfen, weißt du«, rief ich ihr hinterher. »Ich könnte einfach aufhören zu suchen.«

Ich wartete ihre Rückkehr auf dem Sofa ab. Es dauerte eine geschlagene Viertelstunde, bis sie sich wieder zeigte – in einem afrikanischen Kaftan, bei dessen Anblick Tilde vor Zorn in die Luft gehen würde, das wusste ich jetzt schon. »Ah«, näselte sie, als hätte es keinerlei Unterbrechung in unserem Gespräch gegeben. »Zum Glück weiß ich, dass du das nicht tun wirst.«

Das Essen war köstlich: Hummer, Felsenkrabben, Risottobällchen, Austern, Wachteln und Pasta Primavera und gegrillte Artischocken und vieles mehr und zum Abschluss kleine Schokoladenküchlein, gefüllt mit geschmolzener Schokolade und gekrönt von selbstgemachter Eiscreme. Das Festmahl wog die scherzhaft gemeinte, halbstündige Rede des Brautvaters fast auf, der vergebens versuchte, der Tatsache, dass er für keinen Teil dieser Hochzeit gezahlt hatte, etwas entgegenzusetzen. Die Kellner trugen Fliege. Wein und Spirituosen wurden freizügig ausgeschenkt. Es mochte sich um eine »Hochzeit auf dem Lande« handeln (im Laufe des Tages hörte ich Tilde diesen Ausdruck häufiger mit einem gewissen abfälligen Tonfall gebrauchen), aber ich hatte noch nie etwas derart Feierliches erlebt.

Bei den ersten Klängen der Band sprangen Ev, Lu und die anderen jungen Winslows auf und tanzten zu einem Lied über verlorene Liebe, das ich noch nie gehört hatte, das aber alle anderen auswendig mitsangen. Ich blieb auf meinem Platz sitzen und betrachtete die Szenerie, als ich ein Tippen auf meiner Schulter spürte. Als ich mich umdrehte, stand Galway vor mir und streckte mir die Hand hin.

Ich nahm sie, weil ich vermutete, dass er mich zum Tanzen auffordern wollte. Doch stattdessen führte er mich durch das ganze Festzelt hindurch, an runden Tischen vorbei, die mit rustikalen Bauernsträußen und Stumpenkerzen geschmückt waren, hin zu einem näher am See stehenden Tisch, an dem eine winzige, weißhaarige Frau Hof hielt. Umgeben war sie von einer Handvoll älterer Herrschaften, darunter auch Birch, die an ihren Lippen hingen, und ich hatte Angst, diesen erlauchten Kreis zu sprengen, und versuchte Galway wegzuziehen. Er drückte mir beruhigend die Hand und lächelte mich aufmunternd an.

»Gammy Pippa«, sagte er und ging vor der Matriarchin in die Hocke, »ich möchte dir Mabel vorstellen, eine Freundin.«

Die alte Dame blickte zu mir hoch, und im nächsten Moment leuchtete ihr Gesicht, das warm, offen und runzlig war, vor Freude auf. Ihre faszinierende Schönheit hatte mit dem Alter nur noch zugenommen. Sie fasste nach meiner Hand. »Hallo, mein Kind.«

Die uns umgebenden Männer beobachteten uns, während ich vor der alten Dame in die Hocke ging. Ich merkte, wie ich errötete, als Galway mir die Hand auf den Rücken legte.

»Ich sehe schon, du bist jemand ganz Besonderes«, sagte sie zu mir, aber ich merkte, dass die Worte eigentlich an Galway gerichtet waren, als gäbe sie ihm ihre Billigung.

»Das ist Genevras Zimmergenossin«, fuhr Birch über uns dazwischen.

Über Gammy Pippas Gesicht huschte Verärgerung, aber sie ließ sich nicht auf seine Bemerkung ein. Stattdessen legte sie beide Hände an mein Gesicht. Es war eine intime Geste, die ich nicht erwartet hatte. »Aber wir behalten sie ja, stimmt's?« Was in aller Welt hatte Galway ihr nur erzählt?

»Pippa!« Birch wurde jetzt sehr deutlich. »Lass das arme Mädchen gehen. Sie interessiert sich nicht für uns alten Leute.«

Die Frau zog die Hände so schnell von meinen Wangen weg, wie sie sie dorthin gelegt hatte, und mir wurde im selben Augenblick schwindlig. Alles drehte sich. Ich machte einen Schritt zurück, stolperte auf den von Ev geborgten Plateaupumps, Galway musste mich auffangen. »Fehlt dir was?«, fragte er, aber ich wusste, dass wir beobachtet wurden, und ich wollte in diesem Augenblick nur noch eins, nämlich mich in Luft auflösen.

Ich machte mich von ihm los und stürzte ins Freie. Als ich das Zelt verließ, hörte ich, wie Birch der versammelten Runde verkündete: »Da hat wohl jemand zu tief ins Glas geschaut.«

Mein Gesicht brannte. Ich kämpfte gegen die Tränen an. Ich wusste nicht warum, aber ich schämte mich ganz fürchterlich. Was sollte das bloß heißen – »wir behalten sie«? Ich hörte Galway hinter mir rufen, aber ich rannte weg, stolperte beinah über eine Wurzel des Schattenbaums, der an der Ecke des Trillium-Rasens stand. Ich atmete tief durch und ging dann zur großen Villa.

Trillium war leer und dunkel, nur das gedämpfte Wummern der Musik hallte durch das Haus. Ich merkte, dass mir die Ohren von der Band wehtaten und ich in der Tat etwas betrunkener war, als ich gedacht hatte. Ich konnte den Lichtschalter nicht finden, da fiel mir die Taschenlampe wieder ein, die ich früher am Tag auf der Veranda gesehen hatte. Mit ihrer Hilfe fand ich den Weg zum Bad im Erdgeschoss. Zitternd saß ich auf dem Klo und wurde noch einmal von der seltsamen Begegnung überwältigt. Als ich mich einigermaßen beruhigt hatte, stand ich auf und wusch mir die Hände. Mein Gesicht im Spiegel war ein Schock – ich hatte so viele Stunden mit dem Anschauen von Winslows verbracht, dass ich automatisch markante Züge und ein Rosenmündchen erwartete. Stattdessen blickte mir mein Mondgesicht entgegen, meine unsichtbaren Wangenknochen, meine langweiligen kleinen Augen, die zu weit auseinander standen. Mein Kleid war zu eng, zu schwarz, zu billig. Ich würde mich einfach zur Hintertür hinaus und zurück nach Bittersweet stehlen.

Meine Füße trugen mich ins Sommerzimmer, in dem Tilde und Birch wenige Wochen zuvor die Soiree abgehalten hatten. Durch die offene Tür drangen das rhythmische Zirpen der Grillen und Lachen von der Tanzfläche herein. Die unangenehme Szene zwischen Indo und Tilde an jenem Abend stand mir wieder vor Augen, die in gewisser Weise sicher für mich aufgeführt worden war, aber daran wollte ich nicht denken, nur an den wunderbaren van Gogh. Und was ich jetzt brauchte, war der Trost des atemberaubenden Gemäldes, etwas Medizin gegen die seltsame Wendung, die dieser Abend genommen hatte.

Doch dort, wo es hätte hängen müssen, war nichts. Immer wieder ließ ich meine Taschenlampe über die nackte Wand gleiten, aber das Van-Gogh-Bild war nicht da.

»Wenn Fremde hier sind, wird es abgehängt«, kam eine Stimme aus der Dunkelheit. Ich erschreckte mich beinah zu Tode. Mein erster Gedanke war Murray, dann Galway, aber es war zum Glück (oder Unglück) keiner von beiden. Das Licht meiner Taschenlampe offenbarte mir Athol, der mit seinem schlafenden Baby im Arm auf der anderen Seite des Zimmers saß. Er war die ganze Zeit dort gewesen. »Tut mir leid, wenn ich dich erschreckt habe«, sagte er, auch wenn es gar nicht klang, als täte es ihm wirklich leid.

»Das Gemälde ist so schön«, sagte ich. »Ich wollte es mal wieder besuchen kommen.«

Athol blinzelte in den grellen Lichtstrahl. Ich senkte die Taschenlampe und hielt sie weg von seinem Gesicht. Ich hörte seine gleichmäßigen Atemzüge, die schnellen des träumenden Babys. »Und, was kann man für dich tun, May?«, fragte er, und es klang genau so, als würde er den kleinen Ricky ausschimpfen.

»Nichts, danke. Ich gehe Ev suchen.«

Ich verdrückte mich hastig auf die Veranda und beschleunigte meinen Schritt, sobald die Fliegentür hinter mir ins Schloss fiel. Ich war dankbar, zurück inmitten des Grillengezirpes zu sein. Ich ging in Richtung Feier und rannte geradewegs Galway in die Arme. »Alles in Ordnung bei dir?«, fragte er besorgt.

»Ich befürchte, dein Bruder glaubt, ich wollte etwas klauen.«

Galway lachte. »Welcher Bruder?«

»Athol.«

»Keine Bange, der befürchtet sowieso nur eins, dass er alt wird und ihm sein gutes Aussehen abhanden kommt«, sagte er so laut, als hoffte er, Athol würde es hören. Für mich fügte er hinzu: »Er nimmt einfach alles zu ernst.«

Ich merkte, dass meine Hand wieder zitterte. Doch als Galway sie nahm, wurde ich ganz ruhig. Und dann sagte er: »Ich will dir was zeigen.«

KAPITEL EINUNDZWANZIG

Der Kuss

Er führte mich weg von Musik und Menschen. Im Wald hinter Trillium war es sehr dunkel. Ich konnte nichts sehen, aber er schien den Weg gut zu kennen und führte uns um Bäume herum, zeigte auf Wurzeln und Steine, über die ich nicht stolpern sollte. Seine Stimme war freundlich, seine Hand fest.

Urplötzlich blieb er stehen, streckte die Arme aus und betastete den direkt vor uns stehenden Baumstamm. Der Baum wirkte dicker und höher als die anderen Bäume drum herum. Überrascht sah ich, dass Galway hinaufklettern wollte. Er drehte sich nach mir um und forderte mich auf mitzukommen. Versuchsweise setzte ich den Fuß auf ein solides Brett, das in den Stamm genagelt war. Es gab nur einen Weg: nach oben.

Galway stieg vorsichtig hinauf, prüfte bei jedem Schritt erst die Sicherheit des Tritts, und ich hielt mich dicht hinter ihm, dankbar, dass man in der Dunkelheit nicht sah, wie tief unter uns der Waldboden lag. Die Sprossen waren sicher, aber als wir immer höher kamen, fragte ich mich allmählich doch, wie weit wir noch klettern mussten, um das zu genießen, was uns oben erwarten mochte. Eine tolle Aussicht? Ein irres Baumhaus? Eine fliegende Untertasse? Alles schien möglich.

Mit einem Mal lag das Blätterdach unter uns. Wir waren den Sternen nahe. Galway kletterte über mir auf etwas Großes. Seine Arme streckten sich mir entgegen und zogen mich auf die Plattform, auf der er stand. Mit klopfendem Herzen schwor ich mir, keinen Schritt in irgendeine Richtung zu machen, um nicht zu Tode zu stürzen. Ich hielt mich an seinem Ellbogen fest. Die großen, hellen Sterne über uns musste ich einfach bewundern. Ein Stern zischte über den Himmel und hinterließ einen hellen Streifen.

Und noch einer. Sternschnuppen. Magisch, auch wenn ich natürlich wusste, dass es nur Meteoriden waren. Wir standen wortlos nebeneinander, Köpfe in den Nacken gelegt und zeigten auf jeden am Himmel verglühenden Stern. Auch von der Welt unter uns war ein wenig zu sehen – Lichter von der Bucht spiegelten sich im See. Und dann explodierten Böller.

»Wir haben's gerade noch rechtzeitig geschafft«, murmelte Galway.

In schneller Abfolge entfaltete sich eine riesige Feuerwerksgarbe nach der anderen am Himmel über Burlington. »Ist das Feuerwerk für die Hochzeit?«, fragte ich beeindruckt.

»Heute ist Unabhängigkeitstag.«

Ich hatte völlig vergessen, dass es das Vierte-Juli-Wochenende war, auch, weil nirgendwo in Winloch Girlanden oder Fähnchen zu sehen gewesen waren. »Feiert ihr denn gar nicht?«

»Mom findet die Dekorationen geschmacklos. Früher haben wir immer gesagt, wir würden stattdessen den Sturm auf die Bastille feiern, aber das klingt erst recht prätentiös.« Immer noch explodierten über uns die Kracher – rotes, grünes und goldenes Lichtgefunkel. »Als ob es nicht prätentiös wäre, einen Winloch Day zu feiern, an dem sich alle weiß anziehen müssen. Der ist nächstes Wochenende.«

Ich nickte hinauf in den Himmel und spürte, wie Galway näher rückte. Schweigend sahen wir uns das Feuerwerk an und lauschten dem Knallen, das über den See hinweghallte. Während sich der Himmel über uns bunt verfärbte, trat er vor mich, nahm mein Gesicht in seine Hände und küsste mich.

Er schmeckte nach Brombeeren. Ich vergaß alle Ängste, ich könnte es vielleicht falsch machen, und küsste ihn zurück. Und ich kann nur sagen: Er übertraf alles, was ich mir jemals erträumt hatte, dieser erste Kuss, besser als jede Wunschvorstellung, unter den Sternen, die Wärme unserer Körper, immer näher, eine süße Wahrheit umfloss uns, und unter uns lag der See wie Glas.

Unsere Körper berührten sich, aber nur ganz leicht. Ich weiß nicht, ob er mir zuliebe so zurückhaltend war, aber ich genoss die gebändigte Lust zwischen uns, die nichts mit Murrays aggressivem Überfall zu tun hatte. Wir unterbrachen unseren Kuss, um uns das große Finale des Feuerwerks anzusehen. Ich dachte, er würde mich wieder küssen, aber stattdessen sagte er: »Ich tue es wirklich nicht gern, aber ich muss heute Nacht nach Boston zurückfahren.«

»Oh.«

»Arbeit.«

»Und was …« Es war mir peinlich, dass ich es nicht wusste, aber ich musste fragen, weil Evs negative Meinung über ihn bei mir den Verdacht hatte aufkommen lassen, er sei vielleicht Profikiller oder etwas in der Art. »… was machst du eigentlich?«

Er lachte und fuhr sich mit der Hand durch die Haare. »Ich kämpfe für die Rechte von Immigranten.«

»Gut.«

»In dieser Familie ungefähr so, als wäre man Auftragsmörder.« Als ob er meine Gedanken gelesen hätte.

Ich blickte noch einmal hoch zu den Sternschnuppen.

»Ich würde gern heute hier bleiben«, sagte er wehmütig, bevor er einen Fuß wieder in die Öffnung der Plattform setzte. Vorsichtig kletterten wir nach unten, und als ich auf dem Boden ankam, küsste er mich in den Nacken.

Die nächsten Stunden der Hochzeitsfeier tanzte ich wie eine Wilde mit Lu, ohne mich um die Erwachsenen zu kümmern, die mich eventuell beobachteten. In der Zeit, in der ich mit Galway unterwegs gewesen war, hatte Ev sich mal wieder verdrückt, aber selbst das kümmerte mich nicht mehr – ich war wie berauscht und voll blinden Muts.

Um zwei Uhr morgens hörte die Band schließlich auf zu spielen. Die Füße taten mir weh vom vielen Tanzen, und ich war betrunken und allein – Lu war irgendwann mit Owen verschwunden. Ich stakste auf meinen Plateaupumps zum Speisesaal und wankte die Treppe hoch zu meinem Dachbodenversteck. Ich war zu betrunken und glücklich, um wirklich etwas leisten zu können, aber es war gemütlich da oben, genau der richtige Ort, um über alles nachzudenken: Ich war gerade zum ersten Mal richtig geküsst worden, und zwar von Galway Winslow. Als ich die Papiere seiner Familie berührte, war alles wieder da, seine Hände an meinem Gesicht, der Geschmack seiner Lippen, und ich schloss die Augen, bewegte mich nicht und erlebte den Kuss in meiner Vorstellung immer und immer wieder.

Meine Finger strichen über den Stammbaum, den wir zusammen betrachtet hatten, all die Namen der mächtigen Männer, die dieses Königreich an ihre erstgeborenen Söhne weitervererbt hatten. Meine Augen folgten der direkten Linie von Samson Winslow und seiner Frau, Bryndis Jansdottir, zu ihrem ersten Sohn, Banning, und dessen Frau, Mhairie Williams, nach unten. Und wenn ich den Stammbaum von unten nach oben las, standen wieder die Erstgeborenen im Mittelpunkt: Athol stammte von Birch und Tilde ab, Birch von Bard und Kitty Spiegel.

Aber an diesem Punkt wurde die schöne direkte Linie der Nachkommenschaft durchbrochen. Birchs Vater, Bard Winslow, die zweite Generation nach Winlochs Gründung, war nicht der erstgeborene Sohn seiner Familie. Er hatte einen zwei Jahre älteren Bruder. Gardener Winslow, 1905 geboren.

Mein erster Gedanke war, dass Gardener als Kind ums Leben gekommen sein musste, was damals gar nicht so selten vorkam und eine plausible Erklärung für die Änderung der Erbschaftverhältnisse wäre. Ich durchsuchte die Unterlagen nach seinem Namen und hätte fast aufgegeben, bis ich eine Heiratsurkunde aus dem Jahre 1938 fand: Gardener Winslow hatte ein Mädchen namens Melanie geheiratet.

»Aber warum hat der erstgeborene Sohn dann nicht geerbt?«, murmelte ich laut vor mich hin und blickte wieder Bards Namen an, seinen jüngeren Bruder, der mir aus dem Stammbaum entgegensprang.

Ich wandte mich den anderen Papieren zu – den Konkursunterlagen von 1932, der üppigen Vermögensaufstellung von 1934, Samson Winslows Tod 1931. Die Daten im Stammbaum hatten eine Geschichte zu erzählen. Den Erbschaftsunterlagen zufolge war Banning, Bards Vater, nur fünf kurze Jahre lang König von Winloch gewesen, vom Tod seines Vaters 1931 bis 1936 – dabei lebte er noch bis in die Fünfzigerjahre hinein.

Was – mein Herz klopfte, als der Gedanke sich allmählich in meinem Kopf herausschälte – was, wenn Bard Winslow etwas so Außergewöhnliches getan hatte, um das Vermögen seiner Familie zu bewahren, dass er nicht nur die Winslows vor dem unmittelbar bevorstehenden Ruin gerettet hatte, sondern dadurch auch den Vorzug über seinen älteren Bruder bekommen und seinen Vater Jahrzehnte vor dessen Tod als Oberhaupt von Winloch abgelöst hatte?

Wenn Bard etwas Unglaubliches getan hatte, um Winloch für seine Familie zu retten, dann wollte ich wissen, was das war.

Ich raste die Treppe hinunter in den großen leeren Saal. Ich rannte zum Telefon. Im Telefonbuch der Familie fand ich Galways Nummer in Boston. Ich wählte. Er war mittlerweile sicher wieder zu Hause und ich konnte seine Stimme hören.

Das Telefon klingelte fünfmal. Fast hätte ich aufgelegt, da ging eine völlig verschlafene Frauenstimme dran: »Hallo?«

»Entschuldigung«, sagte ich, viel zu munter für die unmögliche Uhrzeit, vier Uhr morgens, »ich muss die falsche Nummer erwischt haben, ich wollte Galway Winslow sprechen.«

»Er ist noch nicht zu Hause«, antwortete die halb schlafende Frau, woraufhin ich augenblicklich auflegte.

»Er ist noch nicht zu Hause.« Was nur eins bedeuten konnte: Es war auch ihr Zuhause. Vielleicht hatte er eine Mitbewohnerin, oder es gab eine andere Erklärung. Aber es konnte vieles bedeuten, und das war ein verstörender Gedanke. Mit einem Schlag fühlte ich mich erschöpft und deprimiert. All meine Begeisterung war verpufft. Die Kapriolen, die mein Geist geschlagen hatte, erlahmten. Ich wusste nicht einmal mehr, worüber ich vor wenigen Minuten oben auf dem Dachboden noch so aufgeregt gewesen war. Meine

Glieder waren bleischwer, meine Zunge wie verdorrt. Ich fühlte mich nicht mehr betrunken, aber der Alkohol in meinem Körper ließ die Entfernung zu unserem Haus fürchterlich weit erscheinen. Allein torkelte ich hinaus in die Nacht.

War es überhaupt noch Nacht? So viele Jahre sind seitdem vergangen, und ich erinnere mich nicht mehr ganz genau, aber ich sehe mich dort auf dem Weg, von oben, als würde ich mich aus der Vogelperspektive betrachten; ich sehe meinen mädchenhaften Körper, meinen Babyspeck, wie ich ohne Taschenlampe auf Bittersweet zutrottete, heim ins Bett, es muss also schon im ersten Licht des Morgengrauens gewesen sei.

Ich fühlte mich nicht mehr ganz so müde und hatte das Bedürfnis, das Wasser zu sehen. Lautlos ging ich auf unsere Bucht zu, um in dieser Nacht noch einen letzten Blick auf den See zu werfen.

Als ich auf halbem Weg nach unten war, hörte ich ein Geräusch, das mich vor Schreck wie versteinert stehen bleiben ließ. Zuerst klang es wie der Schrei eines sterbenden Tiers, etwas Animalisches, in einer Falle Verendendes. Ein Stöhnen, ein Winseln. Doch als ich angestrengt lauschte, wurde ein Lachen daraus. Ein menschliches Lachen. Ein Gähnen. Dann weiteres Stöhnen. Ich ging in die Hocke und bewegte mich gebückt an eine Stelle, an der ich einen besseren Blick auf den Felsen hatte, auf dem ich Lu zum ersten Mal gesehen hatte, und mir wurde klar, was ich hörte.

Dort unten saß die nackte Ev über dem Gesicht eines nackten Mannes. Schwer atmend reckte sie ihren Oberkörper hoch ins Morgengrauen und heulte das erste Licht an, dann strich sie mit ihren wogenden Brüsten über den Bauch des Mannes. Ich wusste, was er da tat, aber ich hatte es noch nie gesehen und natürlich auch noch nie selbst gemacht. Evs Lust war ansteckend, als sie sich über seinem Mund krümmte, bis sich ihre Stimme zu einem fiebrigen Schrei des Glücks steigerte und schließlich brach. Ev ließ sich auf ihn fallen.

Einen Augenblick lagen sie still, seine Hände streichelten ihren Rücken, bis sie sich von ihm losmachte. Endlich sah ich sein Gesicht. Nicht Eric, wie ich befürchtet hatte, sondern John. Er drehte sie auf den Rücken und fickte sie, dort auf dem Fels, wo es jedes vorbeifahrende Boot sehen konnte.

Aber ich war die Einzige, die zusah, und ich beobachtete John und Ev bis zum Ende, bis er kam und sie in kehliges Schluchzen ausbrach, ihm die Arme um den Hals schlang, seinen Namen rief und dass sie ihn liebte. Es klang verzweifelt. Es klang glücklich. Er kniete vor ihr, nahm sie in die Arme und vergrub das Gesicht in ihrem Nacken. So saßen sie da, nackt, ineinander verschlungen, bis ich merkte, dass der Morgen endgültig da war und ich ins Bett gehen musste, wenn ich nicht beim Spannen erwischt werden wollte.

JULI

KAPITEL ZWEIUNDZWANZIG

Das Geheimnis

In jener ersten Juliwoche schwamm ich, als müsste ich mich vor dem Ertrinken retten. Wovor ich wegschwamm oder auf was ich zusteuerte, wusste ich nicht, aber allein in den zwei vergangenen Tagen war so viel geschehen, dass ich kaum wagte mir auszumalen, was der Rest des Sommers bringen mochte.

Jeden Tag kraulte ich vom Badefelsen hinaus zur Plattform, an der ich mich hochzog und so lange in die wärmende Sonne legte, bis mein Badeanzug getrocknet war. Ich zählte die geschwollenen Mückenstiche an meinen Ober- und Unterschenkeln. Die rosa Quaddeln juckten wie verrückt, aber meine Willenskraft war proportional zu dem Blutverlust angewachsen, und ich fühlte mich heroisch und stolz, wenn ich die Hände unter meine Oberschenkel steckte. Tag für Tag blinzelte ich über meine Knie – seit meiner Kindheit hatte ich mich nicht mehr so viel mit ihnen befasst – und das blendend glitzernde Wasser hinweg zurück zum Ufer und beobachtete die gertenschlanken Körper der Winslows im Gegenlicht.

Galway und ich hatten uns seit dem magischen Augenblick oben in den Baumkronen nicht mehr gesprochen. In regelmäßigen Abständen klang die Frauenstimme, die kurz vor dem Morgengrauen bei ihm ans Telefon gegangen war, warnend in meinem Kopf nach, da konnte ich mich beim Sport so verausgaben, wie ich wollte. Danach hatte ich es nicht mehr gewagt, seine Nummer zu wählen, und am Dienstagnachmittag, als ich die Füße von der sanft schaukelnden Badeinsel in den gleißenden See baumeln ließ, hatte ich mir eingeredet, dass der Kuss und vielleicht sogar Galway selbst ein Produkt meiner einsamen Fantasien waren.

Auch Athols bedrohlicher Tonfall wollte mir nicht aus dem Kopf, obwohl die Sache bei Tageslicht betrachtet fast lachhaft war, besonders, wenn ich auf der Kante des Pontons saß, die Augen mit der Hand beschattete und zurück in Richtung Strand blickte, wo Athol dem kleinen Ricky gerade das Schwimmen beibrachte. Der kleine Junge spritzte und strampelte wie verrückt und kreischte mit einer Mischung aus Angst und Begeisterung, während sein sonnengebräunter Vater ihn an der Wasseroberfläche festhielt. Birch sah vom Ufer aus zu, und ich musste wieder an seine scharfen Worte Gammy Pippa gegenüber denken, als die alte Dame unerklärlicherweise mein Gesicht mit ihren Händen umschlossen hatte: ich sei Evs Zimmergenossin, nichts weiter. Beide Begegnungen hatten eine tiefe Verstörung in mir hinterlassen, deren Grund ich nicht benennen konnte.

Abgesehen von Athol und Birch und Gammy Pippa und Galway und dem verschlafenen »Hallo« schaffte ich es einfach nicht, die Erinnerung an Johns und Evs Liebesakt aus meinem Gedächtnis zu tilgen, gleichgültig, wie viele Wassermeter ich täglich durchmaß. Der Ausdruck »sich lieben« war mir immer kitschig vorgekommen, aber jetzt verstand ich ihn auf einmal. Und ich sehnte mich danach. War so was normal? Menschen, die man kennt, dabei zu beobachten, wie sie einander besteigen, einander begatten wie die Tiere, und genau danach zu verlangen, obwohl es so lachhaft mechanisch ist, was ein Körper mit einem anderen anstellt? Eine Hand in seinem tiefsten Innern zu spüren, die nach dem greift, was die anderen haben, mit einer Sehnsucht, die so verzehrend ist, dass man weinen oder stöhnen oder zerfließen möchte wie sie?

Und deswegen schwamm ich wie ein Fisch, schwamm auf und ab und rauf und runter, bis ich meinte, nicht mehr schwimmen zu können, und dann schwamm ich trotzdem weiter. Manchmal gesellte sich Lu zu mir, gab mir Tipps zur Arm- und Fußhaltung, und ich verbesserte meine Form und war dankbar, dass die Anstrengungen sich an meinem Körper abzuzeichnen begannen. Begeistert erzählte Lu mir von Owen – sie hatten hinter den Tennisplätzen miteinander geknutscht, er hatte die Hand unter ihr T-Shirt gesteckt und seine Finger hatten sich vielversprechend angefühlt. Am Mittwoch flüsterte sie: »Ich hab ihn da angefasst … seinen, du weißt schon«, als Owen und die Jungs von der Insel sprangen, die unter uns schwankte.

»Hat schon mal jemand mit dir über Sex geredet?«, fragte ich, während die Jungs dem Ufer entgegenpflügten und Athol und Ricky rücksichtslos nassspritzten.

Lu seufzte. »Wieso, willst du?«

»Nein, aber schwanger werden kannst du schon. Du bist vierzehn, Lu.«

Ich erwartete eine wegwerfende Reaktion à la Ev, aber stattdessen schlang Lu die Arme um mich und küsste mich ganz unerwartet auf die Schulter. »Danke, dass du dich um mich sorgst«, sagte sie, rannte los und machte eine Arschbombe ins Wasser. Ich spürte den Kuss noch auf der Haut, als sie schon längst wieder am Ufer war.

Früh an diesem Morgen war Ev, einen Koffer in der Hand, aufgebrochen; ich hatte die Augen aufgeklappt und »Wo willst du hin?« gekrächzt. Sie hatte nur erwidert: »Keine Sorge, ist nicht so, als ob ich mich amüsieren gehen würde.« Aber natürlich hatte es mich doch nicht losgelassen. Ich hatte mich aus den Federn gequält und unser Häuschen durchforstet, bis ich den kleinen Zettel auf dem Esstisch gefunden hatte: »Mom hat mich für einen angeblich ›schönen gemeinsamen Ausflug‹ nach Kanada gekidnappt. Grausam! Drück bloß die Daumen, dass ich morgen wieder da bin.« Das Alleinsein war ein befreiendes Gefühl, andererseits vermisste ich Ev nach ein paar Stunden, nachdem ich ein gutes Stück geschwommen war, schon.

Da mich zu Hause niemand erwartete, beschloss ich, auf dem Rückweg vom Badefelsen bei Indo vorbeizuschauen. Sie war ein paar Tage in Boston gewesen, aber in der vergangenen Nacht hatte ich das vertraute Tuckern ihres alten Kombis gehört, der über den Berg und durch die große Wiese fuhr. Mit klopfendem Herzen marschierte ich auf ihr Cottage zu; ich wollte ihr erzählen, was ich auf dem Dachboden entdeckt hatte. Aber je mehr ich darüber nachdachte, desto unschärfer wurde das, was ich da überhaupt entdeckt hatte – genau wie die Erinnerung an Galways Kuss. Irgendwelche Dokumente über einen Bankrott vor Urzeiten? Danach eine positive Vermögensbilanz? Die Tatsache, dass Bard nicht der erste, sondern der zweitgeborene Sohn war? Das waren Offenbarungen, die eines Detektivromans für kleine Mädchen würdig und für eine Winslow vermutlich gar nichts Neues waren. Außerdem war mir etwas wie Indos brauner Aktenordner nach wie vor nicht in die Finger gekommen. Ein kühler Wind zerzauste meine nassen Haare, und beinah wäre ich einfach an ihrem Haus vorbeigegangen. Sie würde mir Clover sowieso nicht schenken – demzufolge, was Galway mir erklärt hatte, konnte sie das gar nicht.

Ach, was soll's, dachte ich, ich schaue jetzt bei Indo vorbei und frage sie noch einmal nach dem Ordner – es muss irgendein Detail geben, das mir bisher entgangen ist. Mabel Dagmar, die geborene Optimistin.

Ich war froh, als ich den Kombi vor dem Haus stehen sah. Ich wollte gerade anklopfen, da wurde die Tür mit einem Ruck aufgerissen.

Vor mir stand Birch. »Hallo hallo«, sagte er mit einem fröhlichen Grinsen. »Du wolltest Indo besuchen?«

»Ist sie da?«

»Tut mir leid, sie hat sich eben gerade zum Mittagsschlaf hingelegt.«

Das vertraute Klicken von Klauen auf Holz war zu hören, als Fritz, seine Kompagnons im Schlepptau, mit einem Wahnsinnsgekläff auf mich zugestürzt kam. Ich kniete mich erwartungsvoll hin, weil ich ihn hinter den Ohren kraulen wollte. Doch als der Hund fast an der Tür war, schob sich Birchs Mokassin wie automatisch unter den tief hängenden Bauch des Dackels und kickte ihn quer durch die Küche, wo er gegen den Schrank unter der Spüle flog. Winselnd landete der Hund dort wie eine Lumpenpuppe, und Birch trat nach draußen und zog die Tür hinter sich zu, ohne auch nur für einen Moment das Lächeln einzustellen. »Komm doch mit zum Tee!«, rief er. »Du kannst Indo besuchen, wenn sie wieder wach ist!«, fügte er hinzu, legte die Hand auf meine bloße Schulter und schob mich in Richtung Trillium.

»Nimmst du Milch oder Zucker?«, fragte Birch, während eine Frau ein Teetablett hinaus auf die sonnige Veranda brachte. Einer der beiden Spaniel, die neben Birchs Korbstuhl auf dem Boden lagen, hob den Kopf und knurrte das geschirrklappernde Dienstmädchen an, die ihn aber unbeachtet ließ, als sie das Silberservice absetzte und uns augenblicklich wieder allein ließ. Auf dem Tablett häuften sich frischgebackene Schokoplätzchen; ich wollte zwar eigentlich nichts mehr mit Butter, Zucker oder Weißmehl zu mir nehmen, aber sie dufteten einfach unwiderstehlich und ich fand, dass ich der Hausangestellten zuliebe wenigstens eins probieren musste.

Beim Gedanken an den quer durch Indos Küche fliegenden Fritz rutschte ich nervös auf dem Sitz herum. Hatte Birch mir bei Indo aufgelauert? Und wenn ja, warum? Hatte er etwa herausbekommen, dass Indo mir ihr Haus in Aussicht gestellt hatte, dass ich in seiner Familiengeschichte herumschnüffelte? Unter seinem forschenden Blick kam ich mir in meinem Badeanzug richtiggehend nackt vor. Ich verschränkte die Arme vor der Brust und hoffte, dass er es, falls er mich rausschmeißen wollte, kurz und schmerzlos machen würde.

»Haben Sie etwas von Ev und Tilde gehört?«, fragte ich, dankbar, dass sie nicht auch noch da war, um mich kritisch zu beäugen. Ich erlag dem Plätzchenduft und biss in eins hinein.

Er schüttelte den Kopf. »Du kennst die Frauen doch. Können vor lauter Shoppen keinen Gedanken mehr an zu Hause verschwenden.« Ich wusste allerdings, dass ein Shoppingtrip mit ihrer Mutter so ziemlich das Letzte war, was Ev Spaß machen würde; wie hatte sie doch so schön geschrieben: »Grausam!« Ich fragte mich, ob Tilde etwas über Johns und Evs Verhältnis herausgefunden hatte. Vielleicht sollte ich deswegen verhört werden. Falls dies ein Verhör war.

Als hätte eine Eieruhr in seinem Kopf geklingelt, schenkte uns Birch mit abgezirkelten Bewegungen den Tee ein. Er legte ein silbernes Teesieb über die hauchdünnen Porzellantassen. Schwarz dampfender Tee floss aus der Kanne. Seine Hände bewegten sich zielgerichtet wie bei einer Zeremonie. Er lehnte sich erst zurück, nachdem er den ersten Schluck zu sich genommen hatte.

»Ja, meine Liebe«, sagte er, im Korbstuhl zurückgelehnt, »ich weiß gar nicht, ob wir jemals richtig zum Ausdruck gebracht haben, wie sehr wir es zu schätzen wissen, dass du dich so reizend um unsere Genevra kümmerst.«

»Wir sind beide füreinander da«, sagte ich und verspeiste nervös den nächsten Keks. »Sie ist eine wunderbare Freundin.«

»Du bist die wunderbare Freundin.«

Ich nippte an meinem Tee. Er war bitter. Aber nun hatte ich den Zucker schon abgelehnt.

»Es ist nämlich so …« Er stellte seine Tasse ab. »Ich erwähne das nicht gern, weil ich auf keinen Fall für Spannungen zwischen euch Mädchen sorgen möchte. Ihr scheint euch ja prächtig zu verstehen.«

Ich stellte meine Tasse ebenfalls ab.

»Bei unserem ersten Dinner, zum Sommerauftakt bei uns im Haus, da hast du etwas erwähnt – ich glaube, von ›Inspektion‹ war die Rede.«

»Genau«, stellte ich klar, »die Winslow-Tradition, der zufolge jemand sein Ferienhaus ordentlich herrichten muss, wenn er es erben will und –«

Er hielt die Hand hoch. »Ich muss dich unterbrechen. Es ist nämlich so, mein Kind, dass es in der Tradition der Winslows so etwas wie eine ›Inspektion‹ nicht gibt. Wenn ein Cottage erst einmal an jemanden übergeben worden ist, dann schauen wir demjenigen nicht mehr über die Schulter. In seinem Haus kann hier jeder tun und lassen, was er will, er kann es nach seinem Gutdünken einrichten und pflegen. Du hast ja Indos fürchterliche Kaschemme schon gesehen. Die würde sicherlich bei keiner Inspektion irgendeiner Art durchgehen und erfüllt garantiert keine Sicherheitsvorschriften oder familiären Mindeststandards, wenn es so etwas in unserer Satzung gäbe.«

»Aber Ev hat gesagt …« Ich versuchte, mich an alle Einzelheiten zu erinnern, die Ev mir über die Inspektion erzählt hatte. Zum ersten Mal war im Bahnhof von Plattsburgh die Rede davon gewesen. Birch runzelte die Stirn. »Ach, liebes Kind …« Er seufzte. »Du bist ein ehrliches Mädchen, das weiß ich. Du bist es nicht gewohnt, von anderen manipuliert zu werden, damit sie das bekommen, was sie wollen. Wir lieben unsere Genevra heiß und innig, aber sie hat seit ihrer Kindheit gewisse … Probleme. Mit der Wahrheit, unter anderem.«

Mein Gesicht glühte. »Wollen Sie mir sagen, dass sie sich die Inspektion ausgedacht hat? Dass sie mich angelogen hat? Aber warum sollte sie das machen?«

Birch beugte sich vor. Er legte die Finger an die Lippen und schloss kurz die Augen. »Genevra wird demnächst eine stattliche Summe erben. Ihren Anteil am Familienvermögen. Sie ist ja nun volljährig. Doch bevor die Erbschaft an sie ausgezahlt wird, muss das vom Vorstand genehmigt werden und, nun ja, als Familienoberhaupt, auch von mir. Ich bin überzeugt, dass sie es nicht böse gemeint hat. Sie wollte sich Tilde und mir einfach von ihrer besten Seite zeigen und uns mit einem aufgeräumten Haus beeindrucken. Und wahrscheinlich glaubte sie, dass eine Geschichte über eine angebliche Inspektion dich … motivieren würde. Damit du so hart wie möglich arbeitest. Und ich das Cottage dann sehen und glauben würde, dass sie dafür geeignet ist, das zu erben, was ihr ihrer Meinung nach zusteht.«

Wie betäubt lehnte ich mich im Stuhl zurück.

»Falls es dich beruhigt: Etwas in dieser Art hat sie schon mit fast jedem gemacht, den sie liebt. Sie ist halt so, sie kann nichts dafür. Auch wenn es das natürlich nicht besser macht.«

»Ich weiß nicht, was ich sagen soll.« Die Freundschaft zu Ev mit all ihren Licht- und Schattenseiten lief rasend schnell vor meinem inneren Auge ab. Der Verdacht, den meine Mutter anfangs in mir gesät hatte, wurde augenblicklich wieder wach, und ich verfluchte mich dafür, dass ich ihre Warnungen als Verfolgungswahn abgetan hatte. Ich konnte einfach nicht glauben, dass Ev mich mit einer derartigen Nonchalance angelogen und sich einfach ausgedacht hatte, dass ich nach Hause geschickt werden könnte. Aber es hatte ja funktioniert, oder etwa nicht? Es hatte mich dazu bewegt, eine Woche schrubbend auf Händen und Knien zu verbringen.

Birch war noch nicht fertig. »Das mag sich jetzt für deine Ohren vielleicht übertrieben liberal anhören, aber in finanzieller Hinsicht spielt es keine Rolle, dass sie dich angelogen hat. Ich kann nicht die Vermögenszahlungen an meine Tochter stoppen, nur weil sie Lügengeschichten erzählt. In privater Hinsicht hat das natürlich trotzdem Folgen. Mabel, ich möchte mich hiermit im Namen meiner Tochter entschuldigen. Sie ist … nicht immer einfach, und ich hätte natürlich Verständnis dafür, wenn du deine Sachen packen und abreisen willst.«

»Nein nein«, entgegnete ich schnell, voller Panik, dass er mich wegschicken wollte. »Nein, es ist schon hart, und ich muss mit ihr darüber reden, aber –«

»Und damit kommen wir zum nächsten Aspekt«, unterbrach er. »Ich möchte dich um etwas bitten, vielleicht findest du mich ja zu wenig streng in dieser Hinsicht, aber … weißt du, Mabel, ich möchte dich bitten, dass diese Sache unter uns bleibt. Nicht, weil ich Genevras Verhalten entschuldigen möchte. Aber es bereitet mir Sorgen.«

»Ich soll ihr also nicht sagen, dass ich weiß, dass sie mich angelogen hat?«

Er nickte.

Als ich meinen Blick hob, sah ich das Hausmädchen, das drinnen irgendeine sich ständig wiederholende Bewegung machte – abstauben, polieren oder zusammenfalten. Die monotonen Armbewegungen von Arbeiten, die meine Vorfahrinnen getan haben könnten.

Ob sie uns wohl hörte? Ich fragte mich, ob der van Gogh wieder an der Wand hängen mochte.

Ich stopfte mir noch einen Keks in den Mund. »Warum bereitet es Ihnen Sorgen, dass Ev es mit der Wahrheit nicht so genau nimmt?«

»Sie ist noch nie ein einfaches Kind gewesen und hatte immer schon Schwierigkeiten damit, Realität und Ausgedachtes auseinander zu halten. Das Schlimmste ist aber, dass sie auch selbstzerstörerisch sein kann. Wahrscheinlich kannst du dir kaum vorstellen, dass sie sich selbst manchmal Schlimmeres zugefügt hat als das, was sie dir nun angetan hat … jedenfalls hat Genevra mehrmals versucht, sich selbst … etwas anzutun.«

»Hat sie etwa …?« Ich fragte mich, ob er damit andeuten wollte, dass sie einen Selbstmordversuch hinter sich hatte. Ich zitterte bei dem Gedanken, aber völlig überrascht hätte es mich nicht, wenn ich daran dachte, in welchem Zustand sie nach unserem Segeltörn auf Erics Yacht war.

»Sie ist unsere Tochter. Es ist uns ein scheußlicher Gedanke, dass sie … sich schlecht benimmt, aber viel schlimmer wäre es, wenn sie sich irgendwie ins Unglück stürzte. Und deswegen wollte ich mich heute mit dir unterhalten. Um dich als unsere Verbündete in dieser Sache zu gewinnen.«

Ich war erleichtert, dass er mich nicht wegschicken wollte, im Gegenteil, sogar überzeugt war, dass ich ihnen irgendwie helfen konnte. »Ich will Ihnen helfen, so gut ich kann«, erwiderte ich.

»Meine Bitte ist ein wenig seltsam, aber ich möchte dich bitten, dass du mich unterrichtest, wenn dir ein seltsames Verhalten an Genevra auffällt. Ich meine damit nicht der normale Unsinn, den junge Mädchen heutzutage im Kopf haben, ich meine, wenn du beobachtest, dass sie etwas … Gefährliches macht. Wenn sie Entscheidungen trifft, die nicht zu ihrem Wohlergehen beitragen. Ich hoffe, du weißt, dass du damit jederzeit zu mir kommen kannst. Und dann nicht meinst, du würdest petzen.«

»Absolut«, sagte ich schnell, »absolut«, voller Erleichterung, auch wenn ich sofort vor Augen hatte, welche Eskapaden sich Ev allein in der Vorwoche geleistet hatte. Aber das hier war eine andere Welt, und die Winslows schienen rein gar nichts an Verhaltensweisen zu finden, die meine Mutter ins Grab gebracht hätten. Ob ich Evs Vater fragen sollte, was er unter gefährlichem Verhalten verstand – Geschlechtsverkehr unter freiem Himmel? Rauchen? –, damit ich wenigstens wusste, ob es Anlass zur Sorge gab oder nicht, aber er redete schon weiter.

»Und bitte melde dich einfach, wenn du etwas brauchst, Mabel.« Er räusperte sich. »Manchmal ist es unangenehm, über Finanzielles zu sprechen, aber du bist jetzt Teil unserer Familie, und wir sorgen für die Unsrigen.«

Unwillkürlich traten mir die Tränen in die Augen – noch nie hatte jemand so mit mir geredet, am allerwenigsten mein eigener Vater. Doch bevor mir darauf eine angemessene Reaktion einfiel, war Birch bereits aufgestanden. Er nahm einen kräftigen Schluck aus seiner Teetasse und setzte sie dann klirrend auf die Untertasse ab. »So, wenn du mich dann entschuldigen würdest …« Und damit machte er auf dem Absatz kehrt und verschwand im Haus. Die Hunde grummelten und trotteten ihm hinterher. »Und bring dem alten Sauertopf Indo ein paar Kekse mit«, rief er noch über die Schulter und war verschwunden.

Ich trank meinen Tee allein aus und hoffte nur, dass Athol mich nicht hier vorfinden und beschuldigen würde, ich wolle das Porzellan mitgehen lassen, doch dann genoss ich die Sonne, die auf die breite, weiß gestrichene, herrlich großzügige Veranda schien, und überlegte, wie ich die Sache mit Ev angehen sollte. Zum Glück war sie verreist, sodass ich mich erst mal noch nicht mit ihr zu befassen brauchte. Eigentlich hatte es sich doch noch zu einem perfekten Tag entwickelt – die geschmackvollen Korbmöbel, der Ausblick, das angenehm gesättigte Gefühl in meinem Bauch. Ich überlegte kurz, ob ich mich auf der Hollywoodschaukel zusammenrollen und ein Nickerchen machen sollte. Birch hätte sicher nichts dagegen gehabt.

Mir fiel auf, dass von dem Hausmädchen gar nichts mehr zu hören war. Ich erhob mich von meinem feucht gewordenen Sitzpolster und schlenderte ins Sommerzimmer. Der van Gogh hing wieder an Ort und Stelle. Das Bild zog mich mit seinen dem Mitternachtshimmel entgegenstrudelnden Bäumen sofort wieder magisch und unwiderstehlich an. Noch nie hatte ich ein Kunstwerk erlebt, das man schmecken und riechen und hören konnte. Ich wollte ihm einfach nur nah sein und mich in ihm verlieren.

Das Dienstmädchen tauchte wieder auf und erschreckte sich, als sie mich sah.

»Das ist ein echter van Gogh«, sagte ich leise.

Ihre Augen tanzten einen kurzen Moment über das Gemälde, bevor sie zu Boden sah. Wäre ich jemand anderes gewesen, die, die ich heute bin, hätte mir ihr Gesichtsausdruck alles gesagt, was ich wissen musste. Doch stattdessen sah ich die niedergeschlagenen Augen der Frau nur als Beweis dafür, dass ich nicht wusste, wie man mit Untergebenen sprach, und entschuldigte mich bei ihr.

Sie händigte mir einen gestreiften Brotbeutel aus. Ich füllte ihn mit Keksen, bevor ich dem Geheimnis – ohne zu wissen, dass es eins war – einen letzten Blick zuwarf und das Haus verließ.

KAPITEL DREIUNDZWANZIG

Das Buch

Am nächsten Tag war Ev noch immer nicht wieder da. In Clover war es still, als ich klopfte. Eine säuerlich dreinblickende Indo öffnete die Tür einen Spalt weit. »Was ist das?«, fragte sie misstrauisch und zeigte auf den Brotbeutel, dem ich den ganzen Abend heroisch widerstanden hatte.

»Kekse!«, rief ich freudig und merkte, dass mir der Räucherstäbchenduft von Indo und ihrem Haus gefehlt hatte. Die Kekse verschafften mir Zutritt.

Indo bewegte sich schwerfälliger, als ich es die letzten Male bei ihr beobachtet hatte, als müsse sie bei jedem Schritt vorsichtig sein, nicht in irgendeinen Abgrund zu fallen. Sie sah dünner aus als sonst. Als sie sich stöhnend an dem breiten Tisch auf der Veranda niederließ, erkundigte ich mich besorgt, wie es ihr ging.

Sie biss in einen Keks. Schloss die Augen und kaute bedächtig und voller Genuss. Ganz im Gegensatz zur Trillium-Veranda wirkte hier in Clover alles modrig und lebendig: Die Bodenlatten bogen sich hoch und die schmutzige Farbe blätterte ab, als seien sie eine sich häutende Schlange. Auch das Mobiliar war ungestrichen und angeschimmelt, und die wackligen Korbstühle sahen aus, als könnten sie jeden Augenblick unter uns zusammenbrechen. Mir wurde auf einmal klar, dass Indo niemanden hatte, der ihr im Haushalt half. Ich versuchte nicht daran zu denken, was das für mich und meine eigene Zukunft bedeuten mochte.

»Ich habe gehört, Lulu hat einen kleinen Freund«, sagte sie schließlich, während sie sich die Schokolade von den Fingern leckte.

»Er ist echt süß.«

»Der Junge ist doch noch ein halbes Kind.«

»Das schon, aber besser als ein erwachsener Mann, würde ich sagen.«

»Und du, meine Liebe, bist sehr viel schlauer als du aussiehst.« Ich errötete bei diesem zweideutigen Kompliment. »Und du?«

»Ich?«

»Irgendwelche tollen Männer gesichtet?« Ihr Blick war herausfordernd direkt. Ich war mir sicher, dass sie die Antwort auf diese Frage bereits kannte – jeder, der beobachtet hatte, wie Galway mich an der Hand quer durchs Festzelt zu Gammy Pippa geführt hatte, konnte vermuten, dass da etwas war. Aber ich hielt den Mund. Schließlich senkte sie ihren Blick. »Na, ist vielleicht auch besser so. Da erspart man sich eine Menge Herzschmerz«, beendete sie das Thema. »Und was machen deine Recherchen im Winslow-Archiv?«

»Genau darüber wollte ich mit dir sprechen«, sagte ich forsch. »Nach was für Informationen – Beweisen, nanntest du es, glaube ich – suche ich eigentlich genau?«

»Ja ja.« Sie winkte ab, als sei sie von meiner Nachfrage gelangweilt.

»Ich habe nichts ausfindig machen können, das nach dem braunen Aktenordner aussieht, den du beschrieben hast. Könnte er denn vielleicht irgendwo anders sein als auf dem Dachboden?«

»Da gibt es Dutzende von Möglichkeiten«, sagte sie leichthin, »die meisten allerdings hinter Schloss und Riegel. So leid es mir tut, es war vergebliche Liebesmüh.«

»Gibt es denn Dinge, die im Archiv fehlen?« So schnell ließ ich nicht locker.

»Wie meinst du das?«

Die Frage war mir wie von selbst über die Lippen gekommen, aber jetzt, wo sie draußen war, wusste ich auch warum. Indo war es gewesen, die mich ins Archiv geschickt hatte, die mir Versprechungen gemacht hatte, was ich dort alles finden würde, die mich angefleht hatte, einen Beweis für etwas zu finden, das sie nicht genauer benennen wollte. Der Aktenordner war ganz eindeutig nicht dort. Und jetzt tat sie auf einmal so, als spiele er gar keine Rolle.

Vielleicht war er wirklich nicht wichtig. Vielleicht hatte sie mich nur auf die Probe gestellt. Wollte herausfinden, wie sehr ich mich in eine Sache verbeißen konnte, wenn ich etwas wirklich wollte. »Ich brauche mehr Hinweise, eine andere Möglichkeit, um das zu finden, wonach wir suchen. Falls du wirklich willst, dass ich es finde.«

Mit einem Schlag war das Lächeln aus Indos Gesicht verschwunden. Eine geschlagene Minute lang saß sie regungslos da. Dann stand sie ohne ein einziges Wort auf und verließ die Veranda. Fritz wackelte ihr hinterher, während die beiden anderen Dackel auf dem müffelnden Kissen weiterschnarchten. Von Indo war nichts mehr zu hören. Was sollte ich jetzt tun – am Tisch sitzen bleiben? Gehen? Scheinbar hatte ich sie verletzt. Ich stand auf und wischte die Kekskrümel auf dem Tisch zusammen, als Indo mit langen Schritten zurück auf die Veranda kam und ein altes, abgenutztes Büchlein mit einem zerschlissenen schwarzen Einband in meine Hände legte. Es roch ein wenig nach Erde.

»Geh jetzt besser«, sagte sie leise, aber bestimmt.

»Was ist das?«

Sie drückte meine Hände. »Gutes Kind«, flüsterte sie. »Verstecke es gut. Traue niemandem.«

Und bevor ich wusste, wie mir geschah, stand ich wieder draußen vor Indos Haus, blinzelte in die Sonne und fragte mich, was genau sie da meiner Obhut anvertraut hatte.

KAPITEL VIERUNDZWANZIG

Die Schildkröten

Auf der Veranda von Bittersweet erwartete mich Lu, die die Beine über die Armlehne des Rattansofas baumeln ließ. Sobald sie mich hörte, sprang sie auf. »Ich hab eine Überraschung für dich!«

Ich sagte ihr, ich müsste dringend aufs Klo und sei sofort bei ihr – eine bessere Ausrede fiel mir nicht ein. Im Bad fand ich unter dem Waschbecken ein löchriges Handtuch, das ich zum Putzen aufgehoben hatte. Ich wickelte Indos schwarzes Büchlein, das ich unbemerkt hergebracht hatte, hinein und stopfte das Bündel ganz hinten in das Schränkchen, hinter die Flaschen mit Sonnencreme und Insektenspray und nie benutztem Schaumbad.

»Eine Überraschung?«, fragte ich, als ich aus dem Bad kam.

»Hab ich selbstgemacht!« Sie überreichte mir ein selbstgeflochtenes Freundschaftsbändchen aus Plastikschnüren – türkis, rot, dunkelgrün. Natürlich war ich nicht enttäuscht – es war ein schönes Geschenk –, aber wahrscheinlich erwartete ich mittlerweile irgendwie, dass Geschenke bei den Winslows – nun ja, teuer waren. Ich zögerte einen Augenblick länger, als gut gewesen wäre.

»Gefällt es dir nicht?«, fragte Lu, wobei ihre Augen an Glanz verloren.

»Doch, es gefällt mir total!«, verkündete ich übertrieben enthusiastisch, stellte den Fuß aufs Sofa und knotete das Bändchen um meinen Knöchel. »Darf ich's auch da tragen?«

»Du kannst es ruhig sagen, wenn es dir nicht gefällt.«

»Ich finde es toll. Und am tollsten finde ich, dass du es für mich gemacht hast.« Aber ich merkte dennoch an der Art, wie sie sich versteifte, als ich ihr ein Küsschen auf die Wange gab, dass ich sie verletzt hatte.

Die nächste Stunde plagte mich eine schreckliche Neugier, was wohl in Indos Büchlein stehen mochte. Aber Lu wollte sich einfach nicht verdrücken – sie hatte sich in unserem Häuschen breitgemacht und wurde immer ungehaltener, weil sie spürte, dass ich mit den Gedanken woanders war; ich versuchte, das wieder gut zu machen und quetschte sie über Owen aus. Aber ich bekam nur vieldeutiges Achselzucken als Antwort, und schließlich giftete sie mich an: »Der will heute lieber was mit seinen Freunden machen.« Deswegen war sie also sauer auf mich – weil sie außer mir keinen anderen Zeitvertreib hatte.

»Fühlst du dich denn gar nicht allein?«, fragte sie. »Ich dachte, du wärst vielleicht einsam ohne Ev.«

Ich merkte, dass das zum ersten Mal seit längerer Zeit nicht der Fall war.

»Was kann ich nur tun, um dich aufzuheitern?«, fragte ich, nachdem wir aberdutzende Runden Spit gespielt hatten, Lus Lieblingsspiel. Sie hatte mich Runde um Runde geschlagen und mir schmerzhafte Klapse auf die Handrücken verpasst, während wir im Schneidersitz auf dem kalten Boden der winzigen Veranda saßen. Ich hatte ihr ein Grilled Cheese Sandwich gemacht, doch selbst das hatte sie nur widerwillig gegessen und die Kruste liegengelassen. Sie hatte meine sämtlichen Vorschläge abgeschmettert – kein Schwimmen, kein Backen, keinen Spaziergang. Mich überkam das Gefühl, dass ein ganzer Nachmittag mit ihr nicht besser als das Babysitten der Nachbarskinder bei uns zu Hause in der Straße war.

»Bitte, sag doch was«, flehte ich sie an – ich wollte meine Freundin Lu wiederhaben. »Ich tu alles, wenn du nur aufhörst zu schmollen!« Wenn ich den Tag mit ihr verbringen musste und nicht mit dem geheimnisvollen Büchlein, das Indo mir anvertraut hatte, dann konnten wir uns wenigstens amüsieren.

Lu verschränkte aus Protest gegen meinen herablassenden Tonfall die Arme vor der Brust und streckte die Unterlippe heraus. Doch als sie draußen hinter dem Fliegengitter einen Schwarm Schwarzkopfmeisen sah, der zwischen Gebüsch und Baum direkt vor unserer Tür herumflatterte, besserte sich ihre Laune schlagartig. »Habt ihr irgendwelche Körner?«, fragte sie, sprang aber schon auf, bevor ich antworten konnte. Mit einer Hand voller Haferflocken tauchte sie wieder aus der Küche auf und machte einen Schritt über die frisch ausgeteilten Karten hinweg und zur Fliegentür hinaus.

Wie verschwommene weiße, schwarze und braune Flecken sahen die herumflatternden Vögelchen aus, die vom Quietschen der Türangeln aufgeschreckt wurden. Lu verstreute ein paar Haferflocken auf dem Erdboden vor der Verandatreppe, setzte sich dann auf die unterste Stufe, zog die Füße ein und streckte ihre offene Handfläche hin, auf der die übrigen Haferflocken in einem Häufchen lagen. Sie saß still wie eine Statue.

Die Schwarzkopfmeisen flogen über Lu hinweg und berichteten einander mit lautem Zwitschern von den guten Neuigkeiten. Sie sprangen vom Busch auf den Baum und wieder zurück, entwickelten Zutrauen, bis eine Meise den Mut aufbrachte, ein paar Schritte vor der bewegungslosen Lu auf der Erde zu landen. Das Vögelchen pickte nach den Haferflocken und rief dann seine Freunde herbei, die sich dazugesellten. Vorsichtig umkreisten sie Lu und beäugten das Festmahl in ihrer Hand. Sie rührte sich nicht, hustete nicht, nieste nicht. Ich war hingerissen.

Die erste Meise wagte sich vor. Sie näherte sich Lus Hand im Sturzflug und war so schnell wieder verschwunden, wie sie gekommen war. Doch Lu hatte sich durch ihre Willenskraft in eine Art Baum verwandelt, und die Vögel fingen mutig an, auf ihrer Hand zu landen, als sie sich überzeugt hatten, dass sie nicht gefangen oder angegriffen würden, nahmen eine Haferflocke in den Schnabel, flatterten weg, um sie auf einem Zweig zu verspeisen und kamen wieder zurück, bis Lu der einzige Fixpunkt in einem Wirbel übermütigen Geflatters und Gezwitschers war. Die Meisen pickten alles restlos weg. Erst als die Haferflocken aufgepickt und die Vögel weitergejagt waren, drehte Lu sich strahlend zu mir um. »Und jetzt fahren wir zur Schildkrötenbucht.«

Wir stiegen in ein weißes Ruderboot, das am Anleger neben dem Badefelsen angebunden war. Ich hatte das letzte Mal in einem Ruderboot gesessen, als Galway mich vor Murray gerettet hatte. Ich war dankbar, dass ich heute mit Lu in einem Boot saß, aber sie lachte sich kaputt, als sie sah, wie ich mich an der Schwimmweste festklammerte (»Du brauchst das Ding nicht festzuhalten, es ist an deinem Körper befestigt«) und fragte, ob ich rudern wolle, aber ich saß lieber im Bug, schloss die Augen und betete, dass wir nicht kentern würden.

Wir ruderten auf kürzestem Weg mitten über die Winslow Bay, durch die geschützte Stelle hindurch, an der mit beginnendem Wochenende schon wieder die ersten Yachten ankerten. Frauen in Bikinis sprangen vom Heck blitzender Luxusboote. Ich blickte über die Schulter zurück. Hinter uns sah ich Trillium und Clover, die kleiner und kleiner wurden, bis sie hinter den Bäumen verschwanden. Es war später Nachmittag, und eine der jungen Familien traf gerade auf dem Badefelsen ein, aber wer es war, konnte ich nicht erkennen. Ich beobachtete Lus Gesicht – sie strahlte eine heitere Ruhe aus, die ich nicht stören wollte. Gleichmäßig und kräftig ruderte sie unserem Ziel in ihrem Rücken entgegen.

Als wir uns der gegenüberliegenden Seite der Bucht näherten, stellte sich heraus, dass das, was ich aus der Ferne immer für durchgehendes Ufer gehalten hatte, in Wirklichkeit drei Landzungen waren, zwischen die sich kleine, geschützte Buchten schmiegten. Wir hielten auf die felsige Steilküste zu. Es war still auf dieser Seite.

»Gehört das hier auch noch zu Winloch?«, fragte ich, als wir in die schattige Bucht eintauchten. Das Wasser war flach, ein Sandsteinplateau und kleine Fische, die unter unserem Boot herumhuschten, deutlich zu erkennen.

»Ich glaube schon«, antwortete Lu. »Jedenfalls hat mich noch nie jemand genervt.« Mir wurde klar, dass Lu als Winslow-Sprössling noch nie erlebt hatte, wie man sich fühlte, wenn einen jemand von seinem Grundstück vertrieb. Sie sagte: »Die Männer aus dem Ort kommen frühmorgens hierher zum Angeln. Sie haben diese grässlichen Motorboote, die einen fürchterlichen Lärm machen, die lassen sie einfach vor sich hinknattern, dann halten sie ihre Angeln rein, ziehen sie hinter sich her und hoffen, dass irgendwas beißt.« Sie rümpfte die Nase. »Das ist doch kein Angelsport, so was. Außerdem kommen sie viel zu nah ans Ufer.«

Ich brauchte nicht zu fragen, was uns das Recht gab, hier anzulanden, als sie sich mit dem Ruderblatt von der Felsnase abstieß, die wir gerade umrundeten, aber ich verteidigte die Männer aus dem Ort auch nicht. »Gibt es da Gesetze?«, fragte ich. »Dass man dem Ufer nicht zu nah kommen darf?«

»Daddy hat eine Story auf Lager von einem Kanadier, der sein Boot am Badefelsen vertäut hatte, und Gammy Pippa ist hingegangen und hat ihm das Tau mit dem Seitenschneider durchgeknipst.« Sie kicherte. »Und manchmal baden welche von uns auch nackt, um den Heinis auf den Booten mal zu zeigen, was wir wirklich von ihnen halten.«

»Vielleicht freuen sie sich ja auch über den Anblick.«

»Das glaube ich kaum. Den nackten Hintern von Tante Stockard will garantiert niemand sehen.«

Liebe Mom,
wenn bei uns mal sommerliche Temperaturen ausbrechen und du dich nach viel Betteln dazu breitschlagen lässt, mit mir runter an den Fluss zu gehen, dann bestehst du darauf, so viel wie irgend möglich von deinem Körper zu bedecken. Shorts müssen die Oberschenkel verstecken und eine kurzärmlige Bluse deine Oberarme. Hut und Sonnenbrille schützen nicht vor der Sonne, sondern vor dem Erkanntwerden, damit dich niemand fragen kann, ob du mit ins Wasser kommst.
Reiche Frauen sind anders. Sie sind überzeugt davon, dass andere sie nackt sehen wollen, selbst, wenn sie gar nicht gut aussehen. Aber, ganz ehrlich – lieber gucke ich mir die ohne Klamotten am Leib an als dich.
Die Frage ist nur: Wie werde ich später mal? So wie die durchge-

knallte Tante Stockard, die den Yachtbesitzern den bloßen Hintern hinstreckt? Oder wie Doris Dagmar, die vor ihrem eigenen Busen Angst hat? Es muss doch was dazwischen geben.

Lu zeigte auf die Landspitze vor uns. »Da sind die Schildkröten zu Hause«, sagte sie. Ich musste sie einfach wieder liebhaben, ich konnte nicht anders. Natürlich war sie ein verwöhnter Snob, aber das war nicht ihre Schuld – sie war vierzehn und das Kind reicher Eltern. Trotzdem fand ich es eine etwas beängstigende Vorstellung, dass sie in ein paar Jahren erwachsen sein und ihre elitären Ansichten in die Welt hinausposaunen würde. Sie war naiv und ignorant, und ich fragte mich, ob wohl noch jemand in ihr Leben treten würde, der ihr zeigen würde, wie die Welt wirklich ist.

Wir ruderten in die nächste Bucht hinein. Zwischen den Felsvorsprüngen lag ein kleiner stiller Sandstrand, eingerahmt von Schilf. »Früher haben wir hier immer Indianerprinzessin gespielt«, erzählte Lu. »Wenn Mom uns genervt hat, haben Ev und ich ein Picknick eingepackt und sind hierher gerudert.« Neid auf eine idyllische Kindheit, die ich nie gehabt hatte, durchschoss mich.

Lu ruderte im rechten Winkel auf den Strand zu. Sie sprang aus dem Boot, zog es hoch auf den Sand, nachdem sie das Treibholz mit dem Fuß aus dem Weg geräumt hatte, und band es am Stamm einer Kiefer fest.

Sobald wir am Ufer waren, quasselte sie begeistert los. Sie zeigte mir den Weg einen vier Meter hohen, steilen Felshang hinauf, dann durch den Wald und auf einen wenig begangenen Pfad, der oben über die Landzunge führte. Sofort stürzten sich die Mücken auf uns, und wir wedelten wie verrückt mit den Armen, während sie aufgeregt erzählte: »Hier oben wachsen wilde Blaubeeren. Wahrscheinlich sind sie jetzt noch nicht reif, aber als Ev und ich klein waren, da haben wir immer Blaubeeren in der Hand gesammelt und dann mitgenommen in unser Hüttchen. Ehrlich, ohne Witz, wir haben uns immer kleine Hütten aus Treibholz gebaut, ich wünschte, du hättest das sehen können, May, es war so schön, und hier oben bauen die Schildkröten ihre Nester, im Frühjahr findet man sogar die weißen Eierschalen rund ums Loch, wenn die kleinen – oh!« Mit einem Mal stieß sie einen entsetzten Schrei aus und blieb wie angewurzelt auf dem Pfad stehen. Fast hätte ich sie über den Haufen gerannt. Kurz war ich genervt – ich konnte nicht sehen, was vor ihr auf dem Weg lag –, dann verwirrt, als sie ausrief: »Oh nein, oh nein, May!« Als sie in Tränen ausbrach, trat ich einfach ins Gebüsch und blickte um sie herum.

Direkt vor Lu lag der Kadaver einer Schildkröte, einer ziemlich großen – der Panzer hatte sicherlich einen Durchmesser von gut dreißig Zentimetern. Sie lag tot mit dem Bauch nach oben da, die vier schwarz verdorrten Beine von sich gestreckt, die hart wie Leder geworden waren. Aus den Zehen ragten scharf aussehende Krallen in die Luft, als sei das Tier im Kampf verendet. Der Kopf fehlte.

»Oh mein Gott!«, keuchte Lu und presste sich die Hand auf den Mund. Ein salziger Verwesungsgeruch senkte sich auf uns, und ich hatte Angst, Lu würde übel werden, dann müsste ich mich nämlich auch übergeben. Ich zog sie an der Taille weiter und an dem toten Tier vorbei. Würgend hielt sie den Blick auf den Kadaver gerichtet, als wir darüber stiegen. Wir mussten es jetzt einfach bis zur Landspitze schaffen und dort einmal tief durchatmen. Tiere starben, das war ganz natürlich.

Wir folgten weiter dem Pfad. Ein seltsames Summen erfüllte meine Ohren. Es dröhnte wie ein ganzer Insektenchor; noch nie hatte ich etwas Derartiges gehört. Ich ging Lu voran zur Felsspitze. Als wir aus dem Wald heraustraten, wurden meine Knie mit einem Mal weich, und ich merkte, wie mir schwindlig wurde. Ich versuchte noch, Lu wegzudrehen, aber es war zu spät. Sie stieß einen gellenden Schrei aus, als sie die grausige Szene vor uns sah: ein gutes Dutzend Schildkröten, alle tot und verdorrt wie die erste, von einem Riesenschwarm laut brummender, aggressiver Fliegen bedeckt, überall krabbelten Maden. Die Tierkadaver befanden sich in einem unterschiedlich stark fortgeschrittenen Verwesungszustand. Ein paar waren halb angefressen. Lu würgte in einen Blaubeerbusch, aber es kam nichts hoch. Ich nahm sie bei der Hand und führte sie denselben Weg zurück, den wir gekommen waren. Die ganze Welt schien ein einziges großes, grauenhaftes Brummen.

KAPITEL FÜNFUNDZWANZIG

Der Abend

Als wir zu unserem Häuschen zurückkamen, hatte Lu sich ein wenig beruhigt – jetzt am Abend konnte man niemanden mehr anrufen, aber am nächsten Morgen würde sie gleich als Erstes zum Speisesaal gehen und die Universität verständigen. In der Biologie musste es doch jemanden geben, der sich mit Schildkröten auskannte.

»Die Erderwärmung ist Schuld«, klagte sie mit verheulten Augen.

»Aber heißt es nicht immer, der letzte Winter sei besonders kalt gewesen?«, fragte ich. »Vielleicht war der See ja zu tief zugefroren. Vielleicht sind die Schildkröten einfach nicht zurück ins Wasser gekommen.« Sie schüttelte nur den Kopf und brach wieder in Tränen aus.

Ich machte mich auf das Schlimmste gefasst, als ich Motorengeräusche hörte. Eric? John? Galway? Aber es war Tildes weißer Jaguar, und im nächsten Augenblick stand Ev beladen mit Einkaufstüten vor uns. Ich war selbst über mein hartes Herz erstaunt, als ich sie zur Tür hereinkommen sah und mich erinnerte, wie sie mich mit der »Inspektion« belogen hatte. Aber ich war froh über ein wenig Verstärkung. Sie würde Lu trösten, ins Bett bringen und im Arm halten, bis sie eingeschlafen war.

Aber stattdessen stand sie mit verzogenem Gesicht vor uns. »Was ist das für ein Gestank hier?« Sie knurrte Lu an: »Komm, verdrück dich mal, Kleine.« Erneut traten Lu heiße Tränen in die Augen, aber sie stand wortlos auf, ließ die Fliegentür hinter sich zuknallen und verschwand. Ev zeigte sich gefühllos. »Welche Laus ist der denn über die Leber gelaufen?«

»Und wie war eure Reise?«, brachte ich heraus.

»Meine Mutter hat wirklich einen scheußlichen Geschmack«, maulte sie. Sie warf mir eine Tüte zu. »Ich hab dir einen Pulli mitgebracht.« Und damit verschwand sie im Schlafzimmer.

Ich schloss mich im Bad ein. Das Licht der nackten Glühbirne an der Decke wurde warm und gemütlich von den roh behauenen Kiefernholzbrettern, die Boden, Wände und Decke bedeckten, zurückgeworfen. Hinter den Scheiben der Fledermausgaube war der dunkelviolette Abendhimmel zu sehen. Ich ließ mir ein heißes Bad in der altmodischen Klauenfußwanne ein, wodurch sich ein leichter Geruch fauler Eier im Zimmer ausbreitete – das schwefelhaltige Leitungswasser wurde aus einem hundert Meter tiefen Brunnen hochgepumpt. Mir war jeder Geruch lieber als der von verwesenden Schildkröten, auch wenn er noch so unangenehm war.

Während das Badewasser einlief, tastete ich nach dem Büchlein in seinem Versteck; ich dachte an Indos Warnung (»Traue niemandem«) und erwartete halb, es könnte gestohlen worden sein. Aber es lag genau da, wo ich es, in das alte Handtuch gewickelt, deponiert hatte. Ich wagte es nicht, mich mit dem kostbaren Buch in die Wanne zu setzen, weswegen ich mich auf der brandneuen Bademattte niederließ, für die Ev viel zu viel Geld ausgegeben hatte.

Das Büchlein war klein – als ich es wie ein Gebetsbuch in den Händen hielt, ragte der Einband nur ein wenig über meine Finger hinaus. Der Modergeruch, den ich als Erstes wahrgenommen hatte, als Indo mir das Buch anvertraute, war immer noch da. Der Buchrücken knackte brüchig, als ich die Seiten aufschlug. Das Papier war dicker als heutzutage üblich und die Kanten gezahnt wie bei einer Briefmarke.

Die weißen Seiten des Tagebuchs waren in ein und derselben geneigten Handschrift von vorn bis hinten mit schwarzer Tinte vollgeschrieben. Ich riet, dass es sich um eine Frauenschrift handeln musste, noch bevor ich den Namen innen auf dem Titelblatt entdeckte: Katrin Spiegel Winslow. Ich versuchte, mir den Familienstammbaum vorzustellen: Katrin war Kitty, Bards Frau, Mutter von Birch und Indo.

»Donnerstag, 2. Januar«, stand über dem ersten Eintrag. »Ein hübsches Geschenk von B., damit ich die Ereignisse unseres gemeinsamen Lebens verzeichnen kann. Er ist schon seit vierzehn Tagen zurück in Boston. Wenn es schneit wie jetzt, bekomme ich leicht Heimweh nach Mutti und Papa und Friedrich. Ich war mir sicher, dass unsere kleine Familie ebenfalls Zuwachs bekommen würde, aber die Feiertage brachten schlechte Entwicklungen. Ich bin dankbar für B.s Optimismus und Pippas aufmunternde Gesellschaft. Die Schwester, die mir immer gefehlt hat. Sie stattet mir täglich einen Besuch zur Teezeit ab und berichtet von den Problemen der Welt. Ist es verwerflich, Trost darin zu finden, dass es einem besser geht als den Massen der Elenden?«

Kittys Stimme schien unsere kleine holzgetäfelte Badekammer zu füllen. Ich las den Eintrag noch einmal Wort für Wort und versuchte, das Jahr zu erraten. Vielleicht hatte sie noch keine eigenen Kinder (»Ich war mir sicher, dass unsere kleine Familie ebenfalls Zuwachs bekommen würde«) oder erst ein oder zwei Kinder, was man eventuell damals noch als »kleine« Familie bezeichnet hätte. Insofern hatte sie ihre Tagebuchaufzeichnungen irgendwann vor der Geburt ihres ersten Kindes, der kleinen Greta, bis zur Geburt ihres zweiten Kindes, Indo 1937, begonnen.

Ich ging davon aus, dass die im Tagebuch erwähnte Pippa die alte Dame sein musste, die mein Gesicht mit den Händen umfasst hatte – als das geschrieben wurde, war sie jung und noch viel schöner gewesen. Ich führte mir wieder den Stammbaum vor Augen, den ich zusammen mit Galway betrachtet hatte – Gammy Pippa war Bards Schwester. Insofern musste der »B.« in Kittys Eintrag ihr Ehemann Bard sein, und Pippa war Kittys Schwägerin.

Bei Kittys Erwähnung ihrer Eltern und ihres Bruders, wie ich vermutete, musste ich an meine eigene Familie denken – eins, zwei, drei. Warum Kitty wohl so weit weg von ihren Eltern lebte?

Ich sah mir das Ganze noch einmal an, ob sich irgendwelche Rückschlüsse auf das Jahr ziehen ließen. Birch war garantiert über siebzig – sehr rüstig, aber dennoch nicht mehr der Jüngste –, und wenn seine Schwestern Greta und Indo älter waren als er, dann war Greta vermutlich Anfang bis Mitte der Dreißigerjahre auf die Welt gekommen. Benommen dachte ich an das viele Geld, das die Winslows wahrscheinlich 1934 vor dem sicheren Ruin bewahrt hatte – wenn ich mich nicht in Gretas Alter irrte und »unsere kleine Familie« Kitty und Bard als kinderloses Paar meinte, dann konnte es gut sein, dass ihnen das Geld ungefähr zur selben Zeit zugeflossen war, in der Kitty ihr Tagebuch anfing.

Einen anderen Rückschluss auf das Jahr des Tagebucheintrags erlaubte die Erwähnung der »Probleme der Welt«. Die Weltwirtschaftskrise war bereits ausgebrochen, was hieß, dass es nach dem Börsenkrach im Oktober 1929 geschrieben worden war – in neuerer amerikanischer Geschichte hatte ich eine Eins.

»Darf ich reinkommen?«, fragte Ev zu meinem Erschrecken hinter der Tür.

»Ämmmm«, versuchte ich Zeit zu gewinnen, während ich hektisch das Tagebuch ins Handtuch wickelte und zurück nach hinten in das Schränkchen schob.

»Bist du gerade auf dem Klo oder was?«

»Eine Sekunde noch«, rief ich, riss mir die Kleider vom Leib und hüpfte gleichzeitig zur Tür. Ich schob den Riegel zurück, machte einen Satz in die Badewanne und zog den Duschvorhang zu. »Kannst reinkommen«, rief ich, während ich mich ins Badewasser setzte und schnell meine Arme benetzte.

Ev öffnete die Tür. »Was macht die Badezimmermatte da vor dem Waschbecken?« Ich hörte, wie sie hereingestiefelt kam und sich auf den geschlossenen Toilettendeckel setzte. »Warum hast du den Vorhang zugezogen?«

Weil du mich ja wohl Lesbe genannt hast, dachte ich. Weil ich dich gerade nicht sehen will. Weil du mich belogen hast.

Sie streckte den Kopf um den Duschvorhang. Ich spürte ihren Blick auf meinem bloßen Körper. »Wow!«, rief sie aus. »Du siehst ja super aus!«

Ich runzelte die Stirn.

»Du hast totale Muckis an den Armen. Und wie braungebrannt du bist. Du siehst wirklich … spitzenmäßig aus.«

Ich versuchte, mich nicht von ihrem Kompliment beeindrucken zu lassen. Aber ich blickte an mir herunter und musste ihr Recht geben. Ich sah wirklich gut aus.

»Ich hab dich vermisst«, sagte sie.

Ich gab keine Antwort.

Am nächsten Tag wich Ev nicht von meiner Seite. Ich hatte mich absetzen und an meinem Lieblingsplätzchen am Wasser allein ein paar Stunden mit Kittys Tagebuch verbringen wollen, aber dieser Freitag versprach ein grauer Tag zu werden, der bereits mit ständigem Tröpfeln begann, das unser Sommerquartier auf einmal kalt und ungemütlich wirken ließ. Ich sorgte mich um Lu und überlegte, hinüber nach Trillium zu gehen, um nach ihr zu schauen, aber Ev ließ mich keine fünf Minuten aus den Augen (»Lass uns Kekse backen! Komm, wir suchen eine Farbe für die Zierleisten aus!«) Sie wollte eine Nieselregenwanderung zum Perlenstrand mit mir machen (»Das ist total schön da! Der Lehm aus dem See wird angespült und trocknet an den Binsen, dadurch entstehen natürliche kleine Perlen – du wirst begeistert sein!«) oder eine nasse Ruderpartie (»Kennst du die Aussicht von der Honeymoon Cove?«), aber ich lag auf dem Sofa und tat, als sei ich krank, immer in der Hoffnung, sie würde sich jemand anderes suchen und mich zurück ins Bett gehen lassen. Aber sie blieb an meiner Seite und umschmeichelte mich mit einer hartnäckig guten Laune, die ich seltsam fand. Voller Bitterkeit fragte ich mich, womit John wohl beschäftigt sein mochte, dass sie auf einmal so wild auf meine Gesellschaft war.

»Bist du sauer auf mich?«, fragte sie, als sie mir das Grilled Cheese Sandwich vorsetzte, das sie für mich gemacht hatte, und ich das Gesicht verzog.

Birch hatte mir aufgetragen, ihr nichts zu verraten. Und außerdem war sie seit ihrer Rückkehr äußerst liebenswürdig zu mir gewesen.

Ich biss in das Sandwich. Es war gar nicht schlecht. »Na ja. Es hat mich halt verletzt, dass du einfach nach Montreal gefahren bist und mir vorher nichts davon gesagt hast.« Und als ich das aussprach, war ich auf einmal selbst davon überzeugt, dass ich mit diesen Worten alles zum Ausdruck brachte: Der Gedanke tat mir weh, dass sie mich einfach so zurücklassen konnte, weiter nichts.

Sie nahm mich in die Arme. »Ich weiß, meine Süße. Mom hat mich mehr oder minder gekidnappt. Wenigstens habe ich dir einen Zettel hingelegt, oder?«

Wie leicht es mir fiel, ihr zu vergeben.

Es ist erstaunlich und traurig zugleich, wie ein paar Stunden die vielen anderen ersetzen können, die es nie gegeben hat. Man blickt zurück auf einige wenige Stunden, die als Beweis dafür dienen müssen, wie schön es damals war. Trotz allem, was man weiß, trotz der vielen Tage, die vorher und nachher kamen. In den Jahren seitdem habe ich oft mitten in der Nacht wachgelegen und an die kleinen Freuden jenes Abends mit Ev zurückgedacht, als ich endlich bereit war, mich innerlich darauf einzulassen. Wäre der Rest des Sommers normal und jeder Abend so verlaufen, hätte ich vergessen, was wir gemacht haben – dass sie mir ihre sechs Lieblingslieder aus dem Sommerlager beibrachte und laut losprustete, als ich meinen albernen Mayflower-Witz aus der zweiten Klasse erzählte. Dass wir den Sack mit alten Zeitschriften, die ich aufgehoben hatte, hochholten und zusammen Collagen für jede der Winslow-Familien bastelten – Athols Familie sauber und ordentlich, Bannings chaotisch, die Kitterings hippiemäßig, bis wir ein Dutzend beisammen hatten, die wir in unserem Bad an die Wände hängten. Zum Abendessen aßen wir Spaghettisoße, hartgekochte Eier und Reis. Wir machten uns Kakao mit kleinen Marshmallows darin. Wir hörten Frank Sinatra, und als die Musik endete, jubelten wir über das Ende des Regens und lauschten den gedämpften Klängen von »La Vie en Rose«, die vom Wasser herüberklangen – auf irgendeinem Boot lief Edith Piaf.

In Vorwegnahme meines Milton-Seminars spielte ich mich damit auf, von »der Welt nach dem Sündenfall« zu sprechen, weil sich das so schrecklich gebildet anhörte. In Wirklichkeit hatte ich natürlich keine Ahnung, was das bedeutete. Natürlich wusste ich, dass Adam und Eva keine Sorgen und keine Scham kannten, bevor sie in den Apfel bissen. Ich wusste, dass der Sündenfall darin bestand, dass sie vom Baum der Erkenntnis aßen. Ich wusste, dass Gott sie deswegen aus dem Paradies vertrieb. Und dass wir, die Nachgeborenen, deswegen keinen Zugang mehr zum Garten Eden haben.

Wir leben in einer Welt voller Traurigkeit und Tod, der Welt, die Adam und Eva erschufen, als sie den Apfel aßen. Im Leben jedes Menschen gibt es einen – wenn nicht sogar mehrere – Sündenfälle. Bei manchen geht es dabei um Sex, bei anderen ist es ein Zweifel oder Zorn, der so überwältigend ist, dass wir zu Entscheidungen getrieben werden, die nie wiedergutzumachen sind.

Im Grunde spielt es keine Rolle, welche Grenzen überschritten werden. Der Sündenfall ist unser Schicksal. Wir Menschen können nicht anders. Schlimmer noch, wir sind dazu verdammt, sehnsüchtig auf die Welt vor unserem großen Fehler zurückzublicken, voller Sentimentalität für die Person, die wir früher waren.

Nie können wir vergessen.

Doch es gibt kein Zurück.

Ich erinnere mich noch gut an diesen Abend mit Ev, an dem wir beide einfach nur glücklich miteinander waren. Ich erinnere mich so gut daran, weil es der letzte war.

KAPITEL SECHSUNDZWANZIG

Die Mutter

Am nächsten Morgen weckte mich der harte Aufprall von Tennisbällen auf Schlägern. Die Sonne schien wieder, aber mir wurde schwer ums Herz, als ich an das nun beginnende Wochenende dachte. Galway würde kommen oder auch nicht. Ich würde ihn nach der Frau am Telefon fragen oder auch nicht. Er würde sich erinnern, dass er mich geküsst hatte oder auch nicht. Mir wurde klar, dass ich mich deswegen so unbedingt in Kittys Tagebuch hatte vergraben wollen: Ich wäre zu gern vor meinem eigenen Leben geflüchtet.

Ev drehte sich im Bett herum und rieb sich die verschlafenen Augen. »Was hast du denn?«

Ich schüttelte nur den Kopf und lächelte.

Sie griff nach meinem *Verlorenen Paradies* auf unserem gemeinsamen Nachttisch. »Erwache meine Schöne, mir Vermählte,/ Zuletzt Gefundene«, las sie mit heiserer Stimme vor, »Du des Himmels letzte / Doch beste Gabe, voll von neuer Lust! / Erwach'! der Morgen strahlt! es ruft die Flur.«

Ich hörte das leise Rascheln von Papier, das aus dem Buch herausfiel. »Was ist'n das?«, fragte sie.

Die Briefe an meine Mutter! Ich fuhr im Bett hoch. »Die sind geheim!«, blökte ich, warf mich aus dem Bett und versuchte, nach den herausgeflatterten Seiten zu fassen.

»Jetzt stell dich mal nicht so an!«, rief sie und zog ihre Hand weg, damit ich nicht drankam.

Meine Gedanken überschlugen sich – was hatte ich in den Briefen über Ev geschrieben? Ich musste ein besseres Versteck für sie finden.

Ich streckte die Hand aus. »Gibst du sie mir wieder?«

Widerstrebend gab sie die Briefe her und seufzte. »Wir müssen an die Luft.«

Und sie hatte Recht – es konnte nicht gesund sein, den ganzen Tag zu Hause zu hocken und darauf zu warten, dass Galway den Weg entlanggeschlendert kam. Sie warf mir meine Jeans zu. Im nächsten Augenblick waren wir angezogen und Abby bellte uns von Johns Pick-up herunter entgegen, der mit laufendem Motor vor der Tür stand.

Der Gedanke, ich würde das dritte Rad am Wagen sein, kam mir erst, als wir in Johns Pritschenwagen am Speisesaal vorbeibretterten. Die beiden älteren Ehepaare, die im weißen Tennisdress auf dem Platz standen, sahen uns synchron hinterher, Gesichter und Tennisschläger uns zugewandt, als seien sie Sonnenblumen und wir die Sonne. Ev und John boten ihnen nichts, worüber man hätte tratschen können – sie sprachen nicht miteinander und berührten sich auch nicht; ich vermutete allerdings, dass das auch nicht notwendig war, um in Winloch ein Gerücht loszutreten. Als wir an Galways leerem Ferienhaus vorbeifuhren, streckte ich den Kopf aus meinem offenen Fenster. Ich wurde noch trauriger, dann sogar etwas wütend, als Quicksilver hinter Queen Anne's Lace hervorgeschossen kam und eine Weile neben uns herjagte, etwas Kleines, hilflos Zappelndes zwischen den Lefzen.

»Wo fahren wir hin?«, fragte Ev, als wir im Wald waren. Sie legte John die Hand aufs Bein.

John fuhr mit seinem Pick-up durch den Wald, weiter, als ich zu Fuß je gekommen war, weiter, als meine Beine mich tragen konnten, und Dankbarkeit für alles, was ich Ev zu verdanken hatte, überkam mich. Ich konnte mir kaum noch vorstellen, dass ich mich zwei Tage zuvor mit den Gemütsschwankungen einer Vierzehnjährigen herumschlagen musste und dabei die ganze Zeit an nichts als an das Tagebuch einer toten Frau denken konnte. Eine Fasanenfamilie wetzte vor uns über den Waldweg – sechs Küken, die ihrer Mutter blind folgten und sich sofort wieder in den Schutz des Unterholzes flüchteten.

Wir fuhren weiter, jetzt allerdings vorsichtiger. Wir waren noch im Wald von Winloch, und John verlangsamte das Tempo. »Warte, was soll das?«, fragte Ev. Ihr Körper versteifte sich. John wendete den Wagen nach links auf eine Schotterpiste, die im spitzen Winkel vom Hauptweg abging, der uns aus Winloch hinausgeführt hätte. »Früher oder später müssen wir es tun.«

»Ich will erst darüber reden«, entgegnete sie.

»Wir haben doch darüber geredet. Wir müssen es ihr sagen.«

»Aber ich bin noch nicht soweit.«

»Was müsst ihr mir sagen?«, fragte ich. Beide drehten sich überrascht zu mir um, als hätten sie mich ganz vergessen.

»Nicht dir.« Ev runzelte die Stirn. »Seiner Mutter.«

Schweigend holperten wir mit ächzendem, knarrendem Fahrgestell durch die Schlaglöcher. Regen und Schnee hatten den Schotter von der Fahrbahn in den Straßengraben gespült und steinharten Lehm mit tiefen Löchern darin hinterlassen. Ev verschränkte die Arme vor der Brust, aber John fuhr weiter. Beinahe hätte ich gefragt, wo seine Mutter wohnt, da stieg der Weg aber bereits steil nach rechts an und ein braunes, baufälliges Cottage wurde sichtbar. In der Einfahrt stand ein altes Schrottauto neben gefährlich aussehenden, verrosteten landwirtschaftlichen Geräten. Indos Häuschen wirkte eigenwillig, aber das von Johns Mutter sah eindeutig ärmlich aus.

John stellte den Motor aus und riss mit einer kräftigen Bewegung den Schlag auf. Schweigend sahen wir zu, wie er und der schwanzwedelnde Hund in dem Häuschen verschwanden und die Tür sich hinter Abbys Schwanzspitze wieder schloss.

»Sie hasst mich«, sagte Ev. Das Gebäude schien unter dem Gewicht von Johns und Abbys Schritten zu beben, als seien zwei weitere Wesen darin einfach zu viel.

Ich streichelte ihr die Schulter. »Niemand hasst dich, das ist doch totaler Quatsch.«

Ich brauchte zehn Minuten, bis ich Ev davon überzeugt hatte, dass es keinen guten Eindruck bei Mrs. LaChance machen würde, wenn sie sich im Auto verbarrikadierte. Ev drückte mir die Hand, als wir auf die moosbewachsene Tür zugingen. Zum ersten Mal wirkte sie verängstigt.

Sie klopfte. Abbys heißer Atem war schnaufend hinter der Fliegentür zu hören. John lächelte glücklich, als er Ev sah, und ich musste an Galway denken. Ich schlug mir die Erinnerungen an den Kuss aus dem Kopf und folgte den beiden hinein.

Das Haus von Mrs. LaChance – Echinacea hieß es – war vom Grundriss her den übrigen Winloch Cottages ähnlich – ein paar wenige kleine Räume und eine Aussicht. Es stand auf der Waldseite des Grundstücks und sah so aus, wie ich es in unserer Ankunftsnacht auch bei Bittersweet befürchtet hatte. Alle dem Wetter ausgesetzten Teile des Häuschens – Fensterbretter, Dach, Geländer – waren mit dicken Moospolstern bewachsen. In den Wohnzimmerecken sammelte sich der Staub, Spinnweben hingen hinter den alten, angemoderten Möbeln. Es gab eindeutige Anzeichen von Versuchen, die Mächte der Wildnis in Schach zu halten – der Geruch nach Putzmittel, die Schlieren von Glasreiniger auf einem Spiegel –, aber sie vermochten nichts gegen den allgegenwärtigen Verfall auszurichten. Der Geruch nach Krankheit erinnerte mich an zuhause.

Ich zwang mich zu lächeln, als wir John durch eine zirka 1963 mit olivgrünem Linoleum ausgelegte Küche folgten, die von einer sirrenden Leuchtstoffröhre erleuchtet wurde, bevor wir hinaus auf die morsche, scheinbar in der Luft hängende Veranda traten. Dahinter ging der Blick aufs Wasser. Draußen trafen wir auf eine schlanke Frau, die in eine makellos weiße Uniform gekleidet war. Die Krankenschwester richtete sich auf, rief: »Genevra!« und schloss Ev überschwänglich in die Arme. Die Frau war groß, ihr Akzent stammte aus einer anderen Welt. Ev klammerte sich an ihr fest, bis die Frau einen Schritt zurück machte und die Hände an Evs Gesicht legte. »Wie erwachsen du geworden bist«, seufzte sie, enttäuscht und stolz zugleich.

Ich sah, dass John neben dem alten Rollstuhl, vor dem Abby sich zur Ruhe gelegt hatte, in die Hocke ging; erst in diesem Augenblick wurde mir klar, dass ein ausgemergelter Mensch darin saß. Die – kaum als solche zu erkennende – Person hatte das Gesicht der Aussicht zugewandt: durch ausgedünnte Ahornbäume hindurch waren schroffe Sandsteinklippen zu sehen, hinter denen sich schattig ein Blick auf den See eröffnete. Es war ein melancholisches Bild, das nichts von der frohgemuten Sommerfrische hatte, derer sich die Winslows erfreuten.

Das einzige Anzeichen, dass sich etwas Menschliches in dem Stuhl befand, war der regelmäßige Atem. Selbst bei Johns Berührung wendete die Gestalt nicht den Kopf.

Ev fiel wieder ein, dass ich auch da war. »Das ist May«, stellte sie mich vor. »Das ist mein altes Kindermädchen Aggie.«

»Was heißt hier alt?«, neckte Aggie sie und zog mich ebenfalls in einer Umarmung an die Brust. Sie roch wunderbar nach Pfeffer. Fast musste ich niesen, da ließ sie mich los. »Ich mache euch was zu essen.« Von der Tür aus betrachtete sie Ev voller Zuneigung und verschwand dann in der Küche.

»Mama«, sagte John sanft und wir richteten unsere Blicke auf die Gestalt im Rollstuhl. »Schau mal, wer da ist.« Er drehte den Rollstuhl seiner Mutter zu uns herum. Ich hatte ein altes Gesicht erwartet, aber es war glatt und mädchenhaft, ohne jede Falten. Ihre Haut sah fast durchsichtig aus – auf ihrer Stirn waren die Adern zu sehen. Sie hatte dieselben Augen wie John.

»Guten Tag, Mrs. LaChance.« Ev streckte ihr nicht die Hand hin und beugte sich auch nicht hinunter zu der Frau. Mir war, im Gegensatz zu Ev, klar, dass man sie mit ihrer großen, nervösen Schönheit leicht für arrogant halten konnte.

»Danke, dass wir hier sein dürfen.« Ich ging in die Hocke und berührte Mrs. LaChances Hand. Sie zog die Finger unter meinen weg.

»Wer ist das?«, fragte Mrs. LaChance mit kräftiger Stimme und schaute an mir vorbei.

»Das ist May, Mama«, antwortete John.

»Die meine ich«, entgegnete die Frau, die Ev immer noch mit ihren Blicken durchbohrte.

»Ich bin Genevra«, antwortete Ev und warf John vielsagende Blicke zu, »ich wollte nur kurz guten Tag sagen.«

»Nein!«, heulte Mrs. LaChance mit durchdringender Stimme. »Aggie? Aggie!«

Aggie erschien in der Tür.

»Schaff sie mir aus dem Haus«, knurrte Mrs. LaChance. John war leichenblass geworden.

»Pauline«, beschwor Aggie sie. »Jetzt sei doch ein bisschen nett.« Als Mrs. LaChance erneut »Nein!« rief, flüsterte Aggie John zu: »Ihr seid leider vor dem Schläfchen gekommen«, mir befahl sie: »Komm, geh mit Ev spazieren.«

Mrs. LaChances Stimme wurde panischer, fast schrie sie: »Halt sie mir vom Leib! Weg mit ihr!« Zu allem Überfluss fing auch noch Abby an zu bellen, wodurch der Tumult immer größer wurde.

Aggie nickte mit dem Kopf in Richtung Verandatür. Ich nahm Ev am Arm und zog sie weg, wobei ich die Krankenpflegerin schimpfen hörte: »Das meinen Sie jetzt aber nicht ernst. Ev ist ein liebes Mädchen.«

Doch wir wussten alle, dass Mrs. LaChance haargenau meinte, was sie gesagt hatte.

Ev weinte, als wir über den schmalen Trampelpfad auf den Klippen stapften. »Ich hab's dir doch gesagt!« Der Seeblick von dieser Seite des Grundstücks war weniger freundlich. Der schartige Sandstein wich weiter unten zerklüfteten Felsen.

Ich fasste nach Evs Hand und wusste nicht, was ich sagen sollte. »Die Frau ist krank«, versuchte ich Ev zu trösten.

»Sie hat uns immer gehasst«, schluchzte Ev und entwand sich mir. »Schon als wir Kinder waren.«

»Na ja. Sie hat auch für euch gearbeitet, oder?«

»Was soll das denn heißen?«

Ich hatte meine Mutter vor Augen, die sich von einem Kunden beschimpfen lassen musste, nachdem sein Burberry-Mantel vom Dämpfer beschädigt worden war, meinen Vater, der tausend hart verdiente Dollars für einen Rechtsbeistand ausgeben musste, als eine Kundin drohte, uns zu verklagen. »Es ist nicht so einfach, wenn man andere Leute bedienen muss.«

»Ach, und was glaubst du, wer ihr ein Dach über dem Kopf gegeben hat, als ihr Mann gestorben ist? Wer bezahlt Aggie? Wer gibt John Arbeit und lässt sie da mietfrei wohnen?«

»Vielleicht ist das genau der Grund, weswegen sie dich nicht leiden kann.«

Ev verdrehte die Augen, als sie verstand, was ich damit sagen wollte.

Ich ging noch ein paar Meter weiter bis zum Ende des Trampelpfads. Die Stelle war gefährlich; ganz an der Spitze war die Klippe nur noch wenige Zentimeter breit – und bis zum Wasser ging es sicher zwanzig Meter nach unten.

»Und er hat mir gesagt, wir würden was Schönes zusammen unternehmen«, schluchzte Ev.

Ich musste lachen. »Darunter hast du dir bestimmt was Anderes vorgestellt.«

Sie hatte sich auf einen Felsbrocken fallen lassen, ich setzte mich neben sie. Wir sahen einem vorbeigleitenden Segelboot hinterher.

»Sie wird niemals akzeptieren, dass wir zusammen sind«, sagte sie schon etwas ruhiger. »Ich weiß nicht mal, warum er sich überhaupt die Mühe macht.«

»Was hat sie denn für eine Krankheit?«

»Sie ist total zusammengebrochen, als ihr Mann starb. Das war vor zwanzig Jahren oder so. Man sollte doch meinen, dass sie endlich darüber hinweg sein müsste.« Sie musterte mich nachdenklich. »Du scheinst dich ja nicht vor ihr zu fürchten.«

Ich konnte ihr mein Geheimnis nicht verraten. Noch nicht. »Ich habe früher bei Leuten wie ihr ausgeholfen.«

Ev nahm einen Stock und warf ihn über den Rand der Klippe.

Wir hörten, wie er unten krachend in Stücke zerbrach. »Würdest du vielleicht John da rausholen? Ich muss hier weg.«

Am liebsten hätte ich gesagt: »Wenn du ihn wirklich liebst, dann musst du dich früher oder später mit ihr auseinandersetzen.« Aber ich hielt den Mund und tat wie geheißen. Als ich auf dem schmalen Trampelpfad zurückging, dachte ich daran, wie kalt sich Mrs. La-Chances Finger unter meinen angefühlt hatten.

Johns Stimme war zu hören, bevor ich ihn neben dem Rollstuhl seiner Mutter kauern sah. »Du musst ihr eine Chance geben, Mama.« Der Wind kam aus ihrer Richtung und trug seine leise Stimme an meine Ohren. Hätte er sich umgedreht, hätte er mich gesehen, weswegen ich mir sagte, dass ich sie nicht belauschte; trotzdem trat ich schnell hinter einen Baum und versuchte von da, die Antwort seiner Mutter mitzubekommen.

»Nur keine von denen«, krächzte sie. »Zu jedem anderen Mädchen sage ich ja.«

»Aber warum darf ich nicht auch das haben, was du damals mit Dad gehabt hast?«, flehte er sie an. »Das Leben ist kurz. Wenn man die Liebe findet, muss man um sie kämpfen.«

»Sie ist eine Winslow.« Und das war Mrs. LaChances letztes Wort.

Zwischen den Bäumen hindurch leuchteten mir die Pfauenfarben von Evs Trägerkleid entgegen, die langsam in meine Richtung kam. Ich huschte zurück auf den Pfad und aufs Haus zu, wo John gerade zur Fliegentür heraustrat, Abby herbeipfiff und die Tür hinter sich zuknallen ließ. »Wo ist Ev?« Er streichelte den Rücken seines Hundes, der einem Streifenhörnchen unter den Treppenstufen hinterherschnüffelte.

Als wir uns in rasendem Tempo von Echinacea wegbewegten, befürchtete ich einen Streit zwischen John und Ev. Doch sobald wir den Winloch-Wald hinter uns gelassen und hinaus auf die Wiese gefahren waren, wurde die Welt beim Geräusch unseres Autos gelb: Ein Schwarm Goldzeisige flog auf. John legte Ev den Arm um die Schulter.

»Zwitschernde Goldzeisige«, murmelte sie.

»Röhrende Rohrdommeln«, antwortete er.

»Krächzende Krähen.«

»Schwätzende Stare.«

Sie bettete ihren Kopf auf seine Schulter. »Zeternde Zuggänse.«

»Schimpfende Spatzen.«

Ich versuchte mir vorzustellen, man würde jemanden auf der Welt – abgesehen von der eigenen Familie – so lange kennen wie die beiden einander. »Trillernde Tangare«, lachte sie.

»Die heißen Tangaren.«

»Bitte, dann halt ein schwätzender Schpächt. Der Schpächt keckert und lacht.«

»Von mir aus. Aber es heißt trotzdem nicht Tangare oder Schpächt.«

»Es heißt auch nicht Pfogel Pfau, sondern Vogel-Vau.«

John lachte laut auf. »Alberne Witze sind in diesem Auto strikt verboten.«

»Von mir aus«, gab Ev zurück, »aber für Aussprache gibt's keinen Punktabzug.«

Er lachte über ihre Ernsthaftigkeit. »Na schön, Fräulein Neunmalklug, und wie macht eine Wachtelfamilie?«

»Die Wachtel piepst.«

Er schüttelte den Kopf. »M-mm. Sie schlägt.«

Und so neckten sie sich weiter und ließen seine Mutter und Winloch hinter sich.

KAPITEL SIEBENUNDZWANZIG

Die Festlichkeiten

Am nächsten Morgen saßen Ev und ich im Bademantel da und schlürften Kaffee, als John von Kopf bis Fuß in Weiß gekleidet bei uns auftauchte. Im Kontrast zur blütenweißen Baumwolle – Stoffhose, Oberhemd, Basecap – leuchtete seine braungebrannte Haut noch schöner. Ich versuchte, ihn nicht mit allzu gierigen Blicken anzustarren, aber Ev pfiff laut durch die Zähne.

Er wehrte ab. »Ist doch echt ein Witz, dass deine Mutter unbedingt will, dass die Angestellten sich auch rausputzen.«

Ev lachte.

»Und, wo sind eure weißen Westen?« Er sah uns fragend an.

Entsetzt blickte ich zwischen ihnen hin und her, aber Ev wusste natürlich, was gemeint war. Sie lachten über mein verwirrtes Gesicht, bis Ev flötete: »Heute ist Winloch Day – Cheeseburger, Football, Feuerwerk! Rein in die weißen Klamotten!«

Das Herz schlug mir bis in den Hals. Ich hatte bestenfalls ein weißes T-Shirt und ein Paar Omaschlüpfer zu bieten. »Guck dir ihr Gesicht an!« Ev zeigte kichernd auf mich. »Mach dir nicht ins Hemd! Ich hab in Montreal was für dich besorgt!« Sie sprang auf, drückte sich mit einem keuschen, aber ausgedehnten Kuss auf Johns Lippen an ihm vorbei und war im nächsten Augenblick mit einem elfenbeinfarbenen Baumwollkleid auf einem Bügel wieder da. Ich sah auf den ersten Blick, dass es mir perfekt passen würde.

Ich bedankte mich, und John schloss Ev in die Arme und küsste ihren Nacken. »Evie, du bist einfach sooo lieb!«

»Ach, sei doch still.«

»Eines Tages«, sagte er und hielt sie ganz fest, »eines Tages kaufe ich dir alles, was du nur willst. Ich kaufe dir ein großes Haus. Mit sechs Kinderzimmern. Eins für jedes Baby.«

Ev schnaubte.

»Und ganz vielen Badezimmern. Und einer hypermodernen Küche!«

»Ich habe keine Ahnung, wer in dieser tollen Küche kochen soll.« Ev versuchte, sich seiner Umarmung zu entwinden, aber er ließ sie nicht los.

»Ich schwör's dir!«, beharrte er. »Alles, was du willst, Evie! Ich kaufe es dir!«

»Ein Karussell!« Sie mochte sich einfach nicht ernsthaft auf ihn einlassen.

»Schön, ein Karussell.« Er wollte ihr jeden Wunsch erfüllen.

»Was noch?«

»Eine Zuckerwatte-Spinnmaschine.«

»Ich werde für uns sorgen.« Das sagte er so leise, dass es kaum zu hören war.

Sie machte sich endlich von ihm los. »Ich muss duschen.«

»Bitte, nur zu.«

Sie machte eine Kopfbewegung in Richtung meines Kleides.

»Schön, dass es dir gefällt.« Dann schlüpfte sie an ihm vorbei ins Bad.

»Du trittst also heute als Angestellter auf?«, fragte ich.

»Butler, Sherpa, ganz zu Ihren Diensten.« Er trank einen Schluck lauwarmen Kaffee aus Evs Tasse.

Ich stellte die Frage, die mir schon eine Weile durch den Kopf ging. »Wie ist das, für die Winslows zu arbeiten?«

Er betrachtete mich mit so viel Vorsicht, dass ich das Gefühl hatte, mich erklären zu müssen. »Meine Eltern haben eine chemische Reinigung.«

Die Zurückhaltung wich aus seinem Gesicht, als er meine Frage beantwortete. »Manchmal habe ich das Gefühl, ich arbeite schon mein Leben lang für die Familie.« Das war kein Selbstmitleid, sondern einfach ehrlich. Ich fragte mich, ob er Ev vielleicht deswegen liebte – weil es für ihn das natürlichste Ding der Welt war, für eine Winslow zu sorgen –, aber ich wehrte den Gedanken sofort ab, sobald er in meinem Kopf auftauchte. Durfte ich mir ein Urteil darüber erlauben, was zwei Menschen miteinander verband?

»Wie steht es mit den anderen Angestellten?« Ich dachte an die anderen Männer mit sonnenverbrannter Haut, die auf dem Grundstück arbeiteten. Als ich nach Winloch gekommen war, waren mir die Angestellten überall aufgefallen – die neben den Wegen parkenden kleinen weißen Pritschenwagen der Gärtnereiflotte, das Hämmern auf den Holzschindeln des Speisesaals. Ich merkte, dass mir jetzt im Juli nicht mehr bewusst war, wo gerade gearbeitet wurde, was entweder hieß, dass jetzt weniger Arbeiten ausgeführt wurden als im Juni, oder dass ich mich bereits so vollständig daran gewöhnt hatte, von allen Seiten umsorgt zu werden, dass mir die dienstbaren Geister nicht mehr auffielen. Ich hatte den dunklen Verdacht, dass Letzteres der Fall war. »Woher stammen sie?«

»Aus der Gegend. Ihre Väter und Großväter haben auch schon für die Winslows gearbeitet.« Er schwieg. Wir lauschten dem hinter der Badezimmertür rauschenden Wasser. »Hier gibt es immer sehr viel zu tun. Wir lassen die Bootsanleger zu Wasser und die Schwimminsel, bessern die Dächer aus, weißt du? Wir mähen alle Rasenflächen, pflanzen die Blumen. Die Hänge unter den Häusern müssen befestigt werden, damit sie nicht wegrutschen, da muss man mit dem Bagger ran, Steine und Erde bewegen und so weiter. Dem Unkraut zu Leibe rücken. Die Rieselfelder müssen gepflegt werden, die Baumschösslinge müssen raus, damit die Abwässer verdunsten können. In den Hauskellern sind natürlich auch immer Sumpfpumpen zu ersetzen, und wenn die Häuser noch auf einem Holzfundament stehen, dann müssen die Balken nach und nach durch Stahlträger ersetzt werden. Wenn die Veranden morsch werden, müssen die ebenfalls ersetzt werden. Und wenn die Saison vorbei ist, müssen wir die Häuser winterfertig machen, das heißt, das Wasser abdrehen, die Rohre leeren, Dächer sauberkehren, Regenrinnen abmontieren, Möbel rausholen, neu streichen.«

Noch nie hatte ich ihn derart viel reden hören. »Machst du auch Waldarbeit?«, fragte ich, weil ich so gern wollte, dass seine Stimme weiter wie warmes Wasser über mich rann.

»Na klar. Wir dünnen die Weichholzschösslinge aus – die Weiß-kiefern, die Rotkiefern –, damit das Hartholz besser wächst. Früher, weißt du, als mein Großvater hier gewohnt hat, da waren das alles noch Felder, und wenn die Felder nicht mehr bestellt werden, dann wächst erst mal Weichholz nach. Aber das Hartholz, das braucht man im Frühling und Herbst zum Heizen, das gibt eine schöne Hit-ze. Deswegen machen wir die Kiefern raus, damit Ahorn und Ei-chen genug Licht kriegen und –«

»Hey!« Evs übermütige Stimme unterbrach uns. Sie stand im Wohnzimmer, ein Handtuch um den schlanken Leib gewickelt, das andere als Turban auf dem Kopf. »Hilfst du mir, mein Outfit auszusuchen oder nicht?« Sie verschwand mit vielsagendem Hüft-schwung im Schlafzimmer.

John hing praktisch die Zunge aus dem Hals, als er aufsprang, um ihr zu folgen. »Entschuldigung.«

Ich wusch das Geschirr mehrere Male ab, bis sie fertig waren.

An diesem Nachmittag drückten Lu und Ev und ich in unseren Ala-bastergewändern kleine Fähnchen mit dem Winslow-Wappen darauf rund um den Trillium-Rasen in die Erde, im Abstand von einem Meter, wie von Tilde angeordnet. John parkte rückwärts mit seinem beladenen Pick-up am Haus. Ich sah, wie Ev den Austausch zwischen ihrer Mutter und John beobachtete – John mit der Kappe in der Hand, Tilde im Befehlston –, und fragte mich, wie sie das empfin-den mochte. Doch weder er noch Ev blickten einander an, als er sich die Säcke mit Eiswürfeln auf die Schulter lud und Tilde zur Ve-randa folgte, weswegen auch ich den Kopf gesenkt hielt und den nächsten Holzpflock in die weiche Erde drückte.

»Und meinst du, Galway kommt auch?«, fragte ich so beiläufig wie möglich, als wir mit unserer Arbeit fertig waren.

»Der ist wahrscheinlich bei seiner Freundin«, sagte Lu und ließ sich auf den Rasen fallen.

»Er hat eine Freundin?« Ich versuchte, so uninteressiert wie mög-lich zu klingen.

Lu erspähte Owen, der gerade die Stufen vom Badefelsen hochkam. Sie sah sich um, ob ihre Mutter außer Sichtweite war, und düste dann zu ihm. Die neben mir liegende Ev schaute skeptisch zu den sich verstohlen umarmenden Teenies hinüber.

»Hast du John schon mal so geküsst?«, fragte ich.

»Du meinst vor dem Haus meiner Mutter?« Ev schüttelte entschieden den Kopf. Der Tag war warm geworden, aber nicht unangenehm heiß. Bienen summten in den Leopardenlilien, die den Rasen einfassten. »Warum willst du auf einmal was von Galway?«, wollte sie wissen.

Die Lüge ging mir leicht über die Lippen. »Nur weil er weiß, dass ich mich für eure Ahnenforschung interessiere und – «

»Mein Gott, du bist echt nicht normal!« Sie schlug mit der flachen Hand nach mir, und ich runzelte die Stirn. Ev rollte sich auf den Rücken. Ihre hellen Haare lagen ausgebreitet auf dem kurzgemähten Rasen und sie blinzelte verträumt in den Himmel, eine Hand hatte sie auf dem Bauch liegen. »Ich muss dir was sagen …«

»Genevra?« Tildes Stimme riss Ev aus ihrer Träumerei.

»Ja, Mom?«

»Hast du die Tischdecken schon rausgeholt? Jetzt guckt euch Mädchen doch mal an! Ihr kriegt ja überall Grasflecken!«

Und Ev eilte wie ein gehorsames kleines Mädchen zu ihrer Mutter.

Die Männer zündeten den Grill an. Die Frauen stellten den Kartoffelsalat, das Ketchup und die Limonade auf den Tisch. Die weißgekleideten Gäste erschienen und labten sich an saftigen Chili-Burgern mit Cabot-Cheddar darauf; unter dem Kindertisch lag ein sabberndes Rudel Hunde und hoffte auf herunterfallende Krumen. Die Winslows zeigten sich im schönsten weißen Sommergewand – Polohemden mit Kragen, Baumwollkleidchen –, und mir wurde klar, dass ich endlich Teil des Bildes geworden war, das ich bei uns im Wohnheim immer an der Wand bewundert hatte. Ich schloss die Augen und schickte ein Dankgebet an Jackson Booth, meinen Schutzheiligen und Grund meines Hierseins.

Ich stand auf der Veranda und überlegte, ob ich mir wohl einen zweiten buttertriefenden Maiskolben erlauben sollte, als Ev erschreckt nach meinem Arm fasste. Ich folgte ihrem Blick nach draußen. »Tante CeCe ist da«, sagte sie, ließ ihren Teller stehen und rannte ins Haus.

Über CeCe Booth wusste ich nur, dass ihr einziger Sohn Selbstmord begangen und sie bei seiner Beerdigung – in peinlich übertriebenem Maße (zumindest in den Augen der Winslows) – untröstlich gewirkt hatte. Hie und da hatte ich Gerüchte mitgehört: dass sie sich an Jackson geklammert und ihn quasi dazu getrieben hatte, sich zum Militär zu verpflichten, und auch ihren Mann durch ihr Klammern vergrault habe. Ich hatte diese Sentenzen als hohles Gerede, als unvermeidliches Nebenprodukt jeder Tragödie aufgefasst. Ich wusste nur zu gut, wie schnell sich die Wölfe zusammenrotteten.

Als die Frau nun vor Trillium aus dem Wagen stieg, wirkte sie immer noch aufgelöst, als könnte sie beim kleinsten Anlass wieder zusammenbrechen. Ihre braunen Haare waren unordentlich hochgesteckt, ihr zu dicker grauer Pullover war übergroß, die Hände hatte sie ineinander verkrampft, als müsse sie sich an ihnen festhalten. Ich beobachtete, wie sie auf das Haus ihres großen Bruders zuging. Ich erwartete, dass sie mit offenen Armen empfangen werden würde. Wurde sie auch – ihre Schwestern Stockard und Mhairie und ihre Nichten Lu und Antonia und Katie umarmten sie, genau wie die Freundinnen der Familie, die um ihren Verlust wussten und sie jetzt unter tröstenden Worten in ihre Mitte nahmen. Wesentlich aufschlussreicher war jedoch, wer seine Arme nicht für sie öffnete. Von meinem Beobachtungsposten auf der Veranda aus war der durch die Familie verlaufende Graben überdeutlich, wenn ich auch seinen Grund nicht kannte. Birch warf keinen Blick in ihre Richtung, und ihre älteren Schwestern Greta und Indo blieben demonstrativ in den Liegestühlen auf dem Rasen sitzen. Von Indos Kaltherzigkeit war ich schockiert. Natürlich war sie eine exzentrische Person, das schon, aber für gewöhnlich war sie zwar seltsam, aber liebevoll, und ich hatte natürlich erwartet, dass sie die eine Person, die in Winloch stärker fehl am Platz wirkte als sie, ans Herz drücken würde. Aber vielleicht lag es ja genau daran: Vielleicht wollte Indo nicht mit einer schwachen Person in Verbindung gebracht werden.

Pfeilschnell eilte Tilde über den Trilliumrasen hinweg auf das Grüppchen zu und erinnerte die um die Trauernde versammelten Gäste an das kalte Bier, das auf der Veranda für sie bereitstand, bis sich alle von CeCe entfernt hatten und sie ihrer Schwägerin aus nächster Nähe etwas ins Ohr flüstern konnte.

CeCe stand stocksteif da. In verzweifeltem Ton erwiderte sie: »Ich will doch nur ein bisschen mit euch zusammen feiern, Tilde. Ich werde nichts ruinieren.«

Tilde neigte sich wieder ihrem Ohr zu, woraufhin CeCe ausrief: »Ich übertreibe überhaupt nicht!«, wobei ihre Stimme lauter wurde. Tränen liefen ihr über die Wangen.

Ev erschien wieder neben mir und nahm ihren Teller mit einer selbstzufriedenen Geste in die Hand.

»Was ist denn mit CeCe?«, fragte ich.

Ev blickte ebenfalls hinüber zum Gespräch ihrer Mutter und Tante. Tilde hatte jetzt die Hand auf CeCes Arm gelegt, und CeCe versuchte, sich loszumachen. »Sie hat versprochen, dass sie nicht kommt«, antwortete Ev knapp.

»Aber warum denn?«

»Weil sie schlechte Stimmung verbreitet. Und genau das tut sie jetzt.«

»Aber ihr Sohn hat sich gerade umgebracht!«, rief ich aufgebracht.

»Halt dich da raus, Mabel«, fuhr Ev mich an. Und damit verschwand sie unter den Gästen.

KAPITEL ACHTUNDZWANZIG

Das Feuerwerk

Derart in meine Schranken gewiesen, aß und trank ich allein, beobachtete, wie CeCe allmählich in die Feier mit einbezogen wurde, auch wenn sie wahrlich keinen festlichen Eindruck machte. Ohne einen Blick in meine Richtung verkrümelte sich Ev, als das Footballspiel im Fernsehen losging. Athol und seine Frau Emily stritten sich, wer nun die Babytrage zu Hause vergessen hatte, kurz darauf entschwanden auch Lu und Owen zum Knutschen auf den Badefelsen. Indos Fritz und Tildes Harvey versuchten knurrend, einander ein quietschendes Hundespielzeug zu entreißen, was damit endete, dass Indo Fritz anblaffte und zurück nach Hause brachte.

Ich öffnete mein sechstes Bier – hatte ich wirklich schon so viel getrunken? – und beschloss, mich allein auf Abenteuersuche zu begeben. Ich durchquerte das Sommerzimmer, stand ein wenig vor dem Van-Gogh-Gemälde herum, bis ich Schritte zu hören glaubte und, meine letzte Begegnung mit Athol noch im Kopf, zur Haustür herauswitschte. Ich schlenderte über den Fahrweg durch die Wiese, an den beiden anderen Cottages und an Clover vorbei. Der schlecht gelaunt kläffende Fritz heftete sich an meine Fersen, als sei ich diejenige gewesen, die ihn von der Feier verbannt hatte. Doch als ich bergan stieg, blieb er zurück und machte ein paar Mal befriedigt »Wuff«, als wolle er sagen: »Dir hab ich's gezeigt!«, bevor er zu Indos Haus zurückwackelte.

Es war dunkel im Wald; ich stolperte, als ich im Gehen mein Bier trank. Ich bekam Schluckauf und wusste, dass mein Stolpern mehr mit Betrunkensein als mit der aufkommenden Dunkelheit zu tun hatte. Ich hätte auf den zu Bittersweet führenden Weg einbiegen können, doch stattdessen führten mich meine Füße am Speisesaal vorbei auf den Hauptweg hin zu Galways Cottage. Ich gab nach und beschleunigte meinen Schritt, bis sein Häuschen vor mir auftauchte.

Es war unbeleuchtet und die Einfahrt leer, aber ich spähte dennoch zu sämtlichen Fenstern hinein, wo ich mit dem bisschen von ihm vorliebnehmen musste, das dort zu sehen war – eine auf der Anrichte stehende Kaffeetasse, das ordentlich gemachte Bett in dem kleinen, spartanischen Schlafzimmer. Ich ließ die Fingerspitzen über den Namen des Ferienhauses gleiten, der in ein neben der Tür hängendes Stück Holz geschnitzt war: Queen Anne's Lace. Nichts an Galway erinnerte an eine Queen. Der Gedanke wäre witzig gewesen, wenn nicht alles bedrückend danach ausgesehen hätte, als würde er nie zurückkommen.

Verdrießlich lehnte ich den Kopf an den Türrahmen, zuckte jedoch zurück, als ich einen Schrei hörte: hoch, kurz, durchdringend. Ich erstarrte. Das Geräusch war aus der Richtung der Häuser der anderen Brüder gekommen. Ich dachte an Ev und John. Ich war nicht gerade scharf darauf, sie nochmal beim Vögeln zu beobachten – größtenteils aus reinem Selbsterhaltungstrieb, muss ich zugeben, weswegen ich mir einredete, es sei nichts gewesen, und die Stirn wieder gegen den Türrahmen sinken ließ. Doch dann hörte ich es wieder: ein echter Schrei. Der Schrei einer Frau.

Augenblicklich dachte ich an Murray – was er mir hatte antun wollen. Falls irgendjemand einer Frau etwas zuleide tat, dann musste ich einschreiten. Ich stolperte von Galways Eingangsveranda herunter und versetzte mir selbst ein paar Ohrfeigen, um wieder nüchtern zu werden und zu Verstand zu kommen. Es tat weh, aber vor meinen Augen schwamm immer noch alles. Ich torkelte die Boys' Lane hoch in Richtung der beiden Cottages.

Doch als ich von Queen Anne's Lace auf Bannings und Athols Häuser zuging, war nichts zu hören. Ich zweifelte langsam an meinem Gehör. Es war mittlerweile fast Nacht, und ich überlegte, einfach zum Feuerwerk zurückzugehen; der erste Böller musste jeden Augenblick über mir explodieren. Doch da war es wieder – ein hoher Aufschrei, also ging ich weiter, von der Schotterstraße weg aufs

Gras, damit man meine Schritte nicht hörte. Aus welchem der beiden Häuser der Schrei gekommen war, wusste ich nicht. Dankbar für den Schutz der Dunkelheit rannte ich geduckt auf das linke, Bannings, Haus zu. Ich stellte mich auf die Zehenspitzen und spähte ins erstbeste Fenster, überzeugt, dass sich mir irgendein fürchterlicher Anblick bieten würde. Doch das leere Wohnzimmer war einfach nur unordentlich. Ich tauchte wieder ab und spähte stattdessen ins Schlafzimmer.

Und da hörte ich den Schrei wieder, diesmal jedoch erstickt. Er kam von Athols Haus. Eine Adrenalinwelle durchraste mich, ich griff mir einen dicken Stock vom Rasen und schlich mich damit auf die Rückseite des Hauses, von wo ich um die hintere Veranda würde herumblicken können. Vor lauter Aufregung bekam ich kaum noch Luft und zuckte bei jedem Laut meines Körpers zusammen; ich war mir sicher, dass ich versehentlich über eins von Maddys Spielzeugen stolpern und mich durch den Lärm verraten würde.

An der Hausecke duckte ich mich so tief ich konnte und riskierte einen Blick nach oben.

Auf Athols rückwärtiger Veranda flackerte eine einzelne Öllampe, aber für meine an die Dunkelheit gewöhnten Augen war sie so hell wie hundert. Und dort auf dem Tisch lag eine Frau vor Athol, der ihr den Mund zuhielt, während er auf sie einrammelte. Gnadenlos fickte er sie durch, wobei ihr Kopf immer wieder gegen das Fliegengitter stieß. Quicksilver lag schlafend daneben, als sei es eine alltägliche Szene. Tränen traten mir in die Augen. Es sah aus, als würde er ihr schrecklich weh tun. Ich musste etwas unternehmen.

Und dann hörte ich sie lachen. »Ich habe ›härter‹ gesagt«, befahl sie. »Halt meine Hände fest. Härter.«

Ich sah ihr Gesicht. Das Au-pair-Mädchen. Verstand: Sie wollte es so. Er tat ihr nicht weh – es war Teil eines Spiels, das sie miteinander trieben.

Züngelnd erwiderte er ihren Kuss. Mir wurde schlecht. Das hatte nichts mit dem Anblick von John und Ev zu tun, nichts mit Liebe. Das waren zwei einsame Menschen, die im Wald verzweifelt über-

einander herfielen. Quicksilver hob den Kopf, als habe er mich ge-
rochen. Ich rannte weg und erwartete, jeden Augenblick den Hund
auf den Fersen zu haben.

Gerade rechtzeitig zum Beginn des Feuerwerks war ich zurück
auf dem Badefelsen. Ich sah Emily, die, ihre schlummernden Kinder im Arm, auf einem Klappstuhl saß, und fragte mich, ob sie wohl
wusste, wo ihr Mann war. In diesem Augenblick hakte Ev mich unter.

»Tut mir leid wegen vorhin«, flüsterte sie. Rot barst über uns der
Himmel. Sie zog mich hinter sich her zu einem Handtuch ein wenig
abseits der Familie, die den über uns herabregnenden Goldflitter
mit Oohs und Aahs bedachte. Emilys Kleine wurde von der Knal-
lerei geweckt und übertönte sie mit ihrem Geschrei.

»Ich muss dir etwas erzählen«, sagte Ev leise.

Ich wollte Feuerwerk, Explosion, wollte, dass die Böller das aus-
löschten, was ich gerade gesehen hatte, das, was ich nun über Athol
und das Au-pair wusste. Ich wollte, dass Ev still war.

Doch sie flüsterte: »Ich bin schwanger.«

KAPITEL NEUNUNDZWANZIG

Das Rätsel

Ich rechnete nach: Wenn Ev jetzt in der zehnten Woche war, dann war sie schwanger geworden, bevor wir die Zugfahrt in den Norden antraten. Wir lagen in unserem Zimmer, und sie hing Fantasievorstellungen vom Nähen eines Babyquilts und dem Kauf eines kindersicheren Autos nach, während ich mir den Kopf darüber zerbrach, ob John wohl der Vater war. Falls er nicht Anfang Mai in New York gewesen war, trug sie die Frucht eines anderen im Leib.

Ich schaffte es nicht, ihr diese Frage zu stellen. »Weiß John Bescheid?«, war das Einzige, was ich herausbrachte.

»Na klar. Was meinst du, warum ich bei seiner Mutter rumschleimen soll?« Ich war froh, dass es dunkel im Zimmer war und sie nicht sah, wie ich bei diesen Worten zusammenzuckte. »Ich bin so froh, dass ich's dir endlich erzählt habe«, flötete sie. »Ich bin beinah geplatzt, aber er wollte unbedingt, dass es unser Geheimnis bleibt.«

»Bald sieht man es«, erwiderte ich in neutralem Tonfall. »Was wird deine Mutter dazu sagen?«

»Um die mache ich mir keine Sorgen.«

Ich zögerte. »Du willst es nicht behalten?«

»Natürlich will ich's behalten«, sagte sie. Aber sie erklärte nicht, wie sie es dann meinte.

Am liebsten hätte ich es laut herausgeschrien: Und was ist mit mir? Was ist mit deinem Studium? Was ist mit dem Plan, dass wir zwei als alte Schachteln zusammen in Bittersweet auf der Veranda sitzen wollten? Wusste sie überhaupt, was eine Geburt bedeutete? Schluckte sie Vitamine? Ich schlief ein und hieß ausnahmsweise einmal die erstickenden Alpträume meines unruhigen Schlafs willkommen.

Als Ev am nächsten Morgen nach ihrem täglichen Ausflug in den Wald zu Bittersweet zurückkehrte, schien sie am Boden zerstört. Ich mochte nicht recht fragen, was los war, weil ich einen Zwist unter Liebenden vermutete und sie mich sicherlich für meine Neugierde anfahren würde. Doch sie wollte ihr Herz ausschütten.

»Bitte sag niemandem was«, sagte sie, als sie an dem Earl Grey nippte, den ich ihr hingestellt hatte. »Und bitte sei nicht sauer auf mich.«

»Was ist denn los?«

»Wir wollten abhauen.«

»Wer? Wohin?«

»Na, John und ich, du Doofi. Wir wollen einfach weg. Mein Vater muss jeden Tag meine Erbschaft freigeben. Das ist unsere Chance, ein neues Leben anzufangen.«

»Moment mal«, sagte ich; in meinem Kopf schrillten sämtliche Alarmglocken. »Seit wann planst du, mit John abzuhauen? Wie lange habt ihr das schon vor?«

Sie verzog das Gesicht. »Seit Anfang des Sommers.«

Ich konnte mich gerade noch beherrschen, nicht einfach aus dem Zimmer zu stürmen. Sie anzuschreien, was sie sich in Gottes Namen bloß dabei gedacht hatte, mich in dieses Paradies zu bringen und dabei die ganze Zeit zu wissen, dass sie mich hier einfach im Stich lassen würde. Wochenlang hatte sie so getan, als würden wir es uns hier miteinander gemütlich machen, und dabei hatte sie die ganze Zeit einen solchen Plan vor mir verheimlicht? Hatte mir mit dem Heimgeschicktwerden gedroht, damit ich härter arbeitete, obwohl sie haargenau wusste, dass ich abgeschoben werden würde, sobald sie verschwunden war und die Winslows nichts mehr mit mir anfangen konnten? Ich brauchte allerdings kein Wort zu sagen – sie konnte meinem Gesicht genau ansehen, wie zutiefst verletzt ich war.

»Brauchst dich jedenfalls nicht aufzuregen. Es wird nicht dazu kommen«, sagte sie und brach in Tränen aus, als sei sie diejenige, die Mitleid verdiente.

Ich seufzte. »Und warum nicht?«

Unter Tränen brachte sie heraus: »Er meint, wir müssten seine Mutter mitnehmen.«

»Und?«

»Und? Mit dieser Schreckschraube gehe ich nirgendwohin! Sie hasst mich. Die ermordet mich im Schlaf, das weiß ich jetzt schon.« Sie schüttelte den Kopf. »John versteht das einfach nicht. Sie wird nie zulassen, dass wir glücklich sind. Aber verlassen will er sie auch nicht. Und deswegen können wir nirgendwohin.«

Ich fasste nach ihrer Hand. Ich fand, dass sie etwas übertrieb, aber ich musste ihr natürlich recht geben: Mrs. LaChance war garantiert ein Alptraum von einer Schwiegermutter. Außerdem freute ich mich natürlich auch ein wenig, dass sich die Pläne zur Flucht mit John zerschlagen hatten, oder nicht?

»Alles wird gut«, sagte ich, aber meine Stimme ging am Satzende nach oben, als würde ich eine Frage stellen.

Sie nickte.

»Er liebt dich.« Doch schon als ich das sagte, fragte ich mich, ob Liebe allein wirklich reichte.

Ich verbrachte die Woche mit Kittys Tagebuch. Indos Versprechen, Clover könnte eines Tages auf mich übergehen, gewann im Licht von Evs Enthüllungen an Brisanz.

John musste ihre Beziehung weiterhin geheim halten, während sie sich einen neuen Plan zurechtlegten, und arbeitete von morgens bis abends hart, damit kein Verdacht aufkam. Ev war voller Träume für das Baby und wollte jede Minute, in der John keine Zeit hatte, mit mir verbringen. Aber ich brauchte Zeit für mich. Ich kochte gesunde Mahlzeiten für uns oder tat so, als sei ich völlig in *Das verlorene Paradies* versunken, bis sie schließlich zum Schwimmen in die Bucht loszog oder sich für ein Nickerchen hinlegte. Dann entwickelte ich sofort Aktionismus, griff nach dem ins Handtuch gewickelten Buch hinten im Badezimmerschrank und ließ mich von ihm in eine andere Welt mitnehmen, bis ich Schritte hörte und es wieder verstecken musste.

Beim ersten Überfliegen hatte ich schon gesehen, dass Kittys Tagebuch ein Jahr umfasste, von dem Eintrag im Januar, den ich als Erstes gelesen hatte, bis zu dem kurzen Vermerk Ende Dezember: »Der erste Schnee. Spät dieses Jahr. Der Tannenbaum ist geschmückt. Ich habe eine Kerze angezündet und gebetet.«

Die vergilbten glatten Seiten dazwischen waren mit Kittys perfekter, nach rechts geneigter Handschrift gefüllt, die stets voranzudrängen schien. Sie schrieb mit einem schmalen Füllfederhalter und schwarzer Tinte, die Daten schrieb sie entweder so: »Montag, 14. Juli« oder ohne Wochentag: »26. Juni«. Nicht ein einziges Mal vermerkte sie das Jahr.

Aus dem ersten Eintrag hatte ich abgeleitet, dass das Tagebuch aus einem Jahr zwischen 1929 und 1935 stammen musste, doch von einer gelegentlichen Erwähnung der Probleme der Welt abgesehen verschwendete sie nicht viele Worte auf das, was sich außerhalb ihres Wohnzimmers abspielte. Das enttäuschte mich am meisten. Ich hatte angenommen, dass sich Erhellendes aus dem Tagebuch ergeben, das ein oder andere pikante Geheimnis zutage gefördert würde, aber Kitty schien praktisch nie einen Blick über den eigenen Tellerrand hinaus zu werfen. Offensichtlich schaute sie kaum einmal aus dem Fenster; das, was draußen in der Welt geschah, ließ sie weitgehend unerwähnt – die Weltwirtschaftskrise, die sich zusammenbrauenden Konflikte, die letztendlich zum Zweiten Weltkrieg führen würden. Stattdessen schrieb sie über das Muster ihres Silberbestecks: »B. besteht darauf, dass ich nach New York fahre und mich bei Tiffany umschaue, aber ich habe ihm versichert, dass ich mit dem zufrieden sein werde, was seine Mutter auswählt.« Über ihre Schoßhunde: »Fitzwilliam ist ein braver kleiner Boxer mit lautem Atem und robuster Konstitution.« Und ihre Gäste: »Diese Woche kommen Claude, Paul und Henri zu uns. B. und ich freuen uns sehr darauf, sie bei uns zu beherbergen, bis sie wissen, wo sie sich niederlassen wollen.«

Am Mittwoch hatte ich das Büchlein einmal ganz durchgelesen. Rein gar nichts hatte sich daraus ergeben. Also fing ich noch einmal an, las die Einträge diesmal in willkürlicher Reihenfolge und hoffte so, irgendeinem Geheimnis über den unerwarteten Geldsegen oder den Bankrott auf die Schliche zu kommen. *Ein* Geheimnis fand ich beim zweiten Durchgang, aber es war persönlicher Natur und tat mir ziemlich leid: »B. hat etwas mit einem der Hausmädchen, P. Er hat mir versichert, dass es vorbei sei, aber es ist nichtsdestominder eine große Katastrophe, und ich werde den Preis dafür zu zahlen haben, was mir schwer auf der Seele liegt.« Wahrscheinlich hätte es mich nicht überraschen sollen, dass Bard seine Frau mit einer der Hausangestellten betrog. Es war ein schrecklicher Gedanke, aber nicht schwer vorzustellen, besonders, wenn ich an Emily dachte, die sich mit ihren Kindern das Feuerwerk ansah, während Athol sich das Au-pair vornahm. Arme Kitty, arme Emily.

Ich hatte mich gerade am Freitagnachmittag zu einem dritten Durchgang mit dem Tagebuch zurückgezogen, die hechelnde Abby zu meinen Füßen (John und Ev waren im Schlafzimmer und führten ein ernstes Gespräch – hinter der geschlossenen Tür war bisweilen das tiefe Murmeln seiner Stimme unterbrochen von Evs weinerlichem Ton zu hören), als es bei uns klopfte. Über die Unterbrechung fluchend steckte ich das Tagebuch wieder weg und riss die Badezimmertür auf.

»Ja?«, sagte ich, als ich jemanden mit abgewandtem Kopf auf der Eingangstreppe zum Cottage stehen sah. Beim Klang meiner Stimme sah er mich an. Galway.

»Hallo.« Seine Stimme klang neutral.

Ich sprach durch die halb offene Fliegentür mit ihm. »Hallo.« Begeistert streckte Abby den Kopf zur Tür heraus, um sich kraulen zu lassen.

»Was macht denn der Hund hier?«, fragte Galway.

»John repariert den Wasserhahn im Bad.«

Er seufzte. »Es tut mir leid, dass ich am Winloch Day nicht dabei war.«

Ich machte eine gleichgültige Geste.

»Ich hätte dich gern gesehen«, brachte er vorsichtig vor.

216

Ich zuckte die Achseln.

»Wie kann ich das wieder gutmachen?« Seine Hand strich über den Türrahmen wenige Zentimeter vor meinem Arm. Ich war eindeutig am Zug.

»Nicht notwendig.«

»Darf ich dich einladen?«

»Brauchst mir wirklich keinen Gefallen zu tun.«

»Du bist sauer.«

»Warum sollte ich sauer sein?«

Er ließ die Hand sinken. »Weil ich dich geküsst habe und dann verschwunden bin.«

Mein Gesicht glühte.

»Bitte«, beharrte er. »Morgen Abend vielleicht? Einfach nur zusammen essen. Morgen um acht?«

»Ich weiß nicht.«

»Ich habe etwas gefunden«, versuchte er mich zu locken. Fast hätte ich geantwortet: »Eine Freundin?«, aber er fuhr fort: »In den Bankdokumenten der Winslows.«

Wenn ich jetzt behaupten würde, morgen Abend etwas schrecklich Wichtiges vorzuhaben, bräuchte er bloß die paar hundert Meter von seinem Haus zu unserem zu laufen, wo er mich auf dem Sofa vorfinden und meine Behauptung als Lüge enttarnen würde. Außerdem klang seine Gesellschaft angenehmer als ein weiterer Abend mit Kittys rätselhaftem Tagebuch oder Evs nervender Mamalaune.

»Na gut«, sagte ich. Abby winselte, als ich ihr die Tür vor der Nase zuknallte. Ich ging in die Küche und spürte, wie Galway mir hinterherblickte.

KAPITEL DREIßIG

Die Entschuldigung

Am nächsten Morgen stieg feuchtkalte Luft vom See auf und durchwehte Bittersweet, kroch unter den Türen und zu den Fensterschlitzen herein, als habe der Wind sich vorgenommen, an sämtlichen Ecken des hundert Jahre alten Holzgerüsts zu rütteln. Ich briet in der zugigen Küche Rühreier, meine Bettdecke um die Schultern geschlungen, während Ev vergebens versuchte, im Holzofen ein Feuer anzuzünden. Am Ende war alles völlig verqualmt und Abby, die John bei uns gelassen hatte, bellte unaufhörlich. Wir mussten die Fenster aufreißen, wodurch es nur noch kälter wurde. Danach verkrochen wir uns wieder im Bett.

»Ich wollte dir was erzählen«, verkündete ich.

Als Abby meine Stimme hörte, kratzte sie an der Schlafzimmertür, und fing an zu jaulen, als wir nicht reagierten. Ev warf mit dem Kissen nach der Tür.

»Abby passt nur auf ihre Herde auf«, sagte ich. »Wahrscheinlich kann sie das Baby schon riechen.« Abby folgte Ev zu meiner Belustigung und Evs Verdruss auf Schritt und Tritt.

»Der Hund macht mich wahnsinnig!«, rief Ev. Abby gab ein letztes flehendes Winseln von sich und trottete dann davon, wahrscheinlich, um einen Blick in ihren Fressnapf zu werfen. Ihre Klauen klackten rhythmisch über den Holzboden.

Ev ließ sich zurück aufs Bett fallen. »Und, was gibt's? Bist du etwa auch schwanger?«

Ich zögerte, aber ich musste es ihr erzählen – sie würde sehen, wie ich mich hübsch anzog, und mich ausfragen. Selbst wenn ich mich weigerte, ihr etwas zu verraten, würde er mich abholen, und dann wäre es nur noch seltsamer, dass ich nichts gesagt hatte. Und selbst falls sie sein Auto nicht bemerken sollte, brauchte sie nur ein bisschen herumzufragen; irgendjemand würde uns bestimmt dabei beobachten, wie wir Winloch gemeinsam verließen. Da war es besser, den Stier bei den Hörnern zu packen. »Ich gehe heute Abend mit Galway aus.«

Ev fing an zu kichern.

»Ich weiß nicht, was daran so witzig sein soll.«

»Stopp. Meinst du das etwa ernst?«

»Ist ja kein Date oder so etwas«, sagte ich abwehrend, wobei ich aus dem Bett kroch. »Wir wollen nur ein bisschen über die Ahnenforschung der Winslows reden.«

»Mein Gott, Mabel, du bist echt besessen von unserer Familie, oder? Gruselig!«

»Ob du's glaubst oder nicht«, fuhr ich sie an, »die Forschungen machen mir Spaß! Ich weiß, es ist schwer sich vorzustellen, dass ich etwas zu meinem eigenen Vergnügen tue.«

Zur Antwort rollte sie nur mit den Augen.

»Na jedenfalls«, fuhr ich fort, »erzähle ich dir das nur, damit du nicht irgendwas Falsches über Galway und mich denkst.«

»Und warum«, erwiderte sie sarkastisch, »sollte wohl irgendjemand etwas Falsches über Galway und dich denken?«

Schweigend zog ich mich an, mehrere Pullover übereinander. Ich würde nach Lu und Owen suchen gehen.

Ich spürte, wie Ev mich über den Rand ihrer Zeitschrift hinweg beobachtete. »Sei bloß vorsichtig.«

»Ich kenne mich hier mittlerweile aus.«

»Mit Galway meine ich.«

»Bin ich nicht gut genug, um von deinem Bruder zum Essen eingeladen zu werden?« Ich war eingeschnappt.

»Ich sag ja nur. Er ist kompliziert. Mach dir nicht zu viele Hoffnungen, okay?«

Erbost fuhr ich zu ihr herum. »Du darfst nicht auf dem Bauch liegen«, fuhr ich sie an. »Das tut dem Baby weh.« Ich stürmte aus unserem Zimmer, verfluchte mich, dass sie mir wichtig war, dass ich ihr zeigte, wie viel sie mir bedeutete, dass ich ihr überhaupt von meiner Abendverabredung erzählt hatte, aber am allermeisten, weil ich wusste, dass sie recht hatte.

Seit Entdeckung der toten Schildkröten hatte Lu viele Stunden mit einem bärtigen Professor verbracht, einem etwas weltfremd wirkenden Meeresbiologen; erst hatte sie wiederholt mit ihm telefoniert, dann war er mehrmals aus Burlington mit dem Auto gekommen, und Lu hatte ihn über die Winslow Bay hinweg zum Turtle Point gerudert, damit er sich mit eigenen Augen von der Katastrophe überzeugen konnte. Sie hatten Wasser- und Erdproben entnommen, Gewebeproben der Schildkröten, der Wissenschaftler hatte mit seinen Kollegen bei der amerikanischen Naturschutzbehörde telefoniert, doch bisher hatte noch niemand eine Erklärung für das klägliche Ende der Schildkrötenkolonie finden können. Lu reagierte auf die offenen Fragen mit unnachgiebiger Zielstrebigkeit, und als ich den armen Wissenschaftler einmal kennenlernte, spürte ich an der Art, wie er die Schultern einzog, als Lu ihn zum fünfzigsten Mal fragte, ob er wirklich nicht glaube, das Massensterben habe mit der Erderwärmung zu tun, dass er wünschte, er hätte ihren Anruf nie entgegengenommen.

Dennoch musste ich ihre Beharrlichkeit bewundern. »Uns ist dieses Land anvertraut worden«, hatte sie ihrem Vater sehr ernsthaft erklärt. Als ich Owen und sie an diesem windigen Tag endlich unten am Badefelsen fand, wo sie gerade mit dem Ruderboot in See stechen wollten, erklärte ich mich bereit, zu einer weiteren Probenentnahme mitzukommen, auch wenn ich mir Schöneres vorstellen konnte, als einen kabbeligen See in einem kleinen Boot zu überqueren.

Owen ruderte. Lu saß hinter ihm im Bug, ich ihm gegenüber. Als wir das bewegte Wasser durchpflügten, fiel mir auf, dass ich Owen fast noch nie hatte sprechen hören. Unter meinem Blick errötete er und strich sich die braunen Haare aus der Stirn; vielleicht war er einfach schüchtern und sagte deswegen nicht viel.

Schließlich landeten wir in der Bucht neben Turtle Point an. Am Strand gab es eine freigeräumte Stelle, an der wir das Boot leicht hinaufziehen konnten. Wie oft mochten die beiden schon hier gewesen sein, seit Lu und ich auf die toten Schildkröten gestoßen waren?

Lu kletterte flink hinauf zur Landspitze, Owen und ich langsamer hinterher. Wir schnitten da, wo Schildkrötenkadaver lagen – ich mochte nicht hinschauen, wie sehr sie in der Zwischenzeit verwest waren, der Geruch nach totem Tier war jedenfalls durchdringend –, Zweige und Gräser ab. Diese Proben steckten wir in sauber ausgewaschene Marmeladengläser; Lu gab uns Kreppband, auf dem wir Datum und Fundort der Pflanze, von der wir etwas abgeschnitten hatten, vermerken konnten. Lus Gesicht war bestimmt, ihr Blick konzentriert. Als wir einen Leinenbeutel mit ungefähr zwei Dutzend Proben gefüllt hatten, folgten wir ihr zurück nach unten zum Strand.

»Hab was vergessen!«, rief sie aus, schnappte sich das letzte leere Glas und war ohne jede weitere Erklärung verschwunden.

Ich grinste Owen an. »Sie nimmt das Ganze sehr ernst«, sagte ich, was sich herablassend anhörte, auch wenn ich das gar nicht so meinte. Wahrscheinlich hielt ich mich mittlerweile für so erwachsen, dass ich genau wie der Meeresbiologe meine Zweifel hatte, dass es auf alles eine Antwort gab und jedes Rätsel gelöst werden konnte.

»Schildkröten sterben nicht einfach so«, entgegnete Owen. »Ich kenne mich nicht so schrecklich gut aus, aber Lu schon, und ich tue, was ich kann, um ihr zu helfen.«

»Helfen ist eine gute Sache. Aber manchmal geschehen halt schlimme Sachen und man kann nichts dagegen tun.«

»Das glaube ich nicht«, widersprach er mir. Seine Vehemenz erstaunte mich. Er blickte hinauf zu Lu, die über uns zwischen den Bäumen hindurchflitzte, eine weitere Probe in der Hand. »Nein, das glaube ich ganz und gar nicht.«

Die Schatten streckten sich schon lang über die Tennisplätze, als ich nach Hause kam, aber Ev lag immer noch im Bett und Abby döste auf dem schmalen Flickenteppich davor. Die Hündin hob den Kopf und sah zu, wie ich meine Schubladen durchsuchte. Als sie sich überzeugt hatte, dass ich kein Steak mit nach Hause gebracht hatte, ließ sie den Kopf mit einem enttäuschten Seufzer wieder sinken.

»Seit ich schwanger bin, werde ich noch zur Einsiedlerin«, gab Ev ein paar Minuten später zum Besten. Ihre Stimme klang heiser. Sie hatte seit Stunden nicht mehr gesprochen.

»Tut mir leid, dass ich dich angemotzt habe.« Ich drehte mich zu ihr um.

»Aber du hast ja recht. Ich habe keinen Schimmer, was es heißt, ein Kind zu bekommen.«

Ich setzte mich zu ihr aufs Bett. »Das kann man ja lernen.«

»Ich bin jedenfalls stärker als ich aussehe«, sagte Ev. Sie räusperte sich. »Verzeih mir, dass ich so blödes Zeug gesagt habe.«

»Macht nichts«, antwortete ich, überrascht von ihrer Entschuldigung. Noch nie hatte ich Derartiges aus ihrem Mund gehört. Auf einmal wollte ich es ihr erzählen: »Er hat mich geküsst.«

»Und war das schön?«

»Ja. Aber als ich bei ihm zu Hause angerufen habe, ist eine Frau drangegangen. Insofern hast du natürlich recht: Es ist kompliziert.«

»Hast du ihn schon nach ihr gefragt?«

Ich schüttelte den Kopf.

»Ich guck mal, was sich rauskriegen lässt«, versprach sie.

Ich trat gegen ihr Bett. »Komm schon, steh auf!«

»Ist aber so gemütlich hier.«

»Ich habe nichts zum Anziehen und du musst mir beim Schminken helfen.«

Das Date

Als Galway schließlich bei uns vorfuhr, trug ich eine enge Jeans und eins von Evs T-Shirts, das bei ihr locker saß, sich bei mir hingegen aufreizend um meinen Oberkörper spannte. Ich trug einen schwarzen BH mit dazu passendem sexy Stringtanga, die Haare hatte ich zu einem lockeren Pferdeschwanz zusammengenommen. Ich war sogar geschminkt. Ev johlte begeistert über meine Verwandlung und verdrückte sich, als sie das Knirschen der Wagenreifen ihres Bruders auf dem Schotter hörte.

»Wow«, sagte Galway, als ich ihm auf der Treppe entgegenkam. Er trug ein sommerliches Jackett, langes Hemd, Stoffhose und Slipper. Bisher kannte ich ihn nur in Shorts.

»Du siehst echt schick aus.« Meine Stimme klang frostig.

»Und du siehst« – sein Blick wanderte über meinen Körper und blieb unzweideutig an meinem Busen hängen – »super aus.«

Ich schluckte. »Vielleicht ziehe ich mich besser um.«

Er fasste nach meiner Hand. Ich hatte vergessen, wie glatt seine Haut war. Er zog mich sanft hinter sich her.

Sein Auto war sehr sauber – kein herumliegender Müll, keine Landkarten, nichts Persönliches. Es war ein lauer Abend, aber die Fenster waren geschlossen. Ich hätte sowieso befürchtet, dass meine Frisur und die übrige Magie, die Ev an mir vollbracht hatte, bei offenem Fenster ruiniert worden wäre. Wir fuhren schweigend, bis wir aus Winloch hinaus waren, dann bogen wir in südlicher Richtung nach Burlington ab.

Er warf mir mehrmals von der Seite her einen Blick zu, während wir an den aus der Landschaft ragenden Felsen und unter Schattenbäumen grasenden Schafen vorbeifuhren. Aber er sagte nichts, und das Schweigen wirkte langsam bedeutungsschwanger. Doch ob ich das nun als romantisch oder unbehaglich auffassen sollte, wusste ich nicht.

Er räusperte sich. »Und wie geht es dir?«

»Danke, gut.«

»Schön.« Wir fuhren weiter.

An der Ausfahrt Burlington stellte er den Blinker an, aber dann fuhren wir gleich wieder von der Hauptstraße ab und auf der Spear Street Richtung Süden. Ich blickte sehnsüchtig aus dem Fenster in Richtung Universität und Church Street, wo ich ein paar Wochen zuvor einen Nachmittag lang mit Lu herumspaziert war. Ich war enttäuscht, dass wir nicht in die Stadt fuhren – ich hatte mich auf einen Abend in der Zivilisation gefreut. An einer Ecke der Fußgängerzone war ein nettes französisches Restaurant. Ich hätte gern Steak frites bestellt.

»Wo fahren wir hin?«, fragte ich bei der Fahrt über eine Anhöhe; neben uns fiel das Land steil ab. Die Sonne war schon fast hinter den Adirondacks verschwunden. Zwischen den Bergen und uns glitzerte der See. Ich blinzelte hinunter auf die winzigen Segeldreiecke, die straff und weiß über das goldschimmernde Wasser glitten.

»Es wird dir gefallen.« Mehr verriet er nicht, als wir wieder die Richtung änderten und bergab auf den See zufuhren, zurück unter das Ahornblätterdach.

Es ging noch ein paar Meilen weiter über mäandernde Landstraßen, dann über eine gedeckte Holzbrücke, an einem Gebäude vorbei, das größer als mein Elternhaus war – auch wenn mir natürlich klar war, dass es sich nur um die Remise handelte –, und in eine beeindruckende Anlage, die eher einem Park oder einem Sanatorium als einem Privatgrundstück glich. Ein Pfeil wies den Weg zum Restaurant At the Farms, und wir fuhren im Schritttempo an sorgfältig gemähten Rasenflächen und großen, alten Häusern mit grün verfärbten Kupferdächern vorbei. Von einer Anhöhe erblickten wir einen Palast – anders konnte man es gar nicht bezeichnen. Es war ein prächtiges Herrenhaus, wie man es aus Jane-Austen-Romanen kann-

te, aber amerikanisch – rotes Ziegelmauerwerk, Kupferdächer, Türm-
chen – mit einem atemberaubenden Blick auf den See dahinter.

»Das hat früher mal Samsons Freunden gehört.«

»Dieses Schloss?«

Er machte eine ausladende Handbewegung. »Alles hier.« Winloch sah im Vergleich dazu wie eine Ansammlung von Elendshüt-
ten aus.

»Und jetzt?«

»Ist es eine gemeinnützige Stiftung. Hier gibt es einen Streichel-
zoo für Kinder, eine Milchwirtschaft, die ihren eigenen Käse verkauft, einen Garten, Wanderwege und Führungen durch das Haus.
Das gesamte Gemüse, sogar das Fleisch für das Restaurant werden
hier auf dem Gelände produziert.« Er öffnete seine Tür. »Wollen
wir?«

Er trat auf meine Seite des Wagens und wartete, bis ich ausgestiegen war, dann ging er, mit der Hand fast an meinem Kreuz, dicht
hinter mir, wodurch es sich fast wie ein Date anfühlte. Aber die Art,
wie er mit mir redete – ohne viel Wärme oder Interesse –, gab mir
eher das Gefühl, unser Kuss, das Feuerwerk zwischen uns, sogar
das freundschaftliche Verhältnis zuvor seien reine Halluzination
gewesen. Zwischen uns war etwas Starkes gewesen, und nun schien
es sich auf einmal in Luft aufgelöst zu haben.

Wir traten in die Eingangshalle des Herrenhauses, in dem sich
auch der Zugang zum Restaurant befand. Der Oberkellner im piekfei-
nen Frack zog fragend eine Augenbraue hoch, als er mich in meinem
Outfit sah. Eine schöne große Brünette tauchte mit ihren Wagen-
schlüsseln klimpernd aus dem Restaurant auf. Sie trug ein perfekt
geschnittenes schwarzes Kleid.

Das Klappern meiner geliehenen High Heels kam auf den breiten Kirschbaumdielen zum Verstummen. Ich blickte an mir herunter. Mein BH war durch das T-Shirt hindurch sichtbar. Mein Stringtanga war hochgerutscht, die Jeans herunter. Mir wurde schlagartig
klar, dass Ev, ob nun absichtlich oder nicht, mich zu einer Mabel
gemacht hatte, neben der vor allem sie sich besser fühlte.

Galway merkte nichts und ging einfach ohne mich weiter. Was er genau sagte, hörte ich nicht, sah aber voller Grauen zu, wie er dem Kellner seinen Namen und die Reservierung nannte.

»Einen Augenblick bitte«, erwiderte der Mann blasiert und verschwand mit einem vielsagenden Blick in meine Richtung im Restaurant.

Galway drehte sich mit fragendem Gesichtsausdruck zu mir um. Wir konnten nicht mehr als fünf Meter voneinander entfernt sein, doch die Kluft kam mir unüberwindlich war. Meine Füße wurden schwer wie Blei, als leidenschaftliches Geigenspiel aus dem Restaurant zu uns herausdrang. Galway brachte eine Speisekarte mit und erzählte mir von den Spezialitäten des Hauses: »Die machen ein fantastisches Butternutkürbis-Risotto mit gerösteten Kürbiskernen. Und die Kalbfleisch-Scaloppine sind auch zum Niederknien.«

Trotzig wie ein kleines Kind schüttelte ich den Kopf.

»Ach, komm.« Er fasste wieder nach meiner Hand. »Hier ist alles Bio, die Zutaten sind regional erzeugt!« Ich zog die Hand weg. »Aber was hast du denn?«, fragte er im selben Moment, in dem auch der Oberkellner wieder erschien.

»Das hättest du mir doch sagen müssen, dass wir in ein Luxusrestaurant gehen.«

Er machte eine wegwerfende Handbewegung. »Ist doch egal.«

»Mir ist es aber nicht egal.«

»Kannst mein Jackett leihen. Aber du siehst wirklich völlig okay so aus, Mabel.«

Die erste Träne tropfte heiß auf meine Wange. »Ich will aber nicht okay aussehen«, brachte ich noch heraus, bevor ich kehrtmachte und mit laufender Nase auf die massive Eingangstür zustürzte. Ich warf mich dagegen, bevor mir klar wurde, dass ich die Klinke herunterdrücken musste. Ich spürte, wie sich die Blicke des Oberkellners in meinen Rücken bohrten.

Ich hörte, wie Galway mir folgte, beschleunigte meinen Schritt quer über den Parkplatz und kauerte mich zwischen die Autos. Weiter wegrennen konnte ich nicht. Vergeblich versuchte ich nicht zu schluchzen. Alle konnten mich sehen.

»Was hast du denn bloß?«, fragte Galway mich hilflos, als er bei mir war, und ich wusste einfach nicht, wie ich es ihm erklären sollte. Mit Worten konnte ich nicht ausdrücken, wie schrecklich gedemütigt ich mich fühlte. Es erinnerte mich an die seltsame Empfindung, als er mich Gammy Pippa vorgestellt hatte – all die scharf mich musternden Blicke der Elite. Wie Indo mich mit vagen Versprechungen hingehalten und manipuliert hatte. Dass Ev eigentlich seit Sommerbeginn hatte abhauen wollen. Keiner von ihnen hatte je erlebt, wie schrecklich man sich fühlte, wenn man nicht dazu gehörte.

»Da kann man ja wohl vorher was sagen«, schluchzte ich, »wenn man in so einen superschicken Laden geht.«

»Ich dachte, das hätte ich«, murmelte er.

»Als du gesehen hast, was ich anhabe … ich meine, das ist doch ein Witz, wie ich aussehe, Galway! Du hättest mir doch sagen müssen, wo wir hingehen.«

»Ich finde dich schön.«

Ich verschränkte die Arme vor der Brust. »Lüg mich nicht an.«

»Ich lüge nicht.«

»Ja und, wer ist sie dann?«, schrie ich ihn an.

Er schaute mich verständnislos an. Ich musste es ihm offensichtlich auf den Kopf zusagen.

»In der Nacht, als du mich geküsst hast. Sie hat gesagt, du seist nicht zu Hause.« Sein Gesichtsausdruck sagte mir alles, was ich zu wissen brauchte. Schock, Verstehen, Panik. Er klappte den Mund schon auf, um sich zu verteidigen, aber ich erinnerte ihn: »Denk dran, Galway, du lügst nie.«

Er sackte sichtlich in sich zusammen. Er rieb sich das Gesicht und lehnte sich ans Auto. Schloss die Augen. Nickte. Und damit war auch meine Abwehr wie weggeblasen. Rosa Wölkchen zogen über den sich verfärbenden Abendhimmel. Ein vom See her kommender Windstoß ließ die Blätter an den Bäumen über uns tanzen und zittern.

»Es ist nicht das, was du jetzt denkst«, sagte er.

»Sondern?«

Er lachte. »Ich bin gerade dabei, mich zu trennen«, sagte er schließlich. »Anders kann man es wohl nicht ausdrücken.« Er sah mir in die Augen. »Das hätte ich dir sagen müssen. Aber ich dachte, das würde keinen … Ich weiß, du wirst jetzt glauben, ich habe sie nicht mehr alle, aber … ich mag dich. Als wir uns das erste Mal gesehen haben« – er lachte –, »na gut, nicht das allererste Mal, aber das war auch toll – ich meine, als wir zum ersten Mal miteinander gesprochen haben. Ich hatte das Gefühl, wir wären uns vertraut. Als würden wir uns schon ewig kennen. Ich weiß, ich weiß, das ist bescheuert und kitschig und voll das Klischee …«

Aber ich wusste haargenau, was er meinte.

»Und das wollte ich nicht kaputtmachen«, fuhr er fort, »wenn ich gleich von mir selbst und meinem ganzen Zeug anfange, das nichts mit dir zu tun hat. Sie … wir waren befreundet. Und wir dachten, oder hofften, dass es mehr als das sein könnte. Aber. Jetzt nicht mehr. Seit ich dich kenne auf jeden Fall nicht.« Er unterbrach sich. »Das Ganze tut mir total leid.« Er kam auf mich zu. »Ich möchte es wiedergutmachen.«

»Bei mir brauchst du gar nichts wiedergutzumachen.«

»Das war falsch ausgedrückt«, sagte er und legte mir die Hand auf den Arm. »Damit meine ich: Ich will dich wirklich zum Essen einladen. Weil ich glaube, dass wir zwei eine Menge Spaß zusammen haben können.«

Unwillkürlich fing ich an zu lächeln. »So wie jetzt zum Beispiel.«

Er nickte bekräftigend. »Haargenau so habe ich mir das vorgestellt.«

Mit einem Schlag überfiel mich der Hunger. Ich warf einen Blick auf das Herrenhaus hinter mich. »Okay«, sagte ich und streckte den Arm aus, »gib mir dein Jackett.«

Grinsend schüttelte er den Kopf und schloss mir die Tür auf. »Wir gehen woanders hin.«

»Ich habe aber Hunger.«

»Tja, da hast du Pech gehabt.« Er grinste lausbübisch.

Wir fuhren in Richtung Innenstadt, bogen aber kurz vor der Universität wieder ab, überquerten die Autobahn und folgten den Schildern zum Flughafen. Ein Neonzeichen verkündete grell blinkend AL'S FRENCH FRYS, und wir bogen auf den Parkplatz ein.

»Als wir Kinder waren, durften wir nie herkommen«, sagte Galway und stellte den Motor aus. Er ließ den Kofferraum aufspringen und erschien mit einem Uni-Kapuzenpulli neben meiner Tür. Ich zog ihn über. Die Ärmel gingen mir bis über die Hände. Zum ersten Mal an diesem Abend fühlte ich mich so richtig wohl.

Ein Burger-Grill mit rotgepolsterten Sitzecken und Milk Shakes – wir labten uns an fettigem Fastfood und stopften uns zwei Fritten zugleich in den Mund. »Irgendwie hab ich gedacht, du wärst Vegetarier«, sagte ich, als er herzhaft in seinen zweiten Cheeseburger biss.

»Wer hat dir das denn erzählt?« Er lachte mit vollem Mund.

»Du kommst mir so vor … als wärst du zu politisch für Fleisch«, erwiderte ich, was er unglaublich lustig zu finden schien.

Wir fuhren zurück in die Innenstadt, holten uns ein Eis und liefen herum, bis die Läden alle zuhatten und unter den blinkenden Lichterketten, die um die Äste über uns gewunden waren, nur noch wir und die Straßenkids übrig waren. Ich sah auf die Uhr – es war elf. Wir konnten in keine Kneipe gehen – ich war unter einundzwanzig und hatte keinen gefälschten Ausweis.

»Wie ist deine Familie so?«, fragte er. Wir suchten uns eine Bank mitten auf der Church Street und sahen einer jungen Punkerin zu, die träge vor ein paar Jungs und ihrem Hund tanzte. Das Grüppchen hätte man genauso auch in Portland auf dem Pioneer Courthouse Square finden können – dieselben müffelnden Schlabberklamotten und ungewaschenen Haare, der weggetretene Ausdruck in den Augen. Aus einer Bar dröhnte laute Musik hinaus auf die Straße.

»Meine Familie ist nicht – die ist nicht wichtig.«

»Die Winslows sind vielleicht reich«, sagte er. »Das heißt aber nicht, dass sie besser als andere Leute sind.«

»Ich glaube … noch wichtiger, als wer man ist, ist doch für wen man sich hält. Wenn man sich selbst für den wichtigsten Mensch der Welt hält und sich auch so verhält, dann kaufen einem die Leute das auch ab. Wenn man sich für einen Niemand hält, dann ist man auch niemand.«

»Aber du glaubst das doch nicht etwa von dir selbst?« Seine Stimme bebte, als könne er den Gedanken nicht ertragen.

Die Punkerin ließ sich erschöpft gegen einen Felsen sinken. Einer der Jungen nahm ihren Platz ein. Er trug kein Hemd und hatte lange Dreadlocks. Seine Bewegungen erinnerten eher an Wehklagen als einen Tanz.

»Ich habe einen Bruder«, erwiderte ich, als ob das eine Antwort auf seine Frage wäre.

»Aha.« Galway war der erste Mensch, dem ich das erzählte, seit ich an der Ostküste war. Er nickte, als sei ihm klar, dass es sich um eine schwerwiegende Offenbarung handelte, auch wenn er das gar nicht wissen konnte.

»Und der ... hat mir klargemacht, wer ich bin. Nicht, dass ich ein schlechter Mensch bin, das nicht direkt, aber dass ich es sein kann. Dass ich zu Sachen fähig bin ... zu denen andere nicht fähig sind.« Mir war natürlich bewusst, dass das rätselhaft klang, aber ich musste es einfach sagen. Galway verdiente eine letzte Chance, sich aus der Affäre zu ziehen.

Er fasste nach meiner Hand. »Tja. Ich weiß, dass du kein Niemand bist. Und dass du kein schlechter Mensch bist.«

Es war zu spät. Ich begehrte ihn, schon lange begehrte ich ihn, und jetzt wollte ich ihn auch haben. Ich hätte ihm in diesem Augenblick eine Menge erzählen können, aber die Worte wären wie Asche aus meinem Mund gekommen, und unsere Begegnung wäre unumkehrbar überschattet gewesen. Und deswegen beschloss ich, mir das zu nehmen, was ich begehrte. Ich drückte seine Hand. Wir saßen nebeneinander und sahen dem Straßenjungen zu, der mit gespielt ekstatischen Zuckungen aufs Pflaster fiel und von einem anderen Tänzer ersetzt wurde, und dann noch einem und dann noch einem, bis die bunten Lichter über uns ausgeschaltet wurden und Galway mich zurück nach Bittersweet fuhr.

Die Szene

Lu klopfte mit der guten Nachricht an der Tür, der Wind sei weg. Sie schaffte es, Ev ebenfalls zum Mitkommen zu überreden, und wir brachen gerade, als die Mittagssonne die Wolkendecke durchbrach, zur Badestelle auf – Lu im Bikini, ich in meinem Speckröllchen verhüllenden Badeanzug und Ev in einer langen Bluse, unter der sie ihren Babybauch glaubte verstecken zu müssen, von dem ich aber kaum etwas sah. Doch sie beharrte auf der Bluse, als Lu außer Hörweite war; man würde ihr sonst ansehen, dass sie schwanger sei, meinte sie.

Der Tag war wie geschaffen für den Badefelsen. Der windstille See hatte sich mittlerweile so erwärmt, dass man stundenlang im Wasser bleiben konnte. Auch der Wasserspiegel war gesunken, sodass es reichlich trockene Felsenfläche gab, auf der die Winslows ihre Handtücher ausbreiten konnten. Und die Sonne spendete genug Hitze, dass man, so wenig bekleidet, wie es der Anstand gerade noch erlaubte, ewig an der frischen Luft blieb. Mit fortschreitendem Sommer sahen es die meisten jungen Eltern mit der Mittagsschlafenszeit nicht mehr so eng, und die Kinder durften den ganzen Nachmittag über am Wasser spielen, ohne von ihren dösenden Aufsichtspersonen gestört zu werden. Die hohen Stimmen der kleinen Winslows, das glucksende Auf und Ab ihres Lachens bildeten eine wunderschöne Hintergrundmelodie zum sechsten Gesang des *Verlorenen Paradieses*, und als ich merkte, dass ich die letzte Seite bereits zehnmal gelesen hatte, überließ ich mich den heißen Sonnenstrahlen und schloss glücklich die Augen. Hinter meinen Augenlidern glühte es vielversprechend, wenn ich an Galways Hand in meiner dachte und wusste, als die Sonne meinen ganzen Körper kitzelte, dass er und ich uns wieder berühren würden, und nicht nur mit den Händen.

»Hey, Mädels.«

Ich blinzelte hinauf in die Sonne und sah Galway vor mir stehen. Bei den Fantasievorstellungen, die ich gerade von uns beiden miteinander gehabt hatte, der Wärme zwischen meinen Beinen und dem hungrigen Blick, mit dem er mich ansah, lief ich knallrot an. Schüchtern setzte ich mich auf und zog die Knie an die Brust, während Ev und Lu nur träge Hallo murmelten. Er zog das T-Shirt über den Kopf und setzte sich zu uns. Ich versuchte, ihn nicht anzugaffen. Als geheimen Willkommensgruß lehnte er seine bloße Schulter an meine.

Wir verbrachten den Nachmittag nebeneinander, aßen zusammen aus einer Chipstüte, zogen seine Schwestern mit ihren Modemagazinen auf und schwammen hinaus zur Badeinsel und zurück. Zwischen uns war ein unsichtbares elastisches Band; gleichgültig, bei welchem Cousin er sich mit aufs Handtuch setzte oder wie weit ich hinter der Badeinsel noch hinausschwamm, wir spürten die Gegenwart des anderen.

An diesem Tag herrschte eine ausgelassene Stimmung auf dem Badefelsen – alles schien sich in einem großen harmonischen Einklang mit dem Sommernachmittag zu befinden. Als Owen und die Cousins Rückwärtssaltos von der Plattform machten, jubelten wir ihnen zu, genau wie die Besitzer der zweiundzwanzig in der Bucht schaukelnden Yachten. Als Mhairie mit einer Kühlbox voller Eis am Stiel erschien, wurde sie mit begeistertem Gebrüll begrüßt.

Es wurde fünfzehn Uhr. Tilde kam die Stufen herunter, und eine zurückhaltende Stille senkte sich. Die Cousins zogen sich auf die Badeinsel zurück. »So so«, sagte Tilde und kam mit einem Klappstuhl in der Hand auf unser Grüppchen zu, wo Ev so tat, als würde sie schlafen. »Scheinen ja alle versammelt zu sein.«

Galway stand auf, ließ das Handtuch, auf dem er den ganzen Nachmittag herumgelümmelt hatte, liegen, und wandte sich Lu zu, nicht mir. »Ich geh mal rein«, verkündete er.

»Mm-hm«, antwortete Lu, ganz in ihr Magazin vertieft.

»Sprich bitte deutlich«, schalt Tilde Lu, als Galway hinunter ans

Wasser ging. Ich schaute ihm hinterher, ich konnte nicht anders. Aus dem Augenwinkel sah ich, wie Tilde Lu mit der flachen Hand einen Klaps an den Hinterkopf gab.

»Au.« Lu rieb sich mit mürrischer Miene den Kopf.

»Wie oft muss ich dir noch sagen, dass du nicht auf deinen Haaren herumkauen sollst, Kind?«

Lu blickte hinunter auf das nasse Ende ihres Zopfes. Unbewusst hatte sie seit Stunden daran gelutscht. »Sorry.« Sie schmollte, aber Tilde war schon wieder aufgesprungen.

»Zieht euch Badesachen an!«, befahl Tilde in Richtung der geschäftig mit Wassereimerchen hin und her rennenden Meute von Kindern, die sie nicht beachtete. Ich setzte mich auf, beschattete die Hand mit den Augen und folgte Tildes Adlerblick. Aufgebracht versuchte sie, die Kinder herumzukommandieren.

Der Nachwuchs lief eigentlich schon den ganzen Tag nackig herum. Seit wir uns auf unserem Platz niedergelassen hatten, spritzten ständig nackte Popöchen an uns vorbei, und Lu und ich hatten zueinander gesagt, wie süß die kleinen runden Hinterbacken der Kinder waren, die gerade erst laufen gelernt hatten. Zarte Schamlippen, zitternde kleine Penisse, die ganze Unschuld und Offenheit von am Wasser spielenden Kindern. Als ich jetzt hinunter zum Strand blickte, bemerkte ich eine ungefähr acht Jahre alte Cousine, die Ev und Lu erstaunlich ähnlich sah. Sie gehörte einem entfernteren Zweig der Familie an und war für ein paar Wochen zu Besuch. Sie war einen Kopf größer als das nächstgrößte Kind, aber im Herzen immer noch ein kleines Mädchen und, genau wie viele andere Kinder irgendwann im Laufe des Tages, nackt. Sie hatte Tilde den Rücken zugewandt und erzählte gerade aufgeregt von dem Prinzessinnenschwimmbad, das sie baute; ihr Po leuchtete im vom Wasser reflektierten Licht, als sich ein Schweigen auf die Versammelten senkte. Wie eine Furie ging Tilde auf die Kleine los.

»Hannah!«, blaffte Tilde das Mädchen an, das vor Schreck erstarrte, als es den Klang der zornigen Erwachsenen hörte. Die meisten anderen Kinder hatten sich bereits zu ihren Eltern geflüchtet, die murmelnd fragten, wo Hannahs Mutter abgeblieben sein mochte. Im nächsten Augenblick ragte Tilde schon vor dem Mädchen auf. »Zieh dir etwas an, Hannah, du kannst nicht mehr so herumlaufen. Das ist nur für Babys, und du bist jetzt schon ein großes Mädchen!« Von der Hilflosigkeit des Kindes angewidert drehte Tilde sich den glotzenden Erwachsenen zu: »Hat denn hier niemand mal ein Handtuch?« Als keine Antwort kam, griff sie sich ein gebrauchtes Frotteetuch vom nächsten leeren Stuhl und wickelte das Mädchen grob darin ein. Hannah heulte laut los.

»Was ist denn passiert?«, kam eine besorgte Stimme. Alle drehten sich zu Hannahs Mutter herum, die die Stufen heruntergerannt kam. In Windeseile war sie bei ihrer untröstlichen Tochter. Die meisten anderen wandten sich betreten ab. Ev stopfte ihre Sachen in einen Beutel und stürmte über die Treppe davon. Tilde versuchte sich zu rechtfertigen. Ich bemerkte Galway draußen auf der Badeinsel und zog Lu am Arm hoch. Wir steuerten auf den Bootsanleger zu, weg vom Mütterdrama. Während die Frauen keiften, drückte ich Lus Hand ganz fest, und wir rannten Hand in Hand den langen Holzsteg hinunter und wurden immer schneller, bis wir in Verfolgung unserer Männer in das laut aufseufzende Wasser sprangen.

Das Nachtbad

Galway, Lu, Owen, ich und die Cousins blieben noch lange, nachdem Tilde, Hannah und ihre Mutter und die anderen nach Hause gegangen waren. Auf der Badeinsel sprachen wir eigentlich kaum über den Vorfall, vermutlich, weil die anderen nur wenig überrascht von Tildes Verhalten waren. Owen und die Cousins spannen großartige Pläne aus, wie sie Geld verdienen könnten: »Wenn es dunkel wird, beladen wir das Ruderboot mit Keksen, Kaffee, Wein, Bier, lauter so Zeug, dann rudern wir raus, klopfen bei den Leuten an den Schiffsrumpf …«

»Am besten, wir drucken uns eine Speisekarte, dann können wir einmal die Runde machen und dann zurückkommen.«

»Sollen wir kanadische Dollars annehmen?«

»Wo zum Teufel kriegen wir Wein her?«

Mein Kopf lag in Galways Schoß. Er streichelte mir das Haar. Ich lächelte. Eventuelle Kritik machte mir nichts mehr aus; es war mir egal, ob uns jemand aus den Fenstern von Trillium beobachtete oder was derjenige davon hielt.

Wir aßen alle zusammen im Speisesaal Maschas Rinderbraten mit Kartoffelbrei, dazu hatten wir ein paar Flaschen Bier organisiert. Die Jungs diskutierten, ob es in Ordnung sei, höhere Preise zu verlangen und ob sie auch Batterien verkaufen sollten; Galway fasste unter dem Tisch nach meiner Hand. Als wir uns schließlich alle miteinander auf den Rückweg zu Bittersweet machten – wir konnten Ev garantiert aufheitern –, fühlte ich mich satt und glücklich.

Ich bemerkte als Erste, dass Johns Pick-up hinter unserem Häuschen parkte; ich würde keine Zeit haben, die beiden vor unseren

Besuchern zu warnen. Zum Glück roch Abby unsere Truppe. Was John und Ev getrieben haben mochten, während wir im Speisesaal saßen, wusste man nicht, aber als wir die Stufen zur Veranda hochkamen, ging alles hochplatonisch zu – Ev saß friedlich lesend auf dem Sofa, während John sich an der losen Bodenlatte zu schaffen machte, deren Reparatur er uns schon seit Juni in Aussicht gestellt hatte.

Ich hatte mich darauf gefasst gemacht, dass Ev nach ihrem aufgebrachten Abgang von der Badestelle schlecht gelaunt sein würde, aber sie wirkte aufgekratzt, genau, wie ich mich fühlte, und ich war dankbar, dass wir mal beide gleichzeitig gute Laune hatten.

»Wir wollten dich entführen«, sagte ich. »Wir gehen nackt baden.«

Ev schüttelte den Kopf. »Mom bringt dich um.«

»Haargenau«, unterstützte Galway mich. »Wie sagte sie doch so schön nach Jacksons Tod? ›Die Booths haben nackt gebadet und jetzt guckt euch an, was dabei herausgekommen ist.‹«

Sogar Arlo und Jeffrey gackerten, weil sie so aufgeregt und begeistert von der Vorstellung waren, nackt mit Mädchen schwimmen zu gehen – auch wenn zwei der Mädchen ihre Cousinen waren und die dritte ich. Owen nahm Lu an der Hand. John wischte sich den Schweiß von der Stirn und richtete sich auf. »Na, ich bin jedenfalls dabei«, sagte er.

Wir schlichen uns hinunter zur Bucht von Bittersweet. Der Mond war bereits aufgegangen und warf einen romantischen Silberschein über die Welt. Die Zikaden zirpten, das kurze Aufblitzen über dem Wasser waren Leuchtkäfer. »Ist das nicht irre?«, flötete Lu Owen zu, der ihre Finger an seine Lippen drückte. Ich tastete im Dunkeln nach Galways Hand.

»Ich bleib bei den Klamotten«, verkündete Ev, als wir unten am Wasser anfingen, uns auszuziehen.

»Von wegen.« John blieb auf Abstand. Wären sie allein oder nur mit mir zusammen gewesen, hätte er sie in die Arme geschlossen.

»Mir ist kalt«, jammerte sie.

Sie hatte sicher Angst, jemand könnte ihrem Bauch etwas ansehen, aber es war wirklich dunkel, und ich stupste sie mit dem Ellbogen an. Widerstrebend fing sie an, ihre Bluse aufzuknöpfen. Wir waren ein wirres Knäuel sich entkleidender Gliedmaßen. Die Cousins sprangen als erstes rein. Ev ermahnte sie, nicht so einen Krach zu machen. Unerschrocken schwammen sie auf das Felsplateau am Ende der Bucht zu, kletterten im Mondlicht darauf und ließen sich auf der anderen Seite in das offene Wasser gleiten. Ich versuchte, nicht hinzuschauen, war aber doch zu neugierig, was ihre rosa Körper preisgeben würden.

Beim Ausziehen spürte ich Galways Blick und wandte mich ihm zu. Ich pellte mich aus dem Badeanzugoberteil und war erstaunt, wie leicht es war, oben ohne vor ihm zu stehen. Ich ließ meine Shorts fallen. Er war neugierig, aber respektvoll, und zog sich das Hemd schnell über den Kopf, während er mir beim Ausziehen zusah. Der Nachtwind an meiner Haut war kühl, und ich zog meinen Badeanzug rasch hinunter, damit ich ins Wasser konnte. Unsere Blicke trafen sich, als er seine Badehose fallen ließ. Nackt stand er vor mir. Sein Geschlecht baumelte, Frage und Einladung zugleich, wenige Zentimeter vor mir. Ich hielt den Blick auf seine Augen gerichtet, aber wir dehnten beide die Ränder unseres peripheren Blickfelds bis ans Äußerste. Er grinste übers ganze Gesicht, schnappte sich meine Hand und zog mich zum Wasser.

Wir wateten in den See und sprangen dann schnell ganz hinein, als unsere Zehen am Grund im Lehm versanken. Nebeneinander schwammen wir zur Öffnung der Bucht. Plantschend und glücklich miteinander flüsternd kamen hinter uns Lu und Owen ins Wasser, kurz darauf John. Nur Ev wartete halb bekleidet immer noch widerwillig am Ufer.

Als wir unter dem Blätterdach der Bucht hervorschwammen, wurde die Milchstraße sichtbar – über das Firmament verstreute Sternenhaufen. Galway zog sich am Felsen hoch und streckte mir dann eine Hand hin, um mir hinaufzuhelfen. Dort standen wir zwei allein wie Adam und Eva am Rand der immensen Wasserfläche, die bis zum Horizont ging, wo Himmel und See sich trafen. Dann machte Galway einen Kopfsprung ins dunkle Nass und ich folgte.

Auf dem offenen See klang das nie nachlassende Zirpen der Zikaden leiser. Vom Ufer drangen melodisch Fetzen nächtlicher Unterhaltungen zu uns. Ich ließ mich auf dem Rücken treiben und blickte hinauf in das funkelnde Himmelszelt. Es war im wahrsten Sinne des Wortes ein Himmelszelt – was ich sah, war nicht nur über uns, sondern um uns, überall, als hätten sich Wasser und Luft zu einem Ganzen vereinigt. Leuchtkäfer blinkten wie lebende Sterne.

Galway schwamm auf mich zu. Sein Körper war warm, seine Lippen weich, nass, gierig, im Tiefen trat er für uns beide das Wasser, als ich die Beine gefährlich um seinen Rumpf schlang und spürte, wie sich das Begehren bei ihm regte. Doch ich wollte es nicht jetzt, nicht hier, nicht das erste Mal. Aber es war ein prickelndes Gefühl, sein Verlangen nach mir am eigenen Leib zu spüren, zu wissen, dass ich es befriedigen konnte. Die jungen Cousins kamen herangeschwommen. Galway küsste mich noch einmal und ließ mich los.

Ich schwamm zurück zum Felsen, um mich im kühlen Lüftchen etwas auszuruhen. Die Jungen waren gerade noch zu erkennen, die so weit hinausschwammen, wie sie konnten, und ich sah voller Freude, dass Ev und Lu sich in Ufernähe nebeneinander auf dem Rücken im Wasser treiben ließen.

Ich bemerkte direkt vor mir im Wasser John. Er zog sich hinauf auf den Felsen und setzte sich neben mich. Ich versuchte wegzuschauen, aber die Erinnerung an die Nacht, in der ich ihn zusammen mit Ev beobachtet hatte, war stärker, und angesteckt von dem Hunger, den ich an Galway gespürt hatte, merkte ich, wie sich alles in mir öffnete, als sei ich Ev – die Ev, die ich im College kennengelernt hatte – von jedem attraktiven Vertreter des anderen Geschlechts begehrt und diesen begehrend.

Also schaute ich hin. Und es war eine Freude zu sehen, wie dieser Mann gebaut war. Muskulöser als Galway, kräftiger gebräunt. Ein großer Penis, der in einem Nest dunkler Haare lag. Als er neben mich rutschte, wandte ich den Blick ab.

»Danke«, sagte er und machte eine Handbewegung in Evs Richtung. »Dass du mir gesagt hast, ich soll um sie kämpfen.«

Im kalten Nachtwind wurden meine Nippel hart. »Sie hat es verdient, glücklich zu sein.«

»Haargenau.«

Galway und ich rannten quer über die Wiese neben dem Speisesaal, als der Mond unterging. Wir sprachen wenig: Der Abend hatte eine unausweichliche Richtung eingeschlagen, und es waren keine Worte mehr nötig. Ich verspürte keine Melancholie, und doch kam das dem, was ich empfand, eigentlich am nächsten. Noch nie hatte ich mich so gefühlt. Morgen würde ich auf heute zurückblicken, und was kommen musste, wäre bereits geschehen.

Queen Anne's Lace war kleiner als Bittersweet und wie mit einem Messer in vier gleich große Stücke geschnitten: Schlafzimmer, Wohnzimmer, Badezimmer, Küche. Wenn ich bei früheren Gelegenheiten zu den Fenstern hineingespäht hatte, hatte ich immer den Eindruck gewonnen, das Häuschen sei heruntergekommen; doch als ich jetzt drinnen war, verstand ich, dass es sich wahrscheinlich um das historisch am besten erhaltene Gebäude Winlochs handelte.

Die Wände des einfachen Wohnzimmers waren roh behauen, die Decke wurde von Balken in Form von Baumstämmen gehalten. An der Wand hing Galways Gitarre, auf einem Bolleröfchen stand ein alter gusseiserner, dreibeiniger Topf, und rund um diesen heimeligen Herd gruppierten sich rustikale Möbel, die aus der lebendigen Natur um uns herum getischlert worden waren – ein aus Ästen gefertigter Schaukelstuhl, ein einfacher Tisch aus einem Baumstumpf. Auf einem leinenbezogenen Zweisitzer lagen Kissen mit Kreuzstichmuster. An der Wand hingen Zinnteller; als ich einen näher betrachtete, bemerkte ich das Winloch-Wappen darauf. Überall standen und lagen alte Bücher; als Galway in der Küche verschwand, klappte ich eines auf und fand ein Exlibris mit Samson Winslows Namen darin.

Innerlich hörte ich Ev über die Einrichtung lästern, aber jetzt, wo ich Galway kannte, wusste ich, warum dieses Haus so anheimelnd und einladend wirkte, obwohl alles alt war. Galway hatte das, was seine Verwandten weggeworfen hatten, gerettet und gesammelt. Sie hatten aufgemotzt, und er hatte bewahrt.

Ich betrachtete den kleinen Butterblumenstrauß, der in einem Milchkännchen auf dem Sofatisch stand; mir wurde klar, dass Galway ihn vielleicht an diesem Nachmittag in Erwartung meines Besuchs dorthin gestellt hatte. Angesichts seiner Selbstsicherheit überrollte mich eine Welle des Verlangens. »Whiskey?«, fragte er, als er mit einer Flasche und zwei Gläsern aus der Küche kam. Ich nahm ein vorsichtiges Schlückchen, und er setzte sich neben mich auf das Sofa.

Das Schweigen brannte wie der Alkohol in meiner Brust.

»Und, was hast du für eine Wohnung in Boston?«, fragte ich nervös, und er im selben Atemzug: »Was für Kurse willst du im Herbst belegen?« Unsere Fragen klirrten wie Schwerter aneinander, schufen eine künstliche Distanz, wollten das Seltsame dieser Situation kaschieren, das, was wir hier allein miteinander taten; hin und her ging das Gerangel, jeder bestand darauf, dass der andere fortfuhr, auch wenn niemand etwas Wichtiges zu sagen hatte, aber vom Impuls getrieben wurde, die Stille, das Wissen, was kommen musste, mit Worten zu füllen, es noch ein wenig hinauszuzögern, den Vorgeschmack zu genießen, das Unausweichliche anzuerkennen. So wirkte es: wie ein Tanz. Er, ich, er, ich, hin und her, bis wir beide laut lachten, und dann schauten wir einander an, er überbrückte die Distanz zwischen uns mit den Armen, legte sie mir in den Nacken. Magnetisch wurden wir voneinander angezogen und küssten uns mit einer Heftigkeit, von der ich nichts in mir geahnt hatte, als sei er alles, was ich jemals auf der Welt gewollt hatte. Jede Berührung, jeder Zwischenraum, der zwischen uns verschwand, füllte sich mit Wärme. Ich wusste nichts mehr als die Weichheit seiner Zunge an meiner, und seine Hände auf meinem Rücken, die Stärke seiner Beinmuskeln unter meinen Fingerspitzen, unsere sich aneinanderdrückenden Oberkörper.

Mein Hirn, der Teil von mir, der nie abschaltete, schien einfach davonzusegeln. Ich bestand nur noch aus Körper. Einem durstigen, feurig brennenden Körper. Bevor ich mich völlig in ihm verlor, wich ich zurück. »Du bist nicht mehr mit ihr zusammen«, sagte ich. Sein letzter Ausweg.

»Nein«, keuchte er, »nein«, als könne er ohne mich nicht mehr atmen, und er küsste mich wieder, hob mich hoch, trug mich ins Schlafzimmer, in dem wir die ganze Nacht, ineinander verschlungen, blieben, und uns an einem Ort trafen, von dem ich nichts gewusst hatte. Wir liebten uns immer und immer wieder, bis die Erde dem Morgen entgegenkippte. Die Nacht gehörte uns.

KAPITEL VIERUNDDREIßIG

Der Morgen

Ping. Ping. Ping ping. Ping.

Ein entferntes Geräusch. Wie Wasser.

Meine Augen sträubten sich, gingen aber trotzdem auf. Die Welt war noch blau. Galway schlief von hinten an mich geschmiegt; wie zwei Löffel lagen wir ineinander. Ich spürte seinen ganzen Körper an meinem – den heißen Bauch, die gleichmäßigen Atemzüge in meinem Nacken, die besitzergreifend auf meiner Hüfte liegende Hand.

Er spürte, dass ich wach war, und drehte sich auf den Rücken. Gähnte.

Ping. Ping ping. Ping.

»Was ist das für ein Geräusch?«, flüsterte ich.

Er gähnte noch einmal laut und ungehalten, seine Muskeln spannten sich, wie bei einem Bären, der aus dem Winterschlaf erwacht.

Ich rutschte ganz nah an ihn heran und wartete, dass er wieder einschlief, wobei ich befriedigt die Blutstropfen auf dem Bettlaken bemerkte. Ich hatte ihm nicht verraten, dass es für mich das erste (und zweite und dritte) Mal war, aber den sichtbaren Beweis fand ich nun weit weniger peinlich, als ich mir gedacht hatte. Mein Körper war wund, aber befriedigt.

Er kam wieder zur Ruhe, aber das seltsame Geräusch hörte einfach nicht auf. Ich war geradezu idiotisch wach. »Ist das ein Vogel?«

»Das sind die Fallen«, murmelte er. Es war ein metallisches Klirren, an das er offensichtlich völlig gewöhnt war. Die Yachten ankerten nur vor diesem Teil des Winslow-Grundstücks. »Früher waren die Masten alle aus Holz.«

»Und dann hat es nicht so geklappert?«

Er ächzte. »Es ist noch nicht mal hell.«

Wir hatten garantiert nicht mehr als zwei Stunden geschlafen. Meine Augen gingen kaum auf. Aber ich war derart aufgeregt und auch ein wenig misstrauisch – nicht direkt Galway gegenüber, sondern, was als Nächstes kommen würde –, dass ich mich einfach nicht mehr entspannen konnte. Ich wusste nicht, wie man diese Frau war. Schlief er wieder ein, befürchtete ich, stundenlang wach daneben zu liegen oder, noch schlimmer, aus dem Bett zu schlüpfen und mich wegzuschleichen. Wie ich danach zu ihm zurückkehren sollte, konnte ich mir einfach nicht vorstellen. Es war vermutlich unmöglich.

Ev. Wie würde sich Ev an einem Morgen wie diesem verhalten? Würde sie mit ihrem Liebhaber reden? Würde sie das Versprechen der Nacht festhalten und dafür sorgen, dass die Verführung in den Tag hinübergerettet wurde?

Ich drehte mich um und drückte meine Stirn an die von Galway. Der uralte Sprungfederrahmen unter uns quietschte, und mir wurde stolz und beschämt zugleich bewusst, wie viel Krach wir die ganze Nacht über gemacht haben mussten. Mit dem ersten Morgenlicht drang auch der melodische Gesang der Walddrossel durch die raschelnden Vorhänge. »Ich verhungere gleich«, flüsterte ich und spürte, wie meine Nippel bei der Berührung seiner glatten Brust hart wurden. Ich küsste ihn – er war noch so verschlafen, dass seine Lippen einen Sekundenbruchteil brauchten, um auf meine zu reagieren. »Ich mache dir Frühstück.«

»Nichts zum Essen im Haus«, grunzte er. Ich küsste ihn wieder. Er schmeckte nach mir. Er klappte ein Auge auf und sah mich an. »Du scheinst ja hellwach zu sein.«

Ich stützte mich auf den Ellbogen. Meine Haare fielen mir offen und verstrubbelt auf die Schultern. Er streckte einen Arm hoch, griff hinein, strich sie mir aus dem Gesicht, und schon sah ich, wie ihn eine frische Welle der Lust überrollte. »Du bist so schön.«

Und ich merkte, dass ich unersättlich war, und küsste ihn.

Sein Körper erschlaffte. »Ich will Waffeln! Du bist Schuld!«

»Du hast wirklich nichts im Haus?«

Er wimmerte.

Ich blickte hinaus in den neuen Tag. »Wir haben nur eine Wahl.«

»Kannibalismus?«

»Überfall auf den Speisesaal!«, verkündete ich.

»Den Weg bis dahin überleb ich niemals.«

Ich legte den Kopf an seine Brust. Jetzt, da wir gehen mussten, bedauerte ich meine vorherige Unruhe. Hätte ich nur länger schlafen können, hätten wir tagelang hungrig und benebelt im Bett bleiben können.

»Ganz, wie du willst«, flüsterte ich und legte eine Hand an sein Herz. Ich schloss die Augen.

Er regte sich. »Ich wette, es ist Speck da.«

Es endete zu schnell.

Hätte zufällig jemand aus dem Fenster geschaut und uns in aller Herrgottsfrühe quer über die breite Wiese hüpfen sehen, hätte derjenige sich leicht denken können, was wir die ganze Nacht über getrieben hatten; doch falls es jemand sah, behielt er das Wissen für sich und bewahrte es für später, wenn es sich vielleicht noch als wertvoll erweisen würde.

»Ist Mascha denn gar nicht da?«, flüsterte ich, als Galway mich hinter sich her in den unverschlossenen Speisesaal zog, in dem es nach Hefe und dem Rinderbraten vom Vorabend roch.

»Sie besucht heute ihre Enkel.« Er schob mich gegen die Wand und liebkoste meinen Hals, bevor er sich losmachte und die Küche ansteuerte. »Verbotene Früchte!«, jubelte er.

Ich sprang auf die Arbeitsfläche in der Küche. Er fütterte mich. Kross gebratener Schinkenspeck. Rühreier. Blaubeermuffins, die er im Gefrierfach gefunden, aufgewärmt und mit Honig beträufelt hatte. Er steckte mir einen honiggetunkten Finger in den Mund und ließ dann seine Hände unter dem Sweatshirt nach oben wandern, das ich mir bei ihm geborgt und nackt übergeworfen hatte. »Nicht hier«, flüsterte ich, als er versuchte, meine Beine um seinen

Rumpf zu wickeln. »Wie ich sehe, bist du wieder bei Kräften.« Ich machte mich los und sprang zur Treppe. Ich wusste, dass er mir folgen würde.

Und in dem riesigen, hohen Raum unter dem Dach, in dem die Winslow-Geheimnisse lagen, wischte Galway die Unterlagen vom nächsten Tisch, riss mir den Pulli vom Leib, drückte mich nach unten und umfasste meine Brüste mit den Händen. Er legte die Lippen zwischen meine Beine. Der Tisch war kühl an meinem Rücken, sein Mund heiß in meiner Mitte, bis ich schnell und heftig kam und er in mich eindrang, noch bevor ich wieder an die Oberfläche getaucht war, wo wir uns wie eins bewegten, zusammen aufschrien und sehr weit weg waren.

Hinterher hielten wir einander erschöpft in den Armen. Er half mir beim Anziehen. Ich betrachtete das Chaos, das wir angerichtet hatten, und erinnerte mich, dass er etwas von Neuigkeiten erzählt hatte.

»Genau!«, rief er jetzt wieder ganz geschäftsmäßig. »Das habe ich dir noch gar nicht erzählt. Ich habe den Steuerberater unserer Familie gefragt, ob ich einen Blick in unsere alten Finanzunterlagen werfen dürfte. Ich habe ihm erzählt, dass ich Familienforschungen betreibe, und da hat er gesagt, dass ich vorbeikommen könnte.«

»Und wo liegen die Unterlagen?«

»Im Familientresor.«

Ich sah ihn erstaunt an.

»Total lächerlich, ich weiß«, sagte er. »Jetzt hör dir das an: Ich habe mir den Zeitraum angeguckt, als die Familie pleite war; Banning Winslow musste fast Konkurs anmelden.«

»Ich dachte, er hätte Konkurs angemeldet.«

»Nein. Alle Unterlagen waren schon ausgefüllt – das ist das, was wir hier vorliegen haben – aber wie es aussieht, hat er sich in letzter Minute Geld geliehen oder eine neue Einkommensquelle aufgetan.«

»Aber wer hätte ihm damals Geld leihen sollen? Es hatte doch niemand mehr was.«

»Ist doch egal. Wichtig ist nur, dass im Mai 1933 zweihundertfünfunddreißigtausend Dollar auf das Konto der Winslows eingezahlt wurden. Das reichte, um sämtliche Schulden zu begleichen und die Familie einen weiteren Monat lang durchzubringen. Im Juni war schon der nächste Geldeingang zu verzeichnen: einhundertzehntausend Dollar. Und so geht das immer weiter, Mabel! Nicht jeden Monat, manchmal nicht mal jedes Jahr, aber das Vermögen wächst und wächst, bis sie Millionen auf dem Konto haben, die hohe Zinsen einbringen. Die Familie hat genug, um zu investieren und das Geld weiter zu vermehren, und bei Kriegsende steht sie blendend da.«

»Und was meinst du, woher diese Finanzspritzen kamen?«

Er schüttelte den Kopf. »Keinen blassen Schimmer.«

»Wie lange ging das so?«

»Wie meinst du das?«

»Ich meine: Hörte das mit den Einzahlungen auf, als der Krieg vorbei war?«

Abwehrend wandte er den Blick ab. »Es ist besser, wenn wir uns auf die Dreißigerjahre konzentrieren. Da hat es angefangen.«

Er verheimlichte mir etwas. Aber mir war klar, dass er dicht machen würde, wenn ich ihn bedrängte. »Du sagst also, dass Banning derjenige war, der Bankrott anmelden wollte?«

Er nickt. »Genau, er war das Familienoberhaupt.«

»Ich habe auch was entdeckt.« Ich erzählte ihm, worüber ich in der Nacht unseres ersten Kusses gestolpert war: dass Bard Bannings zweiter Sohn war und erstaunlich schnell die Macht in der Familie an sich gerissen hatte – dass er Mitte der Dreißigerjahre mit einem Streich seinen Vater und seinen älteren Bruder entmachtete. Ich erklärte, dass mich dieser Bruch in der Nachfolge annehmen ließ, dass Bard derjenige war, der aus alleiniger Kraft die Familie vor dem Ruin gerettet hatte. Er musste irgendetwas sehr Wichtiges getan haben, um seinem Vater, der das Familienerbe mit Fehlinvestitionen beinah verspielt hätte, die Zügel aus der Hand zu reißen.

Wie Bard dann den Platz seines größeren Bruders als Erbe des Familienvorsitzes übernommen hatte, war eine andere Frage, aber ich ging davon aus, dass Gardener ihm seinen Platz freiwillig überlassen hatte, als er sah, wie unbedingt Bard ihren Vater entmachten wollte. Während ich Galway meine Theorie auseinandersetzte, überzeugte sie auch mich selbst immer mehr; Bard musste hinter den großen Summen stecken, die Galway auf den Kontoauszügen entdeckt hatte.

»Wenn wir nur wüssten, warum damals so plötzlich alles anders war«, sinnierte ich, während Galway die Unterlagen aufsammelte, die wir vom Tisch gefegt hatten. Warum war das Geld genau zu dem Zeitpunkt gekommen? Warum hatte Bard zu dieser Zeit die Macht an sich gerissen? »Was hat Bard denn im Mai 1933 gemacht?«, dachte ich laut weiter.

»Na ja«, sagte Galway und hielt ein Dokument hoch, »im September 1932 hat er geheiratet.«

Genau – er und Kitty hatten den Bund der Ehe geschlossen. Ich dachte an das Tagebuch, das Indo zufolge wichtige Geheimnisse barg, in dem ich aber fast nichts finden konnte. Doch anzunehmen, dass Bards plötzlicher Machtgewinn nichts mit den im Tagebuch seiner Frau angeblich verzeichneten Geheimnissen zu tun haben sollte, wäre einfach zu unwahrscheinlich. Ich musste einfach noch aufmerksamer lesen. Und Galway davon erzählen. Er wusste sicher, wonach ich zu suchen hatte.

Ich wollte gerade den Mund aufmachen, als er erstarrte und den Finger an die Lippen legte.

»Was?«, fragte ich lautlos.

Er deutete nach unten, von wo ich jetzt auch das Zuklappen der Speisesaaltür hörte. Männerschritte überquerten knarrend den Dielenboden. Wir lauschten, während sich derjenige in die Küche bewegte und dann beim Anblick unseres schmutzigen Geschirrs abrupt Halt machte.

»Hallo?«, war eine Stimme zu hören.

»Bleib hier«, wisperte Galway, dann rief er zurück: »Hallo?« Ich wusste, dass ich mich verstecken musste. Galways laute Schritte übertönten meine, und ich zwängte mich in eine Nische in der dunkelsten Ecke hinter einem alten Schrank.

Es war Birch. »Was machst du denn in Gottes Namen hier, um diese Uhrzeit?«

»Ich hatte Hunger«, antwortete Galway.

»Du hast einfach alles stehen lassen.«

»Und räume es auch sofort weg.«

Ich hörte, wie das Wasser angestellt wurde. Birchs Worte waren gerade noch zu hören: »Gut so, Junge. Ich will nicht ständig hinter dir aufräumen müssen.«

Dann fingen die alten Wasserleitungen an zu ächzen und überlagerten die Stimmen von Vater und Sohn. Ich spitzte die Ohren, um etwas von Galways Erwiderung mitzubekommen. Aber es war nichts zu hören.

KAPITEL FÜNFUNDDREIßIG
Das Bündel

»Ich will nicht, dass sie über dich tratschen«, entschuldigte sich Galway, als sein Vater wieder weg war. Er half mir beim Aufräumen, aber als wir die Papiere wieder auf dem Tisch ausbreiteten, auf dem ich vor weniger als einer Stunde nackt gelegen hatte, entging mir nicht, dass er mich seit Birchs Auftauchen nicht mehr berührt hatte. Galway wollte sich zu Hause hinlegen, ein paar Stunden schlafen und dann nach Boston zurückfahren, damit er für die bevorstehende anstrengende Arbeitswoche rechtzeitig wieder zurück war. Ich würde ihn bis zum nächsten Wochenende nicht wiedersehen. »Wir erzählen es meinen Eltern bald«, versicherte er mir, aber ich musste an Johns und Evs geheime Liaison denken und bezweifelte, dass es bei uns anders laufen würde. Als Galway nicht hinsah, steckte ich schnell den Stammbaum der Winslows in die breite Bauchtasche des Kapuzenpullis. Ein kleiner Akt des Widerstands.

Nach dem Mann duftend, der einen neuen Menschen aus mir gemacht hatte, fiel ich ins Bett. Es war früh am Morgen, aber meinem Gefühl nach hätte es auch Mitternacht sein können. Ich war dankbar, dass Ev nirgendwo zu sehen war – unmöglich hätte ich die Verwandlung, die ich gerade durchlaufen hatte, in Worte fassen können, und fiel in einen Schlaf, der hundert Jahre zu währen schien.

Ich erwachte davon, dass etwas klappernd herunterfiel. Eine Teetasse, ein Teller. Ich starb vor Hunger. Ich wickelte mich in die Bettdecke und stolperte in die Küche, wo ich nach dem zerbrochenen Porzellan Ausschau hielt, aber da war nichts. Vielleicht war das Missgeschick Stunden zuvor passiert, Ev hatte alles weggekehrt und das Echo war durch meine Träume gegeistert, bis es mich schließlich aufgeweckt hatte.

Ich hatte das Gefühl, aus einer tiefen Höhle aufzutauchen. Ich briet eine Quesadilla und schlang das angebrannte Ding so schnell herunter, dass ich mir die Zunge dabei verbrannte. Ich trank drei Gläser Wasser, dann fiel mir endlich ein, dass ich auf die Uhr schauen könnte – ich vermutete, dass es sehr später Montagabend war. Aber wie sich herausstellte, war es 4:18 Uhr morgens – ich hatte achtzehn Stunden lang wie ein Stein geschlafen.

Auf dem Verandasofa liegend lauschte ich dem anbrechenden Tag. Als Erstes erwachte die Walddrossel, dann der Kleiber und die Schwarzkopfmeisen; irgendwo weit weg hämmerte ein Specht gegen einen Stamm, bis der Morgen unwiederbringlich da war und der Dienstag auch für das restliche Winloch anbrach. Erst dann fing ich ernsthaft an, mir den Kopf darüber zu zerbrechen, wo Ev abgeblieben sein mochte.

Als Erstes rief ich nach Abby. Wenn die Hündin in Hörweite war, kam sie meist willig – normalerweise konnte man das fröhliche Klimpern der Hundemarken von weitem hören, wenn sie durch den Wald angerannt kam. Ich spitzte die Ohren, hörte aber nichts. Ich stellte mich in die offene Fliegentür und rief wieder, dann pfiff ich. Nichts. Evs Turnschuhe lagen genau da, wo sie sie am Sonntagabend vor unserem Nacktbaden abgestreift hatte. Monate schien das her zu sein, dabei waren es erst sechsunddreißig Stunden. Ich ging zurück in unser Schlafzimmer. Evs Bett war »gemacht« (die faltige Bettdecke war mehr schlecht als recht gerade gezogen, ordentlicher hinterließ Ev ihr Bett nie). Als ich unser Häuschen genauer untersuchte und die ungewaschene Müslischale in der Spüle und Evs Jacke am Garderobenhaken bemerkte, wurde ich nervös.

Ich trat zurück ins Schlafzimmer und ging ihre Sachen durch. Es war schwer zu sagen, was genau fehlte, aber ihre sonst bis zum Bersten vollen Schubladen schienen sich einfacher öffnen zu lassen. Ich fuhr mit der Hand über ihre Kommode. Wie oft hatte ich sie auf der Bettkante sitzen sehen, wo sie sich die Haare bürstete? Ohne ihre Mason-Pearson-Bürste fuhr sie nie irgendwohin. Und jetzt war die Bürste unauffindbar. Ich warf einen Blick unter ihr Messingbett. Ihr Koffer war nicht mehr da. Ev hatte ihre Sachen gepackt. Sie war weg.

Gallenbitter stieg die Panik in mir hoch. Wie eine Besessene lief ich im Kreis durchs Haus, immer in der Hoffnung, einen Brief zu finden, eine Karte, irgendeine Art von Hinweis. Ich drehte die Sofapolster um, vielleicht hatte sie da ja etwas (das Versprechen, mich nachzuholen? Ein Geschenk? Eine Entschuldigung?) für mich versteckt. Doch da war nichts.

In der Nacht, als wir nackt schwimmen waren, hatte sie so glücklich gewirkt, als hätten John und sie endlich Frieden geschlossen. Wie hatte ich nur so dumm sein können? Sie hatten sich versöhnt. Er hatte eingewilligt, seine Mutter zurückzulassen. Sie waren weggelaufen. Wie eine Wilde rannte ich in Bittersweet auf und ab und war mir immer sicherer, dass Ev und John ihre Fluchtpläne in die Tat umgesetzt hatten.

Ich duschte kurz. Am liebsten hätte ich mich gar nicht gewaschen. Ich schrubbte mir Galways Spuren vom Leib ab und verfluchte die schmerzenden Körperteile, die mir nur Stunden zuvor wie Beweise seiner Liebe und meiner Reife vorgekommen waren. Schon bereute ich unsere gemeinsame Nacht: Wäre ich bloß nicht zu ihm gegangen, dann wäre Ev noch hier bei mir. Sie hatte nur deswegen abhauen können, weil ich nicht nach Hause gekommen war. Ich hätte mein Versprechen halten und sie bei Birch verpetzen sollen. Er hätte sie sicher hier festgenagelt.

Ich zog saubere Kleider an und ging hinaus in den jetzt schon schwülen Morgen. Jetzt musste ich Birch verraten, dass seine Tochter Winloch verlassen hatte. Dazu hatte ich mich ja bereit erklärt, oder? Andererseits hatte ich kein Alibi, um zu erklären, wo ich bei Evs Verschwinden gewesen war; angesichts von Galways Reaktion, als sein Vater uns um ein Haar im Speisesaal ertappt hätte, wollte ich ihm auf keinen Fall die Wahrheit sagen – warum ich nicht in der Lage gewesen war, Evs Verschwinden zu verhindern. Aber dennoch: Ein Versprechen war ein Versprechen. Was war, wenn Ev in Schwierigkeiten steckte? Ich war mir sicher, dass sie mit John zusammen war – die Traurigkeit, die mir das Herz zusammenschnürte, sagte mir eindeutig, dass sie mich endgültig seinetwegen verlassen hatte.

Aber angenommen, das stimmte nicht? Hätte Birch Ev zu Hilfe kommen können, wenn ich ihr Verschwinden nicht geheim gehalten hätte, würde ich mir das nie verzeihen.

Als ich über die Bergkuppe hinweg auf die große Wiese kam, wärmte die Morgensonne meine Glieder. Ich ging auf Trillium zu und dachte an den Ton, in dem Birch im Speisesaal mit Galway gesprochen hatte, wie er CeCe, seiner eigenen Schwester, am Winloch Day die kalte Schulter gezeigt hatte, den schnellen Fußtritt, mit dem er Fritz durch Indos Haus gekickt hatte.

Meine Füße wandten sich automatisch Indos Häuschen Clover zu.

Ich sah noch einmal auf die Uhr. Es war halb acht, eine Uhrzeit, zu der man problemlos bei jemandem klopfen konnte, besonders, wenn es ein dringendes Anliegen gab. Indo würde die Sache sachlich betrachten und mich mit ihrem trockenen Zynismus beruhigen. Ich würde lachen, wenn sie Ev als verzogene Göre bezeichnete, und nicken, wenn sie mir versicherte, dass ich Ev haushoch überlegen war.

Ich klopfte zweimal an der verschlossenen Küchentür, aber dahinter rührte sich nichts. Noch nicht einmal das gewohnte Dackelgekläff ertönte. Ich versuchte es nochmal und klopfte so laut an die Fensterscheibe, dass das Echo vom Wasser widerhallte. Nichts.

Auf der Seeseite hatte Clover eine zweite Tür, der Zugang zur mit Fliegengitter umschlossenen Veranda. Mir war aufgefallen, dass auch diese mit mehreren Riegeln und Schlössern gesichert war, aber das Holz des Türrahmens war derart morsch, dass es unter ein wenig Druck vermutlich nachgeben würde. Ich klopfte.

Zur Antwort hörte ich ein Wimmern – es klang nach einem Tier, aber da hatte ich mich ja schon zweimal geirrt.

»Indo?«

Fritz kam aus dem Schlafzimmer durch den Flur und das Wohnzimmer auf die Veranda geschossen. Er kratzte am Fliegengitter. Er wollte sein Reich nicht verteidigen. Er wollte, dass ich hereinkam.

Ich rüttelte am Griff, untersuchte den Türrahmen und ließ den Blick dann über die große Wiese schweifen, ob mich jemand beobachtete. Ich brauchte mich nur einmal kräftig gegen die Tür zu werfen, schon splitterte das verrottete Holz.

Ich folgte Fritz hinein am Bad vorbei in das seltsam altjüngferliche Schlafzimmer, das mich am ersten Tag in Indos Cottage so überrascht hatte. Als ich die Tür öffnete, schickte ich ein Stoßgebet gen Himmel, dass ich sie nicht bei Ähnlichem wie Athol mit dem Aupair – oder Ev und John – vorfinden würde; das war das letzte Mal gewesen, dass mir derartig animalische Geräusche ans Ohr gedrungen waren. Ich wurde von einem einzelnen schroffen *Wuff* von einem der Unterdackel begrüßt. Ich blickte in die Richtung, in die er mich mit seiner Schnauze stieß und sah Fritz, der winselnd an einem Haufen Kleider auf dem pistaziengrünen Bettvorleger kratzte. Ich trat näher heran. Indos Lieblingshundchen leckte wie ein Wahnsinniger an dem Haufen. Und dann wurde mir klar, als ich den grauen Zopf sah, der unter den Kleidern herausragte, dass es Indo war, die vor mir am Boden lag.

Die nächsten Augenblicke vergingen wie in einem Traum. Ich rief Indos Namen. Fühlte ihren Puls. Sie atmete, öffnete die Augen aber nicht. Ich rief um Hilfe, doch niemand war da, der mich hören konnte. Ich versicherte ihr, dass ich gleich zurück sein würde, und rannte hinaus auf den Weg. Beim Sprung von der Veranda fing ich schon an »Hilfe! Hilfe!« zu schreien, wobei ich auf das Haupthaus zurannte – Tildes verärgerten Gesichtsausdruck mochte ich mir nicht einmal vorstellen – da kamen Lu und Owen die Stufen vom Badefelsen hochgerannt.

»Indo ist bewusstlos«, keuchte ich und zeigte in Richtung Clover. »Sie ist auf dem Boden zusammengebrochen.« Owen zeigte sich so vernünftig, wie ich es an ihm schätzte: »Ich rufe den Notarzt an.« Zu dritt rannten wir auf den Speisesaal zu. Bei Indos Cottage trennte ich mich von ihnen und rief: »Sie liegt im Schlafzimmer.« Die beiden eilten zum einzigen Telefon in Winloch (warum war ich bloß nicht selbst auf den Gedanken gekommen?). Als ich endlich wieder an Indos Seite war, fühlte sich ihre Hand kalt an.

»Indo«, sagte ich, »Indo« und schüttelte sie an der Schulter. Fritz schleckte ihr fieberhaft das Ohr ab, und ich versuchte, ihn von ihr wegzuhalten, aber er war wild entschlossen, ihr zu helfen. Ich untersuchte Indo – Arme und Beine wirkten unverletzt, kein Blut, kein Erbrochenes, kein Urin. Als Nächstes beobachtete ich ihre Brust, die sich hob und senkte, dann streichelte ich ihre Wange – sie war weich und alt.

Ihre Augen öffneten sich widerstrebend. »Regnet es?«, fragte sie mit rauer Stimme.

Ich fing an zu kichern – vor Erleichterung und Nervosität. Ich zog Fritz von ihr weg.

»Was ist passiert?« Sie starrte mich finster an.

»Ich habe dich hier auf dem Boden gefunden. Lu ruft gerade den Notarzt.«

Indo versuchte aufzustehen, konnte aber nicht einmal die Hand heben.

»Erinnerst du dich, was passiert ist?«, fragte ich, damit sie weiterredete. »Warum liegst du hier auf dem Boden?«

Sie schüttelte verwirrt den Kopf.

»Die Sanitäter sind gleich da und helfen dir beim Aufstehen.«

»Nein«, protestierte sie, »ich will keine verdammten Ärzte.«

»Ist ja gut.« Ich nahm ihre Hand, um sie und auch mich selbst zu trösten.

»Wie spät ist es?«

»Acht Uhr morgens.«

»Was machst du hier so früh am Morgen?«, krächzte sie. Ihre Fragen wirkten klar – sie schien wieder zu wissen, wer und wo sie war.

»Ich hatte mich nur … ich wollte dich nur fragen, ob du …« Ich wollte sagen: »Ev gesehen hast«, aber sie schnitt mir mit einem kurz angebundenen Grollen das Wort ab.

»Ich kann dir nicht die Hand halten, du musst es schon selbst herausbekommen.«

Ich zog die Hand weg. Ich dachte, sie meinte das ganz wortwörtlich. »Aber vielleicht hast du ja gesehen, wo –«

»Glaubst du etwa, ich kann dir mein Haus vermachen, wenn du keine Beweise hast? Daten und Zahlen, von Männern aufgeschrieben und zusammengerechnet! Sie haben es gestohlen, sie haben es vermehrt, sie leben davon und wissen, wo es wirklich herkam. Blutgeld, Blutgeld, Blutgeld.« Sie stöhnte, als hätte sie fürchterliche Schmerzen. »Meine arme Mutter! Ich musste es ihr versprechen – niemand darf es wissen, niemand darf es wissen –, aber ich kann nicht mehr. Ich kann nicht mehr. Eine Krebsgeschwulst kann man ein paar Mal rausschneiden, aber dann infiziert sie den ganzen Körper. Wir können uns keine Sentimentalitäten mehr erlauben.«

»Bitte beruhig dich doch«, sagte ich fest. Ich hatte mich geirrt: Sie war offensichtlich doch nicht bei Sinnen.

Mit erstaunlicher Kraft hob sie den Kopf und sah mich durchdringend an. »Mabel Dagmar, hör mir jetzt genau zu. Ich habe dir das Tagebuch meiner Mutter gegeben, weil es die Wahrheit enthält. Die Wahrheit, die du aufdecken musst. Wenn du eine Winslow werden willst, dann musst du auch dafür sorgen, dass der Name Winslow einen neuen Klang bekommt. Du wirst sie alle zu Fall bringen müssen.«

»Die Wahrheit?«, fragte ich kleinlaut, wobei ich schon das Geheul des durch den Wald in unsere Richtung kommenden Notarztwagens hörte.

»Du musst auf das *Wann* achten«, sagte sie, und damit fielen ihr die Augen wieder zu.

»Aber ich habe es doch schon so oft gelesen«, flüsterte ich, während das Tatütata immer lauter wurde. Indo reagierte nicht. »Wonach soll ich denn bloß suchen?« Aber ich hätte genauso gut mit einer Tauben reden können.

Das Sirenengeheul wurde von einem anschwellenden Chor jaulender, kläffender Hunde begrüßt, die der Stille von Winloch ein jähes Ende bereiteten. Der Wagen hielt vor dem kleinen Häuschen, das unter den zielgerichteten Schritten der Sanitäter bebte. Indo wurde auf einer Liege hinaus zu dem blinkenden Einsatzfahrzeug geschafft und hineingeschoben, während bestürzte Verwandte aus ihren Cottages auftauchten und die Bademäntel um den Leib zurrten. Am anderen Ende der Wiese streckten Birch und Tilde die Köpfe zum Fenster heraus.

Als die Sanitäter die Hecktüren zuwarfen und Birch auf uns zugerannt kam, legte ich Lu den Arm um die Schultern. Zwei Worte gellten immer weiter durch meinen Kopf: *Blut* und *Geld*.

KAPITEL SECHSUNDDREIßIG

Die Drohung

Ich nahm Indos Hunde mit nach Bittersweet, wo ich das hunde-haarverklebte Kissen auf den Küchenboden warf und den Dackeln befahl, »Platz!« zu machen. Fritz leckte mir dankbar die Hand, als sei alles wie immer. Etwas betrübt dachte ich, wie viel der kleine Kläffer Indo bedeutete. Natürlich war er an ihrer Seite geblieben, als sie ohnmächtig auf dem Boden gelegen hatte, aber jetzt, wo sie weg war, schien es ihm nicht das Geringste auszumachen.

Eine halbe Stunde später klopfte Lu missmutig an der Tür. Ich sagte ihr nicht, dass Ev weg war, aber sie schien ohnehin davon auszugehen; wir wussten beide, dass Ev nie Indos Köter in ihr Haus gelassen hätte. Ich wusch mir die Hände und machte uns beiden einen schwarzen Kaffee und ein Brot mit Spiegelei. Lu ließ sich mit einem Riesenseufzer aufs Verandasofa fallen.

»Indo fehlt bestimmt nichts Schlimmes«, versuchte ich Lu zu trösten, woraufhin ihre Tränen aber erst recht zu fließen begannen. Dick und salzig tropfte es auf die übrig gebliebenen Toastkrusten. »Das hast du toll gemacht, wirklich«, versicherte ich ihr. »Super, dass ihr angerufen habt, darauf bin ich gar nicht gekommen.« Aber sie heulte weiter wie ein Schlosshund. Ich zog ihr den Teller weg. »Wir haben getan, was wir konnten«, sagte ich, und das hatten wir wirklich. Lu murmelte etwas Unzusammenhängendes. Ich bat sie, das zu wiederholen.

»Die wollen mich ins Ferienlager schicken«, schluchzte sie, »in Maine«, woraufhin die Tränen wieder ungehindert zu fließen begannen. Sie weinte also gar nicht um Indo.

»Warum denn?«

»Wegen Owen natürlich«, erwiderte sie, als sei das offensichtlich.

»Jetzt erzähl mir alles ganz von vorn.«

Wie ein Kleinkind wischte sie sich den Rotz mit dem Ärmel ab.

»Owen und Arlo und Jeffrey haben sich an dem Abend, wo wir nackt gebadet haben, das Ruderboot genommen und mit Sachen beladen. Nichts Aufregendes – nur zum Spaß. Und na klar, etwas Geld haben sie auch dabei verdient. Also haben sie beschlossen, das am nächsten Abend nochmal zu versuchen, hauptsächlich aus Langeweile und so. Aber dann hat Daddy es spitzgekriegt oder die Kanadier haben sich beschwert oder was weiß ich, jedenfalls sind Arlo und Jeffrey Owen total in den Rücken gefallen und haben behauptet, das wäre alles seine Idee gewesen, und dann hat Daddy ihm Vorträge gehalten, wie schlimm das ist, Sachen zu verkaufen –«

»Warum ist das schlimm?«

»Was weiß ich denn«, sagte sie frustriert, »jedenfalls wollte er einfach nicht, dass sie das machen – weil es unter unserer Würde ist oder so. Und dann hat er zu Owen gesagt, er müsste nach Hause fahren.«

»Unter wessen Würde?«

»Na, der der Winslows natürlich.«

Ich verdrehte die Augen. »Weil die Winslows keine Geschäftsleute sind oder was?«

»Kannst du mir nicht einfach mal zuhören?«

»Von mir aus«, erwiderte ich genauso genervt. »Und warum wirst dann *du* ins Ferienlager geschickt?«

»Owen sollte gestern heimfahren. Aber das hat er nicht gemacht. Er ist einfach dageblieben. Er wollte nur noch ein paar Nächte bleiben, wir haben sogar eine Stelle gefunden, wo er sich verstecken konnte, aber dann hast du Panik gemacht wegen Indo« – das klang wie ein Vorwurf, als hätte ich losgeschrien, um sie absichtlich in Schwierigkeiten zu bringen. »Wir waren gerade zusammen unten bei den Felsen, aber Owen hat gehört, wie du um Hilfe gerufen hast.« Sie schüttelte den Kopf. »Wären wir bloß nicht gekommen! Da haben sie uns zusammen gesehen!« Und Lu brach wieder in Tränen aus.

Am meisten tat mir Owen leid; Lu schien völlig aus dem Blick verloren zu haben, dass Indo bewusstlos auf dem Boden gelegen und der Junge deswegen den Krankenwagen gerufen hatte. Ich dachte daran, wie ritterlich er sich damals am Turtle Point Lu gegenüber verhalten hatte, und fragte mich, ob sie ihn wohl auch so liebte wie er sie. »Wann sollst du fort?«, fragte ich.

»Morgen«, sagte sie, die Unterlippe schmollend vorgestreckt. »Mom hat schon mit dem Camp telefoniert. Da ist nichts mehr zu machen.«

Es war Ende Juli. Das würde sie überleben.

Sie setzte sich aufrechter hin und ahmte Tilde auf erschreckend treffende Art und Weise nach: »Und du fährst jetzt ins Ferienlager, Luvinia. Du musst lernen, dich nicht mit den falschen Leuten abzugeben.« Sie ließ sich wieder zu ihrem normalen Ich zusammensacken. »Außer.« Ich spürte, wie sie mich mit dem Blick durchbohrte. »Außer du würdest etwas sagen.«

»Wem denn?«

»Daddy redet immer davon, du wärst so ein tolles Vorbild. Bitte, May? Sag ihnen nur, dass du Owen für einen guten Menschen hältst. Dass du ihm jederzeit deine eigene Tochter anvertrauen würdest, was weiß ich. Dir fällt bestimmt was ein.«

Ich dachte darüber nach. Lu war ein anständiges Mädchen, und dass Owen nur die allerbesten Absichten hatte, sah man. Dennoch – ob es klug war, sich in Tildes Angelegenheiten zu mischen? Lu war ja erst vierzehn. Ihre Mutter hatte das gute Recht, sie ins Ferienlager zu schicken. Andererseits, dachte ich und hatte den bewundernden Blick vor Augen, mit dem Owen Lu am Turtle Point betrachtet hatte, der Liebe musste geholfen werden.

»Außerdem kapiere ich überhaupt nicht, warum sie sich den Kopf über seine Familie zerbrechen – ich will ihn ja nicht heiraten oder so!«, fügte sie verächtlich hinzu und wischte sich wieder die Nase am Ärmel ab.

»Man weiß ja nie.«

»Owen kommt aus der Bronx«, höhnte sie. »Glaubst du etwa, ich heirate jemanden aus der Bronx?« Der Bezirk ging ihr mit einer Herablassung über die Zunge, die kein bisschen künstlich wirkte. Als stammten die Worte geradewegs aus dem Mund ihrer Mutter.

Liebe Mom – jetzt bin ich schon wieder einsam. Die ganzen Wochen glaubte ich, ich hätte jemanden gefunden, der mir ähnlich ist bzw. sein könnte, wenn ich als Winslow auf die Welt gekommen wäre. Aber sie ist genau wie ihre Eltern. Sie würde jeden opfern, sogar ihren eigenen Freund, wenn sie damit nur ihre Stellung sichern kann. Ich tue Owen einen Gefallen damit, wenn sie irgendwohin geschickt wird, wo sie so weit von der Bronx weg ist wie möglich.

»Tut mir leid«, sagte ich. »Das kann ich nicht.«

»Bitte.« Lu sah mich mit bettelnden Hundeaugen an.

»Aber sie sind deine Eltern.« Ich blieb hart.

Sie wich vor mir zurück. »Von mir aus.«

»Ich muss auch an mich selbst denken.«

»Ich hab's schon kapiert.« Sie stürmte zur Tür, blieb aber noch einmal stehen und sah mich über die Schulter hinweg an. »Und was hast du bitte schön vor, wenn ich ihnen sage, dass Ev weg ist?«

»Weißt du denn, wo sie ist?«, fragte ich, wobei meine Stimme unwillkürlich zu zittern anfing.

Sie hatte die Oberhand gewonnen. Wie sie jetzt vor mir stand, sah sie genau wie Tilde aus. »Was glaubst denn du, wie lang du hier bleiben darfst, wenn Ev nicht mehr da ist? Du bist da, um auf sie aufzupassen.«

Ich blickte Lu hinterher, die um die Kurve und auf Trillium zustürmte. Ich verriegelte die Tür. Das war ja wohl das Allerletzte, dass eine hochnäsige, snobistische Göre hier bei mir zuhause aufkreuzte und mir Drohungen machte, dabei verhielt ich mich völlig korrekt. Wenn sie petzen wollte, dann sollte sie es tun – ich konnte sie nicht davon abhalten.

Ich wusste, dass ich mich mit Kittys Tagebuch beschäftigen sollte – Indo hatte mich ja nun wirklich deutlich genug dazu aufgefordert, oder etwa nicht? Doch ich zweifelte jetzt schon an meinem Gedächtnis und an Indos Verstand. *Blutgeld*. Danach sollte ich suchen. Aber die letzten achtundvierzig Stunden waren so schon überwältigend verrückt, da konnte ich nicht auch noch irgendwelche überdrehten Geheimnisse der Familie gebrauchen. Was ich jetzt brauchte, war ein Gespräch mit Galway. Er würde wieder etwas Vernunft in meinen Kopf bringen. Ich würde das nervöse Flattern in meinem Bauch mit einem Gang zum Speisesaal beruhigen und ihn anrufen, mir doch egal, ob da eine Frau ans Telefon ging oder nicht.

Ich holte mir einen Apfel und eine Wasserflasche aus der Küche, *Das verlorene Paradies* und ein Sweatshirt aus dem Schlafzimmer und verstaute alles in einem Leinenbeutel, den ich von einem Haken auf der Veranda nahm. Ich hatte die Hand schon an der Tür, entschied mich dann aber in letzter Minute, Kittys Tagebuch aus seinem Versteck unter dem Waschbecken zu holen, wickelte es in mein Sweatshirt und schob das Bündel nach ganz unten in die Tasche. Dann fiel mir auch der Stammbaum ein, den ich hatte mitgehen lassen, und packte den ebenfalls ein. Mit dem Badehandtuch war die fleckige Leinentasche dann voll, mit der Antonia einst in glücklicheren Tagen Bücher aus der Leihbibliothek und Kartoffelchips herumgetragen hatte. Vielleicht würde ich irgendwo auf der Welt ein friedliches Fleckchen finden und ein wenig Klarheit gewinnen.

In diesem Augenblick ertönte ungeduldiges Klopfen an der Tür. Laut und unnachgiebig. Ich tauchte aus dem Badezimmer auf und sah Birchs Gesicht vor mir, das sich gegen das Fliegengitter drückte, mit der Faust hämmerte er gegen den Türrahmen.

Ich versuchte, einen Willkommensgruß herauszubringen, wurde aber vom Gehämmer seiner Faust und dem Gebrüll, das zwischen seinen zu Strichen verzogenen Lippen hervordrang, übertönt. »Mach sofort die gottverdammte Tür auf, du blöde –«

»Birch!«

Er erstarrte, als er seinen Namen hinter sich hörte. Über seine Schulter hinweg sah ich Tilde und Lu, die keuchten, als seien sie ihm hinterhergerannt. Tilde hielt ihre Tochter wie mit einer Schraubzwinge am Handgelenk gepackt. Das Mädchen weinte.

»Birch, hör zu«, kommandierte Tilde, als sei er einer ihrer Hunde. Der Effekt ihrer Stimme auf ihn war beeindruckend. Er machte einen Schritt von der Tür zurück und die Stufen hinunter. Ich war vor Angst wie versteinert und mochte nicht daran denken, was geschehen wäre, hätte ich den Riegel nicht vorgeschoben, hätte Tilde sich nicht an seine Fersen geheftet.

»So ist's recht«, sagte Tilde besänftigend, wobei sie Lu weiterhin hart am Arm hielt, »so ist's recht, lass die Wut los. Sie bringt dir nichts. Und hier, schau doch, hier ist deine geliebte Tochter; du willst ja nicht vor ihren Augen die Beherrschung verlieren, richtig?« Birch ließ den Blick auf Lu ruhen, die es endlich geschafft hatte, sich aus dem Griff ihrer Mutter zu befreien. Er fuhr sich mit den Fingern durch die Haare; zum ersten Mal sah er wie ein alter Mann aus.

Tilde blickte zu mir hoch; ich stand hinter dem Fliegengitter und starrte auf sie hinunter. »Würdest du uns freundlicherweise hereinbitten?«

Ich wollte die drei auf keinen Fall hereinbitten. Aber konnte ich mich wirklich im Haus verbarrikadieren, wenn meine Gastgeber Einlass forderten? Birch würde mir ja nicht wirklich etwas zuleide tun, oder? Trotzdem. Meine Hände zitterten, als ich den Riegel zurückschob.

Wir saßen im Wohnzimmer und verhielten uns, als wären wir zivilisierte Menschen, während Fritz sich in der Küche versteckte. »Haben Sie schon von Indo gehört?«, fragte ich im Versuch, Konversation zu treiben; Lu lümmelte schmollend auf dem Verandasofa und rieb sich den Arm.

»Warum entschuldigst du dich nicht bei May, und dann kann sie uns erzählen, was sie weiß?« Tilde legte die Finger auf den Handrücken ihres Mannes. Birch wirkte immer noch leicht abwesend und nicht wie er selbst, aber er nickte. Es fiel mir schwer, diese neue Seite mit dem mächtigen Mann in Einklang zu bringen, der mir vor einer Woche Tee auf seiner Terrasse eingeschenkt hatte, ganz zu schweigen von dem Mann, der gerade brüllend an die Tür gehämmert hatte.

»Birch möchte sagen«, übernahm Tilde die Führung, »Luvinia hat uns mitgeteilt, dass Genevra aus dem Nest geflüchtet zu sein scheint. Wir sind verständlicherweise beide sehr besorgt darüber, dass sie weg ist. Aber er hat sich vergessen.«

»Das verstehe ich voll und ganz.« Ich versuchte, überzeugend zu klingen und Lu dabei nicht für ihre Petzerei anzufunkeln. Ich fragte mich, ob sie geahnt hatte, was für einen Zornausbruch das bei ihrem Vater auslösen würde.

»Wie lange ist sie schon weg?« Birch sprach mit bebender Stimme. Ich überlegte mir meine Antwort gut und fragte mich, wie ich mich retten sollte, falls er wieder wütend wurde. »Ich habe heute Morgen bemerkt, dass sie nicht mehr da ist. Ich war gerade auf dem Weg zu Ihnen, um Sie zu verständigen, als ich Indo auf dem Boden gefunden habe.«

Birch schluckte. Tilde lächelte ihr kühles Lächeln. »Siehst du?«, sagte sie zu ihrem Mann, dann an mich gewandt: »Ich wusste, dass du solch wichtige Entwicklungen nicht für dich behalten würdest.«

Birch schien langsam aus seinem umnebelten Zustand zu erwachen. Er schien von Sekunde zu Sekunde die Welt um sich herum bewusster wahrzunehmen und wieder in seinem Körper anzukommen. »Weißt du, wohin John sie entführt hat?«

Er wusste also von ihrem Verhältnis. Vielleicht waren sie doch nicht diskret genug gewesen. Ich schüttelte den Kopf.

»Wir finden sie«, sagte Tilde beschwichtigend. »Wir sorgen dafür, dass sie umgehend nach Hause zurückkehrt, habe ich recht, mein Lieber?« An mich gerichtet fügte sie hinzu: »Es ist nicht leicht, wenn man seine Kinder so sehr liebt wie wir die unsrigen. Da ... vergisst man sich leicht einmal.«

Damit erhob sich Tilde zum Gehen, und das Bedrohliche der Situation schien sich mit einem Mal in Luft aufzulösen. Birch neckte Lu, ein Vögelchen würde auf ihrer Unterlippe landen, wenn sie sie weiterhin so herausstreckte, und gab Tilde einen kleinen Klaps auf den Po, als hätten sie den ganzen Morgen über miteinander geflirtet. Ich merkte Tilde und Lu die Erleichterung an, eine Erleichterung, die ich aus meiner Kindheit her kannte und, ganz ehrlich, ebenfalls verspürte. Die Krise war ausgestanden.

»Na dann«, sagte Tilde und öffnete die Fliegentür, »wünschen wir dir einen angenehmen Tag.«

Ich merkte, dass ich die ganze Zeit meinen Beutel umklammert gehalten hatte, in dem Kittys Tagebuch steckte.

Schon fast an der Tür wandte Birch sich zu mir um. »Was Indo anbelangt. Ihre Bewusstlosigkeit war vermutlich leider ein Zeichen, dass sich ihre Symptome verschlechtert haben.«

»Was für Symptome?«

»Ihrer Krebserkrankung.«

»Krebs?« Dass Indo krank sein sollte, traf mich wie einen Schlag in die Magengrube. »Sie hat Krebs?«

»Armes Kind«, sagte er, trat auf mich zu und drückte mich mit einer Umarmung an sich, die ich nicht wollte. »Ich war natürlich davon ausgegangen, dass sie es dir erzählt hat. Die Geschwulst hat sich bis in ihr Gehirn ausgebreitet.« Ich konnte das Pochen seines Herzens an meiner Brust spüren. Er roch nach Mottenkugeln. Sein Pullover kratzte. »Sie hat noch höchstens einen Monat zu leben.«

»Davon habe ich nichts gewusst.« Ich versuchte, mich aus der Umarmung zu befreien. Aber seine Arme gaben keinen Millimeter nach, als seien sie darauf programmiert zuzudrücken. Birch ließ erst los, als ich mich mit ganzer Macht gegen ihn stemmte. Ich stolperte zurück und stieß mir den Hacken am Tisch neben dem Verandasofa.

»Tut mir leid, dass du es von mir erfährst.« Birch beobachtete mich, als ich mir den aufgeschürften Hacken rieb. »Ich wette, sie hat dir irgendwelche idiotischen Dinge erzählt. Täusch dich nicht: Exzentrisch war sie schon immer, aber jetzt ist sie leider dabei, den Verstand zu verlieren. Ich würde nichts, was sie dir vielleicht erzählt oder versprochen hat, zu ernst nehmen.«

Kittys Tagebuch brannte mir ein Loch unter den Arm.

Tilde rief Birch vom Schotterweg zu, und er ging die Stufen hinunter; Lu war schon außer Sichtweite. Als Tilde sich überzeugt hatte, dass er nachkam, ging sie weiter und außer Hörweite.

»Ach, übrigens, Mabel«, sagte Birch, gerade, als er auf den Fahrweg trat. »Hast du dich in letzter Zeit eigentlich bei Daniel gemeldet?«

Mein Mund war wie ausgetrocknet.

»Von deiner Mutter habe ich gehört, dass er in Mountainside bestens versorgt wird.«

Ich konnte nichts tun, sagen, denken.

»Ich weiß, wie hart dein Vater dafür arbeitet, dass er dort bleiben kann. Also vergiss nicht dein Versprechen, dass du mich über alles informieren wirst.« Und damit ging er.

KAPITEL SIEBENUNDDREIßIG
Der Wald

Bebend flüchtete ich aus Bittersweet. Das, was Birch gerade zu mir gesagt hatte, mochte harmlos klingen, hatte mich aber völlig aus der Fassung gebracht. Er hatte mit meiner Mutter gesprochen? Was wusste er über Daniel? Blind lief ich in den Nadelwald hinter dem Speisesaal. Dort war ich bisher noch nie herumgelaufen und freute mich über den weichen Nadelteppich unter meinen Füßen, das gelegentliche Kratzen von Dornenranken an meinen bloßen Beinen. Doch meine verzweifelte Situation überfiel mich dort im Schatten des Waldes mit voller Wucht: Wenn Ev tatsächlich abgehauen war und Lu weggeschickt wurde, wenn Birch mich bedrohte und Indo im Sterben lag und Galway nur am Wochenende herkam, was sollte ich dann noch hier? Aber ich hatte kein Geld. Und konnte nirgendwohin, außer zu meiner schrecklichen Tante nach Maryland.

Ein schnelles Klopfen hallte durch den Wald. Es gab Hintergrundgeräusche – das entfernte Brummen eines Rasenmähers, das Dröhnen eines Motorboots, und ich hätte ich nicht sagen können, ob das unablässige Hämmern von einem Specht oder von Arbeitern stammte. Als ich tiefer in den Wald eindrang, wurde mein Weg hin und wieder von umgestürzten, moosbewachsenen Baumstämmen versperrt. Über mir rieben sich die Baumkronen aneinander, ein unheimliches Geräusch, als wisperten sie einander Geheimnisse über mich zu.

Mit einem Mal landete ein großes Tier wenige Meter vor mir an einem toten Stamm. Ich erstarrte. Die Spannweite des Wesens war riesig, Pterodaktylus-mäßig. Ich beobachtete, wie es die Flügel einzog, seinen roten Kamm aufrichtete und hoch über dem Waldboden

den Schnabel mit voller Wucht in das verrottende Holz hackte. Der Baum schwankte.

Fasziniert beobachtete ich den Helmspecht, den Lu mir versprochen hatte, bis er sein Würmermahl verspeist hatte und weiterflog. Die Luft rauschte in seinen Flügeln. Ich schloss die Augen. Meine Paranoia war wirklich lächerlich.

Birch Winslow hatte sich Sorgen um Ev gemacht. Ein Vater sollte um seine Tochter besorgt sein; nur, weil meiner das nicht war, hatte ich Birchs Verhalten als so extrem empfunden. Wenn er mir gedroht hatte – und ich fing bereits an mir einzureden, dass das gar nicht der Fall gewesen war –, dann nur, damit ich auch wirklich mein Versprechen einhielt, ihn über das Tun sein Tochter zu unterrichten. War nicht ich diejenige gewesen, die sein Vertrauen enttäuscht und ihm nichts von Evs Verschwinden gesagt hatte? Und war es nicht außerdem sowieso wünschenswert, jemanden wie Birch Winslow auf Daniels Seite zu haben? Hatte ich das nicht von Anfang an beabsichtigt, als ich mich für das Elitecollege bewarb – dort Verbindungen zu knüpfen, mit denen ich mein, sein, unser aller Leben verbessern konnte?

Am liebsten hätte ich Kittys Tagebuch in den Wald geschleudert. Die Geheimnisse, die es enthalten mochte, hatten nichts mit mir zu tun. Vermutlich enthielt das Tagebuch nur im Kopf einer sterbenden Frau, »die gerade den Verstand verlor«, irgendetwas Wichtiges. Das meinte Indo damit, versuchte ich mich zu überzeugen, wenn sie von der Krebsgeschwulst sprach. Es ging nicht um ihre Familie, die infiziert war. Sondern um ihren Körper, in dem sich die Tumore ausbreiteten. Was mit »Blutgeld« gemeint war, konnte ich mir nicht erklären – aber wen interessierte das?

Ich machte eine Wanderung ins Herz der Winlochwälder und schlug wie eine Wahnsinnige auf mich ein, um die Mücken umzubringen, die auf mir landeten. Mehrere Bremsen gesellten sich zu dem Schwarm, und ich breitete mir das Handtuch über den Kopf, um mich ein wenig vor den Blutsaugern zu schützen. Mit Evs Badelatschen rutschte ich immer wieder auf dem Waldboden aus, aber ich trottete trotzdem weiter. Früher oder später musste ich auf einen Weg stoßen, doch ob ich ihn auch einschlagen würde, war eine noch unbeantwortete Frage. Die weichen Kiefernnadeln unter meinen Füßen wurden von felsigem Waldboden abgelöst, als Ahorn und Birke ihr Blätterdach über mich spannten. Ich überließ mich dem spöttischen Geschwätz der braunen Eichhörnchen, dem entfernten Krächzen spielender Krähen. Ich vermutete, dass ich auf das Haus von Mrs. LaChance zuging, weswegen ich nach rechts abbog. Ihr wollte ich auf keinen Fall begegnen.

Meine Schritte führten mich auf eine Lichtung, wo ich einen Weißwedelhirsch bei seinem friedlichen Mittagsmahl aufstörte. Ich blieb wie angewurzelt stehen. Die Hirschkuh blickte mich von der anderen Seite der Lichtung mit erhobenem Kopf an, roch meinen Menschengestank und flüchtete nach kurzem Zögern in den Wald, wo der weiße Spiegel, noch lange nachdem das restliche Tier unsichtbar geworden war, hervorblitzte. In diesem Augenblick kam ich zur Vernunft: Ich wusste nicht, wie man in der freien Natur überlebte und konnte nicht ewig hier im Wald bleiben. Ich blickte hinauf zu den schnell ziehenden Wolken, schlug noch drei Stechmücken tot und beschloss, dem Wildwechsel zu folgen.

Nicht, dass ich gewusst hätte, wie man einem Wildwechsel folgt; ich ging einfach in die Richtung, in die der Hirsch verschwunden war, wobei ich mit einem Hunger in meinen Apfel biss, den dieser niemals würde stillen können. Ich stellte mir Eva vor, die mit ihrem Apfel durch den Garten Eden spaziert. Immer weiter lief ich, bis ich nicht mehr konnte und mir, ganz offen gestanden, langweilig wurde. Wie ich von Bittersweet voller Angst in den Wald gerannt war, kam mir mittlerweile fast lachhaft vor. Ev würde zurückkommen. Galway war mein Lover, nicht mein Freund. Und Birch war nur ein Vater, der für seine Brut sorgte. Außerdem knurrte mir der Magen. Ich wollte gerade umdrehen, als der Wind Musik herantrug. Motown. Ich folgte den Klängen, bis ich auf eine Lichtung gelangte. Vor mir stand ein Häuschen. Mit dem handgeschnitzten Namenszug über der Tür sah es aus, als sei es Grimms Märchen entsprungen. JACK-IN-THE-PULPIT stand da, und drinnen lief das Radio.

Das Cottage war wie die anderen gebaut, ähnelte aber eher dem von Mrs. LaChance als Indos. Vielleicht verrotteten die Holzhäuschen auf dieser Seite, tief im Wald, wo es immer kalt und feucht war, einfach schneller. »Hallo?«, rief ich zu meinem Erstaunen laut; beim Gedanken an die Aussicht auf ein Mittagessen lief mir das Wasser im Munde zusammen.

Das Radio wurde ausgeschaltet. Wenn ein Wolf oder ein Waschbär oder ein Vampir oder etwas in der Art auftauchte, würde ich einfach auf dem Absatz kehrtmachen und in den Wald verschwinden. Oder vielleicht würde mich das Wesen ja auch so schnell aussaugen und umbringen, dass ich nie erfahren würde, was dort herausgekommen war.

»Hallo?«, war eine Frauenstimme zu hören; die Frau trat, einen Schal um die Schultern wickelnd, aus der Fliegentür.

»CeCe!«, jubelte ich in völlig unangemessener Überschwänglichkeit. Es hatte so sein sollen, sagte ich mir. »Ich heiße Mabel«, schnatterte ich los, wobei ich mir das Handtuch vom Kopf zog, »Evs Freundin. Wir haben uns am Winloch Day kennengelernt. Ich habe mich total verlaufen! Ich wollte eigentlich nach einer schönen Badestelle suchen.«

»Diese Seite ist nicht so gut zum Baden. Da bist du bei Bittersweet besser aufgehoben.«

»Oh.« Ich versuchte, nicht zu enttäuscht zu wirken. »Vielleicht könnten Sie mir ja einfach den Weg zeigen, wie ich am besten zurückkomme …?«

Sie zeigte auf eine schlaglochübersäte Erdpiste, die ich noch nicht bemerkt hatte. Ich nickte und lief in die Richtung los.

»Hast du Hunger?«, rief sie mir hinterher.

Ich drehte mich um. »Ja, eigentlich schon …«

»Ich war gerade zum Einkaufen im Ort.«

KAPITEL ACHTUNDDREIßIG

Die Schwester

Innerlich war Jack-in-the-Pulpit tadellos. Jedes Ding hatte seinen Platz, alles war sauber und ordentlich, roch aber unangenehm nach kaltem Zigarettenrauch – sobald ich das Haus betrat, spürte ich, wie sich meine asthmatische Lunge zusammenzog. Mir fiel auf, dass dies eine der ersten Winloch-Behausungen ohne Hund darin war. Mein Blick blieb am einzigen Bild an der Wohnzimmerwand hängen: ein hübscher, junger Soldat mit klarem Blick, der seinen Cousins ähnelte, aber nie alt werden würde.

CeCe wärmte eine Dose Campbell-Tomatensuppe für uns auf, dazu gab es drei Minikarotten. Sie schenkte uns winzige Schälchen ein und aß ihre Portion wie eine Maus. Wir saßen an einem klapprigen Falttisch in ihrer großen Küche, umgeben von denselben Haushaltsgeräten aus der Zeit des Vietnamkriegs wie in Bittersweet. Der Kamin beherrschte das andere Ende des Raums. Darüber hatten früher einmal mehrere große Bilderrahmen gehangen, deren Umrisse noch sichtbar waren. Der Boden war derart zerkratzt, als hätte das echte Mobiliar, das hier jahrzehntelang gestanden hatte, sich über Nacht aus der Hütte geschlichen.

Ich aß so langsam wie möglich, aber als ich fertig war, knurrte mein Magen immer noch. Ich vermutete, CeCe hatte schon von Indos Ohnmacht gehört, aber sie schien überrascht, als ich ihr davon berichtete, wenngleich erstaunlich wenig betroffen. Indo war immerhin CeCes Schwester. Andererseits hatte sich Indo am Winloch Day CeCe gegenüber alles andere als freundlich verhalten – CeCe war der einzige Mensch, den Indo meines Wissens nach so behandelte.

»Wussten Sie das mit dem Krebs?«, fragte ich und hob den Kopf.

Sogar das Haus von Mrs. LaChance hatte einen fröhlicheren Eindruck auf mich gemacht als dieses hier – jeder Winkel von Jack-in-the-Pulpit verströmte Traurigkeit und Nikotingestank.

»Es würde mich nicht wundern, wenn sie daran zugrunde geht.« CeCe zog ein Päckchen Zigaretten aus einer Küchenschublade und steckte sich eine an. Die Worte waren hart, aber ihr Ton war es nicht.

»Warum?«

»Indo lebt seit Jahren von nichts als Zorn. Vorwürfen. Intrigen. Irgendwie logisch, dass sie davon innerlich aufgefressen wird.«

Ich muss schockiert das Gesicht verzogen haben. Einen Augenblick wirkte CeCe den Tränen nahe, wie bei der Grillparty. »Natürlich finde ich das schrecklich«, fügte sie hinzu. »Indo ist meine Schwester.«

»Aber am Winloch Day war sie ja nicht gerade nett zu Ihnen.«

»Leute, die in der Lüge leben, mögen meistens nicht die Gesellschaft von jemandem, der die Wahrheit sagt«, verkündete sie hintergründig.

Ich erhob mich von meinem Platz an dem kleinen Resopaltisch. »Ich gehe dann mal.«

»Nein, bitte geh noch nicht«, protestierte CeCe und packte mich mit klauenartigem Griff am Arm. Ich roch ihren Nikotinatem. »Ich habe seit Wochen mit praktisch niemandem mehr geredet.«

Ich setzte mich wieder hin. »Ev hat mir von Jackson erzählt. Es tut mir wirklich leid.« Das stimmte, und neugierig war ich auch.

Sie drückte ihre Zigarette aus und zündete sich die nächste an. Das Zimmer war voller Rauch. Meine Lunge verkrampfte sich, aber auf mein Husten folgte keine Reaktion.

»Sie behaupten, sie hätten nichts damit zu tun«, sagte sie.

»Wer?«

»Na, die Winslows. Und ihre Geheimnisträger.« Sie sah mich an.

»Sie machen also Ihre Familie verantwortlich?«

»Ich kann verantwortlich machen, wen ich will.«

»Aber Ihr Sohn war doch gerade erst aus dem Krieg zurückgekehrt.«

»Kriegsneurosen«, sagte sie nachdenklich. »Diese Ausrede benutzen die Leute schon, seit sie sich gegenseitig die Köpfe einschlagen.« Schweigen senkte sich auf uns. Ich hörte das laute Ticken einer Uhr irgendwo in den Tiefen eines Nachbarzimmers. »Aber Sie glauben nicht daran«, versuchte ich sie zum Weitersprechen zu ermuntern.

»Ich kenne doch meinen Sohn.«

»Er hat gar nicht Selbstmord begangen?«

»Doch, natürlich. Aber niemand will darüber reden, was passiert ist, *bevor* er sich die Pistole in den Mund gesteckt und abgedrückt hat. In derselben Woche hat er zuerst Indo in ihrer Wohnung in Boston besucht. Dann Genevra im College. Und am Abend davor hatte er ein Treffen mit Birch. Ihm brannte etwas auf der Seele.«

Jackson hatte Ev im College besucht? In meinem Kopf überschlug sich alles. Er war in unserem Zimmer gewesen, Jackson Booth selbst!

»Aber was er mit ihnen besprechen wollte, wissen Sie nicht?«

»Ganz im Gegenteil, mein Kind. Ich weiß es ganz genau.«

Ich saß auf der Stuhlkante. »Und was war das?«

Sie zündete sich den nächsten Glimmstängel an, lehnte sich im Stuhl zurück. Inhalierte tief und blies eine Wolke grauen Rauchs aus. »Ich gebe mir selbst die Schuld«, sagte sie, als hätte sie mich gar nicht gehört.

»Tun Sie das nicht.«

»Warst du dabei?«

Mir fiel nichts Diplomatisches ein, das ich darauf antworten könnte; ich wusste aus eigener Erfahrung, dass es nur noch schlimmer wurde, wenn man eine schreckliche Schuld auf sich geladen hatte und andere einen zu überzeugen versuchten, dass man sich irrte.

Der Leinenbeutel stand neben meinen Füßen. Indo würde mich umbringen, wenn sie es herausfand, aber ich konnte auf einmal nicht mehr anders. Ich zog das Sweatshirt aus der Tasche und rollte es auseinander, bis Kittys Tagebuch zwischen uns auf dem Tisch lag. Indo starb an einem Hirntumor und mir ging die Zeit aus. Ich schob das Büchlein ein wenig auf CeCe zu. »Erkennen Sie das?«

Sie steckte sich die Kippe in den Mund, nahm das Tagebuch in beide Hände, betrachtete den Einband, bevor sie es aufschlug und die Seiten mit zusammengekniffenen Augen überflog.

Warum brauchte sie so lang? »Das ist das Tagebuch Ihrer Mutter!«, sagte ich.

Doch von CeCe kam keine Reaktion, sie blätterte einfach eine Seite nach der anderen um und dann zurück zum Anfang des Buches. Sie las Kittys Namen. Dann legte sie das Tagebuch zurück auf den Tisch. Nahm die Zigarette aus dem Mund. »Das ist nicht meine Mutter.«

Ich schlug das Buch wieder auf und zeigte auf Kittys Namen. »Doch.«

»Liebes Kind«, sagte sie sehr deutlich, »nicht jedermann zeugt Nachkommen mit seiner Ehefrau.«

»Oh.« Ich war völlig vor den Kopf gestoßen. »Das tut mir leid.«

Sie winkte ab. »Ich bin froh, dass dieses Ungeheuer nicht meine Mutter ist.«

Fast wäre ich mit »Kitty ist kein Ungeheuer!« herausgeplatzt. Stattdessen fragte ich: »Und wer ist dann Ihre Mutter?«

CeCe drückte ihre Kippe aus und zündete keine neue an. »Meine Mutter hieß Annabella. Sie ist der Grund, weshalb ich … einen etwas dunkleren Teint habe.«

»Aber Bard hat Sie als Kind angenommen?«, fragte ich, wobei sich meine Gedanken überschlugen. Sofort fing ich an, das Tagebuch nach dem Eintrag zu durchblättern, in dem Kitty etwas über Bards Affäre schreibt – vielleicht war das ja CeCes Mutter. Doch noch bevor ich die Stelle fand, fiel mir schon ein, dass der Name der dort erwähnten Frau – »das Hausmädchen« – nicht mit A anfing. Welcher Buchstabe war es schnell wieder gewesen?

»Jemand steckte es der Presse. Er konnte mich entweder als Kind annehmen – oder öffentlich als der Sadist beschuldigt werden, der er war. Er musste ans Geschäft denken. An seinen guten Ruf.«

»Und was ist aus Ihrer Mutter geworden?«

»Sie ist verschwunden.« Keine Gefühlsregung, als sie das sagte. Reine Fakten.

»Hat Kitty Sie als Tochter angenommen?«

»Kitty hat es zugelassen, dass Bard mich an den Küchenstuhl gefesselt und geschlagen hat, wenn meine Haut zu braun wurde.« Vielleicht war CeCe ja verrückt. Ich hatte Kittys Tagebuch so viele Male gelesen, dass ich die längst Verstorbene als Freundin betrachtete, zumindest als verlässliche Erzählerin. Zu gern hätte ich weitere Informationen über ihre Mutter aus CeCe herausgepresst, aber als sie die nächste Zigarette anzündete, war klar, dass das Thema beendet war.

Ich suchte nach der Erwähnung von B.s Affäre und schob das offene Tagebuch hinüber zu CeCe: »Freitag, 24. August. B. hat etwas mit einem der Hausmädchen, P. Er hat mir versichert, dass es vorbei sei, aber es ist nichtsdestominder eine große Katastrophe, und ich werde den Preis dafür zu zahlen haben, was mir schwer auf der Seele liegt.«

»Wer ist das?«, fragte ich und zeigte auf das P.

CeCe schüttelte den Kopf. »Als ich klein war, gab es keine Frau, die mit einem P. anfing.« Sie steckte den Zeigefinger zwischen die Seiten und blätterte noch einmal in dem Tagebuch herum. »Wann ist das geschrieben worden?«

»Das weiß ich nicht«, antwortete ich. »Das Jahr wird nie erwähnt.«

»Die Frau hat ihre Aufgabe jedenfalls ernstgenommen. Ich habe noch nie ein Tagebuch ganz bis zum Ende vollgeschrieben.«

CeCe las die Datumsangaben laut vor: Samstag, 21. Juni; Sonntag, 30. Juni; Montag, 14. Juli. Sie zählte an den Fingern ab, wobei sich ein Lächeln auf ihrem Gesicht auszubreiten begann. »Sieh mal einer an«, sagte sie und blätterte zurück zu dem ersten und dem sechsten Eintrag. »Zweiter Januar und siebter Januar sind fünf Tage auseinander, stimmt's?«

»Ja.«

»Aber sie schreibt hier: ›Dienstag, 2. Januar, da.‹ Und da schreibt sie: ›Montag, 7. Januar.‹«

»Aha.«

»Von Dienstag bis Montag sind sechs Tage. Nicht fünf.«

»Und was heißt das?« Ich kam mir sehr begriffsstutzig vor.

»Das heißt, dass diese beiden Einträge aus verschiedenen Jahren stammen.«

»Vielleicht hat sie sich geirrt.«

Sie schüttelte den Kopf. »Glaub's mir. Kitty irrte sich nicht.«

Ich nahm ihr das Tagebuch aus der Hand. In den Tiefen meines Hirns summte es. Wenn CeCe recht hatte, könnte das der Grund sein, warum Kitty manchmal den Wochentag vermerkt hatte und manchmal nicht. Ich schaute mir die erste Woche noch einmal genauer an – der 2. Januar war das einzige Datum, dem ein Wochentag zugeordnet war, bis zum 7. Januar. Vielleicht war das ein Code für sie selbst? Das Signal, dass sie in ein anderes Jahr gewechselt hatte? Aber wozu dieser Aufwand?

»Natürlich sieht es so aus, als ob es chronologisch wäre«, sagte CeCe, wobei sie zum ersten Mal etwas lebendiger wirkte, »aber das ist es nicht. Könnte gut sein, dass sie diese Aufzeichnungen über Jahrzehnte hinweg geführt hat.«

Mir fiel wieder ein, was Indo mir eingeschärft hatte: »Du musst auf das *Wann* achten.«

»Und wer«, fragte ich und blätterte im Buch zurück zu der Passage, von der ich immer geglaubt hatte, dass es um einen Seitensprung Bards ging, und bohrte den Finger in das eindeutige P., »ist dann das?«

Bedächtig nahm sie mir das Tagebuch aus der Hand und beugte sich darüber, als ob sie auf der Seite etwas Neues erkennen würde, wenn sie diese mit zusammengekniffenen Augen betrachtete. Und dann sah ich, wie ihr in derselben Sekunde ein Licht aufging. Sie ließ das Tagebuch fallen, als hätte sie der Blitz getroffen.

»Wer ist das?«, drängte ich.

Sie zeigte auf die Tür. »Du musst gehen.«

Ich nahm das Tagebuch an mich, aber ich wollte unbedingt verstehen, was los war. »Sagen Sie mir einfach, wer es ist.«

»Verrat niemandem, dass du das Ding hast. Versprich es mir.«

»Ich verspreche es.«

»Du bist nie hier gewesen.«

»Ich sage einfach, dass wir zusammen Mittag gegessen haben.«

»Nein!«, rief sie mit hysterischer Stimme. »Ich habe damit nichts zu tun.« Sie ging zur Tür und hielt sie mir auf; ihr Zigarettenrauch wurde vom Wind seitlich verweht. Ich hängte mir den Beutel über die Schulter und ging auf die Tür zu.

»Ich sag niemandem was«, sagte ich enttäuscht. »Ich weiß ja nichts.«

Sie blickte düster zur Tür hinaus in den Himmel, der sich zugezogen hatte. »Du wirst es herausbekommen«, sagte sie, als sei die Unvermeidlichkeit meiner Entdeckung die schlimmste Tragödie der Welt.

Ich verließ CeCes Häuschen und trat hinaus in den Tag. Gewitterwolken grollten über mir. Es roch nach Regen.

Sie sah mir hinterher, als ich ihre Einfahrt hinunterging. Ich wandte ihr den Rücken zu. Ich war schon fast am Waldweg, als ich Schritte hinter mir hörte. In Sekundenschnelle hatte sie mich eingeholt.

»Sei vorsichtig«, flüsterte sie gepeinigt und zog an meinem T-Shirt. »Sie werden dich dazu bringen, Dinge zu tun, die du nicht tun willst. Und wenn du es getan hast, wirst du es nie mehr vergessen, weil sie nicht zulassen werden, dass du vergisst. Hol sie dir nicht ins Haus. Verrate ihnen keine Geheimnisse.« Ihr Gesichtsausdruck wirkte wie der eines verstörten Kindes.

»Ich komme schon zurecht«, sagte ich betreten und versuchte, mich ihr zu entziehen. Sie krallte nach mir.

»Niemand kommt zurecht. Niemand ist in Sicherheit. Nicht hier.« Tränen strömten ihr übers Gesicht. Im Tageslicht wirkte ihre Haut grau, ihre Zähne gelb. Jemand anderen hätte ich getröstet, aber ihre geistesgestörte Trauer wirkte nur grotesk. Sie krümmte sich zusammen und fing an zu schluchzen.

Ich rannte weg.

KAPITEL NEUNUNDDREISSIG
Die Offenbarung

Ich stürmte zurück zu Bittersweet, bereit, jeden aus dem Weg zu räumen, der mir in die Quere kam. Halb erwartete ich, unser Häuschen wäre vom Erdboden verschluckt – verschwunden wie Ev –, aber das Cottage stand noch genauso da, wie ich es hinterlassen hatte und wirkte unangetastet. Ich sah mich drinnen um und belohnte Fritzens Begrüßung mit einem Hundekuchen. Als ich mich überzeugt hatte, dass niemand da war, kroch ich in den Zwischenraum unter der Veranda, die Tasche mit dem Tagebuch über der Schulter. Bei unserem Großputz zu Beginn des Sommers hatte ich nicht nur die Zeitschriften, sondern auch Dutzende alter Wandkalender in Müllsäcke gepackt. Antonia Winslow hatte offensichtlich nie einen Kalender geschenkt bekommen, der ihr nicht gefiel – ob nun vom Tierschutzbund, einer Versicherung oder dem Lebensmittelhändler, alle waren noch da. Im Gegensatz zu den Zeitschriften lagen die Kalender allerdings zwischen dem übrigen Altpapier, und so musste ich in dem spinnwebverhangenen Kriechkeller alle sechzehn Müllsäcke durchwühlen, wobei ich betete, dass meine Hand nur auf Papier und nicht auf ein Nest mit kleinen Beutelratten, eine Spinnenkolonie oder einen schlafenden Waschbären stoßen würde.

Alles, was sich wie ein Kalender anfühlte, stapelte ich neben mir auf, bis mir vom vielen Bücken alles weh tat. Ich sah nach, ob ich auch nicht beobachtet wurde, dann trug ich einen Armvoll ins Bad. Das Tagebuch ließ ich nicht aus den Augen und schleppte es ständig im Beutel mit mir herum. Ich schaffte noch mehrere weitere Ladungen ins Haus, bis ich das Gefühl hatte, alles Nützliche gerettet zu haben.

Ich rief die Hunde nach draußen und wartete, bis sich alle erleichtert hatten, bevor sie zurück auf ihr geliebtes Kissen durften.

Ich hoffte, dass Birch und Tilde mit der Suche nach Ev beschäftigt waren, verriegelte die Verandatür, fütterte die Hunde, wusch mir die Hände, nahm ein Stück Käse, eine Tüte Chips und zwei Äpfel mit und verbarrikadierte mich damit im Bad. Was für ein schönes Geräusch, als ich den zweiten Metallbolzen vorschob. Deren Sinn leuchtete mir langsam immer mehr ein.

Ich setzte mich mit dem Rücken an die Tür und versuchte, ruhiger zu werden. Ich wollte nicht an den Anblick des an die Tür hämmernden Birch oder der schluchzend zusammenbrechenden CeCe denken. Ich wusste nur eins: Dieser Frau war Schreckliches angetan worden, und zwar von ihrer Familie.

Ich machte mich über die Kalender her und ordnete sie chronologisch. Ich hatte Glück – sie reichten zurück bis Mitte der Zwanzigerjahre und endeten 1986; hier und da fehlten ein paar Jahre. Auf den Kalendern waren handschriftliche Vermerke – »Arzttermin«, »Lakritz kaufen« –, aber sämtliche Daten waren gut leserlich. Gott sei Dank hatte Antonia Winslow nie etwas weggeschmissen.

Anfangs war es mühsam, aber allmählich arbeitete ich mich ein. Ich suchte ein Datum in Kittys Tagebuch und durchsuchte die Kalender nach dem aufgeführten Wochentag, um so das betreffende Jahr herauszufinden. Wenn ich fündig wurde, vermerkte ich es auf einem Stück Papier, damit ich nicht das Tagebuch selbst zu verschmieren brauchte. In jedem Jahr schrieb Kitty etwas in den Januarabschnitt, dann den Februar und so weiter, bis sie den Dezember erreichte und wieder von vorn anfing. Diesen Wechsel im Jahr vermerkte sie nur durch die Erwähnung des Wochentages, an dem sie schrieb. Für sie selbst war dieser Code leicht zu entziffern, aber jeden, der nicht so zielstrebig war wie ich, würde das von der Fährte abbringen.

Mit dieser Methode sah ihr Tagebuch aus, als sei es im Laufe von zwölf Monaten vollgeschrieben worden, dabei war es in Wirklichkeit über Jahrzehnte hinweg entstanden. Diese Theorie wurde dadurch erhärtet, dass ihre Einträge am Ende jedes Monats kürzer, die Ränder schmaler, die Buchstaben kleiner zu werden schienen. Die Jahre vergingen, und sie versuchte so viel wie irgend möglich in den unweigerlich knapp werdenden Platz zu quetschen.

Kitty Spiegel war eine Frau, die sich mühelos hundert Tagebücher hätte leisten können. Aber sie hatte die Seiten dieses Buchs rationiert. Das war an sich bereits ein Hinweis. Vielleicht hatten Indo und CeCe doch recht.

Ich machte weiter und katalogisierte Daten aus den Monaten Januar und Februar. Mir wurde klar, dass sich Kalenderjahre wiederholen – 1928 war genau wie 1956, das wiederum identisch mit 1984 war. 1928 konnte ich ausschließen, da ich wusste, dass Kitty und Bard 1932 geheiratet hatten und sie das Tagebuch erst begonnen hatte, als sie Winloch bereits als Sommerfrische bewohnte; doch 1984 konnte ich nicht ausschließen, da Kitty noch bis 1992 gelebt hatte. Für jedes Datum musste ich zwei oder sogar drei mögliche Jahre aufschreiben, was eine schrecklich frustrierende Palette von Möglichkeiten eröffnete. Jeder Eintrag musste aus verschiedenen Blickwinkeln gelesen werden; aus der Sicht verschiedener Jahre, in denen Kitty den betreffenden Eintrag hätte schreiben können.

Jetzt war mir auch endlich klar, warum sie keine vielsagenden Details über das, was in der Welt um sie herum geschah, erwähnte. Nicht, weil sie ignorant oder desinteressiert war, ganz im Gegenteil: Sie war raffiniert. Sie wollte nicht, dass ihr jemand auf die Schliche kam.

Einerseits wünschte ich heute, ich hätte das Tagebuch in diesem Augenblick zugeklappt und wäre schwimmen gegangen, nachdem ich sämtliche Kalender durchgestöbert und alle in Frage kommenden Jahreszahlen auf sieben Extrablättern aufgeschrieben hatte. Noch besser wäre es gewesen, wenn ich aus den alten Kalendern einen großen Scheiterhaufen errichtet und das Tagebuch dann mit ins lodernde Feuer geworfen und alles Asche und Vergessen anheimgegeben hätte. Oder wenn ich wirklich weiter hätte bohren müssen, dass ich Indos Worte im Ohr gehabt hätte – *Blutgeld* –, dass ich an das Schweigen des Hausmädchens vor dem Van-Gogh-Gemälde gedacht, dass ich das Geheimnis des Bildes verstanden hätte und dem Kaninchenloch widerstanden hätte, in das Indo mich locken wollte.

Doch stattdessen schlug ich das Tagebuch an einer Stelle auf, die mir schon vorher aufgefallen war, weil sie so gar nicht zu passen schien: »Mittwoch, 6. November. B. hat ein neues Paar Schuhe, von dem er regen Gebrauch macht. Ein bezaubernder Anblick, ihn mit einem Handtuch über den kleinen Schultern zum Schwimmbad zuckeln zu sehen!« Als ich das Tagebuch die ersten Male las, war mir der Eintrag seltsam erschienen, weil mit den verwendeten Worten – *bezaubernd, zuckeln, klein* – normalerweise Kinder beschrieben werden, und mit B. bezeichnete Kitty ihren Mann Bard. Doch 1940 – das Jahr, das ich für diesen Vermerk errechnet hatte – war Bard schon über dreißig.

Ich holte den Familienstammbaum heraus, glättete ihn und breitete ihn vor mir auf dem Boden aus. Ich sah die Namen der Winslows an und hoffte, dass mir einer davon ins Auge springen würde.

Und dann überlief es mich eiskalt wie ein schnell fließender Fluss: Es gab jemanden in Kittys Familie, dessen Namen mit einem B. begann und der 1940 achtzehn Monate alt war – Birch.

Das Schlucken fiel mir schwer. Mit rasenden Fingern blätterte ich zurück zum Tagebuchanfang und las die Eintragungen mit einer anderen Person im Kopf durch. In den meisten Einträgen handelte es sich bei B. offensichtlich um Bard: »B. kam gestern Abend völlig erschöpft aus Boston. Der arme Mann arbeitet sich die Finger wund.«; »B. hat eine neue Slup erworben, die in Winloch vor Anker liegen soll. Ich hoffe nur, dass er in diesem Sommer ausreichend Zeit haben wird, um sie gebührend zu genießen.« Doch es gab andere Vermerke, in denen B.s Identität unklar oder auf keinen Fall die eines Ehemannes war: »B. hat den Morgen damit verbracht, Henri zu studieren, und berichtete mir beim Mittagessen von der ›Geschichte‹, die ihm Henri ›erzählt‹ hat«, oder: »Wenn B. auf der Toilette sitzt, singt er sich etwas vor.«

So beschrieb man doch keinen erwachsenen Mann. Mit klopfendem Herzen blätterte ich vorwärts in den Monaten und Jahren und fand häufiger Erwähnungen dieses zweiten, jüngeren B. Als Birch auf den sorgsam gefüllten Seiten vom Kind zum Erwachsenen heranwuchs, wurde es zunehmend schwierig, die Einträge von denen über seinen Vater zu unterscheiden. Bis zu diesem Augenblick hatte Kittys Tagebuch eine rein historische Bedeutung besessen. Doch jetzt las ich über jemanden, den ich kannte. Jemanden, der sehr mächtig war.

Und wieder hätte ich an diesem Punkt abbrechen können. Ich hatte meine Verpflegung verspeist, in meinem Kopf herrschte Schneegestöber. An dem Stückchen Himmel, das hinter der Fledermausgaube zu erkennen war, sah ich, dass aus dem langen Nachmittag allmählich Abend wurde. Ich hatte Kalender zu verstecken und Entscheidungen zu treffen. Aber CeCe wollte mir nicht aus dem Sinn. Ich musste immer wieder an ihren Gesichtsausdruck denken, als sie den Eintrag über B.s Affäre mit P. gelesen hatte. Ich schlug die Seite auf und las ihn noch einmal.

»Freitag, 24. August. B. hat etwas mit einem der Hausmädchen, P. Er hat mir versichert, dass es vorbei sei, aber es ist nichtsdestominder eine große Katastrophe, und ich werde den Preis dafür zu zahlen haben, was mir schwer auf der Seele liegt.«

Ich blätterte in meinen Notizen. Für diesen Eintrag hatte ich das Jahr 1956 errechnet, als Bard schon fast fünfzig war. Aber was wäre, wenn es in der Bemerkung gar nicht um Bard ging? Wenn es Birch, sein Sohn, gewesen war, der etwas mit einem Hausmädchen hatte? Eine Bedienstete, deren Namen mit einem P begann.

Vielleicht war dieser Vermerk 1984 geschrieben worden. Vor etwas mehr als fünfundzwanzig Jahren.

Und dann war es mit einem Mal wieder da, köstlich und erschreckend vor Augen, wie die große, energische Aggie auf die Veranda von Mrs. LaChance hinausgestürzt war, als sie das Gezeter der kranken Frau hörte und versuchte, Johns Mutter davon abzuhalten, noch schrecklichere Sachen zu Ev zu sagen, als sie es bereits getan hatte. Aggie hatte Mrs. LaChance nur einmal beim Vornamen genannt, aber er hatte sich tief in mein Ohr eingegraben und dort auf mich gewartet.

»Pauline«, hatte sie sie angefleht. *Pauline.*

KAPITEL VIERZIG

Die Rückkehr

Das Wörtchen *Wenn* führte meine Gedanken unausweichlich immer weiter in eine Richtung:

Wenn meine Annahme stimmte und Kitty dieses Tagebuch so angelegt hatte, dass sich sämtliche Ereignisse scheinbar während eines einzigen Jahres abspielten, in Wirklichkeit aber bis zu fünfzig umfassten, dann waren wesentlich mehr Informationen zwischen den Buchdeckeln verborgen, als es den Anschein hatte.

Wenn sie über einen solch langen Zeitraum hinweg von ihrer Familie berichtete, dann stand B. manchmal für ihren Mann Bard und manchmal für ihren Sohn Birch.

Wenn Birch derjenige war, der etwas mit einem Hausmädchen namens P. hatte, dann konnte dieses P. für Pauline stehen, und Pauline war auch der Vorname von Johns Mutter, Mrs. LaChance.

Wenn Mrs. LaChance vor fünfundzwanzig Jahren ein Verhältnis mit Birch hatte, dann konnte es sein, dass es sich bei John um Birchs Sohn handelte.

Wenn John Birchs Sohn war, dann war John Evs Halbbruder.

Wenn Ev ein Kind von John erwartete, dann war Ev von ihrem Halbbruder schwanger.

Ich ließ das Tagebuch fallen. Ich riss die Badezimmertür auf, weil ich Luft brauchte. Doch auch der Rest der Hütte – das durchhängende Sofa, die vergilbten Wände, sogar der hinter den staubigen Küchenfenstern liegende See – wirkte verändert. Alles war vergiftet, stinkend, getränkt mit einer schrecklichen Vergangenheit, vor der es kein Entrinnen gab. Ich bekam Atembeklemmungen, mein Asthma meldete sich. Wusste Birch, dass ich Kittys Tagebuch hatte? Beobachtete er mich über versteckte Kameras, wurde ich mit Wanzen belauscht? Ich war panisch vor Verfolgungswahn, doch wenn ich vernünftig hätte denken können, wäre ich zum gleichen Ergebnis gelangt: Es war Zeit, Winloch zu verlassen.

Ich würde weglaufen und nicht mehr zurückblicken, und dieses Mal würde ich die Straße nehmen, damit auch alle wussten, dass ich fortging. Ich wickelte das Tagebuch in das Handtuch und überlegte, ob ich es wieder unter dem Waschbecken verstecken sollte. Aber wenn jemand wusste, wo ich es hatte, würde er dort als Erstes nachsehen. Ich raste im Haus herum, aber kein Versteck behagte mir – unter dem Bett: zu offensichtlich; unter der Veranda: den Elementen zu sehr ausgesetzt –, bis mir die Bodendiele wieder einfiel, die John hatte reparieren wollen. Ich ging auf die Knie, fand sie sofort und hebelte sie mit einer Kugelschreiberkappe hoch. Und tatsächlich befand sich ein fünfzehn Zentimeter tiefer Hohlraum darunter. Ich verkeilte das ins Handtuch gewickelte Tagebuch in seinem neuen Versteck, stapelte die Kalender in der Badezimmerecke auf, den Stammbaum steckte ich ein. Mir war klar, dass es zu gefährlich war, die wahren Datumsangaben (vorausgesetzt, meine Entschlüsselungstechnik stimmte) der Tagebucheinträge zusammen mit dem Tagebuch zu verstecken – sie waren immerhin der Schlüssel zu dem Ganzen. Für jeden, der Bescheid wusste, wäre ihre Bedeutung offensichtlich, weswegen ich sie nicht bei mir tragen konnte. Vernichten konnte ich sie auch nicht – ich war zu stolz auf meine Forschungsergebnisse. Nein, ich würde sie auf den Dachboden des Speisesaals bringen; welch besseres Versteck könnte es geben als unter tausend anderen Papieren? Nur Galway – der Gedanke an ihn tat weh – würde erkennen, dass sie neu waren, würde meinen Brosamen vielleicht folgen, wenn er bei uns im Haus herumschnüffelte und die Kalender fand. Ob er es allein schaffen würde?

Ich packte das Allernötigste ein – etwas zu essen, eine Zahnbürste. Ev hatte einen zerknitterten Hundert-Dollar-Schein oben auf der Kommode liegen lassen, aber ich rührte ihn nicht an. Ich schuldete den Winslows schon zu viel.

Ich füllte den Hundenapf mit so viel Futter wie möglich, sodass

Fritz und Konsorten sich den Bauch vollschlagen konnten, und ließ alles zurück, was Ev mir jemals gekauft hatte.

Als ich ins Freie stürzte, wurde es gerade dunkel. Ich weiß nicht, wie weit ich zu kommen glaubte; die Stechmücken hefteten sich sofort an meine Fersen, kein Licht, kaum Verpflegung. Jeder Schritt wurde von schrecklichen Vorstellungen begleitet – Athol, der mit einer Schrotflinte aus dem Gebüsch auftauchte; Tilde, die mir von hinten eine Schaufel über den Kopf zog. Ich war dankbar, als der Speisesaal vor mir auftauchte, mein letzter Stopp vor der Flucht in die Freiheit. Aus Winloch entkommen, würde ich meine Mutter anrufen, um Hilfe anflehen und hoffen, dass sie mir Zuflucht bieten würde, obwohl ich ihr keinen einzigen Brief geschickt hatte.

Mascha war mit dem Schälen unzähliger Kartoffeln beschäftigt, als ich die Tür des leeren Speisesaals aufstieß. Unter den Neonröhren der Küche hob sie den Kopf und sah mir hinterher, wie ich die Treppe hinauflief. In meinem Zustand empfand ich selbst ihren Blick als bedrohlich.

Auf dem Weg nach oben betätigte ich den Lichtschalter und fühlte mich bei dem Gedanken, gleich ein letztes Mal von meinen alten Bekannten, den Archivunterlagen der Winslows, umgeben zu sein, schon ein wenig ruhiger. Vielleicht war meine Flucht ja idiotisch und meine Interpretation des Tagebuchs falsch. Vielleicht war Birch einfach nur ein netter älterer Herr und ich hatte einfach zu viel kriminelle Fantasie.

Ich stieg die letzte Stufe hoch.

Der Dachboden war leer.

Mehr als leer – klinisch rein. Kein Stäubchen, kein loses Blatt Papier, keine unbenutzt aufgestapelten Möbel. Sogar die Tische waren verschwunden, jede Spur der Ordnung, die ich auf ihnen geschaffen hatte, war ausradiert.

Meine Schritte hallten durch den riesigen leeren Raum.

Ich rannte die Stufen immer zwei auf einmal hinunter, winkte Mascha zum Abschied, rief ihr zu: »Kümmern Sie sich bitte um die Hunde in Bittersweet!«, ohne eine Antwort abzuwarten. Es war gut, eine Zeugin zu haben. Jemand, der berichten konnte, dass ich abgehauen war, sobald ich erkannt hatte, welche Rolle mir hier zukam.

Ich sprintete nach draußen auf den Hauptweg. Er würde mich ein für alle Mal aus Winloch hinausführen. Ich ermahnte mich, meine Kräfte einzuteilen und langsamer zu laufen; ich musste mir einen Plan zurechtlegen. Ich würde die paar Kilometer bis zum Dorfladen, den wir auf dem Weg nach Winloch schon öfter passiert hatten, rennen (oder gehen) – mehr als zehn konnten es unmöglich sein. Dort gab es einen Münzfernsprecher. Ich würde zu Hause anrufen und hoffen, dass meine Mutter abhob und das R-Gespräch annahm.

Der Kiesweg führte von der Wiese in den Wald. Über den Schutz der Bäume war ich froh, über die Mückenschwärme weniger. In der schweren, windstillen Nachtluft fielen sie schlimmer über mich her, als ich es je erlebt hatte. Ich wollte lieber nicht mit der Taschenlampe nachsehen, wie viele mich umschwirrten. Ich brauchte sowieso kein Licht, da ich den Weg durch das Knirschen des Schotters unter meinen Sohlen erahnen konnte.

Ich hörte das Auto, bevor ich es sah. Motorengeräusche und Radioklänge drangen durch den Wald, bevor das Scheinwerferlicht um die Kurve blitzte. Ich trat in den willkommenen Schutz der Bäume. Sehr weit brauchte ich mich nicht zurückzuziehen – kein Vorbeifahrender würde in den dunklen Wald blicken. Und ich erwartete kaum, jemanden zu sehen, für den ich freiwillig hinaus auf die Straße treten würde.

Es sei denn – Galway. Mein Herz machte einen Satz beim Gedanken an die Sicherheit seiner Arme, während das Motorengeräusch lauter wurde. Gestern erst hatte er mich gehalten und beschützt. Aber ich hatte die Gedanken an ihn in die Tiefen meines Bewusstseins verbannt, wo sie wie eine Fata Morgana schillerten. Könnte nur er es sein, der jetzt um die Kurve kam, das wäre die Erlösung aus diesem Alptraum.

Die Scheinwerfer flackerten. Ich versuchte, meine Hoffnungen nicht zu hoch zu hängen. Es war Birch oder ein Gärtner in einem der weißen Pritschenwagen. Es waren Athol und das Kindermädchen. Es war ein Gast auf dem Weg zum Dinner.

Den Pritschenwagen erkannte ich als Erstes – höher als ein Auto, darin zwei Personen. Johns Pick-up. Die Fenster waren offen. Sie hörten Chet Baker.

Ich trat hinaus auf die Straße, bevor mich zu viel Nachdenken davon abhalten konnte.

Das Scheinwerferlicht streifte mich.

Die Bremsen quietschten. Der leerlaufende Motor schnurrte.

Ich machte die Augen wieder auf. Hielt den Arm zum Schutz davor.

Der Fahrer schaltete das Licht aus.

Dann: Abbys Gebell zur Begrüßung. Gefolgt von knirschenden Schritten. Evs Arme um mich. Ihr süßer Geruch. »Was hast du denn?«, fragte sie, und die Worte taten weh wie der Biss der Pferdebremsen. »Du siehst ja fürchterlich aus – wo willst du hin? Warum stehst du hier mitten im Wald rum? Du riechst nach Zigaretten. Hast du etwa geraucht? Was ist denn los? Mabel? Was hast du?«

Die anklagenden Worte kamen tief aus meinem Innern. »Du hast mich im Stich gelassen.«

Sie hielt mir die linke Hand hin. »Wir haben geheiratet.« Ich bemerkte den Ehering an ihrem Finger, als sie mich zum Wagen zog.

»Na komm«, sagte sie, »ich lass dir ein schönes heißes Bad ein.«

KAPITEL EINUNDVIERZIG

Der Beweis

Ev war vom Zustand unseres Häuschens entgeistert – die Dackel-kolonie, die alten Kalender, die durchwühlten Schubläden –, aber sie verkniff sich jeglichen Kommentar und bemutterte mich. Ich muss sehr verloren gewirkt haben, dass ich solch mütterliche Gefühle in ihr weckte; vielleicht ging sie ja schon in ihrer neuen Rolle als fürsorgliche Ehefrau auf. Als ich – schon wesentlich ruhiger und sauber geschrubbt – aus der Badewanne stieg, wartete das Abendessen auf mich, und Abby und Indos drei Dackel lagen einträchtig zu Evs Füßen.

John schlang die Spaghetti herunter. »Danke, Evie«, sagte er, stand auf, gab ihr einen Kuss auf die Stirn und tätschelte Fritz liebevoll.

»Du willst weg?«

»Ich muss zu ihr.«

Fast hätte Ev Widerworte eingelegt, hielt sich aber zurück. »Sagst du's ihr?«

Er taxierte den Türrahmen. »Was genau?«

»Das mit unserem Plan.«

Er blickte auf sie hinunter, als falle ihm gerade erst wieder ein, wer sie war. Er sagte nur: »Das Fundament sinkt ab.« Dann verschwand er ohne einen Blick zurück aus der Küche.

»Was für ein Plan?«, fragte ich.

Ev seufzte. »In ein paar Tagen hauen wir ab, diesmal aber richtig.«

»Warum?«

Sie verzog das Gesicht, als sie den bettelnden Ton in meiner Stimme hörte. »Mein Geld ist jetzt endlich freigegeben. Daddy hat versprochen, es würde auf mich warten, wenn ich zurück nach Hause komme.«

Und ich hatte gedacht, ich hätte sie wieder. Dumme, dumme Mabel Dagmar. »Aber du willst trotzdem abhauen? Dann brichst du doch dein Wort.«

Sie wurde fies: »Kann halt nicht jeder so perfekt sein wie du.«

Ich ließ sie in der Küche stehen und rannte John hinterher zum Auto. »Du findest es okay, dass sie mich hier einfach zurücklässt?« Ich versuchte so leise zu sprechen, dass Ev mich nicht hören konnte. »Hast du schon mal dran gedacht, was aus mir werden soll, wenn ihr weg seid? Ich muss auf Ev aufpassen!«

Er musterte mich kalt. »Ich dachte, du glaubst an die Liebe.«

»Es ist ja wohl ein Unterschied, ob man jemanden liebt oder denjenigen seiner Familie wegnimmt.«

»Denk dran, Mabel«, sagte er, während er Abby den Schlag aufhielt, »du bist keine Winslow.« Er sah mich unfreundlicher an, als ich ihn je erlebt hatte.

Ich wehrte mich: »Das ist doch alles zum Kotzen – lügen, wegrennen, andere täuschen …«

»Ich habe viel um die Ohren«, seufzte er erschöpft. »Bitte sag mir nicht, dass ich mich auch noch um dich kümmern muss.«

Ich fand mich selbst ätzend, kleingeistig und kindisch. Als sei Ev ein Spielzeug, um das man sich zankt. Mein Herz fing an zu hämmern, als mir klar wurde, dass ich nur laut damit herauszuplatzen brauchte, was ich über seinen mutmaßlichen Vater wusste, schon hätte ich gewonnen. Wenn ich hätte gewinnen wollen. Wenn man das Gewinnen nennen konnte. Aber nein, ich brauchte erst ein paar handfeste Beweise. »Nimmst du mich mit zum Laden, wenn du das nächste Mal in den Ort fährst?« Ich musste ihn allein zu fassen bekommen.

Er stieg ein.

»Den Gefallen kannst du mir ja wohl tun, bevor ihr mich total im Stich lasst«, hörte ich mich sagen.

Er ließ den Motor an. »Du kommst mir echt nicht ganz wie du selbst vor.«

»Und wie wer dann, bitte schön?«

Er nickte in Richtung Bittersweet. »Eine von denen.«

Da hätte ich es ihm so gern auf den Kopf zugesagt: dass er selbst einer von denen war, mehr, als ich es je sein würde, aber ich biss mir auf die Zunge. »Und? Dorfladen? Nächstes Mal?«

Er nickte und trat aufs Gas. Wie der Blitz war er weg, und die roten Rücklichter verschwanden.

Als ich wieder hineinging, saß Ev immer noch am Tisch. Den Ehering hatte sie abgezogen. »Du darfst bestimmt bis zum Ende des Sommers hier bleiben«, sagte sie. »Falls du dir deswegen Gedanken machst.«

»Mir fällt schon was ein.« Ich räumte den Tisch ab.

»Es ist komisch, dass du plötzlich die Frau von jemandem bist«, sagte ich kurz darauf, um das Schweigen zu brechen und sie daran zu erinnern, dass wir Freundinnen waren.

»Ich kapier einfach nicht, warum er seiner Mutter nicht sagen will, dass wir geheiratet haben«, sagte sie, das Gesicht verzerrt.

»Jetzt willst du also doch, dass sie es weiß?«

»Weil sie unsere Beziehung nun nicht mehr verhindern kann. Jetzt bin ich seine Frau. Deswegen habe ich gesagt, er soll sie in Gottes Namen halt mitbringen, wenn er sonst Tausende von Kilometer lang Theater macht. Von mir aus, wenn es ihm so unglaublich wichtig ist.«

Ich fragte mich, zu was Birch alles in der Lage war. Würde er die drei aufspüren? Würde er mich zur Verantwortung ziehen?

»Willst du gar nicht wissen, wo wir hinfahren?«, fragte sie.

»Doch.«

»Kalifornien.«

Ich hätte fragen können warum. Oder wann. Oder wie. Stattdessen fragte ich: »Bist du dir wirklich sicher, dass es eine gute Idee ist, sie mitzunehmen?«

Sie schlug mit beiden Händen auf die Tischplatte. »Natürlich nicht.« Ihre Stimme wurde hoch und gehässig. »Aber was anderes habe ich nicht, Mabel. Wenn ich mit John zusammen sein will, dann kriege ich sie auch mit dazu, und damit kann ich leben. Und ob du das kannst, ist mir scheißegal.«

Ich starrte in das seifige Abwaschwasser. Wie gern hätte ich mich aus der ganzen schrecklichen Sache herausgehalten, aber Kittys Tagebuch ließ mich nicht los. Meine logischen Schlussfolgerungen kamen jedes Mal wieder zum gleichen Ergebnis. Es gab eine Menge Wenns, aber am Ende kamen immer John und Ev als Bruder und Schwester dabei heraus. Halbbruder und Halbschwester, aber das war kein wahnsinnig großer Unterschied.

»Na jedenfalls«, sagte Ev böse und riss mich aus meinen Grübeleien, »gibt's eine andere Frau, über die du dir eher den Kopf zerbrechen solltest als über mich.«

»Was soll das denn schon wieder heißen?«

»Galway. Er ist verheiratet.«

Ich zog die Hände aus dem heißen Spülwasser und drehte mich zu ihr um. Sie sah mich triumphierend an. »Ja ja, Gerüchte waren mir natürlich schon zu Ohren gekommen«, sagte sie, »aber ich konnte mir einfach nicht vorstellen, dass den jemand heiraten würde. Irgendein Mädel aus Mexiko brauchte scheinbar 'ne Green Card, und da war ihr vermutlich –«

»Das ist nicht wahr«, sagte ich mit bebender Stimme. »Das kann nicht wahr sein.«

Ich wusste, dass Ev oft und gerne log, aber diesmal log sie nicht. Ihr Gesichtsausdruck war ehrlich, wenn auch boshaft, und wurde noch garstiger, als ein höhnisches Grinsen dazu trat: »Arme kleine Maus. Schon bitter, wenn einem so die schöne rosa Brille von der Nase gerissen wird.« Sie zuckte die Achseln. »Irgendwann muss man halt einfach mal kapieren, wie der Hase läuft.«

So etwas hatte sie mir noch nie angetan. Zorn und Verzweiflung überkamen mich. Galways Unehrlichkeit war wie ein Schlag in die Magengrube, aber die Ablehnung in Evs Augen, als sie mir so grauenhaft weh tat, war fast noch unerträglicher. Sie sah mir forschend ins Gesicht, ob sie mich genug verletzt hatte, dann ließ sie mich in Ruhe.

Als ich am nächsten Morgen erwachte, hatte ich mich davon überzeugt, dass ich Galway nie kennengelernt hatte. Mein Herz war ein Bollwerk. Mein Körper war ein Nonnenkloster. Mein Kopf eine Bibliothek. Beweise würden mich befreien.

»Mascha?«, rief ich in die Küche neben dem Speisesaal.

Die alte Frau tauchte aus dem Kühlraum auf und wischte sich die Hände an der Schürze ab. »Frühstück?«, fragte sie.

Ich schüttelte den Kopf. »Sie arbeiten ja schon eine Weile hier, richtig?«

»Puh.« Sie starrte nachdenklich an die Decke. »Sechsunddreißig Jahre?« Sie hatte immer noch einen starken Akzent, aber ihr Englisch war einwandfrei. Bekümmert dachte ich, dass Galway sicher seinen Teil dazu beigetragen hatte. Ausgeschlossen. Ich durfte nicht an ihn denken.

»Können Sie sich vielleicht noch an damals erinnern, als Galway auf die Welt kam?« Galway und John waren ungefähr gleichaltrig, und ich wusste, dass die Erwähnung seines Namens ihr Herz erweichen und sie von der Fährte abbringen würde. Dennoch fiel es mir schwer, seinen Namen über die Lippen zu bringen.

»An was genau?«

»Wer hier angestellt war. Welche Frauen.«

Mascha machte ein entsetztes Gesicht.

»Nur für die Familienforschungen, die ich mache. Auf dem Dachboden, wissen Sie? Die Unterlagen, die bisher da oben gelegen haben. Galway hat mich gebeten, ihm dabei zu helfen.«

Sie betrachtete mich lange, nachdenklich. »Schwer, sich an damals zu erinnern.«

»Ich weiß«, redete ich mit laut klopfendem Herzen auf sie ein. »Aber Sie können es ruhig tun.«

Mascha schluckte. Sie schob die Unterlippe vor, zum Zeichen, wie schwer ihr das Nachdenken fiel, aber ich wusste so gut wie sie, dass sie sich haargenau erinnerte.

Ich musste eine andere Strategie verfolgen. »Wussten Sie eigentlich, dass Ev und John LaChance ein Verhältnis miteinander haben?«

Entsetzen flackerte in den Augen der alten Frau auf. »Die beiden müssen doch Bescheid wissen, wenn es nicht richtig ist.«

Maschas Blick huschte durch den Speisesaal. »Bitte nicht«, flüsterte sie. »Zwing mich nicht dazu, etwas zu sagen.«

»Sie brauchen mir die Namen der Hausangestellten nicht zu verraten. Nur eins: Wie viele Frauen arbeiteten damals hier, deren Namen mit ›P‹ anfing?«

Voller Betroffenheit sah ich, wie die alte Frau vor mir anfing zu beben. Ich hätte sie am liebsten getröstet, aber dann wäre mir der Beweis durch die Lappen gegangen. Ich steckte schon zu tief drin, um jetzt noch einen Rückzieher zu machen. Ich musste es wissen. Und deswegen verschränkte ich die Arme und wartete ab.

»Sie haben das Recht, glücklich zu sein«, flehte sie mich an. »Bitte sag ihnen nichts.«

»Wie viele Frauen haben damals hier gearbeitet, deren Namen mit ›P‹ anfing?«

Im Zeitlupentempo hob Mascha vor mir die Hand, der eine schreckliche Macht innezuwohnen schien, und aus dieser Hand reckte sich ein knotiger Finger in die Höhe.

»Gut«, sagte ich. Nicht »Danke schön«, nicht »Oh Gott«, sondern nur »Gut«, weil es eine Erleichterung war, endlich zu wissen, dass ich recht gehabt hatte; eine Erleichterung, etwas mit Sicherheit zu wissen, auch wenn es noch so grauenhaft sein mochte.

KAPITEL ZWEIUNDVIERZIG

Der Abschied

Am nächsten Morgen plumpste etwas Schweres auf das Fußende meines Betts. Ich rieb mir den Schlaf aus den Augen und sah mich um. Ev schlief tief und fest im Nebenbett. Noch nicht einmal die Walddrossel hatte mit ihrem Gesang begonnen.

»Ich wollte dir Tschüss sagen«, flüsterte Lu.

»Du fährst weg?«

»Ja. Mom bringt mich zum Bus.«

»Wie lang bleibst du im Ferienlager?«

»Hat mir keiner gesagt.«

Ich richtete mich auf und schwenkte die Füße auf die kühlen Bodendielen. Ich legte den Arm um ihre mageren Schultern. Ich hatte ihr verziehen, dass sie Birchs Zorn auf mich gelenkt hatte. Wahrscheinlich hatte sie nicht geahnt, dass er so reagieren würde. »Es war total schön, dass ich dich kennengelernt habe«, sagte ich.

»Ich sterbe ja nicht«, sagte sie lachend und gab mir einen schmatzenden Kuss auf die Wange. Sie hüpfte hoch und sprang auf die schlafende Ev, die grummelnd protestierte.

»Tschüss, alte Vogelscheuche«, zog Lu sie auf. »Schön, dass du wieder nach Hause gekommen bist.« Und damit flitzte sie aus dem Zimmer und blies mir von der Tür noch einen Kuss zu.

Kurz darauf, viel früher, als ich erwartet hatte, fuhr John mit seinem Pritschenwagen vor. Ich winkte ihm aus der Küche, als er schnurstracks aufs Schlafzimmer zusteuerte, um Ev zu wecken. Die Tür fiel hinter ihm ins Schloss. Abby besuchte mich in der Küche und richtete den flehenden Blick ihrer Schokoladenaugen auf mich: ein Stück Huhn von gestern. Dankbar leckte sie mir die Hand und trottete hinaus auf die Veranda.

Ich stocherte in meinem Porridge herum und versuchte, *Das verlorene Paradies* zu lesen. Doch Luzifers Monologe konnten mich nicht fesseln. Ich grübelte über das nach, was ich wusste, und ob ich es verraten durfte oder sollte. Würde es wirklich etwas für John und Ev ändern, wenn sie erfuhren, dass sie Geschwister waren? Verheiratet waren sie nun schon. Sie erwarteten ein gemeinsames Kind und hatten vor, Tausende von Kilometern weit weg nach Kalifornien zu ziehen, wo niemand sie kannte. Wollte ich es ihnen nur sagen, um meine egoistische Neugier, meinen Wissensdurst zu befriedigen – was würden sie sagen und tun, wenn ich die Worte aussprach? Oder trieb mich etwas anderes, weit Schlimmeres, an? Wollte ich Ev vielleicht ganz für mich haben? Hoffte ich nicht insgeheim, dass John sich durch diese Neuigkeit vertreiben lassen würde? Und dass alles wieder so würde wie zu Beginn des Sommers?

Andererseits war es vielleicht noch grausamer, das Geheimnis für mich zu behalten, ihm etwas derart Wichtiges wie die Wahrheit über die eigene Herkunft vorzuenthalten, eine Herkunft, über die er unbedingt Bescheid wissen musste. Zweifellos war Johns Vater der Grund, warum seine Mutter Ev so vehement ablehnte. Wenn ich es ihm nicht sagte, würde Mrs. LaChance den beiden das Leben zur Hölle machen und alles tun, um Ev zu vergraulen.

Ich hätte Bescheid wissen wollen.

Wenigstens redete ich mir das ein.

Als John aus dem Schlafzimmer auftauchte, war mein Haferbrei kalt geworden. Er schenkte sich eine halbe Tasse Kaffee ein, trank sie mit einem Schluck aus, wobei er ein wenig vorn auf sein rotes Flanellhemd verschüttete. Er sah, dass ich noch im Schlafanzug war. »Willst du nun mitfahren oder nicht?« Er pfiff nach dem Hund.

Schweigend bretterten wir über den Hauptweg von Winloch, nicht, weil es nichts, sondern weil es zu viel zu sagen gab. Während wir auf der schlaglochübersäten Straße beschleunigten, vorbei an allem, was mir so vertraut geworden war, rasten meine Gedanken voraus. Als Erstes verschwand Bittersweet mit der schlafenden Ev darin hinter einer Kurve. Wir kamen am Speisesaal vorbei, leer, abgesehen von der unermüdlich wachenden Mascha. Dann bretterten wir an den drei Cottages von Athol, Banning und Galway vorbei. Von jedem der alten Gebäude verabschiedete ich mich innerlich beim Vorbeifahren. Ich würde wiederkommen, aber mit einer neuen Sicht auf die Welt: Ich würde John die Wahrheit gesagt haben oder nicht. Ich würde meine Mutter angerufen haben oder nicht. Beides erforderte eine klare Entscheidung: sprechen oder schweigen.

Schotterspritzend bogen wir um die Kurve, an der John und Ev mich zwei Nächte zuvor entdeckt hatten, und er räusperte sich, als hätte ihn die Erinnerung daran, wie ich im Scheinwerferlicht seines Wagens aufgetaucht war, aus seinen Gedanken gerissen.

»Also Kalifornien oder was?«, fragte ich.

»Ja, ich habe da einen Freund. Arbeitet auf dem Bau. Der kann mir einen Job verschaffen.«

Ich nickte, ohne irgendeinen der vielen Einwände vorzubringen, die mir im Kopf herumspukten – Ev verlässt dich spätestens nach einer Woche, ihr seid doch viel zu jung, um Eltern zu sein, verdammt noch mal, sie ist deine Schwester, warum in Gottes Namen willst du deine schreckliche Mutter mitschleppen? Die letzte Frage schien er zumindest zu erahnen, denn als wir an die Abzweigung zum Haus seiner Mutter kamen, an der wir noch schneller als an allem anderen vorbeifuhren, sagte er: »Meine Mutter wird sich schon dran gewöhnen.«

»Sie scheint Ev ja nicht gerade zu mögen«, bedrängte ich ihn.

»Na ja, sie hat halt einfach zu lang für die Winslows gearbeitet. Sie will nicht, dass mir jemand weh tut.«

»Oder sie weiß etwas.«

»So ein Quatsch. Was soll das denn heißen?«

Wir brachen aus dem Wald hervor und schreckten die Goldzeisige auf. Ein ganzer Schwarm flatterte aus der Wiese und flog schnell wie ein gelber Pfeil davon. »Was wäre, wenn deine Mutter ein Geheimnis hätte, etwas, das sie immer geheim gehalten hat, damit du in Sicherheit bist, aber jetzt kann sie es nicht länger für sich behalten, weil –«

John trat mit voller Wucht auf die Bremse, und wir wurden gegen die Sitzgurte nach vorn und dann nach hinten geschleudert. Unsere Köpfe knallten gegen die Kopfstützen. Ich versuchte, mich vorzubeugen und ein eventuelles Hindernis auf dem Weg zu erspähen, doch da war nichts. John funkelte mich aufgebracht an.

»Au.« Ich rieb mir den Hinterkopf und sah im Rückspiegel nach, ob Abby das Bremsmanöver gut überstanden hatte. Sie rappelte sich aber schon unerschrocken wieder auf.

»Ich kann es nicht leiden, wenn Leute um den heißen Brei herumreden«, antwortete er.

»Das stimmt gar –«

»Was weißt du?«, bedrängte er mich.

»Ich weiß gar nichts.«

»Mensch, May, ich bin doch nicht blöd. Bei den Winslows gibt es jede Menge Dramen, aber wir LaChances haben es bisher geschafft, uns da rauszuhalten. Aber wenn du doch etwas über meine Mutter weißt, dann spuck's aus, und zwar jetzt.«

Ich verlor den Mut. »John«, sagte ich freundlich und zeigte auf die Straße, »ich will einfach nur nach Hause telefonieren.«

»Und ich will nicht, dass Ev hier mit irgendwelchen Zweifeln im Hinterkopf weggeht. Ich lass dich nicht aussteigen, bevor du mir nicht sagst, was du weißt. Sonst erzählst du's garantiert ihr, wenn du's mir nicht erzählst.« Er schüttelte den Kopf. »Die beiden können sich auch so schon nicht riechen. Ich will auf keinen Fall noch Öl ins Feuer gießen.«

Die zwitschernden Zeisige waren wieder im hohen Gras gelandet, das in der vom See kommenden Brise leise raschelte. Die Sonne wurde warm.

»Du willst das nicht wissen«, sagte ich. Mir verschwamm alles vor den Augen.

»Wenn du es mir nicht verrätst, finde ich es selbst heraus. Das verspreche ich dir: Ich werde die Wahrheit erfahren.«

Seit ich die Identität von Johns Vater erst erahnt hatte, dann wusste, hatte ich mir vorgestellt, ich würde es John erzählen, allerdings nie, wie genau ich es anstellen würde. In meiner Vorstellung hatte ich immer die Unterlagen bei mir, die ich vor ihm ausbreiten würde: Kittys Tagebuch, den Eintrag, in dem P. erwähnt wird, die Kalender, meine Nachforschungen – dann hätte er seine eigenen Schlüsse ziehen können. Er hätte die Wahrheit selbst ausgesprochen, und ich wäre von meinem schrecklichen Geheimnis befreit, müsste es aber nicht selbst über die Lippen bringen.

Doch in diesem Augenblick, in diesem Auto, war es wieder genau wie damals mit Daniel im Fluss. Genauso erschreckend glasklar: Ich selbst musste die Finsternis sein.

Die Antwort.

Die Scharfrichterin.

Die Aufrechte, die tat, wozu alle anderen zu feige waren.

»John«, sagte ich, »Ev ist deine Schwester.«

KAPITEL DREIUNDVIERZIG

Das Warten

Ich dachte, er würde mich schlagen, aber seine Hand flog an mir vorbei und stieß die Beifahrertür auf. Ohne ein Wort oder einen Blick. Ich stieg aus, er knallte die Tür zu und preschte davon, weg von mir und Winloch, hinter ihm eine große braune Staubwolke. Als sich der Staub wieder gelegt hatte, war nichts mehr von ihm übrig als weit weg Motorengedröhn und Abbys erstauntes Gebell. Ich ging ihm zu Fuß hinterher. Nicht, weil ich ihn einzuholen hoffte, sondern weil es mir in diesem Augenblick unmöglich schien, nach Winloch zurückzukehren, und die Straße führte nur in zwei Richtungen. Ich gab John keine Schuld daran, dass er mich rausgeschmissen hatte – ich wusste, dass ich nichts Besseres verdiente. Wenn er mir die Schuld an dem Ganzen geben wollte, dann war das eben so, aber nun, da es raus war, glaubte ich, keine andere Wahl gehabt zu haben. Beim Laufen hatte ich die Erinnerung an Galways Körper wieder vor Augen – die Geschmeidigkeit seiner Glieder, seine knochige Hüfte, seine samtigen Lippen. Ich kostete die Gedanken an sämtliche Einzelheiten unseres Liebesspiels aus, wie es sich angefühlt und geschmeckt hatte, und blendete so die weit weniger angenehmen Themen seiner Ehe oder Johns und Evs Zukunft oder der Familie, der er angehörte – Birch, Tilde, CeCe, Indo –, und ihre Geheimnisse aus.

Kein einziges Auto fuhr vorbei, und ich genoss es, ganz allein auf der Landstraße unterwegs zu sein und zu träumen, sie würde noch ewig weitergehen. Dank Lu kannte ich mich recht gut aus und bewunderte den Wiesenkerbel und die Wegwarte am Rand des Schotterwegs und identifizierte das Trällern des Kleibers. Ich spürte, wie meine Arme von der Sonne gebräunt wurden und genoss den Schweiß auf meiner Stirn. Natürlich wusste ich, dass ich irgendwann wieder auf die Zivilisation stoßen und mich unvermeidlich den Konsequenzen meines Handelns würde stellen müssen, aber ich war enttäuscht, als der Schotter von Asphalt abgelöst wurde und ich schließlich den Dorfladen hinter einer Ecke auftauchen sah.

Ich war fast zehn Kilometer gelaufen, um angeblich mit meiner Mutter zu telefonieren, aber je näher ich der Telefonzelle kam, desto weniger wollte ich ihre Stimme hören. Die ganze Zeit hatte ich ihr sagen wollen, dass ich heimkommen würde, doch mit jedem Schritt wollte ich das weniger. Das wäre das Verhalten meines alten Ichs gewesen, dem man diktieren musste, wer es zu sein hatte. Doch die Tochter, mit der Doris Dagmar im Juni gesprochen hatte, die abhängige, reumütige kleine Mabel, gab es nicht mehr. Und darüber war ich froh. Welch Befreiung. Ich hatte die Dinge in der Hand. Bestimmte mein Schicksal selbst. Wenn ich hier rausgeschmissen wurde, würde ich mir meinen eigenen Weg suchen.

Ich ging in den Laden und kaufte mir rotes Lakritz. Dann drehte ich mich um und lief nach Hause.

Als ich eintrat, blickte Ev von ihrem Buch auf. »Wo ist John?«, fragte sie. Vergessen hatte ich ihn nicht; nein, das Bild seiner Hand, mit der er die Wagentür aufstieß, hatte sich in mein Gedächtnis eingebrannt, aber der lange Marsch durch die Sonne ließ die Auseinandersetzung am Morgen sehr weit weg erscheinen. Auf ihre unvermeidliche Frage hatte ich mich nicht vorbereitet.

»Oh«, sagte ich und musste mir schnell eine Lüge zurechtlegen, »er hat mich abgesetzt.«

Sie reckte den Kopf in Richtung Fahrweg.

»Am Laden.«

»Er hat dich nach Hause laufen lassen? Das sind zehn Kilometer!«

»Ich geh baden. Kommst du mit?« Aber sie würde natürlich nein sagen.

Ohne Lu und Galway schien mir Winloch jetzt, wo ich mein Wissen an John weiterverraten hatte, geradezu leer, als wären Ev und ich von Neuem die einzigen Bewohnerinnen dieses gottverlassenen Ortes.

Wir bastelten Collagen. Nicht von den Familien, die wir uns wünschten, oder den Familien, die wir hatten, sondern von Winlochs tragenden Säulen.

Indo: lila Blumenmuster, Hüte, Galoschen, Nippes, alles auf einem kleinen Blatt zusammengeballt.

Birch: eckige Linien, rauchende Zigarre, ein Segelboot.

John: Ev zeichnete seinen muskulösen Rücken vor dem aus einem Bikinikatalog gerissenen Foto, sodass es aussah, als sitze John an der Kante einer imaginären Klippe, von wo er hinaus auf einen Südseesonnenuntergang blickte.

Melancholie ergriff uns. Wir müssen gegessen, müssen geredet haben, aber ich erinnere mich an nichts als die Einsamkeit jener Nacht – die Grillen, die herumhuschenden Fledermäuse.

Wir warteten beide auf John.

KAPITEL VIERUNDVIERZIG

Die Witwe

Am nächsten Morgen weckte mich Ev um sechs Uhr. Sie war komplett angezogen. Ihre offenstehenden Schubladen waren leer. Sehr weit weg war unablässiges Hundegebell zu hören.

»Gehst du?«, krächzte ich.

»John wollte vor einer Stunde hier sein.«

Ich richtete mich auf.

»Hat er irgendetwas gesagt?«, fragte sie mich.

»Worüber?«

»Als er dich am Laden abgesetzt hat. Es sieht ihm nicht ähnlich. War er abgelenkt? Ist etwas passiert?«

Mein Puls raste. »Wir haben über seine Mutter geredet.«

»Ich hab's doch gewusst«, sagte sie und runzelte ihre schöne Stirn. »Heute sollte es soweit sein. Sie wollten mich vor Sonnenaufgang abholen.«

»Du wolltest mir nicht mal Tschüss sagen?«

Ihr finsterer Gesichtsausdruck wich einem nachsichtigen Lächeln. »Du Huhn.«

Aber ich wusste genau, dass sie sich hatte davonstehlen wollen.

»Vielleicht kommen sie ja noch«, sagte ich schließlich.

Sie schüttelte den Kopf. »Es ist ja längst hell.«

»Dann halt morgen.«

»Was hat er gesagt? Über seine Mutter?«

»Nur dass …« Ich seufzte. »Ich weiß es wirklich nicht mehr. Er will eben, dass ihr zwei euch vertragt.«

»Es ist so komisch, dass er gestern Abend nicht vorbeigekommen ist. Das sieht ihm überhaupt nicht ähnlich.«

Mein Herz pochte. Ich hatte ja wohl nicht erwartet, dass das Le-

ben wie gewohnt weitergeht, nachdem ich ihm mitgeteilt habe, dass
Ev seine Schwester ist? Die Wahrheit hatte Konsequenzen. Klar, ich
wollte nicht, dass Ev mich verließ. Aber als ich sie jetzt so sorgenvoll
sah und wusste, dass sie am Boden zerstört wäre, würde sie die
Wahrheit kennen, da wünschte ich mir, ich könnte die Uhr zurück-
drehen. Andererseits: Kam er nicht, blieb sie bei mir. Und ich konnte hier in Bittersweet bleiben.

»Steh auf«, sagte sie, klatschte mir ans Bein und warf mir ein Paar
kalte Jeans vom Boden zu. Das entfernte Hundegebell ging unaufhörlich weiter. »Du kommst mit.«

Wie soll ich meine Gefühle beschreiben, als Ev und ich uns einen
Weg quer durch die Wälder von Winloch suchten?

Sicherheit. Das Gewicht von Evs Hand in meiner.

Beruhigung, dass es richtig gewesen war, John alles zu sagen –
hätte ich den Mund gehalten und sie hätten seine Mutter mit nach
Kalifornien genommen, wäre die Wahrheit sowieso herausgekommen.

Angst, wie John auf mich reagieren würde – würde er mich an-
greifen, verfluchen, weinen?

Erleichterung, weil er sie mir möglicherweise für immer überlassen hatte.

Ev und ich sagten fast nichts, als wir durch den Wald stapften.
Der Hund hörte einfach nicht auf zu bellen – der Dauerton durchbrach die stille Morgenstimmung und störte die natürliche Ordnung der Dinge. Gedämpftes Licht drang durch das Nadelgehölz.
Ich drückte Ev die Hand.

Wir gelangten zu der kleinen Lichtung, auf der ich die Hirschkuh
beobachtet hatte, aber diesmal war der Grasflecken leer. Wir traten
zurück unter das Blätterdach und kraxelten moosüberwachsene Felsen hoch. Hin und wieder blitzte die Straße zwischen den Bäumen
auf, aber es gab keine Autos. Wir waren allein.

»Hört sich das nicht wie Abby an?«, fragte ich, während wir uns
dem Hundegebell immer weiter näherten. Es war jetzt so nah, dass

deutlich herauszuhören war, wie erschöpft der Hund war. Das Bellen klang heiser.

Ev schüttelte den Kopf.

»Vielleicht hat sich der Zustand seiner Mutter heute Nacht verschlechtert«, sagte ich. Ich konnte nicht anders – ich baute die Geschichte meiner Unschuld immer weiter aus, obwohl mir natürlich klar war, dass ein Wort von John reichen würde, und Ev wusste, was ich getan hatte. Dennoch, dachte ich. Irgendwie musste es sich doch verheimlichen lassen, dass er es von mir wusste.

Wir kletterten einen letzten Abhang hinauf, doch vor uns ging es sieben Meter senkrecht nach unten, und wir mussten auf dem Kamm weitergehen. Von der Anhöhe hatten wir allerdings einen guten Blick über das Dach von Mrs. LaChances Häuschen hinweg. Soweit ich sehen konnte, stand Johns Ford nicht in der Einfahrt. Das Hundegebell hielt an, und es kam aus dem Haus. Natürlich war das Abby. Ganz egal, was Ev sagte – ich wusste, dass es Abby war.

Wir kletterten einen letzten bröckelnden Felsquader nur dreißig Schritte vor der Tür von Johns Mutter herunter.

»Wo ist Aggies Auto?«, flüsterte ich.

»John hat ihr heute freigegeben, damit sie nicht mitkriegt, dass wir weg sind.«

Jeder Schritt, jedes Knacken eines trockenen Astes, jedes Rascheln toter Blätter schien zwischen den Felsen hinter uns und dem Cottage vor uns widerzuhallen. Unmöglich konnten wir wissen, was uns drinnen erwartete, doch selbst heute noch würde ich behaupten, dass ich es spürte, als wir uns der Hütte näherten: Die Luft um uns wurde kalt und bedrückend.

»John?«, fragte Ev mutig. Sobald Abby uns hörte, wurde ihr Gebell noch beharrlicher. Der Hund jaulte. Seinee gequälten Töne kamen von unter der Veranda, ganz sicher, und ich versuchte, Ev in die Richtung zu ziehen, aber sie ging auf die Haustür zu. Die Fliegentür war geschlossen, aber die Holztür stand offen, als wäre jemand erst einen Augenblick zuvor hindurchgetreten.

»Ev«, sagte ich warnend, aber sie öffnete die Fliegentür und rief wieder nach John.

»Mrs. LaChance?«, rief ich ängstlich und folgte Ev hinein. »Er würde sie nie allein hier zurücklassen.«

Nach den vielen Fragen, nach dem endlosen Wiederholen, was wo war und was nicht da war, wo es hingehörte, nach dem Schock der Entdeckung und Evs entsetzt aufgerissenem Mund, ist es schwer, sich wirklich an die Sekunden zu erinnern, bevor wir sie fanden.

Hatten wir Angst?

Wir durchquerten das Wohnzimmer und traten auf die mit Fliegengitter eingefasste Veranda. Johns Mutter saß im Rollstuhl, mit dem Rücken zu uns. Ich weiß noch, dass ich dachte, ihr Kopf neige sich seltsam. Ev war einen halben Schritt vor mir.

»Mrs. LaChance?«, flüsterte sie.

Keine Reaktion.

Ev legte der Frau die Hand auf die Schulter und drehte sie zu uns um. Evs Hand zuckte zurück. Ich sah Ev zusammenfahren, mein Blick ging hoch zum schreckensstarren Ausdruck ihres Gesichts, dann über den Wasserblick hinunter zur Totenmaske von Pauline LaChance.

Die Würgemale an ihrem Hals zeigten genau, wie ihr das Leben genommen worden war.

»Oh mein Gott«, kreischte Ev und wich entsetzt zurück, aber ich stand wie versteinert da. Direkt unter uns waren die Geräusche eines Tieres, das jaulte, winselte, sich zu befreien versuchte. Die Geräusche gingen immer weiter, aber ich war wie betäubt von dem riesigen Rauschen in meinen Ohren.

Ich wandte mich ab. Sah die schief in den Angeln hängende Verandatür hinter Ev, zeigte darauf. Sie stürzte hinaus. »John?«, brüllte sie. Ich folgte ihr.

Draußen war das Bellen noch lauter. Ev rannte den Pfad hinunter, aber ich rief nach Abby, und sie antwortete mir. Ich ging in die Hocke, um unter die Veranda zu spähen und sah durch die Spalten zwischen den Brettern, dass die Hündin unter der Treppe eingesperrt war – die Öffnung, die sie normalerweise benutzte, war mit einer alten Tür verbarrikadiert. Abby war völlig außer sich und kratzte mit blutenden Pfoten am Holz.

»Ist ja gut, Abby«, sagte ich zittrig und versuchte, die schwere Holztür allein beiseitezuschieben. Ich konnte sie ein wenig anheben und warf mich mit meinem ganzen Körpergewicht dagegen. Nach dem dritten Anlauf schaffte ich es, eine kleine Öffnung zu schaffen, durch die Abby hindurchwitschen konnte. Aber sie blieb keine Sekunde stehen, um sich bei mir zu bedanken oder Trost zu holen. Stattdessen schoss sie auf den Klippenpfad zu, Ev hinterher.

Ich sprintete den Weg entlang und hatte Ev bald eingeholt. Der Weg führte in steilen Serpentinen hinauf. Irgendwo vor uns, wo der Pfad auf den Himmel traf, hatte Abby wieder zu bellen begonnen. Wir eilten ihr hinterher.

Mit einem Mal waren wir oben. Vielleicht hatten wir beide geglaubt, dass John da stehen würde. Dass jede Sekunde kostbar war. Dass am Ende der Klippe Vernunft und Erklärung warten würden.

Doch über uns war nichts als Luft. Unter uns Wasser. Nichts als Blau bis zum Horizont. Ev wollte etwas sagen, aber es kamen keine Worte heraus. Alles war zu schwer, zu konfus, zu durcheinander, nichts mehr bei Abbys Gekläff, Gewinsel und Gejaule zu verstehen; ihre Pfoten waren der Abbruchkante gefährlich nah, unter ihren blutigen Klauen lösten sich Steine von der Klippe und fielen tief hinunter auf die Felsen.

Ich sah einem fallenden Stein hinterher.

Und dort, am Fuß der Klippe, lag, mit seltsam verrenkten Gliedern, John. Er lag auf dem Rücken und blickte hoch zu uns und in den neuen Tag.

Einen Sekundenbruchteil dachte ich, er wäre noch am Leben. Dass er die Hand heben und winken würde.

AUGUST

KAPITEL FÜNFUNDVIERZIG
Die Nachwehen

Abby war nicht vom Fleck zu bewegen. Ihr Bellen gellte wie Gewehrschüsse. Ev zog sie am Halsband, flehte, fluchte, befahl ihr mit uns zu kommen, während die Erdbrocken im freien Fall hinunter auf John prasselten. Dann war ich diejenige, die Ev am Arm zog, ihr fest in die Augen sah und bestimmte, dass wir jetzt gehen mussten. Wir ließen den Hund zurück.

Ev versprach, das Badezimmer in Bittersweet nicht zu verlassen. Ich zerrte Fritzens Polster über den Wohnzimmerboden und befahl den Hunden, die Tür zu bewachen. Wenn ich die Ohren spitzte, konnte ich immer noch Abbys Gebell durch den Wald hallen hören – die Entfernung zwischen Johns Leichnam und meinen Ohren. Ev fing an zu schluchzen, und wieder befahl ich ihr, sich zusammenzureißen; ich würde Hilfe holen. Lass die Tür verschlossen, sprich mit niemandem. Fritz wartete in Habachtstellung neben mir. Evs Schluchzen wurde zum Wimmern.

Allein stand ich im Speisesaal. Legte die Hand um die Sprechmuschel des Telefons. »Komm zu Bittersweet. Etwas Schreckliches ist geschehen.«

Zurück im Haus kauerten Ev und ich im Badezimmer auf dem Boden. »Es ist alles meine Schuld«, war in jenen Stunden des Wartens Evs ständiges Mantra. Abbys Bellen wurde allmählich schwächer.
    »Es ist meine Schuld. Alles meine Schuld.« Sie wollte sich nicht belehren lassen.

Galway musste wie ein Wahnsinniger von Boston hochgebrettert sein. Ich stellte mich auf die Zehenspitzen und spähte zur Fledermausgaube des Badezimmers hinaus. Tatsächlich, es waren die Geräusche seines Autos, die der Wind herangetragen hatte. Ev war eingenickt. Ich ging ihm draußen entgegen.

Sagte ich etwas von Mord? Ich weiß nur noch, dass Galway an mir vorbei ins Haus stürzte, an die Seite seiner Schwester, und mich mit einem Mal eine schreckliche Müdigkeit überkam.

Er machte mir Haferbrei mit Rosinen. Er stützte Ev, legte ihr den Arm um die Taille und brachte sie zu Bett. Hinter dem Küchenfenster loderte die Sonne.

Mit fast Toten kannte ich mich aus. Mit der glitschigen Haut eines halb ertrunkenen Bruders. Wie schnell man wieder Leben zurück in die Lunge eines Menschen pumpen konnte, der scheinbar schon seinen letzten Atemzug getan hatte. Aber ich hatte nicht geahnt, wie unendlich anders der Tod war. Bei den fast Toten zählte jede Minute; war jemand nicht mehr da, verlor die Zeit alle Bedeutung.

Voller Panik merkte ich, dass die Welt still geworden war. Wann hatte ich Abbys Gebell zum letzten Mal wahrgenommen?

»John hat seine Mutter umgebracht.« Das waren die Worte, die Gedanken, die ich ständig wiederholte, als der Tag zur Nacht gerann, unsere Aussagen aufgenommen wurden, Bittersweet zum Auge des Sturms wurde. Es konnte kein Zufall sein, dass ich John den Namen seines Vaters am selben Tag verraten hatte, an dem seine Mutter erdrosselt worden war. Dass John danach von der Klippe gesprungen war, untermauerte seine Schuld. Das wurde mir gesagt, das glaubte ich, das betete ich mir vor: »John hat seine Mutter umgebracht.«

Wem ich das alles sagte?

Galway, Detective Dan, Birch, Tilde, Athol, Banning, ganz zu schweigen von den vielen Cousins, die in strategisch günstigen Augenblicken etwas zu essen vorbeibrachten und die ganze Sache aus den Mündern der traumatisierten Mädchen selbst hören wollten.

Ich erzählte meine Geschichte (natürlich geschönt, um niemanden zu belasten) Dutzende von Malen, immer aus der sicheren Warte unseres Häuschens – allein am Küchentisch, auf dem Verandasofa eng an Ev gedrückt, einmal auch in meinem Bett, als sei das Ganze nichts als ein Alptraum gewesen, der vom süßen Schlaf wieder verschlungen werden könnte.

Die Polizei war damit einverstanden, unsere Zeugenaussagen in Bittersweet aufzunehmen, Birch und Tilde blieben an unserer Seite, Galway schrieb mit. Es war nie die Rede von Polizeirevier oder einem offiziellen Verhör. Vom ersten Augenblick, in dem Detective Dan an unsere Tür klopfte, war mir klar, dass die Winslows nicht unter Verdacht standen.

»Was habt ihr gesehen?«

Ich erzählte ihnen alles, alles außer der Tatsache, dass John von mir erfahren hatte, dass er Evs (und Galways und Athols und Bannings und Lus) Bruder war.

Oder dass er Birchs Sohn war.

Oder dass er seine eigene Schwester geheiratet hatte.

Oder dass sie mit seinem Kind schwanger war.

Galway war der Einzige, der mich an jenem ersten Tag in der Küche noch weiter bedrängte. »Ev hat gesagt, du hättest John gestern noch gesehen.«

»Er hat mich zum Dorfladen gefahren.«

»Worüber habt ihr geredet?«

»Sie wollten abhauen. Nach Kalifornien.«

»Und was hat er darüber gesagt?«

»Das weiß ich nicht mehr, Galway.«

»Streng dich an.«

Ich hatte John am selben Tag, an dem seine Mutter ermordet wurde, von seinem Vater erzählt. Er hatte ihr die Hände um die Gurgel gelegt, zugedrückt, bis sie tot war, und war von der Klippe gesprungen; ich hatte alles ins Rollen gebracht. Gab ich mir die Schuld?

Aber warum hatte er mir auch einfach geglaubt? Wie sollte es meine Schuld sein, ich hatte doch nur das Geheimnis aufgedeckt, oder? Warum in aller Welt hatte er seine eigene Mutter ermordet, wo er doch derartig an ihr hing? Und wenn er Ev wirklich so liebte, wie konnte er dann sie und ihr ungeborenes Kind im Stich lassen? Ich schlug die Augen auf. »Ich erinnere mich an nichts.«

Galway seufzte. »Mabel, das war doch erst gestern.«

»Und ich habe seitdem eine Menge mitgemacht.«

Er musterte mich. »Na schön«, sagte er mit Zweifel in der Stimme. Er machte den Mund auf, als wollte er etwas sagen, dann schloss er ihn wieder.

»Ja?«

Er zögerte. »Ich hoffe nur, dass du uns nichts verschweigst.«

Zum ersten Mal seit dem grauenhaften Vorfall durchschnitt ein brennend heißes Gefühl meinen benebelten Zustand. In all jenen Tagen war es das einzige Mal, dass ich etwas so Starkes spürte, wie ein Nagel, der in einen einzigen, unglücklichen Nerv getrieben wurde, bei dem die Betäubung nicht gewirkt hatte.

Ich stand auf. »Wie eine Ehe vielleicht?«, fragte ich.

Er sah mich perplex an.

»Du bist verheiratet, oder nicht?«, sagte ich mit bebender Stimme. Er machte den Mund auf, um sich zu verteidigen, aber ich sah ihm an den Augen an, dass es stimmte. Bevor er etwas sagen konnte, tobte ich: »Raus hier. Raus rausrausraus.« Er nahm mich beim Wort. Er stand auf und ging einfach weg.

»Wo ist Abby?«, fragte ich. Ich fragte den in unserer Tür stehenden Birch, Galway, als er zurückkam und mir nicht mehr in die Augen sehen wollte, Detective Dan am Morgen, Ev spät in der Nacht und zwischendrin die neugierigen Cousins, fragte mit ständig panischer werdender Stimme immer wieder, und alle sahen mich nur mitleidig an.

»Ruh dich aus, mein Kind«, sagte Tilde zu mir und gab mir eine weitere Tablette. Ihre kalten Finger gruben sich in meine Hand, als sie mir das Wasserglas reichte.

Johns Pick-up war nirgends aufzufinden. Der Wagen schien sich in Luft aufgelöst zu haben. »Er hat seinen Ford nie aus den Augen gelassen«, sagte Ev der Polizei.

Ich wusste, sie war davon überzeugt, dass ein Dritter im Haus gewesen und nach dem Doppelmord mit dem Wagen weggefahren war. »Bitte, Sie müssen den Truck finden«, flehte sie, aber außer mir wusste niemand, dass sie als seine Frau ein besonderes Interesse daran hatte; doch ich unterstützte sie nicht.

Ev und ich wurden keine Minute allein gelassen. In dem engen Holzhäuschen voller Ohren gab es keinen Ort, an dem wir miteinander flüstern konnten. Aber ich hörte das Murmeln ihres Mantras – »Ich bin schuld, ich bin schuld« – in den Augenblicken, in denen sie von niemandem beachtet wurde.

Kein Wort von Ev über ihre Eheschließung oder ihr Ungeborenes, zu niemandem, und so hielt ich es dann auch. Ich sagte nichts. Ich beobachtete sie genau. Ich achtete darauf, dass sie etwas aß. Ich gab ihr große Gläser mit Wasser und wartete, bis sie ausgetrunken hatte.

Eines Morgens bemerkte ich, dass die Riegel fehlten, an der Verandatür, im Bad, im Schlafzimmer. Die von den Schrauben hinterlassenen Löcher waren mit Spachtelmasse gefüllt, geschliffen und angestrichen worden. An meinem Gedächtnis zweifelnd, tappte ich zurück in mein sicheres Bett.

Wir schliefen lang und fest. Irgendwelche Erwachsenen gingen ein und aus, ihre Besorgnis drang gedämpft bis in unser Zimmer. Ich genoss es, dass sich die ganze Welt um unser Trauma zu drehen schien, und wenn ich mitten in der Nacht von dem Grauen geweckt wurde, das wir mit eigenen Augen gesehen hatten, und mich die Fragen bedrängten – wie hatte John LaChance solch eine schreckliche Tat begehen können, was war aus Abby geworden, war ich verantwortlich für dieses Grauen? –, dann dachte ich an früher:

Ich träumte von etwas, das ich wirklich erlebt hatte und das so fürchterlich war, dass ich hochschreckte: eisiges Wasser, das in meine schlafende Kehle lief. Mein sediertes, umnebeltes Gehirn wollte aufwachen, wollte an die Oberfläche kommen. Endlich wusste ich wieder, wo ich war. Ich unterdrückte einen Schrei, mein Herzschlag verlangsamte, meine geballte Faust löste sich. Ich zwang mich, die ganze schreckliche Wahrheit der Welt zu vergessen und mich auf das konkret Fassbare zu konzentrieren. Ich lauschte den vertrauten Geräuschen und Stimmen der Erwachsenen vor meiner Tür, die Radio hörten und alles in die Wege leiteten, was in solch einer Situation zu tun war. Und als ich mich ihrer Gegenwart versichert hatte, drehte ich mich auf die Seite, zog die Bettdecke hoch bis ans Kinn und überließ mich wieder dem Geschenk der Nacht.

KAPITEL SECHSUNDVIERZIG

Das Rudern

Ich fuhr aus dem Schlaf. In unserem Zimmer war es taghell, aber das Schreckgespenst von Johns leblosem Gesicht, das zu mir hochstarrte – das Bild, mit dem jeder Traum endete und jeder Tag begann –, war in mein Gehirn eingebrannt. Ev schnarchte im Bett neben mir; wenn es so lief wie bisher, würde sie den Tag bis Sonnenuntergang verschlafen, dann zum Essen geweckt werden, und mithilfe einer weiteren rosa Pille zurück unter die Decke schlüpfen. Den Mut zu der Frage, ob die dem Ungeborenen nicht schadeten, brachte ich nicht auf.

Ich hatte das Gefühl, ich würde seit Monaten schlafen. Ich konnte die Tage nicht mehr zählen. Aber sie waren heiß, soviel merkte ich; irgendjemand hatte irgendwann mal gesagt, dass mittlerweile August war. Ich zwang mich zum Aufstehen, bevor John mich mit hinunter in den nächsten Alptraum ziehen konnte. Ich mochte die Augen nicht mehr schließen; sie schmerzten fiebrig von zu viel Schlaf.

Im Badezimmer wagte ich einen Blick in den Spiegel. Kein schöner Anblick (fettige Haare, belegte Zähne), auch wenn ich zugeben musste, dass die vielen Mahlzeiten, die ich verschlafen hatte, mich mehr wie eine Winslow aussehen ließen als je zuvor (Wangenknochen und flacher Bauch). Ich wusch mir das Gesicht mit lauwarmem Wasser. Putzte mir halbherzig die Zähne. Manövrierte die Zehen in ein Paar von Evs Strandlatschen und stolperte nach draußen.

Oh, die Welt. Blendend schön war sie in jenem August – jedes Wellchen an seinem Ort, jedes Wölkchen schnell vorübersegelnd: Winloch, so wie Samson Winslow es sich erträumt hatte. Kein Pulli nötig, kein Schweiß auf der Stirn. Unter meinen Hacken staubte die trockene Erde.

Als ich fast am Speisesaal war, reckte ich den Hals, ob Galway vielleicht gerade aus seiner Hütte auftauchte. Aber der Weg war menschenleer, und ich würde auf keinen Fall zu ihm gehen. Seit jenem Abend, an dem ich ihn mit seiner Ehe konfrontiert und ihn rausgeworfen hatte, hatte ich ihn nicht mehr allein gesprochen. Er war immer mal wieder in Bittersweet gewesen – hatte uns versorgt und gegen Detective Dan abgeschirmt, der wissen wollte, warum wir so lange gebraucht hatten, um die Polizei zu verständigen (die Entschuldigung»traumatisierte junge Mädchen« zog im ländlichen Vermont scheinbar noch). Von Galway erwartete ich eine Erklärung, eine Entschuldigung, irgendeine Art von Friedensangebot, das ich natürlich rein aus Prinzip abgelehnt hätte, aber er hatte mich völlig neutral behandelt, als sei er ein Sozialarbeiter, dem ein Fall zugewiesen worden war.

Mein Magen knurrte. Ich überlegte, zum Frühstücken in den Speisesaal zu gehen, aber den Gedanken, mich Mascha stellen zu müssen, fand ich unerträglich. Sie wusste als einziger Mensch, dass ich wusste, wer Johns Vater war, und könnte als Einzige erraten, was ich ihm auf der Autofahrt gesagt hatte. Und selbst wenn sie ihre Gedanken für sich behielt, konnte ich ihre anklagenden Blicke nicht ertragen. Sie hatte mich angefleht, John nichts zu sagen.

Es gab also nur eine Richtung, die ich einschlagen konnte: über die große Wiese hinunter zum Badefelsen. Als ich auf die Kuppe des Hügels kam und über die Hausgiebel hinwegblickte, wurde mir klar, dass ich keinen von den Winslows sehen wollte. Ich hatte geflüsterte Gerüchte mitgehört, Indo sei wieder da, aber für ein Gespräch mit ihr fehlte mir die Kraft. Auch für Birch konnte ich kein fröhliches Gesicht aufsetzen, zum Abwehren seiner Verdächtigungen hatte ich keine Energie mehr. Mit Adleraugen hatte er über uns gewacht, und ich war ständig an Evs Seite geblieben, wenn er in der Nähe war. Bislang hatte er bei den Mutmaßungen, warum John so etwas getan haben mochte, genauso ratlos gewirkt wie die anderen Winslows, was ich als gutes Zeichen wertete. Doch was sich wirklich hinter seiner väterlichen Fassade abspielte, konnte ich nicht sagen.

Jedenfalls fühlte ich mich nicht wohl dabei, allein auf dieser Seite des Geländes herumzulaufen.

Näher am Wasser fegten Windböen über die Trillium-Wiese. Die Bäume rings um die Rasenflächen bogen sich protestierend und füllten die Luft mit rauschendem Geplapper. An den Rändern war der Himmel lila eingefärbt, aber jedes eventuelle Unwetter schien sehr weit weg. Noch vor wenigen Wochen hatte ständiges Kindergelächter über die Felsen gehallt, doch obwohl es sehr heiß war, wie geschaffen fürs Baden, wirkte Winloch fast so ausgestorben wie mitten im Winter. Johns Tat hatte die Urlaubsstimmung nachhaltig getrübt.

Ich wäre gern schwimmen gegangen, aber als ich auf dem Badefelsen stand — nun wieder einfach ein Stück Natur, ohne Plastikspielzeug und nasse Handtücher –, merkte ich, dass ich keinen Badeanzug dabei hatte. Bittersweet schien unendlich weit weg. Ich betrachtete die am Anleger vertäuten Ruderboote. In einem Schuppen in der Nähe wurden Schwimmwesten und Ruder aufbewahrt. Ich brauchte etwas Ablenkung. Ich war zwar noch nie selbst gerudert, aber warum sollte ich es nicht jetzt lernen?

»Brauchst du Hilfe?«, fragte zehn Minuten später eine Frauenstimme, als ich ängstlich mit dem Boot auf und ab schaukelte und verzweifelt versuchte, die Leine vom Poller auf dem Steg zu lösen. Die Schwimmweste drückte mir die Luft ab. Ich wurde immer ungehaltener über das glitschige Tau und fast seekrank vom Schwanken des Kahns. Das Wasser klatschte gegen das Ufer. Ich blickte mit zusammengekniffenen Augen hoch.

Vor mir stand Tilde.

»Wo willst du hin?«, fragte sie, während sie in die Hocke ging und das Tau mit einer einzigen eleganten Handbewegung losmachte. Sie hielt es fest und blickte auf mich hinunter. Einen triumphierenden Augenblick lang stellte ich mir vor, ich könnte rückwärts losrudern und sie mit einem Platsch ins Wasser ziehen. »Kann ich mitkommen?«, fragte sie. Bevor ich eine Antwort geben konnte, war sie schon ins Boot gestiegen, das derart kippelte, dass ich mich auf

Teufel komm raus festklammern musste, bis sie schließlich hinter mir saß.

Ich fing an zu rudern.

Wir knallten gegen das Boot neben uns.

»Du sitzt falsch herum«, sagte sie ausdruckslos. »Dreh dich um.« Sie hatte recht; dann konnte ich die Ruder auch viel besser greifen. Aber ich fürchtete mich vor dem nächsten Schwanken. Ruhig gab Tilde mir Anweisungen: »Da, jetzt schwingst du das Bein da rüber, keine Bange, du musst schon im Boot auf- und abspringen, um es zum Kentern zu bringen«, bis ich mit dem Gesicht in ihre Richtung blickte. Sie gab uns einen Schubs vom Anleger weg.

Mit Lu als Kapitänin hatte ich sicher ein Dutzend Mal im Boot gesessen. Ich hatte mir das Rudern anstrengender vorgestellt. Aber Wasser war eine seltsame Substanz, wie Erinnerung – viel zu verdrängen, aber nichts Solides zum Festhalten. Doch als ich die Ruder immer wieder eintauchte und die Arme anwinkelte, glitten wir mit Leichtigkeit dahin. Im Handumdrehen waren wir weiter draußen, als ich jemals geschwommen war.

Ich war so konzentriert darauf, alles richtig zu machen, dass mir erst weit von jedem Ufer bewusst wurde, dass ich mutterseelenallein mit einer Frau im Boot saß, die mich zu verabscheuen schien. Ich brachte die Ruderblätter aus dem Wasser und legte sie neben ihr ab. Kleine Bächlein rannen auf ihre weiße Hose zu.

»Ich musste nur mal raus«, murmelte ich.

Ihr Gesicht war hager. Evs Nase. Lus Kinn. Galways Stirn. »Wie fühlst du dich denn?«, erkundigte sie sich. Durch die Todesfälle waren wir uns scheinbar doch näher gekommen.

Ich zuckte die Achseln.

»Eine fürchterliche Sache.« Sie schauderte – das war die intensivste Gefühlsregung, die ich je bei ihr gesehen hatte.

Wir trieben aufs Ufer zu. Ich tauchte die Ruder wieder ins Wasser und versuchte die Landspitze anzusteuern, auf der Trillium stand. Ich hatte sie noch nie umrundet. Tilde gab mir gute Tipps. »Versuch mal, die Handgelenke nicht abzuknicken.« Eine Minute später: »Da, stütz dich mit den Füßen an der Leiste hier unter mir ab, dann hast du viel mehr Kraft.« Meine Arme taten allmählich weh. Wir waren jetzt fast unterhalb Trilliums, dessen Fenster vor dem Morgenlicht dunkel aussahen.

Tilde und ich schauten zusammen hoch zum Haus. Dann senkte sie den Blick und sah mir in die Augen. Ich erwiderte ihren Blick.

»Sein Pritschenwagen wurde gefunden«, sagte sie leise.

Die Frage, wo Johns Pick-up abgeblieben sein mochte, hatte die Polizei beschäftigt; in den drei Wochen, seit wir die Toten aufgefunden hatten, war die Suche danach ständig weitergegangen. Angeblich hätte Detective Dan den Fall am liebsten zu den Akten gelegt, wenn nicht der fehlende Kleinlastwagen gewesen wäre. Die Winslows hätten gerne ihre Theorie bestätigt gesehen, dass John ihn betrunken vor einer Kneipe hatte stehen lassen und dann zu Fuß heimgegangen war, um seine Mutter zu meucheln. Es war beruhigend gewesen, den Grund für Jacksons Selbstmord in seinen Kriegserlebnissen zu vermuten; Johns grauenvolle Tat auf Alkoholkonsum zurückzuführen, war ähnlich wohltuend.

»Wo stand der Wagen denn?«, fragte ich und merkte, dass die Wellen mittlerweile noch kabbeliger waren als beim Losfahren und sich unter dem Boot buckelten.

»Kanada. Irgendein Drogensüchtiger ist damit nach Norden über die Grenze gefahren.«

Erleichterung überkam mich, und ich fragte hoffnungsvoll: »Hatte er etwas mit dem Mord zu tun?«

Sie schüttelte den Kopf. »Der Süchtige wurde erst am Tag danach aus einem Übergangsheim entlassen.«

»Und wo hat er den Wagen gefunden?«

»Am Busbahnhof. Der Mann behauptet, er hätte ihn dort drei Tage, nachdem ihr John und Pauline entdeckt habt, gefunden. Er war so hinter einem Container geparkt, dass man ihn nicht sehen konnte.«

Warum in Gottes Namen hätte John wohl seinen Wagen am Busbahnhof stehen lassen sollen?

Die ganze Zeit hatte ich verdrängt, dass ich John als vernünftigen jungen Mann kannte, und mir ein Märchen eingeredet: Es war ein einfacher Fall und fertig. John hatte einen Wutausbruch gehabt. Irgendwann im Laufe jener langen Nacht hatte er seine Mutter im Zorn erwürgt. Als ihm klar wurde, was er getan hatte, war er in den Tod gesprungen.

Das glaubte ich, obwohl es Ev das Herz brach.

Das glaubte ich, obwohl ich wusste, wie sehr John seine Mutter geliebt hatte.

Das glaubte ich, obwohl Menschen nicht rückwärts in den Tod sprangen. In dem Sekundenbruchteil zwischen der Erinnerung an sein Gesicht unter meinem und dem endgültigen Wachwerden stellte ich mir jeden Morgen dieselbe Frage: Wenn er von der Klippe gesprungen war, hätte er dann nicht mit dem Gesicht nach unten dort landen müssen?

Aber ich musste glauben, dass John Selbstmord verübt hatte. Es war besser so – aus und vorbei.

Eine besonders hohe Welle schwappte seitlich über die Bordwand, und Wasser lief in unser Boot. Tilde zuckte nicht zusammen, ihre Hose war ja bereits durchnässt. Ich ruderte kräftiger, legte mich mit meinem ganzen Gewicht in die Riemen, kämpfte gegen die Wellen an, bis wir die Trillium-Landspitze umrundet hatten und auf den offenen See zusteuerten. Jetzt traf uns der Wind noch stärker und peitschte das Wasser auf. Ich senkte den Blick und ruderte.

Die über die endlose Wasserfläche heranpeitschenden Sturmböen sangen mir in den Ohren und zerzausten mir die Haare. Schaumkronen und Gischt wogten um uns. Das kleine Boot schwankte und schaukelte. Meine Ruder konnten gegen die krachenden Wellen, die uns aufs Ufer zu trieben, nichts ausrichten. Der raue Sandstein dort sah wie die Felsen aus, auf die John gestürzt war, und ich merkte, wie ich voller Panik wie eine Wilde ruderte, egal wohin, Hauptsache fort von hier.

»Komm«, überschrie Tilde den Sturm und beugte sich vor. Einen Augenblick dachte ich, sie wollte den Platz mit mir tauschen, aber dann spürte ich ihre Hände auf meinen; trockene, schlanke Finger legten sich um die Riemen über meine Hände. Ich zog, während sie mit erstaunlicher Kraft drückte, und so schufen wir gemeinsam recht schnell einen Sicherheitsabstand zum gefährlichen Ufer. Als wir weit genug von den Felsen entfernt waren, half sie mir, das rechte Ruder so lange aufs Neue durchzuziehen, bis wir wieder auf dem richtigen Kurs waren. Dann ruderten wir zusammen mit gesenkten Köpfen, parallel zu den Felsen am Fuß von Winloch, und steuerten eine kleine Bucht an, in der das Wasser wesentlich ruhiger zu sein versprach.

Sobald wir im Schutz der Bucht waren, ließ Tilde meine Finger los, doch eine Ahnung blieb auf meinen Handrücken zurück. Meine Arme taten schrecklich weh. Wir ließen uns treiben. Dann war über uns ein Donnergrollen zu hören. Der offene See war lilaschwarz. Am Himmel türmten sich die Gewitterwolken auf.

»Es gab eine Unwetterwarnung«, sagte Tilde beiläufig. Sie sah mich an, nicht den offenen See, wusste aber scheinbar ganz genau, was sich hinter ihr abspielte.

»Gewitter?«, fragte ich mit unwillkürlich schriller werdender Stimme.

»Genau.«

Voller Panik dachte ich, dass Tilde Winslow sicher nur zu gern gesehen hätte, wie ich an den Felsen zerschmettert wurde. Doch wenn sie die Wettervorhersage gehört hatte, warum war sie dann zu mir ins Boot gestiegen?

Sie zeigte über meine linke Schulter. Ich ruderte in die Richtung. Bald darauf waren wir in einer noch kleineren Bucht – kaum größer als unser Boot. Dort plätscherte das Wasser beruhigend. Tilde streckte den Arm nach dem tief hängenden Zweig einer Rotkiefer aus, damit wir nicht abgetrieben wurden.

»Als ich Birch kennenlernte, war ich noch sehr jung«, sagte sie gleichmütig. »Zu jung, um die Welt wirklich zu verstehen. Er sah gut aus. War gebildet. Beruflich etabliert.« Bei der Erinnerung trat ein Lächeln auf ihr Gesicht. »Aus gutem Haus. Ein Winslow. Ich war so verzaubert von dem ganzen Märchen, dass ich nicht daran dachte, was aus mir werden würde, wenn ich ihn heirate.«

Sie beugte sich zu mir vor. Im Zwielicht des Gewitterhimmels sah sie schön aus. Der weiche Schimmer nahm ihrem Gesicht die Härte. Sie beugte sich immer weiter zu mir vor, und ich musste seltsamerweise an Galway denken in dem Augenblick, bevor er mich zum ersten Mal küsste. Ich spürte ihren warmen Atem an meinem Ohr.

»Frag mich«, flüsterte sie.

»Was?«

»Was aus mir wurde.«

»Was wurde aus Ihnen?«, wiederholte ich gehorsam.

»Eine Winslow.« Direkt über uns hing eine grollende Gewitterwolke. »Willst du auch eine Winslow werden?«, flüsterte sie.

Natürlich. Natürlich nicht.

Sie nahm mein Schweigen als Zustimmung auf. »Dann sei nicht so dumm und verwechsle Wissen mit Macht.«

»Ich weiß doch gar nichts«, wandte ich ein. Meine Stimme klang jämmerlich. Der matte Ton wurde augenblicklich vom Wind davongetragen.

Tilde hatte den Mund immer noch dicht an meinem Ohr. Mir standen die Haare im Nacken zu Berge, aber ich konnte mich nicht von ihr abwenden. »Und verwechsle nicht Schweigen mit Blindheit.«

Mit einem Schlag wurde alles hell. Ich schaute auf und sah einen verästelten Blitz über den gesamten Himmel zucken. Zu schnell – viel zu schnell – entlud sich der Donnerschlag. Ich schrie auf und zog den Kopf weg. Ungerührt packte Tilde mich am Arm.

»Respektiere unsere Geheimnisse, Mabel Dagmar. Sonst werden sogar deine Freunde nicht in der Lage sein, dich zu beschützen.« Sie sagte das seelenruhig, wenige Zentimeter vor meinem Gesicht. Sie schien es nicht böse zu meinen. Nur ernst und aufrichtig.

Mir war klar, was das bedeutete. Es war eine Warnung.

Ich nickte, während die aufgeladene Luft zwischen uns tanzte und das Gewitterlicht alles in einen silbernen Schein tauchte. In diesem Augenblick schien alles möglich – dass Tilde Flügel und Klauen wachsen, sie sich in ein Fabelwesen verwandeln und mich in den zuckenden Himmel heben würde. Oder dass ihre kräftigen Hände mich aus dem Boot stoßen würden.

Doch stattdessen blickte sie hoch in den Gewitterhimmel, hinunter in das unter dem kippligen Ruderboot immer gieriger kochende Wasser. »Armes Kind«, bemerkte sie mit dem ihr eigenen gekünstelten Ton und musterte mein Gesicht, als sei ich eine Probe unter dem Mikroskop. »Angst vor Gewitter? Komm, wir tauschen die Plätze.«

Die Kraft, mit der diese schlanke, sehnige Frau ganz allein zurück zum Badefelsen ruderte, war unglaublich. Donner gellte uns in den Ohren, Blitze zuckten zwischen den Wolken. Anfangs hatte ich vor der rudernden Frau mir gegenüber nicht weniger Angst als vor den hungrigen Tiefen, aber Tilde rettete uns, umrundete die Landspitze hinter Trillium, steuerte zielstrebig auf den Anleger zu; die vom See aufs Land zu treibenden Wellen halfen uns und trugen uns Richtung Ufer.

Ich wandte mich um und sah eine Wand aus Wasser auf uns zurasen. Regen in seiner schlimmsten Form. Das weiße Tuch hängte sich vor die Welt, bis es auch uns einhüllte. Ich schrie los, aber der Sturm schluckte meine Stimme. Doch Tilde ruderte weiter, fast da, bis ich glückselig nach dem Anleger griff, die Leine festband und zum nächsten Unterstand sprintete.

Da spielte es allerdings keine Rolle mehr, ob wir drinnen oder draußen standen. Wir waren schon bis auf die Knochen durchnässt.

KAPITEL SIEBENUNDVIERZIG
Das Picknick

Ich weckte das schlummernde Biest. Leicht war es nicht, aber das unablässige Singen von Musicalhits, der Geruch von frisch gebrühtem Kaffee und die Drohung, dass sie ihre Dosis Koffein nur kriegen würde, wenn sie sich ans Tageslicht wagte, zeigten irgendwann Erfolg.

Ev war eine makellose Schönheit gewesen, als ich sie vor fast einem Jahr kennengelernt hatte – reine Haut, seidiges Haar, schlank, aber mit weiblichen Rundungen. Die Ev, die an diesem Morgen aus dem Schlafzimmer auftauchte, war nur noch ein Schatten ihrer selbst. Ihre Haut war picklig und gerötet, ihre Haare strohig, die abgemagerten Arme und Beine ragten ungelenk aus dem Rumpf. Ihr Rücken war rund, die Ringe unter den Augen schwarz.

»Ich schlafe noch«, murmelte sie, als sie in die Küche schlurfte und ihre Augen vor dem grellen Glitzern auf dem Wasser zu schützen versuchte. Sie trug ein schlabberiges Sweatshirt, damit ich ihren Körper nicht sehen konnte. Ich sorgte mich um ihr Baby, fragte aber lieber nicht danach. Wenn ich sie ansah, hatte ich sofort wieder ihr gepeinigtes Mantra (»Ich bin schuld, ich bin schuld«) im Ohr.

Ich verdrängte die Gewissensbisse, die mich aufzufressen drohten, und wickelte das letzte Gurkensandwich in Wachspapier ein. »Wir gehen picknicken.«

Sie hatte nicht mal mehr Kraft zum Augenrollen. Dass sie seit Wochen keine eigenen Entscheidungen mehr getroffen hatte, half mir jetzt. Jetzt sagte ich, wie die Dinge zu laufen hatten.

»Setz dich«, befahl ich und drückte ihr den versprochenen Kaffee in die Hand. Ich sah auf die Wanduhr. »In vierzig Minuten gehen wir los.«

Ev – die mich noch einen Monat zuvor verhöhnt hätte, wenn ich so den Ton angegeben hätte – setzte sich hin, aß brav das von mir zubereitete Rührei, nippte am Kaffee, obwohl ich mir die Zunge daran verbrannt hatte. Ich schickte sie zum Anziehen, und sie ging ins Schlafzimmer und stieg in ihre Kleider. Ich sammelte unsere schmutzigen Hemden und Schlafanzüge, Unterhosen und Jeans ein und stopfte sie in die Wäschesäcke, damit alles zum ersten Mal seit Wochen wieder gewaschen werden konnten. »Putz dir die Zähne«, kommandierte ich sie herum. Zwanzig Minuten später saß sie immer noch auf der Toilette. »Bist du fertig?«, fragte ich, als sei sie ein Kleinkind. Sie nickte gehorsam und folgte mir nach draußen.

Wir gingen dieselbe altvertraute Schotterpiste entlang, ich ein paar Schritte voraus, sie mir hinterher, als müsste ich ein störrisches Kind zum Mitkommen bewegen. Wenn ich mich umdrehte, ob sie noch da war, sah ihr Gesicht maskenstarr und undurchdringlich aus. Ich konnte nur erahnen, wie lange sie nicht mehr an der frischen Luft gewesen war.

»Wo gehen wir hin?«, fragte sie, als der Speisesaal in Sicht kam.

»Zum Perlenstrand«, sagte ich beiläufig. Im Juli hatte Ev begeistert darüber geredet, und ich hoffte, dass sie bei seiner Erwähnung wach werden und die Führung übernehmen würde; ich hatte ja keine Ahnung, wo der Strand war.

»Aber dann gehen wir in die falsche Richtung«, entgegnete sie mit mehr Nachdruck, als ich seit Johns Tod von ihr gehört hatte. Meine Mission war also erfolgreich.

Wir wanderten in die Wälder hinter dem Speisesaal. Ich wehrte mich gegen die Erinnerung an das letzte Mal, als wir zusammen unter diesen Bäumen herumgelaufen waren. Versuchte, das schreckliche Gebell der unter der Veranda eingesperrten Abby zu vergessen, und dass mir niemand sagen wollte, wo der arme Hund jetzt war. Vor Evs innerem Auge mussten sich dieselben schrecklichen Bilder abspielen – der grauenhafte Anblick der im Tod erstarrten Mrs. LaChance, der Schock, als wir Johns Leichnam tief unter uns auf den Felsen entdeckten – jedenfalls führte uns Ev fort von Echinacea, bevor wir Gefahr liefen, das Haus zu sehen, und schlug einen Weg näher am Wasser ein. So dicht am See ging es nur schwer voran – große Felsen, über die man klettern musste; schwieriges, von Brennnesseln überwuchertes Terrain an den feuchten, tief gelegenen Stellen, an denen Winlochs Bäche dem großen Blau entgegenflossen, und irgendwann mitten auf unserem Weg das eckige, völlig verrostete Skelett eines vor Urzeiten dort abgestellten Ford Model Ts.

Ev und ich sprachen kaum miteinander, schoben nur hin und wieder einmal einen Zweig beiseite, damit er der anderen nicht ins Gesicht schlug. Über uns rieben sich Kiefernäste mit nervösem Quietschen aneinander; weiter weg hämmerte der Helmspecht gnadenlos auf einen wurmzerfressenen Baumstamm ein, jederzeit frei wegzufliegen, unter uns genossen Glückliche auf Motorbooten und Yachten ihre Sommerferien – Sonnencreme, Wasserski, Limonade.

Ev schlug einen Weg hinunter zum See ein. Sie hielt sich an den Kiefernstämmen fest, damit es nicht zu schnell den schlüpfrigen, nadelbedeckten Hang hinunterging. Sie lief voran, ohne überhaupt noch zu mir zurückzublicken, mit einem Schritt kam sie so weit voran wie ich mit drei, und so sollte es auch sein.

Als der Strand in Sicht kam, blieb Ev stehen. Ich hatte den Versuch, den Steilhang einigermaßen elegant herabzukommen, aufgegeben und war auf dem Hinterteil heruntergeschlittert. Wenige Schritte über ihr richtete ich mich auf, stolperte aber und landete an einem Baumstamm neben ihr. Sie betrachtete mich skeptisch. Mir graute jetzt schon vor dem schwierigen Rückweg den rutschigen Hang hinauf, sagte mir aber, dass es keine Rolle spielte.

»Und, wo sind jetzt die Perlen?«, fragte ich in munterem Tonfall, was Ev mit einer Grimasse bedachte. Ich rannte hinunter auf den lehmigen Strand, ohne mich zu überzeugen, ob sie auch nachkam. Im nächsten Augenblick spürte ich ihre lautlosen Schritte hinter mir.

Der Perlenstrand war so schön, wie Ev ihn beschrieben hatte – eine ungeschützte Sandfläche, auf der aus dem tiefen Lehm darunter kräftige Binsen wuchsen. Als ich hinaus aufs offene Wasser blickte, wurde mir klar, dass wir an einem Küstenabschnitt irgendwo in der Mitte zwischen der Trillium-Landspitze, die ich mit Tilde umrundet hatte, und den schrecklichen Felsen standen, auf denen Johns Leben sein Ende gefunden hatte. Der Steilhang war zwar felsig, aber der Strand selbst war geschützt – Winlochs weicher Unterbauch. Vor Urzeiten, wie es schien, hatte mir Lu erläutert, dass der von der offenen Wasserfläche heranwehende Wind den Lehm vom Seeboden aufwirbelte und dann gegen die Binsen warf, die am Strand wuchsen. Dieser Lehm trocknete in Tropfen an den schlanken Halmen, wurde von der Sonne gehärtet und so zu grauen Perlen mit perfekten, binsengroßen Löchern in der Mitte. Wenn man die trockenen Kügelchen mit den Fingern fasste, konnte man sie leicht abziehen und Ketten und Armbänder daraus fädeln. Beim Blick über den Sand hinweg konnte ich mir gut Lu und Ev als dünne, geschmeidige Mädchen vorstellen, die ihre milchigen Körper mit natürlichen Perlen behängten und spielten, sie seien die ersten Bewohnerinnen dieses Landes.

Jede von uns erforschte ein Ende des Strandes für sich. Anfangs traute ich mich nicht recht, die Strandfrüchte zu ernten, aber ich sah, wie Ev sich an ihrem Ende der Bucht über die Binsen beugte. Ich beobachtete, wie behutsam sie die kleinen Kugeln von den Halmen klaubte. Ich fand ein besonders stabil aussehendes Gepränge getrockneten Lehms und versuchte mein Glück. Die ersten paar Perlen zerbröselten noch unter dem Druck meiner Finger. Ich griff weniger fest zu, und sie lösten sich schon bereitwilliger. Ich sammelte eine Hand voll, bis mir auffiel, dass Ev sich ein Plätzchen auf einem umgestürzten Baum gesucht hatte, von wo sie hinaus aufs Wasser blickte.

Ich dachte daran, wie sie um John geweint hatte, wie gebrochen sie gewirkt hatte. Ich ging auf sie zu, den Leinenbeutel mit unserem Picknick in der Hand. »Limonade?« Ich hielt ihr die Thermoskanne hin, aber sie schüttelte den Kopf und hielt den Blick weiter auf den See vor uns gerichtet. Ich tat es ihr nach und genoss den sanften Wind im Gesicht, die kleinen Wellen, die an unseren Zehen leckten, das Wischen des Wassers auf dem Strand, ein und aus.

Mir war schwindlig. Ich wusste nicht, ob ich tun konnte, was ich tun musste. Doch dann hörte ich wieder Tilde im Ruderboot: »Respektiere unsere Geheimnisse.«

Angenommen, Tilde wusste aus irgendeinem Grund, dass Birch Johns Vater war – vielleicht war das ja eine Erklärung für ihre schroffe Art: Jede Frau wäre verbittert, wenn sie wüsste, dass ihre Nebenbuhlerin von ihrem Mann freigehalten wurde. Tilde war ja selbst zu Ev und Lu alles andere als nett, oder? Alle, die ich in Winloch mochte – ihre Töchter, Indo, CeCe –, waren von ihr kaltherzig oder richtiggehend garstig behandelt worden.

Und diese Frau wollte nicht, dass ich das einzige Geheimnis verriet, von dem ich wusste.

Aber wenn sie das Geheimnis auch kannte, dann war es ja gar nicht mehr meines, oder? Ihres allerdings auch nicht. Es war uns beiden aus der Hand genommen. Das Geheimnis würde seinen eigenen Weg einschlagen.

Ich glaubte nicht, dass Ev sich besser fühlen würde, wenn sie es erfuhr. Doch war die fürchterliche Art, auf die John sie verlassen hatte, nicht Beweis genug, dass ein gemeinsames Leben für die beiden sowieso unmöglich gewesen wäre?

»Glaubst du immer noch, dass du schuld bist?«, fragte ich sie. In dem Augenblick, in dem Birch und Pauline ein Kind miteinander gezeugt hatten, war etwas Schreckliches in Gang gesetzt worden, das nicht mehr rückgängig zu machen war, nicht einmal durch Johns und Evs Liebe. »Das bist du nicht. Es war nicht deine Schuld.«

Ich war die Richterin.

Ev rührte sich nicht, aber ich wusste, dass sie mich hören konnte.

»Ev«, sagte ich, wobei ich sie aus dem Augenwinkel ansah, »in deiner Familie gibt es eine Menge Geheimnisse. Ich bin über eines davon gestolpert und habe John davon erzählt.« Mein Herz schlug schneller, und der Angstschweiß brach mir am ganzen Körper aus. Ich wollte es ihr nicht sagen, vielleicht war es ja auch gar nicht notwendig. Vielleicht würde sie mich nicht fragen.

»Welches Geheimnis?«, fragte sie.

Ich räusperte mich. »Ich glaube, dass … also ich meine, ich bin mir ziemlich sicher, weil ich es ja ziemlich genau überprüft habe, und ich glaube nicht, dass es eine andere Erklärung gibt, jedenfalls vermute ich, dass John dein Halbbruder war, Ev. Dein Vater und Mrs. LaChance hatten …«

Ich sprach nicht zu Ende, ließ meine Stimme vom Wind davontragen, worauf ich ihr sehr langsam und vorsichtig den Kopf zuwandte, um zu sehen, wie sie reagierte. Würde sie weinend zusammenbrechen? Würde sie mich verjagen?

Ev zog geräuschvoll Luft ein. Dann verzogen sich ihre Lippen seltsamerweise zu einem Lächeln. Sie wandte sich zu mir um. Wir waren wenige Zentimeter voneinander entfernt. »Warum«, sagte sie bedächtig, »hat sich Jackson deiner Meinung nach umgebracht?«

Damit hatte ich nicht gerechnet. Aber sie redete, und das war ein gutes Zeichen. »Depressionen«, antwortete ich. Ihr Blick huschte zweifelnd über mein Gesicht. Ich riet weiter. »Kriegsneurosen. Mit ihm stimmte etwas nicht.«

Sie schüttelte den Kopf. »Jemand hat ihm gesagt, dass Daddy sein Vater ist.«

Ich versuchte, diese Nachricht zu verdauen, aber es war unmöglich. Sobald ich glaubte, es verstanden zu haben, verweigerte mein Gehirn das Verstehen. Hätte ich nur auf den Stammbaum gucken können, damit sich der Knoten in meinem Gehirn entwirrte. Doch schließlich wurde mir klar, was sie damit meinte.

Birch war CeCes Bruder.

Birch war Jacksons Vater.

»Einen Moment«, sagte ich, wobei sich mein Gesicht unwillkürlich vor Abscheu verzog, »CeCe und Birch sind Geschwister.«

»Halbgeschwister. Sie sind nur halb.«

»Ist das wirklich ein Unterschied?«, höhnte ich.

»Natürlich ist das ein Unterschied.«

Mit einem Mal fiel es mir wie Schuppen von den Augen: Ev sprach von sich selbst.

»Warte«, sagte ich, während Entsetzen mich zu überrollen drohte, »du hast es gewusst? Du hast gewusst, dass John dein Bruder ist?«

»Ach, Mabel, hör doch auf. Es ist scheußlich, wenn du so ein Gesicht machst.« Das sagte sie so leichthin, als würden wir über die Einkaufsliste reden. »Jeder weiß, dass mein Vater ein Problem hat. Er hat keine – er kann sich nicht beherrschen. Im Grunde ist das eine Krankheit. Es ist ja wohl CeCe, die einen Riesenwind darum macht. Warum kann sie den Mund nicht halten. Die Familie war immer gut zu ihr, genau wie zu Johns Mutter. Ich meine, es wäre ja weiß Gott einfach genug gewesen, Pauline vor die Tür zu setzen, aber Daddy hat ihr ein Haus zur Verfügung gestellt und John versprochen, dass er ihm ein Leben lang Arbeit geben wird.« Sie blickte wieder hinaus aufs Wasser. »John war wunderschön, oder? Ich hab gesehen, wie du ihn angeschaut hast. Irgendwie ist es die reine Ironie. Sein Leben lang wollte er einer von uns sein, ein Winslow, dabei war er es immer schon – er wusste es nur nicht.

Zumindest, bis du es ihm auf die Nase gebunden hast«, fügte sie kalt hinzu.

Meine Gedanken überschlugen sich. »Ev«, sagte ich und machte mich auf das Schlimmste gefasst, »hat dein Vater dich jemals belästigt?«

»Nein! Glaubst du etwa, Mom würde so was zulassen?«

Ich dachte an die Riegel an unseren Türen. An Tilde, wie sie die kleine Hannah an der Badestelle anschrie. Vielleicht hatte ich Evs Mutter falsch eingeschätzt. Vielleicht war sie ja diejenige, die dafür sorgte, dass sich hier nicht alles in Chaos verwandelte. Vielleicht hatte sie mich wirklich schützen wollen.

Bevor ich reagieren konnte oder meinen offen stehenden Mund wieder zubekam, zog Ev sich aus, ein Kleidungsstück nach dem anderen, sodass ihr magerer Körper, das kleine Büschel dunkelblonder Schamhaare, die lila Brustwarzen zum Vorschein kamen. Ihr Bauch war so flach wie am Tag, an dem ich sie kennengelernt hatte. Sie ließ die Kleider einfach unter sich fallen und watete ins Wasser. Schritt um Schritt schluckte der See mehr von ihr – zuerst die Kniekehlen, dann die Oberschenkel, die Rundung ihres Hinterteils, den Rücken, die flügelartigen Schulterblätter, die Schultern –, bis nur noch der Kopf zu sehen war und ihre Haare sich auf der Wasseroberfläche ausbreiteten wie ein Fächer. Dann schwamm sie hinaus, in einer geraden Linie auf den Horizont zu, ohne sich ein einziges Mal umzusehen. Ich konnte den Blick einfach nicht von ihr lösen. Ich wollte es. Ich wollte Ev loslassen. Doch mit jedem Zug, den sie von mir wegschwamm, verkrampfte sich mein Inneres vor Trauer.

Als ich schließlich vollends überzeugt war, dass sie ertrinken würde, und mir gerade die Kleider vom Leib reißen wollte, um sie zu retten (was damit geendet hätte, dass wir beide untergegangen wären), machte sie kehrt und schwamm zurück zum Ufer. Erst dann konnte ich aufstehen. Ich strauchelte zurück in den Wald, zog mich an den Baumstämmen hoch, meine Arme schmerzten und meine Beinmuskeln schrien, aber ich hastete weiter.

KAPITEL ACHTUNDVIERZIG

Der Schlüssel

Ich stürmte durch Indos Eingangstür, ohne lange zu klopfen, und Fritz kam mir kläffend entgegen. Hinter ihm stand Aggie. Auf dem Gesicht der Pflegerin wechselten sich Überraschung, Ärger und Besorgnis in Sekundenschnelle ab, und sie trat zurück, als sie mich erkannte. Sie streckte mir die Hand hin. »Liebes Kind.« »Ist sie da?«, fragte ich brüsk. »Das werde ich mir nie verzeihen.« Aggie fing an zu weinen. Fritz stürzte sich begeistert auf mich und versuchte, mir in die Hacken zu kneifen. Für beide hatte ich keine Zeit. »Wäre ich nur an dem Abend nicht nach Hause gefahren«, jammerte Aggie. Ich entzog ihr meine Hand, schlug einfach einen Bogen um sie und eilte schnurstracks durch die unaufgeräumte Küche, während Fritz wie ein Wahnsinniger von hinten an meinen Beinen hochsprang. »Bitte«, flehte Aggie, »bitte«, in dem Ton, den Leute anschlagen, wenn sie mit ihrem Unglück nicht alleine sein und einen mit hineinziehen wollen. Ich beachtete sie nicht.

Ich durchsuchte Indos Wohnung, als würde ich aus großer Höhe auf sie herunterblicken. Aus Erfahrung wusste ich jetzt, dass selbst ein Haufen Kleider auf dem Boden ein Mensch sein konnte. Aber im zinnoberroten Wohnzimmer war sie nicht, auch nicht unter den indonesischen Kissen auf dem halbkaputten Sofa, nicht auf einem der wackligen, knarrenden Stühle auf der Veranda. Ich schlug einen Haken zurück ins Wohnzimmer, auf das Schlafzimmer zu, doch Aggie wollte sich unbedingt bei mir ausheulen: »Mr. John war so ein guter Junge, ich kann einfach nicht glauben, dass er sie umgebracht hat, ohhhh …« Sie brach in Tränen aus und wollte sich an mir festhalten, aber ich wich ihr einfach aus – in ihrer Trauer schien sie etwas langsamer zu sein als sonst – und schlüpfte in die Diele, die zu Indos Allerheiligstem führte.

Die Tür war angelehnt, aber ich hatte keine Scheu. Ich stieß sie einfach auf. An Indos Schlafzimmer hatte sich seit meinem letzten Besuch nichts verändert: rosa und krankenhausgrün. Indo saß mit bandagiertem Kopf aufrecht im Bett, das Moskitonetz auf beiden Seiten zurückgezogen, als sei sie eine Tropenkönigin, die an ihrem eigenen Totenbett Hof hält. Sie wirkte stark gealtert. Ihre Haut war wachsbleich, ihre Wangen hohl.

Ich hörte Aggie kommen. Ich knallte die Tür zu und sperrte Fritz und sie aus. Der Hund bellte, sie weinte. Ich drehte den schweren Schlüssel im Schloss um, ein befriedigendes Geräusch.

»Wie siehst du denn aus?« Indos Stimme war rau wie Sandpapier.

»Glückwunsch«, knurrte ich. »Ich habe herausgefunden, dass dein Bruder alles vögelt, was nicht schnell genug auf den Bäumen ist. Ich vermute ganz stark, du weißt bereits, dass er deine eigene Schwester   oh, Entschuldigung, Halbschwester – vergewaltigt hat und Mrs. LaChance und wer weiß wie viele andere hilflose Frauen noch. Und? Ihr lasst ihn einfach frei herumlaufen, habe ich recht? Lieber schreit ihr eure kleinen Töchter an, dass sie sich ordentlich anziehen sollen und bestecht eure Hausmädchen, damit sie den Mund halten. Was ich verdammt noch mal einfach nicht kapiere, ist, warum du dir das die ganzen Jahre über angeguckt hast, nichts getan hast, und jetzt soll der ganze Scheiß ausgerechnet *mich* etwas angehen? Das blöde Tagebuch ist doch kein Beweis, Indo! Das glaubt mir kein Mensch, wenn ich nichts als das Geschreibsel vorzuweisen hab – jedenfalls niemand, der ihm irgendwie das Handwerk legen kann.«

Indo hörte meinem Wutausbruch geduldig zu. »Ich habe keine Ahnung, wovon du redest.«

Ein grausames Lachen stieg in mir auf. Doch ihr Gesichtsausdruck blieb ungerührt. »Mensch, jetzt tu nicht so!«, sagte ich. »Blutgeld? Kittys Tagebuch? Hast mir immer schön die Knochen hingeworfen, und ich habe brav alles gemacht, was du wolltest – und jetzt kenne ich das beschissene Geheimnis, Indo, das, was du wolltest, und wozu? Sie wusste es schon, Indo. Es ist einfach zum Kotzen. Ev wusste, dass John ihr Bruder ist und es war ihr scheißegal! Hörst du mir überhaupt zu? Ev ist genauso krank wie ihr Vater. Sie hat Bescheid gewusst, dass John ihr Bruder ist, und trotzdem wollte sie ein Kind von ihm.

Aber John, der wusste nicht Bescheid. Und weißt du, was ich getan habe? Ich hab's ihm gesagt. Genau, wie du's gewollt hast. Ich hatte nichts Besseres zu tun, als ihm auf die Nase zu binden, was ich rausgefunden habe. Und weißt du, was er dann gemacht hat? Er hat seine verrückte alte Mutter umgebracht und dann ist er von der Klippe gesprungen und jetzt soll ich an allem schuld sein?«

Mittlerweile weinte ich und wischte mir die Tränen mit dem nackten Arm von den Wangen. »Nein«, antwortete ich mir selbst. »Nein«, sagte ich und ging auf Indo zu, bis ich ihrem ausdruckslosen Gesicht ganz nah war. »Nein, ich weiß haargenau, wer wollte, dass ich es ihm sage, und das warst du! Und ich hab's getan, aber jetzt versteh ich gar nichts mehr, verdammt noch mal, Indo, was soll das alles, warum willst du ihnen so was antun, warum tust du mir so was an?« Meine Worte wurden von den zornigen Schluchzern erstickt, die mich nur so schüttelten, und ich verspürte instinktiv den Drang, meine Hände an Indos Hals zu legen und zuzudrücken, sie zu erdrosseln, wie es mit Pauline geschehen war, aber ich riss mich zusammen. Diese Genugtuung würde ich ihr nicht verschaffen.

Ich schlang die Arme um mich, um mich etwas zu beruhigen, inmitten von Fritzens Gekläff und Aggies Rütteln an der Klinke und dem Sturm in mir ein bisschen Ruhe zu finden, aber es dauerte lang, bevor ich einen vernünftigen Gedanken fassen konnte.

Indo blinzelte mich seelenruhig an. »Meine Liebe«, sagte sie wenig überzeugend, als sei sie eine Erwachsene, die gegen ihren Willen dazu gezwungen ist, einem trotzigen Kind seinen Wutanfall auszureden. »Ich verstehe, dass du außer dir bist. Aber ich muss zugeben, dass ich deinen Gedankengängen nicht recht folgen kann. Du hast eine Menge durchgemacht. Man kann es dir kaum übelnehmen, dass du nicht klar denken kannst und die Wahrheit und irgendwelche Gruselgeschichten miteinander verwechselst.«

Es war, als würde eine ganz andere Person in diesem pastelligen Altjungfern-Zimmer vor mir liegen. Die furchtlose Indo, die ich vor erst zwei Monaten auf dem Waldweg kennengelernt hatte, die wie ein Waschweib mit ihren Hunden gezankt hatte, als sie mich umzingelten, schien es nicht mehr zu geben.

Sie fuhr fort. »Mein Bruder ist skrupellos. Aber ihm solche entsetzlichen Dinge zu unterstellen …«

Es war mir unbegreiflich, wie sie die Augen vor den verhängnisvollen Neigungen ihres Bruders derart verschließen konnte. Dass Ev die Vergewaltigungen – sie hätte es wahrscheinlich sexuelle Entgleisungen genannt –, die ihr Vater begangen hatte, einfach so hinnahm, war zwar schlimm, hatte aber wenigstens bestätigt, dass meine Vermutungen über Birch gestimmt hatten. Aber wie Birchs eigene Schwester, die einen Gutteil ihres Erwachsenenlebens nur ein paar hundert Meter von ihm entfernt gewohnt und als Kind mit ihm unter einem Dach gelebt hatte, seinen Übergriffen gegenüber so blind sein konnte, konnte ich einfach nicht fassen.

Dann fiel es mir wie Schuppen von den Augen: Wahrscheinlich hatte er auch Indo missbraucht. Als seine Schwester war sie wahrscheinlich eins seiner ersten Opfer gewesen. Vielleicht war es ja vor so langer Zeit passiert, als beide noch sehr jung gewesen waren, dass sie diese Erinnerungen tief in sich begraben hatte und sich an nichts weiter erinnern konnte als an den Hass auf ihren Bruder.

Ein Hämmern an der Schlafzimmertür ertönte. »Miss Linden! Miss Linden! Ist alles in Ordnung?«

Indo seufzte und verdrehte die Augen. »Kümmere dich gar nicht um uns, Aggie«, rief sie, dann drückte sie die Hand an die Stirn. Ihre Augenlider flatterten, und sie schien wie ein Fisch auf dem Trockenen nach Luft zu schnappen. Mich überkam Mitleid mit der armen alten sterbenden Frau. Die Erinnerung an den Grund für die Abscheu vor ihrem eigenen Bruder konnte sie nicht in sich zulassen.

Hinter der Tür war Aggies und Fritzens Rückzug zu hören.

»Indo«, sagte ich, nun schon mit sanfterer Stimme, weil ich mich auf einmal schrecklich erschöpft fühlte und am liebsten bei ihr aufs Fußende des Betts gekrochen wäre, »wenn es nicht darum ging, wen Birch vergewaltigt hat, was um Gottes willen sollte ich dann finden?«

Sie schnaubte. »Das spielt doch jetzt alles keine Rolle mehr.«

»Warum nicht?«

Sie hob die Hände, als sei es die offensichtlichste Sache der Welt. »Ich sterbe.«

»Aber als der Sommer angefangen hat, warst du doch auch schon todkrank.«

»So ist es. Mir blieben nur noch ein paar Monate, um Beweise für das zu finden, was ich weiß, Beweise, die das Ganze untermauern. Natürlich habe ich Erinnerungen und kann viel erzählen, aber ohne konkrete Beweise bringt das doch alles nichts.« Sie seufzte. »Aber ich hatte nicht die Kraft, das Ganze durchzuhalten. Und da dachte ich, alles sei verloren. Dass ich meine Chance vertan hatte, unsere korrupte Familie in die Knie zu zwingen.« Sie richtete den Zeigefinger auf mich. »Und dann kamst du hier angehüpft, frisch wie der junge Morgen, und ich dachte: Aha!«

»Aha, ich schenke ihr mein Haus?«

»Wenn diese Familie erst einmal zerfallen ist, dann muss sowieso jemand anderes das alles hier bewohnen. Das kannst genauso gut du sein.«

»Und warum willst du nicht einfach Birch mit dem bestrafen, was du weißt? Warum sollen alle mit ihm untergehen?« Ich hatte keine Ahnung, welches Ass sie noch im Ärmel hatte, ging aber davon aus, dass sie gegen ganz Winloch nicht viel würde ausrichten können. Es erschien mir unangemessen grausam, dass sie alle Winslows für Birchs Vergehen bestrafen wollte.

»Weil die Krebsgeschwulst schon in allen wuchert!«, rief sie, jetzt voller Kraft. Ich dachte an das, was sie vor einiger Zeit zu mir gesagt hatte, über das Herausschneiden der Geschwulst; angesichts ihrer Krebsdiagnose hatte ich gedacht, sie spräche von sich. Doch jetzt verstand ich, dass sie es metaphorisch gemeint hatte – und sie sprach von allen Winslows. »Als Vater und Mutter noch das Heft in der Hand hatten, war das etwas anderes. Wir haben Opfer gebracht. Wir haben Geheimnisse für uns behalten. Wir haben nicht die Menschen geheiratet, die wir geliebt haben; weil sie aus den falschen Kreisen stammten.« Dieser letzte Satz schien ihr den Wind aus den Segeln zu nehmen, und sie ließ sich zurück in die Kissen sinken. »Aber jetzt, unter Birch … Es gibt kein Recht und keine Ordnung mehr. Es herrscht die reine Anarchie … Niemand hat mehr Verständnis dafür, dass für diese Opfer zurückgezahlt werden muss.« Die Tränen standen ihr in den Augen. »Mein Bild …«

Es bewegte mich, wie sehr sie das Kunstwerk liebte. Mir war nach wie vor schleierhaft, welche Art von Beweisen sie benötigte oder was ich mit diesen anstellen würde, wenn ich sie fand, aber ich wollte ihr unbedingt das Gefühl geben, dass ihr Leben noch nicht vorbei war. Dass ich ihr zu ein wenig Seelenfrieden verhelfen konnte. Doch bevor ich etwas sagen konnte, kam sie wieder zu Kräften und sprach weiter.

»Und wenn du dich nicht von deiner blinden Gier hättest leiten lassen …«

»Gier?« Ich war empört.

Sie zählte an den Fingern ab. »Mein Haus. Galways Bett. Evs Freundschaft. Paulines Geheimnis.« Triumphierend hielt sie die Finger hoch. »Du bist unersättlich. Ich dachte, es würde mir für meine Sache helfen. Dass dein Wunsch, dir unsere Geheimnisse anzueignen und funkelnde Schätze zu horten wie eine Elster, irgendwie auch meinen Beweis zutage fördern würde. Aber ich habe mich geirrt. Du wolltest mir nie dabei helfen, meine Familie zu Fall zu bringen.« Sie betrachtete mich abschätzig. »Du wolltest nur so werden wie sie.«

»Ich will dir doch nur helfen«, sagte ich leise. Ihre letzte Chance.

Sie zeigte mit ausladender Geste auf das Zimmer. »Eigentlich ironisch, dass nichts von dem hier mir gehört. Ich kann es gar nicht verschenken.«

Ich ließ den Blick darüber gleiten – die mit Emailledöschen vollgestellte Kommode, das kleine Gemälde von Clover mit der Bucht darunter, der über einen nutzlosen Stuhl geworfene Häkelponcho. In meinem Kopf drehte sich alles. Ich war verwirrt. Wütend. Am Ende meiner Kräfte. »Von mir aus.« Ich ging zur Tür. Es reichte mir mit Indo.

»Halt.« Es war ein Befehl. »Bleib stehen.«

Wie gern hätte ich die Willenskraft gehabt zu gehen. Aber noch lieber wollte ich Antworten. Ich drehte mich um.

Indo seufzte. »Es gehört mir nicht, weil es alles gestohlen ist.«

»Ein bisschen mehr musst du mir schon geben.« Meine Hand lag auf der Türklinke.

»Am Anfang hat meine Mutter in ihrem Tagebuch alles genau verzeichnet«, sagte Indo. »Was gestohlen wurde. Wann. Und wohin es kam.«

Auch wenn das, was sie da sagte, sehr nebulös war, verriet sie mir gerade mehr als je zuvor. Es kribbelte in meinem Kopf. Ich ließ die Türklinke los. »Am Anfang?«

»Du sollst nicht schlecht von ihr denken. Meine Mutter war ein guter Mensch. Sie hat diese Rasselbande von ganzem Herzen geliebt, von dem Augenblick an, in dem sie eine Winslow wurde. Alles stand hinter dieser Liebe zurück; ihre Idee ist dieser unverbrüchlichen Treue entsprungen. Du musst verstehen, dass die Winslows in Schwierigkeiten steckten. Als Samson senil wurde, schaffte es mein Großvater Banning fast, diese Familie mit seinen falschen Investitionen in den Abgrund zu stürzen. Um ein Haar hätten wir alles verloren, sogar Winloch. Doch Dank meiner Eltern kam es nicht dazu.« Alles, was sie da sagte, stimmte mit meinen bisherigen Forschungen überein, von den Konkursunterlagen, die ich gefunden hatte, bis hin zu Bard, der hinter einer mysteriösen Geldquelle stand, die das Schicksal der Winslows gewendet hatte. Ich ließ Indo weiterreden.

»Was sie gestohlen haben, und wie, wurde zu einem Muster. Zu einer Lebensweise für die Winslows. Anfangs nahmen wir uns Gegenstände. Dann Ideen, Anrechte, Investitionen. Ich will nicht lügen: Ich bedaure es nicht. Meine Eltern haben uns gerettet. Davon bin ich voll und ganz überzeugt, Mabel. Vielleicht sollte ich mich ja dafür schämen, dass ich mein ganzes Leben dafür gebraucht habe, die Sünden meiner Vorfahren als solche zu erkennen. Dass es so lange gedauert hat, bis ich verstanden habe, dass sie Gutes getan haben, es aber trotzdem schlecht war.«

Sie setzte sich aufrechter hin. »Aber jetzt habe ich das verstanden. Als Einzige. Glaubst du etwa, Birch juckt das? Meinst du, er wird irgendwas unternehmen, um diesem gefährlichen Erbe Einhalt zu gebieten? Von wegen. Er ist zehnmal schlimmer als unsere Eltern. Viel raffinierter. Viel geldgieriger. Meine Eltern wollten uns retten. Aber er will einfach immer nur noch mehr Geld.«

»Er stiehlt also auch.« Was sie da andeutete, drehte sich wie ein Karussell in meinem Kopf, doch noch konnte ich nichts Konkretes daraus ableiten. Ich brauchte Fakten, was die Winslows genau gestohlen hatten und wie und von wem und wann sie damit angefangen hatten und was sie heute stahlen. »Von wem –«

»Gutes Kind«, verkündete sie in fast gelangweiltem Tonfall, »es gibt immer Weltgegenden, in denen Tumult herrscht. Genau wie es immer Menschen gibt, die sich daran bereichern wollen, das zu verscheuern, was ihre Landsleute nicht mehr brauchen. Es ist halb so schwer wie du denkst, Dinge zu finden, die gerade nicht mehr gebraucht werden. Die meisten Menschen tauschen liebend gern ihre weltliche Habe gegen ihre Freiheit.«

»Und wo?«

»Im Laufe der Jahre? Praktisch überall, eigentlich. Im fernen Osten. Im tiefsten Afrika. Mittelamerika.«

»Ich brauche Daten.« Meine Gedanken rasten. »Genaue Länder. Was gestohlen wurde. Wenn du mir irgendetwas nennst, was ich zurückverfolgen kann, mache ich mich an die Arbeit.«

Ihre Energie war verpufft, sobald ich sie auf etwas Konkretes festzunageln versuchte. Wie ein trotziges Gör drückte sie den Kopf ins Kissen. »Habe ich dir doch schon gesagt. Ich habe keine Beweise. Ich habe dich gebeten, sie mir zu besorgen, und das hast du nicht getan. Jetzt noch zu versuchen ihn aufzuhalten, ist sinnlos.«

»Indo«, bestürmte ich sie, »du musst mir mehr verraten, wenn ich dir helfen soll.« Verzweifelt versuchte ich auf einen Anreiz zu kommen, mit dem ich sie locken könnte. »Der van Gogh. Den willst du doch zurück, oder? Dann hilf mir, deinen Bruder zur Strecke zu bringen, und du hast dein Bild wieder.«

In diesem Augenblick fing sie gehässig an zu lachen, mir direkt ins Gesicht, als sei ich der größte Idiot der Welt. Ich merkte, wie mein Gesicht glühend heiß wurde. Ich hörte Aggie und Fritz hinter der Tür.

»Das meine ich ernst«, beharrte ich. »Ich kann dir helfen.«

»Nein«, kreischte Indo, die von einem manischen, immer lauter werdenden Gackern geschüttelt wurde, »nein, meine liebe Mabel, mir kann niemand mehr helfen, auch du nicht.«

Ich versuchte, auf sie einzureden, aber ihr schrilles Gelächter füllte den Raum und übertönte meine Stimme. Sie war genauso wahnsinnig wie ihre Nichte und ihr Bruder und alle anderen an diesem verfluchten Ort. Sie würde mir nicht helfen, obwohl sie sich damit selbst einen Gefallen tun würde.

Neben mir fing die Türklinke an zu ruckeln. Ich hörte, wie das Schloss mit etwas Metallenem bearbeitet wurde. Ich musste hier raus. Ich brauchte Luft, Zeit zum Nachdenken.

Als der Schlüssel zu Boden fiel und Aggie und Fritz ins Zimmer geplatzt kamen, stürmte ich hinaus und schlug einen Haken um sie, während die beiden an Indos Seite eilten. Die Kakophonie aus Gekreisch und Gekläff gellte mir in den Ohren, als ich aus dem Cottage und hinaus in den Nachmittag rannte.

KAPITEL NEUNUNDVIERZIG

Der Diebstahl

Wohin sollte ich gehen? An wen konnte ich mich wenden? Indo wusste nichts, Ev war völlig neben sich, Galway treulos – ich hatte niemanden mehr, in Winloch nicht, nirgendwo. Als ich von Indos Cottage davon und über die Bergkuppe sprintete – einfach nur rannte, weil ich mich bewegen musste, damit ich nicht durchdrehte –, merkte ich, dass Evs Familie mir im Laufe eines einzigen Sommers jedes Gefühl dafür geraubt hatte, wer ich war und woran ich überhaupt glaubte. Ich war nicht mehr ich selbst, dachte dann aber sofort voller Bitterkeit, dass ich mich immer schon unvollständig gefühlt hatte. Bei dieser schrecklichen Einsicht verweigerten meine Füße ihren Dienst. Ich war jung, immer noch so jung, dass ich überzeugt war, an diesem Gefühl der Unvollständigkeit sei ich selbst schuld. Ich ahnte nicht, dass alle Menschen mit dieser Leere in sich zu kämpfen haben – dass das Wichtigste am Erwachsenwerden die Frage ist, was einem innerlich fehlt und wie man diese Leere in sich nach und nach füllen kann.

Ich stand jetzt unten am Hügel, den Speisesaal im Blick, auf der Straße, die mich aus Winloch hinausführen würde. Ich konnte das entfernte Grummeln eines Motorboots hören, das Dröhnen eines Rasenmähers, das Schnattern der Streifenhörnchen im Unterholz an der Straße. Doch abgesehen von meinen eigenen waren alle anderen menschlichen Geräusche weit weg, und mir wurde mit einem Mal klar, dass der einzige Mensch, mit dem ich mich jemals annähernd vollständig gefühlt hatte, mein Bruder war. Selbst vor dem Unfall hatte ihn seine Geistesverfassung, die den Anforderungen der Welt nicht gewachsen war, vor der Realität geschützt. Mein Bruder kannte mich auf eine reine und unverfälschte Art. Und er glaubte, dass ich ein guter Mensch war. Er hielt mich für lieb. Er war überzeugt, dass ich alle Antworten wusste.

Und ich fragte mich zum ersten Mal in diesem Sommer: Wie würde Daniel sich verhalten?

Daniel kannte keine Furcht – wenn man ihn dazu aufforderte, würde er in einen eiskalten Fluss gehen. Er liebte die Gerechtigkeit, was es unmöglich machte, ihn anzulügen. Und er war schrecklich starrsinnig und beharrte bedingungslos auf einer Antwort, wenn ihn eine Frage quälte.

Ich musste herausfinden, was die Winslows gestohlen hatten beziehungsweise immer noch stahlen, wenn man Indo glauben durfte. Es machte mich rasend, dass sie immer nur vage Andeutungen machte, und ich war schrecklich traurig, dass sie sterben würde. Beides durfte meine Suche nicht beeinflussen. Meinetwegen konnte man mich gierig finden (wie Indo es getan hatte), aber das Einzige, was mir blieb, war, der Wahrheit auf den Grund zu kommen; genau das hätte nämlich auch Daniel versucht, wäre er dazu in der Lage gewesen. Von jetzt an suchte ich nicht mehr für Indo – jetzt tat ich es für mich selbst.

Ich musste mir Kittys Tagebuch wieder anschauen. Zurück auf Anfang. Darin standen die Antworten.

Ich rannte hinüber zu Bittersweet, weil ich davon ausging, dass Ev sich garantiert nicht so schnell abgetrocknet und angezogen hatte und vom Perlenstrand zurückgekommen war. Ich würde das Tagebuch aus seinem Versteck unter der losen Bodendiele in der Veranda holen, mich damit in den Wald verkrümeln und dort meine Gedanken ordnen. Zu wissen, dass darin stand, was die Winslows gestohlen hatten, ermöglichte mir sicher einen frischen Blick auf die Sache. Ich brauchte bloß herauszufinden, worauf Indo angespielt hatte, dann würde ich mir überlegen, was ich mit den Informationen anfing. Ich würde den Beweis finden, den sie wollte.

Ich war schon fast da, als ich Ev auf dem Verandasofa sah. Sie blätterte mit dem Rücken zu mir in einer Zeitschrift und hatte mich noch nicht bemerkt. Ihr Anblick – die blonden verstrubbelten Haare – war mir derart vertraut, dass ich unwillkürlich den salzigen Geruch ihrer Kopfhaut in der Nase hatte. Natürlich hatte ich sie immer noch lieb.

Aber dann dachte ich wieder daran, was sie mir am Perlenstrand erzählt hatte. Die ganze Zeit hatte ich daran geglaubt, dass unsere Freundschaft tief im Innersten aufrichtig war, selbst als ich wusste, dass sie mich mit der Inspektion belogen hatte, dass sie mich benutzt hatte, um ihre geplante Flucht mit John zu vertuschen. Ich hatte geglaubt, wir lebten im selben moralischen Universum: dass man seinen Bruder nicht heiratet; dass Vergewaltiger böse sind. Doch am Perlenstrand hatte sie mir ihr wahres Gesicht gezeigt. Mich überkamen Schwindel, Traurigkeit und Erleichterung zugleich. Ich wusste ein für alle Mal, dass Ev und ich nie wieder Freundinnen sein würden. Dass wir vielleicht nie Freundinnen gewesen waren.

Und ich hatte sie ja auch benutzt, oder etwa nicht? War ich nicht davon überzeugt gewesen, dass ich davon profitieren würde, jemanden wie sie an meiner Seite zu haben? Glaubte ich nicht, dass ich das Gleiche verdiente wie sie? Nun, da ich wusste, wie viel uns voneinander trennte, war es schwer zu sagen, was überhaupt jemals an unserer Freundschaft echt gewesen war. War sie überhaupt wirklich schwanger? War sie es je gewesen? Zog Galway mich nur an, weil er Teil ihrer Welt war? Spielte das noch eine Rolle?

Nichts überstürzen, ermahnte ich mich, das bringt doch nichts, über alles auf einmal nachzugrübeln – später wird noch genug Zeit dafür sein. Vielleicht waren wir ja überhaupt nie Freundinnen gewesen. Na und?

Ich musste zum Tagebuch. Ich hatte zu tun.

Ich stieß die Fliegentür auf. Sie blickte zu mir hoch. »Wo bist du denn so schnell hingerannt?« Als wäre nichts von dem geschehen, was am Perlenstrand gesagt worden war.

»Hast du Hunger?«, fragte sie. »Ich habe Mascha gefragt, ob sie uns Sandwiches bringen kann.« Das am Strand vergessene Picknick fiel mir wieder ein. Mir knurrte der Magen. Ev lächelte. Sie wusste, wie mein Herz zu gewinnen war.

Ich überschlug, ob die Zeit reichen würde, das Tagebuch herauszuholen und danach das Versteck wieder zu verschließen, wenn Ev zum Beispiel auf die Toilette gehen würde. Ich warf einen Blick auf die lose Bodendiele, nur wenige Zentimeter von ihrem Sitzplatz. Ich sah nur flüchtig dorthin – garantiert nicht mehr als einen Sekundenbruchteil –, aber das reichte schon. Evs Augen folgten meinem Blick.

Sie streckte ihr unwahrscheinlich langes Bein aus und drückte mit dem großen Zeh auf die lose Planke.

»Was ist mit deinem Baby?«, platzte ich heraus, um sie irgendwie abzulenken.

Sie stellte den ganzen Fuß auf den Boden und verlagerte das Gewicht darauf.

»Ev«, sagte ich, »hast du dein Kind verloren?«

Sie ging in die Hocke. Ich verschwand ins Haus und ließ die Gittertür hinter mir zuknallen. Sie durfte das Tagebuch einfach nicht finden. Mir, und mir allein, hatte Indo Kittys Geheimnisse anvertraut.

»Da ist nichts«, rief ich wenig überzeugend und kam zurück. Aber Ev war völlig mit ihrer Entdeckung beschäftigt. Sie versuchte, das Brett seitlich mit dem Zeigefinger zu fassen zu kriegen, sah sich dann nach einem Werkzeug um und fasste nach dem gleichen Bic-Kugelschreiber auf dem Beistelltisch, den ich auch benutzt hatte.

Sie zog die Kulikappe ab und hebelte das Dielenbrett damit nach oben. Nach ein paar kräftigen Versuchen hatte es sich aus dem Boden gelöst.

Ich machte einen Schritt nach vorn. Ich würde ihr das Buch in der Sekunde entreißen, in der sie es herauszog.

Sie beugte sich über den Hohlraum. Runzelte die Stirn. Steckte die Hand hinein und fühlte herum. Erst dann blickte sie verwirrt zu mir hoch. »Da ist nichts drin.«

Mein Herz fing heftig an zu pochen. Ich reckte den Hals, um in die Öffnung zu blicken, in der ich Kittys Tagebuch so sorgsam versteckt hatte. »Wo ist es?«, fragte ich.

»Wo ist was?«

»Ohne Scheiß, Ev. Was hast du damit gemacht?«

Sie wich zurück, nur wenige Millimeter, ganz kurz, aber ich hatte es gesehen: Sie hatte Angst vor mir.

»Gib's mir einfach wieder und alles ist okay«, beharrte ich.

»Mensch, Mabel, ich habe keine Ahnung, wovon du überhaupt redest!« Sie wollte sich aufrichten. Sobald sie mich überragte, wäre sie wieder im Vorteil.

Ich packte sie an den Schultern. Sie schrie los. »Hör sofort auf damit!« Sie wehrte sich gegen meinen Versuch, sie zu Boden zu drücken. »Autsch, Mabel, lass das!« Sie entwand sich meinem festen Griff und baute sich groß vor mir auf. Wischte sich die Schultern ab. Warf ihr Haar in den Nacken, kämmte die Enden mit den Fingern durch, fing sich wieder. Sie drohte mir mit dem Finger, während sie in die Küche ging. »Ganz ehrlich, Mabel. Manchmal hat man wirklich den Eindruck, du hast sie nicht mehr alle.«

Liebe Mom,

seit ich dir das letzte Mal (nicht) geschrieben habe, ist die Situation hier ein wenig entgleist. Es genügt wohl, wenn ich andeute, dass ich vorher keine Ahnung hatte, dass es eine Welt gibt, in der eine inzestuöse, eventuell psychopathische Mitbewohnerin die angenehmere von zwei Möglichkeiten darstellt. Die andere Möglichkeit ist, dass jemand, der mich Tag und Nacht beobachtet, herausgefunden hat, dass sich ein Tagebuch voll düsterer Familiengeheimnisse in meinem Besitz befindet bzw. befand und mir dieses jetzt weggenommen hat. Ich habe mir überlegt, ob ich auf dem Sofa schlafen soll, aber Ev hat sich seit dem Abendessen völlig normal verhalten. Nicht so, als hätte sie in vollem Wissen ihren eigenen muttermordenden, suizidalen Bruder geheiratet. Vielleicht ist es unklug, wenn ich mich anders verhalte als sonst; nicht, dass sie noch auf mich losgeht. Ich will lieber so tun, als sei alles ganz normal. Dir habe ich's zu verdanken, dass ich darin so viel Übung habe.

An diesem Abend sah ich zu, wie Ev zwei Schlaftabletten schluckte, und behielt sie im Blick, bis sie tief und fest schlief. Erst dann wagte ich es, die Augen zu schließen.

Ich wälzte mich herum und versuchte verzweifelt, mir irgendeinen Plan für den nächsten Tag einfallen zu lassen, wenn es wieder hell wurde – wo war Kittys Tagebuch nur abgeblieben? Wie konnte ich Indo weitere Informationen entlocken? –, bis ich allmählich einschlief, alle meine Erinnerungen sich vermischten und Johns Gesicht zu Daniels wurde und Daniels zu meinem eigenen.

Als ich endlich fast eingeschlafen war, hörte ich ein leises Klicken, das mich wieder zurück in die bewusste Welt holte. Ich versuchte, nicht auf das Geräusch zu hören, aber es kam immer wieder, schließlich richtete ich mich im Bett auf. In dem anderen Bett schlief Ev wie ein Stein. Aber am Fenster über ihrem Bett klickte es immer wieder, ein Rhythmus, den ich nach einigen desorientierten Augenblicken als das Geräusch von Kies erkannte, der ans Glas geworfen wurde.

Ich stand auf, duckte mich zwischen Evs und mein Bett, spähte hinaus in die stockfinstere Nacht, da ging mit einem Mal eine Taschenlampe an, und ein grässlich aussehendes Gesicht erschien. Ich schrie auf, aber Ev rührte sich nicht. Ich drückte die Hand auf den Mund, um mich davon abzuhalten, noch weitere unwillkürliche Geräusche von mir zu geben, und spähte vorsichtig hinaus zu dem Gesicht. Die Taschenlampe wurde anders gehalten, und das, was vorher aussah, als sei es einem Alptraum entsprungen, erwies sich nur als Galway.

Auf Zehenspitzen schlich ich aus dem Schlafzimmer und auf die Veranda und zuckte zusammen, als die Fliegentür in den Angeln quietschte.

»Ich brauche deine Hilfe«, flüsterte er.

Eigentlich hatte ich keine Lust, ihm zu helfen.

»Es ist wegen Lu«, flehte er mich an.

KAPITEL FÜNFZIG

Die Leiterin

»Und was hättest du gemacht, wenn Ev aufgewacht wäre?«, fragte ich im Wegfahren. Galway fuhr vorsichtiger als John; vielleicht, weil er niemandem etwas beweisen musste, oder er wollte nicht, dass ganz Winloch mitbekam, dass wir wegfuhren, oder beides. Es roch gut in seinem Auto, so gut wie das Sweatshirt, das ich seit damals unter dem Bett versteckt hielt. Ich wünschte, ich würde meinen Geruchssinn verlieren.

»Ev kriegt's nicht mal mit, wenn über ihr der Feuermelder losschrillt«, sagte er. »Und außerdem hätte sie uns bestimmt in Ruhe gelassen, wenn sie doch aufgewacht wäre.«

Damit hatte er vermutlich recht: Wir hatten noch Dinge miteinander zu bereden, die sogar Ev respektieren würde.

»Willst du das Licht gar nicht anmachen?«, fragte ich, als wir durch die große Wiese rollten – bisher fuhr er mit Standlicht. Nur eine schmale Mondsichel stand am Himmel, doch hier draußen auf dem Land reichte das fast aus. Galway stellte das Fernlicht an, und wir fuhren dem Highway entgegen. Wir nahmen eine Abfahrt auf eine Landstraße, die meiner Einschätzung nach in östliche Richtung führte. »Ist Lu noch im Ferienlager?«, brach ich schließlich das Schweigen. Erst das ganze Drama mitten in der Nacht am Fenster, und dann sagte er nichts. Ich fragte mich allmählich, wie wichtig die Sache wirklich war.

Galway räusperte sich. »Das Ganze muss unter uns bleiben, egal, was passiert, ist das klar?«

Kam mir bekannt vor. »Das kommt drauf an, um was es geht.«

»Es sieht ziemlich schlimm aus.«

»Ich bemühe mich, es für mich zu behalten, okay?«

Das überzeugte Galway, und er griff nach einem aufgerissenen Briefumschlag vor ihm auf der Ablage. »Mascha hat heute Abend einen Anruf bekommen, aus dem Camp.« Er streckte mir das Stück Papier hin, das mit einer Wegbeschreibung vollgekritzelt war. »Rocky irgendwas heißt es. Liegt in Maine. Na, jedenfalls war die Leiterin des Ferienlagers dran. Marian heißt sie. Sie war völlig außer sich. Sie wollte mit meinen Eltern sprechen und wusste nicht, dass sie im Speisesaal anrief. Mascha hat ihre Nachricht entgegengenommen, hier« – er reichte mir die Taschenlampe –, »lies selbst.«

Ich sah Maschas krakelige Handschrift. Ich versuchte die Worte zu entziffern und mir irgendeinen Reim auf das Ganze zu machen.

»Lies doch«, beharrte Galway.

»»Ihre Tochter ist sehr deprimiert. Sie hat einen Selbstmordversuch gemacht. Sie sagt sie hat etwas Schreckliches gesehen. Sie hat mich angefleht sie nicht anzurufen. Aber drei Wochen geht das jetzt so. Ich habe keine Wahl. Bitte kommen sie.‹«

Galway schlug aufs Lenkrad. »Seit drei Wochen!«, sagte er empört, und ich fragte mich, was uns erwarten mochte.

Es war eine lange Nacht, die Straße zog sich endlos. Während wir das ländliche Vermont durchquerten, löste sich meine Verachtung für Galway allmählich in Luft auf. Die Straße führte uns zwischen grünen Hügeln hindurch nach St. Johnsbury, von dort hinunter nach New Hampshire und durch den Crawford Notch State Park, immer weiter weg von Winloch. Im Licht unserer Scheinwerfer tauchten Bauernhöfe auf, winzige Dorfschulen, leere Verwaltungsgebäude. Der ganze Staat schien zu schlafen.

Galway war ganz aufs Fahren konzentriert. Offensichtlich war er äußerst besorgt um seine kleine Schwester. Es fiel mir schwer, noch länger wütend auf ihn zu sein.

Was mochte in den letzten drei Wochen geschehen sein? Als ich nachrechnete und eine konkrete Vorstellung der seltsam vage und elastisch gewordenen Zeit zu gewinnen versuchte, wurde mir klar, dass Ev und ich die Leichen von John und seiner Mutter auf den Tag genau vor drei Wochen gefunden hatten.

»Wann ist Lu denn ins Camp gefahren?«, fragte ich. Sie konnte sich doch unmöglich am selben Tag, an dem wir die Tragödie entdeckt hatten, von mir verabschiedet haben. Doch je häufiger ich nachrechnete, desto wahrscheinlicher schien es, auch wenn ich den genauen zeitlichen Ablauf dieser schrecklichen Woche nicht mehr zusammenbekam. Ich versuchte, eine Verbindung zwischen der Erinnerung an Lus Gewicht auf dem Fußende meines Betts herzustellen – ich war aus irgendeinem Grund enttäuscht von ihr gewesen –, dann war sie aufs Bett ihrer Schwester gesprungen, Ev war aber völlig verschlafen gewesen. Ich hatte eine düstere Vorahnung gehabt, aber noch hatte sich nichts Schlimmes ereignet. Dann endlich ging mir ein Licht auf – Lu war an dem Morgen, an dem ich John erzählt hatte, wer sein Vater war, ins Ferienlager abgereist. Sie hatte lange, bevor die Tragödie Winlochs Idylle getrübt hatte, im Bus nach Maine gesessen.

»Weiß sie über die Sache mit John Bescheid?«, fragte ich.

Er schüttelte den Kopf. »Unsere Eltern wollten sie davor schützen.«

Ich stieß einen erleichterten Seufzer aus. »Dann hat es wahrscheinlich nichts mit ihm zu tun. Wahrscheinlich ist es nur wegen Owen, garantiert. Normaler Teenie-Liebeskummer.« Ich sann über Owen nach, was er für ein Leben in der Bronx führen mochte, ob die Nachricht von den Todesfällen bis zu ihm vorgedrungen war, ob er und Lu in Kontakt standen. »Ich wette, es geht nur um Owen«, wiederholte ich, aber Galway gab keine Antwort.

Er machte eine schwungvolle Linkskurve in die Einfahrt einer Tankstelle auf der gegenüberliegenden Straßenseite. Galway klopfte an die Scheibe des dazugehörigen Ladens. Ein müde aussehender Mechaniker öffnete die Tür und ließ Galway nach kurzer Diskussion herein. Drinnen unterhielten sie sich eine Weile, während ich dem ersten Licht zusah, das am Horizont Streifen an den Himmel malte. Als Galway endlich mit zwei Bechern Kaffee und zwei eingeschweißten Plunderstücken in der Hand wieder auftauchte, war der Himmel rosa. Galway stellte sie auf dem Autodach ab und tankte.

Ich spürte, wie er mich im Seitenspiegel betrachtete, wich seinem Blick aber aus. Als ich den ersten Schluck von meinem Kaffee trank, war ich mit einem Schlag todmüde.

Er schnallte sich mit einem energischen Klick an. »Das wäre doch einfach ein zu großer Zufall, Mabel«, sagte er und setzte damit unser Gespräch fort. »Dass es gleichzeitig passiert ist. Außerdem ist sie nicht der Typ dafür, dass sie sich Jungsprobleme so zu Herzen nehmen würde.«

Ich wollte widersprechen. Aber wir würden es ja bald genug herausfinden.

»Es tut mir leid«, sagte er, ohne das Auto anzulassen. »Es tut mir wirklich leid, dass es zu diesem Missverständnis zwischen uns gekommen ist. Wahrscheinlich ist es dir scheißegal, ob ich mich entschuldige oder nicht, aber ich meine das wirklich ernst. Ich habe dir nicht gesagt, dass ich verheiratet bin –«

»Du hast mich angelogen …«

»Wenn du es unbedingt so nennen willst.«

»Allerdings. Du bist verheiratet!«

»Aber es ist nicht so wie du denkst. Ich habe geheiratet, um jemandem zu helfen, das ist eine rein rechtliche Angelegenheit. Und ich erwarte nicht, dass du mir verzeihst, aber du musst wissen« – und an dieser Stelle wurde seine Stimme heiser –, »dass ich noch nie so viel für jemanden empfunden habe wie für dich.«

»Bitte sag so was nicht.«

»Ich muss es sagen.« Er blickte hinunter auf seine Hände. »Ich kann dich einfach nicht anlügen.«

Weitere zwei Stunden vergingen, bevor wir die Landkarte herausholten und den ungepflasterten, einspurigen Forstweg fanden. Die schmale, kurvenreiche Piste erinnerte ein wenig an die Zufahrtsstraße nach Winloch, aber der Wald war hier dicht und voller Tannen, durch die das Licht diesig, fast rauchig einfiel. Ewig fuhren wir so weiter, ohne jeden Hinweis, ob wir in der richtigen Richtung unterwegs waren, doch gerade, als wir überlegten, mitten auf dem Weg umzudrehen, kamen wir an eine Gabelung, an der ein kleines Holz-schild an einen Baum genagelt war: CAMP. Ein Pfeil.

Galway folgte dem Schild, fuhr jetzt langsamer und sagte zu mir: »Lass mich mit denen reden.«

Das Camp war eine Ansammlung moosiger, holzziegelverkleide-ter Hüttchen. Es war ein Ferienlager, wie ich es mir immer erträumt hatte: See, Kanus, Holzkunstwerke, Feuerstelle. Doch dass Lu sich an einem düsteren, abgelegenen Ort wie diesem wohlfühlen würde, konnte ich mir kaum vorstellen.

Ich folgte Galway ins Verwaltungsgebäude, wo ein bleiches Mäd-chen in einer Ecke auf einem Feldbett unter einer dünnen Wolldecke lag. Eine besorgt aussehende Frau mit einer dicken Brille auf der Hakennase kam uns entgegen, die verständnisvoll nickte, als Galway erklärte, dass wir angerufen worden waren, seine Eltern aber leider verhindert seien und stattdessen ihn geschickt hätten. Sie sah mich misstrauisch an. »Und das ist …?«

»Meine Frau«, antwortete Galway schnell und nahm meine Hand. Ich zog meine Finger weg, als hätte ich auf eine heiße Herdplatte ge-fasst.

Sie betrachtete Galways Führerschein, den er ihr hinstreckte. »Wir übergeben die Kinder eigentlich an niemanden außer an ihre Eltern.«

Galway nickte. »Unter allen anderen Umständen würde ich Ih-nen natürlich völlig zustimmen. Aber hier scheint ja doch ein Not-fall vorzuliegen. Meine Mutter wollte natürlich so schnell wie ir-gend möglich jemanden herschicken. Ich bin immerhin Luvinias Bruder.«

Das Mädchen in dem Feldbett hustete. Die Frau mit dem Vogel-gesicht gab Galway widerstrebend seinen Führerschein zurück. »Ich hole Marian«, sagte sie immer noch misstrauisch, verließ den Platz hinter ihrem kleinen Eichensekretär und verschwand in einem Hin-terzimmer.

Eine temperamentvolle, korpulente Frau kam keine Minute spä-ter daraus zum Vorschein und streckte erst Galway die Hand hin, dann mir. »Danke, dass Sie gekommen sind.« Sie führte uns nach draußen. Die andere Frau musterte uns, als wir Marian folgten.

KAPITEL EINUNDFÜNFZIG

Das Ferienlager

Marian führte uns an Holzhütten und der Rückseite des Speisesaals vorbei, in dem hinter einer Fensterfront eine Handvoll blasser, ausländisch aussehender Frauen in einer Großküche werkelte. Marian merkte, wie ich die Küchenhilfen anschaute, und sagte: »Für die ist das eine großartige Erfahrung. Sie können den Sommer in Amerika verbringen!« Toll, dachte ich, und da den ganzen Tag eine Horde reicher Gören bekochen. Galway versuchte, mich mit einer Hand an meinem Kreuz den steilen Berg hochzuschieben, aber ich entzog mich seiner Berührung.

Wir stiegen eine in den Berg gebaute Treppe hinauf zu einer zweiten Gruppe von Hütten. Außer Atem von der Anstrengung keuchte Marian: »Hier oben wohnen die Betreuerinnen«, um die auf den Veranden trocknenden Handtücher, die alten Kassettenrecorder und halbkaputten Klappstühle zu erklären. Unter den dichten Nadelbäumen war es kühl; selbst an diesem warmen Augusttag konnte man den Oktober in der Luft spüren. Ein paar junge Mädchen meines Alters in Hoodies und abgeschnittenen Jeans auf dem Weg zum Speisesaal begegneten uns und grüßten Marian. Eine warf uns über die Schulter noch einen Blick zu, und ich bekam das Gefühl, dass sie haargenau wusste, wen wir besuchen wollten.

Während wir weitergingen, sprach Marian in vertraulichem Ton mit Galway: »Ich hoffe, wir haben das Richtige getan. Instinktiv hatte ich das Gefühl, ich sollte lieber nicht die Polizei rufen, da das Kind sich nicht verletzt hat, aber nicht alle waren meiner Meinung. Und ich habe mich noch nicht früher bei Ihnen gemeldet, weil – nun ja, weil sie mich angefleht hat, es nicht zu tun. Ich habe noch nie eine Jugendliche gesehen, die mir derart … verängstigt vorkam.«

»Sie haben sich absolut richtig verhalten«, erwiderte Galway voller Selbstvertrauen. Es war seltsam zu beobachten, wie viel Autorität er in dieser Umgebung ausstrahlte. »Vater würde auf keinen Fall wollen, dass irgendwas nach außen dringt. Wenn junge Mädchen einen Fehler machen, dann sollte ihnen das nicht den Rest ihres Lebens nachhängen.«

Marian nickte unaufhörlich. Sie fraß ihm aus der Hand. »Da wären wir.« Sie zeigte auf die letzte Hütte im Lager. »Ich weiß nicht genau, in welchem Zustand Sie Luvinia vorfinden werden. An manchen Tagen ist sie untröstlich, aber manchmal kann sie an Aktivitäten teilnehmen. Ich versuche, so viel wie möglich bei ihr zu sein, aber ich muss mich auch noch um andere Kinder kümmern.« Sie sah auf die Uhr. »So, und jetzt muss ich zum Morgenappell.«

»Eine Frage noch«, sagte Galway. »Wissen Sie, was der Auslöser war?«

Marian schüttelte den Kopf. »Ich weiß nur, dass sie ganz eindeutig traumatisiert ist.« Und damit machte sie ohne uns wieder kehrt.

Die Winloch-Cottages mit den Flügelfenstern, schmalen Türen und exquisiten Ausblicken wirkten im Vergleich zu dem spartanischen, roh behauenen Blockhaus, das wir jetzt betraten, geradezu luxuriös.

Meine Augen brauchten einen Augenblick, um sich an das Dämmerlicht zu gewöhnen. Als ich nach und nach das Blockhausinnere erkennen konnte, wurde mir klar, dass hier tief im Wald nie mehr Licht durchkam, nicht einmal an einem sonnigen Tag wie heute. Die Einrichtung trug auch nicht geradezu dazu bei, den großen Raum aufzuhellen: wo Fenster hätten sein können, reihte sich ein Stockbett ans nächste. Von Lu keine Spur.

Zum ersten Mal, seit wir im Ferienlager angekommen waren, wirkte Galway unschlüssig. Ich wollte gerade die Initiative ergreifen, da war hinter einer geschlossenen Tür eine Toilettenspülung zu hören, und eine Betreuerin tauchte auch.

»Wir suchen Lu«, sagte ich.

»Ich habe sie nur einen Moment allein gelassen, weil sie geschlafen hat«, entschuldigte sich das junge Mädchen und zeigte auf den benachbarten Raum.

»Du kannst jetzt gern zum Frühstücken gehen«, bot Galway ihr an. Erfreut griff das Mädchen nach ihrem Sweatshirt und verschwand. Wir betraten den Raum, auf den sie gezeigt hatte, und machten die Tür hinter uns zu.

Zuerst konnte man in dem düsteren Zimmer nichts erkennen, doch als ich die scheinbar leeren Stockbetten noch einmal genauer betrachtete, bewegte sich in einem der unteren Betten etwas – ich musste daran denken, wie ich Indo auf dem Boden gefunden hatte. Galway und ich gingen vorsichtig darauf zu. Als wir nur noch eine Armlänge vom Bett entfernt waren, schlug Lu plötzlich das Bettlaken zurück. Ihr Gesicht war gespenstisch weiß. Sie faltete ihren langen, zerbrechlichen Körper auseinander, stürzte sich auf mich und umklammerte mich, bis mir die Luft wegblieb. Sie war schrecklich dürr, aber ihre Kraft schien sie nicht verloren zu haben. Ich schnappte nach Luft.

Zitternd zog sie auch Galway mit in die Umarmung hinein. Ich war zwischen den beiden eingeklemmt und versuchte, es nicht zu genießen, wie er sich von hinten an mich drückte.

Der Moment wurde durch ein Klopfen an der Tür beendet. Ich ging hin und öffnete. Eine neugierige Freizeitteilnehmerin brachte uns belegte Brote zum Frühstück und reckte den Hals, um hereinzugucken, aber ich verstellte ihr den Blick.

Wir setzten uns auf die Bettkante und aßen, Galway und ich Lu gegenüber. Trotz fahlem Licht sahen wir deutlich, dass Lu nur winzige Bissen zu sich nahm. Sie war fast bis auf die Knochen abgemagert und hatte keinerlei Appetit.

Galway hatte sein Sandwich als Erster aufgegessen. Er lehnte sich im Stockbett zurück und zog die Beine an. Er ließ Lu nicht aus den Augen, während sie an dem Brot herummümmelte. Kauen und Schlucken war ein einziger Kampf.

Schließlich sah sie ihren Bruder an.

»Und?«, fragte er nicht gerade freundlich.

Ihr Mund verzog sich nach unten. Sie würde gleich in Tränen ausbrechen. Ich legte den Rest meines Sandwiches aufs Bett und wechselte zu ihr hinüber. Ich nahm ihre Hand. »Erzähl uns einfach, was los ist.«

»Es tut mir leid«, flüsterte sie und fing an zu weinen. Wir ließen diese Runde Tränen über uns ergehen, bis ich schließlich fragte, ob sie lieber mit einem von uns allein sein wollte.

Sie schüttelte den Kopf. »Ich will es nur einmal erzählen.«

Und so warteten wir. Und warteten. Ich konnte spüren, wie Galway ungeduldig wurde, und verstand jetzt, warum er mich hatte dabei haben wollen. Ich drückte ihr die Hand. »Hast du dir etwas angetan, Lu?«

Sie riss die Augen auf. »Das wollte ich nicht«, stammelte sie. »Ich meine, ich wollte schon, aber nur weil ich nicht mehr dran denken mag. Ich hatte so schreckliche Angst, weil ich gedacht habe, sie würden Bescheid wissen und kommen und …« Sie schüttelte sich wie vor Ekel. »Danke, dass ihr gekommen seid«, sagte sie. »Wissen sie Bescheid?«

»Wer?«, fragte ich.

Sie sah ihren Bruder fragend an.

»Außer Mascha weiß keiner, dass das Camp angerufen hat und wir hierher gefahren sind. Und sie sagt niemandem etwas, wenn ich es ihr nicht erlaube«, antwortete er.

Erleichtert schloss Lu die Augen.

»Warum fangen wir nicht einfach von vorne an?«, schlug ich vor.

Ich spürte, wie verängstigt sie war. »Wir haben uns das letzte Mal an dem Morgen gesehen, an dem du ins Camp gefahren bist«, gab ich ihr das Stichwort. »Du bist zu Ev und mir gekommen und hast dich verabschiedet.«

Widerstrebend fing sie an zu erzählen.

KAPITEL ZWEIUNDFÜNFZIG

Die Zeugin

Ohne dass wir anderen etwas davon ahnten, hatten Lu und Owen in der Woche vor Lus unfreiwilliger Abreise einen Plan ausgeheckt. Die beiden hielten sich für ein tragisches Liebespaar, und der Widerstand ihrer Eltern war für sie nur ein weiterer Beweis dafür, dass sie zusammenhalten mussten. Es war klar, dass Birch und Tilde ihrer Romanze sehr bald einen Riegel vorschieben würden. »Kennst du das verlassene Hüttchen oberhalb von Turtle Point?«, fragte Lu Galway, wobei sie meinem Blick auswich.

»Das Ding steht immer noch?«

Jetzt wusste ich auch, was sie und Owen da draußen am Turtle Point wirklich gemacht hatten.

»Der Plan war, Mom würde mich zum Busbahnhof bringen, aber dann würde ich nicht in den Bus einsteigen – sie wartet ja nie so lange, bis man wirklich drinsitzt –, sondern mich verstecken. Dann würde ich im Camp anrufen und so tun, als ob ich Mom wäre und sagen, dass ich doch nicht komme – ich kann sie total gut nachmachen, stimmt's?«

Ich nickte, als ich daran dachte, mit wie viel Leichtigkeit Lu ihre Mutter an dem Morgen, an dem Indo bewusstlos geworden war, nachgeäfft hatte – als sie mich gebeten hatte, ihre Eltern zu überzeugen, sie nicht wegzuschicken.

Sie fuhr fort. »Marian stellt nicht viele Fragen, und ich dachte mir, wenn ich nur Daddys Namen oft genug fallen lasse, dann glaubt sie mir. Vom Busbahnhof würde ich nach Winloch zurückfahren, Owen in der Hütte oben am Turtle Point treffen und wir könnten einfach zusammen sein. Arlo könnte uns was zu essen aus dem Speisesaal besorgen, und ein Auto hat er auch, da hätten wir alle paar Tage mit ihm in den Ort fahren können. Wir haben uns gedacht, wir könnten uns da verstecken und es würde bestimmt eine Weile dauern, bis jemand merken würde, dass ich nicht im Ferienlager war.« Lu blickte zwischen uns hin und her. »Wir wollten doch nichts Schlimmes. Wir wollten einfach nur zusammen sein.«

Ich bedachte ihre krude Teenagerlogik mit einem verständnisvollen Nicken. Aus dem Augenwinkel sah ich, wie Galway ungeduldig mit dem Fuß wippte.

»Aber dann ging etwas schief?«, fragte ich.

»Nein«, antwortete sie. »Mom hat mich am Busbahnhof abgesetzt und ich habe mein Ticket einfach nicht benutzt. Ich habe Marian im Ferienlager angerufen. Sie hat mir total geglaubt.« Das Wasser trat ihr in die Augen. »Und dann kam John, um mich abzuholen.«

»John?«, fragte ich. Womöglich wusste sie gar nicht Bescheid. Doch ihre Tränen sagten mir etwas anderes.

Sie schniefte. »Ein paar Tage vorher hatte ich ihn gefragt, ob er uns helfen würde. Er hat gefragt, ob wir uns lieben.« Lu zögerte.

»Und was hast du geantwortet?« Ich versuchte, den in meiner Kehle aufsteigenden Kloß herunterzuschlucken.

»Ich habe gesagt, ich glaube schon. Er sagte, er würde unseren Vater nicht gerne hintergehen, aber man müsste der Liebe eine Chance geben.«

Ich blickte vorsichtig zu Galway hinüber.

»Erzähl weiter«, ermutigte er sie.

»Na, es war sowieso keine große Sache«, sagte Lu. »Er brauchte nichts weiter zu tun, als am Busbahnhof vorbeizukommen. Ich sollte mich unter einer Plane hinten auf der Ladefläche verstecken. Ja ja, ich weiß, was du jetzt sagst – das ist gefährlich –, aber wir waren ja gar nicht auf der Schnellstraße und sind nur von der Bushaltestelle bis zum Haus seiner Mutter gefahren.«

Ich ließ den Tag noch einmal Revue passieren. Am Morgen hatte ich mit John im Auto gesessen, bis ich ihm gesagt hatte, dass Birch sein Vater war, dann war er davongebraust. Wohin, wusste ich nicht. »Wann hat er dich abgeholt?«

»Keine Ahnung. Gegen eins?«

Gute drei Stunden, nachdem er mich auf dem Hauptweg von Winloch hatte stehen lassen. »Und wie kam er dir vor?«, fragte ich. Das interessierte mich natürlich am meisten.

»Wir haben eigentlich gar nicht miteinander geredet. Ich bin nur hinten drauf geklettert und er hat mich zu seinem Haus gefahren.«

»Und du hast dich hinten auf der Ladefläche versteckt, weil du nicht wolltest, dass dich irgendjemand sieht.«

Sie nickte. »Ich sollte bis Einbruch der Dunkelheit da bleiben. Weil mich niemand sehen sollte und Aggie da arbeitet, weißt du.« Sie schluckte. »Gearbeitet hat.«

Galway und ich sahen uns an. Sie hatte etwas gesehen. Da war ich mir mittlerweile ganz sicher.

Ich streichelte ihr besänftigend die Hand. »Sag's einfach, wenn du soweit bist. Wir warten.«

Sie atmete tief durch. »Abends hat John mir ein Brot mit Erdnussbutter gebracht. Es sollte so aussehen, als ob er etwas aus dem Auto holen würde, aber in Wirklichkeit hat er nachgeguckt, ob es mir noch gut geht. Nicht zu heiß und so weiter. Und ich musste ihm versprechen, dass ich direkt nach Einbruch der Dunkelheit von der Bildfläche verschwinde. Er hat gesagt, ich soll mir keine Sorgen machen, er würde Aggie früher nach Hause schicken, und sobald ich ihr Auto wegfahren hörte, könnte ich mich dann verdrücken, ohne gesehen zu werden.« Die Tränen traten ihr schon wieder in die Augen. »Er war so nett zu mir.«

»Lu«, sagte Galway, der allmählich ungeduldig wurde, weil sie nicht zur Sache kam, »was ist dann passiert?«

Sie schüttelte den Kopf. »Ich bin wieder unter die Plane gekrochen und hab weiter gewartet. Unter dem Ding konnte man unmöglich sagen, welche Tageszeit es war, und, na ja, ich war einfach schrecklich lange da drunter und kriegte allmählich Krämpfe. Aber ich redete mir ständig ein, dass ich ansonsten hier im Lager vor Langeweile sterben würde. Und deswegen habe ich immer weiter ausgehalten.«

»Bis es dunkel wurde?«

Sie nickte. »Ich hörte, wie Aggie sich verabschiedet hat. Sie stieg in ihr Auto und fuhr davon. Also hab ich mir natürlich gedacht: Jetzt bin ich endlich frei. Ein paar Minuten habe ich noch abgewartet, und ich wollte gerade rauskriechen, da kam einer von den Pritschenwagen der Handwerker die Einfahrt hoch. Ich duckte mich. Der Wagen hat sogar direkt neben mir geparkt, und ich dachte schon, der Fahrer hätte mich vielleicht gesehen, aber …« Sie schüttelte verneinend den Kopf. Sie hielt meine Hand ganz fest.

»Ich dachte mir, dann versteck ich mich eben weiter, bis derjenige wieder weg ist oder so. Aber der fuhr nicht weg. Ewig blieb er da. Und dann hörte ich Gebrüll. Aus dem Haus. Und Hundegebell. Abby hörte überhaupt nicht mehr auf zu bellen.« Sie drückte meine Finger so stark, dass sie langsam taub wurden. »Und deswegen bin ich von der Ladefläche geklettert. Ich hatte totale Angst und so, aber ich habe mir gedacht, wenn die da drin rumschreien, dann wird schon keiner merken, dass ich wegrenne, weil sie ja drinnen im Haus sind. Draußen war es schon ganz dunkel, aber das Haus von Johns Mom war hell erleuchtet, und deswegen konnte ich auch genug sehen und von der Pritsche runterklettern.« Sie unterbrach sich und atmete tief durch. »Ich rannte ein Stückchen weg. Aber dann, dann hab ich gehört …« Sie bekam keine Luft mehr. Ihre Finger krallten sich in meine. »Ich habe einen … einen Schrei gehört. So wie in einem Film.«

»Und was hast du dann gemacht?«

»Ich bin wieder umgedreht. Ich konnte nicht anders. Das hat nach so viel Angst geklungen, dieser Schrei, und ich habe gedacht, ich weiß auch nicht, dass ich vielleicht helfen kann.« Sie schüttelte den Kopf darüber, wie sinnlos diese Vorstellung war. »Ich bin auf Händen und Knien auf die Veranda zugekrochen, weil ich gedacht habe, da kann ich mich besser zwischen den Bäumen verstecken und mehr sehen. Dann war auf einmal alles still.« Sie schauderte. »Ich hätte nicht hingucken sollen, aber ich hab's getan.«

»Und was hast du gesehen, Lu?«

Lu hatte den Blick starr auf ihren Bruder gerichtet. »Er hat über

ihr gestanden. Er hatte die Hände an ihrer Kehle und hat zugedrückt. Ich habe gehört, wie sie geröchelt hat, und ihr Körper hat
sich bewegt, so vor und zurück, aber er hat nicht aufgehört, er hat
einfach immer weiter zugedrückt, bis sie sich nicht mehr gerührt
hat.« Die Tränen flossen ihr übers Gesicht, aber die Worte kamen
leicht.

»John?«, fragte ich. »Du hast gesehen, wie John sie erwürgt hat?«
Sie runzelte die Stirn. »Nein! John hat auf dem Boden gelegen.
Aber dann ist er wieder zu sich gekommen. Er hat gesehen, was
vor sich ging, und hat einen Satz gemacht, aber er konnte sie nicht
retten. Und dann fingen sie an sich zu prügeln, und John rannte raus,
er auch, direkt an mir vorbei, in den Wald, den Pfad hinauf. Ich bin
ihnen gefolgt. Mir war natürlich klar, dass ich nichts tun konnte,
aber ich konnte auch nicht einfach nichts machen, also bin ich hinterher und habe mich im Gebüsch da oben auf der Landspitze versteckt. Sie haben sich angeschrien und sich gestoßen und geschlagen und so, und dann hat er auf einmal John geschubst, und John
hat das Gleichgewicht verloren und …« Ihre schmalen Hände ließen meine los und flatterten wie Tauben in die Luft. »Und dann
war John weg. Die Klippe runter.«

»Wer war es?« Galway beugte sich vor. »Wer hat sie umgebracht?«
Lu nickte über die tragische Unvermeidlichkeit ihrer Antwort.
»Es war Daddy.«

KAPITEL DREIUNDFÜNFZIG
Die Ausreißerin

Galway wirkte nicht sonderlich überrascht. Aber er tröstete Lu auch nicht. Mir wurde klar, dass er rechnete:

Motiv.

Schaden.

Unser nächster Schachzug.

Ich legte Lu den Arm um die Schultern, als sie uns erzählte, was dann geschah: Wie betäubt beobachtete sie, wie ihr Vater in dem Handwerkerwagen davonfuhr, bei Abbys unentwegtem Gebell war obendrein kein klarer Gedanke zu fassen. Als Lu klar wurde, dass sie mit zwei toten Menschen allein war, wäre sie am liebsten zu ihren Eltern gerannt. Aber in der Nähe ihres Vaters wäre sie nicht in Sicherheit gewesen, und ihre Eltern glaubten ja sowieso, sie sei im Ferienlager. Doch wie geplant mit Owen zum Turtle Point konnte sie auch nicht; sie war überzeugt, dass ihr Vater sie dort finden würde. In Johns Pick-up steckte der Schlüssel. Mit Arlos Auto war sie schon ein paar Mal gefahren, und Johns Pritschenwagen hatte automatische Gangschaltung. Sie setzte sich auf den Fahrersitz und fuhr mit rasend pochendem Herzen zum Busbahnhof, versteckte den Wagen hinter dem Container und wartete den Morgenbus zum Camp ab. Das Ferienlager war der einzige Ort, an dem sie in Sicherheit sein würde. Aber seit sie hier war, verfolgte das Beobachtete sie nur mit jedem Tag mehr.

Zwischen ihren Schluchzern flüsterte ich ihr ins Ohr, wie mutig sie war, und dass niemand ihr etwas tun würde. Als ich das sagte, machte sie sich von mir los. »Wenn er wüsste …«, sagte sie und fing an, hoch und hysterisch zu schreien. »Was stellt er mit mir an, wenn er rausfindet, dass ich alles gesehen habe?«

Ich legte meine Hände an ihr Gesicht. »Pssssscht«, sagte ich, »pssscht«, und es war, als würde ich mir selbst gut zureden, mir, als ich jünger gewesen war und ebenfalls geglaubt hatte, dass mein Leben vorbei war.

Sie beruhigte sich ein wenig. Ich dachte: Jetzt sage ich es ihnen. Was ich getan hatte, als ich ein Kind war, und wie es einen besseren, ehrlicheren Menschen aus mir gemacht hat, wie wertlos ich mich damals fühlte und wie stark jetzt. Doch gerade, als ich den Mund aufmachen wollte, um von mir zu erzählen, stand Galway auf. »Ich gehe mal Marian suchen«, sagte er. »Ich rede mit ihr und rufe ein paar Leute an. Kommt ihr zwei hier zurecht?«

»Galway«, herrschte ich ihn an. »Sag ihr, dass alles wieder gut wird.«

Er runzelte die Stirn über meinen Tonfall, kniete sich aber vor Lu auf den Boden. Mit der bloßen Hand wischte er ihr die Tränen ab.

»Auf dieser Welt geschehen schreckliche Dinge«, sagte er schließlich, »aber ich werde alles tun, was ich kann, um dich in Sicherheit zu bringen.« Sie zögerte einen Augenblick, dann schlang sie die Arme um ihren großen Bruder. Der Ausdruck auf seinem Gesicht, als er sie tröstete, war so schrecklich verwundet, dass ich mich daran erinnern musste, was er gerade von seiner Schwester gehört hatte: Sie war Zeugin gewesen, wie ihr Vater mit bloßen Händen zwei Menschen ermordet hatte.

Als Galway weg war, falteten wir ihre Kleider und legten sie in einen kleinen Koffer. »Ich kann nicht zurück«, wiederholte Lu immer und immer wieder. Ich versicherte ihr, dass wir eine Lösung finden würden, auch wenn mir schleierhaft war, was Galway vorhaben mochte, und ich konnte ihr nichts anbieten – abgesehen von einem Platz auf der Wohnzimmercouch meiner Eltern, wo Birch sie mit einem einzigen Anruf finden würde.

Vor dem Spiegel bürstete ich ihr die zerzausten fettigen Haare und dachte, dass sie und Ev sich in einem ähnlich schlimmen Zustand befanden. Wie schnell die Winslow-Mädchen fast durchsichtig geworden waren. Nichts mehr wogen. Als hätte die Katastrophe sie mit Haut und Haar verschluckt.

Draußen waren Schritte zu hören. Ich lächelte Lus Spiegelbild zu. Galway streckte den Kopf zur Tür herein. »Das kannst du wieder hinstellen«, ordnete er an. Er meinte den Koffer in meiner Hand. Ich sah ihn verständnislos an. »Kannst du uns mal bitte eine Minute allein lassen?«, fragte er.

Ich küsste Lu die tränenverklebte nasse Wange und trat blinzelnd hinaus in den Tag. Ich lehnte mich an eine alte Fichte und fragte mich, was Galway mit Lu zu besprechen hatte. Er kam allein heraus. Er sprang die Treppe hinunter und eilte den Weg entlang, der zurück zum Auto führte.

»Was ist mit Lu?«

Er drehte sich um und sah mir vielsagend in die Augen. »Wir müssen jetzt los.«

Meine Stimme überschlug sich. »Aber wir können sie doch nicht einfach hier zurücklassen, Galway. Sie braucht uns!«

»Vertrau mir.« Er ging weiter.

Ich blickte zurück zum Blockhaus, von dem aus Lu uns sicher durchs Fenster beobachtete, gespannt, was ich tun würde. Ich konnte hier bei ihr bleiben, aber ich hatte kein Geld und konnte ihr außer dem Trost meiner Umarmungen nichts bieten. Aber wenn ich jetzt einfach ging, tat ich so, als würde mich ihr Schicksal nichts angehen. Wie konnte Galway so grausam sein?

Ein Wind kam über den kleinen See herangeweht und trug Mädchenstimmen aus einem der Kanadier auf dem Wasser zu uns. Mir war auf einmal unglaublich kalt. Ich überlegte, ob ich wieder reingehen, Lu sagen sollte, wie grauenhaft leid mir das Ganze tat, dass ich ihr hier nicht helfen konnte, aber mir würde schon was einfallen, sobald wir weg waren. Aber ich wusste, dass so eine hohle Entschuldigung schlimmer wäre als nichts. Und deswegen rannte ich den Pfad hinunter, so schnell meine Beine mich trugen. Galway einholen, nichts wie weg hier, bloß nicht mehr Lus bohrende, sehnsüchtige Blicke in meinem Hinterkopf spüren.

Als Galway im Auto das Gaspedal durchtrat, konnte ich nicht mehr an mich halten.

»Wir haben sie einfach im Stich gelassen!«, brüllte ich und bereute meine Entscheidung schon aus tiefstem Herzen. »Das hätten wir nicht tun dürfen, Galway, du musst dich um sie kümmern!« Er fuhr unbeirrt weiter.

An der Gabelung im Wald fuhr er allerdings nicht auf der Straße weiter, die uns zurück in die Zivilisation gebracht hätte, sondern bog ab. »Ich habe gesagt, du sollst mir vertrauen«, sagte er.

»Was hat das jetzt verdammt noch mal mit Vertrauen zu tun?«

Schlitternd kamen wir zum Stehen. Gegenüber lag ein riesiger Felsbrocken, den eine Gletscherzunge hier vor Jahrmillionen abgeladen hatte. Es war das einzig markante Wahrzeichen weit und breit.

Galway spähte in den Forst hinein. »Weil«, antwortete er, »du mir wirklich vertrauen musst, wenn du das schlucken willst, was jetzt als Nächstes kommt.« Während er noch redete, bemerkte ich einen weißen Punkt, der zwischen den Baumstämmen auftauchte und wieder verschwand. Er wurde immer größer und erwies sich am Ende als T-Shirt an Lus Körper, die durch den Wald sprintete, unseren Wagen bemerkte und auf uns zurannte.

Das Mädchen riss die Hintertür auf und warf ihr Köfferchen auf den Rücksitz. Sie duftete nach Kiefernnadeln, Moos und Schweiß. »Los!«

»Schnall dich an«, befahl Galway und wendete das Auto so schnell er konnte.

Ich blickte zwischen ihnen hin und her, während wir beschleunigten. »Könnt ihr mir sagen, was hier vor sich geht?«

»Sie müssen glauben, dass ihr ohne mich weggefahren seid«, erläuterte Lu. »Falls Daddy nachfragt. Er darf nicht wissen, dass ihr mich mitgenommen habt.«

»Aber wird Marian nicht Alarm schlagen?«, fragte ich voll verletzten Stolzes.

»Dass Marian Probleme mit dem Glücksspiel hat, ist allgemein bekannt«, fuhr Lu fort, »Galway brauchte ihr also nur zu verklickern, dass er über ihre ›finanziellen Schwierigkeiten‹ informiert ist und …«

»… eine anonyme Spende an eine ›gemeinnützige Vereinigung‹ ihrer Wahl machen wird«, fügte Galway hinzu.

»Und sobald ihr zwei dann weg wart, brauchte ich nur auf der anderen Seite den Berg runterzurennen, und sie kann behaupten, ich wäre weggelaufen. Aber erst mal hält sie eine Weile dicht, weil sie das Geld haben will –«

»Und wir haben Lu und nehmen sie mit!« Galway lachte und schlug triumphierend aufs Lenkrad. »Und alle haben was davon!«

Den beiden schien die Sache allen Ernstes Spaß zu machen.

»May«, sagte Lu, beugte sich vor und legte mir die Hände auf die Schultern, »ich hab meinem Bruderherz gesagt, er soll dir lieber nichts verraten. Wir wollen Daddy von unserer Fährte abbringen. Du bist keine so schrecklich gute Lügnerin, es muss aber so aussehen, als sei ich weggerannt, damit er es ihnen abkauft.«

Ich fing an zu lachen. Ich war todmüde, wütend, durcheinander. Völlig jenseits von Gut und Böse. Überreizt. Unterschätzt. Ich war vieles, aber eine schlechte Lügnerin war ich nun wirklich nicht. Mein Lachanfall wurde immer stärker.

Sie wechselten einen verständnislosen Blick im Rückspiegel. »Stimmt was nicht?«, fragte Lu. Mir tat der Bauch weh vor lauter Lachen. Ich schnappte nach Luft. Und wurde vom nächsten Lachanfall geschüttelt. Als ich mich allmählich wieder beruhigte, schlug ich Galway aufs Bein. »Du hättest mir ruhig was sagen können, als wir im Auto gesessen haben.«

Er rieb sich das Bein. »Aber du bist so süß, wenn du dich aufregst.« Ich hätte ihn am liebsten geohrfeigt.

KAPITEL VIERUNDFÜNFZIG

Die Erinnerung

Lu rollte sich wie ein Kätzchen auf dem Rücksitz zusammen. Schon bald erfüllte ihr leises Schnarchen das Auto. »Wohin fahren wir?«, fragte ich.

Galway gab keine Antwort. Seine Unbekümmertheit angesichts dieser fürchterlichen Tragödie ging mir langsam auf die Nerven. Doch ich merkte, dass seine Hände am Lenkrad zitterten. Er war blass geworden.

»Was hast du denn?«, fragte ich ihn.

Galway sah im Rückspiegel nach Lu.

»Sie schläft tief und fest«, sagte ich.

Erst dann ließ er die Maske fallen.

»Als ich klein war«, fing er mit leiser Stimme an, »hatte Vater öfter schreckliche Wutausbrüche. Er schlug uns mit dem Gürtel, solche Sachen. Ich dachte immer, alle Väter würden so was tun, kannst du dir das vorstellen?«

Konnte ich.

»Aber es gab ein Mal« – er unterbrach sich, um noch einmal nachzusehen, ob Lu wirklich nicht mithörte, und senkte dann zur Vorsicht die Stimme noch weiter –, »da war Mom mit uns Kindern unten am Badefelsen. Ev war noch ganz klein, ich muss also ungefähr sechs gewesen sein. Ich hatte mein Comic-Heft oben im Haus vergessen, und Mom sagte, ich dürfe es mir allein holen gehen. Ich war in meinem Zimmer und suchte danach, als ich seltsame Geräusche aus dem Bad hörte. Athol hatte mir Horrorgeschichten über Waschbären erzählt, deswegen war ich überzeugt, dass ein Waschbär eingedrungen sein musste, und ich habe mir einen Baseballschläger geschnappt, bin zur Badezimmertür geschlichen, habe gelauscht, die Klinke runtergedrückt, und die Badezimmertür ging sofort auf.«

Ich wusste nicht, ob ich wirklich wissen wollte, was der kleine Junge da gesehen hatte.

»Und vor mir auf dem Badezimmerboden war mein Vater, die Hose heruntergelassen, und drückte dem Au-pair-Mädchen mit einer Hand den Mund zu und mit der anderen hielt er sie fest. Er hat sie vergewaltigt, Mabel. Unter ihrem Auge war eine einzige Träne …« Er schüttelte den Kopf. »Seinen Gesichtsausdruck, als er mich gesehen hat, werde ich nie vergessen – wenn er eine Waffe gehabt hätte, hätte er auf mich geschossen, das weiß ich. Ich rannte nach unten. Er ist mir nicht gefolgt. Und ich war ja noch ein Kind, weißt du? Und deswegen redete ich mir einfach ein, ich hätte nichts gesehen. Ich wusste nicht mal, wie man das nennt, was ich beobachtet hatte.

Tage vergingen. Nichts. Fast glaubte ich, es wäre nie passiert. Aber ungefähr eine Woche später war ich beim Kartenspielen mit Athol, und er schrie los, ich würde schummeln – das hat er ständig gemacht –, da tauchte Vater auf.« Galway schluckte schwer. »War plötzlich da. Mit einem Schürhaken in der Hand. Damit schlug er auf mich ein wie ein Bauer auf einen störrischen Esel. Er hat mir die Rippen gebrochen, das Handgelenk, den Fuß. Athol stand nur da und sah zu. Mom kam mittendrin nach Hause, aber das war reines Glück. Sie machte der Sache ein Ende, aber es war zu spät. Ich wusste es, ein für alle Mal. Er hätte mich totgeschlagen, und es hätte ihm nicht leid getan.«

Was für Grenzen mochte Tilde gezogen haben, um die Treue zu so einem Mann zu rechtfertigen? Dass er die Angestellten vergewaltigen durfte, aber nicht seine Töchter? Bei unserer Ruderpartie hatte sie gesagt, dass sie eine Winslow geworden sei, als sie Birch heiratete. Wie mochte sie darüber denken? Wie mochte Galway über das Winslow-Blut in seinen Adern denken?

Ich küsste meine Hand und legte sie ihm wieder aufs Bein. Ließ dort, zwischen uns, Wärme entstehen, während er weinte.

So fuhren wir eine ganze Weile weiter, bis er sich räusperte und sich Mühe gab, in geschäftsmäßigem Ton weiterzureden. »Was ich einfach nicht verstehe, ist, was er da wollte. Bei Mrs. LaChance. Warum ist er mit dem Handwerkerwagen dahin gefahren? Und warum bloß hat er beide ermordet?«

»An dem Tag«, sagte ich zögernd, »habe ich John etwas verraten. Deswegen wollte John Birch vielleicht zur Rede stellen, und der hat es geahnt.«

»Aber warum sollte Vater bloß einen von den Handwerkerwagen fahren? Warum ist er nicht mit seinem eigenen Auto gekommen?«

»Wenn die Morde geplant waren, war der Handwerkerwagen die perfekte Tarnung. Niemand würde auf die Idee kommen, dass Birch am Steuer sitzen könnte. Insbesondere, wenn er nach Einbruch der Dunkelheit rübergefahren ist.«

Galway ließ sich das durch den Kopf gehen. Dann stellte er die unvermeidliche Frage. »Und was hast du John gesagt?«

Ich zog die Hand von seinem Bein weg. Und dann verriet ich Galway, was ich auch seiner Schwester und seinem Halbbruder schon verraten hatte. »Dass dein Vater auch sein Vater ist.«

Galway nahm es stoisch auf. »Wie hast du das rausgefunden?«

Ich erzählte ihm von meiner Entdeckung einer P. in Kittys Tagebuch und wie Mascha gegen ihren Willen die Identität von Johns Vater bestätigt hatte. Ich erzählte ihm von Evs Schwangerschaft, dass ich John und Ev beim Sex beobachtet hatte, dass sie heimlich geheiratet hatten und zusammen weglaufen wollten. Ich sagte ihm, dass ich den Gedanken nicht ertragen konnte, dass sie zusammen leben und nichts von ihrem Verwandtschaftsverhältnis wissen würden, und ich es ihm deshalb verraten hatte. Ich wusste nicht wirklich, wie ich es ausdrücken sollte, hatte aber das Gefühl, es sagen zu müssen: Ev wusste schon vorher Bescheid, und irgendwie wollte sie die Geliebte ihres Halbbruders sein. Ev hatte vermutlich erraten, dass John ihr Halbbruder war, als Jackson zu ihr kam und fragte, ob sie wusste, dass CeCe und Birch seine wahren Eltern waren. Irgendjemand in der Familie hatte Birchs sexuelle Übergriffe ausgeplaudert, dass er seine eigene Schwester vergewaltigt hatte – und wer weiß welche anderen Verwandten noch – ganz zu schweigen von den Hausmädchen. Und deswegen hatte Jackson Selbstmord begangen. Den

Gedanken, dass er die Frucht des unglückseligen Inzests eines Bruders mit seiner Schwester war, konnte er nicht ertragen.

Ich erzählte Galway fast alles, nur eins verschwieg ich: Indos Überzeugung, dass Kittys Tagebuch noch andere Geheimnisse andeutete – was die Winslows gestohlen hatten und seit vielen Jahren immer noch stahlen. Nicht, weil ich Galway misstraute, sondern eher, weil ich nichts sagen wollte, was mir selbst noch derart unklar war. Meine Kehle war rau vom vielen Reden. Zu gern hätte ich das alles hinter mir gelassen: Indos letzten Wunsch; was im Tagebuch stehen mochte; wer es aus seinem Versteck gestohlen hatte; wie ich dem Tagebuch noch viel schlimmere Verbrechen als Birchs Vergewaltigungen entlocken konnte. Ich fühlte mich so wie damals, als ich aus dem Fluss gezogen wurde: mein Körper eiskalt, mein Herz noch kälter, aber erleichtert, weil ich das Finstere in mir nun hinaus in die Welt gelassen hatte. Ich wollte einfach glauben, dass die Wahrheit uns beide befreien würde, Galway und mich.

Galway verlangsamte das Tempo und fuhr auf den Seitenstreifen des Highways. Schotter prasselte gegen den Wagenboden. Ich war darauf gefasst, dass er mich genauso aus dem Auto werfen würde wie John. Ich hätte es akzeptiert.

Doch stattdessen öffnete Galway die Tür auf seiner Seite. Der Verkehr raste an uns vorbei, jemand hupte, die vorbeifahrenden Wagen erschütterten unser Auto, und Lu grummelte im Schlaf und fing an sich zu rühren.

Galway schwankte neben dem rauschenden Verkehr. Ich war sicher, dass er überlegte, sich auf die Fahrbahn zu werfen. Ein Lastwagen würde seinem Leben ein schnelles, wenn auch schmerzhaftes Ende bereiten. Ich löste den Gurt und legte die Hand an meinen Türgriff, wusste aber genau, dass ich nicht rechtzeitig bei ihm wäre. Doch er stürzte am Auto vorbei zum Wald, krümmte sich zusammen und übergab sich.

Am Rand einer kleinen Stadt hielten wir zum verspäteten Mittagessen. Galway wollte, dass Lu im Auto wartete, damit wir nicht zusammen in der Öffentlichkeit gesehen wurden, was ich für etwas übertrieben hielt – wir waren Hunderte von Kilometern von Winloch entfernt, eine unauffällige Kleinfamilie in einem unauffälligen Auto –, aber sie hatte nichts dagegen und legte sich auf dem Rücksitz unter eine Wolldecke. Seit sie sich bei uns in Sicherheit fühlte, fand sie die ganze Sache herrlich aufregend, als wäre es ein spannender Krimi. Die Vorstellung, welche Last sie allein hatte tragen müssen und was auf sie zukam, brach mir fast das Herz, als ich meine Hühnersuppe löffelte und von unserem Fensterplatz aus den Wagen im Auge behielt.

»Und, wie geht's jetzt weiter?«, fragte ich Galway. Er hatte wieder Farbe im Gesicht, seine Willenskraft war zurückgekehrt. Ich schob den Gedanken von mir, dass er wie ein jüngeres Inbild seines Vaters aussah, wie er da saß und Kaffee trank.

»White River Junction«, antwortete er.

»Und was ist in White River Junction?«

»Wir treffen jemanden«, murmelte er nur, winkte die Kellnerin herbei, bestellte einen Döner für Lu und zahlte.

KAPITEL FÜNFUNDFÜNFZIG

Die Übergabe

White River Junction liegt in Vermont am Autobahnkreuz von I-89 –
die Burlington mit Boston verbindet – und I-91, die von Kanada bis
hinunter nach New Haven führt. Als wir es auf der 91 in Richtung
Süden ansteuerten, schienen die Schilder eine lebendige Stadt anzu-
kündigen. Doch als wir dann abfuhren und Galway auf den Parkplatz eines verlassenen Lagerhauses einbog, wirkte der Ort reichlich
enttäuschend. Wir hielten hinter dem langen, breiten Gebäude an,
sodass wir von der Straße aus nicht gesehen werden konnten. Dann
warteten wir.

Galway sah auf die Uhr und wandte sich an seine kleine Schwester. »Du bist dir ganz sicher, dass du es tun willst?«

»Ich muss wohl.«

»Was tun?«, fragte ich.

»Du kannst erst wieder zurückkommen, wenn er entweder tot
oder im Gefängnis ist«, sagte er. »Mit mir kannst du Kontakt auf-
nehmen, aber mit den anderen …«

»Ich will die andern nicht sehen. Ich will, dass er niemals erfährt,
wo ich bin. Aber er soll wissen, dass er gesehen wurde, Galway. Ich
will, dass er Angst davor hat, dass ich ihn verrate.«

Galway nickte, da kam ein dunkelblauer Pick-up um das Lager-
haus herum. Am Steuer saß eine schwarzhaarige Frau. Sie war allein.

Sie parkte Motorhaube an Motorhaube mit unserem Wagen und
sprang heraus. Sie hatte lange Beine, eine sinnliche Ausstrahlung,
glänzende Haare. Locker schlenderte sie auf Galways Seite. Er ließ
das Fenster herunter. Lächelnd lehnte sie sich herein.

»Danke dir«, sagte Galway.

»Na komm. Ich hab *dir* zu danken«, säuselte sie. Irgendwoher kam mir diese Stimme bekannt vor. Ich ahnte, wer sie sein musste, konnte mir aber partout nicht vorstellen, dass Galway sie dorthin bestellt hätte, ohne mich vorzuwarnen. Sie bemerkte meinen Gesichtsausdruck und lächelte mich freundlich an. Streckte mir die Hand hin. »Marcella.«

Ich erwiderte ihren Händedruck. Ihre Finger fühlten sich warm an.

»Und du«, sagte sie und wandte sich lächelnd dem Rücksitz zu, »musst Luvinia sein.«

Lu setzte sich aufrecht hin und lächelte. »Danke, dass du mir hilfst.«

»Wie ich schon sagte«, erwiderte sie und sah ihrem Mann vielsagend in die Augen, »ich hab deinem Bruder eine Menge zu verdanken.«

Sie stieg hinten mit ein. Pläne wurden geschmiedet. Wie es schien, hatte Marcella als Galways Frau Zugang zu seinem Vermögen. Damit würde sie in der Lage sein, die notwendigen Dokumente und Tickets zu beschaffen, um Lu außer Landes zu bringen. »Sie kann als achtzehn durchgehen«, musterte sie Lu, »wir brauchen ihr nur die Haare zu schneiden.« Mit vorsichtigem Blick beobachtete ich die Frau, die das Bett mit Galway geteilt hatte, und verstand, wie ernst das war, was sie da diskutierten. Mir war ganz schlecht vor lauter Sorge um Lu. »Wir bringen dich unter und kümmern uns um dich«, sagte Marcella zu Lu. »Du kannst dich völlig auf uns verlassen. Dein Bruder hat vielen Leuten geholfen.«

Ich hielt den Mund, fragte mich aber doch, was »Leuten helfen« genau bedeutete. Minderjährige außer Landes zu schmuggeln? Lu war immerhin noch ein Kind.

»Wollen wir uns ein bisschen die Füße vertreten?«, fragte Marcella und riss mich aus meinen Gedanken.

Lu und Galway sollten natürlich ein wenig Zeit für sich allein haben, aber das hieß noch lange nicht, dass ich mit dieser Frau reden musste. Ich knallte die Wagentür hinter mir zu, verschränkte die

Arme vor der Brust und ging hinüber zu einer Laderampe, die voll alter Pappkartons lag. Marcella holte sich eine Zigarette aus dem Pick-up, zündete sie an und atmete den Rauch aus, den langen Hals dem Himmel entgegengestreckt.

Unweigerlich kam sie auf mich zu. Lehnte sich neben mir an die Betonrampe. Sie roch ausgezeichnet. »Galway hat meiner Mutter und mir geholfen, in dieses Land zu kommen. Ich bewunderte ihn. Dann bot er an, mich zu heiraten und mir eine Green Card zu verschaffen.«

»Und hat es geklappt?«, fragte ich kläglich.

»Ich werde dir ein Geheimnis verraten: Ich habe sogar geglaubt, dass ich ihn lieben würde.«

Das war ein Geheimnis, von dem ich eigentlich nichts wissen wollte.

»Aber dann habe ich kurz nach unserer Hochzeit jemanden kennengelernt. Den Richtigen. Ich bewundere Galway. Aber wir sind nicht dazu bestimmt, ein Ehepaar zu sein.«

Als ich das hörte, fühlte ich mich nur ein kleines bisschen besser.

»Er liebt dich«, sagte sie. Sie musterte mein Gesicht. »Und das wüsste ich auch dann, wenn er es mir nicht gesagt hätte.«

Ich kickte einen Kiesel mit dem Fuß. »Und woher? Woher willst du das wissen?«

»Na, wie er dich anguckt.« Sie trat ihre Kippe aus. »Vergeude deine Zeit nicht mit zu viel Angst vor der Liebe. Das kannst du mir ruhig glauben, ich spreche aus Erfahrung.«

Lu legte die flache Hand an die Scheibe auf der Beifahrerseite von Marcellas Pritschenwagen, die Mundwinkel tapfer zu einem Lächeln nach oben gezogen. Das Weinen, das Umarmen hatten wir schon hinter uns gebracht, hatten abgemacht, dass sie mir eine unverfolgbare E-Mail mit dem Codewort *Schildkröte* darin schicken würde, damit ich wusste, dass sie in Sicherheit war. Ich sehe immer noch ihr Gesicht in dem Augenblick vor mir, in dem sie hinter der Ecke verschwand, und dann waren nur noch Galway und ich übrig.

Schweigend saßen wir nebeneinander. Er ließ den Motor an.

»Lass uns nicht mehr zurückfahren«, schlug ich vor.

Er seufzte. »Ich habe immer gewusst, dass mein Vater ein Ungeheuer ist. Aber ich habe an Winloch geglaubt, weißt du. An die Winslows. Ich hielt uns für vernünftig. Anständig.« Er schüttelte den Kopf. »Ich muss ihm Einhalt gebieten. Ich muss versuchen, unsere Familie zu retten.«

Wir bezahlten eine Übernachtung im Howard Johnson's mit Bargeld. Legten uns nebeneinander ins Bett.

»Was ist aus Abby geworden?«, fragte ich, während die Schatten lang wurden.

Tränen traten ihm in die Augen. »Als ich dort hinkam, nachdem du mich alarmiert hattest … Abby war außer Rand und Band. Sie ließ niemanden in ihre Nähe. Vater kam – ich weiß«, sagte Galway, als ich zusammenfuhr. »Ich habe die Polizei angerufen und Vater dazu geholt, damit eine Autoritätsperson da war, aber als Abby ihn gesehen hat, na ja, da ist sie halt …« In seinen Augen stand Bewunderung und Trauer. »Sie hat ihn angefallen. Ich dachte, der Hund sei einfach traumatisiert und wäre durchgedreht. Ich hatte keine Ahnung, dass er den Mörder seines Herrchens angegriffen hat. Wir haben den Tierarzt angerufen.«

»Sie ist eingeschläfert worden?« Mein ganzer Körper wurde von Schluchzern geschüttelt. Irgendwo tief in mir hatte ich es geahnt, aber es zu wissen, war zu viel.

Wir schliefen tief: wie Babys, wie Steine, wie Tote.

KAPITEL SECHSUNDFÜNFZIG

Die Trauerfeier

Wir erreichten Winloch am frühen Nachmittag. Wir waren bereit: Wir würden Birch zur Rede stellen, und zwar vor Tilde – was sollte er uns schon tun? Uns alle drei umbringen? Wir würden ihm sagen, dass wir einen Zeugen hatten, die Person, die mit Johns Pick-up aus Winloch weggefahren und verschwunden war, aber den Namen des Zeugen würden wir nicht preisgeben. Am nächsten Tag würden Tilde und er den Anruf bekommen, dass Lu aus dem Ferienlager abgehauen war. Bis dahin, mit dem Vorsprung von anderthalb Tagen, würden Marcella und Lu über alle Berge sein. Birch würde irgendwann Lu verdächtigen, Zeugin seiner Mordtaten gewesen zu sein – wenn er das nicht sowieso schon tat –, und wenn er wirklich das Ungeheuer war, als das er sich bisher erwiesen hatte, würde er mit der Verfolgung seiner Tochter beginnen, sobald er Angst bekam, sie könnte ihn belasten.

Ich betrachtete Tilde als unsere Versicherungspolice. Ja, sie wirkte knallhart, aber ich war inzwischen davon überzeugt, dass sie mich mit ihrer Warnung im Ruderboot hatte beschützen wollen, genau wie sie Hannah vor Schrecklichem bewahren wollte, als sie sie am Badefelsen anblaffte, sie müsse sich etwas überziehen. Tilde hatte Birch daran gehindert, die Tür von Bittersweet einzutreten. Hatte auf dem Anbringen der Riegel bestanden. Ich glaubte mittlerweile, dass sie es als ihre Aufgabe ansah, die Menschheit vor ihrem Mann zu schützen.

Wenn sie zwischen Lu und Birch wählen musste, dann wettete ich, dass sie sich für ihre Tochter entscheiden würde. Dass Tilde ihren Mann so lange wie möglich hinhalten und ihrer Tochter die Chance geben würde wegzulaufen. Galway war sich da nicht so sicher – er war über Nacht zum Nihilisten geworden, überzeugt, dass er nichts mehr wusste und niemandem mehr trauen konnte außer mir. Aber ich klammerte mich an den Glauben an Tildes Wohlwollen, weil wir sonst nichts hatten.

Es war ein gleißend heller Spätsommertag, doch wir hatten Maines kalten Wind mitgebracht. Die Seeluft wehte zum offenen Wagenfenster herein. Wärmend schlang ich die Arme um mich, als wir um die Kurve bogen, an der Ev und John mich an dem Abend, an dem ich flüchten wollte, aufgegabelt hatten.

Der Speisesaal tauchte vor uns auf, und Galway atmete tief durch. Normalerweise läge das Gebäude an einem sonnigen Nachmittag wie heute still und verlassen da, und alle Winslows wären an der frischen Luft. Doch heute war die Straße davor von parkenden Autos gesäumt. Wir verlangsamten das Tempo, parkten als Letzte in der Reihe und stiegen aus.

Auf dem Weg zum Speisesaal fasste Galway nach meiner Hand. Wir würden die Sache jetzt ein für alle Mal zu Ende bringen.

Wir stiegen die Treppe hoch, aber als wir die Tür aufrissen, war klar, dass sämtliche Winslows, die ich je kennengelernt hatte – Ev, Athol und Emily, Banning und Annie, die Kitterings, sogar CeCe –, dort versammelt saßen, schwarz gekleidet und in Stuhlreihen wie in der Kirche. Alle blickten in Richtung der geschlossenen Küche, vor der Birch mit gefalteten Händen und gebeugtem Kopf stand. Als er uns kommen hörte, hob er den Blick. Die komplette Großfamilie blickte auf, jung und alt, alle hoben sie die blonden Köpfe und durchbohrten uns mit dem Blick ihrer blauen Augen.

Birch wies auf einen Platz, der in der ersten Reihe für Galway freigehalten worden war. Galway drückte mir die Hand, und wir blieben einfach stehen, während die Tür hinter uns ins Schloss fiel. Panik überkam mich – mussten wir etwa vor ein Tribunal treten? Warum saßen sonst alle versammelt da und warteten auf uns? Um ein Haar hätte ich Galways Hand losgelassen, weil ich am liebsten wieder so unsichtbar gewesen wäre wie in meinen ersten Tagen in Winloch. Ich verspürte den Drang, mich bei allen zu entschuldigen und dann wegzurennen.

Die Winslows wandten sich wieder Birch zu, doch sein Blick blieb auf uns geheftet. Ein kaum merkliches Lächeln umspielte seine Mundwinkel. Ihn anzusehen konnte ich nicht ertragen, doch den Blick abzuwenden, hätte meine Furcht gezeigt.

»Ich gehe davon aus, dass du die Nachricht erhalten hast, die ich dir in Boston hinterlassen habe.« Birchs Stimme schallte durch den Raum.

Galway ließ sich keinerlei Verwirrung anmerken. »Ja, Vater. Wir sind so schnell wie möglich gekommen.«

Birch wandte den Blick von uns ab. »Wie ich bereits sagte. Sie war eine ungewöhnliche Frau, voller Eigenheiten, mit einer ganz eigenständigen Sicht der Welt. Sie war witzig. Sie konnte sehr hartnäckig sein –« Schmunzeln in der Zuhörerschaft, links fing eine Frau haltlos an zu schluchzen.

Mir wurde klar, dass jemand gestorben war. Eine Trauerfeier.

»Linden war meine Schwester«, tönte Birch salbungsvoll und bestätigte meine schlimmsten Befürchtungen, »und daran wird auch der Tod nichts ändern. Ich bin nur froh, dass sie nicht zu lange leiden musste …« Seine Stimme brach, und er kämpfte mit den Krokodilstränen.

Indo war tot. Eine stumpfe Traurigkeit erfasste mein Herz. Während Birch vorgab, mit den Worten zu kämpfen, seine Schultern genug beben ließ, um sich Mitgefühl zu erschleichen, aber nicht so sehr, dass er nicht mehr sprechen konnte, sah ich deutlich, wie vollkommen er Herr seiner Gefühle war. Überzeugend spielte er die Rolle des Trauernden, und fast alle nahmen es ihm ab.

Er hatte gewonnen. Indo hatte verloren. Und ich trug die Mitschuld daran, dass sie aufgegeben hatte und er jetzt alle Fäden in der Hand hielt; ich hatte versagt und den Beweis, den sie brauchte, um ihn an den Pranger zu stellen, nicht gefunden. Ich hatte Indo enttäuscht, und er war sie jetzt ein für alle Mal los. Sogar Kittys Tagebuch hatte ich verloren, schlimmer noch, jemand – vermutlich Birch – hatte es an sich genommen. Und jetzt war Indo tot und ihr monströser Bruder stand vor einem Raum voller Untertanen und pries die Tote siegesgewiss, und es gab nichts, was ich gegen diese Verlogenheit tun konnte. Zorn loderte in mir hoch, über meine Unfähigkeit, über den Krebs, der Indo zerfressen hatte, über das Ungeheuer von einem Menschen vor uns, der alle mit seiner geheuchelten Trauer um den Finger wickelte.

»Meine Schwester hing an Sachen«, fuhr er fort, wobei seine gespielte Traurigkeit nachließ; er gestikulierte so professionell wie ein Redner bei einem Vortrag. »Sie liebte schöne Dinge. Keine teuren Dinge, das nicht, keine Diamanten, keine Luxusreisen oder Kaviar, aber kleine Zierdosen, die sie auf ihren Reisen sammelte. Stoffe aus dem Souk. Fotos, die sie als Rucksacktouristin in Machu Picchu aufgenommen hat …« Birch schwafelte weiter, doch etwas hatte er gesagt, das sich wie ein Angelhaken in einer Ecke meines Bewusstseins verfangen hatte.

Indo hing an Dingen. Das war garantiert wahr; ihr rotes Häuschen war bis obenhin mit Sammlerobjekten gefüllt, eine riesige Ansammlung von viel zu viel von allem. Sie liebte ihren alten Kram. Doch dann fiel es mir ein – der van Gogh. Das letzte Mal, dass ich sie lebend gesehen hatte, in ihrem Schlafzimmer, da hatte sie laut danach verlangt: »Mein Bild!« Doch als ich dann versucht hatte, mehr Informationen aus ihr herauszukitzeln, hatte sie nur hysterisch gelacht und darauf beharrt, dass es zu spät sei. Ich dachte, sie wäre wahnsinnig geworden. Aber vielleicht ging es ja um etwas Konkreteres. Vielleicht hatte sie ja gelacht, weil das Gemälde an sich eine Rolle spielte, vielleicht wollte sie es deshalb haben.

Ich musste zu dem Bild. Vielleicht konnte es mir verraten, was Indo mit ins Grab genommen hatte.

Birch gab weiter Plattitüden von sich. Die Verwandten trauerten. Mir war klar, dass Indo nicht gewollt hätte, dass ich in einem geschlossenen Raum sitze und mir das Geschwafel von jemandem, den sie hasste, anhörte. Sie zu ehren hieß, für ihr Anliegen zu kämpfen.

Ich wusste, dass es auffallen würde, aber mittlerweile war mir das egal. Ich entzog Galway meine Hand und ging rückwärts zu der Doppeltür hinter uns heraus. Ich würde rennen, so schnell meine Beine mich trugen.

KAPITEL SIEBENUNDFÜNFZIG

Die Wahrheit

Ich rannte die Treppe hinunter, die Straße entlang, über die Anhöhe hinweg und durch die große Wiese. An Clover und den anderen Cottages vorbei auf Trillium zu. Ich sprang hoch zur Veranda. Niemand schien im Haus zu sein. Ich legte die flache Hand an die Fliegentür, die quietschend aufging; mit klopfendem Herzen erwartete ich einen Gewehrlauf, einen Bären, aber da war nichts, nur ich auf Birchs und Tildes Veranda. Die Türen zum Sommerzimmer standen offen, und van Goghs Gemälde hing da wie eine reife Frucht, die nur darauf wartet, gepflückt zu werden. Ich ging darauf zu.

»Ein Meisterwerk, oder nicht?«, war eine dünne, zittrige Stimme zu hören, sobald ich vor dem Bild stand. Ich fuhr herum. Und dort in demselben Sessel, in dem Athol mich am Abend der Hochzeit ertappt hatte, saß Gammy Pippa. Vornübergebeugt und faltig wirkte sie so klein wie ein Kind. Sie hockte schief da und verströmte einen starken Geruch nach Talkumpuder.

»Gütiger Himmel!«, sagte sie. »Du machst ein Gesicht, als hättest du ein Gespenst gesehen, Mädchen.«

Steif schüttelte ich den Kopf.

»Ich habe es nicht ausgehalten bei diesen ganzen Heuchlern, die salbungsvoll über Linden reden.« Sie blinzelte das Ölgemälde an. Ich beobachtete, wie ihre Augen den schwungvollen Strudeln des Bildes folgten, dann ließ sie den Blick hinaus zur Veranda schweifen. »Das Licht auf dem Wasser. Es leuchtet noch genauso wie damals, als ich klein war.«

Sie war nur eine alte Frau. Seltsam, neugierig, aber so hochbetagt, dass ich mit ihr einfach über früher reden, das Haus und ihre Familie loben konnte; sie brauchte nichts davon zu wissen, dass ich hier war, um ein für alle Mal die Wahrheit herauszufinden.

Sie musterte mich aufmerksam von Kopf bis Fuß. Dann fragte sie mich: »Und wer bist du?«

Noch besser. »Ich bin Mabel«, sagte ich und streckte ihr die Hand hin. Ihre kleine Hand mit den knubbeligen Knöcheln hielt meine ganz fest. »Wir haben uns bei der Hochzeit kennengelernt. Mabel Dagmar. Genevras Zimmergenossin.«

»Deinen Namen kenne ich, Mabel«, sagte sie etwas ungehalten. »Aber wer bist du?« Ihre Hand fühlte sich heiß an, und das Blut pochte durch die vortretenden Adern, als sei die Hand ein kleines Lebewesen mit einem eigenen Herzen.

»Und, wer bist du?«, wiederholte sie, diesmal verschmitzt, aber fordernd. Mit erstaunlicher Kraft zog sie an meiner Hand. »Wer bist du?«

Dasselbe unerklärliche Gefühl überkam mich wieder wie an dem Abend im Festzelt, als sie mein Gesicht umfasste – ich fühlte mich nackt, schwindlig. Sie durchschaute mich und erkannte tief in mir das, was ich vor ihr verstecken wollte.

»Mein Großneffe Jackson«, erzählte sie im Plauderton, »kam mich am Tag vor seinem Tod besuchen. Er hatte alle angefleht, sie sollten ihm die Wahrheit sagen, aber niemand war dazu bereit. ›Wer bin ich?‹ schluchzte er bei mir am Küchentisch. ›Wer bin ich?‹ Deswegen habe ich ihn gefragt, was er sich von der Wahrheit erhofft – warum er so unbedingt nach ihr verlangte. Er glaubte, sie würde ihn befreien. Das sagte er zu mir.«

Die Augen der Greisin glitzerten triumphierend. »Und da habe ich es ihm gesagt.« Ihr Mund wurde hart. »Ich habe ihm gesagt, wer seine Eltern sind. Ich habe ihm die Wahrheit gesagt – die Wahrheit, vor der alle andern zu viel Angst hatten. ›Da‹, sagte ich, als es raus war …« Sie schmunzelte, als handele es sich um eine lustige Anekdote, »… jetzt weißt du, dass dein Onkel dein Vater ist. Wie macht dich das nun frei?«

Mein Mund war wie ausgetrocknet.

»Je nachdem, an was man nach dem Tod glaubt«, plapperte sie weiter. »In gewisser Hinsicht ist er nun frei und in die große Weite –«

»Wie können Sie nur so über ihn sprechen?«, protestierte ich und entriss ihr meine Hand. »Er hat wegen dem, was Sie ihm gesagt haben, Selbstmord begangen.«

»Ach. Hättest du dich nicht genauso verhalten?« Sie sah mir mit verschlagenem Blick direkt in die Augen. Und mir wurde klar: Sie weiß es. Sie weiß, was ich John gesagt habe. Sie weiß, dass ich Mitschuld an seinem Tod trage.

»Brauchst dich nicht dafür zu schämen, mein Kind«, beantwortete sie meine Gedanken. »Die Wahrheit zu suchen ist ein nobles Ziel. Doch wenn man sie anstrebt, muss man sich als Erstes darüber im Klaren sein, was die Wahrheit bedeutet. Die Wahrheit ist weder gut noch schlecht. Sie steht über Gut und Böse. Über der Moral. Wahrheit ist Wahrheit, nicht mehr und nicht weniger.« Sie nickte resolut. »Ich bin stolz darauf, dass ich Jackson die Wahrheit gesagt habe. Ich bin froh, dass er wusste, wer er war, als er starb.«

»Das Erzeugnis eines Bruders, der seine Schwester vergewaltigt?«, blaffte ich sie an.

Die alte Frau schloss die Augen, als wolle sie nichts von meiner geschmacklosen Gefühlsduselei wissen. »Gutes Kind. Du entscheidest dich besser jetzt, ob du stark genug für die Wahrheit bist. Besonders, wenn du Teil dieser Familie werden willst …«

Das Herz schlug mir bis in den Hals. Ich wollte Galway, oder etwa nicht? Wurde ich nicht auch eine Winslow, wenn ich mit ihm zusammen war? »Ich weiß es nicht«, sagte ich kraftlos und konnte den Blick nicht von ihr abwenden, obwohl sie mir so viel Grauen einflößte. »Ich weiß nicht, was ich will.«

»Dann denk lieber schnell drüber nach«, sagte Gammy Pippa ungeduldig und blickte hinaus ins Freie. »Sie werden sich schon fragen, wohin du gerannt bist.«

Ich schluckte. »Ich will die Wahrheit über das Gemälde wissen.«

»Die Wahrheit?«

Ich nickte.

»Nur zu«, sagte sie und zeigte mit der knochigen Hand auf den van Gogh. Ich drehte mich zu dem Meisterwerk um – Bäume, Himmel, Wiese. Es war schön. Aber sonst hatte es keine Antworten zu bieten. »Mach schon«, sagte sie voller Ungeduld in der alten Stimme und zeigte erregt darauf. »Nimm es von der Wand.«

Es war ein Kunstwerk von unschätzbarem Wert. Ich lachte laut und ungläubig auf. »Das geht doch nicht.«

Da stützte sich die alte Frau auf die Armlehnen des Sessels und versuchte aufzustehen. Ich musterte das Gemälde. Es war einen Meter breit und mindestens sechzig Zentimeter hoch. Der Rahmen war schwer und vergoldet – ich vermutete, dass ich kaum in der Lage sein würde, das Bild abzunehmen und dann wieder an Ort und Stelle zu hängen. Aber noch mehr Angst hatte ich, dass Gammy Pippa darunter zusammenbrechen würde. »Das ist doch absurd«, sagte ich.

»Du willst die Wahrheit wissen. Ich zeige sie dir.« Sie bemühte sich immer noch aufzustehen. Sie würde nur mit Not zum Gemälde kommen und es erst recht nicht abnehmen können.

»Setzen Sie sich«, befahl ich ihr. Mit misstrauischem Blick gehorchte sie mir.

Von Nahem betrachtet änderte sich die Geschichte, die Vincent van Gogh mir erzählte. Statt langer, fließender Linien waren nun einzelne Pinselstriche zu sehen. Mitternachtsblaue, violette und goldene Farbtupfer voll künstlerischen Könnens.

Ich umfasste die Kante des Rahmens und hob ihn an. Das Bild war schwer, aber weniger schwer, als ich gedacht hatte. Ich stolperte rückwärts, wusste nicht, wie es an der Wand befestigt war. Es löste sich leicht. Pippa zeigte auf die Rückseite.

Vorsichtig stellte ich das Kunstwerk auf dem Boden ab. Drehte es um, sodass ich auf die Rückseite blicken konnte. Selbst da zweifelte ich noch, dass ich etwas Nennenswertes finden würde.

Doch ich irrte mich. Denn da, auf der Rückseite des Gemäldes, prangte ein offizieller Stempel: deutsche Wörter rund um ein Hakenkreuz.

KAPITEL ACHTUNDFÜNFZIG
Der Fluch

Damals, in den ersten Sommertagen, Mitte Juni, war ich allein am Speisesaal vorbeigekommen. Ich war auf der Suche nach Ev gewesen. Die Inspektion hatten wir hinter uns gebracht, Winloch füllte sich mit Bewohnern, und ich wusste noch nicht, dass Ev mit ihrem Bruder schlief. Ich wusste nur, dass sie mir einen gemeinsamen Badeausflug versprochen hatte, aber verschwunden war, als ich mich fertig machte. Und das an dem Tag, an dem mein aus dem Katalog bestellter Badeanzug endlich eingetroffen war. Ich konnte es nicht fassen. Ich war sauer und wollte nichts so sehr wie Evs Aufmerksamkeit.

Als die Stufen zum Speisesaal in Sichtweite gekommen waren, hatte ich Indo erblickt und sie mich im selben Augenblick auch. Die ältere Frau saß wie ein komischer Vogel auf den Holzplanken, bekleidet mit einem lila Pulli und orangefarbenen Pluderhosen, und sonnte sich. Sie hob die Hand, beschattete die Augen und rief mir mit gewichtigem Ton etwas zu.

»Des Menschen erste Schuld und jene Frucht / Des strengverbotnen Baums …«

Ich hatte keine Ahnung, was das sollte. Dann bemerkte ich ihren Blick auf mein noch jungfräulich neues Buch; widerstrebend hatte ich *Das verlorene Paradies* für einen einsamen Lesenachmittag in der Bittersweet-Bucht geholt, falls Ev nirgendwo auftauchen sollte.

»Was bist du für eine kleine Gelehrte, Mabel Dagmar«, rief Indo in einem affektierten Tonfall, als ich quer über den smaragdgrünen Rasen auf sie zu kam. Mir war nicht klar, ob sie mich damit necken wollte. »Dir ist ja sicherlich bewusst, meine Liebe, dass die meisten Menschen keinen blassen Schimmer haben, was die Frucht des verbotenen Baums wirklich ist. Diese Einfaltspinsel glauben, der Apfel stehe für Erkenntnis. Aber wir wissen es besser. Der Apfel ist die Frucht des Baumes der Erkenntnis von Gut und Böse. Es handelt sich also um den Fluch des Bewusstseins! Der moralischen Verantwortung. Dass wir Menschen seitdem immer zwischen dem Richtigen und dem Falschen wählen müssen.«

Das war lange bevor ich die Winslows wirklich kannte, bevor ich den Wurm in ihrem Innern entdeckte. Ich hatte gerade erst mit der Suche nach dem Beweis begonnen, den Indo von mir wollte, wusste aber noch lange nichts von Kitty und ihrem Tagebuch oder von einem Hakenkreuz hinten auf einem Van-Gogh-Gemälde.

Indo lachte schallend, während ein frühsommerlicher Lufthauch über uns wegstrich. »Erkenntnis! Erkenntnis.« Sie schüttelte den Kopf. »Wenn du mich fragst, kann man auch mehr wissen, als gut für einen ist. Glaubst du nicht auch, Mabel?«

Ich kann natürlich nicht sagen, wie meine Antwort nun tatsächlich ausgefallen wäre. Aber vielleicht hätte ich ihr die Wahrheit gesagt. Vielleicht wäre es eine Erleichterung gewesen, mein Geheimnis loszuwerden; Indo anzuvertrauen, dass ich in der Tat schon zu viel wusste, als gut für mich war, und viel zu früh vom Baum der Erkenntnis gegessen hatte. Vielleicht hätte ich ihr gestehen sollen, dass ich nach Winloch gekommen war, um zu vergessen. Dass ich überzeugt war, ihre beeindruckende, reiche Familie würde mich von meiner bitteren Vergangenheit erlösen.

Doch da hörte ich, wie Ev nach mir rief.

Ich drehte mich um, sah meine Freundin hinter dem Tennisplatz hervorkommen, Abby auf den Fersen. »Ich muss los«, sagte ich zu Indo und bewunderte Evs in der Sonne leuchtendes Haar.

Indo folgte meinem Blick. »Hüte dich vor Luzifers Rhetorik. Er wird dich mit seinem Charisma verführen.« Sie lächelte. Tippte auf mein Buch.

Ich warf einen Blick darauf. »Ich habe noch gar nicht richtig angefangen.«

»Na dann«, erwiderte sie trocken, »dann wirst du vielleicht wissen, was ich meine, wenn der Sommer vorbei ist. Wie das Finstere diejenigen unter uns befällt, die einer spannenden Geschichte nicht widerstehen können.« Ihre Augen leuchteten schelmisch auf: »Pass nur auf. Du siehst mir nach genau so einem Mädchen aus.«

An diese Begegnung dachte ich, als ich dieselben Stufen nun erneut emporstieg, über mir der Speisesaal, in dem die Winslows versammelt saßen, um der armen Indo auf ihre Art die letzte Ehre zu erweisen. War sie es gewesen, die das fruchtlose Unterfangen meines ganzen Sommers in Szene gesetzt hatte? War vielleicht alles – die Heranführung an das Winslow-Archiv, das Versprechen eines braunen Aktenordners, der nicht existierte, wie Indo sehr gut wusste, die Begeisterung für den van Gogh, die Aushändigung von Kittys Tagebuch – Teil eines groß angelegten Tests meiner Beharrlichkeit und inneren Stärke gewesen, damit ich immer weiter nach dem Beweis dafür suchen würde, dass die Winslows Diebe waren? Glaubte sie wirklich, dass ich allein die Familie zu Fall bringen konnte? Dass ich das wollte?

Sie hatte mich von Anfang an durchschaut: spannende Geschichten waren meine große Schwäche. Vielleicht hatte sie recht gehabt, als sie mich gierig nannte. Ich stand kurz davor, in der verfluchten Erkenntnis zu ertrinken, vor der sie mich gewarnt hatte. Doch was kommen musste, würde kommen. Ich würde jetzt durch diese Flügeltür treten und allen Winslows verkünden, was ich wusste.

Und dann?

Als ich die Tür aufmachte, hörte ich Stimmengemurmel. Die Trauerfeier war beendet, und die Angehörigen unterhielten sich mit respektvoll gesenkten Stimmen und bedienten sich an dem Buffet, das Mascha am Ende des Saals aufgebaut hatte.

Selbst die Kinder waren an diesem Morgen still und nuckelten an ihren Daumen. Ein kleines Mädchen bemerkte mich, dann sah mich der nächste Winslow, dann der nächste, bis alle Augen auf mich gerichtet waren und mich nicht mehr losließen.

Birch plauderte mit einem Cousin auf der provisorisch errichteten Bühne. Als er mein Eintreten bemerkte, hob auch er den Kopf und betrachtete mich mit ausdruckslosem Gesicht. Dahinter standen Ev und Athol und Banning beisammen und sahen mich mit ebenso leeren Gesichtern an. Ev und ich waren uns nicht mehr nah. Aber wenigstens hatte ich Galway.

»Alles in Ordnung?«, flüsterte er. Seine Stimme ließ mir die Haare im Nacken zu Berge stehen. Als ich an die Fragen dachte, die durch den Stempel hinten auf dem Gemälde unvermeidlich wurden, drehte sich mir der Magen um: Wie waren die Winslows an das Gemälde gekommen? Wie viele Menschen hatten dabei ihr Leben gelassen? Und, für meine egoistischen Interessen die wichtigste Frage: Wusste Galway über das Hakenkreuz Bescheid?

Feierlich verabschiedeten sich die Winslows voneinander. Niemand richtete das Wort an mich. Doch ihre vorwurfsvollen Blicke, als sie hinaus in Freie traten, reichten aus. Als seien sie Tote und ich der Eindringling in die Unterwelt. In wenigen Jahren, wenn die Erinnerung an den genauen Ablauf der Dinge nicht mehr ganz so frisch war, würde es ein Leichtes sein, alles mir in die Schuhe zu schieben, der Außenseiterin, die in Winloch eingedrungen war: Jacksons Suizid, die Morde, Lus Verschwinden. Doch momentan war ich einfach nur unbequem.

Klappernd fielen die Türen ins Schloss. Jetzt waren nur noch wir da: Birch, Tilde, Athol, Galway, Banning, Ev. Und ich.

Galway räusperte sich.

Am Tisch mit den alkoholischen Getränken hob Tilde den Kopf und durchbohrte mich mit ihrem Blick. Ich dachte an die Worte, die sie im Ruderboot zu mir gesagt hatte: »Verwechsle nicht Schweigen mit Blindheit.«

»Warte«, versuchte ich Galway zu warnen. Ich wollte ihn nicht stoppen, das eigentlich nicht, aber ich hatte das starke Gefühl, dass es nicht wie von uns gedacht laufen würde. Meine Begegnung mit Gammy Pippa hatte mich aufgewühlt.

Aber schon richteten sich fünf scharfe Augenpaare auf uns – Vater, Mutter, Brüder, Schwester. Und Galway ließ sich nicht aufhalten, das sah ich seinen Schultern an. Da konnte ich so viele Vorbehalte haben, wie ich wollte, den Mund würde ich ihm nicht mehr stopfen können, nicht, nachdem er jahrelang zum Schweigen verurteilt gewesen war, nun nicht mehr. Da konnte ich ihm wenigstens den Rücken decken.

»Wir wissen, was du getan hast, Vater«, sagte er mit bebender Stimme.

Birch lachte wegwerfend, was Galway dazu veranlasste, voller Hass durch den weiten Raum auf ihn zuzustürmen. »Wir wissen, dass du John und seine Mutter ermordet hast, weil John herausgefunden hat, dass er dein Sohn war. Dass du Pauline vergewaltigt hast, Vater, und ihr Schweigen hast du dir erkauft durch –«

»Halt den Mund.« Athol stellte sich zwischen Galway und ihren Vater und bleckte die Zähne. Er war vom Schock überwältigt. Ich wünschte, ich hätte es ihr anders, allein, sagen können, wie John gestorben war.

»Wir haben einen Zeugen«, fuhr Galway unerschrocken fort. »Jemand hat beobachtet, wie du Pauline LaChance die Hände um die Gurgel gelegt und zugedrückt hast, bis sie tot war. Jemand hat dich gesehen, Vater, wie du John LaChance zur Klippe verfolgt und in den Tod gestoßen –«

»Halt den Mund!« Evs Stimme, hoch, sich wahnsinnig überschlagend. Tilde hielt sie fest. Es war das erste Mal, dass ich mehr als eine flüchtige Berührung der Frauen beobachtete.

»Es ist wahr, Ev«, sagte ich mit ausgetrocknetem Mund. »Birch hat John ermordet.«

»Nein!«, spuckte Ev. Ihr Gesicht verzog sich zu einer hässlichen Fratze. Sie war wütend, das war mir klar. Aber ich war nur die Überbringerin der Nachricht, das würde sie schon noch verstehen. Ich machte einen Schritt auf sie zu, wollte es ihr erklären, aber sie verfluchte mich, rasend vor Zorn. Noch nie hatte sie mich so hasserfüllt angeblickt.

»Und die Frauen, Vater«, fuhr Galway fort, ohne sich von uns beirren zu lassen. »Deine Schwester, unsere Hausmädchen, Vergewaltigung, Inzest –«

Athol schlug Galway ins Gesicht.

»Kinder, Kinder«, schmunzelte Birch, als müsse er einen Streit um ein Spielzeug schlichten. Er trat zwischen Athol und Galway, wobei er seinem ältesten Sohn auf die Schulter klopfte.

Galway duckte sich unter der Berührung seines Vaters weg und fasste triumphierend nach meiner Hand, doch ich spürte, dass er nicht mehr weiter wusste. »Wir gehen zur Polizei. Wir sagen alles. Dass du ein Schwein bist, ein Mörder, ein Vergewaltiger.«

»Birch«, sagte Tilde scharf und blickte wild zwischen ihrem Mann und ihren Söhnen hin und her.

Ev machte sich von ihrer Mutter los. »Sie hat schreckliche Dinge über uns geschrieben, Daddy«, platzte sie heraus, sodass ihr Vater sich ihr zuwandte. Sie zeigte mit dem Finger auf mich wie eins der Dorfmädchen bei den Hexenprozessen von Salem. »Sie hat Briefe an ihre Mutter geschrieben, Daddy, ich habe sie alle gelesen. Wie sie vorhatte, unser Geld zu stehlen.« Ich machte den Mund auf, um zu protestieren und mich zu verteidigen, aber Ev starrte mich mit zu boshaften Schlitzen verzogenen Augen an. »Ich kann nicht glauben, dass ich dich in meinem Haus habe schlafen lassen. Sie ist lesbisch oder so, ständig will sie sich meine Klamotten ausleihen, wahrscheinlich beobachtet sie mich sogar unter der Dusche, vielleicht will sie mich häuten und auffressen und einen Mantel aus mir machen, was weiß ich.«

Tilde murmelte einen Einwand, und Ev riss sich von ihr los und stach hasserfüllt mit dem Finger in die Luft, zeigte auf mich. »Und sie hat Collagen gemacht – so total kranke Sachen ausgeschnitten, stundenlang. Mich hat sie auch gezwungen, so was zu machen. Von allen hier, allen von uns, über alle hat sie sich lustig gemacht. Die ist nicht normal! Die ist besessen von uns!«

Ich hatte mich für stark gehalten, hatte mich auf schreckliche Worte von Birch vorbereitet, aber Evs Verrat überrumpelte mich. Ich glaubte nicht, ihren Hass ertragen zu können. »Ev.« Ich machte einen Schritt auf sie zu, die Arme ihr entgegengestreckt.

»Lasst sie nicht an mich ran!« Ev kreischte wie eine Furie.

Galway zog an meiner Hand. »Komm, wir gehen.«

Aber ich konnte nicht weg, noch nicht. Ich wandte mich Tilde zu. »Ich mache mir Sorgen um Ev«, verkündete ich.

»Ach?«, sagte Tilde.

»Ich würde es Ihnen lieber unter vier Augen sagen.«

»Was du Tilde zu sagen hast, können wir ruhig alle hören«, sagte Birch.

Evs Fauchen war kaum noch menschlich.

Sollte sie mich doch hassen. Ich wollte sie nur vor sich selbst schützen. Und für das ungeborene Kind eintreten. »Sie ist schwanger«, gab ich zum Besten. Selbst als ich es sagte, zweifelte ich schon daran.

Ein Jaulen kam von Ev. Sie krümmte sich zusammen. Ich fühlte mich scheußlich, aber im Recht. Doch während wir sie ansahen, wurde uns langsam allen klar, dass sie lachte. Sie lachte so sehr, dass sie kaum noch Luft bekam. Wie eine Wahnsinnige gackernd zeigte sie auf ihren Bauch. »Schwanger? Seh ich etwa schwanger aus?«

»Ev«, sagte ich ernst und dachte an ihren flachen Bauch am Perlenstrand, »wenn du eine Fehlgeburt erlitten hast, musst du zum Arzt gehen.«

»Ich bin nicht schwanger, du Psycho!« Sie war außer sich vor Zorn.

Um mich herum fing alles an, sich zu drehen. »John hat sich so gefreut.« Ich fragte mich, ob sie überhaupt jemals schwanger gewesen war. Oder ob sie die Schwangerschaft nur erfunden hatte, damit er bei der Stange blieb, damit er mit ihr zusammen weglief. Ob sie ihn die ganze Zeit angelogen und benutzt hatte. »John und sie haben heimlich geheiratet«, petzte ich.

Sie versuchte sich auf mich zu stürzen. Galway beschützte mich. Ihre Brüder hielten sie zurück.

»Liebling«, sagte Birch seelenruhig, als die Mutter die Tochter mit sich wegzog, »warum gehst du nicht mit Ev nach draußen?«

Doch Ev und Tilde schüttelten beide den Kopf. Ev warf sich auf eins der Sofas und durchbohrte mich von dort mit hasserfüllten Blicken.

Galway versuchte, die Aufmerksamkeit auf sich zurück zu lenken. »Wir gehen zur Polizei.«

»Sohn«, entgegnete Birch. »Überleg dir das gut. Ist es wirklich das, was du willst?«

Galway nickte fest. »Ich will Gerechtigkeit.«

KAPITEL NEUNUNDFÜNFZIG

Die Aufsichtsperson

»Gerechtigkeit.« Birch ließ sich das Wort auf der Zunge zergehen wie einen alten Scotch. »Gerechtigkeit.« Er lächelte voll ernster Nachsicht, wie ein leidender Priester, dem die Sünden der Menschheit das Herz gebrochen haben. Diese Haltung übte eine seltsame Macht auf uns alle aus. Athol und Banning traten zurück und ließen sich auf Stühlen nieder, um sich das Schauspiel aus der Distanz anzusehen. Ev nahm ein Kissen in die Arme. Tilde lehnte am Buffet und schenkte sich noch einen Wein ein. War es meine Einbildung, oder zitterte ihre Hand, als sie das Glas an die Lippen setzte?

Zum ersten Mal an diesem Tag richtete Birch seine Aufmerksamkeit auf mich. »Mabel Dagmar.« Seine Stimme füllte sich mit gespieltem Erstaunen. »Deine Eltern haben mir versichert, dass du ein liebes Mädchen bist. Bescheiden. Dass du dich in der Stellung, die wir angeboten haben, gut machen würdest. Sie verstanden, dass deine Position hier eine heikle Angelegenheit war. Dass Ev aus guten Gründen nie erfahren sollte, dass wir eine Aufsichtsperson für sie eingestellt hatten – «

»Daddy!«, protestierte Ev.

»Tja, mein Kind«, wies er sie in ihre Schranken, ohne den Blick von mir abzuwenden, »du wolltest ja hier bleiben.«

Ich versuchte zu verstehen, was er da sagte.

Stellung.

Position.

Aufsichtsperson.

Meine Ohren waren von einem bekannten kalten Rauschen erfüllt. Meine Sohlen schienen am Boden zu kleben, als stecke ich in dem stinkenden schwarzen Schlick am Flussufer fest.

»Du wirst zugeben, Mabel, dass du in jeder Hinsicht versagt hast! Meinen verheirateten Sohn zum Ehebruch zu verführen!«

Er unterbrach sich und wandte sich Galway zu. »Die arme Marcella.« Er tat entrüstet. »Findest du nicht, dass selbst ein illegaler Flüchtling, die Tochter einer Hure, ein bisschen Treue verdient?« Doch bevor Galway etwas erwidern konnte, hob Birch zum nächsten Schlag gegen mich an. »Und du! Schnüffelst in den Angelegenheiten meiner todkranken Schwester herum! Lässt einfach zu, dass Ev wegläuft und heimlich heiratet – ja, Ev.« Wieder schweifte er ab. »Ich weiß über deinen kleinen Ausflug Bescheid. Aber wenn du mal ganz kurz vernünftig drüber nachdenkst, würdest du dann wirklich glauben, dass ein Standesbeamter abends um zweiundzwanzig Uhr dreißig noch eine Eheschließung durchführt?« Schmunzelnd drehte er sich zu Tilde um. »Die Kinder vergessen, wie viele Leute ich kenne.«

Er hatte also über Johns und Evs Eheschließung und über Galways Frau Bescheid gewusst? Ich hatte das Gefühl, angesichts eines Mannes mit einem solchen Einfluss, der die Welt manipulierte, wie sie ihm gefiel, ganz klein zu werden. Die Reichweite von Birchs Macht war beängstigend. Besonders, wenn ich an das Hakenkreuz dachte.

Aber er war noch nicht fertig mit mir. »Ganz zu schweigen von den widerlichen Gerüchten, die du über unsere Familie verbreitest. Mabel, Mabel! Deine Eltern werden entsetzt sein.« Er machte eine Faust und betrachtete sie stirnrunzelnd. Zog ein Schweizer Messer aus der Hosentasche und fing an, sich die Fingernägel zu säubern. In dem zur Tür schräg hereinfallenden Licht blitzte die Klinge auf.

Galway packte mich hart am Arm. »Wir gehen jetzt.« Aber ich rührte mich nicht von der Stelle.

Birch klappte das Taschenmesser wieder zu und steckte es ein. Er konnte sich meiner vollen Aufmerksamkeit sicher sein. »Früher war das ein weit verbreitetes Arrangement.«

Galway flehte mich an: »Mabel –«

»Ein nicht heiratsfähiges – unattraktives – Mädchen diente einem anderen mit guten Aussichten als Begleiterin. Im besten Fall konnten solche Arrangements ein Leben lang halten.«

393

»Das würden sie mir nicht antun«, murmelte ich, aber das glaubte ich selbst nicht. Ich dachte an den Anruf meiner Mutter: »Sei lieb.« Ich hatte diese beiden Worte als Aufmunterung betrachtet. Aber vielleicht waren sie ja viel konkreter als Arbeitsanweisung gemeint gewesen. Hatte sie mich nur im Glauben gelassen, Ev sei meine Freundin, damit sie das Honorar für mich einsacken konnte?

Ein gespielter Schreck zeichnete sich auf Birchs Gesicht ab. »Ach du meine Güte. Jetzt habe ich sie aber getroffen.«

War ich getroffen? Der Fluss brüllte in meinem Kopf, alles in mir wurde taub, als das eisig strömende Wasser immer höher um mich zu steigen schien. Irgendwo im Hinterkopf erinnerte ich mich noch daran, dass Galway und ich einmal einen Plan gehabt hatten, dass ich Dinge wusste, die sich gegen die Winslows verwenden ließen, Wissen, zu dem Indo mich gelenkt hatte. Aber was das war, was wir eigentlich erreichen wollten – ich konnte es beim besten Willen nicht mehr sagen. Das Einzige, was noch greifbar war, waren Birchs hinterhältige, wohl berechnete Worte.

»Ach, deine Eltern haben dir gar nichts von unserer finanziellen Übereinkunft erzählt? Na so etwas. Dabei haben sie in diesem Sommer mit dir mehr verdient als im ganzen letzten Jahr mit ihrer kleinen Reinigung.

Es war Linden, die schrullige alte Nudel, die mich auf die richtige Fährte gebracht hat. Dieser hochtrabende Wälzer, den du ständig mit dir herumschleppst! Ich habe sie gefragt, was ein Mädchen wie du in Gottes Namen bloß mit so einem Buch will, und sie hat mir gesagt: ›Ich vermute, sie ist fasziniert von der Sünde.‹«

»Hüte dich vor Luzifers Rhetorik.« Das hatte Indo an jenem Tag zu mir gesagt, vor langer Zeit, auf der Speisesaaltreppe. Zu spät verstand ich nun, dass sie von ihrem Bruder gesprochen hatte. Und tatsächlich konnte ich mich der Macht seiner Worte nicht entziehen – ich blieb, wo ich war, ich musste wissen, wie alles enden würde.

»Nicht zu fassen!«, fuhr Birch kopfschüttelnd fort, als könne er es einfach nicht glauben. »Nicht zu fassen, dass ausgerechnet du mir solch fürchterliche Verbrechen vorwirfst!« Er wandte seinen bohrenden Blick von mir ab und sah eins seiner Familienmitglieder nach dem anderen an. »Deine Gerichtsakte ist unter Verschluss. Aber dem, was du bist, entkommst du trotzdem nicht.«

»Jetzt reicht's«, sagte Galway, griff heftig nach meiner Hand und zog mich auf die Tür zu. »Mabel«, herrschte er mich an und fasste nach meinem Kinn, »wir hören uns diese Lügengeschichten nicht länger an.«

»Lügengeschichten?«, höhnte Birch. »Du willst mir also sagen, dass sie dir nichts davon gesagt hat? Tja, Mabel. Das, was du deinem armen Bruder Daniel angetan hast, das musst du selbst mit Gott ausmachen. Aber warum meinen Sohn da mit hineinziehen?«

Galway zerrte mit kalten Fingern an mir wie die Strömung. Wenn wir es hinaus auf die Treppe schafften, dann würden wir den Speisesaal und Winloch verlassen, und dann? Vielleicht würden wir zur Polizei gehen. Vielleicht schaffte Lu es in Sicherheit. Aber Galway würde sich ewig fragen, was sein Vater gemeint haben könnte.

Es würde eine Erleichterung sein. Die Wahrheit. Endlich.

Birch übernahm das Reden für mich. »Daniel war noch nie richtig im Kopf gewesen. Er war von Geburt an ein bisschen behindert, aber Mommy und Daddy mussten den ganzen Tag in ihrer Reinigung arbeiten, um über die Runden zu kommen. Und unsere arme Mabel hatte einen großen Bruder am Hals, der sich kaum selbst die Schuhe binden konnte. Das war peinlich. Die Eltern immer bei der Arbeit. Da musstest du ihn überallhin mitnehmen, oder nicht?«

Galway hörte auf, an meiner Hand zu ziehen, weil er sah, dass es nichts brachte. Ich schlang die Arme um mich.

»Wie ich gehört habe, war unsere Mabel hier ganz das liebe Muttchen. Hat ihm Essen gemacht, ihn angezogen, ihn sogar gebadet. Und eines Tages hat sie dann einfach beschlossen, dass sie die Nase voll hat. Da hast du Daniel gefragt, ob ihr nicht schwimmen gehen wollt, hab ich nicht recht, Mabel?«

Ich kämpfte erfolglos gegen die Erinnerung an.

»Sie ging mit ihm hinunter an den Fluss. Zeigte aufs Wasser und sagte, sie würde dicht bei ihm bleiben. Er vertraute ihr, weil er ihr mehr vertraute als jedem anderen Menschen. Er ging ins Wasser. Sie blieb am Ufer sitzen und sah zu, wie er weggerissen wurde.«

»Es war ein Unfall«, hörte ich mich sagen. Das hatte ich mir all die Jahre lang eingeredet. Ein Missverständnis, die Erschöpfung, wenn man ständig für jemanden da sein musste, der nicht zu bändigen war. Der nie aufhörte Fragen zu stellen. Immer nur forderte.

»Na, gestorben ist er ja nicht, was?«, sagte Birch. »Es kam noch schlimmer. Er hat überlebt. Und war noch stärker behindert und lebensunfähiger als vorher.«

Ich spürte es wieder, das eisige Wasser über meinem Kopf; in dem Augenblick, in dem ich sah, wie Daniel von der Strömung weggerissen wurde, in dem Augenblick wurde mir klar, dass ich ihn wiederhaben wollte, dass es etwas Schlimmeres gab als seine Last, und das war die Sünde des Tötens – jemanden aus tiefstem Herzen zu hassen. Dass ich ihn retten musste, um mich selbst zu retten. Immer wieder tauchte ich in das kalte Wasser, versuchte nach seinem plumpen, unbeholfenen Körper zu fassen, immer wieder war sein nach Luft schnappender Mund über dem Wasser zu sehen, als wir beide stromabwärts getragen wurden, bis die Männer uns herauszogen und Daniel wiederbelebten, bis ich alles gestand, und das Krankenhaus und die Psychotherapien und meine weinende Mutter und mein tobender Vater …

Ich blickte auf. Die Winslows – Galway, Ev, alle – waren weit weg, eine Familie, mit der ich nichts zu tun hatte.

Galway versuchte mich zu rechtfertigen. »Du warst noch ein Kind.«

Ich sah ihm in die Augen. »Ich habe versucht, meinen Bruder umzubringen.«

»Und das hier«, dröhnte Birch, »ist Privatgelände, das du augenblicklich zu verlassen hast.«

»Wir wissen, was Sie getan haben«, sagte ich mit schwächlicher Stimme. Ich traute mich, ihm ins Gesicht zu sehen. »Ich gehe auf die nächste Polizeiwache und sage –«

»Es war doch so, dass du nur deswegen nicht in eine Anstalt für schwer erziehbare Mädchen gekommen bist, weil du gestanden hast, dich entschuldigt hast und der Versuch, deinen Bruder zu ermorden, letztendlich nicht funktioniert hat, oder? Eine geschlossene Psychiatrie«, erklärte Birch seinen Zuhörern. »Na, man kann sich vorstellen, dass ein junges Mädchen sich da nicht sonderlich wohl fühlen würde.«

»Vater«, sagte Galway schnell und kam mir endlich zu Hilfe, »von mir werden sie die gleiche Geschichte zu hören bekommen. Du kannst Mabel nicht dafür in die Psychiatrie stecken, dass sie die Wahrheit sagt.«

»Natürlich nicht, mein Junge. Nein. Ich will damit nur sagen, wenn diese Zeugin, die ihr angeblich in der Hinterhand habt, sagen wir mal … gefunden würde. Sagen wir einmal, sie bestiege unter einem falschen Namen heute Nachmittag um fünfzehn Uhr zehn das Flugzeug nach Mexico City. Sie versucht, mit gefälschten Ausweispapieren einen internationalen Flug anzutreten – das ist doch ein schweres Delikt, oder etwa nicht? Ich bin mir sicher, es wäre nicht sonderlich schwierig, sie daran zu hindern, in das Flugzeug einzusteigen und von einem Psychiater für den Rest ihres Lebens in eine geschlossene Anstalt bringen zu lassen.«

Er hatte Lu gefunden. Die liebe, süße Lu, die sich für Schildkröten engagierte und Freundschaftsbändchen flocht, die doch noch fast ein Kind war. Lu, die nach Schweiß und Erdbeerblüten roch. »Das werden Sie nicht tun.« Meine Stimme zitterte, gegen meinen Willen.

»Was tun?«, fragte Tilde. Sie hatte ganz still dagesessen, doch als Birch über ihre Tochter sprach, war sie aufmerksam geworden, obwohl er keinen Namen genannt hatte.

Ich musste eine Entscheidung fällen. Jetzt. Entweder versprach ich, geheim zu halten, was für ein Monster Birch war. Oder ich schickte seine Tochter ins Unglück. Einen Selbstmordversuch hatte sie schon hinter sich. Wenn er sie irgendwo einweisen ließe, würde sie nicht mehr als ein paar Tage überleben.

Galway versuchte mich zu berühren, aber ich wich zurück. Ich konnte nicht klar denken, wenn er mich anfasste.

»Und wenn ich weggehe«, verhandelte ich mit Birch, »und die Morde für mich behalte, dann lassen Sie sie gehen?«

»Lässt wen gehen?«, insistierte Tilde. »Birch, was meint sie damit?«

»Lass dich nicht von ihm einschüchtern«, warnte Galway.

»Alles wird so sein, wie es vorher war, meine Gute«, antwortete Birch herablassend.

»Er lügt«, sagte Galway.

»Sag mir auf der Stelle, was sie meint, Birch«, flehte Tilde ihn an.

»Nein.« Bestimmt hielt ich die Hand hoch. Zu viel stand zwischen Galway und mir. »Nein.«

An Birch gewandt sagte ich: »Sie wird mich kontaktieren, um mir mitzuteilen, dass sie gut angekommen ist. Wenn ich nichts von ihr höre, wenn ich nicht genau das Codewort höre, das wir abgesprochen haben, gehe ich umgehend zur Polizei. Haben Sie mich verstanden?«

»Das scheint ihr ja schrecklich wichtig zu sein, was?«, fragte Birch seine Zuhörer amüsiert, aber ich merkte doch, dass er über mein Angebot nachdachte.

Tilde ließ nicht mehr von Birch ab, aber er beachtete sie nicht. »Du erinnerst dich doch an dein Versprechen«, sagte sie mit zusammengebissenen Zähnen. Sie redete mit derselben Stimme auf ihn ein, an die ich mich von jenem Nachmittag erinnerte, als Birch beinah die Tür eingetreten und sich auf mich gestürzt hätte. Nur dass ihr Befehlston diesmal nicht funktionierte – sie hatte die Zügel nicht länger in der Hand. »Denk an deine Aufgabe, Birch. Deine Aufgabe ist es, deine Kinder zu schützen.«

»Ist das klar?« Ich ließ nicht locker.

Birch zögerte einen kleinen Augenblick. Doch er ignorierte das Flehen seiner Frau, und ich sah, dass ich gewonnen hatte. Nicht alles. Aber Lus Freiheit war mir Sieg genug.

Birch strebte entschlossen auf mich zu, wie ein Jagdhund auf seine Beute. Ich fragte mich, ob er mich schlagen würde. Ob er das Taschenmesser zücken und in meine Halsschlagader rammen würde. Oder mir ganz einfach die Hände um die Gurgel legen und mich erwürgen würde, während seine Familie zusah.

Doch stattdessen streckte er mir die rechte Hand hin.

Ich nahm sie.

Ein Händedruck. Die Besiegelung eines Abkommens. Und dann ging Birch Winslow mit langen Schritten zur Tür.

Kopfschüttelnd blickte Galway seinem Vater hinterher. Ich konnte mit Galways Unmut, seiner Enttäuschung nichts anfangen – ihn schien nur zu interessieren, ob er es dem Mann, der ihn sein Leben lang eingeschüchtert hatte, gezeigt hatte.

»Sie ist noch ein Kind«, erinnerte ich ihn; mir traten die Tränen in die Augen, als ich an Lu dachte, wie sie die Füße auf der Schwimminsel ins Wasser baumeln ließ, die Haare hinters Ohr geschoben. Ich wollte nicht, dass auch noch ihr Leben zerstört wurde.

Ich wollte weg. Ich hörte Galways Schritte hinter mir, Tilde und Ev und Athol und Banning, die alle gleichzeitig miteinander zu reden anfingen und versuchten, irgendeinen Sinn in das zu bringen, was sie gerade miterlebt hatten. An der Tür drehte ich mich zurück zu Galway und zwang ihn zum Stehenbleiben. »Wo willst du hin?«, fragte ich.

»Ich komme mit dir.«

»Hast du gewusst, dass hinten auf dem van Gogh ein Hakenkreuz ist?«

Er brauchte mir nicht zu antworten – ich konnte ihm die Antwort an den Augen ablesen. Wahrscheinlich wusste er auch, was die Winslows in den Jahrzehnten seitdem gemacht hatten, seit Hitlers Machtergreifung, als sie sich am Eigentum von Kittys Landsleuten bereichert hatten. Hatte Galway nicht ausweichend reagiert, als ich genauer wissen wollte, wie lang das Geld auf die Winslow-Konten geflossen war?

»Brauchst du nicht«, sagte ich bestimmt. »Ich finde allein raus.«

JUNI

KAPITEL SECHZIG
Das Ende

Zu früh ist der Morgen da. Kalte Zehen an meinem Bein. Krümel auf der Decke verkünden die wache Welt. Kostüme sind zu richten, Elfenflügel anzubringen und was soll ich mit meinen Haaren machen und malt Daddy sich dieses Jahr wieder das Gesicht an?

Es gibt kaum Gelegenheiten, die Aussicht richtig zu genießen, aber ich nehme mir die Zeit dafür: Die Bucht, der Seeblick, durch die Bäume hinaus zum endlosen Blau. Jeden Tag atme ich unser Paradies tief in mich ein. Ich flechte Haare, wische Marmelade von Fingern und frage mich: Was wäre gewesen, wenn Adam und Eva im Garten Eden hätten bleiben können, nachdem sie von der verbotenen Frucht gekostet hatten? Angenommen, unsere Urahnen wären gewieft im Verhandeln und nicht unerfahren und neu auf der Welt gewesen. Raffiniert statt gehorsam. Man stelle sich vor, sie hätten bei Luzifer etwas von der Überzeugungskraft des Wortes gelernt, Gott ins Angesicht geblickt und ihre Stellung behauptet: »Nein, wir gehen nicht. Hier gehören wir hin, und hier wollen wir zu Hause sein.«

Und dann lächle ich.

Denn wo sie versagt haben, habe ich gesiegt.

Voll selbstgerechter Arroganz stiefelte ich an jenem Augustnachmittag aus dem Speisesaal. Ich fühlte mich befreit – von meiner Vergangenheit, von Evs kaltschnäuzigem Verrat, von Birchs Anschuldigungen, und, um ganz ehrlich zu sein, sogar von Galways Bedürfnissen.

Mit jedem Schritt redete ich mir stärker ein, dass ich nichts mit dem Wahnsinn der Winslows zu tun haben wollte. Und noch besser: dass ich sie hereingelegt hatte. Ich hatte nämlich nur geschworen, dass ich nichts über die Morde sagen würde. In Hinsicht auf das Hakenkreuz, und was es bedeutete, hatte ich keine Versprechungen gemacht.

Als die Straße im Wald die Kurve beschrieb, an der John und Ev mich viele Wochen zuvor aufgelesen hatten, beschleunigte ich meinen Schritt. Indos Worte – »Blutgeld« – im Ohr, schmiedete ich einen Plan. Allmählich ordnete sich in meinem Kopf alles.

Ich würde meine Mutter anrufen. Zum ersten Mal seit vielen Monaten hatte ich das Gefühl, meinen Eltern gegenübertreten zu können, weil ich jetzt wusste, dass sie mich verraten und verkauft hatten. In gewisser Weise wurden sie dadurch erträglicher – als hätten sie endlich zugegeben, wie kaputt unsere Familie wirklich war.

Mag sein, dass ich beim Gedanken an die unzähligen namenlosen Mädchen, die ich Birchs unersättlichem Appetit überließ, schauderte, aber ich beruhigte mich damit, dass ich auch keinen größeren Schaden anrichtete als alle anderen, wenn ich den Mund hielt. Beweise hatte ich nicht. Ich hatte Lu gerettet – das war Heldentat genug.

Außerdem würde ich noch mehr tun. Mit selbstgefällig geschwellter Brust schritt ich aus, wobei sich die vielen Fäden meiner Gedanken entwirrten: Kittys Jugend in Deutschland, das Geld, das Winloch und die Winslows vor dem Ruin gerettet hatte und praktischerweise mit Hitlers Machtergreifung zu fließen begann. Die Finanzunterlagen, von denen Galway gesprochen hatte, bewiesen, dass die Gelder ab den frühen Dreißigerjahren auf den Konten der Winslows eingegangen waren. Ich würde nichts überstürzen. Alles gründlich recherchieren. Und wenn ich dann die richtigen Fragen stellte und gewisse Unterlagen ausfindig machte, würde ich beweisen oder zumindest schlagkräftige Argumente vorbringen können, dass die Winslows in Konzentrationslager verschleppte, ermordete Juden beraubt hatten. Blutgelder, die sie aus Kittys verfolgten Landsleuten gepresst hatten.

Aber das war ja erst der Anfang. Ein Tropfen auf den heißen Stein.

Denn wenn Indos Andeutungen stimmten, dann hatten die Winslows vom Massenmord der Nazizeit nicht nur finanziell profitiert, sondern – vielleicht noch wichtiger – sich dort eine Geschäftsidee abgeschaut, ein Muster, das ihnen im Laufe der Geschichte immer wieder gute Dienste erwiesen hatte. Wie hatte sie gesagt? »Im fernen Osten. Im tiefsten Afrika. Mittelamerika.« Ich kannte mich mit Politik nicht schrecklich gut aus, wusste aber, dass die Welt im zwanzigsten Jahrhundert von Kriegen überzogen worden war. Birchs Worte wollten mir einfach nicht aus dem Sinn: »Sie vergessen, wie viele Leute ich kenne.« Die Winslows hatten sich am Unglück der Welt bereichert. Sie hatten die Rechtlosen und Vertriebenen bestohlen und sich dort, wo deren Fehlen nicht bemerkt werden würde, Geld und Wertgegenstände unter den Nagel gerissen.

Vielleicht würde ich genug Beweismittel zusammenbekommen, um die Winslows vor Gericht zu bringen, aber selbst wenn nicht: Ihren Ruf konnte ich auf jeden Fall schädigen. Dafür sorgen, dass Birch nie wieder Geschäfte machen konnte. Ihm das Finanzamt auf den Hals hetzen.

Als ich das Auto hinter mir hörte, rannte ich fast.

Die Mädchen umschwirren mich zwitschernd wie die Meisen, während wir die Festtafel aufbauen. Halbherzig verscheuche ich sie. Die Augen vor der tief stehenden Junisonne schützend blicke ich ihnen hinterher, wie sie unter fröhlichem Gelächter auf die Tennisplätze zuflitzen, und wünschte, ich wäre selbst noch ein Kind.

Dies ist, endlich, der Ort, den ich mir an jenem ersten strahlend hellen Morgen vorgestellt hatte, als ich in Evs Schlafzimmer erwachte und die an der Decke spielenden Schatten beobachtete. Ein Ort, an dem Kinder frei herumlaufen können und nichts als die ganz normalen Ängste – ein rutschiger Hang, eine Ruderbootfahrt ohne Schwimmweste – durch Mütterköpfe spuken.

Adam und Eva hätten ja nur dann im Garten Eden bleiben können, wenn sie das, was sie über einander von der Schlange gelernt hatten, wieder hätten vergessen können. Wachsen und Gedeihen sind unmöglich, wenn die Sonne sich hinter Wolken versteckt, und aus einem vergifteten Brunnen kann man nicht trinken.

Ich hebe den Blick, als unsere Matriarchin, einen Korb schwarzäugiger Susannen am Arm, den Hügel herabkommt. Sie ist jetzt eine ältere Dame und auf eine sehr hübsche Art rundlich. Ihre Wangenknochen treten nicht mehr messerscharf hervor, aber das brauchen sie auch nicht mehr. Niemand stürzt auf sie zu, um ihr zu helfen, weil wir alle wissen, dass sie unsere Arme wegwischen und sich gegen jede Art von Stütze wehren wird.

Sie braucht unsere Hilfe nicht.

Es war Tildes weißer Jaguar gewesen, der hinter mir angeschnurrt kam. Ich überlegte, ob ich in den Wald abtauchen sollte, und lachte dann über meine übertrieben theatralischen Gedanken. Ich brauchte nur in den Straßengraben zu springen, und sie würde einfach an mir vorbei und ihrem Ziel entgegenbrausen.

Doch der Wagen verlangsamte das Tempo und kam mit leise summendem Motor neben mir zum Stehen.

Sie ließ das Fenster auf der Beifahrerseite herunter. »Steigst du ein?«

Das war eine Aufforderung. Ich wog meine Möglichkeiten ab. Was sollte sie schon machen, mir Pfefferspray ins Gesicht sprühen? Ich legte die Fingerspitzen an den Türgriff und stieg ein.

Die Temperatur im Wagen war herrlich. Es roch nach Leder. Tilde trug Autofahrerhandschuhe – ich wusste gar nicht, dass es so etwas überhaupt noch gab.

»Ich weiß Bescheid über das Hakenkreuz«, sagte ich. Eigentlich wollte ich weiterreden, vermutete aber, dass das reichte. Die Drohung, das Schweigen zu brechen.

Einen Augenblick saßen wir nebeneinander. Ich fragte mich, ob sie mich wohl irgendwohin fahren würde, aber nein. »Ich hoffe, du überlegst es dir noch einmal«, sagte sie.

Ich schüttelte den Kopf. »Ich rede.«

»Meine Güte, das meine ich doch gar nicht. Das mit dem Weggehen.«

Ich lachte. Ich konnte einfach nicht anders. Hatte sie überhaupt irgendetwas von meinem Deal mit Birch mitbekommen?

»Dein Einfluss auf meine Kinder gefällt mir«, erklärte sie.

»Das sieht Ihr Mann ja wohl anders.«

Sie nahm die Sonnenbrille ab und betrachtete sinnend die über uns im Wind wippenden Kiefern. »Birch hat seine Art, die Welt zu sehen«, sagte sie mit Bedacht. »Aber so schwarzweiß ist die Realität nicht.«

»Was er gesagt hat, ist wahr.« Das Herz klopfte mir bis in den Hals. »Über meinen Bruder. Ich habe versucht, ihn umzubringen.«

Sie schloss die Augen und rieb sich die Schläfe mit einem grazilen Finger. »Was meinst du«, fragte sie seelenruhig, »warum ich dich als Evs Zimmergenossin für das erste Unijahr angefordert habe?«

Ich brauchte einen Augenblick, bis ich ihre Antwort verstand.

»Ach, liebes Kind«, fuhr sie fort, »glaubst du, Birch ist der Einzige, der Leute kennt? Ich wollte dich, sobald ich deine Akte gelesen hatte.«

Ich schrak vor ihr zurück. Alles in meinem Kopf drehte sich. Am liebsten wäre ich aus dem Auto gesprungen und weggerannt. Sie hatte von vornherein darüber Bescheid gewusst, dass ich versucht hatte, Daniel zu ermorden? Und sie hatte mich ausgewählt – hatte sich nach meiner Bewerbung an Evs College Zugang zu meinen unter Verschluss stehenden Gerichtsakten verschafft und mein größtes Geheimnis herausgefunden?

Sie überraschte mich mit ihrem herzhaften Lachen. »Fehler macht jeder mal«, sagte sie warm, als sei meine Vergangenheit nicht weiter der Rede wert, eine Einstellung, die vermutlich zum Überleben einer Ehe mit Birch Winslow von zentraler Bedeutung war. Sie hob einen Finger. »Aber nicht jeder hat ein Gewissen.«

»Galway schon.«

Daraufhin lachte sie nur noch lauter. »Ach, meine Gute, was meinst du denn, wer die Rechnung dafür bezahlt, dass er den Leuten so schön über die Grenze hilft?«

Mir blieb der Mund offen stehen.

»Galway redet immer von noblen Zielen. Ja, er glaubt daran, anderen zu helfen. Aber er ist der Sohn seines Vaters. Jeder ist käuflich, meine Liebe. Jeder Mensch auf dieser Welt hat seinen Preis.«

Als sie das so sagte, war ich versucht, einfach umzukehren und zurückzugehen. Aber ich schüttelte den Kopf.

»Es ist das Gemälde, stimmt's?«, fragte Tilde. Sie klang beunruhigt.

»Es ist die Tatsache, dass Sie Anteil daran haben, dass Millionen von Menschen beraubt und ermordet wurden und was weiß ich woran noch!«

»Na, ich nicht.«

»Ob Sie nun direkt daran beteiligt waren oder nicht, spielt doch keine Rolle. Sie wissen und profitieren seit Jahrzehnten davon.«

Sie lächelte. »Sie hat es dir erzählt, was?«

»Mir was erzählt?« Hätte ich bloß den Mund gehalten.

»Du bist nicht die Erste, die sie anzuwerben versucht. Der arme Jackson, er war so durcheinander am Ende seines Lebens. Eines Abends kam er weinend zu mir und erzählte mir, sie hätte ihm gesagt, die Winslows seien durch und durch verrottet. Dass es zu spät sei, um das Geschwür noch herauszuschneiden, dass der Krebs schon in uns allen wucherte. Ich ahnte natürlich nicht, was er tun würde« – sie schauderte –, »der arme Junge. Es gab noch andere, die sie auf ihre Seite zu ziehen und davon zu überzeugen versuchte, dass sie uns alle zu Fall bringen würde, wenn sie ihren Willen nicht durchsetzen konnte.«

Ich schluckte.

»Dich hat sie ja nicht überzeugt, oder?«, fragte sie. »Du glaubst doch nicht, dass wir alle schlecht sind?«

»Ich weiß nicht, wovon Sie reden.«

»Natürlich braucht man für so etwas Beweise.« Sie seufzte. »Und ich gehe davon aus, dass Indo dich wahrscheinlich mit Unmengen von verrückten Ideen und Märchen überhäuft, dir aber keinerlei konkrete Beweise geliefert hat.«

»Das Gemälde gehört nicht Ihnen.« Ich versuchte überzeugend zu klingen. »Indo auch nicht und ihrer Mutter auch nicht.«

»Und wenn wir es zurückgeben würden, würdest du dann mit mir mitfahren?«

Ich schnaubte. »An wen würden Sie es zurückgeben wollen?«

Sie winkte ab. »Wir würden die Nachkommen aufspüren, eine feierliche Zeremonie durchführen, eine Stiftung gründen. Du könntest sie leiten! Jetzt guck nicht so, so werden solche Dinge gehandhabt.« Sie drehte das Gebläse weiter auf, das im Hintergrund summte. »Liebes Kind, denk an dein Studium. An Daniel. Binde dich an uns, und die Türen werden sich für dich öffnen. Was nimmst du mit, wenn du uns jetzt verlässt – ein Gerücht über ein Gemälde, das wir den Erben bereits zurückgegeben haben? Wenn du meinst, dass du an unsere Steuer- oder Finanzunterlagen herankommst, dann bist du wesentlich naiver, als ich gedacht hätte.«

Mir wurde schwer ums Herz.

»Ja«, überlegte sie laut und betrachtete mein Gesicht dabei genau. »Ich glaube, haargenau so werden wir es machen. Ich wollte das Sommerzimmer sowieso schon seit Langem neu einrichten. Was wir an Versicherungskosten sparen würden …«

Wenn die Winslows das Gemälde tatsächlich zurückgaben und das Verhalten ihrer Vorfahren offiziell verurteilten, hatte ich absolut nichts gegen sie in der Hand. Tilde hatte natürlich völlig recht: Was Indo mir erzählt hatte, bewies an und für sich gar nichts.

»Komm zurück«, lockte mich Tilde. Sie hob ihre Handtasche auf den Schoß und zog ein wohlbekanntes Büchlein heraus – Kittys Tagebuch. »Unter den Bodendielen – glaubst du, du würdest als einzige an so ein Versteck denken?« Sie blätterte darin. Als ich die Handschrift sah, wurde mir bei der Vorstellung, wer Kitty wirklich gewesen war, ganz übel. »Am liebsten hätte ich es verbrannt. Hätte Indos Krieg gegen unsere Familie ein für alle Mal ad acta gelegt. Aber dann habe ich mir gedacht: Warum Hinweise vernichten, die wir genauso gut für uns arbeiten lassen können?«

Sie blätterte ein wenig in dem schwarzen Büchlein herum, dann drückte sie es mir aufgeschlagen in die Hand und zeigte auf einen Eintrag, den ich sicher schon hundertmal gelesen hatte: »Diese Woche kommen Claude, Paul und Henri zu uns. B. und ich freuen uns sehr darauf, sie bei uns zu beherbergen, bis sie wissen, wo sie sich niederlassen wollen.«

Ich sah ihr suchend ins Gesicht. »Und?«

»Du weißt ja sicher über die anderen Gemälde Bescheid?«

Endlich wurde mir klar, was ich im Tagebuch übersehen hatte. »Claude« war kein Mensch, sondern ein Bild. Kittys Codewort für ein gestohlenes Kunstwerk, vermutlich von Claude Monet. »Paul« könnte ein Werk von Paul Klee sein. Und »Henri« – vielleicht etwas von Henri Rousseau.

Rasend schnell gingen mir die zahlreichen Einträge dieser Art durch den Kopf, in denen es um »Gäste« und ihre Ankunft und Abreise ging – sie reisten nach New York, San Francisco, Chicago. Wie Indo es versprochen hatte: Dieses Tagebuch war der Schlüssel zum Aufspüren Hunderter entwendeter Kunstwerke.

Tilde lächelte. »Denk doch daran, was wir erreichen könnten.«

In diesem Augenblick wurde mir klar, dass sie einmal an genau derselben Stelle gesessen hatte wie ich. Und angeworben worden war. Eine Schwiegermutter – in Tildes Fall Kitty – hatte die Partnerin ihres Sohnes mit Versprechungen eines Lebens zurückgelockt, von dem sie sonst nur hätte träumen können. Sie tat mir den gleichen Gefallen, der ihr erwiesen worden war – eine Einladung.

Aber dann tauchte Birch vor meinem inneren Auge auf. Die Riegel, die von den Bittersweet-Türen verschwunden waren, sobald ihm klar geworden war, dass er seine Macht über Ev fast verloren hätte. Die fürchterliche Kindheitserinnerung, die Galway beschrieben hatte, als er die Badezimmertür aufmachte und seinen Vater vor sich sah, der das Kindermädchen vergewaltigte. Ich würde nicht mehr ruhig schlafen können, wenn ich wusste, dass dieser Mann sein Unwesen auf dem Gelände trieb. Außerdem wäre es idiotisch, in seinen Einflussbereich zurückzukehren, damit würde ich sein Handeln ja unausgesprochen gutheißen – hatte ich nicht gerade verkündet, ich würde für immer von der Bildfläche verschwinden? Wenn ich ging, bräuchte ich keine Angst mehr zu haben, und ich wusste, dass Lu in Sicherheit war.

»Nein«, sagte ich in vollster Überzeugung.

Tilde räusperte sich. Irgendwie verfing sich das Geräusch seltsam in ihrer Kehle. Ich blickte auf das Lenkrad und sah, dass ihre Hände bebten. Ich folgte den Armen hoch zu ihren Schultern und zum Gesicht, und dort sah ich etwas, das ich mir nie hätte vorstellen können: Tränen. Ihre Stimme zitterte: »Wenn du Angst vor Birch hast – ich kümmere mich darum.«

»Was soll das heißen?«

»Ich bin seit vielen Jahren das Einzige, was zwischen ihm und dem Rest der Welt steht. Ich habe mich mit Haut und Haar auf diese Familie eingelassen und war immer davon überzeugt, dass ich dieses Leben nur dann haben kann, wenn ich alles erdulde, was mir die Ehe mit ihm abverlangt. Dass nur ich allein dafür sorgen kann, dass meine Familie in Sicherheit ist.«

Sie wischte sich eine Träne von der Wange. »Aber dann kamst du des Weges. Ich habe noch nie jemanden gesehen, der so klein ist wie du, jemanden, den er derart unterschätzt hat und ihm die Stirn bietet. Ich glaube, als ich dich gesehen habe, wurde mir langsam klar, dass alles, was ich vor mir gerechtfertigt hatte – seine Gewalttätigkeit, seine Grausamkeit –, nicht unbedingt das war, was ich verdiente. Trotzdem konnte ich seine … Übergriffe, wenn du es so nennen willst, irgendwie ertragen, solange nur meine Babys in Sicherheit waren. Immer hat er mir versprochen, dass er seine eigenen Kinder nicht anrühren würde. Aber dann hat er John ermordet. Und John war sein Sohn! Das gab mir sehr zu denken. Aber dann habe ich immer noch gedacht: Wenigstens meine Kinder sind in Sicherheit. Aber dann …« Sie schüttelte fassungslos den Kopf. »Dann droht er an, Lu etwas anzutun. Unserem Baby …« Der Satz endete in einem Schluchzer.

Ich wartete, bis sie sich wieder beruhigt hatte. Ich ging davon aus, dass ich einer der wenigen Menschen war, mit denen sie je aufrichtig gesprochen hatte, zumindest in den letzten Jahren. Diese Chance wollte ich mir nicht entgehen lassen. »Was haben Sie vor?«, forderte ich sie heraus.

»Er glaubt, dass er gewonnen hat«, sagte sie. Ihr Mund wurde hart. »Aber ich kenne auch eine Menge einflussreicher Leute. Ich bin eine von ihnen.«

In diesem Augenblick wurden mir zwei Dinge klar. Zum einen, dass Tilde und ich uns ähnlicher waren, als ich es je gedacht hätte. Und zum anderen, dass Winloch ohne Birch ein völlig anderer Ort sein würde.

Sie stellt die Blumen auf den Tisch. »Wo ist Galway?«

»Holt gerade die Sägeböcke.« Ich breite die Tischdecken, die Mascha unbedingt selbst vom Dachboden holen wollte, wie von ihr instruiert zum Auslüften auf dem Rasen aus. Ich weiß genau, dass die alte Dame vom Speisesaal aus jede meiner Bewegungen beobachtet. Gegen Maschas Willen verstößt man lieber nicht.

Tilde sieht auf die Uhr. »Sie sind bald da.«

Ich drücke ihr die Hand. »Und wir werden so weit sein.«

Und so geschieht es auch in dieser Mittsommernacht, dass die Winslows zum gemeinsamen Festmahl zusammenfinden, wie sie es seit Generationen tun, dass sie Kirschkuchen und Wassermelonen und Gurkensandwiches auf die sich biegenden Tischlerplatten stellen. Die geflügelten Kinder kommen, und die Hunde, auch die Mädchen sind wieder da und umschwirren mich mit ihren Bedürfnissen und Sorgen. Ich küsse ihre verschwitzten Köpfe und umfasse Galways Taille mit den Armen, stupse ihm mit der Nasenspitze an den Hals, bis er eine Gänsehaut hat.

Wir haben uns im Laufe der Zeit ausgesöhnt, nachdem er mir versicherte, dass er vom Hakenkreuz – und wie seine Familie sich an den traurigsten Orten der Welt fortlaufend bereicherte – erst erfuhr, als ich ihn bat, in der finanziellen Vergangenheit seiner Familie herumzustochern. Er wollte mir die ganze Zeit erzählen, was er wusste, aber die schrecklichen Ereignisse rund um Lu und seinen Vater kamen dazwischen. Ich brauchte ein wenig, bis ich ihm vergeben hatte und das zulassen konnte, was mir seine erste Frau geraten hatte: zu lieben. Doch dann tat ich es, und von den vielen Entscheidungen meines Lebens war es die beste, die ich je getroffen habe.

Es kam als völlig unerwarteter zusätzlicher Schock, eine weitere Tragödie für den vom Schicksal gebeutelten Clan, als Birch Winslow früh an einem Samstagmorgen im selben August, in dem John und Pauline LaChance tot auf dem Winloch-Gelände aufgefunden wurden, ganz allein weit hinaus zur Landspitze schwamm. Er erfreute sich einer ausgezeichneten körperlichen Verfassung – nur wenige Monate zuvor hatte er sich noch durchchecken lassen –, doch als er nach mehreren Stunden nicht zurück war, schlug seine treusorgende Gattin Tilde Alarm. Die Cousins machten sich in einem Ruderboot auf die Suche. Die Küstenwache wurde gerufen. Die Männer suchten und suchten, anfangs an der Wasseroberfläche, später mit Tauchern. Am nächsten Tag wurde Birchs aufgedunsener, grässlich weißer Leichnam am Turtle Point angeschwemmt.

Herzinfarkt.

An den Tagen danach schwiegen Tilde und ich. Eine Pille, dachte ich, eine Pille, die es aussehen ließ als ob, war so etwas überhaupt möglich? Sie kannte eine Menge Leute. Sie hatte mir versprochen, dass er büßen würde.

Und als bei der Beerdigung im September die bunt werdenden Ahornblätter über uns im Wind tanzten, Lu weinte, der Pfarrer salbungsvolle Worte sprach und der klotzige Sarg in der fruchtbaren Erde versenkt wurde, begegnete Tildes Blick meinem, und in diesem Sekundenbruchteil wusste ich Bescheid.

»So finden wir uns hier wieder einmal versammelt«, erhebt sich ihre glasklare Stimme über die Hintergrundgeräusche, bis wir uns Tilde einer nach dem anderen ganz zuwenden. »Ein weiteres Jahr ist vergangen. Ein weiteres Jahrzehnt. Doch die Winslows sind immer noch da. Wir sind nicht unterzukriegen.« Gelächter perlt durch die versammelte Schar wie eine Brise vom See.

Hinter der Essenstafel nippt Athol mürrisch an seinem Gin. Dünn und kantig ist er geworden, Emily seit langem fort, selbst seine Kinder wollen nichts mit ihm zu tun haben. Er will mit mir über Geschäftliches reden, die ganze Woche schon, will unbedingt Informationen über die Stiftung aus mir herausholen, ob ich den Degas aufgespürt habe und ob ich wieder nach Berlin fliege und wie hoch das Budget für unseren alljährlichen Fundraiser ist. Will sich lieb Kind machen und für die Sache der Winslows als unersetzlich erweisen, da die Satzung Winlochs merkwürdigerweise mit Birchs Tod vom Angesicht der Erde verschwunden zu sein scheint. An ihrer statt wurde ein Testament gefunden, dem zufolge das ganze Anwesen nicht in die Hände von Birchs vermutetem Erben – Athol, seinem erstgeborenen Sohn – überging, sondern in die aller Angehörigen des Winslow-Clans.

Sie umgeben uns, die 132 gleichberechtigten Eigentümer dieses Stückes Land, die im Jahr nach Birchs Tod mit überwältigender Mehrheit dafür stimmten, die Winslow-Stiftung ins Leben zu rufen, deren Aufgabe es ist, die rechtmäßigen Eigentümer der von den unmoralischen Winslow-Vorfahren gestohlenen Wertgegenstände ausfindig zu machen und sie an diese zurückzugeben. Die Mehrheit ergab sich, wie das nun oft einmal der Fall ist, nach einigem Armdrücken hinter den Kulissen, insbesondere der scheußlichen Androhung, dass der Name Winslow für immer beschmutzt sein würde, wenn wir eine solche Stiftung nicht einrichten und mit unserem Geld finanzieren würden. Irgendwo gab es inkriminierende Beweise, die uns alle zu Fall bringen könnten. Wir hatten also die Wahl: Uns an unsere Beute klammern, die uns sowieso entrissen werden würde, oder, nach Aufdeckung der begangenen Missetaten, den ersten Schritt in Richtung Besserung zu geloben und führende Experten und gefeierte Gönner in einem Bereich zu werden, der bislang so beschämend unterfinanziert und missachtet worden war.

Es funktionierte. Der stets gut gelaunte Banning, den wir liebevoll »Bürgermeister« nennen, zeigt seine neuen Labrador-Welpen herum; Arlo gibt seinem sechs Monate alten Säugling die Flasche, damit seine Frau einen Abend relativer Freiheit genießen kann; CeCe Booth nippt an ihrem Glas Sancerre.

»Tante LuLu! Tante LuLu!«, kreischen meine Mädchen, und da kommt sie, der geflochtene Zopf zerzaust, nach Brackwasser riechend, in der Hand einen Eimer Frösche für die Kinder. Ihr Overall ist nass, ihre Stirn schlammverschmiert.

»Tut mir leid, dass ich zu spät komme«, sagt sie, und ich ziehe sie auf, denn Frau Doktor Luvinia Winslow kommt immer zu spät; besonders jetzt, wo sie den See studieren und mit ihrem Abschluss als Süßwasser- und Meeresbiologin die Rätsel ihrer Kindheit lösen kann: die toten Schildkröten, das Verschwinden der Seeotter, die Ausbreitung der eingeschleppten Entengrütze. Jetzt, als erwachsene Frau, liegt Lu immer noch nachts wach und macht sich Sorgen um die Veränderungen unserer Umwelt, den Anstieg des Meeresspiegels, die zunehmenden Dürren in aller Welt. Manchmal legt sie abends ihren Kopf in meinen Schoß und ich schicke ein Dankgebet gen Himmel, dass ihr damals nichts zugestoßen ist.

Während die Bühne freigeräumt wird und die Decken auf dem Rasen ausgebreitet werden, die Kinder ihr Glitzer-Make-up frisch auftragen und die Männer sich davonschleichen, um ihre Pyramus- und Thisbe-Kostüme anzuziehen, bemerke ich auf der anderen Seite der Wiese eine einsame Gestalt, die am Türrahmen des Speisesaals lehnt.

Sie ist ihrer Mutter in früheren Zeiten gar nicht unähnlich: spröde und freudlos. Vermutlich wäre es noch nicht zu spät, sie könnte ein Leben mit Kindern und einem Mann haben, wenn sie das wollte. Doch in jenem Sommer geschah etwas mit ihr, das nicht rückgängig zu machen war – Johns Ermordung, der Tod ihres Vaters, die Tatsache, dass das perverse moralische Universum, in das sie hineingeboren wurde und an das sie geglaubt hatte, mit Birchs Tod in sich zusammenbrach, hatten bleibende Spuren an ihr hinterlassen; sie konnte vielleicht Winloch entkommen, aber der Tatsache, dass sie Winslow-Blut in den Adern hatte, nie.

Sie beobachtet die Faxen der Kinder, die sich um ein Stückchen Schinken streitenden Hunde. Alle haben ein wenig Angst vor der trauernden Tante, die immer in einen Mantel des Schweigens gehüllt ist. Ich nicht, auch wenn sie glaubt, dass ich schuld an dem bin, was in ihr zerbrochen ist.

Unter dem Dach aus Birken-, Kiefern- und Ahornzweigen tanzen die Sonnenflecken, und ich tue so, als wäre es vor langer, langer Zeit. Wüsste ich es nicht besser, könnte ich mir einreden, wir zwei wären wieder allein in unserem unentdeckten Königreich. Es ist ein gefährlicher Wunsch.

Ich war dazu bestimmt, eine von euch zu werden, will ich rufen, aber sie kann mich über den Rasen hinweg nicht hören, und dennoch weiß ich, dass sie mir zustimmt, wenn sie von Weitem herübernickt. Sie will sagen, dass sie lange vor mir wusste, dass ich eine Winslow werden würde. Ich glaube, ich gehe zu ihr hinüber, werde ihr genau das ins süße rosa Öhrchen flüstern, wenn die Kinder auf die Bühne kommen und der Applaus aufbrandet.

Ich schaue wieder in ihre Richtung. Sie ist verschwunden.

Und so setze ich mich zu meinen Töchtern und feiere.

Und versuche zu vergessen.

DANK

Zwar steht nur mein Name vorn auf dem Einband, doch es gibt Dutzende von Menschen, die dieses Buch inspiriert haben, gestärkt haben, die daran geglaubt haben und dazu beigetragen haben, dass es zu dem wurde, was Sie nun in den Händen halten. Ich bin ihnen in tiefer Dankbarkeit verbunden.

Danke, Jennifer Cayer, Tammy Greenwood, Heather Janoff und Emily Raboteau für den aufmerksamen Blick und die ehrliche Meinung. Danke, Elisa Albert, Daphne Bertol-Foell, Caitlin Eicher Caspi, Amber Hall, Victor LaValle, Luke McDonald, Esmée Stewart, Mikaela Stewart und euch vielen, die ich Freunde nennen darf, für eure Unterstützung, Großzügigkeit und Ermutigung. Danke, Rob Baumgartner, Mo Chin, Joyce Quitasol und alle im Joyce Bakeshop, dass ich dort schreiben durfte. Danke, Amy March, Cathy Forman, Amy Ben-Ezra und Farnsworth Lobenstine für die großzügige Unterstützung, die einen Großteil der Arbeit an diesem Buch erst möglich gemacht hat. Danke, Lauren Engel, Sherri Enriquez, Martha Foote, Sandra Gomez, Margaret Haskett, Elizabeth Jimenez, Shameka Jones, Krissy Travers, Olive Wallace, Patricia Weslk und alle im PSCCC, die für meinen Sohn gesorgt haben, damit ich Zeit zum Schreiben dieses Buches hatte.

Mein Dank geht auch an Maya Mavjee, Molly Stern und Jacob Lewis, dass sie mich mit offenen Armen aufgenommen haben, an Rachel Berkowitz, Linda Kaplan, Karin Schulze und Courtney Snyder, dass sie den Roman auf den internationalen Markt gebracht haben, an Christopher Brand, Anna Kochman, Elizabeth Rendfleisch und Donna Sinisgalli, dass sie ihm ein so schönes Gesicht gegeben haben, an Candice Chaplin, Christine Edwards, Jessica Prudhomme, Rachel Rokicki, Annsley Rosner und Jay Sones, dass sie das Buch in die Welt eingeführt haben, an Susan M. S. Brown und Christine Tanigawa, dass sie meine Prosa gestrafft haben, an Sarah Breivogel, Nora Evans-Reitz, Kayleigh George und Lindsay Sagnette für ihre wundervolle Unterstützung und an Rick Horgan, dass er mir solch weise Ratschläge gegeben und die Verlage zum zweiten Mal davon überzeugt hat, ihr Glück mit mir zu versuchen.

Mein Dank geht an Anne Hawkins, die immer an meiner Seite gestanden und geglaubt hat, dass es klappen wird (und viele leckere Mittagessen spendierte), an Dan Blank, der mir beigebracht hat, was es heißt, heutzutage Schriftstellerin zu sein, und wie ich mich dieser Herausforderung stellen kann, und an Christine Kopprasch, die haargenau wusste, wie dieses Buch enden sollte (und mir mit dieser Intuition gezeigt hat, dass sie meine Lektorin sein muss) und für die viele Arbeit, die sie seitdem hineingesteckt hat. Sie ist weise, begeisterungsfähig und freundlich, und ich bin stolz, ihre Freundin zu sein.

Danke dir, Kai Beverly-Whittemore, dass du dir meine ersten verworrenen Gedanken angehört und darauf bestanden hast, dass ich anfange zu schreiben, dass du gelesen hast, daran geglaubt hast, Vorschläge gemacht und mich immer geliebt hast. Danke, Rubidium Wu für deine exemplarische Geduld und deinen langen Atem (ganz zu schweigen von den Kraftakten mit dem kleinen Prinzen). Danke, Robert D. Whittemore, dass du mir ins Gedächtnis gerufen hast, dass die Insel voller Tierstimmen, Geräusche und Düfte ist, dass du mir die Natur nahegebracht hast, damit ich Winloch Leben einhauchen konnte, und für die Fortführung des Erbes deines Vaters, Richard F. W. Whittemore, der das Land so sehr liebte, dass er es seinen glücklichen Nachkommen anvertraute. Danke, Elizabeth Beverly, die viele, viele Versionen dieses Romans über sich ergehen ließ (und angeblich sogar gern las) und ihn sich sogar in Gänze vorlesen ließ, und danke für die ewigen mütterlichen Tugenden, die so viel größer sind als ihre plakativen Bezeichnungen: Liebe und Stolz und Stärke. Danke, Danke, Danke.

Meinen beiden Liebsten, David M. Lobenstine und unserem SPERO, sage ich: Mein Herz ist voll. Ich wusste, dass unser gemeinsames Leben ein wunderbares Abenteuer werden würde, doch ihr habt alle Erwartungen übertroffen. Ich bin glücklich, dass ich euch mein nennen darf.

DANK DER ÜBERSETZERIN

Danke, Kaaren Bechtof, für den Badefelsen und die Ruderpartie.

In den Bergen, das Böse ...

Als Daniel seinen Zwillingsbruder Max in der Kurklinik Himmelstal besucht, ist er von der Schweizer Alpenidylle so angetan, dass er beschließt, noch ein paar Tage länger zu bleiben. Max will in dieser Zeit ein paar Geschäfte in Italien erledigen und bittet seinen Bruder, ihn zu »vertreten«. Aber in dem malerischen Alpental ist nichts, wie es scheint, und für Daniel beginnt ein gefährliches Verwechslungsspiel ...

»Sehen Sie zu, dass Sie am nächsten Morgen aussschlafen können, wenn Sie das Buch abends zur Hand nehmen. Es fällt schwer, damit aufzuhören, wenn man einmal angefangen hat.« *NDR Kultur*

»Atemberaubend gut geschrieben.« *Prisma*

Marie Hermanson, Himmelstal. Aus dem Schwedischen von Regine Elsässer. insel taschenbuch 4241. 429 Seiten

»**Arturo Pérez-Reverte ist ein**
Romantiker im besten Sinne.«
The Times

Madrid, 1868. Als Astarloa längst glaubt, das Leben hielte keine Überraschungen mehr für ihn bereit, klopft eine bezaubernde Unbekannte an seine Tür: Sie will seinen berühmten Fechtstoß lernen. Aber er hat nicht vor, seine Ruhe aufs Spiel zu setzen, gerade jetzt, wo die Hauptstadt täglich von blutigen Aufständen erschüttert wird. Doch die Anmut der Dame, ihre geheimnisvolle Narbe und die veilchenblauen Augen wecken seine Neugier. Sie wird seine Schülerin, und während des Wechselspiels aus Finte, Angriff und Parade wächst über Wochen eine zarte Liebe heran, bis Adela spurlos verschwindet. Und für den Fechtmeister beginnt eine bodenlose Suche nach der Wahrheit in den Gassen der Stadt ...

Arturo Pérez-Reverte, Ein Stich ins Herz. Roman. Aus dem Spanischen von Claudia Schmitt. insel taschenbuch 4309. 315 Seiten

NF 212/1/07.14

Die deutsche Prinzessin auf dem russischen Thron

Sie war eine der mächtigsten Frauen der Welt: Alexandra Fjodorowna, die letzte Zarin. Bereits im Alter von 12 Jahren traf die gebürtige Prinzessin Alix von Hessen den russischen Thronfolger Nikolaus. Trotz großer Widerstände heiratete das Paar zehn Jahre später, und Alix wurde mit 23 Jahren Zarin von Russland. Von den kaiserlichen Verwandten ebenso wie von politischen Gegnern verachtet und verleumdet, wurde aus der schüchternen jungen Frau eine durchsetzungsfähige Herrscherin, die für ihre neue Heimat und um ihre Familie kämpfte. Doch die drohende Katastrophe konnte sie nicht verhindern …

Gunna Wendt schildert das glanzvolle und dramatische Leben der Alexandra Fjodorowna. Sie erzählt von der starken Frau an der Seite des letzten Zaren, vom Kampf der liebevollen Mutter um das Leben ihres Sohnes, von der verhängnisvollen Freundschaft zu dem umstrittenen Wanderprediger und Wunderheiler Rasputin und von ihrem tragischen Ende während der Oktoberrevolution.

Gunna Wendt, Alexandra – die letzte Zarin. insel taschenbuch 4320. 222 Seiten

NF 205/1/07.14

Eine Reise in ein neues Leben – auf den Wegen, die das Schicksal lenkt …

Gunna Wendt
Vom Zarenpalast
zu Coco Chanel
Die Großfürstin
Maria Pawlowna Romanowa

Großfürstin Maria Pawlowna Romanowa (1890–1958) war eine kluge und eigensinnige Frau. Ihr rastloses Leben führte sie aus dem Zarenpalast quer durch Europa bis nach New York – ihre Ruhestätte fand sie auf der Insel Mainau, die ihr Sohn Graf Lennart von Bernadotte in ein Blumenparadies verwandelt hatte. In jungen Jahren wurde die junge russische Aristokratin mit dem schwedischen Prinzen Wilhelm verheiratet. Nach fünf Jahren verließ sie ihn wieder – und löste einen Skandal aus. Während des Ersten Weltkriegs arbeitete sie als Krankenschwester an der deutsch-russischen Front; durch die Oktoberrevolution ins Exil gezwungen, gelangte sie nach Paris, wo sie für ihre Freundin Coco Chanel als Designerin arbeitete. Sie war Modeberaterin, Reisefotografin und Autorin von Memoiren, die in den USA zum Bestseller avancierten.

Die Biografie einer vielseitigen Frau, die ihrer Zeit voraus war – von der Erfolgsautorin Gunna Wendt.

Gunna Wendt, Vom Zarenpalast zu Coco Chanel. Das Leben der Großfürstin Maria Pawlowna Romanowa. insel taschenbuch 4197. 188 Seiten

»Lang lebe die Kaiserin!«

Katharina die Große steht auf dem Gipfel ihrer Macht: Einst war sie als schüchterne Prinzessin nach Sankt Petersburg gekommen. Jahrelang hatte ihr Ehemann, Zar Peter III., sie gedemütigt und zurückgewiesen, nun hat sie ihn vom Thron gestürzt und krönt sich zur Alleinherrscherin über ein Weltreich. Gleich mehrere Liebhaber verzehren sich nach ihrer Nähe. Doch jeder Günstling kann ein Verräter, jedes Lächeln eine heimtückische Maske sein …
Eva Stachniak entführt ihre Leser in die prunkvolle Welt St. Petersburgs, in schillernde Paläste und in die geheimen Gemächer der größten Kaiserin aller Zeiten.

»Eva Stachniaks Worte sind eine einzige Verführung für das Herz und Balsam für die Seele – eine zarte Versuchung, von der man sich gerne mitreißen lässt.« *literaturmarkt.info*

Eva Stachniak, Die Zarin der Nacht. Roman. Aus dem Englischen von Christel Dormagen und Peter Knecht. it 4256. 491 Seiten

Frances Greenslade

Der Duft
des Regens

Roman

»**Ein Buch wie ein pochendes Herz.**«
The Star

In den weiten Wäldern Kanadas wachsen die Schwestern
Maggie und Jenny behütet auf. Sie lieben die Ausflüge zu den
Seen, sammeln Pilze und Beeren. Doch die Welt der beiden
gerät aus den Fugen, als der Vater bei einem Unfall ums Leben kommt und die Mutter die Schwestern bei einer fremden Familie in Obhut gibt – vorübergehend sagt sie, doch
die Mutter kehrt nicht zurück. Auf sich gestellt, entwickeln
Maggie und Jenny einen ungeahnten Überlebenswillen – stets
begleitet von der Sehnsucht nach ihrer Mutter. Einige Jahre
später macht sich Maggie schließlich auf, sie zu suchen. Sie
kehrt zurück in die mächtigen Wälder, an die Orte ihrer Kindheit …

»Eine subtile und atmosphärisch dichte Familiengeschichte,
ein dramaturgisch geschickt aufgebauter Roman über den
dramatischen Aufbruch einer jungen Frau ins Leben.« *NDR1*

Frances Greenslade, Der Duft des Regens. Roman. Aus
dem kanadischen Englisch von Claudia Feldmann. it 4255.
366 Seiten

»Ohne Zweifel einer ihrer besten Romane.« *rbb*

Mayas Tagebuch erzählt von einer gezeichneten jungen Frau, die die unermesslichen Schönheiten des Lebens neu entdeckt und wieder zu verlieren droht. Ein unverwechselbarer Allende-Roman: bewegend, spannend und mit warmherzigem Humor geschrieben.

»Mit *Mayas Tagebuch*, einem prallen Roman, ist Isabel Allende ein weiteres Meisterwerk gelungen.« *freundin Donna*

»*Mayas Tagebuch* ist das einfühlsame Psychogramm einer starken Frau, die zu sich selbst findet – und doch alles zu verlieren droht. Und es stammt von einer Autorin in Bestform!« *emotion*

Isabel Allende. Mayas Tagebuch. Roman. Aus dem Spanischen von Svenja Becker. suhrkamp taschenbuch 4444. 447 Seiten

»*Verzauberter April* gehört zu den Büchern, die man kauft, wenn man in der Buchhandlung auch nur die ersten Seiten gelesen hat.« FAZ

Vier englische Damen entfliehen dem trüben Londoner Alltag und reisen gemeinsam nach Italien – eine Reise, die einige Überraschungen mit sich bringt. In einem Palazzo am Meer, zwischen Pinien und Glyzinien entdecken sie nicht nur die Verzauberungskraft des mediterranen Frühlings, sondern auch die Liebe ...
Von diesem verzauberten April erzählt Elizabeth von Arnim vergnüglich und mit viel Charme in ihrem bekanntesten und erfolgreichsten Buch.

Elizabeth von Arnim, Verzauberter April. Roman. Aus dem Englischen von Adelheid Dormagen. insel taschenbuch 4220. 306 Seiten

NF 176/1/04.13

»Ein phantastisches, neues Holmes-Geheimnis.« *Bookseller's Choice*

Der neue Sherlock-Holmes-Roman

Über einen Fall von Sherlock Holmes schwieg Dr. Watson bis ins hohe Alter: Zu schockierend war das Geschehen, zu weitreichend die Verschwörung. Jetzt, mehr als ein Jahrhundert später, ist es so weit: Das Spiel hat begonnen!

»Ein brillanter neuer Sherlock-Holmes-Roman. Die Stimme ist vollkommen, die Darstellung von Ort und Zeit treffend. Ich will nicht zu viel über die Handlung verraten, aber man findet raffinierte Wendungen und eine Menge ›echt‹ Holmes'scher Momente.« *Bookseller's Choice*

Anthony Horowitz, Das Geheimnis des weißen Bandes
Roman. Aus dem Englischen von Lutz-W. Wolff
Insel Verlag. 360 Seiten. Gebunden

Das Abenteuer seines Lebens

Nie hätte der junge Jaffy Brown geglaubt, der Armut und Enge im Hafenviertel des viktorianischen London zu entkommen. Doch dann begegnet er ausgerechnet dort einem entlaufenen Tiger, einem herrlichen Geschöpf auf geschmeidigen Pfoten, und sein Leben nimmt eine neue Richtung. Bald nimmt er Abschied von seiner geliebten Ishbel und heuert mit seinem besten Freund Tim auf einem Walfänger an, mit Kurs auf den Indischen Ozean und unbekannte Abenteuer. Noch ahnt Jaffy nicht, dass eine Reise vor ihm liegt, nach der nichts mehr so sein kann wie vorher.

Carol Birch erzählt mit herausragender Erfindungsgabe und einer leuchtenden sprachlichen Kraft – im Kopf das wogende Meer. Die Geschichte von Jaffy Brown führt zu den Grenzen des Vorstellbaren, und sie zeigt, dass Liebe und Freundschaft alles überdauern.

Carol Birch, Der Atem der Welt. Roman. Aus dem Englischen von Christel Dormagen. insel taschenbuch 4269. 395 Seiten